XIV.

LIEV TOLSTÓI

RESSURREIÇÃO

TRADUÇÃO DO RUSSO REVISTA E APRESENTAÇÃO
Rubens Figueiredo

PREFÁCIO
Natalia Ginzburg

4ª reimpressão

COMPANHIA DAS LETRAS

Grafia atualizada segundo o Acordo Ortográfico da Língua Portuguesa de 1990, que entrou em vigor no Brasil em 2009.

Título original
Воскресение
Original usado para esta tradução Лев Николаевич Толстой. Собрание сочинений в двадцати двух томах. Москва: Художественная литература, 1983. t. 13. (L. N. Tolstói. Obra reunida em 22 volumes. Moscou: Khudójestvennaia Litieratura, 1983. v. 13.)

Capa e projeto gráfico
Kiko Farkas e Felipe Sabatini/ Máquina Estúdio

Ilustração de capa
Kiko Farkas/ Máquina Estúdio

Crédito da guarda
Manuscritos da primeira (com letra do filho e correções de Tolstói) e da terceira redação de *Ressurreição* e prova de gráfica (com correções e acréscimos manuscritos de Tolstói) do capítulo 29 da primeira parte do romance. Páginas extraídas do volume 32 das *Obras completas* em 90 volumes. Moscou: Editora estatal de literatura artística, 1936.

Preparação
Leny Cordeiro

Revisão
Huendel Viana
Fernando Nuno

Dados Internacionais de Catalogação na Publicação (CIP)
(Câmara Brasileira do Livro, SP, Brasil)

Tolstói, Liev, 1828-1910.
Ressurreição / Liev Tolstói ; tradução revista do russo e apresentação Rubens Figueiredo ; prefácio Natalia Ginzburg. — 1ª ed. — São Paulo : Companhia das Letras, 2020.

Título original: Воскресение
ISBN 978-85-359-3320-8

1. Ficção russa I. Título.

20-32953 CDD-891.73

Índice para catálogo sistemático:
1. Ficção : Literatura russa 891.73
Maria Alice Ferreira – Bibliotecária – CRB – 8/7964

EDITORA SCHWARCZ S.A.
Rua Bandeira Paulista, 702, cj. 32
04532-002 — São Paulo — SP
Telefone: (11) 3707-3500
www.companhiadasletras.com.br
www.blogdacompanhia.com.br
facebook.com/companhiadasletras
instagram.com/companhiadasletras
twitter.com/cialetras

APRESENTAÇÃO
Rubens Figueiredo

A ideia de *Ressurreição* veio a Tolstói em junho de 1887, a partir de uma conversa com o jurista e escritor russo Anatóli Fiódorovitch Kóni. Curiosamente, tratava-se do mesmo Kóni que, anos antes, fornecera a Dostoiévski informações sobre casos de justiça criminal, mais tarde aproveitados no romance *Irmãos Karamázov*. Dessa vez, em visita a Iásnaia Poliana, a propriedade rural de Tolstói, Anatóli Kóni comentou com o escritor o caso de um jovem da nobreza que viera solicitar seus serviços de advocacia. Convocado para integrar um júri, o jovem aristocrata espantou-se ao reconhecer na acusada uma criada a quem ele mesmo havia engravidado, anos antes, na propriedade de uma tia. Expulsa de casa pela patroa, a jovem tornou-se prostituta, até ser presa, acusada de roubo. Com remorsos, o homem propôs-se a ajudá-la e casar-se com ela. A jovem, porém, morreu de tifo no presídio, pouco depois de condenada.

Assim que ouviu o relato de Kóni, Tolstói emocionou-se: ele mesmo, na adolescência, tivera um caso com uma jovem criada na fazenda de uma parente; ele mesmo, quando solteiro, tivera um filho com uma camponesa. Tolstói pediu várias vezes a Kóni que redigisse um relato do caso para divulgá-lo. No ano seguinte, Kóni ainda não havia apresentado o texto e Tolstói pediu então que ele o autorizasse a usar a história, o que Kóni prontamente concedeu.

Todavia, só no final de 1889 Tolstói começou a esboçar o que denominou de "A história de Kóni". Pouco depois, atraído por outros interesses, interrompeu o trabalho. Cinco anos depois, retomou-o durante alguns meses. Interrompeu-o novamente, para enfim voltar ao livro em 1898, movido dessa vez por uma circunstância única que, daí em diante, se tornou essencial para o entendimento de *Ressurreição*.

Em 1895, a Rússia agitou-se em torno do que se passava com um grupo de cristãos chamados de *dukhobóri* — em russo, "lutadores do espírito". Surgida no século XVII, a seita pregava ideias simpáticas a Tolstói. A negação da propriedade, do governo, do Estado, do dinheiro, da Igreja e da Bíblia como fonte única de revelação se somavam ao pacifismo. Praticavam um estilo de vida comunitário e igualitário. Recusavam-se a ter documentos e a servir o Exército. A comunidade já fora banida duas vezes para regiões remotas da Rússia, por dois tsares.

Aconteceu que, em 1894, ao assumir o trono, Nicolau II exigiu de seus súditos um juramento de lealdade, e os *dukhobóri* se negaram a fazê-lo. Logo em seguida, negaram-se também a cumprir a ordem de alistamento militar. Alguns jovens *dukhobóri* foram presos e banidos. Em protesto, no Cáucaso, milhares de *dukhobóri* queimaram todas as armas que ainda possuíam — facas, espadas, pistolas, rifles, usados na sua defesa contra os montanheses nômades.

As autoridades enviaram soldados para sufocar o que foi entendido como uma rebelião. As terras dos *dukhobóri* foram confiscadas, suas casas, saqueadas, cerca de 7 mil pessoas foram banidas para aldeias remotas nas montanhas e seus líderes foram presos.

Tolstói já conhecia os *dukhobóri* e mantinha contato com eles. Ao saber de tais fatos, tomou providências para que fosse divulgada no *Times*, de Londres, uma denúncia, na forma de um artigo, redigido por seu amigo Biriukóv, mas publicado anonimamente. Pouco depois, ao saber que quatrocentos *dukhobóri* haviam morrido nas montanhas para onde tinham sido banidos, Tolstói lançou um manifesto, seguido por um breve texto assinado. Em numerosas cópias feitas à mão e à máquina, o manifesto foi amplamente divulgado e encaminhado às principais figuras do governo.

Em resposta, a polícia invadiu a casa dos amigos de Tolstói e confiscou todos os documentos e textos ali encontrados. Biriukóv foi banido para uma aldeia distante. Tchertkóv, o braço direito de Tolstói, foi forçado a sair do país. Além disso, Pobedonóstsev, procurador-geral do Santo Sínodo, órgão mais poderoso do governo imperial, na prática o chefe de toda a Igreja ortodoxa russa, responsável pela propaganda monarquista e pela repressão aos opositores do regime, recomendou ao tsar que ordenasse a prisão de Tolstói num convento isolado. Nicolau II, porém, ciente da popularidade do escritor, temia prender Tolstói, cujos movimentos, em sua fazenda e até dentro de casa, eram vigiados por espiões.

Daí em diante, Tolstói tornou mais acerba sua campanha em defesa dos *dukhobóri*, e também de outros grupos perseguidos por Pobedonóstsev. Como, por exemplo, os chamados *molokáni*, cujos filhos, nessa mesma ocasião, foram recolhidos pelo governo e afastados dos pais, para não sofrerem a influência da sua doutrina, que não reconhecia o direito de o tsar governar. Tolstói encaminhou duas cartas de protesto ao tsar, sem obter resposta. Depois, conseguiu que sua filha tivesse um encontro com Pobedonóstsev para tratar do assunto e, em seguida, de fato, os filhos dos *molokáni* foram devolvidos aos seus pais. O leitor encontrará ecos desse episódio no capítulo XXVII da parte II de *Ressurreição*.

Nessa altura, Tchertkóv, o companheiro de Tolstói exilado em Londres, conseguiu apoio dos quakers para a causa dos *dukhobóri*. Surgiu a ideia de transportar milhares de *dukhobóri* para fora da Rússia. O Canadá aceitou recebê-los numa área despovoada. O governo tsarista autorizou a emigração. Faltava, no entanto, levantar o dinheiro necessário para o transporte e a instalação dos *dukhobóri* em suas novas terras. Tolstói lançou uma campanha para levantar fundos, redigiu cartas para pessoas ricas, solicitou doações e as obteve. Mas não eram suficientes. Restava ainda um recurso.

Anos antes, Tolstói havia renunciado aos direitos autorais de suas obras posteriores a 1881, ano que para ele marcava uma importante transformação de consciência. Portanto seus livros eram publicados livremente, em muitos países. Além disso, na Rússia, por conta da censura, alguns de seus textos tinham de ser divulgados em cópias feitas à mão ou mimeografadas, ou eram impressos no exterior e contrabandeados para o país. Dessa vez, no entanto, Tolstói resolveu negociar os direitos autorais de algum livro que ainda estivesse em andamento e obter por eles o valor mais alto possível, em benefício dos *dukhobóri*. Era o ano de 1898.

De início, retomou o projeto da novela *Padre Siérgui*. Uma vez concluída, no entanto, Tolstói se viu tolhido por dúvidas. Em parte calcado nos contos populares de vidas de santos, *Padre Siérgui* é um dos seus relatos mais impressionantes. Tem uma força sombria e perturbadora, em conflito com a simplicidade da forma. Embaraçado, Tolstói guardou a novela numa gaveta, de onde só saiu para ser publicada após sua morte. A outra obra que tinha à mão era *Ressurreição*. O escritor logo se deu conta de que o tema do romance era mais apropriado à finalidade em vista, e lançou-se ao trabalho. Empolgou-se com os primeiros resultados e escreveu a um amigo: "Estou tão absorvido por *Ressurreição* que não consigo pensar em mais nada, dia e noite".

Os direitos autorais foram negociados com editoras de vários países por valores altíssimos. Na Rússia, o romance começou a ser publicado em fascículos, em março de 1899, na revista *Niva*. Com a ajuda do dinheiro arrecadado, cerca de 10 mil *dukhobóri* foram embarcados em navios para o Canadá, onde sua comunidade existe até hoje. Os que permaneceram em território russo conseguiram manter viva sua comunidade, que ainda perdura. Em 1999, os *dukhobóri* celebraram o centenário da sua emigração, e Tolstói e o romance *Ressurreição* foram homenageados.

Outras circunstâncias da publicação do romance precisam ser mencionadas aqui. Como Tolstói havia aberto mão de seus direitos autorais, as editoras de numerosos países já estavam habituadas a imprimir livremente seus escritos. Por isso, *Ressurreição* teve, só na Alemanha, doze traduções além da oficial; na França, o livro teve quinze edições distintas. Isso em apenas dois anos. As traduções, por seu turno, se permitiram estranhas liberdades com o original. A edição feita nos Estados Unidos cortou ou atenuou em muito as cenas de amor, que podiam parecer ofensivas por seu teor erótico. Já na França os editores acharam que as cenas de amor eram pouco frequentes e não se constrangeram em inserir novas situações em que o casal de protagonistas aparecia junto. Na Rússia, os cortes da censura foram numerosos. Uma versão completa e fidedigna do romance só foi publicada em 1936, com o texto reconstituído pelos filólogos soviéticos que prepararam a edição das *Obras completas* de Tolstói em noventa volumes

Para a dificuldade desse trabalho concorreu também a tenacidade com que Tolstói corrigia seus originais até o último instante. Há seis redações completas de *Ressurreição*. Há pelo menos vinte variantes da descrição física inicial da protagonista Katiucha. O início teve numerosas versões, até se chegar à definitiva. Os manuscritos de Tolstói eram passados a limpo pela esposa e pelas filhas. Depois eram novamente refeitos por ele e repassados a limpo, operação que podia se repetir ainda várias vezes. Quando chegavam as provas da gráfica, ele as emendava e as expandia com sua caligrafia difícil, que às vezes só seus familiares entendiam. Na ânsia de ser exato e de aproveitar ao máximo o potencial que sentia no romance, Tolstói às vezes preenchia todos os espaços em branco das provas tipográficas. Chegava a escrever no verso das folhas e reduzia sua letra de tal modo que era preciso usar lupa para entendê-la. Aos setenta anos, trabalhava num ritmo exaustivo, sob a pressão dos prazos da revista com a qual havia negociado a primeira publicação do romance e também das datas de embarque dos *dukhobóri*.

A preocupação de levantar informações precisas para compor o romance levou Tolstói a frequentar tribunais, conhecer juízes e juristas, investigar os meandros da burocracia judiciária. Graças à ajuda de amigos influentes no governo, o escritor visitou prisões distantes, entrevistou prisioneiros, acumulou informações sobre as condições em que os presos viviam e eram transportados para a Sibéria. Em suas pesquisas, estudou tratados de direito e artigos sobre o sistema penitenciário, além de ler pelo menos seis livros sobre prostituição.

O protagonista de *Ressurreição* tem alguns traços do próprio autor. Seu nome, Nekhliúdov, é o mesmo do herói de um conto escrito quando Tolstói era muito jovem: "Manhã de um senhor de terras", em parte, também um autorretrato. A protagonista Katiucha, provavelmente, foi composta a partir das memórias da criada pela qual Tolstói se apaixonara na mocidade. Pois a esposa do escritor registrou no seu diário a indignação que sentiu ao passar a limpo as cenas mais ardentes entre ambos.

> Eu sofro ao ver como um homem de setenta anos descreve as relações pecaminosas entre o oficial e a jovem criada com o prazer de um gastrônomo que saboreia um petisco. Ele mesmo me contou que nessa cena descreve suas intimidades com uma criada da sua irmã.

Outro personagem que vale a pena mencionar é o do influente político Toporóv, presente na segunda parte do romance. Em Toporóv — cujo nome deriva da palavra russa *topór*, "machado" —, Tolstói faz um retrato implacável de Pobedonóstsev. Não admira portanto que, um ano depois da publicação de *Ressurreição*, Tolstói tenha sido excomungado pela Igreja ortodoxa, condição, aliás, que vigora até hoje. Para se ter uma ideia do clima na época, vale a pena frisar que o mesmo Pobedonóstsev se tornara, tempos antes, objeto da admiração de Dostoiévski, que em seus últimos anos de vida via nele "a única pessoa na Rússia capaz de barrar o caminho da revolução".

Em comparação com seus dois grandes romances anteriores — *Guerra e paz* (da década de 1860) e *Anna Kariênina* (da década de 1870) —, *Ressurreição* parte de uma estrutura e de um conceito distintos. O romance focaliza o sistema judiciário e prisional, um cenário e um contingente humano diferentes dos que encontramos nos romances anteriores. Vista desse ângulo, a sociedade deixa a nu o sentido da repressão judicial e sua relação com os privilégios da classe dominante.

Tanto *Guerra e paz* como *Anna Kariênina* são construídos com base em dípticos: quadros contrapostos em pares, que por sua vez se articulam em linhas narrativas paralelas. Trata-se de estruturas complexas, ordenadas em paralelismos e contrastes: dois casais, duas famílias, dois generais, dois amigos, duas capitais, o campo e a cidade etc. São pares que se desdobram e se refletem.

Ressurreição, em lugar de contrastes e paralelos, mergulha em um conflito aberto e frontal. Em vez de quadros contrapostos, a composição de *Ressurreição* avança, se não em linha reta, pelo menos numa direção única, num impulso que faz tudo convergir, em intensidade crescente, rumo ao âmago das contradições sociais que se manifestam em cada episódio e rumo ao centro do conflito de consciência que acompanha todo o relato. O protagonista é levado para muito além da sua esfera habitual de vida, para um mundo de todo desconhecido para ele, onde sua consciência é desafiada a cada passo.

Os procedimentos de linguagem também diferem. São um pouco mais raras as repetições de palavras e de expressões, que caracterizam os romances anteriores. O gosto pelos períodos complexos também se mostra mais contido. Em troca, Tolstói reforça, em *Ressurreição*, a tendência à linguagem brusca, direta, sem adornos, já perceptível em *Anna Kariênina* e que depois se acentuou em *A morte de Ivan Ilitch* (1886) e *Sonata a Kreutzer* (1890). Têm largo curso, agora, as guinadas abruptas da sintaxe, as elipses. As passagens expositivas dispõem os argumentos como que a marteladas e prevalece a preocupação em ir direto ao ponto. Além disso, há mais emprego de linguagem informal, popular e até chula.

As diferenças de construção e de linguagem que se verificam nos três romances traduzem de forma significativa o aprofundamento da visão crítica de Tolstói. A ordem capitalista, em *Ressurreição*, se apresenta como algo acabado, mecânico, preso à eficácia de sua própria brutalidade. Não há espaço para ilusões quanto a acordos entre os privilegiados e os subalternos. A esfera familiar e o amor não podem representar uma proteção ou uma válvula de escape. A arte, a ciência e os refinamentos de civilização praticados na alta sociedade revelam-se cúmplices da perseguição de uma grande massa humana. Isso está bem claro nas páginas de *Ressurreição*. Todavia algo estranho sucedeu com o romance.

Em toda a vida de Tolstói, *Ressurreição* foi seu livro de maior repercussão. No correr do século XX, porém, o romance tornou-se alvo de objeções cada vez mais repetidas, criticado como uma obra que pagava um preço alto demais às supostas intenções doutrinárias do autor. Tachado de romance de tese, *Ressurreição* adquiriu uma fama desprestigiosa. O livro foi rapidamente encoberto por uma imagem incompatível com as noções dominantes sobre literatura no século XX. Isso eximiu muitos de lerem a obra.

Estabeleceu-se o conceito de que *Ressurreição* se prestava, acima de tudo, a difundir as ideias evangélicas de Tolstói. É o que encontramos repetido nas referências enciclopédicas e críticas. No entanto, quando lemos hoje *Ressurreição* — em sua forma integral e num texto fidedigno, como esta tradução se empenha em oferecer —, tal equívoco chega a espantar. Exceto por algumas frases avulsas, só nas últimas páginas do livro o texto entra no terreno religioso. Mesmo assim, o faz por uma via antidogmática por excelência: um trecho do Evangelho é reescrito e corrigido, sem a menor cerimônia, para fins de maior precisão. Além disso, naquelas emendas, o assunto em pauta — realçado pela cena imediatamente anterior, passada no necrotério de um presídio — nada tem de abstrato, genérico ou atemporal. A religião, tal como se apresenta ali, pouco ou nada tem de sobrenatural. A própria fé, por sua vez, é francamente desafiada pela crua imagem da morte.

Em troca, nas centenas de páginas anteriores, o romance pinta um quadro inequívoco de uma sociedade sob a pressão da expansão capitalista. A crítica desce aos fundamentos humanísticos desse processo, desmascarados em face do significado do sistema judiciário e prisional, que se revela aos poucos ante os olhos atônitos do herói. Qual é o sentido da justiça? — indaga a Nekhliúdov o seu cunhado, um alto funcionário da justiça. "A manutenção dos interesses de uma classe", responde Nekhliúdov. "O tribunal é apenas um instrumento administrativo para a manutenção do estado de coisas vigente, vantajoso para a nossa classe" (segunda parte, capítulo XXXIII). A ideia viera a Nekhliúdov pouco antes e ele hesitava em acreditar: "Não era possível que um fenômeno tão complexo tivesse uma explicação tão simples e terrível, não era possível que todas aquelas palavras sobre a justiça, o bem, a lei, a fé, Deus etc. fossem apenas palavras e encobrissem a crueldade e o egoísmo mais grosseiro" (segunda parte, capítulo XXVII).

É esse questionamento de teor social e histórico, sempre num tom problemático e de consciência atormentada, que predomina em *Ressurreição*. Menos peso têm as noções morais, e menos ainda as questões religiosas. Só resta supor que a reputação de um romance de tese e de cunho evangélico foi útil no curso das polêmicas do século XX, a fim de desviar a potência crítica que o livro contém. Lido hoje, à luz do que presenciamos em nosso tempo, mais de cem anos após ter sido escrito, *Ressurreição* parece erguer a voz com bastante pertinência, reforçada pelas formas e pelos conteúdos novos que a história, em vez de lhe tirar, lhe acrescentou.

PREFÁCIO A *RESSURREIÇÃO*, DE LIEV TOLSTÓI*

Natalia Ginzburg

A história das personagens de Tolstói é sempre a história da descoberta e da compreensão de uma realidade: que se revela rica e violenta e acidentada e complexa, dolorida e generosa e sangrenta como os olhos da fantasia não souberam imaginá-la. Pode-se objetar que a história de uma personagem romanesca é sempre isto e nada mais que isto: descoberta e compreensão de uma realidade. Porém, nos romances de Tolstói, descoberta e compreensão se desenvolvem e crescem quase sob nossos olhos, num ritmo de festa solene; e cada romance, cada destino de cada personagem se encerra numa festiva e solene celebração da realidade. A tela que separa o homem da realidade pode ser a ingenuidade dos ideais juvenis ou o cinismo e o ócio de uma vida fútil, irresoluta e irresponsável: rasgada a tela, a realidade se mostra com o seu rosto humilde, despojado, incomensurável — e há os que desviem o olhar, vencidos por assombro ou asco; e há quem supere o asco e o assombro e acolha o verdadeiro em sua plenitude, celebrando festivamente dentro de si a consumação do próprio destino. A realidade pode ser a guerra ou a felicidade conjugal ou a morte. A realidade é a guerra para o jovem Nicolai Rostóv, que, no campo de batalha, a descobre tão distante de seus sonhos heroicos, tão humilde, tão simples e tão complicada, incoerente e mortal. A realidade é a morte para Natacha, quando a vislumbra no rosto belo e frio do príncipe Andrei, a quem já é inútil pedir perdão; e o próprio príncipe Andrei já havia contemplado um dia a

---

* Texto traduzido por Maurício Santana Dias e publicado na revista *serrote* (São Paulo, Instituto Moreira Salles, n. 5, jul. 2010). [N. E.]

mesma realidade da morte no rosto contraído e pueril de sua primeira mulher. A realidade é a paixão culpada e o adultério para Anna Kariênina, que não sabe aceitar a própria culpa e carregar seu peso, nem libertar-se dela e se salvar; vencida por assombro e asco, deixa-se ir à deriva do banquinho de uma estação, à espera de um trem qualquer que venha aniquilá-la, desviando o olhar das águas confusas e turvas da própria consciência, morrendo por tormento e asco. A realidade é o mundo dos transviados e dos renegados para o príncipe Nekhliúdov, de *Ressurreição*, que certo dia, na sala de um tribunal, durante um processo por homicídio, reconhece na acusada uma prostituta de olhos estrábicos, a pequena serva rural Katiucha, que ele outrora amara, seduzira e abandonara. A lembrança do breve idílio, gentil e terno, e depois da culpa e dos cem rublos deixados sumariamente à jovem assustada, ressurge bruscamente na alma de Nekhliúdov, cujo temperamento ingênuo e férvido se recobrira, com o passar dos anos, de indiferença e de cinismo: e surge nele o desejo de desposar Máslova e fazer voltar a seu rosto transfigurado pelo vício a expressão pura e gentil de antigamente. Mas isso não passa de sonho, e a realidade que Nekhliúdov vai conhecendo dia a dia, na execução de seu propósito, está tão distante de seus sonhos quanto a verdadeira guerra se distancia do sonho glorioso do hussardo Nikolai Rostóv: a realidade mortifica os sonhos, até que se compreenda seu significado e se aprenda a aceitá-la e a amá-la assim como nos é dada, e seu sopro corroborante e benéfico disperse toda nossa fútil mortificação. Nekhliúdov quer se casar com Máslova, e Máslova a princípio não parece reconhecê-lo, depois o injuria, depois tenta agradá-lo com os meios ingênuos a que seu ofício a habituou; ele quer dar suas terras aos camponeses, mas os camponeses não compreendem nem ficam alegres, suspeitam que naquela doação haja um novo sistema cogitado pelo patrão a fim de explorar ainda mais seu trabalho: isso porque tanto Katiucha quanto os camponeses, em sua imensa miséria, não entendem a linguagem da solidariedade e da misericórdia. Mas Nekhliúdov não desiste de sua determinação, e Máslova, condenada a trabalhos forçados na Sibéria — para onde ele vai atrás dela —, reencontrará pouco a pouco, se não a expressão gentil e serena da juventude, ao menos uma dignidade humana; enquanto isso, Nekhliúdov fará de tudo para tornar a pena menos dura e para amparar e defender tantos outros desventurados como ela, transviados e renegados pela sociedade, daquele mundo de poderosos do qual Nekhliúdov fez parte por tantos anos, e que decide sobre a sorte humana sem caridade nem justiça, alheio à realidade como é, governado por leis absurdas, fúteis e minuciosas.

Ressurreição é o romance da velhice de Tolstói, e nos parece bem distante de possuir a felicidade poética de *Anna Kariênina* ou de *Guerra e paz*, mas mesmo assim é um livro dotado de uma força representativa extraordinária, uma planta um pouco esmaecida, mas ainda rica de linfa. Seu vício poético está na personagem de Nekhliúdov, que avança muito rapidamente e quase de modo mecânico pelas vias da redenção; entretanto Máslova é viva e inesquecível, seja quando a vemos no início das recordações do idílio, seja quando corre desesperada atrás do trem onde Nekhliúdov se senta entre outros oficiais, esquecido dela e sem saber que lhe dera um filho, seja quando surge faminta e perdida na sala do tribunal, ouvindo a esquálida história do mercador assassinado. E são vivas inumeráveis figuras que Nekhliúdov encontra em seu caminho: a jovem envenenadora Fedóssia, que agora fez as pazes com o marido e nem mais sabe por que, num dia já remoto, tentou matá-lo, não sabe mais por quê, e o ama, e ele a ama e a acompanha à Sibéria; e o suave diretor da penitenciária, atordoado pelo piano da filha; e o velho da balsa, que prega sua fé soberba. A felicidade poética ilumina páginas e páginas deste livro, se acende e se atenua, a realidade descoberta e conhecida adquire em intervalos aquele seu ritmo alegre e solene, mas a história da descoberta e da compreensão se desenvolve num plano demasiado voluntarista, determinado de modo muito evidente. No entanto, mesmo este romance "menor" de Tolstói sobrevive ao tempo, e não apenas como representação de uma época e de uma sociedade. Ele é, sim, um grande quadro da Rússia às vésperas da revolução; mas não é somente isso, e a história de Nekhliúdov e de Máslova é uma história que comove e fascina, a despeito daqueles vícios criativos que continuamente a ofuscam. E o próprio Nekhliúdov se depara, por fim, com sua patética verdade: quando, ao saber que Máslova obtivera o perdão, de repente vê o casamento com ela não mais como um dever a cumprir, mas algo que atemoriza e que poderia até trazer felicidade; entretanto Máslova recusa o matrimônio, e ele fica só, fixando sua desmesurada realidade. "Tudo o que lhe aconteceu dali em diante ganhou para ele um significado inteiramente distinto do anterior."

PARTE UM

Então Pedro, chegando-se a ele, perguntou-lhe: "Senhor, quantas vezes devo perdoar ao irmão que pecar contra mim? Até sete vezes?". Jesus respondeu-lhe: "Não te digo até sete, mas até setenta e sete vezes".

Mateus 18,21-22

Por que reparas no cisco que está no olho do teu irmão quando não percebes a trave que está no teu?

Mateus 7,3

Quem dentre vós estiver sem pecado, seja o primeiro a lhe atirar uma pedra.

João 8,7

Não existe discípulo superior ao mestre; todo discípulo perfeito deverá ser como o mestre.

Lucas 6,40

I

Por mais que aquelas centenas de milhares de pessoas amontoadas num espaço pequeno se empenhassem em estropiar a terra sobre a qual se comprimiam, por mais que atravancassem a terra com pedras para que nela nada crescesse, por mais que arrancassem qualquer capinzinho que conseguisse abrir caminho para brotar, por mais que enfumaçassem o ar com carvão e petróleo, por mais que cortassem árvores e expulsassem todos os animais e os pássaros — a primavera era a primavera, mesmo na cidade. O sol aquecia, a relva crescia, reanimando-se, e reverdejava em toda parte onde não fora arrancada, não só nos gramados dos bulevares, mas também entre as lajes de pedra, e as bétulas, os álamos, as cerejeiras desdobravam suas folhas viscosas e aromáticas, as tílias estufavam os brotos, que rebentavam; as gralhas, os pardais e os pombos, na alegria da primavera, já preparavam os ninhos e as moscas zumbiam junto às paredes, aquecidas pelo sol. Também estavam alegres as plantas, as aves, os insetos, as crianças. Mas as pessoas — as pessoas crescidas, adultas — não paravam de enganar e atormentar a si mesmas e umas às outras. Achavam que o sagrado e o importante não era aquela manhã de primavera, não era aquela beleza do mundo de Deus, concedida para o bem de todos os seres — beleza que predispunha para a paz, a concórdia e o amor —, mas sim que o sagrado e o importante era aquilo que elas mesmas inventaram a fim de dominarem umas às outras.

Assim, na secretaria da prisão provincial, considerava-se que o sagrado e o importante não era que o enternecimento e a alegria da primavera fossem dados a todos os animais e a todas as pessoas, considerava-se que o sagrado e o importante era uma folha de papel recebida na véspera, com número, sinete e cabeçalho, determinando que às nove horas da manhã do dia 28 de abril fossem conduzidos para prestar depoimento três detentos que respondiam a processo na prisão — duas mulheres e um homem. Uma dessas mulheres, tida como a criminosa mais importante, devia ser levada separadamente. E portanto, no cumprimento dessa prescrição, no dia 28 de abril, no corredor escuro e fétido da ala feminina, às oito horas da manhã, entrou o carcereiro-chefe. Atrás dele, entrou no corredor uma mulher com o rosto extenuado, cabelos crespos e grisalhos, vestindo uma blusa com galões bordados nas mangas, cingida na cintura por um friso azul. Era a carcereira.

— O senhor veio buscar Máslova? — perguntou ela, enquanto, junto com o carcereiro em serviço, caminhava na direção da porta de uma das celas que davam para o corredor.

O carcereiro, fazendo retinir os ferros com estrépito, abriu a fechadura e, após escancarar a porta da cela, da qual jorrou um ar ainda mais fétido que o do corredor, berrou:

— Máslova, para o tribunal! — e encostou de novo a porta, enquanto esperava.

Até no pátio da prisão havia um ar fresco e vivificante que vinha dos campos, trazido à cidade pelo vento. Mas no corredor havia um ar devastador, impregnado de tifo, de cheiro de fezes, alcatrão e mofo, que no mesmo instante levava ao desânimo e à tristeza qualquer pessoa que ali chegasse. Foi o que experimentou a própria carcereira ao chegar ali, vinda do pátio, apesar de estar habituada ao cheiro ruim. De repente, quando entrou no corredor, ela sentiu um cansaço e teve vontade de dormir.

Na cela, ouviu-se um rebuliço: vozes de mulher e passos de pés descalços.

— Vamos lá, ande logo, Máslova, mexa-se, já falei! — gritou o carcereiro-chefe na porta da cela.

Uns dois minutos depois, a passos firmes, saiu pela porta uma jovem baixa, de peito farto, virou-se depressa e ficou ao lado do carcereiro; vestia um roupão cinzento, blusa e saia brancas. Nos pés da mulher, havia meias de malha e, por cima das meias, botinas de presídio, sua cabeça estava envolta por um lenço branco, sob o qual, obviamente de propósito, pendiam soltos uns cachinhos dos cabelos crespos e pretos. Todo o rosto da mulher tinha a brancura peculiar do rosto das pessoas que passaram muito tempo encarceradas, uma brancura que lembra os brotos de batata guardados num porão. Também assim eram as mãos largas e pequenas e o pescoço branco e grosso, que se via por trás da gola grande do roupão. Impressionavam no rosto, sobretudo na palidez opaca do rosto, os olhos muito pretos, brilhantes, um tanto inchados, mas muito vivos, um dos quais era um pouco vesgo. De porte muito ereto, ela abria bastante o peito farto. Ao sair para o corredor, com a cabeça um pouco inclinada para trás, fitou o carcereiro nos olhos e ficou parada, pronta para cumprir tudo o que dela exigissem. O carcereiro fez menção de trancar logo a porta, quando lá de dentro surgiu o rosto pálido, severo, enrugado de uma velha grisalha e de cabeça descoberta. A velha pôs-se a falar algo com Máslova. Mas o carcereiro espremeu a cabeça da velha na porta e a cabeça sumiu. Dentro da cela, uma voz de mulher soltou uma gargalhada. Máslova também sorriu e virou-se para a janelinha gradeada, na porta. A velha, do outro lado, encostou-se à janelinha e falou com voz rouca:

— Acima de tudo, não fale demais, finque o pé numa coisa só e acabou.

— Uma só ou mais de uma, pior não vai ficar — respondeu Máslova, depois de balançar a cabeça.

— Todo mundo sabe que um não é dois — disse o carcereiro-chefe, com uma confiança autoritária na própria finura de espírito. — Atrás de mim, marche!

O olho da velha que se via na janelinha sumiu, enquanto Máslova saía para o meio do corredor e, a passos miúdos e rápidos, caminhava atrás do carcereiro-chefe. Desceram uma escada de pedras, passaram pelas celas masculinas, ainda mais fedorentas e ruidosas do que as femininas, das quais, através das janelinhas das portas, olhos os seguiram por toda parte, e entraram no escritório, onde dois soldados de escolta, com fuzis, já estavam a postos. O escrivão ali sentado entregou a um dos soldados um papel impregnado de fumaça de tabaco e, depois de apontar para a prisioneira, falou:

— Receba.

O soldado — um mujique de Níjni-Nóvgorod, de rosto vermelho, encovado, com marcas de varíola — colocou o papel debaixo da manga do capote militar e, sorrindo, piscou para o companheiro, um tchuvache[1] de zigomas largos, apontando para a prisioneira. Os soldados desceram pela escada com a prisioneira e foram para a saída principal.

Na porta da saída principal, abriu-se uma cancela e, após cruzar a soleira da cancela rumo ao pátio, os soldados e a prisioneira foram para o lado de fora do muro e andaram pela cidade, no meio de ruas calçadas.

Cocheiros, lojistas, cozinheiros, operários, funcionários paravam e, com curiosidade, voltavam os olhos para a prisioneira; uns balançavam a cabeça e pensavam: "É nisso que dá portar-se mal, não fazer como nós". As crianças olhavam com horror para a criminosa, só se mantinham calmas porque os soldados estavam ao seu lado e assim ela agora não faria nada. Um mujique rústico, depois de ter vendido carvão e bebido muito chá numa taberna, aproximou-se dela, fez o sinal da cruz e deu-lhe um copeque. A prisioneira ruborizou-se, inclinou a cabeça e falou alguma coisa.

Sentindo os olhares voltados para ela, a prisioneira, discretamente, sem virar a cabeça, olhava de esguelha para os que a observavam e alegrava-se com aquela atenção. Alegrava-a também o ar primaveril, limpo, em comparação com o ar da prisão, mas era doloroso pisar nas pedras com os pés desacostumados a fazer caminhadas calçados com as canhestras botinas de presídio, e Máslova olhava para

---

1 Natural da Tchuváchia, região da Rússia. [Todas as notas numeradas são do tradutor.]

os próprios pés e tentava pisar o mais leve possível. Ao passar por uma venda de farinha, diante da qual ciscavam uns pombos sem que ninguém os enxotasse, a prisioneira por pouco não esbarrou na pata de um deles; o pombo alçou voo, sacudindo as asas, passou voando rente à orelha da prisioneira, envolvendo-a no seu vento. A prisioneira sorriu e depois soltou um suspiro pesado, ao recordar sua situação.

II

A história da prisioneira Máslova era uma história muito comum. Máslova era filha de uma camponesa solteira, que morava com a mãe, uma vaqueira, numa aldeia nas terras de duas irmãs solteiras. Aquela mulher solteira dava à luz todos os anos e, como é comum acontecer nas aldeias, batizavam o bebê, mas depois a mãe não amamentava a criança, que surgira de maneira indesejável, era inútil e atrapalhava o trabalho, e o bebê logo morria de fome.

Assim morreram cinco crianças. Todas foram batizadas, depois não foram alimentadas e morreram. O sexto bebê, gerado por um cigano que estava de passagem, foi uma menina, e sua sorte teria sido a mesma se não ocorresse de uma das solteironas ter passado no estábulo para repreender a vaqueira porque a nata estava com cheiro de vaca. A parturiente estava deitada no estábulo, junto a um bebê lindo e saudável. A solteirona fez uma repreensão por causa da nata, e também por deixarem no estábulo uma mulher que acabara de dar à luz, e já fazia menção de sair quando, ao ver o bebê, tomou-se de ternura por ele e se ofereceu para ser sua madrinha. Batizou a menina e depois, com pena da afilhada, deu leite e dinheiro para a mãe, e a criança ficou viva. As solteironas, por isso, chamavam-na de "a salva".

A criança tinha três anos quando a mãe ficou doente e morreu. Para a avó-vaqueira, a neta era um estorvo, e então as solteironas levaram a menina para a sua casa. A menina de olhos pretos mostrou-se extraordinariamente vivaz e graciosa e as senhoritas idosas consolavam-se com ela.

As solteironas eram duas: a mais jovem, mais bondosa, era Sófia Ivánovna, a madrinha da menina, e a mais velha, mais severa, chamava-se Mária Ivánovna. Sófia Ivánovna cuidava das roupas da menina, ensinou-a a ler e queria fazer dela uma moça de boa educação. Mária Ivánovna dizia que era preciso fazer da menina uma trabalhadora braçal, uma boa criada de quarto, e por isso era exigente, castigava e até batia na menina quando estava de mau humor. Assim, entre as duas influências, a menina, quando cresceu, tornou-se em parte criada de quarto e em parte moça instruída. Chamavam-na de um modo também intermediário — não de Katka, nem de Kátienka, mas sim de Katiucha. Ela costurava, arrumava os quartos, limpava os ícones de gesso, fritava, moía, servia café, lavava pequenas peças de roupa e às vezes sentava-se com as solteironas e lia para elas.

Recebia propostas de casamento, mas não queria casar-se com ninguém, sentindo que a vida em companhia dos trabalhadores que lhe propunham casamento seria difícil para ela, mimada pelas doçuras da vida senhorial.

Assim viveu até os dezesseis anos. Depois que fez dezesseis anos, um sobrinho das duas senhoritas foi visitá-las, era estudante e príncipe rico, e Katiucha, sem coragem de confessá-lo a ele nem a si mesma, apaixonou-se pelo jovem. Dois anos depois, o mesmo sobrinho, a caminho da guerra, foi visitar as tias, ficou na casa delas durante quatro dias e na véspera da partida seduziu Katiucha, e depois de enfiar uma nota de cem rublos na mão da moça, no último dia, foi embora. Cinco meses depois de sua partida, Katiucha teve a certeza de que estava grávida.

Daí em diante, tudo era enfadonho para ela, só pensava em como poderia se livrar da vergonha que a aguardava, e passou não só a trabalhar mal e de má vontade para as duas solteironas como também, sem que ela mesma entendesse como aquilo aconteceu, explodiu de repente. Gritou grosserias para as solteironas, do que se arrependeu mais tarde, e pediu para ser dispensada.

E as solteironas, muito desgostosas com ela, deixaram-na ir embora. De lá, foi trabalhar de arrumadeira na casa de um comissário de polícia rural, mas só pôde ficar três meses porque o comissário de polícia, um velho de cinquenta anos, começou a assediá-la e, certa vez em que ele estava especialmente afoito, ela se enfureceu, chamou-o de imbecil, de diabo velho, e empurrou-o no peito com tanta força que o velho caiu. Puseram-na para fora por sua brutalidade. Não valia a pena empregar-se, em pouco tempo teria de dar à luz, e instalou-se na casa de uma viúva parteira que vendia bebidas. O parto foi fácil. Mas a parteira, que na aldeia havia cuidado de uma mulher doente, contaminou Katiucha com a febre puerperal e a criança, um menino, foi levada para um asilo, onde, conforme lhe contou a velha que a acompanhava, morreu logo depois de chegar.

Todo o dinheiro que Katiucha possuía quando se instalou na casa da parteira somava cento e vinte e sete rublos: vinte e sete, ganhos com seu trabalho, e cem, dados pelo seu sedutor. Quando deixou a casa da parteira, restavam-lhe ao todo seis rublos. Ela não sabia guardar dinheiro, gastava com suas coisas e também dava dinheiro a qualquer um que lhe pedisse. A parteira tomou-lhe, por seus serviços — pela comida e pelo chá —, ao longo de dois meses, quarenta rublos, outros vinte e cinco rublos foram para o enterro da criança, a parteira pediu emprestados mais quarenta rublos para comprar uma vaca, uns vinte rublos foram gastos à toa — em vestidos, em presentes, e assim, quando Katiucha recobrou a saúde, não tinha mais dinheiro, e era preciso procurar um lugar para morar. Apareceu uma vaga na casa de um guarda-florestal. O guarda-florestal era casado, mas, a exemplo do comissário de polícia, desde o primeiro dia começou a assediar Katiucha. O homem lhe dava nojo e Katiucha tentava livrar-se dele. Mas o guarda-florestal era mais experiente e mais astuto do que ela, e acima de tudo era o patrão, podia mandá-la para onde quisesse, aguardou o momento certo e possuiu-a. A esposa soube e, ao surpreender o marido um dia no quarto de Katiucha, atirou-se sobre ela aos murros. Katiucha reagiu, armou-se uma briga, do que resultou a sua expulsão da casa, sem receber o pagamento. Então Katiucha foi para a cidade e lá se hospedou na casa de uma tia. O marido da tia era encadernador, antes vivia bem, mas agora estava perdendo todos os clientes e dera para beber, gastava na bebida tudo o que lhe caía nas mãos.

A tia era dona de uma pequena lavanderia e com isso alimentava os filhos e sustentava o marido arruinado. A tia propôs a Máslova trabalhar com ela na lavanderia. Mas, ao ver a vida dura das lavadeiras que moravam na lavanderia da tia, Máslova relutou e foi procurar um emprego de criada numa agência de empregos. Apareceu uma vaga na casa de uma senhora que vivia com dois filhos, alunos do liceu. Uma semana depois de começar a trabalhar, o mais velho, um bigodudo da sexta série do liceu, parou de estudar e não deu mais sossego a Máslova, a quem assediava. A mãe pôs a culpa de tudo em Máslova e a demitiu. Não apareceu outro emprego, mas aconteceu que, ao ir à agência para se oferecer como criada, Máslova encontrou lá uma senhora com anéis e pulseiras nos braços nus e roliços. Essa senhora, após inteirar-se da situação de Máslova, que andava atrás de emprego, deu-lhe o seu endereço e convidou-a para ir visitá-la. Máslova foi à sua casa. A senhora recebeu-a com carinho, serviu pastéis e vinho doce e mandou sua criada levar um bilhete a algum lugar. Ao entardecer, entrou na sala um homem alto, de cabelos compridos, que estavam ficando grisalhos, e de barba já grisalha; esse velho prontamente se sentou perto de Máslova e, com os olhos cintilantes e sorrindo, pôs-se a examiná-la e a gracejar com ela. A anfitriã chamou-o para ir a um outro cômodo e Máslova ouviu como a senhora dizia: "Fresquinha, uma camponesinha". Em seguida, a senhora chamou Máslova e disse que aquele homem era um escritor, tinha muito dinheiro e nada pouparia se ela lhe agradasse. Máslova lhe agradou e o escritor deu-lhe vinte e cinco rublos e propôs que se mudasse para um apartamento particular.

Enquanto morava no apartamento, alugado pelo escritor, Máslova apaixonou-se por um vendedor divertido que morava no mesmo quarteirão. Ela mesma confessou ao escritor e mudou-se para um apartamento pequeno. O tal vendedor, depois de prometer casar-se, partiu para Níjni sem nada dizer a ela, abandonou-a, era óbvio, e Máslova se viu sozinha. Gostaria de morar sozinha no apartamento, mas não lhe permitiram. O chefe do posto policial disse-lhe que ela só poderia viver assim se obtivesse o bilhete amarelo[2] e fosse submetida ao exame médico de praxe. Com isso, voltou para a casa da tia. Ao vê-la com um vestido da moda, e também de capa e chapéu, a tia recebeu-a com respeito e já não ousou propor que fosse trabalhar na lavanderia, achando que agora ela havia galgado um patamar na vida. Agora, para Máslova, já nem se cogitava da questão de trabalhar ou não na lavanderia. Agora, ela olhava consternada para a vida de trabalhos forçados que, nos cômodos da frente, levavam as lavadeiras pálidas, de braços magros, algumas já tuberculosas, que limpavam e passavam a ferro no meio do vapor, a uma temperatura de trinta graus, com as janelas abertas no verão e no inverno, e se horrorizou com a ideia de que poderia estar empregada naqueles trabalhos forçados.

Aconteceu que justamente nessa ocasião, tão funesta para Máslova, pois não lhe aparecia nenhum protetor, ela foi procurada por uma agente que fornecia moças para casas de tolerância.

Máslova fumava já havia muito tempo, mas, durante o final do seu caso com o vendedor e depois disso, quando ele a abandonou, acostumou-se a beber cada vez mais. A bebida a atraía não só porque lhe parecia gostoso beber, atraía-a sobretudo porque lhe dava a possibilidade de esquecer todas as agruras por que havia passado e lhe dava um desembaraço e uma confiança na sua dignidade que ela não conseguiria sentir sem a bebida. Sem a bebida, era sempre o tédio e a vergonha.

A agente serviu comes e bebes para a tia e, depois de embriagar Máslova, propôs que fosse trabalhar num bom, no melhor estabelecimento da cidade, expôs a ela todas as vantagens e os benefícios daquele emprego. Uma escolha se apresentou diante de Máslova: uma condição humilhante de criada, em que seguramente haveria assédio da parte dos homens, e adultérios secretos e temporários, ou uma condição abastada, tranquila, legalizada, e um adultério explícito, aprovado pelas leis, constante e bem remunerado, e Máslova escolheu este último. Além do mais, por meio disso, pensou vingar-se também do seu sedutor, do vendedor e de toda a gente que lhe fizera mal. Também a seduziu, e era esta uma das causas da sua decisão definitiva, o fato de a agente ter dito que ela poderia encomendar todos os vestidos que desejasse — de veludo, de *faille*, de seda, de baile, com os braços e os ombros descobertos. E quando Máslova imaginou-se num vestido amarelo brilhante de seda, com acabamentos de veludo preto e decotado, não conseguiu resis-

---

2 Documento que as autoridades forneciam às prostitutas.

tir e entregou sua caderneta de identidade. Nessa mesma noite, a agente veio num coche de aluguel e levou-a para a famosa casa de Kitáieva.

A partir de então, teve início para Máslova aquela vida de crime crônico contra os preceitos divinos e humanos, a vida que levam centenas e centenas de milhares de mulheres, não só com autorização, mas sob a proteção do poder governamental, preocupado com o bem-estar de seus cidadãos, e que, para nove entre dez mulheres, termina com enfermidades torturantes, decrepitude e morte precoces.

Durante a manhã e o dia, um sono pesado após a orgia da noite. Lá para as três ou quatro horas, um despertar cansado numa cama imunda, água mineral gasosa por causa da bebedeira, café, voltas preguiçosas pelo interior dos quartos, de penhoar, de blusa, de chambre, umas espiadas através da janela por trás da cortina, discussões indolentes entre elas mesmas; depois, lavar-se, besuntar-se, perfumar o corpo, os cabelos, provar os vestidos, discutir com a patroa por causa dos vestidos, examinar-se no espelho, pintar o rosto, as sobrancelhas, comer coisas açucaradas e gordurosas; depois, um vestido de seda brilhante que desnuda o corpo; depois, a entrada num salão enfeitado, iluminado com brilho, a chegada dos visitantes, a música, as danças, os bombons, a bebida, o fumo e o adultério com jovens, com homens de meia-idade, com quase crianças e com velhos desmoronados, com solteiros, casados, comerciantes, vendedores, armênios, judeus, tártaros, ricos, pobres, sadios, doentes, bêbados, sóbrios, brutos, carinhosos, militares, civis, estudantes, alunos do liceu — de todas as classes, idades e temperamentos possíveis. E os gritos e os gracejos, e as brigas e a música, e o tabaco e a bebida, e a bebida e o tabaco, e a música desde o anoitecer até o raiar do dia. E só pela manhã a libertação e um sono pesado. E assim todos os dias, a semana inteira. No fim da semana, o comparecimento a uma repartição pública, uma delegacia onde se encontravam funcionários a serviço do Estado, os médicos, homens que, às vezes de modo grave e austero, outras vezes com alegria jocosa que aniquilava a vergonha, dada pela natureza não só às pessoas, mas também aos animais, como proteção contra o crime, examinavam aquelas mulheres e lhes davam uma licença para a continuação do mesmo crime que haviam praticado com seus cúmplices no decorrer da semana. E de novo mais uma semana como a anterior. E assim eram todos os dias, no verão e no inverno, nos dias úteis e nos feriados.

Assim Máslova viveu sete anos. Durante esse tempo, mudou de casa duas vezes e ficou no hospital uma vez. No sétimo ano de sua permanência na casa de tolerância e no oitavo ano após a primeira queda, quando ela estava com vinte e seis anos, aconteceu-lhe aquilo por que a puseram na prisão e por que agora a levavam para o tribunal, depois de seis meses de permanência na cadeia, em companhia de assassinos e ladrões.

III

Na hora em que Máslova, exausta da longa caminhada, se aproximava do prédio do tribunal da circunscrição com a sua escolta, aquele mesmo sobrinho de suas educadoras, o príncipe Dmítri Ivánovitch Nekhliúdov, que a havia seduzido, ainda estava deitado na sua cama alta, de molas e de colchão de penas, com os lençóis amarfanhados, e depois de abrir o colarinho do paletó do pijama, limpo e feito de tecido holandês, com pregas no peito bem marcadas com ferro de passar, fumou um cigarro. Olhava para a frente com os olhos parados e pensava no que teria de fazer naquele dia e no que acontecera no dia anterior.

Ao lembrar a noite da véspera, que passara na casa dos Kortcháguin, gente rica e bem conhecida, cuja filha todos supunham que fosse casar com ele, Nekhliúdov suspirou e, após jogar fora o cigarro que terminara de fumar, quis pegar outro cigarro numa cigarreira de prata, mas mudou de ideia e, depois de baixar da cama as pernas brancas e lisas, achou com os pés os chinelos, cobriu os ombros fartos com um roupão de seda e, a passos rápidos e pesados, caminhou para um banheiro anexo ao quarto de dormir, todo impregnado com o cheiro artificial de elixires, águas-de-colônia, fixadores, perfumes. Lá, com a ajuda de um pó especial, limpou bem os dentes, obturados com chumbo em vários pontos, enxaguou-os com um gargarejo aromático, em seguida passou a lavar-se de todos os lados e enxugou-se com diversas toalhas. Depois de lavar as mãos com um sabonete perfumado, limpar cuidadosamente com escovas as unhas crescidas e banhar o rosto e o pescoço grosso num grande lavatório de mármore, seguiu para um terceiro cômodo, anexo ao quarto de dormir, onde uma ducha estava preparada. Após banhar ali, com água fria, o corpo branco, musculoso e revestido de gordura, e enxugar-se com uma toalha felpuda, vestiu uma roupa de baixo limpa e bem passada, botinas lustrosas como um espelho e sentou-se diante de um toucador para pentear com duas escovas a barba curta, preta, frisada e os cabelos crespos que começavam a rarear na parte da frente.

Todos os objetos que ele utilizava — as peças de toalete: as roupas íntimas, as roupas em geral, os calçados, as gravatas, os alfinetes, as abotoaduras — eram de primeira qualidade, do tipo mais caro, discretos, simples, duradouros e valiosos.

Após escolher, entre dezenas de gravatas e broches, os que primeiro lhe caíram na mão — antes, isso era uma novidade e uma diversão, agora, não fazia a menor diferença —, Nekhliúdov vestiu-se com uma roupa escovada e já pronta, que haviam deixado sobre uma cadeira, e saiu, embora não inteiramente fresco, mas limpo e perfumado, em direção a uma comprida sala de estar, com o assoalho encerado na véspera por três mujiques, um imenso bufê de carvalho, uma grande mesa extensível, também de carvalho, e que tinha algo de solene com seus pés muito afastados e esculpidos em forma de pata de leão. Sobre essa mesa, coberta por uma fina toalha engomada, com grandes monogramas, havia uma cafeteira de prata com um café aromático, um açucareiro também de prata, uma cremeira com nata fervida e uma cesta com um pão fresco, torradinhas e biscoitos. Junto aos talheres, estavam as cartas recebidas, os jornais e o último número da *Revue des Deux Mondes*. Nekhliúdov fez menção de pegar as cartas quando, através da porta que dava para o corredor, surgiu uma mulher gorda e de certa idade, em trajes de luto, com uma touca de renda na cabeça, que escondia a risca muito aberta dos seus cabelos. Era Agrafiena Petrovna, a criada da falecida mãe de Nekhliúdov, morta pouco tempo antes naquela mesma residência, e que agora servia o filho na função de governanta.

Agrafiena Petrovna vivera no exterior dez anos ao todo, em ocasiões diversas, na companhia da mãe de Nekhliúdov, e tinha aspecto e maneiras de uma dama. Morava na casa dos Nekhliúdov desde a infância e conhecia Dmítri Ivánovitch ainda como Mítienka.

— Bom dia, Dmítri Ivánovitch.

— Bom dia, Agrafiena Petrovna. O que há de novo? — perguntou Nekhliúdov em tom jocoso.

— Uma carta, não sei se da princesa ou da filha da princesa. A criada trouxe faz tempo, ela está esperando no meu quarto — respondeu.

Agrafiena Petrovna entregou a carta, sorrindo de maneira significativa.

— Está bem, já vou falar com ela — disse Nekhliúdov depois de pegar a carta e, ao notar o sorriso de Agrafiena Petrovna, franziu as sobrancelhas.

O sorriso de Agrafiena Petrovna significava que a carta era da jovem princesa Kortcháguina, com a qual, na opinião de Agrafiena Petrovna, Nekhliúdov haveria de casar em breve. E tal suposição, expressa pelo sorriso de Agrafiena Petrovna, desagradava a Nekhliúdov.

— Então vou mandar que ela espere — e Agrafiena Petrovna, depois de pegar uma escovinha de varrer a mesa que haviam deixado fora do lugar e pô-la no lugar certo, esgueirou-se para fora da sala de jantar.

Nekhliúdov rompeu o selo da carta perfumada que Agrafiena Petrovna lhe havia entregado e começou a ler.

"Cumprindo a obrigação que me impus de ser a memória do senhor", estava escrito numa folha de papel grosso e cinzento, com margens desiguais e numa caligrafia pontiaguda, mas esparramada, "venho lembrar-lhe que hoje, 28 de abril, o senhor precisa comparecer ao tribunal para fazer parte do júri, e por isso não poderá de maneira alguma ir comigo e Kólossov ver a exposição de quadros, como ontem prometeu, com a sua leviandade peculiar; *à moins que vous ne soyez disposé à payer à la cour d'assises les 300 rubles d'amende, que vous vous refusez pour votre cheval*,[3] por não comparecer no horário marcado. Lembrei-me disso ontem, logo depois que o senhor saiu. Portanto, agora não esqueça.

"Princesa M. Kortcháguina."

No outro lado, foi acrescentado:

"*Maman vous fait dire que votre couvert vous attendra jusqu'à la nuit. Venez absolument à quelle heure que cela soit.*[4]

"M. K."

Nekhliúdov franziu um pouco a testa. O bilhete era a continuação do hábil trabalho que, já havia dois meses, a jovem princesa Kortcháguina executava em torno dele e que consistia em amarrá-lo a ela, cada vez mais, por meio de fios imperceptíveis. Entretanto, além da habitual indecisão diante do matrimônio que se verifica em pessoas que já não estão na primeira juventude e não se sentem muito apaixonadas, havia no caso de Nekhliúdov um motivo ainda mais importante, pelo qual, mesmo que ele se resolvesse, não poderia fazer agora o pedido de casamento. O motivo não se prendia ao fato de ele, dez anos antes, ter seduzido e abandonado Katiucha, isso já estava completamente esquecido, e Nekhliúdov não o considerava um empecilho para o seu casamento; o motivo era que, nessa mesma ocasião, ele mantinha com uma senhora casada um relacionamento íntimo, o qual, embora já rompido por ele, ainda não fora aceito por ela como encerrado.

Nekhliúdov era muito tímido com mulheres, porém foi justamente a timidez que provocou naquela mulher casada o desejo de conquistá-lo. A mulher era esposa do decano da nobreza da comarca onde Nekhliúdov votava. A tal mulher o atraíra para um relacionamento que a cada dia se tornava mais cativante para ele e, ao mesmo tempo, cada vez mais repulsivo. De início, Nekhliúdov não conseguiu resistir à sedução, depois, sentindo-se culpado perante ela, não conseguia romper de todo aquele relacionamento sem a concordância da mulher. Eis aí o motivo por que Nekhliúdov não se considerava no direito de propor casamento a Kortcháguina, mesmo se o quisesse.

Sobre a mesa, estava justamente uma carta do marido daquela mulher. Ao reconhecer a caligrafia e o carimbo, Nekhliúdov ruborizou-se, e de pronto sentiu

---

3 Francês: "A menos que o senhor esteja disposto a pagar de multa ao tribunal os trezentos rublos que o senhor recusa pelo seu cavalo".

4 Francês: "Mamãe pediu para lhe avisar que seu lugar à mesa estará à espera até a noite. Venha sem falta, a qualquer hora".

aquela onda de energia que sempre experimentava em face da aproximação de um perigo. Mas aquela comoção era vã: o marido, decano da nobreza da mesma comarca onde ficavam as principais propriedades de Nekhliúdov, comunicava-lhe que estava marcada para o fim de maio uma reunião extraordinária do *ziemstvo*,[5] e pedia que Nekhliúdov viesse sem falta para "*donner un coup d'épaule*"[6] às importantes questões que seriam apresentadas na reunião do *ziemstvo* sobre as escolas e as estradas vicinais, às quais se esperava uma forte oposição do partido reacionário.

O decano da nobreza era um homem liberal e, com alguns simpatizantes, batia-se contra a reação desencadeada no tempo de Alexandre III, vivia de todo absorvido por essa luta e nada sabia sobre sua vida conjugal infeliz.

Nekhliúdov lembrou-se de todos os momentos torturantes que passara com aquele homem: lembrou que certa vez chegou a pensar que o marido sabia e se preparava para um duelo, em que Nekhliúdov tinha a intenção de disparar para o ar, e lembrou a cena terrível em que a mulher correu desesperada para o jardim, na direção do tanque, com o intuito de afogar-se, e ele foi atrás dela. "Não posso viajar agora, e não posso tomar nenhuma atitude enquanto ela não me der uma resposta", refletiu Nekhliúdov. Uma semana antes, escrevera para a mulher uma carta definitiva, na qual se reconhecia culpado e disposto a qualquer tipo de expiação por sua culpa; no entanto, para o bem dela, considerava encerrado para sempre o relacionamento entre os dois. Era a resposta a essa carta que ele esperava e não recebia. O fato de não haver resposta era, em parte, um bom sinal. Caso ela não concordasse com o rompimento, teria escrito havia muito tempo, ou teria até ido em pessoa, como já fizera antes. Nekhliúdov ouvira dizer que agora um certo oficial lhe fazia a corte, e isso o atormentava por causa do ciúme, mas ao mesmo tempo o alegrava com a esperança de uma libertação da falsidade que o afligia.

A outra carta era do administrador-geral de suas propriedades. O administrador informava que Nekhliúdov precisava ir até lá sem falta, para ratificar seus direitos à herança e, além disso, resolver como continuariam a administrar as propriedades: se fariam como no tempo da falecida ou se, conforme ele desde antes sugeria à falecida princesa, e agora sugeria também ao jovem príncipe, aumentariam o gado e cultivariam eles mesmos toda a terra que hoje se achava repartida entre os camponeses. O administrador escrevia que essa forma de empreendimento seria imensamente mais lucrativa. Além disso, pedia desculpas por ter atrasado um pouco o envio dos três mil rublos combinados para o primeiro dia do mês.

---

5 Assembleia rural, com membros eleitos entre os senhores de terra.

6 Francês: "Dar um apoio".

O dinheiro seria enviado no correio seguinte. Ele atrasou a remessa porque não conseguia, de maneira alguma, cobrar dos camponeses, cuja falta de consciência chegara a tal ponto que foi preciso convocar as autoridades para obrigá-los a pagar. Essa carta foi agradável e desagradável para Nekhliúdov. Foi agradável sentir o seu poder sobre uma vasta propriedade, e foi desagradável porque, nos primórdios da sua juventude, ele fora um entusiasmado adepto das ideias de Herbert Spencer e, uma vez que ele mesmo era um grande senhor de terras, impressionou-o sobretudo a tese defendida na obra *Estática social*, segundo a qual a justiça não admite a propriedade privada da terra. Com a sinceridade e a firmeza da juventude, Nekhliúdov não só dizia que a terra não podia ser objeto de propriedade privada, e na universidade até redigiu um artigo sobre o assunto, como cedeu de fato aos mujiques, na ocasião, uma pequena parte das terras (uma parte que não pertencia à sua mãe e que ele herdara pessoalmente do pai), pois não queria ir contra suas convicções e possuir terras. Agora, por efeito da herança, transformado em grande senhor de terras, ele devia fazer uma opção: ou renunciar à sua propriedade, como fizera dez anos antes com as duzentas dessiatinas[7] de terra do pai, ou admitir tacitamente que todas as suas ideias anteriores eram errôneas e falsas.

Não podia adotar a primeira opção, pois não dispunha de nenhum meio de vida a não ser a terra. Ter um emprego, não queria, além do mais já estavam assimilados os hábitos de vida luxuosos que Nekhliúdov julgava não poder abandonar. De resto, não valia a pena, pois já não existia mais aquela força de convicção, nem a firmeza, nem a vaidade e o desejo de causar admiração que existiam na juventude. A segunda opção — renegar os argumentos claros e irrefutáveis sobre a ilegitimidade da propriedade da terra, que na época ele havia sorvido no livro *Estática social*, de Spencer, e cuja brilhante confirmação Nekhliúdov descobriu, mais tarde, nas obras de Henry George — ele não poderia adotar de forma alguma.

E por isso a carta do administrador era desagradável para ele.

IV

Depois de tomar o café, Nekhliúdov foi ao escritório para conferir, no bilhete de convocação, o horário em que precisava comparecer ao tribunal, e também para redigir uma resposta à princesa. Antes de chegar ao escritório, era preciso passar pelo ateliê. No ateliê, estava armado um cavalete com uma pintura já come-

---

7 Antiga medida russa, equivalente a 1,09 hectare.

çada, virada de costas, e havia esboços pendurados na parede. O aspecto daquele quadro, com o qual lutava já havia dois anos, e dos esboços, e de todo o ateliê, trouxe à sua memória a sensação, ultimamente experimentada com uma intensidade especial, de uma impotência para continuar a pintar. Ele explicava aquela sensação como a consequência de um senso estético desenvolvido com excessiva sutileza, mesmo assim tal ideia era muito desagradável.

Sete anos antes, Nekhliúdov deixara o serviço militar após resolver que tinha vocação para a pintura e, do alto da atividade artística, encarava com certo desprezo todas as outras atividades. Agora constatava que não tinha esse direito. Por tal motivo, toda e qualquer lembrança do assunto lhe era desagradável. Com um sentimento pesado, observou todas as instalações luxuosas do ateliê e, num estado de ânimo entristecido, entrou no seu escritório. O escritório era um cômodo muito amplo, com todo tipo de enfeites, apetrechos e distrações.

Na gaveta de uma mesa enorme, com a etiqueta URGENTES, encontrou logo a notificação, na qual estava escrito que precisava comparecer ao tribunal às onze horas, e sentou-se para escrever um bilhete à jovem princesa, em que agradecia o convite e dizia que ia empenhar-se em chegar a tempo para o jantar. Porém, após redigir o bilhete, rasgou-o: ficou íntimo demais; escreveu outro — ficou frio, quase ofensivo. Rasgou de novo e apertou um botão na parede. Pela porta, entrou um lacaio de guarda-pó cinzento, já de certa idade, com feições sombrias, de barba raspada e suíças.

— Por favor, chame um coche de praça.

— Sim, senhor.

— E outra coisa, há uma pessoa esperando da parte dos Kortcháguin, diga a ela que agradeço e que tentarei ir lá.

— Sim, senhor.

"É descortês, mas não consigo escrever. De todo modo, eu a verei hoje", pensou Nekhliúdov e foi se vestir.

Quando, já vestido, saiu para o alpendre, um coche de praça já conhecido, com rodas pneumáticas de borracha, estava à sua espera.

— Pois ontem, assim que o senhor saiu da casa do príncipe Kortcháguin — disse o cocheiro, girando o pescoço vigoroso e queimado de sol, no colarinho branco da camisa —, eu cheguei e o porteiro falou: "Acabou de sair".

"Até os cocheiros sabem de minhas relações na casa dos Kortcháguin", pensou Nekhliúdov, e a pergunta sem resposta, que o preocupava sem cessar nos últimos tempos, se convinha ou não convinha casar com Kortcháguina, surgiu à sua frente, e ele, a exemplo do que ocorria na maioria das questões que se apresentavam em seu caminho nos últimos tempos, não conseguia decidir nem por um lado nem pelo outro.

A favor do casamento em geral contava, em primeiro lugar, o fato de que o casamento, além de proporcionar os prazeres do ambiente doméstico, afastando a irregularidade da vida sexual, trazia a possibilidade de uma vida virtuosa; em segundo lugar, e era o mais importante, Nekhliúdov tinha esperança de que a família e os filhos dessem um sentido à sua vida oca. Isso quanto ao casamento em geral. Contra o casamento em geral, havia, em primeiro lugar, o medo, comum em homens solteiros e já não tão jovens, de uma perda de liberdade e, em segundo lugar, o medo inconsciente de uma criatura misteriosa, a mulher.

A favor do casamento com Míssi, em particular (Kortcháguina chamava-se Mária e, como ocorre em todas as famílias de um ambiente seleto, deram-lhe um apelido), contava, em primeiro lugar, o fato de ela ser de uma família nobre e, em tudo, desde as roupas até a maneira de falar, de andar, de rir, se destacava das pessoas comuns, não por algo excepcional, mas por uma "distinção" — Nekhliúdov não conhecia outra expressão para denominar tal qualidade, e atribuía a ela um alto valor; em segundo lugar, havia o fato de a princesa ter por ele um apreço mais elevado do que qualquer outra pessoa e, portanto, no seu modo de ver, a princesa o compreendia. E aquela compreensão, ou seja, o reconhecimento de suas qualidades superiores, atestava para Nekhliúdov a inteligência da princesa e sua exatidão de julgamento. Contra o casamento com Míssi, em particular, contava, em primeiro lugar, o fato de que, muito provavelmente, seria possível achar uma jovem com qualidades infinitamente maiores que as de Míssi, e por isso mais digna dele, e, em segundo lugar, o fato de Míssi ter vinte e sete anos e, portanto, com certeza, já ter conhecido amantes — e tal ideia era uma tortura para Nekhliúdov. Seu orgulho não se conformava com o fato de que ela, mesmo no passado, pudesse ter amado um outro que não ele. A princesa, está claro, não poderia saber que um dia conheceria Nekhliúdov, mas só pensar que ela pudesse ter amado alguém antes dele já o ofendia.

Assim, havia tanto argumentos favoráveis quanto contrários; pelo menos em sua força, os argumentos eram equivalentes, e Nekhliúdov, rindo de si mesmo, chamava-se de Asno de Buridan.[8] No entanto, continuava no mesmo lugar, sem saber qual das duas braçadas de feno escolher.

"De resto, antes de receber uma resposta de Mária Vassílievna", a esposa do decano da nobreza, "antes de encerrar de todo esse caso, não posso fazer nada", disse consigo mesmo.

E a consciência de que podia e devia retardar a decisão lhe era agradável.

---

8 Referência à fábula em que um asno, indeciso entre dois molhos de feno, morre de fome.

"De resto, vou pensar melhor em tudo isso mais tarde", disse consigo mesmo, enquanto a sua caleche rolava sem nenhum ruído na direção da entrada asfaltada do tribunal.

"Agora é preciso cumprir de maneira consciênciosa, como sempre faço e julgo devido, uma obrigação social. Além de tudo, muitas vezes isso se revela interessante", disse consigo mesmo, e passou pelo porteiro rumo ao vestíbulo do tribunal.

V

Nos corredores do tribunal, já havia um movimento intenso quando Nekhliúdov entrou.

Os guardas ora andavam ligeiro, ora até trotavam, sem levantar os pés do chão, resvalavam com os pés para lá e para cá, ofegantes, corriam para um lado e para o outro, com ordens e papéis. Comissários de polícia, advogados e funcionários da justiça passavam ora para lá, ora para cá, peticionários ou réus que não estavam presos vagavam desalentados junto às paredes ou esperavam sentados.

— Onde fica o tribunal de circunscrição? — perguntou Nekhliúdov a um dos guardas.

— Qual o senhor quer? Há a seção civil e a câmara judiciária.

— Sou jurado.

— Seção criminal. O senhor devia ter dito logo. Por aqui à direita, depois à esquerda, é a segunda porta.

Nekhliúdov seguiu as indicações.

Na porta indicada, havia dois homens à espera: um era um comerciante alto, gordo, simpático, que obviamente havia bebido bastante e tinha feito uma boquinha e se encontrava no estado de espírito mais alegre possível; o outro era um vendedor de origem judaica. Estavam conversando sobre o preço da lã, quando Nekhliúdov se aproximou e perguntou se era ali a sala dos jurados.

— É aqui, senhor, é aqui mesmo. O nosso irmão também é jurado? — perguntou o comerciante simpático, piscando os olhos alegremente. — Pois bem, então vamos trabalhar juntos — continuou, ante a resposta afirmativa de Nekhliúdov. — Sou Baklachóv, da segunda guilda — disse, estendendo a mão larga, mole, informe. — É preciso prestar este serviço. Com quem tenho o prazer?

Nekhliúdov disse o seu nome e entrou na sala dos jurados.

Na pequena sala dos jurados, havia umas dez pessoas de vários tipos. Todas haviam acabado de chegar, algumas estavam sentadas, outras caminhavam, observavam-se mutuamente e apresentavam-se. Havia um militar da reserva de uniforme, outros estavam de sobrecasaca, de paletó, apenas um vestia um casacão rural típico, pregueado na cintura.

Em todos — apesar de aquilo afastar muitos deles de suas atividades e negócios e apesar de dizerem que era um transtorno —, em todos, havia sinal de um certo prazer com o cumprimento de uma importante missão social.

Os jurados, aqueles que já se haviam apresentado mutuamente e os que apenas tentavam adivinhar quem era quem, conversavam entre si sobre o tempo, sobre a primavera precoce, sobre a atividade que tinham pela frente. Os que não eram conhecidos apressaram-se em apresentar-se para Nekhliúdov, considerando isso, obviamente, uma honra especial. E Nekhliúdov, como ocorria sempre entre pessoas que não eram suas conhecidas, recebia tal atenção como algo que lhe era devido. Se lhe perguntassem por que ele se considerava superior à maioria das pessoas, não conseguiria responder, pois sua vida inteira não revelava nenhuma qualidade especial. O fato de falar bem o inglês, o francês e o alemão, o fato de vestir roupas, gravata e abotoaduras dos melhores fornecedores desses artigos, não poderiam, de forma alguma — ele mesmo admitia —, servir de justificativa para o reconhecimento da sua superioridade. Contudo, Nekhliúdov não tinha a menor dúvida em reconhecer a sua superioridade, recebia as manifestações de respeito como algo devido e ofendia-se quando não as recebia. Na sala dos jurados, calhou de ter de experimentar exatamente a sensação desagradável de que lhe faltavam com o respeito. Entre os jurados, havia um conhecido de Nekhliúdov. Era Piotr Guerássimovitch (Nekhliúdov nunca soube, e até se vangloriava de não saber, o seu sobrenome de família), um ex-professor dos filhos da sua irmã. Esse tal Piotr Guerássimovitch havia terminado o curso e agora era professor no liceu. Sempre fora um tipo insuportável para Nekhliúdov, com sua familiaridade, com sua gargalhada cheia de si, com sua generalizada "espontaneidade", como dizia a irmã de Nekhliúdov.

— Ah, o senhor também foi apanhado — saudou-o Piotr Guerássimovitch, com uma gargalhada alta. — Não conseguiu se livrar?

— Nem pensei em me livrar — retrucou Nekhliúdov, em tom severo e desalentado.

— Bem, isto é que é bravura cívica. Espere só quando ficar com fome e não o deixarem dormir, aí sua música vai ser outra! — falou Piotr Guerássimovitch, gargalhando ainda mais forte.

"Esse filho de arcipreste daqui a pouco vai me tratar por você", pensou Nekhliúdov e, após exprimir no rosto um tamanho pesar que só pareceria natural se tivesse acabado de saber da morte de todos os seus parentes, afastou-se dele e aproximou-se do grupo que se formara em torno de um cavalheiro alto, de barba raspada e de boa aparência, que contava algo animadamente. O cavalheiro falava a respeito de um processo que estava correndo na seção civil, parecia tratar de um assunto que ele conhecia bem, chamava juízes e advogados famosos pelo prenome e pelo patronímico.[9] Relatava a reviravolta surpreendente que um advogado famoso soube dar ao caso, cujo resultado foi que uma das partes, uma senhora idosa, apesar de "estar com toda a razão, foi obrigada a pagar" uma grande soma à parte contrária.

— Um advogado genial! — exclamou ele.

Ouviam-no com respeito e alguns tentavam fazer comentários, mas a todos interrompia, como se só ele pudesse saber como tudo era na verdade.

Apesar de Nekhliúdov ter chegado tarde, teve de esperar muito. A sessão estava atrasada porque até então um dos membros da corte não havia chegado.

VI

O presidente da corte chegara cedo ao tribunal. O presidente era alto, gordo, com grandes suíças grisalhas. Era casado, mas levava uma vida muito dissoluta, como também a sua esposa. Os dois não perturbavam um ao outro. Naquela manhã, ele recebera um bilhete da governanta suíça que morara em sua casa no verão e agora estava em viagem, do sul rumo a Petersburgo, avisando que estaria na cidade entre três e seis horas e que esperaria por ele no Hotel Itália. Por isso, o juiz queria começar e terminar mais cedo a sessão daquele dia, a fim de poder, antes das seis, visitar a ruivinha Klara Vassílievna, com quem começara um romance numa datcha no verão anterior.

Ao entrar no gabinete, trancou a porta, pegou dois halteres na prateleira inferior de uma estante com documentos e fez vinte movimentos para cima, para a frente, para o lado e para baixo e depois ficou de cócoras três vezes, com facilidade, sustendo os halteres acima da cabeça.

"Nada nos revigora mais do que uma ducha de água e a ginástica", pensou, enquanto a mão esquerda, com um anel de ouro no dedo anular, apalpava o bíceps direito tensionado. Faltava ainda fazer o molinete (sempre fazia aqueles dois movimentos antes de uma sessão demorada), quando a porta foi sacudida. Alguém quis abrir. O presidente apressou-se em guardar os pesos no lugar e abriu a porta.

— Queira perdoar — disse ele.

No gabinete, entrou um dos juízes, de óculos dourados, baixo, de ombros levantados e sobrancelhas franzidas.

---

9 Na tradição russa, o sobrenome de família, que vem após o patronímico, é usado nas formas de tratamento mais formais.

— Mais uma vez, Matviei Nikítitch não chegou — disse o juiz, descontente.

— Ainda não — respondeu o presidente, vestindo o uniforme. — Está sempre atrasado.

— É espantoso que não sinta vergonha — disse o juiz e sentou-se aborrecido, enquanto pegava um cigarro.

Aquele juiz, homem muito zeloso, tivera uma desavença desagradável com a esposa naquela manhã, por ela ter gastado antes do prazo o dinheiro que recebera para o mês. Pediu que o marido lhe adiantasse algum dinheiro, mas ele respondeu que não abriria mão do que era seu. Houve uma cena. A esposa disse que se era assim não haveria almoço, era melhor que ele não tivesse a menor esperança de almoçar em casa. Com isso, o marido saiu, receoso de que a ameaça fosse cumprida, pois da esposa podia-se esperar tudo. "Eis no que dá levar uma vida correta e virtuosa", pensou, enquanto olhava para o presidente, radiante, saudável, alegre, simpático, o qual, abrindo bastante os cotovelos, alisava com as mãos brancas e bonitas as suíças espessas, compridas e grisalhas, de ambos os lados da sua gola bordada, "ele está sempre satisfeito e alegre, enquanto eu vivo me martirizando."

Entrou o secretário e trouxe alguns documentos.

— Muito obrigado — disse o presidente e começou a fumar um cigarro. — De que processo vamos cuidar primeiro?

— Bem, acho que do envenenamento — respondeu o secretário, com ar de indiferença.

— Certo, muito bem, o envenenamento, que seja o envenenamento — disse o presidente, após avaliar que aquele processo poderia ser encerrado antes das quatro horas e que ele iria embora em seguida. — E o Matviei Nikítitch, nada?

— Ainda não.

— Brewe está aí?

— Está — respondeu o secretário.

— Então, se o encontrar, diga a ele que começaremos com o envenenamento.

Brewe era o promotor adjunto, que assumiria a acusação naquele julgamento.

Ao sair para o corredor, o secretário encontrou Brewe. Com os ombros erguidos bem alto, o uniforme desabotoado, uma pasta debaixo do braço, quase correndo, batendo com os saltos no chão e abanando o braço livre de modo que a palma da mão se mantinha perpendicular em relação à direção em que caminhava, ele avançava ligeiro pelo corredor.

— Mikhail Petróvitch pediu para perguntar se o senhor está pronto — perguntou-lhe o secretário.

— Claro, estou sempre pronto — respondeu o promotor adjunto. — Qual vai ser o primeiro caso?

— O envenenamento.

— Que ótimo — disse o promotor adjunto, mas não estava achando nada ótimo: tinha ficado a noite inteira sem dormir. Festejaram com um amigo que ia viajar, beberam muito e jogaram até as duas horas, depois foram ao encontro de mulheres naquela mesma casa em que, seis meses antes, ainda se encontrava Máslova, por isso não tivera tempo de ler justamente o processo do envenenamento e agora queria passar os olhos no caso. O secretário, de propósito, sabendo que Brewe não lera o processo do envenenamento, havia recomendado ao presidente que tratasse daquele caso primeiro. O secretário era um liberal, e até um homem com ideias de feição radical. Brewe, por sua vez, era um conservador e até, como todos os alemães que eram funcionários públicos na Rússia, especialmente devotado à ortodoxia, e o secretário não gostava dele e o invejava pelo cargo que ocupava.

— Muito bem, mas e quanto aos escopitas?[10] — perguntou o secretário.

— Eu já disse que não posso — respondeu o promotor adjunto —, por causa da ausência de testemunhas, e assim vou declarar perante o tribunal.

— Mas se isso não faz diferença...

— Eu não posso — disse o promotor adjunto e, também abanando o braço, seguiu depressa para o seu gabinete.

Ele adiava o processo dos escopitas por causa da ausência de uma testemunha totalmente desnecessária e sem nenhuma importância, só porque aquele processo, caso fosse a julgamento com um júri de gente instruída, poderia terminar em absolvição. Por um acordo já selado com o presidente, aquele processo devia ser transferido para uma sessão de cidade de província, onde a maioria do júri seria formada por camponeses e por isso haveria mais chances de condenação.

O movimento no corredor aumentava cada vez mais. A maioria das pessoas estava perto da sala da seção civil, onde era julgado o processo sobre o qual falara aquele cavalheiro de boa aparência que era membro do júri e aficionado de questões jurídicas. No intervalo, saiu da sala a tal velha a quem o advogado genial soube tomar os bens, em benefício de um homem de negócios que não tinha o menor direito sobre aqueles bens — disso também sabiam os juízes, bem como o peticionário e o seu advogado; porém inventaram uma tal manobra que era impossível deixar de tomar os bens da velhinha para entregá-los ao homem de negócios. A velhinha era uma mulher gorda, de vestido elegante, com flores imensas no chapéu. Ao sair pela porta, ela parou no corredor e, abrindo os braços grossos e curtos, repetia o tempo todo: "O que vai acontecer? Eu suplico ao senhor! O que vai acon-

---

10 Seguidores de uma seita religiosa russa que preconizava a autocastração.

tecer?" — dirigindo-se ao seu advogado. O advogado fitava as flores no seu chapéu e não a escutava, pensava em outra coisa.

Atrás da velha, pela porta da sala da sessão civil, radiante com o seu peitilho, o colete bem aberto e o rosto cheio de si, saiu o advogado famoso que fez a velha com flores no chapéu ficar sem nada, enquanto o homem de negócios, que dera a ele dez mil rublos, ganhou mais de cem mil. Todos os olhares se voltavam para o advogado, ele sentia isso e toda a sua pessoa parecia dizer: "Não é preciso nenhuma homenagem" — e passou rápido por todos.

VII

Enfim chegou Matviei Nikítitch, e o oficial de justiça, homem magro, de pescoço comprido, que andava de lado e tinha o lábio inferior também caído para o lado, entrou na sala dos jurados.

O oficial de justiça era um homem honesto, de formação universitária, mas não conseguia ficar muito tempo no mesmo emprego, porque bebia sem parar. Três meses antes, uma condessa, madrinha de sua esposa, conseguira aquele cargo para ele e até agora o oficial de justiça continuava no mesmo posto e se alegrava por isso.

— E então, cavalheiros, todos presentes? — perguntou, ajeitando o pincenê e olhando através dele.

— Todos, parece — respondeu o comerciante alto.

— Vamos verificar — disse o oficial de justiça e, após tirar do bolso uma folha de papel, começou a fazer a chamada, olhando para as pessoas nomeadas, ora através do pincenê, ora por cima dele.

— Conselheiro de Estado[11] I. M. Nikíforov.

— Eu — respondeu o cavalheiro de boa aparência que sabia tudo sobre questões judiciárias.

— Coronel da reserva Ivan Semiónovitch Ivánov.

— Aqui — respondeu o homem magro de uniforme de militar da reserva.

— Comerciante da segunda guilda Piotr Baklachóv.

— Presente — disse o comerciante simpático, sorrindo com o rosto inteiro. — A postos!

— Tenente da guarda príncipe Dmítri Nekhliúdov.

---

11 Posto no serviço público da Rússia tsarista.

— Eu — respondeu Nekhliúdov.

Com especial cortesia e satisfação, olhando por cima do pincenê, o oficial de justiça inclinou-se numa reverência, como se quisesse distingui-lo dos outros.

— Capitão Iúri Dmítrievitch Dántchenko, comerciante Grigóri Efímovitch Kulechov etc.

Todos, exceto dois, estavam presentes.

— Agora, por favor, cavalheiros, para a sala — disse o oficial de justiça, apontando para a porta com um gesto simpático.

Todos se puseram em movimento e, dando passagem na porta uns para os outros, saíram para o corredor e do corredor foram para a sala de julgamento.

A sala de julgamento era um cômodo grande e comprido. Uma de suas extremidades estava ocupada por um tablado, a que se chegava subindo três degraus. No centro do tablado havia uma mesa, coberta por um pano de lã verde com uma franja verde mais escura. Atrás da mesa, havia três cadeiras de braços com espaldares muito altos, de carvalho entalhado, e por trás das cadeiras pendia numa moldura dourada o retrato reluzente de um general de pé, com uniforme e condecorações, com um pé mais à frente e o sabre em punho. No canto direito pendia um caixilho onde havia uma imagem de Cristo com uma coroa de espinhos, ali ficava também o leitoril, e logo ao lado direito ficava a escrivaninha do promotor. Do lado esquerdo, em frente à escrivaninha e mais ao fundo, ficava a mesinha do secretário, mais perto da plateia havia um gradil de carvalho torneado, e atrás dele ficava o banco dos réus, ainda desocupado. No tablado, à direita, ficavam as cadeiras para os jurados, também de espaldar alto e dispostas em duas fileiras, e embaixo, as mesas dos advogados.

Tudo isso na parte da frente da sala, que era dividida ao meio por um gradil. A parte de trás era toda ocupada por bancos, que, erguendo-se em filas uns atrás dos outros, chegavam até a parede do fundo. Na parte de trás da sala, nos primeiros bancos, sentavam-se quatro mulheres com aspecto de operárias ou criadas de quarto, e dois homens, também trabalhadores, obviamente abalados com a imponência da decoração da sala e que, por isso, sussurravam timidamente entre si.

Logo após a entrada dos jurados, o oficial de justiça, com seu jeito torto de andar, veio para o meio da sala e, com voz alta, como se quisesse assustar os presentes, gritou:

— Os membros da corte!

Todos se levantaram, os juízes entraram e subiram no tablado da sala: o presidente com seus músculos e suas belas suíças; depois, o juiz de aspecto sombrio e óculos dourados, que agora estava ainda mais sombrio porque, pouco antes do julgamento, encontrara seu cunhado, candidato a um cargo na justiça, que informara a ele que tinha estado com a irmã, em sua casa, e ela lhe disse que não haveria almoço.

— Então, pelo visto, vamos ter de ir a uma cantina — disse o cunhado, rindo.

— Não vejo graça nenhuma — respondeu o juiz sombrio e ficou ainda mais sombrio.

Por último, o terceiro juiz, o tal Matviei Nikítitch, que sempre se atrasava — esse juiz era um homem barbado, com olhos grandes, bondosos, puxados para baixo. Esse juiz sofria de catarro no estômago e, a partir daquela manhã, a conselho do médico, iniciara um regime novo, e esse regime novo o prendera hoje em casa por um tempo ainda maior que o habitual. Naquele momento, quando subiu no tablado, exibia um aspecto concentrado porque tinha o hábito de tentar adivinhar, por todos os meios possíveis, respostas para as perguntas que fazia a si mesmo. Dessa vez inventou que, se o número de passos da porta do gabinete até a sua cadeira de juiz fosse divisível por três, sem deixar resto, o regime novo curaria o seu catarro, e se não fosse divisível, não iria curar. Eram vinte e seis passos, mas ele deu mais um passinho bem curto e chegou à cadeira com exatamente vinte e sete passos.

A figura do presidente e dos juízes, em seus uniformes de golas com bordados de ouro, quando subiram ao tablado, era muito impressionante. Eles mesmos sentiam isso e todos os três, como que embaraçados com sua imponência, de maneira tímida e apressada, de olhos baixos, sentaram-se em suas cadeiras de braços, feitas de madeira entalhada, por trás da mesa coberta com o pano de lã verde, sobre a qual se erguia um instrumento triangular com uma águia,[12] jarras de vidro como as que se usam para pôr balas sobre os bufês, um tinteiro, penas, um papel limpo e excelente, e lápis de vários tamanhos, recém-apontados com muito esmero. Com os juízes, entrou também o promotor adjunto. Veio tão afobado com uma pasta presa na axila e abanava o outro braço de tal modo, enquanto andava rumo ao seu lugar perto da janela, que mergulhou imediatamente na leitura e no reexame dos documentos, sem perder nenhum instante, a fim de preparar-se para o julgamento. Era apenas a quarta vez que aquele promotor fazia uma acusação. Era muito ambicioso, estava tenazmente resolvido a fazer carreira e por isso julgava necessário conseguir a condenação em todos os processos em que desempenhasse as funções de promotor. Conhecia em linhas gerais a essência do caso de envenenamento e já formulara um plano para o seu discurso, mas ainda precisava obter certos dados, e era isso o que ele agora copiava às pressas, das páginas do processo.

---

12 A águia era o símbolo do Império Russo.

O secretário sentou-se na extremidade oposta do tablado e, após preparar todos os documentos que pudessem ser necessários para a leitura, passava os olhos em um artigo proibido, que obtivera e lera no dia anterior. Queria conversar sobre esse artigo com o juiz de barba grande, que compartilhava seus pontos de vista, e antes da conversa queria inteirar-se melhor do assunto.

VIII

O presidente, depois de examinar uns papéis, trocou algumas palavras com o oficial de justiça e o secretário e, após receber respostas afirmativas, ordenou a entrada dos réus. Prontamente, a porta atrás do gradil foi aberta e entraram dois guardas de gorro, com os sabres desembainhados, e atrás deles, primeiro, um réu de cabelo ruivo e sardas e depois duas mulheres. O homem vestia um roupão de presidiário, largo e comprido demais para ele. Ao entrar no tribunal, comprimia os braços no corpo em posição de sentido, com dedos grandes, muito abertos e tensamente esticados, e nessa posição segurava as mangas excessivamente compridas. Sem voltar os olhos para os juízes nem para a plateia, olhava atentamente para o banco que ele contornava. Depois de contorná-lo, sentou-se com cuidado na ponta, deixando lugar para os outros, e, após fitar o presidente, pôs-se a mexer os músculos das bochechas como se sussurrasse algo. Atrás dele, entrou uma jovem, também de roupão de presidiária. A cabeça da mulher estava envolta num lenço de presidiária, o rosto era cinza-azulado, sem sobrancelhas e pestanas, mas com olhos vermelhos. A mulher parecia perfeitamente tranquila. A caminho do seu lugar, seu roupão agarrou em alguma coisa, ela soltou-o com cuidado, sem pressa, e foi sentar-se.

O terceiro réu era Máslova.

Assim que entrou, os olhos de todos os homens presentes na sala voltaram-se para ela e demoraram muito a desprender-se do seu rosto branco, com olhos negros, luzidios e lustrosos, e também do peito que se erguia alto sob o roupão. Até o guarda, pelo qual ela passou sem baixar os olhos, observou-a enquanto avançava e tomava assento, e depois, quando já estava sentada, o guarda virou-se às pressas, como que tomando consciência de ser culpado, e após sacudir-se fixou o olhar na janela à sua frente.

O presidente aguardou, enquanto os réus tomavam os seus lugares, e, assim que Máslova se acomodou, virou-se para o secretário.

Teve início o procedimento habitual: a chamada dos jurados, as explicações sobre os ausentes, a aplicação de multas contra eles, as decisões a respeito dos que pediram permissão para ausentar-se e a substituição dos faltosos pelos suplentes. Em seguida, o presidente dobrou uns bilhetinhos, colocou-os dentro de um jarro de vidro e, após arregaçar um pouco as mangas bordadas do uniforme e desnudar os braços densamente cobertos de pelos, com os gestos de um ilusionista, retirou um bilhetinho de cada vez, desenrolou e leu. Depois, o presidente baixou a manga e pediu que o sacerdote levasse os jurados a prestar o juramento.

O sacerdote velhinho, com o rosto intumescido e branco-amarelado, a batina de cor castanha com um crucifixo dourado no peito e ainda uma pequena medalha presa num lado da batina, moveu lentamente as pernas intumescidas por baixo da batina e aproximou-se do leitoril, que ficava abaixo do ícone.

Os jurados levantaram-se e, aglomerando-se, caminharam para o leitoril.

— Por favor — disse o sacerdote, tocando o crucifixo no peito com a mão balofa, enquanto aguardava a aproximação de todos os jurados.

O sacerdote tinha quarenta e sete anos de sacerdócio e preparava-se para, dali a três anos, celebrar o seu jubileu, a exemplo do arcipreste da catedral, que havia celebrado o jubileu pouco tempo antes. Ali na corte, o sacerdote trabalhava desde a fundação do tribunal e orgulhava-se muito de ter levado a prestar juramento muitas dezenas de milhares de pessoas e de, em seus anos de velhice, continuar a trabalhar pelo bem da Igreja, da pátria e da família, para a qual ele iria deixar, além de uma casa, um capital de não menos que trinta mil rublos, em títulos que rendiam juros. Jamais passara pela sua cabeça que o seu trabalho no tribunal, que consistia em levar as pessoas a jurar sobre o Evangelho, em cujas páginas tal juramento era expressamente proibido, era um trabalho ruim e ele não só não se incomodava com isso como até gostava daquela ocupação rotineira, na qual muitas vezes travava conhecimento com cavalheiros distintos. Naquele dia, não sem satisfação, travara conhecimento com o advogado famoso, que lhe inspirava um grande respeito por ter ganhado dez mil rublos somente no processo da velhinha que tinha flores enormes no chapéu.

Depois que todos os membros do júri subiram os degraus do tablado, o sacerdote inclinou para o lado a cabeça calva e grisalha, enfiou-a na abertura sebosa da estola e, após arrumar os cabelos ralos, voltou-se para os jurados.

— Levantem a mão direita e coloquem os dedos assim — falou bem devagar, com voz senil, enquanto erguia a mão balofa com covinhas em todos os dedos e juntava os dedos como se fosse pegar uma pitada de alguma coisa. — Agora repitam comigo — disse, e começou: — Prometo e juro em nome de Deus Todo-Poderoso, diante do seu Santo Evangelho e da revivificadora Cruz do Senhor, que no processo em que — dizia, fazendo uma pausa após cada frase. — Não abaixem a mão, fiquem assim — dirigiu-se a um jovem que baixara a mão — ... que no processo em que...

O cavalheiro de boa aparência e de suíças, o coronel, o comerciante e outros ficaram com a mão e os dedos na posição exigida pelo sacerdote, bem firme e bem alta, como se tivessem um prazer todo especial, enquanto os outros o faziam sem ânimo e sem convicção. Alguns repetiam as palavras alto demais, como que com fervor, e com uma expressão que dizia: "Ora, para mim tanto faz falar, então vou falar", enquanto outros apenas murmuravam, atrasavam-se em relação ao sacerdote e depois, como que assustados, voltavam a alcançá-lo; alguns, com expressão de desafio e com todo o zelo, como se receassem deixar algo cair, mantinham os dedos juntos na posição de quem pega uma pitadinha de alguma coisa, enquanto outros abriam os dedos e de novo os juntavam. Para todos, era incômodo, só o sacerdote velhinho estava absolutamente convicto de que cumpria uma tarefa muito útil e importante. Depois do juramento, o presidente propôs aos jurados que escolhessem um porta-voz. Os jurados ergueram-se e, formando um grupo, passaram para a sala de deliberações, onde quase todos eles imediatamente pegaram cigarros e começaram a fumar. Alguém propôs que o porta-voz do júri fosse o cavalheiro de boa aparência e todos logo concordaram e, depois de apagar e jogar fora as pontas de cigarro, voltaram para a sala de julgamento. O porta-voz eleito informou ao presidente que fora o escolhido para ser o porta-voz e todos, mais uma vez, pisando nos pés uns dos outros, foram sentar-se nas cadeiras de espaldar alto, dispostas em duas fileiras.

Tudo corria sem contratempos, rapidamente, com solenidade, e tal precisão, coerência e solenidade, pelo visto, proporcionavam um prazer aos participantes, confirmando neles a consciência de que cumpriam uma função social séria e relevante. Nekhliúdov também experimentava esse sentimento.

Assim que os jurados se sentaram, o presidente fez uma preleção sobre os seus direitos, obrigações e responsabilidades. Enquanto fazia a sua preleção, o presidente mudava constantemente de posição: ora se apoiava no cotovelo esquerdo, ora no direito, ora nas costas, ora no braço da cadeira, ora nivelava a margem da folha de papel, ora alisava a espátula, ora apalpava um lápis.

Segundo suas palavras, os direitos dos jurados consistiam em poder fazer perguntas aos réus por intermédio do presidente, ter lápis e papel e examinar as provas materiais. Sua obrigação consistia em julgar não de forma tendenciosa, mas justa. Sua responsabilidade consistia em que, no caso da inobservância do sigilo das deliberações dos jurados e ocorrência de contatos com pessoas alheias ao processo, eles estariam sujeitos a punição.

Todos ouviram com atenção respeitosa. O comerciante, que propagava à sua volta um cheiro de bebida, meneava a cabeça em sinal de aprovação a cada frase, enquanto tentava sufocar um arroto ruidoso.

IX

Terminado o discurso, o presidente virou-se para os réus.

— Simon Kartínkin, levante-se — disse.

Simon, nervoso, ergueu-se de um salto. Os músculos da face começaram a mexer-se ainda mais depressa.

— O nome do senhor?

— Simon Petrov Kartínkin — pronunciou depressa, com voz estridente, obviamente já preparado para dar aquela resposta.

— A classe social do senhor?

— Camponês.

— De que província e distrito?

— Província de Tula, distrito de Krapívenski, conselho de Kupiánski, aldeia de Bórki.

— Quantos anos o senhor tem?

— Trinta e quatro, nascido em 18...

— Que religião?

— Minha religião é russa, ortodoxa.

— Casado?

— Não, não senhor.

— Em que trabalha?

— Trabalhava no corredor do Hotel Mauritânia.

— Já foi processado?

— Nunca fui processado, porque antes a gente vivia...

— O senhor não respondeu a nenhum processo antes?

— Deus me livre, nunca.

— O senhor recebeu uma cópia do auto de acusação?

— Recebi.

— Sente-se. Evfímia Ivánovna Botchkova — o presidente voltou-se para o réu seguinte.

Mas Simon continuava de pé e encobria Botchkova.

— Kartínkin, sente-se.

Kartínkin continuou de pé.

— Kartínkin, sente-se!

Mas Kartínkin continuou de pé e só se sentou quando o oficial de justiça, que acudiu às pressas, com a cabeça inclinada para o lado e arregalando os olhos de forma exagerada, sussurrou em tom trágico: "Sentar, sentar!".

Kartínkin sentou-se tão bruscamente como havia se levantado e, enrolando-se em seu roupão, recomeçou a movimentar as bochechas sem emitir nenhum som.

— O nome da senhora? — com um suspiro de cansaço, o presidente voltou-se para a segunda acusada, sem olhar para ela, enquanto consultava alguma coisa num papel que estava à sua frente. Para o presidente, o processo era tão rotineiro que, a fim de apressar o andamento do processo, ele podia fazer duas coisas ao mesmo tempo.

Botchkova tinha quarenta e três anos; classe social — pequeno-burguesa da cidade de Kolomna; ocupação — trabalhava no mesmo Hotel Mauritânia. Nunca fora processada nem acusada, tinha recebido uma cópia do auto de acusação. Botchkova proferia suas respostas de forma extremamente atrevida e com tal entonação que a cada resposta parecia declarar: "Sim, sou Evfímia, e Botchkova, recebi uma cópia, e me orgulho disso, e não vou deixar que ninguém ria". Botchkova, sem esperar que lhe dessem ordem para se sentar, sentou-se no mesmo instante em que terminou as respostas.

— O nome da senhora? — o presidente, que era um mulherengo, dirigiu-se à terceira acusada de um modo especialmente afável. — É preciso ficar de pé — acrescentou, em tom suave e afetuoso, ao notar que Máslova estava sentada.

Com um movimento rápido, Máslova ficou de pé e, com uma expressão de solicitude, erguendo o peito alto, sem responder, olhou direto no rosto do presidente com seus olhos sorridentes, negros e um pouco estrábicos.

— Como se chama?

— Liubov[13] — respondeu, pronunciando depressa.

Enquanto isso, Nekhliúdov havia colocado o pincenê e observava os réus através das lentes, à medida que eram interrogados. "Mas não pode ser", pensou, sem desviar o olhar do rosto da acusada. "Como assim, Liubov?", pensou, ao ouvir sua resposta.

O presidente queria fazer mais perguntas, porém o juiz de óculos, sussurrando algo em tom irritado, o deteve. O presidente fez um sinal de concordância com a cabeça e voltou-se para a acusada.

— Como assim, Liubov? — disse ele. — A senhora está registrada de outro modo.

A acusada ficou em silêncio.

— Estou perguntando à senhora qual o seu nome verdadeiro.

— Com que nome foi batizada? — perguntou o juiz irritado.

— Antes, me chamavam de Katierina.

"Mas não pode ser", continuou a dizer Nekhliúdov para si mesmo e no entan-

---

13 Em russo, significa "amor". O mesmo radical vai se repetir nos nomes Liubka e Liubacha, mais adiante atribuídos a Máslova.

to já sabia, sem a menor sombra de dúvida, que era ela, a mesma jovem, ao mesmo tempo filha adotiva e empregada, pela qual estivera apaixonado um dia, totalmente apaixonado, e que depois seduziu numa embriaguez de loucura, e abandonou, e da qual nunca mais se lembrou, porque aquela lembrança era torturante demais, acusava-o de um modo demasiado evidente e mostrava que ele, tão orgulhoso da sua honestidade, não só não era honesto, como procedera com aquela mulher de um modo francamente infame.

Sim, era ela. Agora Nekhliúdov via claramente aquela peculiaridade exclusiva, misteriosa, que distingue um rosto do outro, que o torna especial, único, algo que não se repete. Apesar da brancura exagerada e da largura do rosto, aquela peculiaridade, aquele traço meigo e exclusivo, estava presente no rosto, nos lábios, nos olhos ligeiramente estrábicos e sobretudo no olhar ingênuo, sorridente, e na expressão de solicitude, não só no rosto, mas em toda a sua pessoa.

— A senhora deveria ter dito logo de início — falou o presidente, de novo com uma brandura especial. — Qual o patronímico?

— Sou ilegítima — respondeu Máslova.

— Mas que nome recebeu do seu padrinho de batismo?

— Mikháilova.

"Mas o que poderia ela ter feito?", continuou a pensar Nekhliúdov, enquanto isso, respirando fundo e com dificuldade.

— O sobrenome de família, sua alcunha, qual era? — prosseguiu o presidente.

— Escreveram o nome de minha mãe, Máslova.

— Classe social?

— Pequeno-burguesa.

— Religião ortodoxa?

— Ortodoxa.

— Ocupação? Em que trabalha?

Máslova ficou calada.

— Em que trabalha? — repetiu o presidente.

— Estava num estabelecimento — respondeu.

— Em que estabelecimento? — perguntou o juiz de óculos, em tom severo.

— O senhor bem sabe — respondeu Máslova, sorriu e, logo depois de lançar um olhar rápido em redor, fitou o presidente nos olhos.

Havia algo tão extraordinário na expressão do seu rosto, algo tão terrível e tão digno de pena no sentido das palavras que ela dissera, naquele sorriso e naquele olhar rápido que lançou à sala de julgamento, que o presidente baixou os olhos e um silêncio completo dominou a sala por um minuto. O silêncio foi interrompido por um riso da plateia. Alguém fez *psiu*. O presidente ergueu a cabeça e continuou com as perguntas:

— A senhora já foi processada ou acusada?

— Não — falou Máslova em voz baixa, com um suspiro.

— A senhora recebeu uma cópia do auto de acusação?

— Recebi.

— Sente-se — disse o presidente.

A acusada apanhou a saia por trás, com o movimento que as mulheres elegantes fazem para ajeitar a cauda de seu vestido, e sentou-se, cruzando os braços brancos e pequenos nas mangas do roupão, sem desviar seus olhos do presidente.

Teve início a enumeração das testemunhas, a impugnação de testemunhas, a decisão quanto ao médico perito e a sua convocação à sala de julgamento. Em seguida, o secretário levantou-se e começou a ler o auto de acusação. Leu em voz alta e clara, mas tão depressa que sua voz, incapaz de pronunciar corretamente as letras "l" e "r", fundiu-se num ronco ininterrupto, soporífero. Os juízes apoiavam-se com o cotovelo ora num braço da cadeira, ora no outro, ora na mesa, ora se recostavam no espaldar, ora fechavam os olhos, ora arregalavam os olhos e cochichavam. Um guarda conteve por várias vezes o início de uma careta de bocejo.

Entre os réus, Kartínkin não parava de mexer as bochechas. Botchkova mantinha-se sentada, perfeitamente calma e ereta, de vez em quando coçava a cabeça com um dedo, por baixo do lenço.

Máslova ora ficava sentada imóvel, ouvindo o leitor e olhando para ele, ora estremecia e parecia querer protestar, ruborizava-se e depois dava um suspiro profundo, mudava a posição da mão, olhava em redor e de novo cravava os olhos no leitor.

Nekhliúdov estava sentado na primeira fila, na sua cadeira alta, o segundo a contar da ponta e, retirando dos olhos o pincenê, fitou Máslova, e na sua alma estava em curso um trabalho complicado e torturante.

X

O auto de acusação dizia o seguinte:

> No dia 17 de janeiro de 188* no Hotel Mauritânia, teve morte repentina o comerciante da segunda guilda, originário de Kurgan, Ferapont Emeliánovitch Smelkov.
>
> O médico da polícia local do quarto distrito atestou que a morte se deu

em razão de uma insuficiência cardíaca causada por ingestão excessiva de bebida alcoólica. O corpo de Smelkov foi enterrado.

Passados alguns dias o comerciante Timókhin, conterrâneo e amigo de Smelkov, ao voltar de Petersburgo e inteirar-se das circunstâncias em que se deu o falecimento de Smelkov, manifestou a suspeita de um envenenamento cujo propósito seria o roubo do dinheiro que Smelkov trazia consigo.

Tal suspeita teve confirmação no inquérito preliminar que estabeleceu o seguinte: 1) Smelkov, pouco antes de morrer, recebeu do banco três mil e oitocentos rublos em prata. Todavia, no registro dos haveres do falecido, feito por precaução e segundo a praxe, verificou-se a existência de apenas trezentos e doze rublos e dezesseis copeques. 2) O dia inteiro na véspera da morte e a noite inteira seguinte, Smelkov esteve em companhia da prostituta Liubka (Ekatierina Máslova) numa casa de tolerância e no Hotel Mauritânia, aonde, a mando de Smelkov e em sua ausência, Ekatierina Máslova fora da casa de tolerância para buscar o dinheiro, que ela pegou na mala de Smelkov, após abri-la com a chave que Smelkov lhe dera, na presença da empregada do Hotel Mauritânia, Evfímia Botchkova, e de Simon Kartínkin. Na mala de Smelkov, quando Máslova a abriu, os ali presentes Botchkova e Kartínkin viram maços de cédulas de crédito no valor de cem rublos. 3) No regresso de Smelkov da casa de tolerância para o Hotel Mauritânia com a prostituta Liubka, esta última, por recomendação do servente do hotel, Kartínkin, fez Smelkov beber, no cálice de conhaque, um pó branco que recebera de Kartínkin. 4) Na manhã seguinte, a prostituta Liubka (Ekatierina Máslova) vendeu para a sua patroa, proprietária da casa de tolerância, a testemunha Kitáieva, um anel de brilhante de Smelkov, que ela diz ter ganhado dele de presente. 5) A empregada do Hotel Mauritânia Evfímia Botchkova, no dia seguinte ao falecimento de Smelkov, depositou em sua conta corrente num banco comercial local mil e oitocentos rublos em prata.

Pelo exame do médico-legista, pela autópsia e pela análise química das vísceras de Smelkov, foi constatada, sem a menor dúvida, a presença de veneno no organismo do falecido, o que serviu de base para concluir que a morte foi causada por envenenamento.

Intimados na qualidade de acusados, Máslova, Botchkova e Kartínkin não admitiram ter culpa e declararam: Máslova, que ela de fato foi enviada por Smelkov da casa de tolerância, onde ela, pelas suas palavras, trabalha, ao Hotel Mauritânia a fim de pegar dinheiro para o comerciante, e que lá, após abrir a mala do comerciante com a chave que lhe foi dada, pegou do seu interior quarenta rublos em prata, conforme lhe foi pedido, porém não pegou mais dinheiro, o que pode ser corroborado por Botchkova e Kartínkin, em cuja presença ela abriu e fechou a mala e pegou o dinheiro. Além disso declarou que ela, na sua segunda ida ao quarto do comerciante Smelkov, de fato lhe deu para beber no conhaque, por instigação de Kartínkin, um pó que ela pensou ser um soporífero, para que o comerciante dormisse e a deixasse ir embora logo. O anel lhe foi dado pelo próprio Smelkov, depois que o comerciante bateu nela, e Máslova chorou e quis deixá-lo.

Evfímia Botchkova declarou que nada sabe do dinheiro desaparecido e que não entrou no quarto do comerciante, que só Liubka esteve lá e que, se algo foi furtado do comerciante, o furto foi praticado por Liubka, quando veio com a chave do comerciante para pegar o dinheiro.

Nesse ponto da leitura, Máslova teve um sobressalto e, de boca aberta, lançou um olhar para Botchkova.

— "Quando Evfímia Botchkova foi questionada a respeito dos mil e oitocentos rublos em moedas de prata depositados em sua conta bancária", — continuou a ler o secretário, — "e a ela perguntaram onde havia conseguido aquele dinheiro, declarou que o havia ganhado ao longo de doze anos, juntamente com Simon Kartínkin, com quem pretendia casar-se. Simon Kartínkin, por seu turno, em seu primeiro depoimento, admitiu que ele, juntamente com Botchkova, por instigação de Máslova, que chegara da casa de tolerância com a chave, furtou o dinheiro e dividiu-o com Máslova e Botchkova."

Nesse ponto, de novo, Máslova teve um sobressalto, chegou a erguer-se bruscamente, ficou muito vermelha e começou a falar algo, mas o oficial de justiça a conteve.

— "Por fim" — o secretário continuou a leitura — "Kartínkin confessou também que deu para Máslova o pó para adormecer o comerciante; em seu segundo depoimento, porém, negou sua participação no furto do dinheiro e no fornecimento do pó para Máslova, culpando-a sozinha de tudo. Sobre o dinheiro depositado na conta bancária de Botchkova, ele declarou o mesmo que ela, que os dois o ganharam juntos ao longo de doze anos de trabalho no hotel, dos cavalheiros que lhes davam gorjetas em troca de seus serviços."

Em seguida, no auto de acusação, passou-se à descrição das acareações, aos depoimentos das testemunhas, à opinião dos peritos etc. A conclusão do auto de acusação era a seguinte:

Em vista de tudo o que foi relatado, o camponês da aldeia Bórki, Simon Petrov Kartínkin, de trinta e três anos, a pequeno-burguesa Evfímia Ivánovna

Botchkova, de quarenta e três anos, e a pequeno-burguesa Ekatierina Mikháilovna Máslova, de vinte e sete anos, são acusados de, no dia 17 de janeiro de 188*, em comum acordo, terem roubado o dinheiro e um anel do comerciante Smelkov, num total de dois mil e quinhentos rublos em moedas de prata, e, com o intuito de privá-lo da vida, deram de beber ao mencionado Smelkov um veneno, motivo pelo qual o mencionado Smelkov veio a morrer.

Esse crime está previsto nos parágrafos 4 e 5 do artigo 1453 do Código Penal. Por conseguinte e em conformidade com o artigo 201 dos Estatutos do Processo Criminal, o camponês Simon Kartínkin, Evfímia Botchkova e a pequeno-burguesa Ekatierina Máslova serão levados a julgamento na corte distrital com a participação de jurados.

Assim o secretário terminou a sua leitura do longo auto de acusação e, depois de colocar em ordem as folhas de papel, sentou-se em seu lugar, ajeitando os cabelos compridos com as duas mãos. Todos soltaram um suspiro de alívio, com a agradável consciência de que agora teria início o julgamento e logo tudo ficaria esclarecido e a justiça seria cumprida. Apenas Nekhliúdov não experimentava esse sentimento: estava completamente absorvido pelo horror do que poderia ter feito aquela Máslova que ele havia conhecido, dez anos antes, como uma menina ingênua e encantadora.

XI

Quando a leitura do auto de acusação terminou, o presidente, após consultar os membros da corte, voltou-se para Kartínkin com uma expressão que dizia nitidamente que, agora sim, vamos saber de tudo, com certeza e em todos os pormenores.

— O camponês Simon Kartínkin — começou o presidente, inclinando-se para a esquerda.

Simon Kartínkin levantou-se, em posição de sentido, e inclinou o corpo inteiro para a frente, enquanto não parava de mexer as bochechas sem emitir nenhum som.

— O senhor é acusado de, no dia 17 de janeiro de 188*, em comum acordo com Evfímia Botchkova e Ekatierina Máslova, ter roubado da mala do comerciante Smelkov o dinheiro que a ele pertencia e depois trazer arsênico e convencer Ekatierina Máslova a dar ao comerciante Smelkov o veneno misturado na bebida, do que resultou a morte de Smelkov. O senhor admite ser culpado? — perguntou e inclinou-se para a direita.

— Não pode ser, de maneira alguma, porque nosso trabalho é servir os hóspedes...

— Depois o senhor vai explicar. Admite ser culpado?

— Não, de maneira alguma. Eu apenas...

— Depois o senhor vai explicar. Admite ser culpado? — repetiu o presidente, com calma, mas com firmeza.

— Não posso fazer isso, porque...

De novo, o oficial de justiça aproximou-se bruscamente de Simon Kartínkin e o deteve com um sussurro em tom trágico.

O presidente, com a expressão de que aquele assunto agora estava encerrado, mudou de lugar o cotovelo da mão em que segurava o papel e voltou-se para Evfímia Botchkova.

— Evfímia Botchkova, a senhora é acusada de, no dia 17 de janeiro de 188*, no Hotel Mauritânia, juntamente com Simon Kartínkin e Ekatierina Máslova, ter roubado da mala do comerciante Smelkov dinheiro e um anel e de, após dividir o fruto do roubo entre os três, a fim de ocultar o seu crime, ter feito o comerciante Smelkov beber veneno, do que resultou sua morte. A senhora admite ser culpada?

— Não sou culpada de nada — falou firme e decidida a acusada. — Eu nem entrei no quarto... Foi essa nojenta que entrou, então ela fez o serviço.

— Depois a senhora vai explicar — disse de novo o presidente, do mesmo jeito brando e firme. — Então a senhora não admite ser culpada?

— Não peguei o dinheiro, e não fui eu quem deu a bebida, nem entrei no quarto. Se eu estivesse lá, teria posto essa daí para fora.

— A senhora não admite ser culpada?

— Jamais.

— Muito bem.

— Ekatierina Máslova — começou o presidente, voltando-se para a terceira ré —, a senhora é acusada de, ao chegar ao quarto do Hotel Mauritânia, vindo da casa de tolerância, de posse da chave da mala do comerciante Smelkov, ter roubado dessa mala o dinheiro e um anel — repetiu o presidente — e, após dividir o fruto do roubo e voltar novamente para o Hotel Mauritânia em companhia do comerciante Smelkov, ter dado a Smelkov veneno misturado com bebida, do que resultou a sua morte. A senhora admite ser culpada?

— Não sou culpada de nada — respondeu depressa —, assim como declarei no início, digo também agora: não peguei, não peguei e não peguei, não peguei nada, e o anel ele mesmo me deu...

— A senhora não admite ser culpada do roubo de dois mil e quinhentos rublos? — perguntou o presidente.

— Digo que não peguei nada, a não ser quarenta rublos.

— Muito bem, mas e de ter dado um pó misturado na bebida para o comerciante Smelkov, a senhora admite ser culpada?

— Isso eu reconheço. Só que pensei, como tinham me dito, que era para dormir, que não aconteceria nada. Eu não sabia e não queria. Digo perante Deus, eu não queria — falou.

— Portanto a senhora não admite ser culpada do roubo do dinheiro e do anel do comerciante Smelkov — disse o presidente. — Mas admite que deu o pó?

— É isso, admito, só que pensei que era um pó para dormir. Só dei para ele dormir, eu não queria e não sabia.

— Muito bem — disse o presidente, pelo visto satisfeito com o resultado obtido. — Então conte como aconteceu — disse, recostando-se no espaldar e apoiando as mãos sobre a mesa. — Conte tudo, como aconteceu. A senhora pode atenuar sua situação mediante uma confissão franca.

Máslova, sempre olhando fixamente para o presidente, ficou em silêncio.

— Conte como aconteceu.

— Como aconteceu? — começou Máslova, de repente e rápido. — Cheguei ao hotel, levaram-me até o quarto, lá estava ele, e já bastante embriagado. — Pronunciou a palavra "ele" com uma expressão singular de horror, com os olhos arregalados. — Eu quis ir embora, ele não deixou.

Calou-se, como se de súbito tivesse perdido o fio da meada ou tivesse lembrado outra coisa.

— Muito bem, e depois?

— Depois, o quê? Depois fiquei um tempo e fui para casa.

Nesse momento, o promotor adjunto levantou meio corpo, apoiando-se num cotovelo de mau jeito.

— O senhor deseja fazer uma pergunta? — disse o presidente e, ante a resposta afirmativa do promotor adjunto, mostrou por meio de um gesto que lhe concedia o direito de perguntar.

— Eu gostaria de fazer uma pergunta: a ré já conhecia Simon Kartínkin? — perguntou o promotor adjunto, sem olhar para Máslova.

E, depois de fazer a pergunta, comprimiu os lábios e franziu o rosto.

O presidente repetiu a pergunta. Máslova fitou assustada o promotor adjunto.

— O Simon? Eu já conhecia — respondeu.

— Eu gostaria de saber agora em que consistia esse conhecimento da ré com Kartínkin. Será que os dois se viam com frequência?

— Em que consistia o conhecimento? Ele me chamava para atender os hóspedes. Não havia um conhecimento — respondeu Máslova, enquanto movia os olhos, com ar inquieto, do promotor adjunto para o presidente, e deste para aquele.

— Eu gostaria de saber por que Kartínkin chamava para atender os hóspedes exclusivamente Máslova e não outras moças — disse o promotor adjunto com as sobrancelhas franzidas, mas com um sorriso mefistofélico e astuto.

— Não sei. Como vou saber? — respondeu Máslova, olhando em redor com ar assustado e detendo o olhar por um instante em Nekhliúdov. — Ele chama quem quiser.

"Será que me reconheceu?", pensou com horror Nekhliúdov, sentindo que o sangue inundava o seu rosto; porém Máslova, sem distingui-lo dos demais, virou-se imediatamente, e de novo com uma expressão assustada cravou os olhos no promotor adjunto.

— A ré, portanto, nega que tivesse qualquer ligação estreita com Kartínkin? Muito bem, não tenho mais perguntas.

E o promotor adjunto imediatamente retirou o cotovelo da mesa e passou a fazer algumas anotações. Na verdade, não escrevia nada, apenas contornava com a pena as letras das suas anotações, mas via que os promotores e os advogados faziam isso: depois de uma pergunta hábil, escreviam em seu discurso uma observação que mais tarde iria aniquilar seus adversários.

O presidente não dirigiu de imediato a palavra à acusada, porque nesse momento indagava ao juiz de óculos se estava de acordo com o prosseguimento das perguntas que já estavam preparadas e redigidas de antemão.

— E o que aconteceu depois? — continuou a perguntar o presidente.

— Fui para casa — prosseguiu Máslova, já olhando com mais coragem só para o presidente —, dei o dinheiro para a patroa e fui dormir. Assim que dormi, nossa criada Berta me sacudiu. "Anda, o seu comerciante veio de novo." Eu não queria sair, mas a Madame mandou. Ali estava ele — de novo, pronunciou a palavra "ele" com nítido pavor. — Comprou bebidas para todas as nossas moças, depois quis mandar trazer mais vinho, mas todo o seu dinheiro tinha acabado. A patroa não acreditou nele. Então ele me mandou ir ao seu quarto no hotel. E disse onde estava o dinheiro e quanto devia pegar. E eu fui.

O presidente nesse momento sussurrava algo para o juiz à sua esquerda e não ouvia o que Máslova contava, mas para dar a impressão de que tinha ouvido tudo repetiu as últimas palavras dela.

— A senhora foi. Pois bem, e depois? — perguntou.

— Cheguei lá e fiz tudo o que ele mandou: fui ao quarto. Não entrei sozinha no quarto, chamei Simon Kartínkin e ela — disse, apontando para Botchkova.

— Mentira, entrar eu não entrei... — quis falar Botchkova, mas a interromperam.

— Na presença deles, peguei quatro vermelhinhas[14] — prosseguiu Máslova, franzindo as sobrancelhas e sem olhar para Botchkova.

— Pois bem, mas por acaso a ré não percebeu, quando pegava os quarenta rublos, quanto dinheiro havia ali? — perguntou de novo o promotor.

Máslova teve um sobressalto assim que o promotor virou-se para ela. Não sabia como nem por quê, mas sentia que ele queria o seu mal.

— Não contei; só vi que tinha umas notas de cem rublos.

— A acusada viu notas de cem rublos, e não tenho mais perguntas.

— Muito bem, e então a senhora levou o dinheiro? — continuou a interrogar o presidente, olhando para o relógio.

— Levei.

— E depois? — perguntou o presidente.

— Depois ele me levou de novo para o quarto — respondeu Máslova.

— Muito bem, e como a senhora lhe deu o pó misturado na bebida? — perguntou o presidente.

— Como dei? Entornei na bebida e pronto, dei para ele.

— Para que a senhora fez isso?

Sem responder, ela soltou um suspiro pesado e profundo.

— Ele não queria me largar — disse, após um silêncio. — Estava cansada de ficar com ele. Fui para o corredor e disse para Simon Mikháilovitch: "Queria que ele largasse do meu pé. Estou cansada". E Simon Mikháilovitch respondeu: "Nós também estamos cheios dele. A gente podia lhe dar um pó para dormir; ele dormia e você ia embora". Aí eu falei: "Está bem". Pensei que era um pó inofensivo. Ele me deu um papelzinho. Eu entrei, ele estava deitado atrás de uma divisória e na mesma hora pediu para lhe dar um conhaque. Peguei na mesa uma garrafa de *fine champagne*, enchi duas taças, a minha e a dele, e na taça dele entornei o pó e dei para ele. Nunca teria dado, se eu soubesse.

— Muito bem, e como o anel foi parar em poder da senhora? — perguntou o presidente.

— O anel, ele mesmo me presenteou.

— Quando ele o presenteou à senhora?

— Foi quando fui para o quarto com ele, eu quis ir embora e ele me bateu na cabeça e quebrou o meu prendedor de cabelo. Fiquei revoltada, quis ir embora. Ele tirou o anel do dedo e me deu para que eu não saísse — respondeu.

Nesse momento, o promotor adjunto soergueu-se de novo e, sempre com o

---

14 Vermelhinha era uma cédula de dez rublos.

mesmo aspecto afetadamente ingênuo, pediu permissão para fazer mais algumas perguntas e, após receber a autorização, inclinou a cabeça sobre a gola bordada e perguntou:

— Eu gostaria de saber quanto tempo a acusada ficou no quarto do comerciante Smelkov.

De novo, o terror dominou Máslova e, passando os olhos inquietos do promotor adjunto para o presidente, falou depressa:

— Não lembro quanto tempo.

— Muito bem, mas a acusada não se lembra de ter ido a algum lugar dentro do hotel depois que deixou o comerciante Smelkov?

Máslova refletiu.

— No quarto vizinho, um quarto vazio, eu fui lá — disse ela.

— Para que a senhora foi lá? — disse o promotor adjunto, entusiasmado e falando diretamente para ela.

— Fui para me arrumar e esperar o cocheiro.

— Mas Kartínkin estava no quarto com a acusada ou não?

— Ele também foi lá.

— Para que ele foi?

— Sobrou um pouco do *fine champagne* do comerciante, e nós dois bebemos.

— Ah, os dois beberam juntos. Muito bem. E a respeito de que a acusada conversou com Kartínkin?

Máslova de repente franziu o rosto, ruborizou-se muito, e falou rápido:

— O que conversei? Não falei nada. O que aconteceu, eu já contei tudo e não sei mais nada. Façam o que quiserem comigo. Não sou culpada, e pronto.

— Não tenho mais perguntas — disse o promotor para o presidente e, após levantar os ombros exageradamente, passou a anotar depressa no resumo do seu discurso a confissão da própria acusada de que esteve num quarto desocupado em companhia de Simon.

Houve um silêncio.

— A senhora não tem mais nada a dizer?

— Já contei tudo — disse Máslova, suspirando, e sentou-se.

Em seguida, o presidente anotou algo numa folha de papel e, após escutar um comunicado feito num sussurro pelo juiz da esquerda, anunciou um intervalo de dez minutos, levantou-se apressado e saiu da sala. A consulta entre o presidente e o juiz à esquerda, alto, barbado, com olhos grandes e simpáticos, tratou do fato de este juiz ter sentido um ligeiro desarranjo na barriga e portanto queria fazer uma massagem e tomar umas gotas. Foi isso o que ele comunicou ao presidente e, a seu pedido, fez-se um intervalo.

Depois dos juízes, levantaram-se também os jurados, os advogados, as testemunhas e, com a consciência da sensação agradável de já terem cumprido parte de uma tarefa importante, começaram a deslocar-se para lá e para cá.

Nekhliúdov saiu para a sala do júri e ali ficou sentado junto à janela.

XII

Sim, era Katiucha.

As relações de Nekhliúdov com Katiucha foram as seguintes:

Na primeira vez que viu Katiucha, ele estava na terceira série da universidade, preparava a sua tese sobre a propriedade da terra e foi passar o verão na casa das tias. Costumava passar o verão com a mãe e a irmã na vasta propriedade da mãe, perto de Moscou. Mas, naquele ano, a irmã se casara e a mãe viajara para uma estação de águas no exterior. Nekhliúdov tinha de redigir a tese e resolveu passar o verão com as tias. Era muito tranquilo, nos confins onde elas viviam, não havia distrações; as tias amavam com ternura o seu sobrinho e herdeiro e ele também as amava, amava o estilo antigo e a simplicidade da sua vida.

No verão em que se hospedou na casa das tias, Nekhliúdov passava por aquele estado de exaltação em que pela primeira vez um jovem, não por indicação alheia, mas por conta própria, se dá conta de toda a beleza e importância da vida e de todo o significado da obra que, nela, cabe a uma pessoa, e percebe também pela primeira vez a possibilidade de um aperfeiçoamento infinito, seu e do mundo todo, e entrega-se a esse aperfeiçoamento não só com esperança, mas também repleto da certeza da realização de toda a perfeição que se imagina. Naquele ano, ainda na universidade, ele tinha lido *Estática social*, de Spencer, e os raciocínios de Spencer sobre a propriedade da terra produziram em Nekhliúdov uma forte impressão, em especial porque ele mesmo era filho de uma grande senhora de terras. Seu pai não era rico, mas a mãe recebera de dote cerca de dez mil dessiatinas[15] de terra. Ele, pela primeira vez, compreendeu então toda a crueldade e a injustiça da propriedade privada da terra e, sendo uma daquelas pessoas para as quais os sacrifícios em nome de exigências morais constituem um prazer espiritual supremo, resolveu não usufruir o direito da propriedade da terra e então, em benefício dos camponeses, abriu mão da terra que lhe cabia por herança paterna. Sobre esse tema, Nekhliúdov redigia a sua tese.

---

15 Ou seja, aproximadamente 10900 hectares.

Sua vida naquele ano junto às tias, no campo, corria assim: acordava muito cedo, por vezes às três horas, e antes do nascer do sol ia banhar-se num rio, ao pé de um morro, às vezes ainda na neblina da manhã, e voltava com o orvalho ainda pousado no capim e nas flores. Às vezes, pela manhã, depois de beber o café, dedicava-se à redação da sua tese ou à leitura das fontes para a tese, mas com muita frequência, em lugar da leitura e da escrita, saía de casa novamente e vagava pelos campos e bosques. Antes do almoço, cochilava em algum canto do jardim, em seguida, durante o almoço, divertia e fazia rir as suas tias com a sua alegria, depois andava a cavalo ou passeava de bote e ao anoitecer lia de novo, ou ficava com as tias, jogando paciência. Não raro, à noite, sobretudo quando havia luar, Nekhliúdov não conseguia dormir, apenas porque experimentava uma alegria de viver grande e estimulante demais e, em lugar do sono, às vezes caminhava pelo jardim até de madrugada, com seus devaneios e pensamentos.

Assim viveu feliz e tranquilo o seu primeiro mês na casa das tias, sem prestar a menor atenção à filha adotiva e empregada Katiucha, de olhos negros e pés ligeiros.

Naquele tempo, Nekhliúdov, aos dezenove anos, criado sob a asa da mãe, era um jovem de todo inocente. Sonhava com a mulher apenas como uma esposa. Todas as mulheres que, na sua opinião, não podiam ser sua esposa não eram para ele mulheres, mas sim pessoas. Porém aconteceu que naquele verão, no dia da Ascensão, as tias de Nekhliúdov receberam a visita de uma vizinha com seus filhos: duas mocinhas, um aluno do liceu e também um jovem pintor, filho de mujiques, hospedado na casa deles.

Após o chá, foram brincar de pique num campinho recém-capinado, na frente da casa. Chamaram também Katiucha. Depois de trocar de par várias vezes, Nekhliúdov teve de correr com ela. Sempre gostara de ver Katiucha, mas nem lhe passava pela cabeça que entre os dois pudesse existir alguma relação especial.

— Puxa vida, não há jeito de alcançar esses dois — disse o pintor alegre, que estava na vez de pegar os outros e que corria muito ligeiro com suas pernas de mujique, curtas e tortas, porém fortes —, só se tropeçarem.

— Vocês não vão pegar a gente!

— Um, dois, três!

Bateram palmas três vezes. Mal conseguindo conter o riso, Katiucha rapidamente trocou de posição com Nekhliúdov e, depois de apertar a mão grande dele na sua mão forte, áspera e pequena, disparou a correr para a esquerda, enquanto a saia engomada fazia barulho.

Nekhliúdov corria ligeiro, não queria ser alcançado pelo pintor e precipitou-se com todas as forças. Quando olhou para trás, avistou o pintor, que perseguia

Katiucha, mas ela, movendo agilmente as pernas jovens e flexíveis, não lhe dava chance de se aproximar e distanciava-se para a esquerda. À frente, havia um canteiro de moitas de lilases, além do qual ninguém estava correndo, mas Katiucha, depois de olhar para trás, na direção de Nekhliúdov, fez-lhe um sinal com a cabeça para vir encontrá-la atrás do canteiro. Ele entendeu e correu para trás das moitas. Mas ali, atrás das moitas, havia uma valeta que ele desconhecia, coberta por urtigas; Nekhliúdov tropeçou e, após desviar as mãos das urtigas e molhá-las no orvalho do entardecer, que já baixara, ele caiu, mas no mesmo instante, rindo sozinho, levantou-se e saiu depressa para um local mais desimpedido.

Katiucha, radiante com seu sorriso e com os olhos negros como groselhas molhadas, voou na direção dele. Os dois se encontraram e se deram as mãos.

— Feriu-se, eu aposto — disse ela, enquanto ajeitava uma trança com a mão livre, respirando ofegante e sorrindo, olhando direto para ele, de baixo para cima.

— Não sabia que aqui tinha uma valeta — disse Nekhliúdov, também sorrindo, e sem soltar sua mão.

Katiucha chegou mais perto dele e Nekhliúdov, sem saber como isso aconteceu, esticou-se na direção do seu rosto; ela não recuou, ele apertou sua mão com mais força e beijou-a nos lábios.

— Essa é boa! — exclamou Katiucha e, após soltar a mão com um movimento ligeiro, correu para longe dele.

Ao passar correndo por uma moita de lilases, ela arrancou dois ramos de lilases brancos, já quase desabrochados, e batendo com eles no rosto afogueado, olhando para trás na direção de Nekhliúdov, voltou ao encontro dos outros jogadores, sacudindo os braços com desenvoltura.

Daí em diante, as relações entre Nekhliúdov e Katiucha mudaram e se estabeleceram aquelas relações peculiares que ocorrem entre um rapaz inocente e uma jovem também inocente, atraídos um pelo outro.

Assim que Katiucha entrava num cômodo ou mesmo quando Nekhliúdov avistava de longe o seu avental branco, tudo para ele parecia iluminado pelo sol, tudo se tornava mais interessante, mais alegre, mais significativo; a vida se tornava mais feliz. E o mesmo se passava com ela. Mas não era só a presença e a proximidade de Katiucha que produziam esse efeito em Nekhliúdov; o mesmo efeito também se produzia com a simples consciência de que Katiucha existia, e para ela, de que Nekhliúdov existia. Se ele recebia uma carta desagradável da mãe, ou se a sua tese não avançava, ou se lhe vinha uma tristeza juvenil sem motivo, bastava recordar que Katiucha existia, e vê-la, que tudo isso se dissipava.

Katiucha tinha muitos afazeres na casa, mas conseguia cumprir tudo a tempo e lia nos minutos livres. Nekhliúdov lhe dava livros de Dostoiévski e Turguêniev, que ele mesmo acabara de ler. De todos, o de que ela mais gostava era *Um lugar tranquilo*, de Turguêniev. As conversas entre os dois eram só de passagem, em encontros num corredor, numa sacada, num pátio e às vezes no quarto da velha criada das tias, Matriona Pávlovna, com a qual morava Katiucha e onde Nekhliúdov às vezes ia tomar chá, mordiscando um torrão de açúcar. Essas conversas em presença de Matriona Pávlovna eram as mais agradáveis. Conversar quando estavam sozinhos era pior. Na mesma hora, os olhos começavam a dizer algo completamente distinto, algo muito mais importante do que aquilo que as bocas falavam, os lábios contraíam-se, vinha uma sensação horrível e eles se separavam às pressas.

As relações entre Nekhliúdov e Katiucha continuaram assim durante todo o tempo da primeira estada do príncipe com as tias. Elas perceberam o que se passava, assustaram-se e até escreveram sobre isso para a mãe de Nekhliúdov, a princesa Eliena Ivánovna, no exterior. A tia Mária Ivánovna temia que Dmítri se unisse a Katiucha. Mas seus temores eram vãos: sem que ele mesmo o soubesse, Nekhliúdov amava Katiucha como as pessoas inocentes amam, e o seu amor era a principal salvaguarda para a queda, tanto para ele quanto para ela. Nekhliúdov não só não tinha um desejo físico de possuí-la, como ficava assustado com a ideia da possibilidade de relações desse tipo com Katiucha. Os receios da poética tia Sófia Ivánovna, de que Dmítri, com seu caráter íntegro, resoluto, se apaixonasse pela menina e não hesitasse em casar com ela, sem prestar atenção à sua origem e posição, eram ainda muito mais infundados.

Se, naquela época, Nekhliúdov tivesse clara consciência do seu amor por Katiucha e, principalmente, se por acaso alguém tentasse convencê-lo de que não podia e não devia, de forma alguma, unir seu destino àquela menina, poderia muito facilmente acontecer de ele, com a sua retidão acerca de tudo, resolver que não existia nenhum motivo para não casar com a menina, fosse ela quem fosse, desde que a amasse. Mas as tias nada lhe diziam sobre os seus receios e assim ele partiu sem tomar consciência do seu amor por aquela menina.

Estava convencido de que seus sentimentos por Katiucha eram apenas uma manifestação do sentimento de alegria de viver que então enchia todo o seu ser, e que era compartilhado por aquela menina alegre e meiga. Quando Nekhliúdov partiu e Katiucha, de pé na varanda junto com as tias, seguiu-o com os olhos negros, cheios de lágrimas e um pouco vesgos, ele sentiu, no entanto, que deixava para trás algo belo, precioso, que nunca mais se repetiria. E lhe veio uma grande tristeza.

— Adeus, Katiucha, obrigado por tudo — disse ele, por trás da touca de Sófia Ivánovna, enquanto sentava na caleche.

— Adeus, Dmítri Ivánovitch — disse ela com sua voz agradável, carinhosa e, contendo as lágrimas que enchiam seus olhos, correu para o vestíbulo, onde pôde chorar livremente.

XIII

Depois disso, durante os três anos seguintes, Nekhliúdov não viu Katiucha. E só a viu quando, promovido a oficial e a caminho do Exército, foi visitar as tias, já transformado num outro homem, muito diferente daquele que, três anos antes, passara uma temporada com elas.

Antes, era um jovem puro, abnegado, disposto a entregar-se a qualquer boa causa — agora, era um egoísta depravado, requintado, que só amava o seu prazer. Antes, o mundo de Deus apresentava-se como um mistério que, com alegria e entusiasmo, ele tentava decifrar — agora, tudo naquela vida era simples e claro, determinado pelas condições de vida em que ele se encontrava. Antes, o necessário e o importante era o contato com a natureza e com pessoas que tinham vivido, pensado e sentido antes dele (filosofia, poesia) — agora, o necessário e o importante eram as instituições humanas e as relações com seus companheiros. Antes, a mulher lhe parecia misteriosa e encantadora, uma criatura encantadora justamente por causa daquele mistério — agora, o sentido da mulher, de todas as mulheres, exceto as da sua família e as esposas dos amigos, estava bem determinado: a mulher era um dos melhores instrumentos de prazer que ele já experimentara. Antes, não precisava de dinheiro e podia viver sem gastar nem um terço do que a mãe lhe dava, pôde renunciar às terras do pai e entregá-las aos camponeses — agora, não bastavam os mil e quinhentos rublos mensais que a mãe lhe dava e já tivera discussões desagradáveis com ela por causa de dinheiro. Antes, considerava que a sua essência espiritual era o seu verdadeiro eu — agora, achava que o seu eu era um animal saudável e bem-disposto.

E toda essa terrível transformação ocorreu só porque ele parou de acreditar em si e passou a acreditar nos outros. Parou de acreditar em si e passou a acreditar nos outros porque viver, acreditando em si, era difícil demais: acreditando em si, todas as questões tinham sempre de ser resolvidas não em proveito do seu eu animal, que busca alegrias fáceis, mas sim quase sempre contra ele; já acreditando nos outros, não era preciso resolver nada, tudo já estava resolvido e sempre era resolvido contra o eu espiritual e em favor do eu animal. Além disso, acreditando em si, ele sempre estava sujeito ao julgamento das pessoas — acreditando nos outros, recebia a aprovação das pessoas à sua volta.

Assim, quando Nekhliúdov pensava, lia, falava sobre Deus, sobre a verdade, a riqueza, a pobreza — todos à sua volta achavam aquilo inoportuno e em parte ridículo e sua mãe e sua tia, com uma ironia afável, chamavam-no de *notre cher philosophe*;[16] quando ele lia romances, contava anedotas escabrosas, ia ao teatro francês ver os cômicos vaudeviles e alegremente recontava o que via — todos o elogiavam e o incentivavam. Quando considerava necessário moderar suas necessidades, vestia um capote velho e não tomava vinho, todos achavam isso estranho e uma excentricidade esnobe, mas quando consumia grandes somas de dinheiro numa caçada ou na instalação de um escritório luxuoso e extravagante, todos elogiavam o seu gosto e lhe davam objetos caros de presente. Quando era virgem e queria ficar assim até o casamento, seus parentes temiam por sua saúde e até a mãe não se aborreceu, e sim alegrou-se, quando soube que ele se tornara um homem de verdade e tomara certa dama francesa de um de seus camaradas. Quanto ao episódio de Katiucha, a princesa-mãe não podia pensar sem horror na ideia de que seu filho pudesse casar-se com ela.

Da mesma forma, quando Nekhliúdov alcançou a maioridade, renunciou à pequena propriedade que herdara do pai e entregou-a aos camponeses, porque considerava injusta a propriedade privada da terra — a sua conduta causou horror à mãe e aos parentes e foi objeto de constante reprovação e zombaria de todos os seus familiares. Não paravam de lhe explicar que os camponeses que recebiam terras não só não enriqueciam, como empobreciam, eles iam abrir três tabernas e parariam completamente de trabalhar. Mas quando Nekhliúdov, após ingressar na Guarda, começou a jogar com seus companheiros da mais elevada posição social e gastou tanto dinheiro que Eliena Ivánovna teve de fazer uma retirada do seu próprio capital, ela quase nem se aborreceu, considerando aquilo natural e achando até bom que a vacina para aquela varíola fosse aplicada na juventude e num ambiente de boa sociedade.

De início, Nekhliúdov lutou, mas lutar era difícil demais porque tudo o que ele, acreditando em si, considerava bom, os outros consideravam ruim e, ao contrário, tudo o que ele, acreditando em si, considerava ruim, era considerado bom por todos à sua volta. E Nekhliúdov acabou se rendendo, parou de acreditar em si e passou a acreditar nos outros. No início, essa renúncia de si mesmo foi desagradável, mas o sentimento desagradável não continuou por muito tempo e logo Nekhliúdov, que a essa altura já começara a fumar e beber, parou de experimentar aquele sentimento desagradável e sentiu até um grande alívio.

E Nekhliúdov, com o fervor da sua índole, rendeu-se de todo àquela vida nova, aprovada por todos à sua volta, e abafou completamente, dentro de si, a voz

---

16 Francês: "Nosso querido filósofo".

que exigia outra coisa. Isso começou depois da sua viagem a Petersburgo e concluiu-se com o seu ingresso no serviço militar.

O serviço militar corrompe as pessoas completamente, instala numa condição de total ociosidade os que nele ingressam, ou seja, suprime o trabalho racional e útil e os libera das obrigações humanas comuns, em lugar das quais institui apenas a honra convencional do regimento, do uniforme, da bandeira e, de um lado, um poder ilimitado sobre as demais pessoas e, de outro lado, a obediência servil aos seus superiores.

Mas quando a essa degradação geral trazida pelo serviço militar, com sua honra do uniforme, da bandeira, com sua autorização da violência e do assassinato, vem unir-se ainda por cima a degradação da riqueza e a proximidade de relações com a família do tsar, como ocorre nos regimentos seletos da Guarda, em que só servem oficiais ricos e fidalgos, então essa degradação conduz as pessoas que ali se encontram a um estado de completa loucura egoísta. Nessa loucura egoísta estava Nekhliúdov, desde que ingressara no serviço militar e passara a viver como viviam os seus camaradas.

Não tinha o que fazer, exceto vestir uma farda lindamente costurada e escovada não por ele, mas sim por outras pessoas, e fornecida também por outras pessoas, montar belos cavalos, domados, adestrados e alimentados também por outras pessoas, em exercícios ou em paradas, sempre com as mesmas pessoas, e galopar, brandir o sabre, atirar e ensinar tudo isso a outras pessoas. Não havia mais nada que fazer e os homens da mais alta posição social, jovens, velhos, o tsar e os que lhe eram próximos não só aprovavam aquela função, como ainda elogiavam e agradeciam por isso. Depois de tais atividades, considerava-se bom e importante desperdiçar o dinheiro recebido e que não se via de onde vinha, reunindo-se para comer e sobretudo para beber nos clubes de oficiais ou nas tabernas mais caras; depois, teatros, bailes, mulheres, e depois, de novo, andar a cavalo, brandir os sabres, galopar e, de novo, desperdício de dinheiro, bebidas, cartas, mulheres.

Essa vida produz uma degradação em especial nos militares porque, se um civil leva uma vida assim, ele não pode, no fundo da alma, deixar de envergonhar-se dessa vida. Já os militares consideram que assim deve ser, elogiam-se e orgulham-se dessa vida, sobretudo em tempo de guerra, como era o caso com Nekhliúdov, que foi servir o Exército após a declaração de guerra à Turquia. "Estamos prontos a sacrificar a vida na guerra e portanto essa vida despreocupada, alegre, não só é desculpável, como também é necessária para nós. Vivemos assim mesmo."

Nekhliúdov, naquela fase da vida, pensava assim; durante todo aquele tempo, sentia o enlevo da libertação de todos os obstáculos morais que antes ele se impunha e encontrava-se o tempo todo num estado crônico de loucura egoísta.

Em tal estado encontrava-se também quando, após três anos, voltou a visitar as tias.

XIV

Nekhliúdov foi visitar as tias porque a propriedade delas ficava no caminho que levava ao seu regimento, e porque as tias lhe pediram muito, mas dessa vez foi visitá-las sobretudo para encontrar Katiucha.

Talvez, no fundo da alma, ele já tivesse alguma intenção ruim contra Katiucha, uma intenção insinuada pela sua personalidade animal, agora desenfreada, mas não tinha consciência daquela intenção, tinha apenas vontade de estar nos lugares em que se sentira tão bem, e ver as tias, ridículas, mas gentis e bondosas, que sempre o rodeavam, sem que ele o percebesse, de uma atmosfera de amor e de admiração, e também encontrar a encantadora Katiucha, de quem havia guardado uma lembrança tão agradável.

Chegou no fim de março, numa Sexta-Feira da Paixão, em pleno degelo, com as estradas enlameadas, debaixo de um aguaceiro, e assim ele chegou todo ensopado e gelado, mas bem-disposto e animado, como sempre se sentia naquela época. "Será que ela ainda mora aí?", pensou, enquanto se aproximava do conhecido pátio das tias, cercado por uma mureta de tijolos e atulhado com a neve que caíra do telhado da velha casa senhorial. Nekhliúdov esperava que ela saísse correndo para a varanda, ao ouvir o som dos guizos dos cavalos, mas na varanda dos fundos estavam apenas duas camponesas descalças, de saia arregaçada, com baldes, obviamente lavando o chão. Ela também não estava na varanda da frente; veio apenas o lacaio Tíkhon, de avental, provavelmente também ocupado com a faxina. Sófia Ivánovna saiu ao vestíbulo, com um vestido de seda e uma touca.

— Que gentileza ter vindo! — disse Sófia Ivánovna, beijando-o. — Máchenka está um pouco doente, cansou-se na igreja. Fomos comungar.

— Meus parabéns, tia Sônia[17] — disse Nekhliúdov, beijando a mão de Sófia Ivánovna. — Desculpe, molhei a senhora.

— Vá para o seu quarto. Você está todo encharcado. Já tem bigode... Katiucha! Katiucha! Um café para ele, rápido.

— Num instante! — respondeu, do corredor, uma voz conhecida e agradável.

E o coração de Nekhliúdov pulou de alegria. "Está aqui!" E foi como se o sol

---

17 Forma carinhosa do nome Sófia.

saísse de trás das nuvens. Nekhliúdov acompanhou Tíkhon alegremente ao seu antigo quarto para trocar de roupa.

Nekhliúdov queria perguntar a Tíkhon sobre Katiucha: Quem era? Como vivia? Estava para casar? Mas Tíkhon era tão respeitoso, e ao mesmo tempo tão severo, insistia com tanto rigor em que ele mesmo entornasse a água do lavatório sobre as suas mãos, que Nekhliúdov não se decidiu a perguntar-lhe sobre Katiucha e limitou-se a indagar sobre os netos de Tíkhon, sobre o velho garanhão chamado "irmãozinho", sobre o vira-lata Polkan. Todos estavam vivos, saudáveis, exceto Polkan, que pegara raiva no ano anterior.

Depois de tirar toda a roupa molhada e quando apenas começava a vestir-se, Nekhliúdov ouviu passos ligeiros e batidas na porta. Nekhliúdov reconheceu os passos e a batida na porta. Só ela andava e batia assim.

Cobriu-se com o capote molhado e chegou até a porta.

— Entre!

Era ela, Katiucha. A própria, ainda mais encantadora do que antes. Os olhos risonhos, ingênuos, negros e quase vesgos fitavam daquele mesmo jeito, de baixo para cima. Ela, como antes, estava com um avental branco e limpo. A pedido da tia, trazia uma barra de sabão perfumado, recém-desembalado do papel, e duas toalhas: uma toalha russa bordada e uma toalha de banho. O sabão intacto, com letras estampadas, as toalhas, ela mesma — tudo era igualmente limpo, fresco, intacto, agradável. Seus lábios encantadores, firmes, vermelhos, ao vê-lo, ainda se contraíam como antes, de alegria incontida.

— Bem-vindo, sr. Dmítri Ivánovitch! — falou com dificuldade, e seu rosto inundou-se de um rubor.

— Bom dia... bom dia — não sabia se devia tratá-la de "você" ou de "a senhora" e ruborizou-se tanto quanto ela. — Está bem de saúde?

— Graças a Deus... Olhe, a tia mandou para o senhor o seu sabão favorito, o rosa — disse Katiucha, colocando o sabão na mesa e as toalhas nos braços da poltrona.

— Ele tem as dele mesmo — disse Tíkhon, defendendo a independência do hóspede, e apontou para a grande frasqueira de Nekhliúdov, com a tampa prateada aberta e com uma enorme quantidade de frascos, escovas, fixadores, perfumes e toda sorte de instrumentos de toalete.

— Agradeça à titia. Como estou feliz de ter vindo — disse Nekhliúdov, sentindo que sua alma se tornava tão radiante e afetuosa quanto fora antes.

Katiucha limitou-se a sorrir em resposta a essas palavras e saiu.

As tias, dessa vez, adorando Nekhliúdov como sempre, estavam ainda mais contentes do que o habitual por encontrar o sobrinho. Dmítri ia para a guerra, onde podia ser ferido ou morto. Isso comoveu as tias.

Nekhliúdov organizou sua viagem de tal modo que só ficaria na casa das tias vinte e quatro horas, porém, ao ver Katiucha, aceitou ficar até a Páscoa, dali a dois dias, e telegrafou para o seu amigo e camarada Chenbok, com quem devia encontrar-se em Odessa, para que ele também viesse para a propriedade das tias.

Desde o primeiro dia, assim que viu Katiucha, Nekhliúdov sentiu por ela o mesmo de antes. Assim como antes, não podia agora ver sem emoção o avental branco de Katiucha, não podia agora ouvir sem alegria os seus passos, a sua voz, o seu riso, não podia olhar sem ternura nos seus olhos negros como groselhas molhadas, em especial quando ela sorria, não podia sobretudo ver sem perturbação como ela se ruborizava ao encontrá-lo. Sentia estar apaixonado, mas não como antes, quando o amor era misterioso para ele, quando Nekhliúdov não se atrevia a admitir para si mesmo que amava, e quando estava convencido de que só se podia amar uma vez — agora, estava apaixonado, sabia disso e alegrava-se, sabendo vagamente, embora o escondesse de si mesmo, em que consistia o amor e o que podia daí resultar.

Em Nekhliúdov, como em toda a gente, havia duas personalidades. Uma, espiritual, que buscava para si apenas um bem que também fosse um bem para os outros, e a outra, animal, que buscava o bem só para si e, a fim de obter esse bem, estava pronta a sacrificar o bem do mundo todo. Naquela fase da sua loucura egoísta, suscitada pela vida militar e petersburguesa, a personalidade animal imperava sobre Nekhliúdov e esmagara totalmente a personalidade espiritual. Porém, ao ver Katiucha e sentir de novo o que antes sentira por ela, a personalidade espiritual levantou a cabeça e começou a reclamar os seus direitos. Dentro de Nekhliúdov, no decorrer daqueles dois dias, até a Páscoa, ocorreu uma luta interior, que não parava, e de que ele não tomava consciência.

No fundo da alma, sabia que precisava partir e que agora não havia motivo para ficar na casa das tias, sabia que nada de bom poderia resultar daquilo, mas sentia-se tão contente, e era tão agradável, que não o dizia para si mesmo, e foi ficando.

No anoitecer de sábado, véspera do domingo de Páscoa, o sacerdote, o diácono e o sacristão, após percorrerem de trenó, a muito custo, segundo contaram, entre poças e lama, as três verstas que separavam a igreja da casa das tias, chegaram a fim de celebrar as matinas.

Nekhliúdov, junto com as tias e a criadagem, e sem parar de olhar para Katiucha, que estava de pé junto à porta e segurava o incensório, assistiu às matinas, trocou os três beijos da Páscoa com o sacerdote e com as tias e quis ir dormir, quando ouviu no corredor os preparativos de Matriona Pávlovna, a velha criada de Mária Ivánovna, e Katiucha para levar à igreja o bolo e a coalhada de Páscoa, para serem benzidos. "Também vou", pensou ele.

Não se podia usar nem carroça nem trenó no caminho até a igreja e por isso Nekhliúdov, que na casa das tias dava ordens como em sua própria casa, mandou selar para ele o garanhão a que chamavam de "irmãozinho" e, em vez de deitar-se e dormir, vestiu um uniforme reluzente, com calças justas de montaria, pôs um capote sobre os ombros e, sobre o velho garanhão gordo, pesado e que não parava de relinchar, seguiu no escuro, pelas poças e pela neve, rumo à igreja.

XV

Depois, durante toda a vida, aquelas matinas permaneceram para Nekhliúdov como uma das recordações mais fortes e luminosas.

Quando, na negra escuridão, só iluminada aqui e ali pela neve que branquejava, o garanhão, chapinhando na água, começou a mexer as orelhas ao avistar as luminárias acesas em redor da igreja, a missa já havia começado.

Os mujiques, ao reconhecerem o sobrinho de Mária Ivánovna, levaram-no para um local seco, onde podia desmontar, amarraram o cavalo e levaram Nekhliúdov para dentro da igreja. Ela estava cheia de gente com roupa de festa.

Do lado direito, os mujiques: os velhos, de cafetãs feitos em casa, alpercatas feitas de palha, e tiras brancas e limpas enroladas nos pés; os jovens, de cafetãs novos de feltro, cingidos com cintos claros, e de botas. À esquerda, as mulheres, com xales vermelhos de seda, casacos pregueados com mangas vermelho-claras, saias azuis, verdes, vermelhas, estampadas, e com botinas de salto ferrado. Velhinhas discretas, em xales brancos, de cafetãs cinzentos, com velhas saias de lã caseiras e de sapatos ou de alpercatas novas, estavam de pé mais atrás; entre estas e aquelas, estavam as crianças, bem-arrumadas e com os cabelos besuntados. Os mujiques fizeram o sinal da cruz e curvaram-se, sacudindo os cabelos; as mulheres, sobretudo as velhinhas, cravavam os olhos desbotados num ícone com velas, apertavam com força os dedos unidos, por cima do xale, na testa, nos ombros e depois na barriga, e, murmurando algo, inclinavam-se de pé ou se ajoelhavam. As crianças, imitando os adultos, rezavam com fervor quando os outros olhavam para elas. A iconóstase dourada brilhava com as velas, em toda parte ardiam velas grandes cingidas de dourado. O candelabro estava cheio de velas, do coro ouviam-se melodias alegres de cantores amadores, junto com baixos que berravam e com a voz fina de soprano dos meninos.

Nekhliúdov seguiu para a frente. No centro, ficava a aristocracia: o senhor de terras, sua esposa e o filho com japona de marinheiro, o comissário de polícia rural, o telegrafista, o comerciante com botas de cano alto, o chefe da aldeia com uma medalha, e à direita do leitoril, atrás da senhora de terras, Matriona Pávlovna que trajava um vestido lilás mesclado e um xale branco debruado, e Katiucha, de vestido branco, com preguinhas no peito, cinto azul e lacinho vermelho na cabeça preta.

Tudo era festivo, solene, alegre e belo: os sacerdotes com suas casulas brilhantes, prateadas, com cruzes douradas, o diácono e o sacristão com paramentos festivos, prateados e dourados, e os bem-vestidos cantores amadores de cabelos besuntados, e as alegres melodias dançantes das canções festivas, e a incessante bênção do povo dada pelos três sacerdotes, as velas enfeitadas com flores, e todos repetiam aos brados: "Cristo ressuscitou! Cristo ressuscitou!". Tudo era belo, mas o melhor de tudo era Katiucha, de vestido branco e cinto azul, com a fita vermelha na cabeça preta e olhos que reluziam de entusiasmo.

Nekhliúdov sentia que ela o via, sem olhar para trás. Ele viu isso quando passou ao lado de Katiucha, a caminho do altar. Nada tinha a lhe dizer, mas inventou algo e falou, ao passar por ela:

— A titia disse que vai quebrar o jejum depois da última missa.

O sangue jovem, como sempre acontecia ao olhar para ele, inundou todo o seu rosto meigo, e os olhos negros, risonhos e alegres, que fitavam ingênuos de baixo para cima, detiveram-se em Nekhliúdov.

— Eu sei — respondeu ela, sorrindo.

Nesse momento, o sacristão, que trazia uma cafeteira de cobre[18] no meio do povo, passou por ela e, sem olhar, esbarrou em Katiucha com a aba de sua veste. O sacristão, pelo visto por respeito a Nekhliúdov, ao contorná-lo, esbarrou em Katiucha. Porém Nekhliúdov espantou-se ao ver que o sacristão não se dava conta de que tudo ali e em toda parte do mundo existia e só existia para Katiucha e que podia haver menosprezo por tudo no mundo, menos por ela, pois era ela o centro de tudo. Para ela brilhava o ouro da iconóstase e ardiam todas as velas no candelabro e nos castiçais, eram para ela aquelas melodias alegres: "É a Páscoa do Senhor, alegrai-vos, povo". E tudo o que havia de bom no mundo, tudo era para ela. E Katiucha, assim parecia a Nekhliúdov, entendia que tudo isso era para ela. Assim parecia a Nekhliúdov, quando lançava os olhos para a figura esbelta de Katiucha, de vestido branco de preguinhas, para o rosto concentrado e alegre, em cuja expressão ele percebia que o que cantava na sua alma cantava exatamente igual também na alma de Katiucha.

No intervalo entre a primeira e a segunda missa, Nekhliúdov saiu da igreja. O povo abria passagem para ele e se curvava. Um o reconhecia, outro perguntava:

---

18 Era uma tradição popular, na Igreja russa, usar cafeteiras para levar água benta.

"Quem é esse?". No átrio, ele se deteve. Os mendigos o rodearam, ele distribuiu os trocados que trazia no porta-moedas e desceu os degraus da entrada.

Já havia claridade bastante para enxergar, mas o sol ainda não havia levantado. O povo estava sentado nos túmulos em redor da igreja. Katiucha permaneceu dentro da igreja e Nekhliúdov parou ali, à sua espera.

As pessoas já estavam saindo e, batendo os pregos das botas nas lajes de pedra do chão, desciam a escada e espalhavam-se pelo pátio e pelo cemitério da igreja.

Um homem muito velhinho, o confeiteiro de Mária Pávlovna, de cabeça trêmula, deteve Nekhliúdov, lhe deu os três beijos da Páscoa, e a esposa, uma velhinha com o pomozinho de adão enrugado debaixo de um lenço de seda, retirou de um xale e deu para ele um ovo amarelo, cor de açafrão. Nisso, aproximou-se um mujique jovem, sorridente e musculoso, que vestia um casaco pregueado novo e um cinto verde.

— Cristo ressuscitou — disse ele, rindo com os olhos e, chegando perto de Nekhliúdov e envolvendo-o com o cheiro peculiar e agradável de um mujique, fazendo cócegas com sua barba crespa, beijou-o três vezes bem no meio dos lábios, com seus lábios firmes e frescos.

No momento em que Nekhliúdov trocava os três beijos com o mujique e recebia dele um ovo marrom-escuro, surgiu o vestido mesclado de Matriona Pávlovna e a encantadora cabecinha preta com uma fita vermelha.

Ela, de imediato, em meio às cabeças dos que caminhavam à sua frente, avistou-o, e ele viu como o rosto de Katiucha se iluminou.

Ela e Matriona Pávlovna saíram para o átrio e pararam, enquanto davam esmola aos mendigos. Um mendigo com uma ferida vermelha e cicatrizada no lugar do nariz aproximou-se de Katiucha. Ela tirou algo de dentro do xale, deu a ele e depois chegou perto do mendigo e, sem expressar a menor repulsa, ao contrário, com um brilho de alegria nos olhos, beijou-o três vezes. E nesse momento em que ela beijava o mendigo, os olhos de Katiucha encontraram o olhar de Nekhliúdov. Foi como se ela lhe perguntasse se estava agindo bem.

"Está certo, está certo, querida, está tudo bem, está tudo ótimo, amo você."

As duas desceram do átrio e Nekhliúdov aproximou-se de Katiucha. Não queria lhe dar os três beijos da Páscoa, queria apenas estar mais perto dela.

— Cristo ressuscitou! — disse Matriona Pávlovna, inclinando a cabeça e sorrindo, com a entonação de quem diz que nesse dia todos são iguais e, após enxugar a boca num lenço enrolado numa bolinha, estendeu os lábios na direção dele.

— Em verdade — respondeu Nekhliúdov, e beijou-a.

Voltou o olhar para Katiucha. Ela ruborizou-se e no mesmo instante aproximou-se dele.

— Cristo ressuscitou, Dmítri Ivánovitch.

— Em verdade, ressuscitou — respondeu Nekhliúdov. Os dois beijaram-se duas vezes e pareceram lembrar-se de repente que ainda era preciso beijar-se uma terceira vez, e sorriram.

— A senhora não vai falar com o sacerdote? — perguntou Nekhliúdov.

— Não, vamos ficar aqui um pouco, Dmítri Ivánovitch — respondeu Katiucha, ofegante, como se tivesse terminado de cumprir uma tarefa alegre, respirando com todo o peito e fitando-o direto nos olhos com os seus olhos dóceis, castos, amorosos, um pouquinho vesgos.

No amor entre o homem e a mulher, há sempre um instante em que esse amor alcança o seu zênite, um momento em que nele não existe nada de consciente, racional, e também nada de sensual. Esse momento, para Nekhliúdov, foi aquela clara noite da Ressurreição de Cristo. Quando agora ele se lembrava de Katiucha, entre todas as situações em que a vira, aquele momento encobria todos os outros. A cabecinha preta, lisa, brilhante, o vestido branco de preguinhas que cingia castamente o seu talhe esbelto e o peito baixo, e aquele rubor, aquele frescor, e os olhos negros um pouquinho vesgos e lustrosos por causa da noite sem dormir, e em toda a sua pessoa havia dois traços principais: a pureza da castidade do amor não só por ele — Nekhliúdov sabia disso —, mas de um amor por tudo e todos, não só pelo que há de belo no mundo — por aquele mendigo que ela acabara de beijar.

Ele sabia que em Katiucha havia esse amor porque, naquela noite e naquela manhã, Nekhliúdov tomou consciência da presença desse amor dentro de si e tomou consciência de que, nesse amor, ele se fundia a ela.

Ah, se tudo tivesse parado naquele sentimento que havia naquela noite! “Sim, toda essa história horrível aconteceu depois daquela noite clara da Ressurreição de Cristo!”, pensou Nekhliúdov agora, sentado junto a uma janela na sala dos jurados.

XVI

Após voltar da igreja, Nekhliúdov quebrou o jejum com as tias e, a fim de refazer as forças, segundo um hábito adquirido no regimento, tomou vodca e vinho, foi para o seu quarto e no mesmo instante adormeceu, ainda vestido. Acordou com uma batida na porta. Pela batida, reconheceu que era ela e levantou-se, esfregando os olhos e se espreguiçando.

— Katiucha, é você? Entre — disse, erguendo-se.

Ela entreabriu a porta.

— Estão chamando para comer.

Estava com o mesmo vestido branco, mas sem a fita nos cabelos. Após fitá-lo nos olhos por um momento, Katiucha iluminou-se como se tivesse anunciado a Nekhliúdov algo extraordinariamente alegre.

— Já vou — respondeu ele, pegando um pente para pentear o cabelo.

Katiucha ficou mais um minutinho. Ele percebeu e, após largar o pente, moveu-se na direção dela. Mas nesse instante Katiucha virou-se depressa e se foi pelo corredor, com seus passos leves e rápidos de costume, sobre o tapetinho do corredor.

"Como sou tolo", disse consigo Nekhliúdov. "Por que não a detive?"

Correu e alcançou-a no corredor.

O que queria com ela, nem ele mesmo sabia. Mas lhe pareceu que, quando Katiucha entrou no seu quarto, ele tinha de fazer alguma coisa, o que todos fazem em tal circunstância, e ele não fez.

— Katiucha, espere — disse.

Ela olhou para trás.

— O que o senhor quer? — perguntou, parando por um momento.

— Nada, só...

E, depois de fazer um esforço contra si mesmo, e lembrando como todos, em geral, agem em tais circunstâncias, abraçou Katiucha pela cintura.

Ela ficou parada e fitou-o nos olhos.

— Não, Dmítri Ivánovitch, não — disse, ruborizada à beira das lágrimas, e com sua mão áspera e forte repeliu a mão que a abraçava.

Nekhliúdov soltou-a, e por um instante sentiu-se não só desconfortável e envergonhado, mas também enojado de si mesmo. Deveria ter acreditado em si, porém não entendeu que aquele desconforto e aquela vergonha eram os melhores sentimentos de sua alma, que pediam para se exteriorizar, ao contrário, pareceu-lhe que nisso lhe falava a sua tolice, que era preciso fazer o que todos faziam.

Alcançou-a mais uma vez, abraçou-a de novo e beijou-a no pescoço. Esse beijo foi completamente distinto dos dois primeiros beijos: o beijo inconsciente atrás da moita de lilases e o outro naquela madrugada, na igreja. Esse beijo agora foi terrível e Katiucha sentiu isso.

— O que o senhor está fazendo? — gritou com voz de quem tivesse quebrado, de modo irremediável, algo infinitamente precioso, e correu a trote para longe dele.

Nekhliúdov entrou na sala de refeições. As tias bem-vestidas, o médico e também uma vizinha estavam de pé junto à mesa dos antepastos. Tudo estava como de costume, mas na alma de Nekhliúdov havia uma tempestade. Ele não compreendia nada do que lhe diziam, respondia de modo despropositado e só pensava em Katiucha, recordando a sensação daquele último beijo, quando ele a alcançou no corredor. Não conseguia pensar em mais nada. Quando Katiucha entrou na sala, ele, sem olhar para ela, sentiu sua presença com todo o seu ser e teve de fazer um esforço para não olhar.

Depois do almoço, Nekhliúdov foi imediatamente para o seu quarto e, com forte emoção, caminhou muito tempo para um lado e para o outro, atento aos ruídos da casa e à espera dos passos de Katiucha. A personalidade animal que morava dentro dele não só levantara a cabeça agora, como também calcara sob os pés a personalidade espiritual que havia prevalecido em sua primeira estada na casa das tias e até aquela manhã na igreja, e agora a terrível personalidade animal imperava sozinha em sua alma. Apesar de estar o tempo todo à espreita de Katiucha, Nekhliúdov não conseguiu nenhuma vez encontrar-se com ela a sós naquele dia. Na certa, ela o evitava. Mas ao anoitecer aconteceu de ela ter de ir ao quarto vizinho ao que ele ocupava. O médico ia pernoitar ali e Katiucha teve de fazer a cama para o hóspede. Ao ouvir seus passos, Nekhliúdov, pisando de leve e contendo a respiração, como que se preparando para cometer um crime, entrou atrás dela.

Com as mãos enfiadas na fronha limpa e segurando com elas o travesseiro pelas pontas, Katiucha olhou para trás, para ele, e sorriu, mas não com alegria e contentamento, como antes, mas com um sorriso assustado, queixoso. O sorriso parecia dizer a Nekhliúdov que o que ele estava fazendo era errado. Por um momento, ele se deteve. Ali, ainda havia uma possibilidade de luta. Embora fraca, ainda se fez ouvir a voz do amor verdadeiro por ela, a voz que falava para Nekhliúdov sobre Katiucha, sobre os sentimentos e sobre a vida dela. Uma outra voz dizia: olhe bem, vai deixar escapar o seu prazer, a sua felicidade. E essa outra voz abafou a primeira. Ele se aproximou resolutamente de Katiucha. E um sentimento irreprimível, aterrador e animal apoderou-se de Nekhliúdov.

Sem soltá-la de seus abraços, Nekhliúdov colocou-a sentada sobre a cama e, sentindo que ainda era preciso fazer mais uma coisa, sentou-se ao seu lado.

— Dmítri Ivánovitch, querido, por favor, me solte — disse ela, com voz queixosa. — Matriona Pávlovna está vindo! — gritou, libertando-se, e de fato alguém caminhava na direção da porta.

— Então irei ao seu quarto de noite — falou Nekhliúdov. — Vai estar sozinha?

— O quê? De jeito nenhum! Não pode — respondeu só com os lábios, mas todo o seu ser, agitado, confuso, dizia outra coisa.

Matriona Pávlovna de fato chegou à porta. Entrou no quarto com um cobertor no braço e, após olhar com expressão de censura para Nekhliúdov, falou em tom zangado para Katiucha que ela não havia trazido o cobertor correto.

Nekhliúdov saiu em silêncio. Nem vergonha sentia. Viu, pela expressão do rosto de Matriona Pávlovna, que ela o condenava, e tinha razão em condená-lo, ele sabia que o que estava fazendo era errado, mas o sentimento animal, que se desvencilhara do sentimento anterior de amor por Katiucha, se apoderara de Nekhliúdov e reinava sozinho, sem reconhecer mais nada. Ele agora sabia o que era preciso fazer para a satisfação do sentimento, e procurava um meio de realizá-lo.

Passou a tarde toda fora de si: ora ia ao quarto das tias, ora ia para o seu quarto e para a varanda e só pensava em uma coisa, como vê-la a sós; mas ela fugia de Nekhliúdov e Matriona Pávlovna esforçava-se para não a perder de vista.

XVII

Assim passou a tarde inteira, e caiu a noite. O médico foi dormir. As tias foram se deitar. Nekhliúdov sabia que Matriona Pávlovna ficava agora no quarto das tias e Katiucha estava no quarto das criadas — sozinha. Ele saiu de novo para a varanda. Lá fora estava escuro, úmido, quente, e a neblina branca que, na primavera, leva embora a última neve ou se propaga da última neve que derrete, enchia todo o ar. Do rio, que ficava a cem passos, ao pé de uma escarpa diante da casa, ouviam-se barulhos estranhos: era o gelo que se partia.

Nekhliúdov desceu da varanda e, caminhando entre as poças sobre a neve congelada, deu a volta até a janela do quarto das criadas. Seu coração palpitava de tal forma dentro do peito que ele o ouvia; a respiração ora parava, ora soltava um suspiro profundo. No quarto das criadas, uma lamparina estava acesa. Katiucha estava sentada sozinha junto à mesa, pensativa, e olhava para a frente. Nekhliúdov observou-a por muito tempo, sem se mexer, querendo ver o que ela ia fazer, supondo que ninguém a observava. Katiucha ficou imóvel por dois minutos, depois levantou os olhos, sorriu, balançou a cabeça como se repreendesse a si mesma e, mudando de posição, colocou os dois braços com ímpeto sobre a mesa e olhou fixo para a frente.

Ele continuava parado e a observava, ouvindo sem querer, junto com as batidas do seu coração, os barulhos estranhos que vinham do rio. Lá, no rio, na neblina, se processava um trabalho vagaroso, incansável, e algo ora resfolegava, ora estalava, finos blocos de gelo ora ruíam, ora tilintavam como vidro.

Ele continuava parado, olhava para o rosto de Katiucha, pensativo, atormentado por algum trabalho interior, e sentiu pena dela, porém, coisa estranha, aquela pena só vinha reforçar o desejo por ela.

O desejo apoderou-se dele por inteiro.

Nekhliúdov bateu na janela. Como que atingida por um choque elétrico, Katiucha estremeceu com o corpo todo e o horror estampou-se em seu rosto. Em seguida, levantou-se de um salto, veio até a janela e aproximou o rosto do vidro. A expressão de horror não havia deixado o seu rosto e então, depois de colocar as palmas das mãos como antolhos, Katiucha reconheceu-o. O rosto de Katiucha mostrava-se extraordinariamente sério — Nekhliúdov nunca o tinha visto assim. Katiucha sorriu só quando ele sorriu, ela sorriu só como que por submissão a ele, mas na sua alma não havia sorriso — havia pavor. Nekhliúdov lhe fez um sinal com a mão, chamou-a para fora, ao seu encontro. Mas ela balançou a cabeça, disse que não, não ia sair, e ficou parada junto à janela. Ele aproximou mais ainda o rosto do vidro e quis gritar que ela saísse, mas nesse momento Katiucha virou-se para a porta — pareceu que alguém a chamava. Nekhliúdov afastou-se da janela. A neblina estava tão pesada que, ao afastar-se da casa cinco passos, já não conseguia enxergar as janelas, apenas uma massa enegrecida, da qual irradiava a luz vermelha de um lampião, que parecia imensa. No rio, continuava o mesmo estranho resfolegar, os mesmos murmúrios, estalidos e rumores do gelo. Não distante dali, dentro da neblina, no pátio, um galo cantou; outros galos responderam perto, e ouviram-se ao longe, na aldeia, cantos de galo que se cruzavam e se fundiram em um só. Tudo em volta, exceto o rio, ficou em completo silêncio. Já era a segunda vez que os galos cantavam.

Depois de ir e vir umas duas vezes por trás da casa e enfiar o pé nas poças de água várias vezes, Nekhliúdov aproximou-se de novo da janela do quarto das criadas. O lampião ainda ardia e Katiucha estava de novo sentada à mesa sozinha, como que indecisa. Assim que Nekhliúdov se aproximou da janela, Katiucha voltou o olhar para ele. Nekhliúdov bateu no vidro. E no mesmo instante, sem olhar quem havia batido, ela saiu depressa do quarto das criadas e Nekhliúdov ouviu como a porta de saída destravou-se e rangeu. Ele já a esperava na entrada da casa e, imediatamente, abraçou-a em silêncio. Katiucha apertou-se a ele, ergueu a cabeça e, com os lábios, encontrou o seu beijo. Estavam atrás de um canto da entrada da casa, num local seco, e Nekhliúdov estava repleto de um desejo torturante, insatisfeito. De repente, a porta estalou de novo e, com esforço, emitiu o mesmo rangido e ouviu-se a voz zangada de Matriona Pávlovna:

— Katiucha!

Ela soltou-se dele e voltou para o quarto das criadas. Nekhliúdov ouviu o ferrolho ser trancado. Depois disso, tudo ficou em silêncio, o olho vermelho na janela desapareceu, só restou a neblina e o rebuliço no rio.

Nekhliúdov aproximou-se da janela — não se via ninguém. Bateu — nada lhe respondeu. Nekhliúdov voltou para dentro da casa pela varanda principal, mas não adormeceu. Tirou as botas e caminhou descalço pelo corredor rumo à porta de Katiucha, ao lado do quarto de Matriona Pávlona. De início, ouviu como Matriona

Pávlovna ressonava serenamente e quis logo entrar, quando de súbito ela começou a tossir e a revirar-se na cama rangente. Nekhliúdov ficou imóvel e assim esperou uns cinco minutos. Quando tudo silenciou de novo e ouviu-se de novo o ressonar sereno, ele, esforçando-se para pisar nas tábuas que não rangiam, avançou e aproximou-se da porta de Katiucha. Nada se ouvia. Pelo visto, ela não estava dormindo, pois não se ouvia a sua respiração. Mas assim que ele sussurrou: "Katiucha!" — ela se ergueu de um salto, aproximou-se da porta e, zangada, assim pareceu a Nekhliúdov, tentou convencê-lo a ir embora.

— Como pode fazer isso? Será possível? As tias vão ouvir — disse ela só com os lábios, mas todo o seu ser dizia: "Sou toda sua".

E Nekhliúdov só isso entendia.

— Vamos, abra só um minuto. Eu suplico — disse as palavras impensadas.

Ela ficou em silêncio, depois ele ouviu o rumor da mão em busca do trinco. O trinco deu um estalido e Nekhliúdov esgueirou-se para dentro pela porta aberta.

Agarrou-a do jeito que estava, num camisolão de pano cru e áspero, com os braços desnudos, levantou-a e carregou-a.

— Ah! O que é isso? — sussurrou ela.

Mas Nekhliúdov não prestava atenção às palavras dela, enquanto a carregava para o seu quarto.

— Ah, não pode, me solte — dizia Katiucha, mas ela mesma se agarrava a ele.

Quando Katiucha, trêmula e muda, sem nada responder às palavras dele, saiu do quarto de Nekhliúdov, ele foi até a varanda e parou, tentando compreender o significado de tudo o que havia acontecido.

Lá fora, estava mais claro; no rio, mais abaixo, os estalos, o retinir e o resfolegar ficavam mais fortes e, aos sons anteriores, acrescentou-se um murmúrio. A neblina começou a baixar e, por trás da parede da neblina, despontou a lua minguante, que iluminava de forma sombria algo negro e terrível.

"Mas o que é isso: aconteceu-me uma grande felicidade ou uma grande infelicidade?", perguntou-se. "Sempre é assim, todos são assim", disse consigo e foi dormir.

XVIII

No dia seguinte, o alegre e radiante Chenbok veio ao encontro de Nekhliúdov na casa das tias e cativou-as completamente com sua elegância, amabilidade, alegria, generosidade e com sua estima por Dmítri. A sua generosidade, embora tivesse agradado muito às tias, causou-lhes até certa perplexidade, por causa do seu exagero. Aos mendigos cegos que passavam, ele dava um rublo, na hora do chá, deu quinze rublos de gorjeta aos criados, e quando Suzetka, a cachorrinha de Sófia Ivánovna, esfolou a pata em sua presença e fez sangue, Chenbok ofereceu-se para fazer o curativo, sem hesitar nem um minuto, rasgou seu lenço de cambraia ornado com pequenos debruns (Sófia Ivánovna sabia que aqueles lenços não custavam menos de quinze rublos a dúzia) e com ele fez ataduras para Suzetka. As tias nunca tinham visto pessoas assim e não sabiam que aquele mesmo Chenbok tinha uma dívida de duzentos mil rublos, a qual — ele sabia — jamais seria paga e que, por isso, vinte e cinco rublos a mais ou a menos não faziam para ele nenhuma diferença.

Chenbok passou ali só um dia e na noite seguinte partiu com Nekhliúdov. Não podiam ficar mais, pois já ia vencer o último prazo para se apresentarem ao regimento.

Na alma de Nekhliúdov, naquele último dia em que esteve na casa das tias, quando estavam frescas as lembranças da noite, dois sentimentos levantaram-se e lutaram entre si: um deles eram as recordações ardentes, sensuais, do amor animal, embora tivesse ficado longe de dar o que prometia, e também alguma satisfação por ter alcançado o objetivo; o outro era a consciência de ter feito algo muito ruim, algo que era preciso corrigir, e corrigir não por ela, mas sim por ele.

No estado de loucura egoísta em que se achava, Nekhliúdov só pensava em si — se o condenariam, e até que ponto, caso soubessem como agira com Katiucha — e não no que ela estava passando, nem no que ia acontecer com ela.

Pensou que Chenbok adivinhava suas relações com Katiucha e isso lisonjeava seu amor-próprio.

— Pois aí está por que você de repente se tomou de amores pelas tias — disse Chenbok, depois de ver Katiucha —, a ponto de passar uma semana com elas. Pois eu, no seu lugar, nem iria embora. Que encanto!

Nekhliúdov pensou também que, apesar de ser uma pena ir embora sem ter desfrutado inteiramente o amor com Katiucha, a necessidade da partida tinha a vantagem de romper de uma vez relações que seriam difíceis de sustentar. Pensou também que teria de dar dinheiro para ela, não por ela, não porque talvez precisasse desse dinheiro, mas porque assim agiam sempre e o considerariam um homem desonesto se, após tirar proveito dela, não lhe pagasse por isso. Nekhliúdov lhe deu, de fato, o dinheiro — a quantia que julgou adequada, em vista da sua posição e da posição dela.

No dia da partida, após o almoço, esperou-a na entrada. Katiucha ruborizou-se ao vê-lo e quis passar direto, indicando com os olhos a porta aberta para o quarto das criadas, mas ele a segurou.

— Eu queria me desculpar — disse, amassando na mão um envelope com uma nota de cem rublos. — Tome aqui, eu...

Ela adivinhou, franziu o rosto, começou a sacudir a cabeça e repeliu a mão dele.

— Não, aceite — gaguejou, enfiou o envelope entre os seios de Katiucha e, como se algo o queimasse, de rosto franzido e gemendo, ele correu para o seu quarto.

Depois disso, ficou muito tempo andando dentro do seu quarto, retorcia-se, até pulava, e gemia como se sofresse uma dor física, toda vez que recordava aquela cena.

"Mas o que fazer? É sempre assim. Foi assim com Chenbok e a preceptora, sobre a qual ele contou, foi assim com o tio Gricha, foi assim com o meu pai, quando morava no campo e teve com uma camponesa aquele filho natural, o Mítienka, que está vivo até hoje. E se assim fazem todos, talvez tenha mesmo de ser assim." Desse modo queria se consolar, mas não conseguia. Aquela lembrança queimava sua consciência.

No fundo, no mais fundo da alma, sabia que agira de modo tão detestável, sórdido, cruel, que com a consciência daquela conduta ele não poderia mais não só condenar quem quer que fosse, como também olhar as pessoas nos olhos, sem falar que não poderia considerar-se um jovem belo, nobre, magnânimo, como se considerava então. Mas precisava considerar-se assim, para continuar a levar uma vida animada e alegre. Para isso, o único meio era não pensar no assunto. E assim fez.

A vida que começava a levar — novos lugares, os camaradas, a guerra — ajudava. E quanto mais vivia, mais esquecia, até que por fim, de fato, esqueceu de todo.

Só uma vez, quando após a guerra, com a esperança de vê-la, visitou a casa das tias e soube que Katiucha não morava mais lá, que ela, pouco depois da sua partida, deixara as tias para dar à luz, dera à luz em algum lugar e, pelo que as tias ouviram dizer, havia se corrompido totalmente — o seu coração se apertou. Pelo tempo, a criança que nascera podia ser filha dele, mas também podia não ser. As tias disseram que ela se corrompera e era de natureza depravada, como a mãe. E esse juízo das tias agradou a Nekhliúdov, porque pareceu justificá-lo. No início, contudo, quis encontrar Katiucha e a criança, mas depois, justamente porque no fundo da alma era doloroso e vergonhoso demais pensar nela, não fez os esforços necessários para a sua localização, esqueceu mais ainda o seu pecado e deixou de pensar nele.

Agora, porém, aquela coincidência espantosa veio lembrá-lo de tudo e exigia da parte dele o reconhecimento da sua desumanidade, sua crueldade, sua sordidez, que lhe deram a possibilidade de viver tranquilo durante aqueles dez anos com tamanho pecado na consciência. Mas Nekhliúdov ainda estava longe de tal reconhecimento e agora só pensava como a qualquer momento tudo aquilo poderia vir a público e ela ou seu defensor poderiam revelar tudo e o cobririam de vergonha diante de todos.

XIX

Era nesse estado de espírito que se encontrava Nekhliúdov ao sair da sala do tribunal e ir para a sala dos jurados. Ficou sentado junto a uma janela, ouvindo as conversas à sua volta, e não parava de fumar.

O comerciante alegre, pelo visto, simpatizava de todo o coração com os passatempos do comerciante Smelkov.

— Puxa, irmão, que farras tremendas, bem ao jeito siberiano. E ele não era nada bobo, que garota foi escolher.

O porta-voz do júri expressava certas considerações segundo as quais o caso inteiro dependia do perito. Piotr Guerássimovitch contou alguma piada para o vendedor judeu e os dois gargalharam. Nekhliúdov respondia com monossílabos às perguntas a ele dirigidas e só desejava uma coisa — que o deixassem em paz.

Quando o oficial de justiça, com seu passo torto, veio chamar os jurados de volta para a sala do tribunal, Nekhliúdov sentiu um pavor, como se ele não fosse julgar, mas sim ser julgado. No fundo da alma, já se sentia um canalha, que era obrigado a fitar as pessoas nos olhos com vergonha, entretanto subiu no estrado como de costume, com os habituais movimentos seguros de si, e sentou-se no seu lugar, o segundo assento depois do porta-voz do júri, cruzou as pernas e brincou com o pincenê.

Também tinham levado os réus para algum lugar e agora os traziam de volta.

Na sala, havia pessoas novas — as testemunhas — e Nekhliúdov notou que Máslova olhava a todo instante, como se não conseguisse desprender os olhos, para uma mulher gorda, muito bem-arrumada, em roupas de seda e veludo, de chapéu alto com um grande laço de fita e com uma bolsinha de rede no braço nu até o cotovelo, sentada na primeira fila, diante do gradil. Como ele veio a saber em seguida, tratava-se de uma testemunha, a dona do estabelecimento onde Máslova morava.

Teve início o interrogatório das testemunhas: nome, religião etc. Em seguida, após a consulta das partes sobre como queriam interrogar as testemunhas, se sob juramento ou não, mais uma vez, deslocando as pernas com dificuldade, aproximou-se aquele sacerdote velho e de novo, da mesma forma, ajeitando o crucifixo de ouro sobre o peito vestido de seda, com a mesma tranquilidade e a mesma confiança de que aquilo que fazia era totalmente útil e relevante, presidiu o juramento das testemunhas e do perito. Quando o juramento terminou, conduziram todas as testemunhas para fora, menos uma, justamente Kitáieva, a proprietária da casa de tolerância. Perguntaram-lhe o que sabia sobre o caso. Kitáieva, com um sorriso fingido, afundando a cabeça no chapéu a cada frase, relatou de forma minuciosa e coerente, com um sotaque alemão.

Antes de tudo, Simon, o empregado do hotel, veio ao seu estabelecimento em busca de uma moça para um comerciante siberiano rico. Ela mandou Liubacha. Um tempo depois, Liubacha voltou com o comerciante.

— O comerciante já estava em êxtase — disse Kitáieva, sorrindo de leve — e continuou a beber conosco e pagava bebida para as moças; mas como não tinha consigo dinheiro bastante, mandou ao seu quarto de hotel a mesma Liubacha, à qual já dera a sua predileção — disse, olhando para a ré.

— E qual era a opinião da senhora sobre Máslova? — ruborizando-se, encabulado, perguntou o defensor de Máslova, aspirante a um cargo judiciário, indicado pelo tribunal.

— A melhor possível — respondeu Kitáieva. — Uma jovem instruída e chique. Criada numa boa família e que sabe ler em francês. Às vezes bebia um pouco demais, mas nunca perdia o controle. Uma jovem excelente.

Katiucha olhou para a proprietária, mas depois, de repente, desviou os olhos para os jurados e deteve-se em Nekhliúdov, e seu rosto ficou sério e até severo. Um de seus olhos severos era vesgo. Aqueles dois olhos que fitavam de modo estranho demoraram-se bastante em Nekhliúdov e, apesar do pavor que o dominou, ele não conseguiu desviar seu olhar daqueles olhos vesgos, que tinham a parte branca muito clara. Lembrou-se daquela noite terrível, com o gelo que se partia, a neblina e sobretudo a lua minguante, de pontas viradas para baixo, que subiu antes do amanhecer e iluminou algo negro e terrível. Os dois olhos negros, que olhavam para ele e através dele, fizeram-no lembrar aquela coisa negra e terrível.

"Ela reconheceu!", pensou. E Nekhliúdov pareceu encolher-se, à espera de um golpe. Mas ela não havia reconhecido. Máslova suspirou com tranquilidade e pôs-se de novo a fitar o presidente. Nekhliúdov também soltou um suspiro. "Ah, quem dera terminasse logo", pensou. Experimentava agora um sentimento semelhante ao que experimentava numa caçada, quando era necessário acabar de matar um pássaro ferido: repulsa, pena, desgosto. O pássaro ainda vivo se debate dentro da bolsa de caçador: dá nojo, dá pena, vem a vontade de matar de uma vez e esquecer.

Era esse sentimento misturado que Nekhliúdov experimentava agora enquanto escutava o interrogatório das testemunhas.

XX

Porém, como que para provocá-lo, o julgamento arrastou-se demoradamente: após o interrogatório de cada uma das testemunhas e do perito e, como de costume, depois de todas as perguntas desnecessárias feitas com ar importante pelo promotor adjunto e pelo defensor, o presidente convidou os jurados a examinarem as provas materiais, constituídas por um anel de dimensões enormes, feito obviamente para um dedo indicador gordíssimo, com uma roseta de brilhantes, e também por um filtro em que fora analisado o veneno. Esses objetos estavam lacrados e sobre eles havia umas etiquetazinhas.

Os jurados já se preparavam para examinar aqueles objetos, quando o promotor adjunto se levantou outra vez e exigiu, antes do exame das provas materiais, a leitura da análise médica do cadáver.

O presidente, que tocava adiante o julgamento o mais rápido que podia a fim de ter tempo para encontrar-se com a sua suíça, embora soubesse muito bem que a leitura daquele documento não podia trazer nenhuma outra consequência que não o tédio e o adiamento da hora do almoço, e que o promotor adjunto só exigia a leitura porque sabia que tinha o direito de exigir isso, não pôde negar e acatou o pedido. O secretário pegou o documento e, de novo pronunciando mal as letras "l" e "r", começou a ler com voz desalentada:

— "O exame externo revelou que:

1) Altura de Ferapont Smelkov: dois *archins* e doze *verchok*."[19]

— Puxa, que grandalhão — sussurrou preocupado o comerciante, no ouvido de Nekhliúdov.

— "2) Pela aparência, avaliou-se a idade em cerca de quarenta anos.

"3) O cadáver tem aspecto inchado.

"4) A cor da epiderme é esverdeada, salpicada de manchas escuras em alguns locais.

"5) A pele, em toda a superfície do corpo, ergue-se em bolhas de dimensões diversas, mas em vários locais se soltou e pende como grandes retalhos.

"6) Os cabelos são castanho-escuros, espessos, e a um leve toque se desprendem da pele.

"7) Os olhos saíram das órbitas e as córneas estão embaçadas.

"8) Dos orifícios do nariz, dos dois ouvidos e da cavidade bucal, escorre um líquido espumante e viscoso, a boca está entreaberta.

---

19 Medidas russas antigas. O total equivale a 1,95 metro.

"9) O pescoço quase não se vê, em virtude do inchaço do rosto e do peito."

Etc. etc.

Ao longo de quatro páginas, com vinte e sete itens, prosseguiu dessa forma a descrição de todos os pormenores do exame exterior do cadáver horrível, enorme, gordo e ainda por cima inchado e em decomposição, do comerciante que se divertira na cidade. O sentimento de vaga repulsa experimentado por Nekhliúdov aumentou mais ainda com a leitura daquela descrição do cadáver. A vida de Katiucha, a secreção pútrida que escorria das narinas, os olhos que saíram das órbitas, a maneira como ele mesmo a tratara — tudo isso, assim parecia a Nekhliúdov, eram objetos de uma mesma ordem e ele, por todos os lados, se via cercado e tragado por tais objetos. Quando enfim terminou a leitura do exame exterior, o presidente deu um suspiro pesado e levantou a cabeça, na esperança de que tivesse acabado. Mas o secretário prontamente passou a ler a descrição do exame interno.

O presidente baixou de novo a cabeça e, com ela apoiada na mão, fechou os olhos. O comerciante ao lado de Nekhliúdov esforçava-se para afastar o sono e balançava-se de vez em quando; os acusados, assim como os guardas atrás deles, continuavam sentados e imóveis.

— "O exame interno revelou que:

"1) A camada de pele do crânio soltou-se facilmente do osso craniano e não se notaram equimoses em parte alguma.

"2) Os ossos do crânio são de espessura média e estão íntegros.

"3) Na dura-máter há duas pequenas manchas pigmentadas, de aproximadamente quatro polegadas, a própria dura-máter apresenta coloração pálida e opaca" — etc. etc., e mais treze itens.

Depois seguiam os nomes das testemunhas, as assinaturas, e depois a conclusão do médico, pela qual ficava claro que as alterações encontradas no estômago e em parte dos intestinos e dos rins, descobertas durante a autópsia e descritas no laudo, davam direito a concluir com alto grau de probabilidade que a morte de Smelkov fora causada por intoxicação com veneno, que chegou ao estômago juntamente com vinho. Pelas alterações presentes no estômago e nos rins, era difícil dizer exatamente qual o veneno introduzido no estômago; pôde-se constatar que o veneno chegou ao estômago juntamente com o vinho porque no estômago de Smelkov foi encontrada uma grande quantidade de vinho.

— Pelo visto, bebia bastante — sussurrou de novo o comerciante, que acordara de um cochilo.

A leitura daquele laudo, que se prolongara durante uma hora, não satisfizera, porém, o promotor adjunto. Quando a leitura do laudo terminou, o presidente voltou-se para ele:

— Suponho que seja supérfluo ler a ata da análise dos órgãos internos.

— Eu pediria que fossem lidas essas análises — respondeu severo o promotor adjunto, sem olhar para o presidente, levantando-se ligeiramente de lado e dando a entender, pelo tom de voz, que a exigência dessa leitura constituía um direito seu, ele não ia abrir mão de tal direito e a recusa daria motivo a uma impugnação.

O juiz barbudo, de olhos bondosos virados para baixo, que sofria de catarro, sentindo-se muito debilitado, dirigiu a palavra ao presidente:

— Mas para que ler isso? Só atrasa. Essas vassouras novas não limpam melhor, só levam mais tempo.

O juiz de óculos dourados não disse nada e olhava para a frente com ar sombrio e decidido, sem esperar nada de bom, nem da sua esposa, nem da vida.

Teve início a leitura da ata.

— "No dia 15 de fevereiro do ano de 188*, eu, abaixo assinado, a mando do departamento médico, sob o número 638" — começou de novo o secretário, com decisão, erguendo o diapasão da voz, como se quisesse espantar o sono que acabrunhava todos os presentes —, "em presença do inspetor médico assistente, procedi à análise dos seguintes órgãos internos:

"1) O pulmão direito e o coração (num recipiente de vidro de seis libras).

"2) O conteúdo do estômago (num recipiente de vidro de seis libras).

"3) O próprio estômago (num recipiente de vidro de seis libras).

"4) O fígado, o baço e os rins (num recipiente de vidro de três libras).

"5) Os intestinos (num recipiente de cerâmica de seis libras)."

O presidente, no início da leitura, curvou-se para um dos juízes e sussurrou algo, depois para o outro e, após receber uma resposta afirmativa, interrompeu a leitura naquele ponto.

— O tribunal considera dispensável a leitura da ata — disse.

O secretário calou-se, juntando os papéis, e o promotor adjunto pôs-se a anotar alguma coisa, aborrecido.

— Os senhores jurados podem examinar as provas materiais — disse o presidente.

O porta-voz do júri e alguns jurados se levantaram e, inseguros quanto aos movimentos ou quanto à posição correta das mãos, aproximaram-se da mesa e, um após o outro, examinaram o anel, o frasco e o filtro. O comerciante chegou a experimentar o anel no dedo.

— Puxa, que dedo — disse, ao voltar para o seu lugar. — Do tamanho de um pepino — acrescentou, visivelmente achando graça da imagem de um gigante que atribuiu ao comerciante envenenado.

XXI

Quando se encerrou o exame das provas materiais, o presidente declarou que a fase de instrução do processo estava terminada e, sem uma pausa, no intuito de concluir o mais depressa possível, concedeu a palavra à acusação, na esperança de que o promotor adjunto, como também era um ser humano, também quisesse fumar e almoçar e tivesse pena de todos os demais. Porém o promotor adjunto não tinha pena nem de si, nem dos outros. O promotor adjunto era muito tolo por natureza, mas ainda por cima teve a infelicidade de concluir o curso do liceu com uma medalha de ouro e de ganhar um prêmio na universidade pela sua tese sobre a servidão no direito romano, e por isso era extremamente pretensioso, vaidoso (para o que contribuía mais ainda o seu sucesso com as damas), e em consequência era extraordinariamente tolo. Quando lhe foi concedida a palavra, levantou-se devagar, exibindo toda a sua figura esbelta num uniforme com bordados e, depois de colocar as mãos sobre a mesa, inclinou ligeiramente a cabeça, virou-se e lançou um olhar pela sala, evitando os olhos dos réus, e começou.

— A causa que se apresenta aos senhores, nobres jurados — iniciou seu discurso, preparado durante a leitura dos laudos e do auto de acusação —, é um crime típico, se posso me exprimir assim.

O discurso do promotor adjunto, na sua opinião, devia ter um significado social, a exemplo dos discursos famosos feitos por advogados célebres. Era verdade que, entre os ouvintes, havia só três mulheres: uma costureira, uma cozinheira e a irmã de Simon, e também um cocheiro, mas isso não tinha importância. Aqueles homens célebres também começaram assim. A regra do promotor adjunto era sempre se colocar na altura da sua posição, ou seja, penetrar a fundo no significado psicológico do crime e pôr a nu as chagas da sociedade.

— Os senhores têm à sua frente, nobres jurados, um crime típico, se posso assim me expressar, do fim do século, que traz consigo, por assim dizer, traços específicos do lamentável fenômeno de desagregação a que estão sujeitos, em nossa época, os elementos da nossa sociedade que, por assim dizer, se encontram especialmente expostos aos raios ardentes desse processo...

O promotor adjunto falou muito demoradamente, de um lado, tentando lembrar todas as coisas inteligentes que tinha imaginado e, de outro lado, acima de tudo, esforçando-se para não parar nem por um minuto e conduzir-se de modo que o discurso fluísse ao longo de uma hora e quinze minutos, sem pausas. Só uma vez se deteve e engoliu saliva por bastante tempo, mas logo se refez e recuperou o atraso com uma eloquência redobrada. Falava ora com voz branda, insinuante, apoiando-se num pé e depois no outro, enquanto olhava para os jurados, ora falava em tom pragmático, olhando para o seu caderno, ora com voz alta e acusadora, virando-se ora para a plateia, ora para os jurados. Só para os réus, que, todos os três, cravavam nele os olhos, o promotor adjunto não olhou nem uma vez. Em seu discurso, figuravam as mais recentes expressões do saber científico, então em voga no seu círculo e que se consideravam na época, como são consideradas ainda agora, a última palavra. Lá estavam a hereditariedade, a criminalidade congênita, Lombroso, Tarde, a evolução, a luta pela sobrevivência, o hipnotismo, a sugestão, Charcot, a decadência.

O comerciante Smelkov, na definição do promotor adjunto, era o tipo do homem russo puro, vigoroso, com sua natureza exuberante, que em razão da sua credulidade e generosidade se tornara vítima de pessoas profundamente pervertidas, sob o poder das quais ele caíra.

Simon Kartínkin era o produto atávico do regime servil, um homem embrutecido, sem instrução, sem princípios e até sem religião. Evfímia era a sua amante e uma vítima da hereditariedade. Nela, notavam-se todos os sinais de uma personalidade degenerada. A mola mestra do crime era Máslova, que representava o fenômeno da decadência em seus componentes mais baixos.

— Essa mulher — disse o promotor adjunto, sem olhar para ela — recebeu instrução, nós ouvimos aqui no tribunal o testemunho da sua patroa. Ela não só sabe ler e escrever, como também sabe francês, é órfã e provavelmente carrega consigo o germe da criminalidade, foi criada numa família nobre e culta e poderia viver do seu trabalho honesto; mas abandonou suas benfeitoras, entregou-se às suas paixões e a fim de satisfazê-las foi parar numa casa de tolerância, onde se destacou das suas colegas por sua educação e sobretudo, como os senhores escutaram aqui, nobres jurados, dito por sua patroa, pela habilidade para influenciar os clientes mediante aquela misteriosa faculdade conhecida pelo nome de sugestão, analisada pela ciência nos últimos tempos, em especial pela escola de Charcot. Por meio dessa faculdade, a acusada cativou o simpático e crédulo gigante russo Sadkó,[20] um hóspede rico, e tirou proveito dessa confiança para de início roubá-lo e depois, impiedosamente, tirar-lhe a vida.

— Puxa, parece que ele se atrapalhou — disse o presidente, sorrindo, inclinando-se para o juiz severo.

— Um tremendo palerma — disse o juiz severo.

— Nobres senhores do júri — prosseguiu entretanto o promotor adjunto,

---

20 Sadkó: herói de uma bilina, antiga narrativa oral russa. Trata-se de um tocador de *gúsli* (uma espécie de cítara), que enriquece graças à ajuda do deus do mar.

contorcendo graciosamente o seu talhe fino e esbelto —, em poder dos senhores está o destino dessas pessoas, mas em poder dos senhores encontra-se, em parte, também o destino da sociedade, a qual os senhores influenciam por meio da sua sentença. Reflitam a fundo sobre o significado desse crime, sobre o perigo que representam para a sociedade individualidades, por assim dizer, patológicas como Máslova, e preservem-na do contágio, preservem os elementos sadios e inocentes dessa sociedade do contágio e, não raro, do aniquilamento.

E, como que oprimido pela relevância da decisão a ser tomada, o promotor adjunto, visivelmente maravilhado ao extremo com o próprio discurso, deixou-se cair na sua cadeira.

O sentido do seu discurso, deixando de lado as flores da eloquência, era que Máslova hipnotizou o comerciante, ganhou sua confiança e, depois de ir ao quarto com a chave para pegar o dinheiro, quis tomar tudo para si, mas calhou de ser surpreendida por Simon e Evfímia e teve de dividir o roubo com eles. Em seguida, a fim de ocultar os vestígios do seu crime, voltou ao hotel com o comerciante e lá o envenenou.

Depois do discurso do promotor adjunto, ergueu-se do banco da defesa um homem de meia-idade, de fraque, com o largo semicírculo do peito branco e engomado, e proferiu com energia um discurso em defesa de Kartínkin e de Botchkova. Tinha sido contratado por eles como seu advogado ao preço de trezentos rublos. Inocentou os dois e lançou toda a culpa em Máslova.

Contestou o testemunho de Máslova segundo o qual Botchkova e Kartínkin estavam junto com ela quando pegou o dinheiro, insistindo que seu testemunho, por partir de uma envenenadora contumaz, não podia ter nenhum peso. O dinheiro, dois mil e quinhentos rublos, disse o advogado, podia ter sido ganho com o trabalho de duas pessoas trabalhadoras e honestas, que às vezes ganhavam por dia três ou cinco rublos dos hóspedes. O dinheiro do comerciante foi roubado por Máslova e entregue a alguém, ou quem sabe até foi perdido, visto que ela não se achava num estado normal. O envenenamento foi cometido só por Máslova.

Por isso ele pediu aos jurados que reconhecessem que Kartínkin e Botchkova eram inocentes do roubo do dinheiro; mas, caso fossem considerados culpados do roubo, que fossem então declarados inocentes de qualquer participação no envenenamento e de qualquer intenção premeditada.

Na conclusão, o advogado, a fim de espicaçar o promotor adjunto, notou que os raciocínios brilhantes do promotor adjunto a respeito da hereditariedade, embora esclarecedores sobre questões científicas relativas à hereditariedade, eram descabidos naquele caso, pois Botchkova era filha de pais desconhecidos.

O promotor adjunto, em tom zangado, como que rosnando, anotou algo num papel e, com um espanto desdenhoso, encolheu os ombros.

Em seguida levantou-se o defensor de Máslova e, timidamente, gaguejante, proferiu a sua defesa. Sem negar que Máslova tivesse participado do roubo do dinheiro, ele apenas insistiu que ela não tinha a intenção de envenenar Smelkov e deu o pó apenas para que ele dormisse. Quis acrescentar certa eloquência, fazendo uma panorâmica de como Máslova tinha sido atraída para a depravação por um homem, que continuou sem punição, ao passo que coube a ela arcar com todo o peso da sua desgraça, porém essa excursão no domínio da psicologia foi tão malsucedida que todos sentiram vergonha. Quando ele se perdeu nas palavras ao discorrer sobre a crueldade dos homens e o desamparo das mulheres, o presidente, no intuito de aliviá-lo, sugeriu que se mantivesse mais próximo da essência do caso.

Depois dessa defesa, o promotor adjunto levantou-se de novo e defendeu sua posição sobre a hereditariedade contra o primeiro advogado de defesa, lembrando que, se Botchkova era de fato filha de pais desconhecidos, a veracidade do estudo da hereditariedade não era nem um pouco invalidada por isso, pois a lei da hereditariedade estava tão solidamente estabelecida pela ciência que nós não só podíamos deduzir o crime pela hereditariedade, como também podíamos deduzir a hereditariedade pelo crime. No que concernia à suposição da defesa, de que Máslova fora pervertida por um sedutor imaginário (pronunciou de forma especialmente maliciosa: imaginário), todos os dados disponíveis indicavam que tinha sido ela a sedutora de muitas e muitas vítimas que passaram pelas suas mãos. Após dizer isso, sentou-se com ar triunfante.

Depois foi concedida aos réus a chance de justificar-se.

Evfímia Botchkova repetiu que não sabia de nada e não participara de nada, e apontou obstinadamente Máslova como culpada de tudo. Simon limitou-se a repetir várias vezes:

— Seja como os senhores quiserem, mas sou inocente, não adianta.

Máslova por sua vez não disse nada. À sugestão do presidente de que declarasse o que tinha a dizer em sua defesa, ela apenas levantou os olhos para ele, olhou em redor para todos, como uma fera acuada, logo a seguir baixou os olhos e começou a chorar, soluçando alto.

— O que o senhor tem? — perguntou o comerciante ao lado de Nekhliúdov, ao ouvir um som estranho que ele emitira de repente. O som era um soluço sufocado.

Nekhliúdov ainda não havia compreendido todo o significado da sua posição atual e atribuiu à fraqueza dos nervos o soluço que mal conseguira conter e as lágrimas que encheram seus olhos. Pôs o pincenê a fim de ocultá-las, depois pegou um lenço e começou a assoar o nariz.

O medo diante da desonra, com a qual seria coberto se todos ali na sala do tribunal soubessem de sua conduta, encobria o trabalho interior que nele se processava. O medo, naquele primeiro momento, era mais forte do que tudo.

XXII

Depois da última palavra dos acusados e depois das deliberações das partes a respeito da forma como seriam feitas as perguntas, o que se prolongou ainda por bastante tempo, foram formuladas as perguntas e o presidente deu início ao seu sumário.

Antes da exposição do caso, explicou muito demoradamente aos jurados, com uma entonação agradável e familiar, que furto era furto, roubo era roubo, e que roubo de um lugar aberto era roubo de um lugar aberto e o roubo de um lugar fechado era o roubo de um lugar fechado. E, enquanto o explicava, dirigia o olhar para Nekhliúdov com especial frequência, como se quisesse incutir nele aquela importante circunstância, na esperança de que, após compreendê-lo, esclarecesse os seus colegas do júri. Em seguida, quando supôs que os jurados já estavam bastante esclarecidos a respeito daquelas verdades, passou a esmiuçar uma outra verdade — a de que se chama de assassinato o ato que acarreta a morte de uma pessoa, e que por isso o envenenamento é também um assassinato. Quando essa verdade também já fora, na sua opinião, apreendida pelos jurados, explicou-lhes que, se o roubo e o assassinato fossem cometidos juntos, os componentes do crime, nesse caso, consistiriam em roubo e assassinato.

Embora ele mesmo quisesse chegar ao fim dos trabalhos o mais rápido possível e embora a suíça já o esperasse, o presidente estava tão habituado ao exercício de suas funções que, depois que começou a falar, não conseguiu mais parar, e por isso explicou minuciosamente aos jurados que, caso achassem que os réus eram culpados, tinham o direito de declará-los culpados; caso achassem que eram inocentes, tinham o direito de declará-los inocentes; caso achassem que eram culpados de uma coisa, mas inocentes de outra, podiam declará-los culpados de uma coisa, mas inocentes de outra. Em seguida, explicou ainda que, embora esse direito lhes fosse concedido, deviam usá-lo de maneira sensata. Quis ainda explicar que, se dessem uma resposta afirmativa a uma determinada pergunta, nessa resposta afirmativa eles admitiam tudo o que estava contido na pergunta, e que, caso não admitissem tudo o que estava contido na pergunta, deveriam ressalvar aquilo que não admitiam. Porém olhou de relance para o relógio e, vendo que já eram cinco para as três, decidiu passar de imediato para o sumário do processo.

— As circunstâncias do caso são as seguintes — começou, e repetiu tudo o que já fora dito várias vezes, pelos advogados de defesa, pelo promotor adjunto e pelas testemunhas.

O presidente falava e, dos dois lados, com ar de profunda reflexão, os juízes escutavam e de vez em quando davam uma espiada no relógio, julgando o seu discurso muito bom, ou seja, como devia ser, porém um pouco longo. Da mesma opinião era o promotor adjunto, bem como os funcionários da justiça em geral e todos os presentes na sala. O presidente concluiu o sumário.

Parecia que tudo estava dito. Mas o presidente não conseguia de forma alguma abrir mão do seu direito de falar — a tal ponto lhe agradava ouvir a entonação persuasiva da própria voz — e julgou necessário dizer ainda algumas palavras sobre a importância do direito conferido aos jurados e frisar que eles deviam usar esse direito com atenção e cautela, não deviam abusar desse direito, que tinham prestado um juramento, que eles eram a consciência da sociedade e que o segredo da sala de deliberações devia ser sagrado etc. etc.

A partir do momento em que o presidente começou a falar, Máslova o fitou sem desviar os olhos nem por um momento, como se temesse deixar escapar uma palavra sequer, e por isso Nekhliúdov não tinha receio de encontrar o olhar dela e observava Máslova o tempo todo. Em sua mente, ocorria aquele fenômeno habitual em que o rosto de uma pessoa amada que não vemos há muito tempo causa espanto, de início, pelas mudanças exteriores que se produziram durante a sua ausência, mas aos poucos se torna exatamente igual ao que era muitos anos antes, desaparecem todas as alterações, e diante dos olhos do espírito surge apenas a expressão mais importante, exclusiva, única, da personalidade espiritual.

Foi exatamente isso o que aconteceu com Nekhliúdov.

Pois, apesar do roupão de presidiária, apesar do corpo mais volumoso e do peito crescido, apesar da parte inferior do rosto estar mais cheia, apesar das rugas na testa, nas têmporas e apesar dos olhos inchados, era sem dúvida a mesma Katiucha que numa noite clara de ressurreição de Cristo, com tanta inocência, olhou para ele de baixo para cima, o homem que ela amava, com seus olhos enamorados, radiantes de alegria e de plenitude de vida.

"Que coincidência assombrosa! Afinal foi preciso que esse processo viesse parar exatamente no meu júri para que eu, que há dez anos não a via, a encontrasse aqui, no banco dos réus! E como tudo isso vai terminar? Tomara que seja rápido, bem rápido!"

Nekhliúdov ainda não se rendia ao sentimento de arrependimento que começava a falar dentro dele. Parecia-lhe tratar-se de uma coincidência que cruzara o seu caminho e que não afetava a sua vida. Sentia-se na situação de um cachorrinho que se comporta mal dentro de casa e depois o seu dono, agarrando-o pelo cangote, esfrega o seu focinho na sujeira que ele mesmo fez. O cachorrinho gane, arrasta-se para trás, a fim de fugir para o lugar mais distante possível das consequências do seu ato e apagá-las da memória; mas o dono implacável não o solta. Desse modo, Nekhliúdov já sentia toda a imundície do que havia cometido, sentia também a potente mão do dono, mas ainda não entendia o significado do que havia feito, não identificava o dono. Ainda não queria acreditar que aquilo que se passava na sua frente era da sua conta. Mas a mão implacável e invisível o segurava e ele já pressentia que não ia escapar. Ainda se fazia de valente e, por um costume adquirido, cruzou as pernas, brincou distraidamente com o pincenê entre os dedos, numa pose muito segura de si, em seu lugar, na segunda cadeira da primeira fila do júri. Mas enquanto isso, no fundo da sua alma, já sentia toda a crueldade, a infâmia, a baixeza, não só daquele seu ato, como também de toda a sua vida ociosa, devassa, cruel e presunçosa, e aquela horrível cortina que, como um milagre, durante todo o tempo, durante todos aqueles doze anos,[21] ocultara de Nekhliúdov aquele crime e também toda a sua vida a partir de então, já se mostrava vacilante e de vez em quando ele já enxergava por trás dela.

XXIII

Por fim o presidente concluiu o seu discurso, ergueu a lista dos quesitos com um gesto elegante e entregou-a ao porta-voz do júri, que se aproximou. Os jurados levantaram-se, contentes de poderem sair e, sem saber o que fazer com as mãos, como que envergonhados de alguma coisa, seguiram um atrás do outro para a sala de deliberações. Assim que a porta se fechou atrás deles, um guarda se aproximou e, após retirar o sabre da bainha e colocá-lo sobre o ombro, postou-se diante da porta. Os juízes levantaram-se e saíram. Os réus também foram levados para fora.

Ao entrar na sala de deliberações, os jurados, antes de tudo, como já havia acontecido, pegaram cigarros e começaram a fumar. O caráter antinatural e falso da sua posição, que eles experimentavam em grau maior ou menor sentados em seus lugares na sala do tribunal, passou assim que entraram na sala de deliberações, começaram a fumar cigarros e, com um sentimento de alívio, acomodaram-se na sala e, de imediato, teve início uma conversa animada.

— A mocinha não é culpada, foi envolvida na confusão — disse o comerciante simpático. — É preciso ser indulgente.

---

21 Antes, no capítulo III, o texto se refere a dez anos.

— É isso o que vamos debater — disse o porta-voz do júri. — Não devemos ceder a nossas impressões pessoais.

— O presidente fez um bom sumário — comentou o coronel.

— Puxa, bom mesmo! Eu por pouco não peguei no sono.

— O ponto principal é que os empregados do hotel não poderiam saber do dinheiro se Máslova não estivesse em conluio com eles — disse o vendedor de aspecto judeu.

— Portanto, na opinião do senhor, ela roubou? — perguntou um dos jurados.

— Jamais vou acreditar nisso — exclamou o comerciante simpático —, foi tudo um ardil daquela velhaca de olhos vermelhos.

— São todos da mesma laia — disse o coronel.

— Mas, afinal, ela disse que não entrou no quarto.

— O senhor pode acreditar nela. Mas eu, nessa peste, jamais vou acreditar.

— Só que não basta que o senhor não acredite — disse o vendedor.

— A chave estava com ela.

— Ora, mas o que importa a chave? — retrucou o comerciante.

— E o anel?

— Mas ela contou — gritou de novo o comerciante —, o sujeito era cabeça quente, e ainda por cima estava embriagado, deu uma surra nela. E depois, é claro, se arrependeu. Vamos, tome aqui, não chore. Que homem era ele: se ouvi bem, um metro e noventa e cinco, na certa uns oito *puds*![22]

— Isso não vem ao caso — interrompeu Piotr Guerássimovitch. — A questão é: foi ela que incitou e executou toda a ação ou foi a empregada do hotel?

— A empregada não podia fazer sozinha. Não tinha a chave.

A conversa desconexa prosseguiu por muito tempo.

— Senhores, tenham a bondade — disse o porta-voz do júri. — Sentem-se em torno da mesa e debatam. Por favor — disse e sentou-se à cabeceira.

— Também são umas sem-vergonha, essas moças — disse o vendedor e, para corroborar sua opinião de que a principal culpada era Máslova, contou como uma delas havia roubado o relógio de um amigo seu, num bulevar.

O coronel, por causa disso, passou a relatar um caso ainda mais assombroso, o roubo de um samovar de prata.

— Senhores, peço que sigam a ordem dos quesitos — disse o porta-voz do júri, batendo com o lápis na mesa.

Todos se calaram. Os quesitos estavam expressos da seguinte forma:

---

22 Antiga medida russa, equivalente a 16,3 quilos.

1) O camponês da aldeia de Bórki, distrito de Krapívenski, Simon Petrov Kartínkin, trinta e três anos de idade, é culpado de, no dia 17 de janeiro de 188*, na cidade de N., ter premeditadamente tomado a vida do comerciante Smelkov, quando, a fim de roubá-lo, com a concordância de outras pessoas, deu a ele veneno misturado no conhaque, o que acarretou a morte de Smelkov, e roubou-lhe cerca de dois mil e quinhentos rublos em dinheiro e um anel de brilhante?

2) A pequeno-burguesa Evfímia Ivánovna Botchkova, de quarenta e três anos, é culpada do crime descrito no primeiro quesito?

3) A pequeno-burguesa Ekatierina Mikháilova Máslova, de vinte e sete anos, é culpada do crime descrito no primeiro quesito?

4) Se a ré Evfímia Botchkova não é culpada do primeiro quesito, será culpada de, no dia 17 de janeiro de 188*, na cidade de N., encontrando-se em serviço no Hotel Mauritânia, ter roubado, em segredo, da mala trancada que estava no quarto de um hóspede do mencionado hotel, o comerciante Smelkov, dois mil e quinhentos rublos em dinheiro, para o que abriu a mala com uma chave que ela arranjou e trouxe consigo?

O porta-voz leu o primeiro quesito.

— E então, senhores?

A esse quesito, responderam muito brevemente. Todos concordaram em responder "Sim, culpado", reconhecendo que ele tomara parte do envenenamento e do roubo. Só um velho artesão, que a todos os quesitos respondia no sentido da absolvição, não concordou em declarar Kartínkin culpado.

O porta-voz pensou que o homem não estava entendendo e explicou-lhe que nenhum deles tinha dúvida de que Kartínkin e Botchkova eram culpados, no entanto o artesão respondeu que compreendia, mas era melhor ter pena. "Nós mesmos não somos santos", disse, e manteve-se fiel à sua opinião.

Ao segundo quesito sobre Botchkova, após longas discussões e esclarecimentos, responderam "inocente", pois não havia provas evidentes da sua participação no envenenamento, o que o seu advogado enfatizara de modo especial.

O comerciante, desejoso de inocentar Máslova, insistiu na ideia de que Botchkova era a principal mentora de tudo. Muitos jurados concordaram, mas o porta-voz, desejoso de seguir a lei com rigor, disse que não havia base para declarar que ela havia participado do envenenamento. Após longas discussões, a opinião do porta-voz triunfou.

Ao quarto quesito sobre Botchkova, responderam "Sim, culpada", e por insistência do velho artesão acrescentaram: "Mas merece indulgência".

O terceiro quesito sobre Máslova suscitou um debate encarniçado. O porta-voz insistia em que era culpada do envenenamento e também do roubo, o comerciante não concordava, bem como o coronel, o vendedor e o artesão — os restantes pareciam oscilar, mas a opinião do porta-voz do júri começou a preponderar, em especial porque todos estavam cansados e mais propensos a aderir à opinião que prometia uni-los mais rapidamente e, desse modo, libertar todos eles.

Em razão de tudo o que se passou na sala de deliberações e do que sabia a respeito de Máslova, Nekhliúdov estava convencido de que ela era inocente tanto do roubo quanto do envenenamento e, de início, estava convicto de que todos reconheciam isso; mas quando viu que, em consequência da desajeitada defesa apresentada pelo comerciante, visivelmente baseada no fato de Máslova ser fisicamente do seu agrado, o que o comerciante nem escondia, e em consequência da oposição do porta-voz do júri, com base justamente nisso, e sobretudo em consequência do cansaço de todos, a decisão começava a pender para o lado da acusação, Nekhliúdov quis objetar, mas para ele seria horrível falar em defesa de Máslova — pareceu-lhe que todos logo ficariam sabendo de suas relações com ela. Ao mesmo tempo sentia que não podia deixar o caso assim e devia objetar. Ruborizava-se, empalidecia e, na hora em que quis começar a falar, Piotr Guerássimovitch, calado até aquele momento e visivelmente irritado com o tom autoritário do porta-voz do júri, começou de súbito a apresentar objeções e disse exatamente o que Nekhliúdov queria dizer.

— Permita-me — disse —, o senhor afirma que ela roubou porque tinha a chave. Mas por acaso os empregados do hotel não poderiam ter aberto a mala com uma chave própria, depois que ela foi embora?

— Ora, sim, é claro — apoiou o comerciante.

— Ela não poderia pegar o dinheiro porque, na sua posição, não tinha onde escondê-lo.

— É o que eu estou dizendo — confirmou o comerciante.

— Acho mais provável que a sua vinda tenha dado a ideia aos empregados do hotel e eles aproveitaram a ocasião, depois jogaram sobre ela toda a culpa.

Piotr Guerássimovitch falou em tom irritado. E sua irritação contagiou o porta-voz do júri, que por isso, com singular obstinação, passou a defender a opinião contrária, mas Piotr Guerássimovitch falava de modo tão convincente que a maioria concordou com ele e decidiu que Máslova não participara do roubo do dinheiro e do anel, que o anel era um presente que ela havia ganhado. Quando teve início a discussão sobre a sua participação no envenenamento, o seu fervoroso defensor, o comerciante, disse que era preciso declarar a inocência de Máslova, pois ela não tinha motivo para envenená-lo. O porta-voz, por sua vez, disse que não se podia declarar a inocência de Máslova pois ela mesma admitia ter dado o pó.

— Deu, mas pensava que era ópio — disse o comerciante.

— Também com ópio ela podia tirar a vida de alguém — retrucou o coronel, que gostava de fazer digressões e aproveitou a oportunidade para contar que a esposa do seu cunhado se envenenou com ópio e teria morrido se não houvesse um médico perto, que tomou providências a tempo. O coronel contou o caso de modo tão imponente, com tamanha convicção e dignidade, que ninguém se atreveu a interromper. Só o vendedor, contagiado pelo exemplo, resolveu interrompê-lo para contar a sua história.

— Há pessoas que se acostumam de tal modo — começou ele — que conseguem tomar quarenta gotas; tenho um parente...

Mas o coronel não admitiu que o interrompessem e continuou a história dos efeitos do ópio na esposa do seu cunhado.

— Senhores, por favor, já passa de quatro horas — disse um dos jurados.

— Pois bem, senhores — disse o porta-voz —, vamos declará-la culpada, sem a intenção de roubar, e também que não se apropriou de nenhum bem alheio. Está bem assim?

Piotr Guerrássimovitch, satisfeito com a sua vitória, concordou.

— Mas merece indulgência — acrescentou o comerciante.

Todos concordaram. Só o artesão insistiu em dizer: "Não, não é culpada".

— Mas dá na mesma — explicou o porta-voz. — Dizer que foi sem intenção de roubar e que não se apropriou de nenhum bem significa que ela não é culpada.

— Então vai assim mesmo, e que ela merece indulgência: quer dizer, isso vai limpar todo o resto — acrescentou alegremente o comerciante.

Todos estavam tão cansados, tão embaralhados pelas discussões, que a ninguém ocorreu acrescentar à resposta: Sim, mas sem a intenção de tirar a vida.

Nekhliúdov estava tão agitado que nem ele o percebeu. As respostas foram redigidas dessa forma e levadas para a sala do tribunal.

Rabelais escreveu que um jurista a quem procuraram para fazer um julgamento, depois de citar todas as leis possíveis e após a leitura de vinte páginas num latim jurídico absurdo, propôs aos litigantes tirar a sorte nos dados: par ou ímpar. Se fosse par, a razão estaria com o autor, se fosse ímpar, a razão estaria com o réu.

O mesmo ocorria agora. Aquela decisão, e não outra, foi tomada não porque todos estivessem de acordo, mas sim, em primeiro lugar, porque o presidente, que expôs o seu sumário de modo tão demorado, daquela vez deixou de falar o que sempre dizia, justamente que, ao responder aos quesitos, os jurados podiam dizer: "Sim, culpada, mas sem a intenção de tirar a vida"; em segundo lugar, porque o coronel contou a história da esposa do seu cunhado de maneira muito lenta e maçante; em terceiro lugar, porque Nekhliúdov estava tão agitado que não notou o descuido com a ressalva sobre ausência da intenção de tirar a vida e pensou que a ressalva "Sem intenção de roubar" já cancelasse a acusação; em quarto lugar, porque Piotr Guerássimovitch não estava na sala de deliberações, tinha saído no momento em que o porta-voz relia os quesitos e as respostas e, acima de tudo, porque todos estavam cansados, com vontade de se livrar o mais depressa possível e, por isso mesmo, dispostos a concordar com a decisão que mais rapidamente pusesse um fim a tudo aquilo.

Os jurados tocaram a campainha. O guarda que estava postado diante da porta com o sabre desembainhado enfiou o sabre na bainha e abriu o caminho. Os juízes sentaram-se em seus lugares e, um após o outro, vieram os jurados.

O porta-voz, com ar solene, trazia a folha de papel. Aproximou-se do presidente e entregou-lhe. O presidente leu tudo e, visivelmente surpreso, abriu os braços e voltou-se para os colegas a fim de consultá-los. O presidente ficou surpreso porque os jurados, ao ressalvar a primeira condição, "sem intenção de roubar", não ressalvaram a segunda, "sem intenção de tirar a vida". Resultava que, segundo a decisão dos jurados, Máslova não havia roubado, não furtara, e ao mesmo tempo envenenara o homem sem nenhum propósito aparente.

— Vejam que disparate a sentença deles — disse para o juiz da esquerda. — Pois a pena é de trabalhos forçados, mas ela não é culpada.

— Mas como não é culpada? — perguntou o juiz severo.

— Só isso, não é culpada. A meu ver, trata-se de um caso de aplicação do artigo 818. — (O artigo 818 diz que, se o tribunal considera a sentença injusta, pode revogar a decisão dos jurados.)

— O que o senhor acha? — o presidente voltou-se para o juiz simpático.

O juiz simpático não respondeu de pronto, olhou para um número na folha de papel que estava à sua frente e somou os algarismos: não deu um resultado divisível por três. Ele tinha previsto que, se fosse divisível, concordaria, mas, apesar de não ser divisível, concordou por causa da sua bondade.

— Também penso que seria conveniente — disse.

— E o senhor? — o presidente voltou-se para o juiz zangado.

— Em nenhuma hipótese — respondeu em tom resoluto. — Os jornais dizem que os jurados absolvem os criminosos; o que não vão dizer quando os juízes absolverem? Não concordo, em nenhuma hipótese.

O presidente olhou para o relógio.

— É pena, mas não há nada a fazer — e entregou as respostas ao porta-voz, para proceder à leitura.

Todos se levantaram e o porta-voz, trocando o pé de apoio de vez em quando, tossiu para limpar a garganta e leu os quesitos e as respostas. Todos os funcionários da justiça, o secretário, os advogados de defesa, até o promotor, expressaram surpresa.

Os réus continuavam impassíveis, obviamente sem entender o sentido das respostas. Todos sentaram de novo e o presidente perguntou ao promotor que punição propunha para os acusados.

O promotor, exultante com o inesperado sucesso em relação a Máslova, atribuindo o sucesso à sua eloquência, consultou algo, ergueu-se um pouco e disse:

— A Simon Kartínkin, proponho aplicar o artigo 1452 e o quarto parágrafo do artigo 1453, a Evfímia Botchkova, o artigo 1659, e a Ekatierina Máslova, o artigo 1454.

Eram as penas mais pesadas que se podiam aplicar.

— A corte se retira a fim de tomar a decisão — disse o presidente, e levantou-se.

Todos se levantaram em seguida e, com alívio e também com a sensação agradável do cumprimento de uma boa ação, começaram a sair ou andar pela sala.

— No fim, meu velho, erramos de maneira vergonhosa — disse Piotr Guerássimovitch, aproximando-se de Nekhliúdov, a quem o porta-voz do júri contava algo. — Pois a mandamos para os trabalhos forçados.

— O que o senhor está dizendo? — exclamou Nekhliúdov, dessa vez sem se importar de forma alguma com a desagradável familiaridade do professor.

— É isso mesmo — disse ele. — Não acrescentamos na resposta "Culpada, mas sem intenção de tirar a vida". O secretário acabou de me dizer: o promotor vai pedir para ela quinze anos de trabalhos forçados.

— Foi o que decidimos — disse o porta-voz do júri.

Piotr Guerássimovitch começou a discutir, dizendo que estava subentendido que, como Máslova não pegou o dinheiro, também não podia ter intenção de tirar a vida.

— Acontece que eu li as respostas até o fim antes de terminarmos — justificou-se o porta-voz. — Ninguém fez objeção.

— Naquela hora eu tinha saído da sala — disse Piotr Guerássimovitch. — Mas e o senhor, como deixou passar uma coisa dessa?

— Não pensei de modo algum — respondeu Nekhliúdov.

— O senhor não pensou mesmo.

— Mas isso pode ser corrigido — disse Nekhliúdov.

— Ora essa, não, agora está acabado.

Nekhliúdov observou os réus. Eles, os mesmos cujo destino tinha sido selado, continuavam imóveis em seus lugares, atrás do gradil, diante dos soldados. Máslova sorria de algo. E no espírito de Nekhliúdov agitou-se um sentimento ruim. Até então, prevendo a absolvição de Máslova e sua permanência na cidade, ele se via em dúvida quanto à sua atitude em relação a ela; uma relação com ela era difícil. Porém os trabalhos forçados e a Sibéria aniquilaram de um só golpe a possibilidade de qualquer relacionamento com Máslova: o pássaro abatido, mas que ainda não estava morto, ia parar de se remexer dentro da bolsa do caçador e não seria mais lembrado.

XXIV

As suposições de Piotr Guerrássimovitch eram justas.

Ao voltar da sala de deliberações, o presidente pegou uma folha de papel e leu:

> No dia 28 de abril do ano de 188*, por ordem de sua alteza imperial, a corte distrital, em sua seção criminal, por força da decisão dos senhores jurados, com base no parágrafo 3 do artigo 771, no parágrafo 3 do artigo 776 e no artigo 777 do Código de Processo Criminal, determinou: o camponês Simon Kartínkin, trinta e três anos, e a pequeno-burguesa Ekatierina Máslova, vinte e sete anos, serão privados de todos os direitos civis e degredados para os trabalhos forçados: Kartínkin por oito anos e Máslova por quatro anos, com as consequências, para ambos, previstas no artigo 28 do Código. A pequeno-burguesa Evfímia Botchkova, quarenta e três anos, será privada de todos os direitos e privilégios especiais, adquiridos pessoalmente ou recebidos por sua condição, e ficará na prisão durante três anos, com as consequências previstas no artigo 49 do Código. As custas do processo serão divididas em partes iguais entre os réus e, em caso de insolvência dos mesmos, serão assumidas pelo Tesouro. As provas materiais usadas no julgamento serão vendidas, o anel será devolvido, os frascos de vidro serão destruídos.

Kartínkin continuou parado, sempre em posição de sentido, com os braços colados ao longo do corpo, os dedos abertos, as bochechas contraídas. Botchkova parecia perfeitamente tranquila. Ao ouvir a sentença, Máslova ficou muito vermelha.

— Não sou culpada, não sou culpada! — gritou ela de repente para a sala inteira. — Isso é um pecado. Não sou culpada. Não queria, eu não sabia. Estou dizendo a verdade. A verdade. — E, desabando sobre o banco, desatou a chorar bem alto.

Quando Kartínkin e Botchkova já haviam saído, ela ainda estava no mesmo lugar e chorava, assim os guardas tiveram de puxá-la pelas mangas do roupão.

"Não, não é possível deixar as coisas desse jeito", disse consigo Nekhliúdov, tendo esquecido completamente o seu sentimento ruim e, sem saber a razão, dirigiu-se às pressas para o corredor a fim de vê-la de relance ainda uma vez. Nas portas, comprimia-se animadamente a multidão dos jurados e advogados que se retiravam, satisfeitos com a conclusão do julgamento, e assim Nekhliúdov ficou retido na porta durante alguns minutos. Quando enfim saiu para o corredor, ela já ia longe. A passos ligeiros, sem pensar na atenção que atraía para si, alcançou-a, passou à sua frente e parou. Ela já havia parado de chorar e apenas soluçava com força, esfregando com a ponta do xale o rosto avermelhado por manchas, e avançou desviando-se dele, sem olhar para trás. Depois que ela se afastou, Nekhliúdov voltou depressa para falar com o presidente, mas o presidente já havia saído.

Nekhliúdov só foi alcançá-lo na portaria.

— Senhor presidente — disse Nekhliúdov, aproximando-se dele no instante em que terminara de vestir um sobretudo claro e pegava uma bengala com castão de prata que o porteiro lhe entregava. — Posso falar com o senhor sobre o julgamento que terminou há pouco? Eu sou do júri.

— Sim, como vai, príncipe Nekhliúdov? É um grande prazer, já nos conhecemos — respondeu o presidente enquanto apertava sua mão e recordava com satisfação como o príncipe dançara bem e alegremente, o melhor entre todos os jovens, naquela noite em que estivera com Nekhliúdov. — Em que posso ser útil?

— Houve um equívoco na resposta relativa a Máslova. Ela não é culpada do envenenamento e no entanto foi sentenciada aos trabalhos forçados — disse Nekhliúdov, com expressão concentradamente sombria.

— A corte tomou sua decisão com base nas respostas dadas pelos senhores — respondeu o presidente, enquanto se deslocava na direção da porta de saída —, embora também para a corte as respostas parecessem incoerentes com o processo.

Lembrou que quis explicar aos jurados que a sua resposta "sim, culpada", sem a negação da intenção de homicídio, confirmava o homicídio intencional, mas, na pressa de terminar o julgamento, não o fez.

— Sim, mas será que não se pode corrigir esse erro?

— Sempre se pode arranjar motivo para um pedido de impugnação. É preciso tratar com advogados — respondeu o presidente, inclinando o chapéu um pouco para o lado e continuando a andar na direção da saída.

— Mas isso é horrível.

— Afinal, veja bem, no caso de Máslova, temos de duas, uma — começou a dizer o presidente, visivelmente desejoso de mostrar-se o mais simpático e o mais cordial possível a Nekhliúdov, e depois de arrumar as suíças por cima das golas do sobretudo, segurou-o de leve pelo cotovelo, conduziu-o na direção da porta de saída e prosseguiu: — O senhor está de saída também, não está?

— Sim — respondeu Nekhliúdov, agasalhou-se às pressas e seguiu-o.

Saíram para o sol claro e risonho e no mesmo instante foi preciso falar mais alto por causa do estrépito das rodas sobre o calçamento.

— A situação, veja bem, é estranha — prosseguiu o presidente, erguendo a voz —, pois para ela, a tal Máslova, havia de duas, uma: ou a quase absolvição, com uma pena de prisão, que poderia ser diminuída por conta do tempo que já ficou presa desde a sua detenção, ou os trabalhos forçados. Não havia meio-termo. Se os senhores acrescentassem as palavras "mas sem intenção de causar morte", ela seria absolvida.

— Imperdoavelmente, não me dei conta disso — disse Nekhliúdov.

— Toda a questão está aí — disse o presidente, sorrindo, olhando para o relógio.

Só faltavam três quartos de hora para o último prazo estipulado por Klara.

— Agora, se o senhor desejar, procure um advogado. É preciso encontrar um motivo para o pedido de impugnação. Isso sempre se pode arranjar. Para a Dvoriánskaia — respondeu ao cocheiro. — Trinta copeques, nunca pago mais que isso.

— Perfeitamente, excelência.

— Meus respeitos. Se eu puder ajudá-lo, moro no prédio Dvórnikov, rua Dvoriánskaia, é fácil lembrar.

E, após uma afetuosa inclinação da cabeça, partiu.

XXV

A conversa com o presidente e o ar puro acalmaram um pouco Nekhliúdov. Achava agora que, por ter passado a manhã naquelas condições incomuns, havia exagerado o sentimento ruim que experimentara.

"Claro, é uma coincidência surpreendente e impressionante! E é preciso fazer todo o possível para atenuar o seu destino e também agir com a maior rapidez. Imediatamente. Sim, é preciso aqui mesmo, no tribunal, procurar saber onde reside Fanárin ou Mikíchin." Lembrou-se de dois advogados famosos.

Nekhliúdov voltou ao tribunal, tirou o casaco e subiu a escada. Logo no primeiro corredor, encontrou Fanárin. Deteve-o e disse que tinha um caso para ele. Fanárin conhecia-o de vista e de nome e disse que ficaria muito feliz em ajudá-lo.

— Se bem que estou cansado... mas, se não for demorar, conte-me qual é o caso do senhor. Vamos ali.

E Fanárin conduziu Nekhliúdov para uma sala, provavelmente o gabinete de algum juiz. Sentaram-se a uma mesa.

— Pois bem, do que se trata?

— Antes de tudo, vou pedir ao senhor — disse Nekhliúdov — que ninguém saiba que tenho participação nesse caso.

— Ora, nem é preciso pedir. Então?...

— Fui jurado agora há pouco e condenamos aos trabalhos forçados uma mulher inocente. Isso me atormenta.

Nekhliúdov, de forma inesperada para si mesmo, ruborizou-se e gaguejou.

Fanárin fitou-o com olhos cintilantes e baixou-os de novo, enquanto escutava.

— Entendo... — falou apenas.

— Condenamos uma inocente e eu queria impugnar o processo e transferi-lo para uma instância superior.

— Para o Senado — corrigiu Fanárin.

— Pois é isso, peço ao senhor que se encarregue do caso.

Nekhliúdov queria concluir rapidamente o ponto mais difícil e assim falou:

— A remuneração, as despesas com esse caso, eu as assumo, sejam quais forem — disse, ruborizando-se.

— Está bem, trataremos disso mais tarde — respondeu o advogado, sorrindo condescendente diante da falta de experiência de Nekhliúdov. — Em que consiste o caso?

Nekhliúdov contou.

— Muito bem, amanhã apanharei o processo e vou examiná-lo. E depois de amanhã, não, na quinta-feira, venha me ver às seis horas da tarde e darei uma resposta ao senhor. Está bem assim? E agora vamos em frente, ainda preciso obter umas certidões aqui.

Nekhliúdov despediu-se e afastou-se.

A conversa com o advogado e o fato de já ter tomado providências para a defesa de Máslova tranquilizaram-no mais ainda. Saiu para a rua. O tempo estava maravilhoso, ele inspirou alegremente o ar da primavera. Os cocheiros de praça ofereciam seus serviços, mas Nekhliúdov seguiu a pé e no mesmo instante todo um enxame de pensamentos e lembranças sobre Katiucha e sobre a maneira como agira com ela começaram a rodar dentro da sua cabeça. Sentiu um abatimento e tudo lhe pareceu sombrio. "Não, vou ponderar sobre isso mais tarde", disse consigo. "Agora, ao contrário, é preciso distrair-se das impressões pesadas."

Lembrou-se do jantar na casa dos Kortcháguin e olhou para o relógio. Ainda não era tarde, podia apressar-se e chegar a tempo. Um bonde puxado a cavalo tocou a sineta a seu lado. Desatou a correr e saltou para dentro do bonde. Na praça, desceu, tomou uma boa carruagem de praça e em dez minutos estava no alpendre da grande casa dos Kortcháguin.

XXVI

— Tenha a bondade, excelência, estão à espera — disse o afetuoso porteiro obeso da casa dos Kortcháguin, enquanto abria sem o menor ruído a grande porta de carvalho da entrada, que girava em dobradiças inglesas. — Estão jantando, mas mandaram levar o senhor.

O porteiro aproximou-se da escada e tocou a sineta para o andar de cima.

— Há alguém de fora? — perguntou Nekhliúdov, tirando o sobretudo.

— O sr. Kólossov e Mikhail Serguéievitch; e todos os de casa — respondeu o porteiro.

Do alto da escada, um esbelto lacaio de fraque e luvas brancas espiou para baixo.

— Tenha a bondade, excelência — disse ele —, estão à espera.

Nekhliúdov subiu a escada e seguiu rumo à sala de jantar, através de um magnífico salão, amplo e já bem conhecido. Na sala de jantar, à mesa, estava toda a família, exceto a mãe, a princesa Sófia Vassílievna, que nunca saía do seu gabinete. À cabeceira da mesa, estava o velho Kortcháguin; a seu lado, à esquerda, o médico; à direita, o convidado Ivan Ivánovitch Kólossov, ex-decano da nobreza provincial, agora membro da diretoria de um banco, e um camarada liberal de Kortcháguin; em seguida, à esquerda, estava *Miss* Reder, preceptora da irmã pequena de Míssi, e a própria menina de quatro anos; à direita, em frente, estava o irmão de Míssi, o único filho dos Kortcháguin, aluno do liceu na sexta série, Pétia, por causa de quem a família inteira, à espera das suas provas, permanecia na cidade, e logo depois o seu professor particular, um estudante universitário; em seguida, à esquerda, Katierina Alekséievna, eslavófila de quarenta anos; do outro lado, estava Mikhail Serguéievitch, ou Micha Teliéguin, primo de Míssi, e na extremidade da mesa, a própria Míssi, e a seu lado um lugar vago, com os talheres em posição.

— Ora, mas que ótimo. Sente-se, estamos ainda só no peixe — proferiu o velho Kortcháguin, mastigando com dificuldade com os dentes postiços e erguendo para Nekhliúdov os olhos encharcados de sangue e sem pálpebras visíveis. — Stiepán — chamou, com a boca cheia, um copeiro gordo e imponente, enquanto apontava com os olhos para o lugar vago na mesa.

Embora Nekhliúdov o conhecesse muito bem e tivesse visto muitas vezes o velho Kortcháguin à mesa de jantar, nesse dia, de algum modo, impressionou-o de forma especialmente desagradável o rosto vermelho, de lábios lascivos e gulosos, acima do guardanapo preso sobre o colete e acima do pescoço gorduroso, e mais que tudo, aquela nutrida figura de general. Nekhliúdov não pôde deixar de lembrar o que sabia a respeito da crueldade daquele homem, que, Deus sabe por que motivo — pois era rico, fidalgo, não tinha nenhuma necessidade de um emprego público —, açoitava e até enforcava pessoas, quando era comandante da região.

— Vão servir num minuto, excelência — respondeu Stiepán, enquanto apanhava no bufê, cheio de jarras de prata, uma grande concha de sopa e acenava para um lacaio elegante, de suíças, que prontamente começou a arrumar os talheres e o prato do lugar vago ao lado de Míssi, cobertos por um guardanapo engomado e artisticamente dobrado, deixando em destaque o brasão da família.

Nekhliúdov contornou a mesa inteira, apertando a mão de todos. Exceto o velho Kortcháguin e as damas, todos se levantavam quando ele se aproximava. E essa volta à mesa e os apertos de mão de todos os presentes, embora jamais tivesse conversado com a maioria deles, nesse dia lhe pareceu algo especialmente desagradável e ridículo. Pediu desculpas pelo atraso e quis sentar-se no lugar vago na ponta da mesa, entre Míssi e Katierina Alekséievna, mas o velho Kortcháguin exigiu que ele, se não ia beber vodca, pelo menos provasse algo na mesa de aperitivos, onde havia lagosta, caviar, queijo, arenque. Nekhliúdov não esperava estar tão faminto assim, mas, depois que começou a comer pão com queijo, não conseguiu parar e comeu com avidez.

— Ora, quer dizer que estão minando as bases da sociedade? — disse Kólossov, empregando com ironia a expressão usada por um jornal retrógrado que se insurgia contra os julgamentos feitos por jurados. — Absolveram os culpados e condenaram os inocentes, não foi?

— Estão minando as bases da sociedade... estão minando as bases da sociedade... — repetiu rindo o príncipe Kortcháguin, que depositava uma confiança ilimitada na inteligência e cultura do seu amigo e camarada liberal.

Nekhliúdov, arriscando-se a ser descortês, nada respondeu a Kólossov e, após sentar-se diante da sopa fumegante, continuou a mastigar.

— Deixem que ele coma — disse Míssi sorrindo e, com aquele pronome "ele", fez lembrar sua intimidade com Nekhliúdov.

Kólossov, enquanto isso, relatava animadamente e em voz alta o conteúdo do artigo contrário aos julgamentos feitos por jurados que havia despertado sua indignação. Mikhail Serguéievitch, sobrinho de Kortcháguin, fez coro a suas opiniões e relatou o conteúdo de um outro artigo do mesmo jornal.

Míssi, como sempre, estava muito *distinguée*,[23] e bem-vestida, com discrição.

— O senhor deve estar terrivelmente cansado, faminto — falou para Nekhliúdov, após esperar que ele terminasse de mastigar.

— Não, não especialmente. E a senhora? Foi ver a exposição de quadros? — perguntou.

— Não, deixamos para outro dia. Fomos jogar *lawn tennis*[24] na casa dos Salamatov. E, de fato, Mr. Crooks joga de forma admirável.

Nekhliúdov viera ali para distrair-se e naquela casa sempre tinha uma sensação agradável, não só por causa do bom-tom requintado que agia de forma agradável nos seus sentimentos, mas também por causa da atmosfera de carinho adulador que discretamente o rodeava. Mas nesse dia, para sua surpresa, tudo naquela casa lhe dava repugnância — tudo, a começar pelo porteiro, a escada larga, as flores, os criados, a decoração da mesa, a própria Míssi, que nesse dia lhe pareceu artificial e nem um pouco atraente. Também lhe desagradou o tom arrogante, vulgar e liberal de Kólossov, desagradou-lhe a figura bovina, arrogante, lasciva do velho Kortcháguin, desagradaram-lhe as expressões francesas da eslavófila Katierina Alekséievna, desagradaram-lhe os rostos constrangidos da preceptora e do professor particular, desagradou-lhe acima de tudo a maneira familiar como o tratavam...

Nekhliúdov sempre hesitava entre duas atitudes em relação a Míssi: ora ele, como que através dos olhos entrecerrados ou como que contra a luz da lua, via em Míssi apenas formosura: parecia-lhe fresca, bela, inteligente, natural... E ora, de súbito, como que sob a clara luz do sol, via, não conseguia deixar de ver, aquilo que nela faltava. E hoje era um desses dias, para Nekhliúdov. Via todas as rugas no rosto de Míssi, sabia, via como os cabelos estavam armados, via os cotovelos pontudos e, o mais importante, via a unha larga do seu polegar.

— Um jogo maçante — disse Kólossov sobre o tênis —, muito mais divertido era o jogo de bola de que brincávamos na infância.

— Não, o senhor não experimentou. É tremendamente empolgante — retrucou Míssi, pronunciando de forma bastante afetada a palavra "tremendamente", assim pareceu a Nekhliúdov.

E teve início uma discussão, da qual tomaram parte Mikhail Serguéievitch e Katierina Alekséievna. Só a preceptora, o professor particular e as crianças ficaram em silêncio e, pelo visto, se entediavam.

---

23 Francês: "Distinta".

24 Inglês: "Tênis na grama".

— Discutem a vida toda! — exclamou o velho Kortcháguin, riu alto, retirou o guardanapo de cima do colete e, empurrando com estrondo a cadeira, que o criado prontamente amparou, levantou-se da mesa. A exemplo dele, levantaram-se também todos os restantes e aproximaram-se de uma mesinha, onde havia pequenas tigelas cheias de água morna e aromática e, enquanto enxaguavam as bocas, prosseguiram a conversa que a ninguém interessava.

— O senhor não acha? — Míssi perguntou a Nekhliúdov, pedindo o apoio dele para a sua opinião de que em nenhuma outra parte se revela tão bem o caráter de uma pessoa como ocorre num jogo. Míssi viu no rosto de Nekhliúdov uma expressão concentrada e, assim lhe parecia, de censura, expressão que lhe causava receio, e quis saber o que a havia provocado.

— Sinceramente, não sei, nunca pensei sobre isso — respondeu Nekhliúdov.

— Vamos ver mamãe? — perguntou Míssi.

— Sim, sim — respondeu, pegando um cigarro e num tom de voz que dizia claramente que preferia não ir.

Míssi calou-se, observou-o com ar interrogativo e Nekhliúdov sentiu-se envergonhado. "Onde já se viu, vir à casa das pessoas para lhes trazer aborrecimento", pensou a respeito de si e, esforçando-se para ser gentil, disse que iria com prazer, se a princesa o recebesse.

— Sim, sim, mamãe vai ficar contente. Termine de fumar e depois podemos ir. E Ivan Ivánovitch está lá.

A senhora da casa, a princesa Sófia Vassílievna, era uma mulher acamada. Havia oito anos que recebia as visitas acamada, entre rendas e fitas, entre veludos, douraduras, marfim, bronze, laca e flores, não ia a parte alguma e só recebia os "meus amigos", como ela dizia, ou seja, todos aqueles que, a seu ver, de algum modo se destacavam da multidão. Nekhliúdov era acolhido entre esses amigos porque era considerado um jovem inteligente, porque sua mãe foi uma amiga íntima da família e porque seria bom se Míssi casasse com ele.

O quarto da princesa Sófia Vassílievna ficava atrás das duas salas de visitas, a grande e a pequena. Na grande, Míssi, que caminhava à frente de Nekhliúdov, parou resoluta e, segurando o espaldar de uma cadeira dourada, fitou-o.

Míssi queria muito se casar e Nekhliúdov era um bom partido. Além disso, Míssi gostava dele e acostumou-se à ideia de que ele seria dela (não que ela seria dele, mas ele seria dela), e Míssi, com uma astúcia inconsciente, mas obstinada, igual à dos doentes mentais, perseguia o seu objetivo. Nesse momento, começou a falar com Nekhliúdov a fim de provocar uma declaração da parte dele.

— Vejo que aconteceu algo com o senhor — disse Míssi. — O que há com o senhor?

Nekhliúdov lembrou-se do seu encontro no tribunal, franziu as sobrancelhas e ruborizou-se.

— Sim, aconteceu — respondeu, querendo ser sincero. — Um fato estranho, incomum e importante.

— O que foi? O senhor não pode me contar?

— Agora, não posso. Permita que não falemos disso. Ocorre que ainda não tive tempo de refletir plenamente — respondeu, e ruborizou-se ainda mais.

— E o senhor não vai me contar? — Os músculos do rosto de Míssi tremeram, ela empurrou a cadeira à qual se segurava.

— Não, não posso — respondeu Nekhliúdov, sentindo que, ao responder-lhe assim, respondia a si mesmo, admitindo que de fato se passara com ele algo muito importante.

— Bem, então vamos.

Míssi sacudiu a cabeça, como se afastasse pensamentos inúteis, e seguiu em frente a passos mais ligeiros do que o habitual.

Pareceu a Nekhliúdov que ela comprimia a boca de um modo forçado, a fim de conter o choro. Sentiu-se envergonhado e aflito por causar um desgosto a Míssi, mas sabia que a menor fraqueza representaria a sua perdição, ou seja, ficaria amarrado. Pois agora ele temia isso mais que tudo, e caminhou ao lado de Míssi até o quarto da princesa.

XXVII

A princesa Sófia Vassílievna havia terminado o seu jantar, muito refinado e muito nutritivo, que sempre comia sozinha para que ninguém a visse naquela função não poética. Junto a um canapé, havia uma mesinha com café e ela fumava uma cigarrilha enrolada em palha de milho. A princesa Sófia Vassílievna era magra, comprida, ainda queria passar por uma jovem morena, com dentes compridos e olhos grandes e negros.

Falavam mal acerca de suas relações com o médico. Nekhliúdov, antes, esquecia isso, mas agora não só lembrou como também, quando viu o médico ao lado da cama, com sua barba besuntada e bifurcada, sentiu uma repugnância horrível.

Ao lado de Sófia Vassílievna, numa poltrona baixa e macia, estava Kólossov, junto à mesinha, e mexia o café. Sobre a mesinha, havia um cálice de licor.

Míssi entrou com Nekhliúdov nos aposentos da mãe, mas não ficou no quarto.

— Quando mamãe se cansar e mandar os senhores embora, procurem-me — disse ela, dirigindo-se a Kólossov e a Nekhliúdov, num tom como se nada houvesse acontecido entre eles e, sorrindo alegremente, pisando sem fazer ruído no tapete grosso, saiu do quarto.

— Ora, que bom vê-lo, meu amigo, sente-se e me conte — disse a princesa Sófia Vassílievna com o seu sorriso hábil, fingido, perfeitamente similar a um sorriso natural, com os dentes compridos e bonitos à mostra, feitos com extraordinária habilidade, em tudo semelhantes a dentes verdadeiros. — Disseram-me que o senhor chegou do tribunal num estado de humor muito sombrio. Creio que seja algo muito penoso para pessoas de coração — disse em francês.

— Sim, é verdade — respondeu Nekhliúdov —, muitas vezes dá a sensação de que... a sensação de que não temos o direito de julgar...

— *Comme c'est vrai*[25] — exclamou ela, como que espantada com a sinceridade do comentário de Nekhliúdov e, como sempre, adulando habilmente o seu interlocutor. — Mas e o quadro do senhor, essa pintura me interessa muito — acrescentou. — Não fosse a minha enfermidade, há muito eu teria ido à casa do senhor.

— Eu o abandonei em definitivo — respondeu com secura Nekhliúdov, para quem a falsidade da adulação da princesa era tão evidente quanto a velhice que ela dissimulava. Nekhliúdov não conseguia encontrar ânimo para se mostrar gentil.

— Que pena! O senhor sabe, o próprio Riépin me disse que ele tem um talento positivo — disse a princesa, para Kólossov.

"Como não se envergonha de mentir assim?", pensou Nekhliúdov, carrancudo.

Convencida de que Nekhliúdov naquele dia não estava de bom humor e de que era impossível atraí-lo para uma conversa agradável e inteligente, Sófia Vassílievna indagou Kólossov a respeito da sua opinião sobre uma nova peça teatral, e num tom de voz tal que parecia que a opinião de Kólossov havia de solucionar todas as dúvidas e que cada palavra daquela opinião tinha de ser imortalizada. Kólossov reprovou a peça e aproveitou a ocasião para expor o seu juízo sobre a arte. A princesa Sófia Vassílievna ficou impressionada com o acerto do seu juízo, tentava defender o autor da peça, mas logo capitulava ou buscava um meio-termo. Nekhliúdov observava e ouvia e via e escutava algo que nada tinha a ver com o que estava na sua frente.

Enquanto ouvia, ora Sófia Vassílievna, ora Kólossov, Nekhliúdov, em primeiro lugar, percebia que tanto Sófia Vassílievna como Kólossov nada tinham a ver com a peça, nem um com o outro, e que, se falavam, era apenas para a satisfação da

---

25 Francês: "Como isso é verdadeiro".

necessidade fisiológica de movimentar os músculos da língua e da garganta após a refeição; em segundo lugar, via que Kólossov, por ter bebido vodca, vinho, licor, estava um pouco embriagado, não tão embriagado como os mujiques que não costumam beber e ficam embriagados, mas como pessoas embriagadas que fizeram do vinho um hábito. Ele não cambaleava, não falava bobagens, porém se encontrava num estado anormal, agitado e satisfeito consigo mesmo; em terceiro lugar, Nekhliúdov percebeu que a princesa Sófia Vassílievna, no meio da conversa, olhava inquieta para a janela, através da qual um raio oblíquo de sol começava a alcançá-la e ameaçava iluminar sua velhice com clareza excessiva.

— Como isso é verdadeiro — disse ela em resposta a algum comentário de Kólossov e apertou o botão da campainha, na parede, junto ao canapé.

Nesse momento, o médico levantou-se e, como uma pessoa de casa, sem dizer nada, saiu do quarto. Sófia Vassílievna seguiu-o com os olhos, enquanto prosseguia a conversa.

— Por favor, Philipp, solte essa cortina — disse ela, apontando com os olhos para a cortina da janela, quando em resposta à campainha entrou um criado elegante. — Não, diga o senhor o que disser, há na peça algo místico, e sem algo místico não há poesia — disse, enquanto com um olho negro e zangado seguia os movimentos do criado, que soltava a cortina. — Misticismo sem poesia é superstição, mas poesia sem misticismo é prosa — prosseguiu, sorrindo com tristeza e sem desgrudar o olho do criado que arrumava a cortina. — Philipp, não é essa cortina, é a da janela grande — exclamou Sófia Vassílievna em tom de sofrimento, obviamente com pena de si mesma pelo esforço que teve de fazer para pronunciar aquelas palavras, e imediatamente, para acalmar-se, levou à boca, na mão coberta de anéis, a cigarrilha aromática e fumegante.

Musculoso, de peito largo, o elegante Philipp inclinou-se ligeiramente, como que se desculpando, e pisando de leve no tapete com suas pernas fortes e de panturrilhas salientes, deslocou-se dócil e calado até a outra janela e, lançando olhares solícitos para a princesa, pôs-se a arrumar a cortina de tal modo que nenhum raio de sol ousasse tocá-la. Mas, também dessa vez, não fez o que devia e de novo a atormentada Sófia Vassílievna teve de interromper suas palavras sobre o misticismo e corrigir Philipp, que não a entendia e a perturbava impiedosamente. Por um instante, nos olhos de Philipp, ardeu uma centelha.

"Que o diabo a carregue, ele é que sabe de que você precisa", provavelmente era isso o que o criado dizia para si, pensou Nekhliúdov, enquanto observava todo aquele jogo. Mas o elegante e atlético Philipp prontamente escondeu seu gesto de impaciência e passou a fazer com tranquilidade o que lhe ordenava a macilenta, fraca e totalmente falsa princesa Sófia Vassílievna.

— É claro, há uma grande dose de verdade na teoria de Darwin — disse Kólossov, esparramando-se numa poltrona, enquanto com olhos sonolentos mirava a princesa Sófia Vassílievna —, mas ele passa dos limites. De fato.

— E o senhor crê na hereditariedade? — perguntou a Nekhliúdov a princesa Sófia Vassílievna, incomodada com o seu silêncio.

— Na hereditariedade? — Nekhliúdov repetiu a pergunta. — Não, não creio — respondeu, totalmente absorto naquele momento pelas imagens estranhas que, por alguma razão, surgiam na sua mente. Ao lado do atlético e elegante Philipp, que ele via como o modelo de um pintor, imaginava Kólossov nu, com a barriga igual a uma melancia, a cabeça careca e os braços sem músculos, como chicotes. Também de forma vaga, visualizava os ombros de Sófia Vassílievna, agora cobertos de seda e veludo, como deviam ser na realidade, mas essa imagem era horrorosa demais e ele se esforçou para rechaçá-la.

Sófia Vassílievna avaliou-o com os olhos.

— Mas Míssi está à espera do senhor — disse ela. — Vá vê-la, Míssi queria tocar para o senhor uma peça nova de Schumann... Muito interessante.

"Não quer tocar nada. Ela está sempre mentindo, por uma razão ou por outra", pensou Nekhliúdov, enquanto se levantava e apertava a mão transparente, ossuda e recoberta de anéis de Sófia Vassílievna.

Na sala de visitas, Katierina Alekséievna recebeu-o e logo começou a falar.

— Pelo que vejo, as obrigações de jurado produziram no senhor um efeito deprimente — falou, como sempre, em francês.

— Sim, me desculpe, hoje não estou de bom humor e não tenho o direito de trazer aborrecimento para os outros — respondeu Nekhliúdov.

— Por que o senhor não está de bom humor?

— Permita-me não comentar esse assunto — disse ele, enquanto procurava seu chapéu.

— Mas lembre que, como o senhor dizia, é preciso sempre dizer a verdade, e o senhor dizia a todos nós verdades bastante cruéis. Por que agora não quer dizer? Lembra, Míssi? — Katierina Alekséievna voltou-se para Míssi, que veio na direção deles.

— Porque aquilo era um jogo — respondeu Nekhliúdov, sério. — Num jogo, é possível. Mas na realidade somos tão ruins, ou melhor, eu sou tão ruim que, pelo menos para mim, é impossível dizer a verdade.

— Não se corrija, diga antes por que somos tão ruins — quis saber Katierina Alekséievna, jogando com as palavras, como se não percebesse a seriedade de Nekhliúdov.

— Não há nada pior do que admitir que estamos de mau humor — disse Míssi.

— Eu nunca o admito para mim mesma e por isso estou sempre de bom humor. Pois bem, venha ao meu quarto. Vamos tentar espantar o seu *mauvaise humeur*.[26]

Nekhliúdov experimentou uma sensação semelhante à que deve experimentar um cavalo quando o afagam para lhe colocar o cabresto e os arreios. E nesse dia, mais do que antes, lhe era desagradável servir de besta de carga. Desculpou-se, disse que precisava ir para casa e começou a se despedir. Míssi segurou sua mão mais demoradamente do que o costume.

— Lembre que o que é importante para o senhor também é importante para os seus amigos — disse ela. — O senhor virá amanhã?

— É pouco provável — respondeu Nekhliúdov e, sentindo vergonha, ele mesmo não soube se de si mesmo ou dela, ruborizou-se e saiu depressa.

— O que será? *Comme cela m'intrigue*[27] — disse Katierina Alekséievna, depois que Nekhliúdov saiu. — Vou descobrir, a todo custo. Algum *affaire d'amour-propre: il est très suscetible, notre cher* Mítia.

"*Plutôt une affaire d'amour sale*",[28] quis dizer Míssi, mas não disse, olhando para a frente com o rosto apagado, em tudo diferente do rosto com que olhava para Nekhliúdov, mas não disse nem para Katierina Alekséievna o trocadilho de mau gosto, falou apenas:

— Todos nós temos dias bons e dias ruins.

"Será que esse daí também vai me frustrar", pensou ela. "Depois de tudo o que houve, seria muito feio da parte dele."

Caso Míssi tivesse de explicar o que entendia pelas palavras "depois de tudo o que houve", não conseguiria dizer nada de específico, no entanto sabia, sem dúvida alguma, que Nekhliúdov não só despertara nela esperanças como quase lhe fizera uma promessa. Não foram palavras precisas, mas olhares, sorrisos, alusões, silêncios. Apesar de tudo, Míssi considerava-o seu e perdê-lo seria muito penoso.

XXVIII

"Vergonha e nojo, nojo e vergonha", pensava Nekhliúdov enquanto isso, ao voltar para casa a pé, por ruas conhecidas. O sentimento pesado que experimentara du-

---

26 Francês: "Mau humor".

27 Francês: "Como isso me intriga".

28 Francês: "Caso de amor-próprio: é muito suscetível, o nosso querido Mítia". "Ou antes um caso de amor-sujo."

rante a conversa com Míssi não o largava. Sentia que, formalmente, se assim podia expressar-se, tinha sido correto com ela: nada disse que o comprometesse, não fez um pedido de casamento, mas no fundo sentia que se ligara a ela, fizera uma promessa, e contudo, nesse dia, Nekhliúdov sentira com todo o seu ser que não podia casar-se com Míssi. "Vergonha e nojo, nojo e vergonha", repetia consigo, não só por causa das relações com Míssi, mas por tudo. "Tudo dá nojo e vergonha", repetia consigo, ao entrar na varanda da sua casa.

— Não vou cear — disse para Korniei, que entrou atrás dele até a sala, onde a mesa estava posta e o chá servido. — O senhor pode ir.

— Sim, senhor — respondeu Korniei, mas não saiu e pôs-se a tirar a mesa. Nekhliúdov fitava Korniei e experimentava um sentimento ruim em relação a ele. Queria que todos o deixassem em paz, porém lhe parecia que todos, como que de propósito, grudavam nele. Quando Korniei saiu com a louça da ceia, Nekhliúdov fez menção de aproximar-se do samovar para servir-se de chá, mas ao ouvir os passos de Agrafiena Petrovna, rapidamente, a fim de não a ver, saiu para a sala e fechou a porta atrás de si. Esse cômodo — a sala — era o mesmo onde, três meses antes, morrera sua mãe. Agora, ao entrar na sala, iluminada por dois lampiões com refletores — um junto ao retrato do pai, o outro junto ao retrato da mãe —, lembrou-se de suas relações com a mãe nos últimos tempos e tais relações lhe pareceram antinaturais e repugnantes. Também isso dava nojo e vergonha. Lembrou como, na última fase da doença da mãe, ele desejava francamente a sua morte. Dizia para si que desejava isso a fim de livrá-la do sofrimento, mas na realidade o desejava para livrar-se da visão do sofrimento dela.

No intuito de evocar boas recordações da mãe, voltou o olhar para o seu retrato, pintado por um artista famoso em troca de cinco mil rublos. Estava retratada num vestido de veludo preto, com o peito desnudo. O artista, visivelmente, pintara com um zelo especial o peito, o intervalo entre os dois seios, o pescoço e os ombros, ofuscantes pela beleza. Isso já era, de todo, uma vergonha e um nojo. Havia algo repugnante e sacrílego naquela representação da mãe com o aspecto de uma beldade seminua. Era ainda mais repugnante porque, naquele mesmo cômodo, três meses antes, aquela mulher jazia ressequida como uma múmia e mesmo assim, de forma angustiante, enchia não apenas a sala mas a casa inteira com um cheiro pesado, que era impossível abafar. Pareceu a Nekhliúdov sentir, também agora, aquele cheiro. E lembrou como, no dia da morte da mãe, ela segurou a sua mão branca e forte com a mão ossuda e enegrecida, fitou-o nos olhos e disse: "Não me condene, Mítia, se não agi como devia", e nos olhos apagados pelo sofrimento surgiram lágrimas. "Que nojo!" — disse ele consigo, mais uma vez, depois de dirigir o olhar para a mulher semidespida, com seus magníficos ombros marmóreos, suas mãos e seu sorriso de triunfo. A nudez do peito no retrato lhe trouxe à memória uma outra jovem, que vira dias antes igualmente despida. Era Míssi, que, sob um pretexto qualquer, o chamou à sua casa ao anoitecer, a fim de lhe mostrar o vestido de gala com o qual tinha ido a um baile. Nekhliúdov lembrou com repugnância os seus braços e os seus ombros lindos. E o pai grosseiro, brutal, com o seu passado de crueldades, e a mãe, com a sua duvidosa reputação de *bel esprit*.[29] Tudo isso era repugnante e ao mesmo tempo vergonhoso. Vergonha e nojo, nojo e vergonha.

"Não, não", pensou ele, "tenho de me libertar, libertar-me de todas as relações falsas com os Kortcháguin, com Mária Vassílievna, com a herança e com todo o resto..." Lembrou-se de suas dúvidas a respeito do seu próprio talento. "Ora, tanto faz, basta respirar livremente. Primeiro Constantinopla, depois Roma, é só me livrar o mais depressa possível das funções de jurado. E acertar aquele caso com o advogado."

Mas de repente, com uma nitidez incomum, surgiu em sua mente a prisioneira de olhos negros e vesgos. Como ela desatou a chorar na hora em que os réus deviam dizer suas últimas palavras! Às pressas, para apagá-lo, Nekhliúdov amassou no cinzeiro um cigarro fumado até o fim, começou a fumar um outro e pôs-se a andar para um lado e para o outro, na sala. E começaram a aparecer em sua mente, um após o outro, os minutos que passara com ela. Lembrou o seu último encontro, a paixão brutal que na ocasião o dominava e a decepção que sentiu quando a paixão foi satisfeita. Lembrou o vestido branco e a faixa azul, lembrou o ofício religioso das matinas. "Afinal, eu a amava, amava de verdade, com um amor bom e puro, naquela noite, eu a amava desde antes e também a amava quando me hospedei pela primeira vez na casa das tias e estava escrevendo a minha tese!" E lembrou como ele mesmo era, na época. Sobre Nekhliúdov, bafejou um frescor de juventude, de uma vida plena, e lhe veio uma tristeza torturante.

Era enorme a diferença entre o que ele era naquela época e o que era agora: igual se não maior que a diferença entre Katiucha na igreja e a prostituta que se metia em bebedeiras em companhia de um comerciante e que fora julgada pela manhã. Naquele tempo, ele era bondoso, livre, uma pessoa diante de quem se abriam possibilidades infinitas — agora, de todos os lados, sentia-se preso nas redes de uma vida estúpida, vazia, sem propósito, insignificante, para a qual não via nenhuma saída e da qual, em grande parte, ele nem queria sair. Lembrou como, no passado, se orgulhava da sua sinceridade, como então se impunha a regra de sempre dizer a verdade e era de fato sincero, e como agora estava todo ele dentro de

---

29 Francês: "Pessoa de inteligência refinada".

uma mentira — a mentira mais terrível, uma mentira que todos os que o rodeavam consideravam ser uma verdade. E dessa mentira não havia como sair, pelo menos ele não via nenhuma saída dessa mentira. Estava contaminado por ela, acostumado com ela e nela se deleitava.

Como desembaraçar-se das relações com Mária Vassílievna e com seu marido, de modo que não tivesse vergonha de olhar nos olhos dele e dos filhos dele? Como, sem mentiras, desenredar as relações com Míssi? Como desvencilhar-se da contradição entre reconhecer a ilegitimidade da propriedade da terra e a posse das terras herdadas da mãe? Como expiar os seus pecados contra Katiucha? Não era possível deixar as coisas assim. "Não é possível que, depois de abandonar uma mulher que eu amava, eu me contente em dar dinheiro ao advogado para libertá-la dos trabalhos forçados, uma pena que ela nem merecia, não é possível que eu me contente em expiar a culpa por meio do dinheiro, assim como naquele tempo também pensei estar fazendo o que devia fazer, quando dei dinheiro para ela."

E lembrou, de forma vívida, o momento em que, no corredor, depois de alcançá-la, enfiou o dinheiro na sua roupa e fugiu. "Ah, aquele dinheiro!", lembrou o momento com horror e repugnância, iguais aos que sentira então. "Ah, ah! Que nojo!", exclamou em voz alta, como então. "Só um canalha, um patife, poderia fazer uma coisa dessa! E eu, eu sou esse patife, esse canalha!", disse em voz alta. "Mas será que de fato", e parou de andar, "será que eu de fato sou mesmo um patife? Se não, o que é você?" — perguntou-se. "E por acaso não foi sempre o mesmo?", continuou a desmascarar-se. "Não é um nojo, não é uma baixeza a sua relação com Mária Vassílievna e o marido? E a sua relação com os seus bens? Sob o pretexto de que o dinheiro é da sua mãe, você desfruta uma riqueza que considera ilegítima. E toda a sua vida ociosa, sórdida. E o coroamento de tudo, o seu modo de agir com Katiucha. Patife, canalha! Eles (as pessoas), que me julguem à vontade, a eles eu posso enganar, mas a mim não vou enganar."

E de repente compreendeu que a repugnância que ultimamente vinha sentindo das pessoas, e sobretudo nesse dia, a repugnância pelo príncipe, por Sófia Vassílievna, por Míssi, por Korniei, era uma repugnância por si mesmo. E, coisa surpreendente: no sentimento de sua própria baixeza, havia algo doloroso e ao mesmo tempo alegre e tranquilizador.

Com Nekhliúdov, mais de uma vez na vida, já acontecera o que ele chamava de "faxina da alma". Chamava de faxina da alma uma condição espiritual em que, de repente, às vezes depois de um grande intervalo de tempo, Nekhliúdov se dava conta de uma desaceleração e às vezes até de uma interrupção na sua vida interior, e ele se punha a limpar todo o lixo que se acumulara em sua alma e que havia causado aquela interrupção.

Depois de um despertar como esse, Nekhliúdov sempre estabelecia regras que tencionava seguir, dali em diante, e para sempre: escrevia um diário e começava uma vida nova, que tinha esperança de nunca mudar — *turning a new leaf*[30] — como dizia para si. Mas toda vez as tentações do mundo o apanhavam de surpresa e Nekhliúdov, sem se dar conta disso, recaía de novo, e muitas vezes mais baixo do que estivera antes.

Assim, por várias vezes, ele se limpava e se erguia: assim aconteceu com ele, pela primeira vez, quando foi à casa das tias no verão. Foi o despertar mais vivo, extasiado. E suas consequências prolongaram-se bastante. Mais tarde, ocorreu um despertar semelhante, quando abandonou o serviço público e, querendo sacrificar sua vida, ingressou no Exército em tempo de guerra. Mas ali, muito cedo, a obstrução voltou a ocorrer. Depois houve um despertar quando pediu exoneração, partiu para o exterior e passou a interessar-se por pintura.

Daí em diante, e até esse dia, decorrera um longo período sem faxina, e por isso ele nunca, até então, havia topado com tamanha imundície, tamanha discórdia entre o que a sua consciência exigia e a vida que ele levava, e horrorizou-se ao ver tal disparidade.

A disparidade era tão grande, a imundície era tão forte, que no primeiro minuto ele perdeu a esperança na possibilidade de uma limpeza. "Afinal, já tenho tentado me aprimorar e ser melhor e nada deu certo", disse a voz do tentador, no fundo da sua alma. "Então, para que tentar mais uma vez? Não é só você, todos são assim, a vida é assim", falou a mesma voz. Mas aquela essência espiritual, livre, que era a única verdadeira, a única poderosa, a única eterna, já despertara em Nekhliúdov. E Nekhliúdov não podia deixar de acreditar nela. Por maior que fosse a disparidade entre o que ele era e o que desejava ser, tudo parecia possível para aquela essência espiritual que havia desapertado.

— Hei de romper essa mentira que me amarra, custe o que custar, vou confessar tudo, a todos vou contar a verdade, vou fazer o que for verdade — disse consigo, em voz alta e em tom resoluto. — Vou dizer a verdade para Míssi, que sou um devasso, não posso casar com ela e a incomodei em vão; vou dizer a verdade para Mária Vassílievna (a esposa do decano da nobreza). Aliás, não direi nada a ela, vou dizer ao seu marido que sou um patife, que eu o enganava. Com a herança, tomarei providências de acordo com a verdade. Direi a ela, a Katiucha, que sou um patife, que sou culpado diante dela, e farei tudo o que puder para aliviar o seu destino. Sim, vou lhe falar e pedir que me perdoe. Sim, vou pedir perdão, como pedem as crianças. — Parou. — Vou casar com ela, se for preciso.

---

30 Inglês: "Abrindo uma página nova".

Deteve-se, cruzou as mãos no peito, como fazia quando era menino, ergueu os olhos e falou, dirigindo-se a alguém:

— Senhor, ajude-me, ensine-me, venha e me inspire, e me purifique de toda sordidez!

Rezou, implorou a Deus que o ajudasse, inspirasse e purificasse, e entretanto aquilo que implorava já havia se realizado. Deus, que habitava nele, despertou na sua consciência. Nekhliúdov sentiu-se com Deus e por isso sentiu não só a liberdade, o ânimo e a alegria da vida, mas sentiu também todo o poder do bem. Tudo, tudo de melhor que uma pessoa podia fazer, ele agora sentia-se capaz de fazer.

Nos olhos, havia lágrimas quando o disse para si, lágrimas boas e ruins; lágrimas boas porque eram lágrimas da alegria do despertar daquela essência espiritual que durante tantos anos havia dormido dentro dele, e lágrimas ruins porque eram lágrimas de comoção consigo mesmo, com a sua própria virtude.

Sentiu calor. Foi até uma janela ampla e abriu-a. A janela dava para o jardim. Fazia uma noite calma, fresca e enluarada, rodas retumbaram na rua e depois tudo se aquietou. Bem debaixo da janela, avistava-se a sombra dos galhos de um choupo alto e desfolhado, que se estendia nitidamente com todas as suas bifurcações sobre a areia varrida da praça. À esquerda, havia o telhado de um galpão, que parecia branco sob a luz clara da lua. À frente, entrelaçavam-se os galhos das árvores, sob os quais se via a sombra preta de uma cerca. Nekhliúdov olhava para o jardim iluminado pela lua, para o telhado, para a sombra do choupo, e inspirava o ar fresco e vivificante.

— Como é bom! Como é bom, meu Deus, como é bom! — disse, referindo-se ao que se passava em sua alma.

XXIX

Máslova só voltou para a sua cela às seis horas da tarde, cansada e com as pernas doloridas, depois de caminhar quinze verstas, o que não tinha o costume de fazer, sobre as pedras do calçamento, esmagada pela sentença inesperadamente severa, e ainda por cima estava faminta.

Quando, ainda durante um intervalo, os guardas ao seu lado puseram-se a comer pão e ovos cozidos, sua boca encheu-se de saliva e ela sentiu que estava faminta, mas achou que pedir aos guardas seria humilhante. Quando, depois disso, passaram mais três horas, ela já não tinha vontade de comer, sentia apenas fraqueza. Em tal estado, ouviu a sentença, para ela inesperada. No primeiro momento, pensou ter ouvido mal, não conseguiu acreditar de pronto no que tinha ouvido, não conseguia identificar-se com a noção de uma condenada aos trabalhos forçados. Porém, ao ver os rostos serenos e compenetrados dos juízes e dos jurados, que haviam recebido aquela notícia como se fosse algo perfeitamente natural, Máslova se revoltou e pôs-se a gritar para a sala inteira que não era culpada. Mas ao ver que também seus gritos eram recebidos como algo perfeitamente natural, esperado e incapaz de alterar o julgamento, ela começou a chorar, sentindo que era preciso submeter-se àquela injustiça cruel, que fora lançada sobre ela e lhe causava espanto. Espantava-a, em especial, que a tivessem julgado tão cruelmente homens jovens, e não velhos, os mesmos jovens que sempre a olhavam com tanto carinho. Um deles — o promotor adjunto —, ela via num estado de ânimo completamente diverso. Quando estava na sala dos prisioneiros à espera do julgamento e durante os intervalos da sessão, via como aqueles homens, fingindo que iam cuidar de outra coisa, passavam diante da porta ou entravam na sala só para observá-la. E de uma hora para outra, por algum motivo, os mesmos homens a condenaram aos trabalhos forçados, apesar de ser inocente daquilo que a acusavam. De início, chorou, mas depois se acalmou e, num estado de completo embotamento, ficou sentada na sala dos prisioneiros, à espera da partida. Agora só queria uma coisa: fumar. Quem a deixou assim foram Botchkova e Kartínkin, que depois da sentença foram levados para a mesma sala. Botchkova imediatamente começou a xingar Máslova e a chamá-la de condenada aos trabalhos forçados.

— E aí, levou a melhor? Foi absolvida? Acho que não escapou, não, sua puta ordinária. Teve bem o que merecia, chegou a sua hora. Nos trabalhos forçados, aposto que vai largar esse ar de metida a besta.

Máslova ficou parada, as mãos enfiadas nas mangas do roupão e, depois de inclinar a cabeça para baixo, olhou imóvel para um ponto dois passos à sua frente, no chão repleto de marcas de pés, e limitou-se a dizer:

— Não estou mexendo com vocês, então me deixem em paz. Não estou mexendo — repetiu algumas vezes, depois ficou de todo calada. Só se animou um pouco quando Kartínkin e Botchkova saíram e o guarda lhe deu três rublos.

— Você é Máslova? — perguntou ele. — Tome aqui, uma senhora mandou entregar para você — disse e entregou o dinheiro.

— Que senhora?

— Tome, ande logo, não vou ficar de conversa.

Quem mandou o dinheiro foi Kitáieva, proprietária da casa de tolerância. Ao sair do tribunal, ela procurou o oficial de justiça e perguntou se podia mandar algum dinheiro para Máslova. O oficial de justiça respondeu que podia. Então, após receber a autorização, Kitáieva retirou da mão branca e gorda a luva de camurça com três botõezinhos, apanhou uma carteira chique entre as pregas da parte de trás da sua saia de seda e, depois de escolher, no meio de uma quantidade bastante grande de cupons[31] pouco antes destacados dos títulos que ela havia recebido como pagamento na sua casa, um cupom de dois rublos e cinquenta copeques, acrescentou a isso duas moedas de vinte copeques e mais uma moeda de dez copeques, e entregou ao oficial de justiça. Este chamou um guarda e, diante da doadora, entregou a ele o dinheiro.

— Por favor, entregue sem falta — disse Karolina Albértovna para o guarda.

O guarda ofendeu-se com a desconfiança e por isso tratou Máslova com tanta rispidez.

Máslova alegrou-se com o dinheiro, porque ele lhe traria a única coisa que agora desejava.

"Só falta conseguir um cigarro e dar umas tragadas", pensou, e todos os seus pensamentos se concentraram no desejo de fumar. Queria isso com tanta força que inspirava o ar com sofreguidão, quando sentia o cheiro de fumaça de tabaco que vinha do corredor, através da porta da saleta. Mas ainda teve de esperar muito, porque o secretário a quem cabia liberá-la se esqueceu dos réus, envolveu-se em conversas e até numa discussão com um dos advogados a respeito de um artigo proibido pela censura. Algumas pessoas, velhas e jovens, passavam por ali também depois do julgamento, para dar uma olhadinha nela, enquanto sussurravam algo entre si. Mas agora Máslova nem as notava.

Por fim, às cinco horas, liberaram-na e a escolta — o nativo da cidade de Níjni-Nóvgorod e o tchuvache — levou-a para fora do tribunal pela porta dos fundos. Ainda na saída do tribunal, ela lhes deu vinte copeques e pediu que comprassem dois pães e cigarros. O tchuvache começou a rir, pegou o dinheiro e disse:

— Está bem, vamos comprar — e de fato comprou honestamente os cigarros e os pães, e lhe deu o troco.

No caminho, não era permitido fumar, portanto Máslova chegou à prisão com o mesmo insatisfeito desejo de fumar. Na hora em que chegavam com ela ao portão, cem prisioneiros eram trazidos da estação ferroviária. Na entrada, Máslova esbarrou com eles.

Os prisioneiros, barbudos, sem barba, velhos, jovens, russos, de outras nacionalidades, alguns com a cabeça raspada pela metade,[32] fazendo ressoar as cor-

---

31 Na época, era comum usar, em lugar de dinheiro, cupons destacáveis de títulos bancários que rendiam juros.

32 Era praxe raspar só a metade da cabeça dos prisioneiros condenados aos trabalhos forçados para serem facilmente identificados em caso de fuga.

rentes nos pés, enchiam a antessala de poeira, de barulho de passos, de vozes e de um cheiro corrosivo de suor. Os prisioneiros, ao passar por Máslova, viravam-se e olhavam-na com ar de cobiça, e alguns, com o rosto transformado pela luxúria, se aproximavam e roçavam nela.

— Ei, menina bonita — disse um.

— Tia, meus cumprimentos — disse um outro, piscando os olhos.

Um escuro, de nuca raspada e azul, e de bigode no rosto barbeado, se atrapalhando com as correntes e fazendo barulho com elas, deu um pulo na direção de Máslova e abraçou-a.

— Ah, não reconhece um amigo? Vai bancar a importante! — gritou, arreganhando os dentes e faiscando os olhos, quando ela o empurrou para trás.

— Que está fazendo, seu canalha? — gritou um assistente do chefe, que se aproximou por trás.

O prisioneiro encolheu-se todo e rapidamente saltou para o lado. O próprio assistente partiu para cima de Máslova:

— E você, o que está fazendo aqui?

Máslova quis responder que tinha sido trazida do tribunal, mas estava tão cansada que teve preguiça de falar.

— Veio do tribunal, excelência — disse o comandante da escolta, saindo de trás das pessoas que passavam e encostando a mão no chapéu.

— Muito bem, leve-a para o encarregado. Que pouca-vergonha!

— Sim, excelência.

— Sokolóv! Venha receber — gritou o assistente.

O encarregado aproximou-se e, irritado, empurrou Máslova pelo ombro e, depois de acenar para ela com a cabeça, conduziu-a para o corredor feminino. No corredor feminino, foi toda apalpada, revistada e, como nada encontraram (a caixinha de cigarro estava metida dentro do pão), deixaram-na entrar na mesma cela da qual saíra pela manhã.

XXX

A cela em que Máslova ficava era um cômodo comprido, de nove *archin*[33] de comprimento e sete de largura, com duas janelas, uma estufazinha proeminente com paredes esfoladas e beliches feitos de tábuas rachadas pela secura, que ocupa-

---

33 Um *archin* equivale a 71 centímetros.

vam dois terços do espaço da cela. No meio, em frente à porta, havia um ícone escuro com uma velinha de cera colada e com um empoeirado buquê de sempre-vivas embaixo. Junto à porta, à esquerda, havia um lugar enegrecido no chão, onde ficava uma tina fedorenta. Tinham acabado de fazer a chamada e as mulheres já estavam trancafiadas para a noite.

Ao todo, os residentes na cela eram quinze: doze mulheres e três crianças.

Ainda estava bem claro e só duas mulheres haviam se deitado nas camas: uma, que cobria a cabeça com o roupão, era uma desmiolada, presa por falta de documentos; a outra era uma tuberculosa, que cumpria pena por roubo. Ela não estava dormindo, mas estava deitada, com o roupão dobrado sob a cabeça, os olhos muito abertos, fazia esforço para não tossir, segurava na garganta o muco que se acumulava e lhe dava comichão. Quanto às demais mulheres — todas de cabeça descoberta, com camisas iguais, de pano duro —, algumas estavam sentadas nas camas e costuravam, outras estavam paradas junto à janela e olhavam para os prisioneiros que passavam pelo pátio. Entre as três mulheres que costuravam, uma era a velha que viera até a porta da cela com Máslova — Korabliova, de aspecto lúgubre, carrancuda, enrugada, a pele pendurada como uma bolsa debaixo do queixo, alta, forte, com uma trancinha curta de cabelos castanho-claros que estavam ficando grisalhos nas têmporas e uma verruga peluda na bochecha. Essa velha tinha sido condenada aos trabalhos forçados por ter assassinado o marido com um machado. Matou-o porque ele assediava a filha dela. Era a chefe da cela e além disso vendia bebida. Costurava de óculos e, nas mãos grandes e laboriosas, segurava uma agulha à maneira camponesa, com três dedos e com a ponta voltada para ela. Ao seu lado, também costurando sacos feitos de lona, estava uma mulher escura, baixa, de nariz arrebitado, olhos pretos e pequenos, simpática e faladeira. Era vigia numa guarita na estrada de ferro, condenada a três meses de prisão porque não levantou a bandeirinha para um trem e aconteceu um desastre. A terceira mulher que costurava chamava-se Fedóssia — Fiénitchka, como a chamavam as companheiras —, branca, vermelha, de olhos brilhantes, azuis e infantis, com duas tranças compridas e castanho-claras, enroladas na cabeça pequena, era muito jovem e atraente. Foi presa por tentativa de envenenamento contra o marido. Tentou envenenar o marido logo depois do casamento, a que foi levada quando ainda era uma menina de dezesseis anos. Durante os oito meses em que ficou solta sob custódia, esperando o julgamento, ela não só fez as pazes com o marido como se apaixonou por ele, tanto assim que, quando a justiça foi buscá-la, os dois viviam em perfeita harmonia. Apesar de o marido e o sogro, e sobretudo a sogra, que passou a adorá-la, terem se empenhado com todas as suas forças para absolvê-la perante o tribunal, acabou condenada à deportação na Sibéria e aos trabalhos forçados. Bondosa, alegre, sorridente, Fedóssia era a vizinha de Máslova nos beliches de tábuas e não só criou afeição por Máslova como considerava seu dever cuidar dela e servi-la. Desocupadas, outras duas mulheres estavam também sentadas nos beliches de tábuas, uma de quarenta anos, rosto pálido e magro, que provavelmente tinha sido muito bonita no passado, agora estava magra e pálida. Tinha um bebê nos braços e lhe dava de mamar no peito branco e comprido. Seu crime foi que, quando vieram à sua aldeia recrutar um jovem para o Exército, um recrutamento ilegal, no entender dos mujiques, o povo deteve o comissário de polícia rural e libertou o recruta. A mulher, tia do jovem ilegalmente recrutado, foi a primeira a segurar pela rédea o cavalo em que levavam o recruta. Também sentada no beliche de tábuas, e sem ter o que fazer, estava uma velhinha baixa, simpática e toda enrugada, de cabelos grisalhos e costas curvadas. Essa velhinha estava junto à estufa, sentada no beliche de tábuas, e brincava de pegar um menino de quatro anos, barrigudo, de cabelos bem curtos e embriagado pelo riso, que passava correndo na frente dela. O garotinho, só com uma pequena camisa e mais nada, passava correndo diante dela e repetia sempre a mesma coisa: "Ei, você não me pega!". A velhinha, acusada de incêndio proposital junto com o filho, suportava seu encarceramento com um ânimo enorme, afligia-se apenas com o filho, que estava preso também, mas sobretudo com o seu velho, que, ela temia, sem sua ajuda ia ficar piolhento, pois a nora tinha fugido e agora não havia quem o lavasse.

Além dessas sete mulheres, outras quatro estavam de pé junto a uma das janelas abertas e, segurando na grade de ferro, conversavam por meio de gritos e sinais com os presos que passavam no pátio, os mesmos em que Máslova havia esbarrado na entrada. Uma dessas mulheres, que cumpria pena por roubo, era grande, corpulenta, ruiva, de corpo flácido, rosto branco-amarelado, coberto de sardas, como eram também as mãos, e seu pescoço grosso elevava-se através da gola desamarrada e aberta. Gritava palavras indecentes na janela, com voz rouca. Ao lado, estava uma prisioneira da altura de uma menina de dez anos, enegrecida, desproporcional, com as costas compridas e as pernas muito curtas. Tinha o rosto vermelho, com manchas, olhos negros e muito afastados um do outro, e lábios grossos e curtos, que não cobriam os dentes brancos e salientes. De vez em quando, de modo estridente, ria daquilo que se passava no pátio. Essa prisioneira, apelidada de Bonitona por sua elegância, foi julgada por roubo e incêndio. Atrás delas, estava uma mulher com uma blusa cinzenta e imunda, de aspecto lastimável, magra, de músculos salientes e com uma imensa barriga de gravidez, julgada por roubo e receptação. Mantinha-se calada, mas o tempo todo sorria comovida, em sinal de aprovação, para o que se passava no pátio. A quarta, que estava parada junto à janela e cumpria pena por vender bebidas ilegalmente, era uma aldeã baixa, atarracada, com olhos muito saltados e rosto simpático. Essa mulher era a mãe do menino que brincava com a velhinha e também de uma menina de sete anos, que estavam com a mãe na prisão porque ela não tinha com quem deixá-los — assim como as demais, olhava pela janela, mas não parava de tricotar uma meia e, com ar de desaprovação, franzia o rosto, fechava os olhos diante do que falavam os prisioneiros que passavam no pátio. Sua filha, uma menininha de sete anos, de cabelos brancos e desgrenhados, só com uma pequena camisa e mais nada, estava ao lado da ruiva, segurava-a pela saia com a mãozinha magra e miúda, e com os olhos parados, escutava atentamente as palavras obscenas que as mulheres trocavam com os prisioneiros e as repetia num sussurro, como que para aprender. A décima segunda prisioneira era filha de um sacristão e tinha afogado num poço um bebê que ela tivera sem estar casada. Era uma jovem alta, esbelta, de cabelos emaranhados que haviam se soltado de uma trança grossa, curta e castanho-clara, e de olhos esbugalhados e fixos. Sem prestar a menor atenção ao que acontecia à sua volta, ela andava descalça pelo espaço livre da cela, para um lado e para o outro, só com uma camisa cinzenta e imunda, virando-se de modo ligeiro e brusco quando chegava à parede.

XXXI

Quando a tranca abriu com estrondo e puseram Máslova dentro da cela, todas se voltaram para ela. Até a filha do sacristão parou um instante, observou a recém-chegada com as sobrancelhas erguidas, mas, sem dizer nada, recomeçou a caminhar com seus passos largos e resolutos. Korabliova espetou a agulha na lona dura e, através dos óculos, fitou Máslova com ar interrogativo.

— Sim, senhora! Voltou. E eu que pensei que ia ser absolvida — disse com sua voz rouca, grave, quase de mujique. — Pelo visto, mandaram você para a cadeia.

Tirou os óculos e pôs sua costura de lado, sobre o beliche de tábuas.

— Eu e a tia aqui, meu bem, estávamos até falando que talvez tivessem soltado você de uma vez. Isso acontece, dizem. E ainda dão um dinheiro, conforme o acerto — começou imediatamente a falar a vigia da estrada da ferro, com sua voz cantada. — Ah, mas veja só. Parece que nosso palpite não deu certo. Deus é quem sabe, meu bem — sem se calar, prosseguia a sua fala afetuosa e cantada.

— Será possível que condenaram você? — perguntou Fedóssia, com ternura compassiva, olhando para Máslova com os olhos azul-claros de criança, e seu rosto alegre e jovial transformou-se de todo, como se estivesse prestes a chorar.

Máslova nada respondeu e seguiu em silêncio para o seu lugar, o segundo a partir da ponta, ao lado de Korabliova, e sentou-se no beliche de tábuas.

— Aposto que não comeu nada — disse Fedóssia, que se levantou e aproximou-se de Máslova.

Sem responder, Máslova pôs o pão na cabeceira e começou a trocar de roupa: tirou o roupão empoeirado, tirou o lenço dos cabelos pretos e crespos e sentou-se. A velhinha corcunda que brincava com o menino na outra ponta do beliche de tábuas também se aproximou e parou diante de Máslova.

— Tsc, tsc, tsc! — estalou a língua nos dentes, balançando a cabeça, com pena.

O menininho aproximou-se também, atrás da velhinha, com os olhos muito abertos e com o lábio superior formando um bico, olhava fixo para o pão que Máslova tinha trazido. Ao ver todos aqueles rostos solidários depois de tudo o que se passara com ela nesse dia, Máslova sentiu vontade de chorar e seus lábios começaram a tremer. Mas tentou conter-se, e conteve-se, até que a velhinha e o garotinho se aproximaram. Quando ouviu o bondoso e compadecido estalar da língua da velhinha e, acima de tudo, quando topou com os olhos sérios do menino, que haviam passado do pão para ela, Máslova não conseguiu mais conter-se. Seu rosto inteiro começou a tremer e ela desatou a chorar.

— Eu avisei: tem de arranjar um advogado bom — disse Korabliova. — E então, vai para o degredo? — perguntou.

Máslova queria responder e não conseguia, mas, soluçando, tirou de dentro do pão a caixinha de cigarro em que estava estampada uma dama de pele rosada com um penteado muito alto e o peito aberto num decote triangular, e entregou-a para Korabliova. Esta deu uma olhada na figura, balançou a cabeça em sinal de desaprovação, principalmente porque Máslova gastava mal o dinheiro e, depois de pegar um cigarro, acendeu-o no lampião, deu uma tragada e em seguida o empurrou de volta para Máslova. Sem parar de chorar, Máslova começou a tragar sofregamente, uma vez depois da outra, e a soprar a fumaça de tabaco.

— Trabalhos forçados — pronunciou Máslova, enquanto soluçava.

— Eles não têm medo de Deus, esses exploradores, malditos sanguessugas — disse Korabliova. — Condenaram a menina por nada.

Nesse momento, no meio das mulheres que estavam na janela, ressoou o estrondo de uma gargalhada. A menininha também riu e o seu riso agudo de criança fundiu-se à risada rouca e estridente das outras três. Um prisioneiro lá no pátio fizera algo que produziu esse efeito nas mulheres que olhavam pela janela.

— Ah, seu cachorro pelado! O que é que está fazendo — exclamou a ruiva e, sacudindo todo o seu corpo gorduroso, com o rosto comprimido contra a grade, passou a gritar palavras obscenas de um modo absurdo.

— E aí, pele de tambor! Está gargalhando de quê? — disse Korabliova, balançando a cabeça para a ruiva, e voltou-se de novo para Máslova. — Muitos anos?

— Quatro — disse Máslova, e as lágrimas desceram tão abundantes dos seus olhos que uma foi cair no cigarro.

Máslova amassou-o irritada, jogou-o fora e pegou outro.

A vigia da estrada de ferro, embora não fosse fumante, imediatamente pegou a guimba no chão e pôs-se a ajeitá-la, sem parar de conversar.

— Pelo visto, até a verdade, meu bem — disse ela —, até a verdade esses ratos roem. Fazem o que bem entendem. Matviéievna disse: vão absolver, mas eu disse: não, meu bem, o meu coração estava farejando, eles vão matá-la a dentadas, senti lá no fundo, e foi o que aconteceu — dizia ela, enquanto ouvia com prazer o som da própria voz.

Nessa altura, todos os prisioneiros já haviam passado pelo pátio, e as mulheres que conversavam de longe com eles se afastaram da janela e também vieram para perto de Máslova. A primeira a se aproximar foi a de olhos esbugalhados, presa por vender bebida ilegalmente, e sua filhinha.

— Quer dizer que foram muito severos? — perguntou, sentando-se ao lado de Máslova, e continuou rapidamente a tricotar a meia.

— São severos porque você não tem dinheiro. Se fosse uma endinheirada e tivesse um advogado daqueles bons, aposto que tinham absolvido — disse Korabliova. — Aquele, como é que chama, um cabeludo, narigudo, aquele, minha senhora, tira a gente sequinha de dentro da água. Ah, se você contratasse esse.

— Como é que ela ia contratar? — exclamou a Bonitona, arreganhando os dentes, sentada junto a elas. — Por menos de mil, ele não vai nem cuspir em você.

— Quem sabe, vai ver é o seu destino — intercedeu a velhinha, condenada por incêndio proposital. — Olhe só: tiraram a mulher do meu filho e ainda por cima o puseram na prisão para alimentar os piolhos, e a mim também, apesar da minha idade — começou a contar sua história pela centésima vez. — Da cadeia e da miséria, parece que ninguém escapa. Se não é a miséria, é a cadeia.

— Parece que são todos assim — disse a que vendia bebidas ilegalmente e, olhando de perto a cabeça da garotinha, pôs a meia de lado, prendeu a garotinha entre as pernas e, com dedos rápidos, começou a catar na cabeça dela. — "Por que você vendia bebidas?" E com o que eu ia dar de comer às crianças? — disse ela, enquanto prosseguia sua tarefa rotineira.

As palavras da traficante de bebidas trouxeram o álcool à memória de Máslova.

— Quem dera eu pudesse tomar um gole — disse para Korabliova, enxugando as lágrimas com a manga da camisa e soluçando de vez em quando.

— Da branquinha? Por que não? É só pagar — disse Korabliova.

XXXII

Máslova tirou o dinheiro de dentro do pão e deu um cupom para Korabliova. Ela pegou o cupom, examinou-o e, embora não soubesse ler, acreditou na Bonitona, que sabia tudo, e disse que o papelzinho valia dois rublos e cinquenta copeques e então Korabliova subiu na janela de ventilação para pegar um frasco de bebida que tinha escondido ali. Ao ver isso, as mulheres que não estavam perto dos beliches de tábuas vieram para os seus lugares. Máslova, enquanto isso, limpou a poeira do lenço de cabeça e do roupão, subiu no beliche de tábuas e começou a comer o pão.

— Guardei um chá para você, mas na certa já esfriou — disse-lhe Fedóssia, enquanto apanhava numa prateleira uma chaleira de flandres envolta em trapos usados para enrolar os pés, e também uma caneca.

A bebida estava completamente fria e tinha mais gosto de flandres que de chá, porém Máslova encheu a caneca e começou a beber, junto com o pão.

— Finachka,[34] toma — gritou Máslova e, depois de partir um pedaço do pão, deu na boca do menino, que olhava para ela.

Korabliova enquanto isso lhe deu o frasco de vodca e uma caneca. Máslova ofereceu um pouco para Korabliova e Bonitona. Essas três prisioneiras formavam a aristocracia da cela, porque tinham dinheiro e partilhavam o que possuíam.

Alguns minutos depois, Máslova animou-se e contou com vivacidade o que havia ocorrido no tribunal, arremedando o promotor e falando daquilo que mais a impressionara no julgamento. Todos no tribunal olhavam para ela com um prazer evidente, contou Máslova, e para observá-la ainda iam de propósito à sala dos réus.

— Até o guarda da escolta falou: "Todos vêm aqui só para olhar para você". De repente entra um deles: onde foi parar aquele papel ou sei lá o quê, e eu estou vendo logo que ele não precisa de papel nenhum, mas me come com os olhos — disse Máslova, sorrindo e balançando a cabeça de espanto. — São também uns atores.

— Ah, é assim mesmo — apoiou a vigia da estrada de ferro, e logo derramou sua fala cantada. — São feito moscas no açúcar. Não sabem fazer outra coisa, mas isso eles vêm correndo pegar. É só o que eles querem...

— Mas aqui também é assim — cortou Máslova. — Aqui também aconteceu comigo. Tinham acabado de me trazer e vinha chegando um grupo da estação de trem. Mexeram tanto comigo que eu não sabia mais o que fazer. Ainda bem que um assistente do chefe me enxotou dali. Um deles grudou tanto em mim que só me safei a muito custo.

---

34 Hipocorístico de Fedóssia.

— E como é que ele era? — perguntou a Bonitona.

— Escuro, de bigode.

— Deve ser ele.

— Ele quem?

— Ora, o Cheglov. Esse que passou agora mesmo.

— E quem é esse tal de Cheglov?

— Vai dizer que não conhece o Cheglov! Cheglov já fugiu duas vezes dos trabalhos forçados. Agora pegaram, mas vai escapar de novo. Até os policiais têm medo dele — disse Bonitona, que trocava bilhetes com os prisioneiros e sabia de tudo o que se passava na prisão. — Vai fugir, não tem nem dúvida.

— Vai fugir, mas não vai levar a gente com ele — disse Korabliova. — E você — voltou-se para Máslova —, vamos lá, conte o que o tal *devogado* falou sobre a petição, afinal agora tem de apresentar uma, não é isso?

Máslova respondeu que não sabia de nada.

Nesse momento, a jovem ruiva, com as mãos cobertas de sardas metidas nos cabelos ruivos, espessos e emaranhados, e esfregando a cabeça com as unhas, aproximou-se das aristocratas que tomavam vodca.

— Vou contar tudo para você, Katierina — começou ela. — Antes de qualquer outra coisa, você tem de escrever assim: Não estou satisfeita com o julgamento, e depois tem de dar parte ao promotor.

— O que está querendo aqui? — Korabliova se virou para ela, com voz grave e zangada. — Mal sentiu o cheiro de bebida, já vem com enrolação. A gente sabe o que tem de fazer, não precisa de você não.

— Não estou falando com você, não se meta.

— Quer vodca, não é? Por isso veio para cá.

— Deixe para lá, dê um pouco para ela — disse Máslova, que sempre dividia tudo o que tinha.

— Pois sim, eu sei o que vou dar para ela.

— Vai, vai, quero ver! — desatou a falar a ruiva, partindo para Korabliova. — Não tenho medo de você não!

— Verme de presídio!

— Olhe só quem está falando!

— Sua tripa cozida!

— Eu, tripa? Sua condenada às galés, sua vagabunda! — desatou a berrar a ruiva.

— Vai embora, estou falando — pronunciou Korabliova em tom sombrio.

Mas a ruiva apenas chegou mais perto ainda e Korabliova lhe deu um empurrão no peito gorduroso e descoberto. Parecia que a ruiva só estava mesmo esperando por isso e, com um movimento rápido e inesperado, agarrou o cabelo de Korabliova com a mão e, com a outra, quis dar um murro na sua cara, mas Korabliova segurou a mão dela. Máslova e Bonitona agarraram a ruiva pelo braço, tentaram separá-la, mas a mão da ruiva, agarrada à trança, não se soltava. Por um instante, ela soltou os cabelos, mas foi só para enrolá-los no punho. Korabliova, mesmo com a cabeça curvada para baixo, batia com a mão no corpo da ruiva e cravava os dentes no seu braço. As mulheres apinharam-se em torno das duas brigonas, apartavam e gritavam. Até a tuberculosa aproximou-se e, tossindo, observava as mulheres que se atracavam. As crianças abraçavam-se umas às outras e choravam. Com o barulho, a carcereira e o carcereiro acudiram. Apartaram as brigonas e Korabliova, que após libertar a trança grisalha catava os tufos de cabelo arrancados da cabeça, e a ruiva, que segurava no peito amarelo a camisa toda rasgada — ambas gritavam, se explicando e se queixando.

— Olhem bem que eu estou sabendo, tudo isso é por causa da bebida; amanhã vou contar ao chefe dos guardas, ele vai cuidar de vocês. Estou sentindo o cheiro — disse a carcereira. — Cuidado, livrem-se de tudo, senão vai ser pior. Não tenho tempo para cuidar de vocês. Para os seus lugares e fiquem em silêncio.

Mas o silêncio ainda demorou muito a se estabelecer. As mulheres ainda ficaram muito tempo discutindo, contando uma para a outra como a confusão havia começado e quem era a culpada. Por fim, o carcereiro e a carcereira foram embora e as mulheres começaram a acalmar-se e preparar-se para dormir. A velhinha parou diante de um ícone e começou a rezar.

— Duas condenadas aos trabalhos forçados se aliaram — disse a ruiva de repente, com voz rouca, da outra ponta dos beliches de tábuas, acompanhando todas as palavras com palavrões requintados ao ponto da excentricidade.

— Se cuida, senão vai levar mais uma coça — retrucou Korabliova no mesmo instante, e acrescentou palavrões equivalentes. E as duas se calaram.

— Se não tivessem me atrapalhado, eu tinha arrancado os seus olhos... — voltou a falar a ruiva e de novo a resposta de Korabliova, no mesmo tom, não se fez esperar.

De novo um intervalo de silêncio mais longo, e de novo mais palavrões. Os intervalos foram ficando cada vez mais compridos e afinal todas se calaram por completo.

Todas estavam deitadas, algumas começaram a roncar, só a velhinha, que sempre se demorava a rezar, ainda se curvava em reverências diante do ícone, e a filha do sacristão, assim que a carcereira saiu, levantou-se e recomeçou a andar para um lado e para o outro ao longo da cela.

Máslova não dormia e não parava de pensar que era uma condenada aos trabalhos forçados — já a haviam chamado assim duas vezes: Botchkova e a ruiva — e não conseguia habituar-se a tal ideia. Korabliova, que estava deitada a seu lado, de costas para ela, virou-se.

— Sabe, eu não pensava, eu nem imaginava — disse Máslova baixinho. — Outros fazem tanta coisa e não acontece nada, e eu tenho de sofrer sem motivo.

— Não se aflija, menina. Na Sibéria, as pessoas também vivem. Você não vai morrer porque vai para lá — consolava-a Korabliova.

— Sei que não vou morrer, mesmo assim dá raiva. O meu destino não devia ser esse, já que estou habituada à boa vida.

— Não se pode ir contra a vontade de Deus — disse Korabliova, com um suspiro. — Contra Deus, não se pode ir.

— Eu sei, tia, mesmo assim é difícil.

Ficaram caladas.

— Está ouvindo? É aquela chorona — falou Korabliova, chamando a atenção de Máslova para os sons estranhos que vinham da outra extremidade dos beliches de tábuas.

Os sons eram os soluços abafados da ruiva. Chorava porque a xingaram, espancaram, e não lhe deram a bebida que tanto queria. Chorava também porque, durante toda a sua vida, não vira nada senão xingamento, zombaria, insulto e pancada. Queria consolar-se, lembrar-se do seu primeiro amor, um operário fabril, Fiedka Molodiénkov, mas ao recordar esse amor lembrou também como ele acabou. Acabou quando o tal Molodiénkov, em estado de embriaguez, só de brincadeira, esfregou vitríolo na parte mais sensível do corpo dela e depois foi gargalhar com os amigos, enquanto via como a mulher se contorcia de dor. Lembrou-se disso, teve pena de si e, pensando que ninguém a ouvia, começou a chorar, e chorava como uma criança, gemia, fungava e engolia as lágrimas salgadas.

— Tenho pena dela — disse Máslova.

— É sim, dá pena, mas não devia se meter onde não é chamada.

XXXIII

O primeiro sentimento que Nekhliúdov experimentou no dia seguinte, quando acordou, foi a consciência de que algo havia acontecido com ele e, antes mesmo de lembrar o que era, já sabia que havia acontecido algo importante e bom. "Katiucha, o julgamento." Sim, e é preciso parar de mentir e dizer a verdade. E que coincidência espantosa que também naquela manhã tenha, afinal, chegado a carta de Mária Vassílievna, a esposa do decano da nobreza, a carta esperada por ele havia muito e que agora lhe era especialmente necessária. Mária Vassílievna lhe dava total liberdade, desejava-lhe felicidade no casamento pretendido.

— Casamento! — exclamou Nekhliúdov, com ironia. — Como agora estou longe disso!

E lembrou sua intenção da véspera, de contar tudo ao marido, penitenciar-se diante dele e declarar-se pronto a prestar qualquer satisfação. Mas agora de manhã isso não lhe parecia tão fácil como no dia anterior. "E depois, para que fazer um homem infeliz, se ele não sabe? Se perguntar, aí sim, eu lhe conto. Mas ir lá de propósito só para lhe contar? Não, não há necessidade."

Também lhe parecia difícil, agora de manhã, contar toda a verdade para Míssi. Nesse caso, também não podia tomar a iniciativa de falar — seria ofensivo. Inevitavelmente, era preciso deixar algo subentendido, como ocorre em muitas relações cotidianas. Uma coisa ele decidiu, nessa manhã: não ir à casa deles e contar a verdade só se lhe perguntassem.

Em compensação, nas relações com Katiucha, nada devia ficar implícito.

"Irei à prisão, contarei a ela, pedirei que me perdoe. E se for necessário, sim, se for necessário, casarei com ela", pensou.

A ideia de, em nome de uma satisfação moral, sacrificar tudo e casar com Katiucha comovia-o de um modo especial nessa manhã.

Fazia muito que não iniciava um dia com tamanha disposição. De imediato e com uma firmeza que nem ele mesmo esperava de si, Nekhliúdov comunicou a Agrafiena Petrovna, quando ela entrou em seu quarto, que não ia mais precisar daquela residência nem dos seus serviços. Por um acordo tácito, ficara estabelecido que Nekhliúdov mantinha aquela residência grande e cara com a finalidade de se casar. A devolução da moradia, portanto, tinha um significado especial. Agrafiena Petrovna fitou-o admirada.

— Agradeço muito à senhora, Agrafiena Petrovna, por todo o trabalho que teve comigo, mas agora não preciso mais de uma residência tão grande e de toda a criadagem. Se a senhora quiser me ajudar, faça a gentileza de arrumar as coisas, guarde-as provisoriamente, como no tempo de mamãe. Quando Natacha chegar, tomará as providências. — (Natacha era a irmã de Nekhliúdov.)

Agrafiena Petrovna balançou a cabeça.

— Mas guardar como? Afinal, as coisas vão ser necessárias — disse ela.

— Não, não vão, Agrafiena Petrovna, seguramente não vão ser necessárias — disse Nekhliúdov, em resposta ao que exprimia o seu gesto de balançar a cabeça. — Por favor, diga também a Korniei que lhe darei dois meses de salário adiantados, mas que agora não preciso mais dos seus serviços.

— O senhor, Dmítri Ivánovitch, não tem razão de agir assim — disse ela. — Afinal, mesmo que viaje para o exterior, ainda vai precisar de uma residência.

— Não pense assim, Agrafiena Petrovna. Não vou para o exterior; se viajar, será para um local bem diferente.

De súbito, ficou muito vermelho.

"Sim, tenho de contar a ela", pensou. "Não devo omitir nada, tenho de contar tudo."

— Ontem aconteceu comigo um fato muito estranho e importante. A senhora se lembra de Katiucha, que morava na casa da tia Mária Ivánovna?

— Como não, fui eu que a ensinei a costurar.

— Pois é, ontem no tribunal julgaram essa mesma Katiucha e eu fui um dos jurados.

— Ah, meu Deus, que pena! — exclamou Agrafiena Petrovna. — Por que ela foi processada?

— Por homicídio, e tudo por minha causa.

— Como é que o senhor pode ser a causa? O senhor está falando de um jeito muito estranho — disse Agrafiena Petrovna, e em seus olhos velhos acenderam-se faíscas maliciosas.

Ela sabia do caso com Katiucha.

— Sim, eu sou a causa de tudo. E foi isso que modificou todos os meus planos.

— Que mudança pode ter trazido para o senhor? — perguntou Agrafiena Petrovna, contendo um sorriso.

— Se eu sou a causa de ela ter tomado esse caminho, tenho de fazer tudo o que puder para ajudá-la.

— O senhor é quem sabe da sua vida, só que aí não há uma culpa especial do senhor. Acontece com todo mundo e, se a pessoa tem juízo, tudo se arranja, se esquece, e a gente continua a viver — disse Agrafiena Petrovna, em tom grave e severo. — E o senhor não tem por que pôr isso nas suas costas. Já ouvi dizer que ela saiu dos trilhos, mas de quem é a culpa?

— Eu sou o culpado. E portanto quero corrigir.

— Vai ser difícil corrigir uma coisa dessa.

— Deixe isso por minha conta. Se a senhora está pensando em si mesma, aquilo que mamãe desejava...

— Não estou pensando em mim. A falecida me deu tantos benefícios que não desejo mais nada. Lizanka vive me chamando — era sua sobrinha casada —, vou para a casa dela quando não precisarem mais de mim. Só que o senhor não tem motivo para tomar esse assunto a ferro e fogo, acontece com todo mundo.

— Bem, não penso assim. De todo modo, peço à senhora que me ajude a devolver a residência e guardar as coisas. E não se zangue comigo. Sou muito, muito grato à senhora por tudo.

Coisa surpreendente: desde que Nekhliúdov entendeu que era ruim e repugnante para si mesmo, os outros deixaram de ser repugnantes para ele; ao contrário, experimentava um sentimento de afeição por Agrafiena Petrovna e também por Korniei. Queria penitenciar-se também diante de Korniei, mas sua fisionomia era tão imponente e respeitosa que Nekhliúdov não se animava a fazê-lo.

A caminho do tribunal, ao passar pelas mesmas ruas, no mesmo coche de praça, Nekhliúdov admirava-se ao ver a que ponto se sentia agora um homem completamente diferente.

Casar-se com Míssi, o que ainda ontem parecia algo tão iminente, agora lhe parecia de todo impossível. Ontem, Nekhliúdov via a sua situação de tal modo que não havia a menor dúvida de que Míssi seria feliz ao se casar com ele; hoje, Nekhliúdov sentia-se indigno não só de se casar, como também de ser uma pessoa íntima de Míssi. "Se soubesse quem sou, nem me receberia em sua casa. E eu ainda lhe fiz recriminações por seu coquetismo diante daquele cavalheiro. Não, ainda que ela agora viesse aqui para casar comigo, como eu poderia ficar, não digo feliz, mas até mesmo tranquilo, sabendo que a outra está numa prisão e amanhã, ou depois de amanhã, será levada sob escolta para os trabalhos forçados? Ela, uma mulher perdida por minha causa, irá para os trabalhos forçados, enquanto eu ficarei aqui, vou receber os cumprimentos e fazer as visitas ao lado da minha jovem esposa. Ou então, numa assembleia, em companhia do decano da nobreza, a quem enganei vergonhosamente junto com a sua esposa, vou contar os votos a favor e contra a inspeção das escolas proposta pelo *ziemstvo*,[35] ou algo semelhante, e logo depois vou marcar um encontro com a sua esposa (que nojo!); ou então vou continuar a pintar o meu quadro que obviamente nunca vai ficar pronto, está claro que não devo ocupar-me com essas bobagens e agora não posso fazer mais nada disso", pensou, e não parava de alegrar-se com a mudança interior que sentia.

"Antes de tudo", pensou, "vou falar agora com o advogado e saber de sua decisão, e depois... depois irei visitá-la na prisão, a prisioneira de ontem, e lhe contarei tudo."

E enquanto imaginava como seria esse encontro, como lhe contaria tudo, como confessaria sua culpa diante dela, como ia declarar que havia de fazer tudo o que pudesse, e até casaria com ela, para aplacar sua culpa — um sentimento diferente e empolgante o envolveu e vieram lágrimas aos seus olhos.

---

35 Ver nota 5, na página 30.

XXXIV

Após chegar ao tribunal, Nekhliúdov, ainda no corredor, encontrou o oficial de justiça do dia anterior e indagou-lhe onde ficavam os prisioneiros já condenados pelo tribunal e de quem dependia a decisão de autorizar uma visita a eles. O oficial de justiça explicou que os prisioneiros eram levados para diversos locais e que, até a publicação da decisão em caráter definitivo, a autorização para uma visita dependia do promotor.

— Virei chamar o senhor e o conduzirei eu mesmo depois da sessão. O promotor ainda não chegou. Só depois da sessão. Agora, por favor, vá para o tribunal. Vai começar daqui a pouco.

Nekhliúdov agradeceu a amabilidade do oficial de justiça, que nesse dia lhe pareceu especialmente digno de pena, e seguiu para a sala dos jurados.

Dessa vez, na hora em que ele se aproximava da sala, os jurados saíram rumo à sala de julgamento. O comerciante estava tão alegre e havia fumado e bebido tanto como no dia anterior, e recebeu Nekhliúdov como a um velho amigo. E Piotr Guerássimovitch não despertou em Nekhliúdov nenhum sentimento desagradável com a sua familiaridade e a sua gargalhada.

Nekhliúdov tinha vontade de contar também a todos os jurados sua relação com a acusada do dia anterior. "Na realidade", pensou, "ontem, na hora do julgamento, eu tinha de me levantar e declarar a todos a minha culpa." Mas quando, junto com os jurados, entrou na sala de julgamento e iniciaram-se as mesmas formalidades: de novo, "os membros da corte", de novo os três homens no estrado e de golas altas, de novo o silêncio, a acomodação dos jurados nas cadeiras de espaldar alto, os guardas, o retrato, o sacerdote — Nekhliúdov sentiu que, embora fosse necessário fazer aquilo, não teria conseguido romper aquela solenidade tampouco no dia anterior.

Os preparativos para o julgamento foram os mesmos da véspera (exceto o juramento dos jurados e o discurso do presidente da corte, dirigido aos membros do júri).

O caso nesse dia era de um roubo com arrombamento. O réu, protegido por dois guardas com os sabres desembainhados, era um menino de vinte anos, magro, de ombros pontudos, roupão de presídio e rosto cinzento e anêmico. Estava sentado sozinho no banco dos réus e espiava com o rabo dos olhos as pessoas que entravam. O menino confessou que, com um camarada, arrebentou a fechadura de um galpão e de lá roubou umas passadeiras velhas, no valor de três rublos e sessenta e sete copeques. Pelo auto de acusação, ficava claro que a polícia prendera o menino no momento em que ele caminhava em companhia do seu camarada, que carregava as passadeiras sobre os ombros. O menino e o seu camarada prontamente confessaram e foram levados para a cadeia. O camarada do menino, um serralheiro, morreu na prisão e agora o menino ia ser julgado sozinho. As passadeiras velhas estavam sobre a mesa das provas materiais.

O processo transcorreu exatamente como o da véspera, com todo o arsenal de provas, evidências, testemunhas, juramentos, interrogatórios, peritos e interrogatórios cruzados. Às perguntas do presidente, do advogado de acusação e do advogado de defesa, o policial-testemunha atalhava num tom sem vida: "Isso mesmo", "Não posso saber" — e de novo "Isso mesmo...", porém, apesar do seu estupor de soldado e do seu aspecto mecânico, estava claro que tinha pena do menino e relatava a contragosto a sua captura.

A testemunha seguinte, a vítima, um velhinho que era o dono do galpão e das passadeiras, visivelmente uma pessoa raivosa, quando lhe indagaram se reconhecia as suas passadeiras, reconheceu-as como suas com bastante má vontade; quando o promotor adjunto começou a interrogá-lo sobre o uso que pretendia fazer das passadeiras, se lhe eram muito necessárias, o velhinho zangou-se e respondeu:

— Que o diabo carregue a droga dessas passadeiras, não tenho a menor necessidade dessa tralha. Se eu soubesse quanto aborrecimento iam me trazer, não só nunca teria saído à procura delas como até pagaria uma vermelhinha, ou até duas, só para não me arrastarem para esses interrogatórios. Gastei cinco rublos com os cocheiros de praça. E ainda por cima não estou bem de saúde. Tenho hérnia e reumatismo.

Assim falavam as testemunhas, mas o próprio acusado admitia toda a culpa e, como uma fera capturada, olhava para os lados de um jeito insano e, com uma voz entrecortada, relatava como tudo acontecera.

O caso estava claro, mas o assistente do procurador, a exemplo do dia anterior, levantando os ombros, fazia perguntas sutis cuja função era apanhar de surpresa o criminoso astuto.

Em seu discurso, demonstrou que o roubo fora praticado num local habitado e com arrombamento, portanto era preciso sujeitar o menino à pena mais pesada.

O defensor indicado pelo tribunal demonstrou que o roubo não foi cometido num local habitado e por isso, embora o crime não pudesse ser negado, o criminoso não oferecia perigo para a sociedade como afirmava o promotor adjunto.

O presidente, como no dia anterior, representava o papel da imparcialidade e da justiça e explicou e repisou em minúcias para os jurados aquilo que eles já sabiam e não podiam deixar de saber. Também, como no dia anterior, se fizeram interrupções, também fumaram; o oficial de justiça gritou da mesma forma: "Os membros da corte", e da mesma forma os dois guardas ficaram sentados, fazendo força para não dormir, com a arma desembainhada, ameaçando o criminoso.

Pelos autos, ficava claro que o menino tinha sido mandado pelo pai para uma fábrica de tabaco a fim de trabalhar como aprendiz, e lá residira durante cinco anos. Nesse ano, foi despedido pelo patrão, depois de um desentendimento entre o patrão e os trabalhadores, e, sem emprego, ele vagava pela cidade sem ter o que fazer, gastando em bebedeiras tudo o que restava. Na taberna, uniu-se a um serralheiro que, como ele, estava sem emprego, fazia mais tempo ainda, e bebia muito, e os dois à noite, embriagados, arrombaram uma fechadura e pegaram o que primeiro caiu em suas mãos. Foram capturados. Confessaram tudo. Puseram os dois na prisão, onde o serralheiro morreu à espera do julgamento. Agora julgavam o menino como uma criatura perigosa, diante da qual é preciso proteger a sociedade.

"Uma criatura tão perigosa quanto a criminosa de ontem", pensou Nekhliúdov, enquanto seguia com atenção tudo o que se passava à sua frente. "Eles são perigosos, ao passo que nós não somos?... Eu sou um depravado, um devasso, um enganador, e todos nós, e todos aqueles que, sabendo que sou assim como sou, não só não me desprezam, como até me respeitam? Porém, mesmo que esse menino fosse, para a sociedade, o mais perigoso entre todos os que se encontram nesta sala, o que se deveria fazer, de acordo com o bom senso, quando ele é preso?

"Afinal, é obvio que o menino não é nenhum facínora especial, mas sim a pessoa mais comum do mundo — todos veem isso — e que se tornou o que é agora só porque vivia em condições que engendram pessoas assim. E portanto, parece claro, para que não existam meninos assim, é preciso esforçar-se para eliminar as condições em que se formam essas criaturas infelizes.

"E o que fazemos? Agarramos um menino desses que, por acaso, caiu nas nossas mãos, sabendo muito bem que milhares iguais a ele continuam à solta, e o metemos na prisão, em condições de completa ociosidade, ou então o mandamos para o trabalho mais insalubre e absurdo, em companhia de outros que, como ele, perderam as forças e emaranharam-se na vida, e depois o deportamos à custa do Estado, em companhia das pessoas mais pervertidas, desde a província de Moscou até a de Irkutsk.

"A fim de eliminar as condições que fazem surgir tais pessoas, não só não fazemos nada como ainda incentivamos os estabelecimentos em que elas são criadas. Esses estabelecimentos são conhecidos: fábricas, empresas, oficinas, tabernas, botequins, casas de tolerância. E nós não só não eliminamos esses estabelecimentos como, considerando-os necessários, os incentivamos e regulamentamos.

"Formamos desse modo não uma e sim milhões de pessoas, depois prendemos uma delas e imaginamos que fizemos alguma coisa, nos protegemos e nada mais se exige de nossa parte, nós o despachamos de Moscou para a província Irkutsk", pensou Nekhliúdov, com clareza e ânimo incomuns, sentado em sua cadeira ao lado do coronel, enquanto ouvia as diversas entonações das vozes do defensor, do promotor e do presidente, e via os seus gestos presunçosos. "E, afinal, quanto esforço e que esforço ferrenho custa esse fingimento", continuou a pensar Nekhliúdov, enquanto olhava em redor para a sala enorme, para os retratos, os lustres, as cadeiras estofadas, os uniformes, as paredes grossas, as janelas, recordando todo o colosso daquele prédio e o colosso ainda maior da própria instituição, todo o exército de funcionários, escrivães, guardas, contínuos, não só ali, mas em toda a Rússia, que recebiam salário em troca daquela comédia da qual ninguém tinha a menor necessidade. "Seria melhor dirigirmos a centésima parte desse esforço para ajudar essas criaturas abandonadas, a quem encaramos agora como se fossem apenas braços e corpos, necessários para a nossa tranquilidade e o nosso conforto. Afinal, bastaria apenas aparecer uma pessoa", pensou Nekhliúdov, olhando para o rosto aterrorizado e doentio do menino, "que tivesse pena dele, quando, por carência de recursos, foi trazido da aldeia para a cidade, e prestasse socorro àquela carência; ou mesmo, quando ele já estava na cidade e, depois de vinte horas de trabalho na fábrica, andava com camaradas mais velhos que o arrastavam para a taberna, se então aparecesse uma pessoa que lhe dissesse: Não vá, Vânia, é ruim, o menino não iria, não se deixaria levar por conversas e não faria nenhum mal.

"Mas não apareceu nenhuma pessoa que sentisse pena dele durante todo o tempo em que, como um bicho, viveu na cidade, durante os seus anos de aprendiz e, com o cabelo bem curto para não abrigar piolhos, corria fazendo compras para os mestres; ao contrário, tudo o que ouviu dos mestres e dos camaradas desde que veio morar na cidade é que um bom sujeito é aquele que engana, toma bebedeiras, fala palavrões, espanca os outros, vive na devassidão.

"Quando ele, doente e debilitado por um trabalho insalubre, pela bebida, pela depravação, entontecido e desvairado, como num sonho, cambaleava sem rumo pela cidade e, por uma bobagem, se meteu num galpão qualquer e de lá retirou umas passadeiras de que ninguém precisava, nós, todos nós, pessoas decentes, ricas, instruídas, em vez de cuidarmos de eliminar as causas que levaram esse menino à sua situação atual, queremos corrigir o problema atormentando ainda mais esse menino.

"Que horror! Não se sabe o que é maior, aqui: a crueldade ou o absurdo. Mas parece que tanto uma coisa como a outra alcançaram o último grau."

Nekhliúdov pensou tudo isso, já sem perceber o que se passava à sua frente.

E horrorizou-se com o que se revelava para ele. Admirou-se de como pôde ficar sem perceber tudo isso antes, como outros podiam não perceber.

XXXV

Assim que se anunciou o primeiro intervalo, Nekhliúdov levantou-se e saiu para o corredor com a intenção de não mais voltar para o tribunal. Podiam fazer com ele o que quisessem, mas participar daquela estupidez horrível e abjeta, ele já não podia.

Após se informar da localização do gabinete do promotor, Nekhliúdov foi vê-lo. O contínuo não queria deixá-lo entrar, explicou que o promotor estava ocupado. Mas Nekhliúdov, sem lhe dar atenção, atravessou a porta e dirigiu-se a um funcionário que veio ao seu encontro, pediu-lhe que informasse ao promotor que ele era um jurado e precisava lhe falar a respeito de um assunto muito importante. O título de príncipe e a boa vestimenta ajudaram Nekhliúdov. O funcionário informou ao promotor e deixaram Nekhliúdov entrar. O promotor recebeu-o de pé, visivelmente insatisfeito com a insistência com que Nekhliúdov exigia vê-lo.

— Em que posso ajudar o senhor? — perguntou o promotor, em tom severo.

— Sou jurado, meu sobrenome de família é Nekhliúdov e preciso avistar-me com a ré Máslova — Nekhliúdov pronunciou depressa e em tom decidido, ruborizando-se e sentindo que praticava uma ação que teria uma influência decisiva na sua vida.

O promotor era um homem baixo e moreno, de cabelos curtos e grisalhos, olhos ligeiros e brilhantes e barba espessa e aparada no maxilar inferior, que se projetava para a frente.

— Máslova? Como não, eu já sei. Foi acusada de envenenamento — disse o promotor, de modo calmo. — Para que o senhor precisa vê-la? — E depois, como se quisesse atenuar, acrescentou: — Não posso dar a autorização sem saber por que o senhor precisa vê-la.

— Preciso fazer isso por um motivo especialmente importante para mim — falou Nekhliúdov, ruborizado.

— Entendo — respondeu o promotor e, levantando os olhos, examinou Nekhliúdov com atenção. — O caso dela já foi encerrado ou ainda não?

— Foi julgada ontem e condenada a quatro anos de trabalhos forçados, de forma totalmente injusta. É inocente.

— Entendo. Se foi condenada apenas ontem — disse o promotor, sem dar a menor atenção à declaração de Nekhliúdov sobre a inocência de Máslova —, então até a publicação da sentença em caráter definitivo ela deverá ainda permanecer na casa de detenção preventiva. Uma visita ali só é permitida em dias determinados. Recomendo ao senhor que apresente o seu pedido lá.

— Mas preciso vê-la o mais depressa possível — disse Nekhliúdov, com um tremor no maxilar inferior, sentindo a aproximação do momento decisivo.

— Para que o senhor precisa fazer isso? — indagou o promotor, levantando as sobrancelhas com uma certa impaciência.

— Porque ela é inocente e foi condenada aos trabalhos forçados. O culpado de tudo sou eu — respondeu Nekhliúdov, com voz trêmula, sentindo ao mesmo tempo que dizia algo desnecessário.

— De que forma? — perguntou o promotor.

— Porque eu a enganei e a conduzi à situação em que está agora. Se ela não estivesse na situação para a qual eu a levei, não estaria sujeita a tal acusação.

— No entanto não vejo que relação isso possa ter com uma visita à prisão.

— É que eu quero acompanhá-la e... casar com ela — disse Nekhliúdov. E, como sempre, tão logo falou disso, lágrimas vieram aos seus olhos.

— É mesmo? Puxa! — exclamou o promotor. — É de fato um caso excepcional. O senhor, me parece, é vogal no *ziemstvo* de Krasnopioersk, não é? — perguntou o promotor, como se lembrasse já ter ouvido falar daquele Nekhliúdov que agora lhe comunicava uma decisão tão estranha.

— Perdoe, não creio que isso tenha relação com o meu pedido — retrucou Nekhliúdov, ruborizado e com raiva.

— Claro que não — respondeu o promotor sorrindo de modo quase imperceptível e sem se perturbar nem um pouco. — Mas o desejo do senhor é tão fora do comum e se desvia tanto dos procedimentos habituais...

— E então, posso receber a autorização?

— Autorização? Sim, darei ao senhor o salvo-conduto agora mesmo. Tenha a bondade de sentar.

O promotor aproximou-se da mesa, sentou-se e começou a escrever.

— Por favor, sente-se.

Nekhliúdov continuou de pé.

Após redigir o salvo-conduto, o promotor entregou-o a Nekhliúdov, enquanto o observava com curiosidade.

— Tenho também de comunicar — disse Nekhliúdov — que não posso continuar a participar do julgamento.

— É preciso, como o senhor sabe, apresentar ao tribunal motivos válidos.

— O motivo é que considero qualquer tribunal não só inútil como imoral.

— Entendo — respondeu o promotor, sempre com o mesmo sorriso quase imperceptível, como se mostrasse com aquele sorriso que tais declarações lhe eram bem conhecidas e pertenciam a uma categoria que ele conhecia e considerava divertida. — Entendo, mas o senhor, obviamente, compreende que eu, como promotor do tribunal, não posso concordar com a sua opinião. E por isso aconselho o senhor a comunicar o fato à corte, a corte vai avaliar o seu requerimento, julgá-lo válido ou inválido e, em último caso, impor ao senhor uma multa. Dirija-se à corte.

— Já comuniquei e não irei mais a parte alguma — prorrompeu Nekhliúdov, irritado.

— Meus cumprimentos — disse o promotor, inclinando a cabeça, querendo visivelmente livrar-se o mais rápido possível daquele estranho visitante.

— Quem era esse que veio falar com o senhor? — perguntou um membro da corte, ao entrar no gabinete do promotor após a saída de Nekhliúdov.

— Nekhliúdov, o senhor conhece, aquele que na comarca de Krasnopioersk, no *ziemstvo*, já fez diversas declarações estranhas. Imagine que ele é jurado e, entre os réus, apareceu uma mulher ou uma menina, condenada aos trabalhos forçados, que, como ele diz, foi enganada por ele e agora Nekhliúdov quer casar com ela.

— Mas será possível?

— Foi o que me contou... e numa comoção estranha.

— Há alguma coisa de anormal nos jovens de hoje em dia.

— E ele já nem é tão jovem.

— Bem, meu velho, mas como o seu célebre Iváchenkov encheu a nossa paciência. Derrota a gente pelo cansaço: fala e fala sem parar.

— Tipos como esse têm de ser interrompidos à força, do contrário se tornam verdadeiros obstrucionistas...

XXXVI

Da sala do promotor, Nekhliúdov seguiu direto para a casa de detenção preventiva. Mas verificou-se que não havia ali ninguém com o nome de Máslova e o diretor explicou para Nekhliúdov que ela devia estar na antiga prisão de trânsito. Nekhliúdov foi até lá.

De fato, Ekatierina Máslova encontrava-se ali. O promotor esquecera que seis meses antes havia ocorrido um incidente político, pelo visto estimulado e exagerado ao mais alto grau pela própria polícia, e todas as vagas da casa de detenção preventiva estavam ocupadas por estudantes, médicos, operários, universitárias e enfermeiras.

A distância da casa de detenção preventiva até a carceragem de trânsito era enorme e Nekhliúdov só chegou lá ao anoitecer. Quis aproximar-se do portão do imenso prédio sombrio, mas a sentinela não deixou, apenas fez soar uma campainha. Em resposta à campainha, acudiu um carcereiro. Nekhliúdov mostrou o seu salvo-conduto, mas o carcereiro respondeu que, sem o diretor, não podia deixá-lo entrar. Nekhliúdov dirigiu-se ao diretor. Enquanto ainda subia a escada, ouviu, por trás de uma porta, o som de uma complicada e buliçosa peça musical, executada num piano. Quando uma criada de aspecto irritado e com o olho enfaixado abriu a porta para ele, os sons pareceram escapar do cômodo e golpearam seu ouvido. Era uma rapsódia de Liszt maçante, muito bem tocada, mas só até determinado ponto. Quando chegava a esse ponto, a composição se repetia desde o início até ali, outra vez. Nekhliúdov perguntou à criada enfaixada se o diretor estava em casa.

A criada respondeu que não.

— Vai voltar logo?

A rapsódia parou outra vez e, outra vez, com brilho e estrondo, se repetiu até o ponto enfeitiçado.

— Vou perguntar.

E a criada se afastou.

A rapsódia acabara de tomar impulso outra vez quando, de repente, sem chegar ao ponto enfeitiçado, foi interrompida e ouviu-se uma voz.

— Diga-lhe que não, e que não voltará hoje. Foi fazer uma visita, mas que amolação — ouviu-se uma voz de mulher por trás da porta, e outra vez se ouviu a rapsódia, mas outra vez parou e ouviu-se o barulho de um banco empurrado para trás. Pelo visto, a pianista encolerizada quis ela mesma passar um sermão no visitante importuno, que vinha numa hora tão imprópria.

— Papai não está — disse, irritada, uma mocinha de aspecto pálido e lamentável, com olheiras azuladas e os cabelos armados, que veio à porta. Ao reparar no jovem de casaco bonito, suavizou o tom. — Entre, por favor... O que o senhor deseja?

— Tenho de ver uma presa que está na cadeia.

— Uma presa política, não é?

— Não, não é uma presa política. Tenho uma autorização do promotor.

— Bem, eu não sei, papai não está. Mas entre, por favor — convidou-o de novo, da pequena antessala. — Ou então o senhor pode dirigir-se ao assistente, ele está agora no escritório, converse com ele. Qual o sobrenome de família do senhor?

— Muito obrigado — disse Nekhliúdov, sem responder, e saiu.

Mal a porta se fechou atrás dele, outra vez irromperam os mesmos sons alegres, animados, que não combinavam em nada com o lugar em que eram emitidos, nem com o rosto da mocinha lamentável que os praticava com tamanha tenacidade. Lá fora, Nekhliúdov encontrou um jovem oficial de bigodes eriçados e tingidos e perguntou-lhe a respeito do assistente do diretor. Era o próprio. Pegou o salvo-conduto, examinou-o e disse que o salvo-conduto se referia à casa de detenção preventiva e não dava autorização para entrar ali. Além do mais, já era tarde...

— Venha amanhã, por favor. Amanhã, às dez horas, são permitidas visitas a todos; o senhor venha amanhã que o diretor em pessoa estará aqui. Então o seu encontro poderá ser na sala comum ou, se o diretor autorizar, no escritório.

Assim, sem conseguir uma visita nesse dia, Nekhliúdov voltou para casa. Agitado pela ideia de vê-la, Nekhliúdov caminhava pelas ruas, lembrando-se agora, não do tribunal, mas de suas conversas com o promotor e com os diretores. O fato de ter se esforçado para conseguir uma visita a ela, de ter falado de suas intenções com o promotor e de ter ido a duas prisões com o intuito de vê-la deixara-o de tal modo agitado que, durante muito tempo, não conseguiu acalmar-se. Ao chegar em casa, imediatamente pegou o seu diário, em que fazia muito tempo não tocava, releu alguns trechos e redigiu o seguinte: "Há dois anos não escrevia no diário e pensei que nunca mais voltaria a essa criancice. Porém não era uma criancice, mas sim uma conversa comigo mesmo, com o eu autêntico, divino, que habita todas as pessoas. Durante todo o tempo, esse eu dormia e não tive com quem conversar. Um incidente extraordinário do dia 28 de abril, no tribunal onde fui jurado, o despertou. Percebi que era ela no banco dos réus, Katiucha, a quem enganei, vestida no roupão das prisioneiras. Por um estranho mal-entendido e por um erro meu, ela foi condenada aos trabalhos forçados. Acabei de falar com o promotor e de ir à prisão. Não me deixaram visitá-la, mas decidi fazer todo o possível para vê-la, penitenciar-me diante dela e expiar o meu pecado, ainda que mediante o casamento. Senhor, me ajude! Sinto-me muito bem, com alegria na alma".

XXXVII

Ainda por muito tempo, naquela noite, Máslova ficou sem conseguir dormir, deitada de olhos abertos e, mirando a porta, encoberta de quando em quando pela filha do sacristão que andava para lá e para cá, e ouvindo o fungar da ruiva, pensava.

Pensava que por nada neste mundo se casaria com um condenado aos trabalhos forçados em Sacalina, ela havia de se arranjar de algum outro jeito — com algum comandante, com um escrivão, quem sabe com um carcereiro ou até com o assistente do diretor. Todos eles estão ávidos por isso. "É só eu não emagrecer. Senão acabou-se." E lembrou como o advogado de defesa olhava para ela, e também como o presidente olhava, e como olharam os homens que cruzaram o seu caminho ou que passavam de propósito por onde ela estava, no tribunal. Lembrou como Berta, quando foi visitá-la na prisão, contou que aquele estudante de quem ela havia gostado, já quando residia na casa de Kitáieva, tinha voltado lá, perguntara a respeito dela e ficara muito triste. Lembrou-se da briga com a ruiva e teve pena dela; lembrou-se de um padeiro que lhe mandara um pãozinho a mais. Lembrou-se de muitas pessoas, mas não de Nekhliúdov. De sua infância e mocidade, e em especial do seu amor por Nekhliúdov, nunca se lembrava. Era doloroso demais. Aquelas recordações jaziam intactas em algum lugar remoto da sua alma. Mesmo em sonho, jamais via Nekhliúdov. Naquele dia, no tribunal, ela não o reconheceu, não tanto porque quando o vira pela última vez ele era um militar, sem barba, com um bigode pequeno e cabelos crespos e curtos, embora densos, e agora era um homem de aspecto mais velho, de barba, mas sobretudo porque ela nunca pensava nele. Havia enterrado todas as recordações do seu passado com Nekhliúdov naquela noite horrível em que ele voltou do Exército e não parou na casa das tias.

Até aquela noite, em que ainda tinha esperança de que Nekhliúdov viesse, ela não só não se incomodava com o bebê que trazia debaixo do coração, como se enternecia muitas vezes de forma surpreendente com seus movimentos suaves, e por vezes bruscos, dentro dela. Porém, depois daquela noite, tudo mudou. E a futura criança tornou-se apenas um estorvo.

As tias esperavam Nekhliúdov, pediram que viesse, mas ele telegrafou dizendo que não podia, porque tinha um prazo para chegar a Petersburgo. Quando Katiucha soube, resolveu ir à estação para vê-lo. O trem ia passar tarde da noite, às duas horas. Katiucha acomodou as patroas na cama para dormir e, depois de convencer Machka, uma menina, a filha da cozinheira, a acompanhá-la, calçou as botinas velhas, cobriu-se com um xale, aprumou-se e correu para a estação.

Era uma noite escura de outono, chovia e ventava. A chuva ora começava a fustigar com pingos quentes e graúdos, ora cessava. No campo, sob os pés, não se enxergava a estrada, na floresta estava negro como dentro de um forno e Katiucha, embora conhecesse bem o caminho, perdeu-se dele na floresta e chegou à pequena estação, na qual o trem ficava parado por três minutos, não antes da hora, como contava chegar, mas sim já depois do segundo sinal. Após correr para a plataforma, Katiucha avistou-o de imediato na janela de um vagão da primeira classe. Dentro do vagão, havia uma luz especialmente forte. Em poltronas de veludo, estavam dois oficiais, sentados de frente um para o outro, sem sobrecasaca, e jogavam cartas. Na mesinha junto à janela, ardiam velas grossas e gotejantes. De calça de montaria bem justa e camisa branca, ele estava sentado no braço da poltrona, apoiado no encosto do assento, e ria de alguma coisa. Assim que o reconheceu, ela bateu no vidro da janela com a mão enregelada. Mas nesse instante soou o terceiro sinal e o trem se moveu lentamente, a princípio para trás, em seguida, um após o outro, aos trancos, os vagões postos em movimento começaram a rolar para a frente. Um dos jogadores se levantou com as cartas na mão e pôs-se a olhar para a janela. Katiucha bateu outra vez com a mão e encostou o rosto ao vidro. Nesse momento, também aquele vagão junto ao qual ela estava arrancou para a frente e avançou. Ela o acompanhou, olhando pela janela. O oficial quis abrir a janela, mas não conseguia de maneira nenhuma. Nekhliúdov levantou-se e, após afastar esse oficial para o lado, começou a baixar a janela. O trem ganhava velocidade. Katiucha andava a passos rápidos, sem parar, mas o trem ganhava cada vez mais velocidade e, no exato instante em que a janela foi abaixada, o condutor deu um empurrão em Katiucha e saltou para dentro do trem. Katiucha ia ficando para trás, mas não parava de correr sobre as tábuas molhadas da plataforma; em seguida, a plataforma chegou ao fim e ela segurou-se a muito custo para não cair ao descer a escadinha para o leito da estrada de ferro. Ela corria, mas o vagão da primeira classe estava longe, adiante. Já passavam por ela os vagões da segunda classe, depois, mais rápidos ainda, os vagões da terceira classe, mesmo assim ela continuava a correr. Quando passou o último vagão com a lanterna traseira acesa, Katiucha já havia ultrapassado o reservatório de água, estava fora de qualquer abrigo e o vento se atirou sobre ela, repuxando o xale da sua cabeça e colando às suas pernas a parte lateral do vestido. O xale foi carregado pelo vento, mesmo assim ela não parava de correr.

— Tia, Mikháilovna! — gritava a menina, que mal conseguia correr atrás dela. — A senhora deixou cair o xale!

“Ele está num vagão iluminado, numa poltrona de veludo, diverte-se, bebe, enquanto eu estou aqui, na lama, no escuro, debaixo da chuva e do vento, fico aqui e choro”, pensou Katiucha, deteve-se, inclinou a cabeça para trás, agarrou-a com as duas mãos e desatou a soluçar.

— Foi embora! — gritou.

A menina assustou-se e abraçou-a, por cima do vestido molhado.

— Tia, vamos para casa.

“Vai passar um trem... debaixo de um vagão, e acabou-se”, pensava Katiucha enquanto isso, sem responder à menina.

Resolveu que faria isso. Mas como sempre acontecia no primeiro minuto de calma depois de uma forte emoção, ele, o bebê — o seu bebê, que estava dentro dela, de repente estremeceu, esbarrou, espreguiçou-se suavemente e começou de novo a empurrar com algo fino, delicado e pontudo. E de repente tudo aquilo que um minuto antes a atormentava tanto que parecia impossível viver, todo o ódio por ele e o desejo de vingar-se, nem que fosse com a própria morte — tudo isso de repente foi para longe. Katiucha acalmou-se, recuperou-se, cobriu-se com o xale e foi às pressas para casa.

Exausta, molhada, suja de lama, voltou para casa, e a partir desse dia teve início aquela reviravolta espiritual cujo resultado foi transformá-la no que era agora. A partir daquela noite horrível, parou de acreditar no bem. Antes, ela mesma acreditava no bem, e que as pessoas também acreditavam no bem, mas depois daquela noite convenceu-se de que ninguém acredita nisso e que todos os que falam em Deus e no bem, todos esses agem assim só para enganar as pessoas. Ele, a quem amava e que também a amava — disso ela sabia —, abandonou-a, depois de satisfazer-se com ela e ultrajar seus sentimentos. No entanto, ele era a melhor pessoa entre todas as que Katiucha conhecia. Todas as demais eram ainda piores. E tudo o que aconteceu com ela veio confirmar isso, em cada passo. As tias de Nekhliúdov, velhinhas piedosas, expulsaram-na de casa quando já não podia servi-las como antes. Todos com quem cruzava em seu caminho — as mulheres pelejavam para obter dinheiro por meio dela; os homens, a começar pelo velho comissário de polícia, até o carcereiro da prisão, todos olhavam para ela como um objeto de prazer. E não existia para ninguém neste mundo qualquer outra coisa que não o prazer, precisamente aquele prazer. Disso persuadiu-a mais ainda aquele escritor velho com quem viveu no segundo ano de sua vida em liberdade. Ele lhe dizia de modo bem direto que nisso — ele o chamava de poesia e estética — residia toda a felicidade.

Todos viviam só para si, para o seu prazer, e todas as palavras sobre Deus e o bem eram um engano. E quando surgiam perguntas sobre o motivo de tudo no mundo estar arranjado de maneira tão ruim, de todos fazerem mal uns aos outros e de todos sofrerem, era preciso não pensar no assunto. Vinha o tédio — e ela fumava ou bebia ou então, o que era o melhor de tudo, se fazia amar por um homem, e aquilo passava.

XXXVIII

No dia seguinte, domingo, às cinco horas da manhã, quando na ala feminina da prisão ressoou o apito habitual, Korabliova, que já não dormia, acordou Máslova.

"Condenada aos trabalhos forçados" — pensou Máslova com horror, esfregando os olhos e inspirando sem querer o ar horrivelmente fétido da manhã, e quis voltar a dormir, fugir para o domínio da inconsciência, mas o hábito do medo foi mais forte do que o sono e ela se levantou e sentou-se com as pernas dobradas, olhando em volta. As mulheres já haviam se levantado, só as crianças ainda dormiam. A mulher de olhos esbugalhados, presa por vender bebidas sem licença, com todo o cuidado, a fim de não acordar os filhos, retirava um roupão que estava debaixo deles. A condenada por insubordinação pendurava na estufa uns trapos que serviam de fraldas, enquanto o bebê se afogava em gritos de desespero nos braços de Fedóssia, de olhos azuis, que se balançava com a criança e a ninava com voz meiga. A tuberculosa, apertando-se ao próprio peito, com o rosto inundado de sangue, expectorava, e nas pausas, quando tomava fôlego, quase gritava. A ruiva estava deitada de barriga para cima, acordada, as pernas grossas dobradas, e contava em voz alta e alegre o sonho que tivera. A velhinha incendiária estava de novo parada na frente do ícone e, sempre murmurando as mesmas palavras, benzia-se e curvava-se. A filha do sacristão estava sentada imóvel no beliche de tábuas e, sem se levantar, mirava para a frente com um olhar embotado. Bonitona enrolava no dedo os cabelos duros, oleosos e pretos.

Do corredor, ouviram-se passos que batiam arrastados, o trinco ressoou com estrondo e entraram dois presos — os faxineiros, de japonas e calças cinzentas e curtas, muito acima dos tornozelos, com rostos sérios e zangados, levantaram do chão a tina fedorenta numa canga sobre os ombros e levaram-na para fora da cela. As mulheres saíram para o corredor, rumo às bicas para se lavar. Nas bicas, houve uma discussão entre a ruiva e uma mulher que veio de uma cela vizinha. De novo xingamentos, gritos, queixas...

— Querem ir para a solitária? — começou a gritar o carcereiro e esbofeteou as costas nuas e gordas da ruiva de tal modo que o som estalou pelo corredor inteiro. — Não quero mais ouvir sua voz.

— Olha só, o velho quer brincar — disse a ruiva, que recebeu aquele gesto como um carinho.

— Vamos, andem logo! Aprontem-se para a missa.

Máslova mal teve tempo de se pentear, quando o diretor veio com uma comitiva.

— Chamada! — gritou o carcereiro.

De outra cela, saíram outras prisioneiras e todas se postaram em duas filas no corredor e as mulheres da fila de trás tinham de colocar as mãos nos ombros das mulheres da fila da frente. Todas foram conferidas.

Após a chamada veio a carcereira e conduziu as prisioneiras à igreja. Máslova e Fedóssia achavam-se no meio da coluna, formada por mais de cem mulheres, que haviam saído de todas as celas. Todas estavam de lenço branco na cabeça, casaco e saia, e só de vez em quando apareciam no meio delas mulheres em roupas floridas. Eram mulheres com seus filhos, que acompanhavam os maridos presos. A escadaria inteira foi ocupada pelo cortejo. Ouvia-se a batida suave dos pés calçados em botinas, conversas, às vezes risos. Na curva, Máslova avistou o rosto maldoso de sua inimiga, Botchkova, que ia na frente, e apontou-o para Fedóssia. Ao chegar embaixo, as mulheres ficaram em silêncio e, benzendo-se e ajoelhando-se, começaram a cruzar os portões da igreja ainda vazia e reluzente de ouro. O lugar delas ficava à direita e, apertando e empurrando umas às outras, começaram a se acomodar. Atrás das mulheres, entraram, de roupões cinzentos, presos que estavam na prisão de trânsito, à espera de serem transferidos, e detentos deportados por ordem de suas comarcas rurais, e, tossindo alto, formaram uma multidão compacta à esquerda e no meio da igreja. Em cima, no coro, já estavam os que foram trazidos antes — de um lado, com a cabeça raspada pela metade, os condenados aos trabalhos forçados, que revelavam sua presença pelo retinir das correntes; do outro, os réus à espera de julgamento, sem grilhões e barbados.

A igreja da prisão era de construção recente e tinha sido ornamentada por um comerciante rico, que gastara naquela tarefa dezenas de milhares de rublos, e a igreja inteira brilhava em tintas reluzentes e em ouro.

Por um tempo, houve silêncio na igreja e ouviam-se apenas um assoar de nariz, uma tosse, gritos de bebê e, de quando em quando, um ruído de correntes. Mas, de súbito, os prisioneiros que estavam de pé, no meio, afastaram-se bruscamente, apertaram-se uns aos outros, abrindo uma passagem no meio, e, por esse caminho, o diretor avançou e se pôs na frente de todos, no meio da igreja.

XXXIX

Começou a missa.

A missa consistia em que o sacerdote, vestido numa roupa especial, estranha, bordada e muito desconfortável, cortava e arrumava uns pedacinhos de pão num pires e depois os colocava numa taça com vinho, enquanto pronunciava diversos nomes e algumas preces. Enquanto isso, o sacristão não parava de ler, primeiro, e depois começou a cantar, revezando com o coro dos prisioneiros, várias preces em eslavo eclesiástico, em si já quase incompreensíveis, e que se tornavam mais incompreensíveis ainda por causa da velocidade da leitura e do canto. O conteúdo das preces consistia sobretudo em votos de prosperidade ao senhor imperador e à sua família. Pronunciaram-se as preces sobre esse assunto muitas vezes, de mistura com outras preces e também em separado, de joelhos. Além disso, o sacristão leu vários versículos dos Atos dos Apóstolos numa voz tão estranha e tensa que não se conseguia entender nada e o sacerdote leu com muita clareza um trecho do Evangelho de Marcos, em que se contava como Cristo, após ressuscitar e antes de subir aos céus e sentar-se à mão direita do seu pai, foi ver primeiro Maria Madalena, de quem expulsou sete demônios, e depois foi ter com os onze discípulos e ordenou-lhes que pregassem o Evangelho a todas as criaturas, e também anunciou que quem não crê vai perecer e quem crê e é batizado será salvo e, além disso, vai expulsar os demônios, vai curar as pessoas com as mãos colocadas sobre elas, vai falar línguas novas, vai apanhar serpentes e, se beber veneno, não vai morrer, continuará sadio.

A essência da missa consistia em supor que os pedacinhos do pão partidos pelo sacerdote e depositados no vinho, por efeito de certas manipulações e preces, se transformavam no corpo e no sangue de Deus. As manipulações consistiam em que o sacerdote levantava igualmente os dois braços e mantinha-os erguidos, a despeito de assim embolar-se todo no saco bordado que vestia, depois caía de joelhos, beijava a mesa e o que estava sobre ela. A ação mais importante acontecia quando o sacerdote, com um guardanapo seguro nas duas mãos, o sacudia de leve e num movimento ritmado, acima do pires e da taça dourada. Supunha-se que naquele exato instante o pão e o vinho se transformavam em corpo e em sangue e, por tal motivo, aquele momento da missa era cercado de uma solenidade especial.

— Acima de tudo, à virgem santíssima, imaculada e bendita — começou, em seguida, a gritar o sacerdote atrás de uma cerquinha, e o coro se pôs a cantar em tom solene que era muito bom glorificar a Virgem Maria, que concebeu Cristo sem violação da virgindade e por isso era digna de uma honra maior do que todos os querubins e uma glória maior do que todos os serafins. Depois disso se considerava que a transformação estava concluída e o sacerdote, após retirar o guardanapo de cima do pires, partiu em quatro um pedaço do meio do pão, colocou primeiro no vinho e depois na boca. Supunha-se que ele comia um pedacinho do corpo de Deus e bebia um gole do seu sangue. Em seguida, o sacerdote puxou para o lado uma cortininha, abriu as portas do meio da cerquinha e, com a taça dourada nas mãos, saiu pelas portas do meio e convidou os que quisessem também comer o corpo e o sangue de Deus a se aproximar da taça.

Viu-se que algumas crianças queriam.

Após perguntar às crianças como se chamavam, o sacerdote, com uma colher, cuidadosamente, pegou dentro da taça, um a um, os pedacinhos de pão com vinho e enfiou bem fundo na boca de cada criança, enquanto o sacristão prontamente enxugava a boca das crianças e entoava com alegria uma canção que dizia como as crianças estavam comendo o corpo de Deus e bebendo o seu sangue. Em seguida, o sacerdote levou a taça para trás da cerquinha e, após beber ali todo o sangue que restara na taça e comer todos os pedacinhos do corpo de Deus, chupou os bigodes com capricho, enxugou a boca e a taça e, com o mesmo ânimo alegre, saiu de trás da cerquinha com passadas desenvoltas, enquanto as solas finas dos sapatos de pele de bezerro rangiam.

Com isso, encerrava-se a parte principal do ofício religioso cristão. Mas o sacerdote, no intuito de consolar os pobres prisioneiros, acrescentou ao serviço de rotina algo especial. Esse serviço especial consistia em que o sacerdote, postado diante da suposta imagem, fundida em ouro (de rosto preto e mãos pretas), daquele mesmo Deus que ele havia comido, iluminada por uma dezena de velas de cera, pronunciava com uma voz estranha e desafinada, que não era canto nem fala, as seguintes palavras:

— Jesus dulcíssimo, glória dos apóstolos, meu Jesus, louvor dos mártires, soberano todo-poderoso, Jesus, salvai-me, Jesus meu salvador, Jesus meu belíssimo, Jesus salvador de quem a Vós procura, perdoai-me, pelas preces daquela que Vos deu à luz, e de todos os Vossos Santos, Jesus, de todos os Vossos profetas, meu salvador Jesus, e concedei-me as doçuras do paraíso, Jesus benfeitor da humanidade!

Nisso, ele parou, tomou fôlego, benzeu-se, inclinou-se até o chão e todos fizeram o mesmo. Curvaram-se o diretor, os carcereiros, os prisioneiros e, no alto, as correntes começaram a retinir com uma insistência diferente.

— Criador dos anjos e senhor dos exércitos — prosseguiu o sacerdote. — Jesus miraculosíssimo, maravilha dos anjos, Jesus poderosíssimo, redenção dos antepassados, Jesus dulcíssimo, celebrado pelos patriarcas, Jesus gloriosíssimo, fortaleza dos tsares, Jesus abençoadíssimo, cumprimento das profecias, Jesus deslumbrantíssimo, vigor dos mártires, Jesus mansíssimo, júbilo dos monges, Jesus benevolentíssimo, doçura dos presbíteros, Jesus misericordiosíssimo, temperança dos que jejuam, Jesus brandíssimo, alegria dos reverendos, Jesus puríssimo, castidade das virgens, Jesus eterníssimo, salvação dos pecadores, Jesus, filho de Deus, perdoai-me — e ele chegou, por fim, a uma pausa, depois de repetir a palavra "Jesus" com um chiado cada vez maior, segurou a batina com a mão pelo forro de seda e, após baixar o corpo sobre um joelho, curvou-se até o chão enquanto o coro começava a cantar as últimas palavras, "Jesus, filho de Deus, perdoai-me", os prisioneiros abaixavam e levantavam, sacudindo os cabelos que haviam restado na metade da cabeça, e tilintavam as correntes que feriam suas pernas magras.

E isso continuou, durante muito tempo. A princípio vieram louvores, que terminavam com as palavras "perdoai-me", depois vieram outros louvores, que terminavam com a palavra "aleluia". E os prisioneiros benziam-se, curvavam-se, abaixavam-se até o chão. No início, os prisioneiros curvavam-se a cada pausa, mas depois passaram a curvar-se uma vez sim, outra não, ou a cada três vezes, e todos ficaram muito contentes quando todos os louvores terminaram e o sacerdote, depois de soltar um suspiro de alívio, fechou um livrinho e fugiu para trás da cerquinha. Restava uma última ação, que consistia em o sacerdote pegar um crucifixo banhado a ouro, com medalhas esmaltadas nas pontas, e que estava em cima da mesa grande, e levá-lo até o meio da igreja. Antes de todos os demais, o diretor aproximou-se do sacerdote e beijou o crucifixo, depois veio o assistente do diretor, depois os carcereiros, e depois, empurrando uns aos outros e praguejando em sussurros, começaram os prisioneiros a se aproximar. O sacerdote, enquanto conversava com o diretor, metia a cruz e a sua mão na boca, e às vezes no nariz, dos prisioneiros que dele se aproximavam, ao passo que os próprios prisioneiros se esforçavam para beijar o crucifixo e também a mão do sacerdote. Assim terminou o ofício religioso cristão, realizado para o consolo e a edificação dos irmãos desencaminhados.

XL

E não passou pela cabeça de nenhum dos presentes, desde o sacerdote e o diretor até Máslova, que aquele mesmo Jesus, nome que o sacerdote repetiu com um chiado um número incontável de vezes, louvando-o com toda sorte de palavras esquisitas, tinha proibido exatamente tudo o que se fazia ali. Proibiu não só aquele palavrório sem sentido, e a feitiçaria sacrílega dos sacerdotes-mestres com o pão e o vinho, como proibiu também, da maneira mais enfática, que algumas pessoas fossem chamadas de mestres por outras pessoas, proibiu preces em templos, mandou que cada um rezasse sozinho, proibiu até os templos, disse que tinha vindo para destruí-los e que não era preciso rezar em templos, mas na alma e na verdade; sobretudo, proibiu não apenas julgar as pessoas e mantê-las em reclusão, e torturar, humilhar e estigmatizar, como se fazia ali, como também proibiu toda violência contra as pessoas e disse que veio para pôr os cativos em liberdade.

Não passou pela cabeça de nenhum dos presentes que tudo o que se realizava ali era uma imensa blasfêmia e um escárnio contra aquele mesmo Cristo em nome de quem se fazia tudo aquilo. Não passou pela cabeça de ninguém que o crucifixo banhado a ouro, com medalhas esmaltadas nas pontas, que o sacerdote carregava e oferecia para as pessoas beijarem, não seria nada menos do que a imagem do patíbulo em que Cristo foi executado justamente porque proibiu aquilo que, em seu nome, se realizava ali. Não passou pela cabeça de ninguém que os sacerdotes, quando imaginavam que, sob a aparência de pão e vinho, comiam o corpo e bebiam o sangue de Cristo, de fato comiam o corpo e bebiam o sangue dele, mas não nos pedacinhos de pão e no vinho, e sim ao seduzirem aqueles "pequeninos" com quem Cristo se identificava e também ao privá-los de sua grande bênção e sujeitá-los a tormentos cruéis, ocultando das pessoas a boa-nova que Cristo veio trazer-lhes.

O sacerdote fazia tudo aquilo com a consciência tranquila porque, desde a infância, aprendera que aquela era a única fé verdadeira, na qual acreditaram todas as pessoas santas que tinham vivido e na qual agora acreditavam as autoridades religiosas e seculares. Ele não acreditava que o pão se transformava no corpo, nem acreditava que proferir uma porção de palavras trazia algum proveito à alma, nem que comia de fato um pedacinho de Deus — nisso, era impossível acreditar —, mas acreditava que era preciso acreditar naquela crença. O que mais reforçava nele tal crença era o fato de que, ao cumprir as exigências daquela crença, o sacerdote, desde os dezoito anos, já ganhava rendimentos com que sustentava sua família, um filho no liceu, uma filha na escola religiosa. Assim também acreditava o sacristão, e com mais firmeza até do que o sacerdote, porque havia esquecido completamente a essência dos dogmas daquela crença e só sabia que a água quente misturada com vinho, a homenagem aos mortos, as preces do livro das horas, a ação de graças simples e a ação de graças com acatistos[36] tinham, cada uma delas, um preço determinado, que os verdadeiros cristãos pagavam de bom grado, e por isso berrava o seu "tende misericórdia, tende misericórdia", e cantava e lia o que estava estabelecido com uma confiança tão tranquila na necessidade daquilo tudo, como tinham as pessoas quando vendiam lenha, farinha, batata. Já o diretor da prisão e os carcereiros, embora nunca tivessem sabido e muito menos tivessem examinado a fundo em que consistiam os dogmas daquela crença e o que significava tudo o que se fazia na igreja, tinham a certeza da necessidade de acreditar piamente, uma vez que as autoridades supremas e o próprio tsar acreditavam. De mais a mais, embora de maneira confusa (não eram nem de longe capazes de explicar como acontecia), eles sentiam que aquela crença justificava o seu trabalho cruel. Se não existissse aquela crença, para eles seria não apenas mais difícil como talvez fosse até impossível empenharem todas as suas forças para torturar as pessoas, como faziam agora, com a consciência absolutamente tranquila. O diretor era um homem de tão boa índole que não conseguiria de forma alguma viver assim, se não encontrasse amparo naquela crença. E por isso ficava imóvel, ereto, curvava-se e benzia-se com devoção, tentava comover-se quando cantavam "Glória aos querubins" e, quando as crianças se aproximavam para comungar, ele vinha para a frente e, com as próprias mãos, erguia um menino a quem iam dar a comunhão e o segurava.

A maioria dos prisioneiros, exceto alguns poucos que viam claramente todo o engodo que se praticava contra os adeptos daquela crença e, no íntimo, riam dela, a maioria acreditava que naqueles ícones banhados em ouro, nas velas, taças, casulas, crucifixos, nas palavras repetidas e incompreensíveis, "Jesus dulcíssimo" e "misericórdia", abrigava-se uma força misteriosa por meio da qual se podia al-

---

36 Hinos de louvor à Virgem, na Igreja ortodoxa.

cançar grandes confortos nesta vida e também na vida futura. Embora a maioria deles tivesse feito várias tentativas de obter consolo nesta vida por meio de preces, ações de graça, velas, e não tivesse recebido — suas preces continuavam sem serem atendidas —, cada um deles estava firmemente convencido de que seu insucesso era acidental e que aquela instituição, aprovada por pessoas instruídas e pelos metropolitas, era, apesar de tudo, uma instituição muito importante e indispensável, se não para esta vida, então para a vida futura.

Assim também acreditava Máslova. Ela, como outros, experimentava durante a missa um sentimento misto de veneração e de tédio. A princípio, ficou parada no meio da multidão atrás de uma divisória e não conseguia ver ninguém, senão as suas companheiras; quando os comungantes se moveram para a frente e ela adiantou-se com Fedóssia, avistou o diretor, e atrás do diretor, no meio dos carcereiros, um mujiquezinho de barbicha branca e clara e de cabelos castanho-claros — o marido de Fedóssia, que fitava a esposa com olhos parados. Máslova, na hora dos acatistos, ocupou-se em observá-lo, em conversar aos sussurros com Fedóssia, e só se benzia e se curvava quando todos faziam o mesmo.

XLI

Nekhliúdov saiu cedo de casa. Pela travessa, ainda caminhava um mujique, da zona rural, e gritava com voz estranha:

— Leite, leite, leite!

Na véspera, caíra a primeira chuva morna de primavera. Por toda parte onde não havia calçamento, o capim começou de repente a verdejar; as bétulas nos jardins recobriam-se com uma penugem verde e as cerejeiras e os choupos desenrugavam suas folhas compridas e aromáticas, enquanto nas casas e nas lojas retiravam e limpavam as janelas duplas. Na feira perto da qual Nekhliúdov tinha de passar, a multidão incessante do povo fervilhava em volta das barracas armadas em fileiras e umas pessoas maltrapilhas andavam com botas embaixo do braço e calças e coletes passados a ferro jogados sobre os ombros.

Na entrada das tabernas, já se apinhavam homens dispensados de suas fábricas, de casacões limpos e botas lustrosas, e mulheres com lenços claros de seda na cabeça e jaquetas com miçangas. Guardas, com pistolas presas em cadarços amarelos, estavam em seus postos, atentos às desordens que pudessem distraí-los do tédio que os afligia. Pelas calçadas dos bulevares e pelo gramado, que acabara de ganhar uma coloração verde, crianças e cães corriam, brincavam, e as babás alegres conversavam entre si, sentadas nos bancos.

Pelas ruas, ainda frias e úmidas no lado esquerdo, na sombra, e secas no meio, pesadas carroças de carga não paravam de passar com estrondo pelo calçamento, caleças retiniam e bondes tilintavam a campainha. De todos os lados, o ar vibrava com o tinido variado e o surdo ressoar dos sinos que chamava o povo para presenciar um ofício religioso igual ao que se realizava naquele momento na prisão. E o povo em trajes domingueiros se dispersava, cada um para a sua paróquia.

O cocheiro de praça levou Nekhliúdov não à prisão propriamente, mas à esquina que ia dar na prisão.

Algumas pessoas, homens e mulheres, em sua maioria com trouxas, estavam ali naquela esquina, a uns cem passos da prisão. À direita, havia prédios baixos de madeira, à esquerda, uma casa de dois andares com uma tabuleta. O enorme prédio de pedra da prisão ficava em frente e não deixavam os visitantes se aproximar. Um soldado de sentinela andava para um lado e para o outro com um fuzil e gritava em tom severo com quem tentasse chegar perto.

Junto à cancela dos prédios de madeira, no lado direito, em frente ao sentinela, um carcereiro estava sentado num banquinho, de uniforme com galões, e com uma caderneta. Os visitantes aproximavam-se dele, davam o nome das pessoas que desejavam ver e ele anotava. Nekhliúdov também se aproximou e deu o nome de Katierina Máslova. O carcereiro, com galões no uniforme, anotou.

— Por que ainda não permitiram a entrada? — perguntou Nekhliúdov.

— A missa não acabou. É só terminar a missa que deixam entrar.

Nekhliúdov afastou-se para a multidão que esperava. Destacou-se da multidão um homem de roupas rasgadas e chapéu amarfanhado, de calçados rotos e sem meias, com riscas vermelhas pela cara toda, e dirigiu-se à prisão.

— Aonde pensa que vai? — gritou para ele o soldado com o fuzil.

— E você, por que está berrando? — respondeu o maltrapilho, sem se transtornar em nada com o grito do sentinela, e voltou. — Se não deixa, eu espero. Esse daí grita que nem um general.

Na multidão, riram em sinal de aprovação. Os visitantes eram, em sua maior parte, pessoas malvestidas, até maltrapilhas, mas havia também homens e mulheres de aparência decente. Ao lado de Nekhliúdov, estava um homem bem-vestido, de barba raspada, gordo e corado, com uma trouxa na mão, certamente roupas de baixo. Nekhliúdov perguntou-lhe se era a primeira vez que ia ali. O homem com a trouxa respondeu que ia ali todos os domingos, e começaram a conversar. Era porteiro de um banco e estava ali para visitar o irmão, condenado por falsificação. O homem bondoso contou para Nekhliúdov toda a sua história e ia perguntar-lhe a sua, quando a atenção de ambos foi atraída pela chegada de um estudante e de uma senhora, de véu no rosto, em uma caleche com rodas pneumáticas de borracha, puxada por um alto cavalo murzelo puro-sangue. O estudante trazia nas mãos uma trouxa grande. Aproximou-se de Nekhliúdov e perguntou-lhe se era possível e o que era preciso fazer para dar esmolas — os pãezinhos que tinha trazido.

— Faço isso para atender um desejo da minha noiva. Esta é a minha noiva. Os pais dela nos aconselharam a trazer isso para os presos.

— Estou aqui pela primeira vez e não sei responder, mas acho que é preciso perguntar àquele homem — disse Nekhliúdov, apontando para o carcereiro com galões no uniforme, sentado à direita, com a caderneta.

No mesmo momento em que Nekhliúdov falava com o estudante, abriram-se os grandes portões de ferro da prisão, que tinham uma janelinha no meio, e através deles saiu um oficial de uniforme com outro carcereiro, e o carcereiro com a caderneta anunciou que a entrada dos visitantes ia começar. O sentinela recuou para o lado e todos os visitantes, como se tivessem medo de atrasar-se, a passos rápidos, alguns até a trote, cruzaram os portões da prisão. Junto à porta, estava um carcereiro que, conforme os visitantes passavam, ia contando todos eles e falava bem alto: "dezesseis, dezessete", e assim por diante. Um outro carcereiro, no interior do prédio, tocando com a mão em cada um deles, também contava os que passavam na porta seguinte, para que, na hora da saída, ao conferir a contagem, nenhum visitante ficasse dentro da prisão e nenhum preso saísse. O recenseador, sem olhar para quem passava por ele, deu um leve tapa nas costas de Nekhliúdov e aquele contato da mão do carcereiro, num primeiro instante, ofendeu Nekhliúdov, mas logo se lembrou para que viera ali e sentiu vergonha daquele sentimento de desagrado e de ofensa.

O primeiro alojamento depois da porta era um cômodo amplo, com abóbadas e grades de ferro nas janelas pequenas. Nesse espaço, chamado de sala de triagem, Nekhliúdov avistou, de forma completamente inesperada, em um nicho, a grande imagem de um crucifixo.

"Para que isso?", pensou, unindo sem querer, em sua mente, a imagem de Cristo aos libertos e não aos presos.

Nekhliúdov caminhava a passos lentos, deixava passar na sua frente os visitantes apressados, experimentava um sentimento misto de horror diante dos facínoras presos ali, de compaixão pelos inocentes que, a exemplo do menino da véspera e de Katiucha, deviam estar ali, e também de timidez e ternura em face do encontro que teria dali a pouco. Na saída do primeiro aposento, na extremidade oposta, um carcereiro falou alguma coisa. Mas Nekhliúdov, absorto em seus pensamentos, não deu atenção e continuou a andar para onde seguia a maioria dos visitantes, ou seja, para a ala masculina, não a feminina, aonde ele devia ir.

Deixando que os apressados passassem à sua frente, ele foi o último a chegar ao recinto destinado para as visitas. A primeira coisa que o impressionou, ao abrir a porta e entrar no recinto, foi o grito ensurdecedor de centenas de vozes que se fundiam num ronco. Só ao chegar mais perto das pessoas que, como moscas pousadas no açúcar, se grudavam a uma tela que dividia o recinto em duas partes, Nekhliúdov entendeu o que estava acontecendo. O recinto, com janelas na parede de trás, era dividido em dois, não por uma e sim por duas telas de arame, que iam do teto ao chão. Entre as telas, caminhavam carcereiros. Do lado de lá da tela, ficavam os presos, do lado de cá, os visitantes. Entre estes e aqueles, havia duas telas a uma distância de uns três *archins*,[37] assim era impossível não só entregar qualquer coisa como também distinguir um rosto, ainda mais para uma pessoa míope. Até falar era difícil, era preciso gritar com toda a força para ser ouvido. De ambos os lados, rostos apertavam-se contra as telas: esposas, maridos, pais, mães, filhos faziam força para se reconhecerem uns aos outros e dizerem o que tinham de dizer. Mas como cada um se esforçava para falar de modo que seu interlocutor ouvisse, e as pessoas próximas desejavam a mesma coisa, suas vozes atrapalhavam-se mutuamente e cada um tentava gritar mais alto do que o outro. Com isso se formava aquele ronco, interrompido por gritos, que impressionou Nekhliúdov assim que entrou na sala. Decifrar o que falavam era completamente impossível. Podia-se apenas avaliar pelo rosto de que assunto estariam falando e que relação haveria entre os falantes. Perto de Nekhliúdov, estava uma velhinha com um lencinho na cabeça, a qual, depois de apertar-se contra a tela, com o queixo trêmulo, gritava algo para um jovem pálido, com a cabeça raspada pela metade. O prisioneiro, de sobrancelhas levantadas e testa franzida, escutava-a com atenção. Ao lado da velhinha, havia um jovem de casaco pregueado na cintura, que escutava, com as mãos junto às orelhas e balançando a cabeça, o que lhe dizia um prisioneiro parecido com ele, de rosto abatido e barba grisalha. Mais adiante estava um maltrapilho e, abanando o braço, gritava algo e ria. A seu lado, uma mulher estava sentada no chão com uma criança, num bonito xale de lã, e soluçava, na certa por ver pela primeira vez de japona de presidiário, de cabeça raspada e preso a correntes, o homem grisalho que estava do outro lado da tela. Por cima dessa mulher, o porteiro com quem Nekhliúdov conversara na entrada gritava com toda a força para um prisioneiro calvo, de olhos brilhantes, que estava do outro lado. Quando Nekhliúdov entendeu que também teria de falar em tais condições, ergueu-se dentro dele um sentimento de revolta contra as pessoas que eram capazes de instituir e manter aquilo. Admirou-se ao ver que uma situação tão horrorosa, tamanho escárnio dos

---

37 Dois metros e treze centímetros.

sentimentos das pessoas, não chocava ninguém. Os soldados, o diretor, os visitantes e os presos faziam tudo aquilo como se admitissem que era assim que tinha de ser.

Nekhliúdov permaneceu ali durante uns cinco minutos, experimentando um estranho sentimento de melancolia, de consciência da sua impotência e de desacordo com todo o mundo; um sentimento de náusea moral, semelhante ao enjoo num navio, tomou conta dele.

XLII

"No entanto é preciso fazer aquilo que vim fazer", disse consigo, criando coragem. "Como fazer?"

Pôs-se a procurar com os olhos alguma autoridade e, ao avistar um homem baixo e magro, de bigode, com dragonas de oficial, que caminhava por trás do povo, dirigiu-se a ele:

— O prezado senhor não poderia me dizer — perguntou Nekhliúdov, com uma cortesia especialmente tensa — onde são mantidas as mulheres e onde se realizam os encontros com elas?

— O senhor precisa ir à ala feminina?

— Sim, eu gostaria de ver uma das mulheres presas — respondeu Nekhliúdov com a mesma cortesia tensa.

— O senhor devia ter dito quando estava na triagem. A quem o senhor precisa ver?

— Preciso ver Ekatierina Máslova.

— É presa política? — perguntou o assistente do diretor.

— Não, ela é só...

— Ela então já foi sentenciada?

— Sim, faz três dias que recebeu a sentença — respondeu Nekhliúdov em tom submisso, com receio de estragar, de algum modo, o estado de ânimo do assistente do diretor, que parecia interessado no seu caso.

— Se quer ir para a ala feminina, vá por aqui, por favor — disse o assistente do diretor, que visivelmente decidira, pela sua aparência, que Nekhliúdov era digno de atenção. — Sídorov — dirigiu-se a um sargento bigodudo e com medalhas. — Leve este senhor aqui até a ala feminina.

— Sim, senhor.

Enquanto isso, junto às grades, ouviam-se soluços de despedaçar a alma.

Tudo era estranho para Nekhliúdov e o mais estranho era que precisava agradecer e sentir-se em dívida com o diretor e com o carcereiro-chefe, com as pessoas que executavam todas as ações cruéis praticadas naquele prédio.

O carcereiro levou Nekhliúdov para fora da sala para visitas da ala masculina, tomou um corredor e, logo depois de abrir uma porta em frente, introduziu-o na sala para visitas da ala feminina.

A sala, como a dos homens, era dividida em três partes por duas telas, mas era sensivelmente menor e nela havia menos visitantes e menos detentas, porém o grito e o ronco era igual ao da ala masculina. Aqui também, a autoridade caminhava entre as telas. A autoridade era aqui representada por uma carcereira de uniforme com galões nas mangas, distintivos azuis e uma faixa na cintura igual à do carcereiro. Assim como na ala masculina, de ambos os lados, as pessoas se apertavam contra as telas: de um lado, habitantes da cidade, com roupas variadas; do outro, as prisioneiras, algumas de branco, algumas com suas próprias roupas. A tela inteira estava tomada pelas pessoas. Algumas se erguiam na ponta dos pés a fim de se fazerem ouvir entre as cabeças das demais, outras estavam sentadas no chão e conversavam.

Entre as prisioneiras, a mais notável, pelo grito impressionante e também pelo aspecto, era uma cigana magra e desgrenhada, com um lenço tombado dos cabelos crespos, que se encontrava quase no centro da sala, no lado de lá da grade, junto a uma coluna e, com gestos rápidos, gritava algo para um cigano com um cinto baixo e apertado e uma sobrecasaca azul. Ao lado do cigano, um soldado estava sentado no chão, conversando com uma prisioneira, mais adiante um mujique jovem e barbado, de alpercatas de palha, estava de pé, encostado à tela, com o rosto avermelhado e uma flagrante dificuldade para conter as lágrimas. Com ele falava uma prisioneira graciosa e loura, de olhos azul-claros, fixos no interlocutor. Eram Fedóssia e o seu marido. Junto a eles, um maltrapilho conversava de pé com uma mulher despenteada e de cara larga; em seguida, duas mulheres, um homem, outra mulher; diante de cada um deles, havia uma prisioneira. Entre elas, não estava Máslova. Mas atrás das prisioneiras, no lado de lá, havia ainda uma mulher e Nekhliúdov logo compreendeu que era ela, e logo sentiu que seu coração passou a bater com mais força e a respiração se interrompeu. O instante decisivo aproximava-se. Foi para junto da tela e a reconheceu. Ela estava atrás de Fedóssia, a de olhos azuis, e ouvia sorrindo o que a outra falava. Máslova não estava de roupão de presídio, como dois dias antes, mas de blusa branca, com um cinto que a cingia com firmeza e levantava o seu peito. Como no tribunal, os cabelos pretos e crespos escapavam por baixo do lenço de cabeça.

"Agora vai se decidir", pensou ele. "De que modo vou chamá-la? Será que ela mesma vai se aproximar?"

Mas não se aproximava. Esperava Klara e nem de longe pensava que aquele homem tinha vindo falar com ela.

— Quem o senhor precisa ver? — perguntou uma carcereira que caminhava entre as duas telas e se aproximou de Nekhliúdov.

— Ekatierina Máslova — mal conseguiu pronunciar Nekhliúdov.

— Máslova, é para você! — gritou a carcereira.

XLIII

Máslova virou-se e, após levantar a cabeça e empinar o peito, com a fisionomia determinada que Nekhliúdov tão bem conhecia, aproximou-se da grade, enfiando-se entre duas prisioneiras, e cravou os olhos em Nekhliúdov, com um ar admirado e interrogativo, sem o reconhecer.

Percebendo, porém, pela roupa, que se tratava de um homem rico, sorriu.

— O senhor quer falar comigo? — perguntou, aproximando da grade o rosto sorridente, de olhos vesgos.

— Eu queria ver... — Nekhliúdov não sabia como tratá-la: "senhora" ou "você", e resolveu chamá-la de "senhora". Não estava falando mais alto do que o habitual. — Eu queria ver a senhora... eu...

— Não venha me enrolar — gritou o maltrapilho ao seu lado. — Pegou ou não pegou?

— Estou lhe dizendo, ele está morrendo, o que mais quer? — gritou alguém do outro lado.

Máslova não conseguia entender o que Nekhliúdov dizia, mas a expressão do seu rosto no momento em que falava trouxe-lhe, de repente, a lembrança dele. Apesar disso Máslova não acreditou em si mesma. O sorriso, no entanto, apagou-se do seu rosto e a testa começou a franzir-se com aflição.

— Não ouço o que o senhor está dizendo — gritou, estreitando os olhos e franzindo cada vez mais a testa.

— Eu vim...

"Sim, estou fazendo o que devo, estou me retratando", pensou Nekhliúdov. E assim que pensou nisso, lágrimas surgiram em seus olhos, subiram à garganta e ele, com os dedos enganchados na grade, ficou em silêncio, fez força para não romper em soluços.

— Estou avisando: para que você quer se meter no que não é da sua conta... — berraram de um lado.

— Por Deus, acredite, não sei de nada — gritou uma prisioneira do outro lado.

Ao ver sua emoção, Máslova o reconheceu.

— Parece alguém, mas não estou reconhecendo — gritou, sem olhar para ele, e o seu rosto repentinamente vermelho tornou-se ainda mais sombrio.

— Vim aqui para pedir perdão a você — gritou Nekhliúdov em voz alta, sem entonação, como uma lição decorada.

Após gritar essas palavras, sentiu vergonha e virou o rosto. Mas logo lhe veio o pensamento de que, se estava sentindo vergonha, era melhor ainda, pois tinha de suportar a vergonha. E prosseguiu em voz alta:

— Perdoe-me, sou terrivelmente culpado por... — gritou ainda.

Máslova continuava imóvel e não desviava dele o seu olhar vesgo.

Nekhliúdov não conseguiu mais falar e afastou-se da grade, tentando conter os soluços que abalavam seu peito.

O diretor, o mesmo que encaminhara Nekhliúdov para a ala feminina, visivelmente interessado no seu caso, tinha vindo para aquela ala e, ao avistar Nekhliúdov distante da grade, perguntou-lhe por que não conversava com a pessoa que desejava. Nekhliúdov assoou o nariz e, recompondo-se, tentando assumir um aspecto tranquilo, respondeu:

— Não consigo falar através da grade, não se ouve nada.

O diretor refletiu por um momento.

— Bem, vamos ver, podemos trazê-la para cá por um tempo. Mária Karlovna! — disse para a carcereira. — Traga Máslova para fora.

Um minuto depois, Máslova saiu por uma porta lateral. Enquanto se aproximava de Nekhliúdov a passos suaves, parou e fitou-o por baixo das sobrancelhas. Os cabelos pretos, como dois dias antes, desprendiam-se em aneizinhos crespos, o rosto branco, cheio e doentio estava gracioso e perfeitamente calmo; apenas os olhos lustrosos e vesgos rebrilhavam de um modo peculiar por baixo das pálpebras inchadas.

— Aqui se pode conversar — disse o diretor e afastou-se.

Nekhliúdov dirigiu-se a um banco junto à parede.

Máslova olhou para o assistente do diretor com ar interrogativo e depois, encolhendo os ombros como que surpresa, seguiu Nekhliúdov até o banco e sentou-se a seu lado, após ajeitar a saia.

— Sei que é difícil para a senhora me perdoar — começou Nekhliúdov, mas parou de novo, sentindo que as lágrimas o atrapalhavam. — Porém, se já é impossível remediar o passado, farei agora tudo o que puder. Diga...

— Como o senhor me encontrou? — perguntou Máslova, sem lhe responder, olhando e não olhando para ele, com os seus olhos vesgos.

"Meu Deus! Ajude-me. Mostre-me o que devo fazer!", disse consigo Nekhliúdov, enquanto fitava o rosto dela, agora tão mudado, para pior.

— Dois dias atrás, fiz parte do júri — disse ele —, quando a senhora foi julgada. Não me reconheceu?

— Não, não reconheci. Não tive tempo de reconhecer ninguém. Mas também não olhei — disse Máslova.

— Então, houve uma criança? — perguntou Nekhliúdov e sentiu o rosto enrubescer.

— Morreu logo depois, graças a Deus — respondeu ela, de modo seco e raivoso, desviando o olhar.

— Como, de quê?

— Eu mesma fiquei doente, por pouco não morri — respondeu, sem levantar os olhos.

— Como foi que as tias a mandaram embora?

— Quem quer ficar com uma criada com um filho? Assim que perceberam, me mandaram embora. De que adianta falar... Não me lembro de nada, esqueci tudo. Tudo isso acabou.

— Não, não acabou. Não posso deixar assim. Quero ao menos redimir os meus pecados.

— Não há nada para redimir; o que passou, passou, e pronto — disse ela e, isso Nekhliúdov não esperava de forma alguma, voltou os olhos de repente para ele e sorriu de um modo desagradável, sedutor e queixoso.

Máslova não esperava de maneira nenhuma encontrar Nekhliúdov, muito menos agora e naquele lugar, e por isso, no primeiro instante, a sua aparição impressionou-a e obrigou-a a lembrar aquilo que nunca lembrava. No primeiro instante, lembrou-se vagamente daquele novo e maravilhoso mundo de sentimentos e pensamentos revelado para ela por um jovem encantador, a quem ela amava e que a amava, e depois lembrou-se da sua crueldade inexplicável e da longa série de humilhações, sofrimentos, que se seguiram àquela felicidade mágica e que foram a sua consequência. E sentiu uma dor. Porém, sem forças para decifrar aquilo, Máslova procedeu então como procedia sempre: afastou de si aquelas recordações e empenhou-se em cobri-las com a neblina peculiar da vida devassa; assim fez também agora. Num primeiro instante, Máslova uniu o homem sentado agora na sua frente àquele jovem a quem amara no passado, mas depois, ao ver que isso era doloroso demais, parou de unir um ao outro. Agora, esse cavalheiro vestido com apuro, bem tratado, de barba perfumada, não era para Máslova aquele Nekhliúdov a quem amara, mas sim apenas mais uma daquelas pessoas que, quando precisavam, faziam uso de criaturas como ela, e que criaturas como ela tinham de usar para obter o máximo proveito para si. Por isso Máslova sorriu de modo sedutor. Ficou calada, pensando em como tirar algum proveito dele.

— Tudo isso acabou — disse ela. — Agora, veja, me condenaram aos trabalhos forçados.

E seus lábios tremeram quando pronunciou aquelas palavras terríveis.

— Eu sabia, eu estava convencido de que a senhora era inocente — disse Nekhliúdov.

— É claro que sou inocente. Por acaso sou ladra ou assaltante? Aqui dentro, dizem que tudo depende do advogado — prosseguiu. — Dizem que é preciso entrar com uma petição. Só que é caro, cobram...

— Sim, sem falta — disse Nekhliúdov. — Já conversei com um advogado.

— É preciso não poupar dinheiro, é preciso um advogado bom — disse Máslova.

— Farei tudo o que for possível.

Fez-se um silêncio.

Ela sorriu de novo do mesmo jeito.

— E eu quero pedir ao senhor... dinheiro, se o senhor puder. Não muito... dez rublos, não preciso de mais — disse Máslova, de repente.

— Sim, sim — começou a falar Nekhliúdov, embaraçado, e fez menção de pegar a carteira.

Máslova lançou um olhar rápido para o diretor, que andava para um lado e para o outro, na sala.

— Não me dê na frente dele, só quando se afastar, senão vão tomar de mim.

Nekhliúdov pegou a carteira assim que o diretor deu as costas, mas não teve tempo de lhe passar a nota de dez rublos antes que o diretor virasse outra vez o rosto na sua direção. Nekhliúdov apertou o dinheiro dentro da mão.

"Mas isso é uma mulher morta", pensou, olhando para aquele rosto, belo no passado e agora corrompido, inchado, com olhos negros e vesgos que cintilavam com um brilho feio e vigiavam o diretor e também a sua mão com a nota amassada. E Nekhliúdov teve um minuto de hesitação.

De novo aquele tentador que lhe falara na noite anterior pôs-se a falar dentro da alma de Nekhliúdov, como sempre, tentando desviá-lo das perguntas sobre o que devia fazer e conduzi-lo para a pergunta sobre o resultado que a sua ação traria e o que teria ela de útil.

"Você não vai fazer nada com essa mulher", disse aquela voz. "Só vai pendurar no pescoço uma pedra, que vai afogar você e impedir que seja útil para os outros. Que tal dar dinheiro para ela, tudo o que tiver, pedir-lhe desculpas e dar o assunto por encerrado para sempre?", pensou.

Mas no mesmo instante Nekhliúdov sentiu que estava ocorrendo algo da maior importância para a sua vida, sentiu que a sua vida interior, naquele instante, oscilava nos pratos de uma balança e a menor pressão poderia puxá-los para um lado ou para o outro. E Nekhliúdov fez tal pressão, chamando aquele Deus que no dia anterior pressentira em sua alma, e prontamente Deus o atendeu. Nekhliúdov decidiu, então, contar-lhe tudo.

— Katiucha! Vim para pedir o seu perdão, mas você não me respondeu se já me perdoou ou se me perdoará algum dia — disse de repente, passando a empregar "você".

Máslova não lhe deu atenção, olhava ora para a sua mão, ora para o diretor. Quando o diretor deu as costas, ela rapidamente estendeu o braço na direção da mão de Nekhliúdov, agarrou a nota e enfiou-a por trás do cinto.

— O senhor está falando umas coisas estranhas — disse, e sorriu com o que pareceu a Nekhliúdov um ar de desdém.

Nekhliúdov sentia haver em Máslova algo francamente hostil a ele, algo que a resguardava tal como ela era agora e que o impedia de alcançar o seu coração.

Porém, coisa surpreendente, isso não só não o repelia como o atraía para ela com uma força ainda maior, nova e diferente. Sentia que precisava despertá-la espiritualmente e que isso era muito difícil; mas a própria dificuldade da tarefa o atraía. Experimentava por ela, agora, um sentimento que nunca havia experimentado, nem por ela nem por ninguém, um sentimento em que nada havia de pessoal: Nekhliúdov não desejava de Máslova nada para si, queria apenas que ela deixasse de ser como era agora, que despertasse e se tornasse como tinha sido antes.

— Katiucha, por que você fala assim? Afinal, conheço você, lembro-me de você naquele tempo, em Panovo...

— Lembrar para quê? — retrucou, em tom seco.

— Lembro para expiar, redimir os meus pecados, Katiucha — começou Nekhliúdov, e quis dizer que casaria com ela, mas deparou com o seu olhar e leu nele algo tão horrível e grosseiro, algo tão repulsivo, que não conseguiu falar.

A essa altura, os visitantes começavam a sair. O diretor aproximou-se de Nekhliúdov e avisou que o horário das visitas havia terminado. Máslova levantou-se, esperando resignadamente que a dispensassem.

— Adeus, ainda preciso dizer muita coisa para a senhora, mas, como vê, agora não é possível — disse Nekhliúdov e lhe estendeu a mão. — Voltarei.

— Parece que o senhor já disse tudo...

Ela lhe deu a mão, mas não apertou.

— Não, eu vou me esforçar para me encontrar de novo com a senhora, num lugar onde se possa conversar, e então direi algo muito importante, algo que preciso lhe dizer — falou Nekhliúdov.

— Pois bem, venha então — respondeu, sorrindo com o sorriso que dirigia aos homens a quem pretendia agradar.

— A senhora é, para mim, mais cara do que uma irmã — disse Nekhliúdov.

— Que estranho — repetiu ela e, balançando a cabeça, retirou-se para trás das grades.

XLIV

Na primeira visita, Nekhliúdov esperava que, ao vê-lo, ao tomar conhecimento da sua intenção de ajudá-la e do seu arrependimento, Katiucha se alegrasse, fosse ficar comovida, voltasse a ser Katiucha, porém, para seu horror, Nekhliúdov se deu conta de que Katiucha não existia, só existia Máslova. Isso o surpreendeu e o horrorizou.

Surpreendeu-o sobretudo o fato de Máslova não só não se envergonhar da sua condição — não de prisioneira (disso ela se envergonhava), e sim de prostituta —, como parecer até satisfeita, e quase orgulhosa. No entanto, não poderia ser de outro modo. Todas as pessoas, a fim de exercerem sua atividade, precisam considerá-la importante e boa. Por isso, qualquer que seja a sua situação, a pessoa criará necessariamente uma visão geral da vida em que a sua atividade lhe pareça importante e boa.

Pensa-se, habitualmente, que o ladrão, o assassino, o espião, a prostituta, uma vez que admitam ser a sua profissão um mal, devem envergonhar-se dela. Mas acontece exatamente o contrário. As pessoas a quem o destino ou os próprios pecados e erros colocaram numa determinada situação, por mais irregular que ela seja, criam uma visão geral da vida em que a sua situação lhes parece boa e respeitável. Para a manutenção de tal visão, conservam-se instintivamente num círculo de pessoas em que se adota a mesma noção que elas criaram a respeito da vida e do seu lugar nela. Isso nos espanta quando se trata de ladrões, que se gabam de sua habilidade, de prostitutas, que se gabam de sua devassidão, de assassinos, que se gabam de sua crueldade. Mas isso nos espanta apenas porque o círculo-ambiente dessas pessoas é restrito e, sobretudo, porque nos achamos fora dele. Porém não ocorre o mesmo fenômeno com os ricos, que se orgulham da sua riqueza, ou seja, da espoliação, ou com os chefes militares, que se orgulham do seu poderio, ou seja, da violência? Não enxergamos em tais pessoas uma noção deturpada da vida, do bem e do mal, com o propósito de justificar sua condição, apenas porque o círculo de pessoas que adotam essas noções deturpadas é maior e nós mesmos pertencemos a ele.

Máslova também criou uma visão assim da sua vida e do seu lugar no mundo. Era prostituta, condenada aos trabalhos forçados e, apesar disso, formulou para si uma visão de mundo em que podia aprovar-se, e até orgulhar-se de sua condição, diante das pessoas.

Tal visão de mundo consistia em que o bem mais importante para todos os homens, todos, sem exceção — velhos, jovens, estudantes, generais, instruídos, ignorantes —, era a relação sexual com mulheres atraentes, e por isso todos os homens, embora fingissem estar ocupados com outros assuntos, no fundo só desejavam isso. Ela mesma — uma mulher atraente — podia satisfazer ou não satisfazer o desejo deles, por isso era uma pessoa importante e necessária. Toda a sua vida, anterior e atual, era uma confirmação do acerto daquele ponto de vista.

Ao longo de dez anos, onde quer que estivesse, começando por Nekhliúdov e pelo velho comissário de polícia rural e terminando pelos carcereiros na prisão, Máslova viu como todos os homens precisavam dela; não via e não notava os homens que dela não precisavam. E por isso o mundo inteiro lhe parecia uma congregação de pessoas possuídas pela luxúria, que a vigiavam de todos os lados e, por todos os meios possíveis — engodo, força bruta, compra, astúcia —, esforçavam-se para dominá-la.

Assim Máslova entendia a vida e, à luz dessa visão da vida, ela não só não era a última das pessoas, como era alguém muito importante. E, mais que tudo no mundo, ela prezava essa visão da vida, não podia deixar de prezá-la porque, se alterasse essa visão da vida, perderia a importância que essa visão da vida lhe atribuía entre as pessoas. E, a fim de não perder sua importância na vida, Máslova mantinha-se instintivamente no círculo de pessoas que encaravam a vida como ela. Adivinhando que Nekhliúdov queria levá-la para um outro mundo, opunha-se a ele, prevendo que no mundo para onde a atraía teria de perder aquele seu lugar na vida, que lhe dava confiança e respeito próprio. Pela mesma razão, rechaçava as lembranças da mocidade e as primeiras relações com Nekhliúdov. Tais lembranças não combinavam com sua atual visão de mundo e por isso foram completamente apagadas da sua memória, ou melhor, foram guardadas intactas em algum ponto de sua memória, tão bem trancadas, tão bem escamoteadas como as abelhas escamoteiam o seu ninho para que as larvas, que podem destruir todo o trabalho das abelhas, não tenham nenhum meio de acesso a ele. E por isso o Nekhliúdov atual era para ela não aquele homem a quem amou no passado, com um amor puro, mas apenas um cavalheiro rico, de quem podia e devia tirar proveito e com quem só podia ter as mesmas relações que tinha com todos os homens.

"Não, não consegui dizer o principal", pensou Nekhliúdov, enquanto se encaminhava para a saída com os outros. "Não lhe disse que vou casar com ela. Não disse, mas farei isso", pensou.

Postados junto à porta, os carcereiros contavam os visitantes outra vez, enquanto os deixavam sair, para que não saísse ninguém a mais e para que nenhum deles ficasse na prisão. Dessa vez, o fato de o terem tocado nas costas não apenas não ofendeu Nekhliúdov como ele nem mesmo notou.

XLV

Nekhliúdov queria mudar sua vida exterior: alugar o apartamento grande, dispensar a criadagem e mudar-se para um hotel. Mas Agrafiena Petrovna mostrou a ele que não havia nenhuma razão para alterar qualquer coisa na ordem da vida antes do inverno; no verão, ninguém aluga apartamentos, e ele teria de morar e guardar os móveis e os objetos em algum lugar. Assim, todos os esforços de Nekhliúdov para modificar sua vida exterior (queria organizar-se de modo simples, como um estudante) não deram em nada. Além de tudo continuar como antes, teve início em sua casa um trabalho intenso: arejar, pendurar e sacudir todos os objetos de lã e de peles, atividade de que participaram o zelador, o seu ajudante, a cozinheira e o próprio Korniei. De início, levaram para fora e penduraram nos varais uns uniformes e umas coisas estranhas de pele que ninguém jamais usava; em seguida, começaram a levar para fora tapetes e móveis, e o zelador e o seu ajudante tiraram o pó dessas coisas batendo com força e ritmo, com os braços musculosos de mangas arregaçadas, e um cheiro de naftalina se espalhou por todos os cômodos. Ao passar pelo pátio e ao olhar pelas janelas, Nekhliúdov espantou-se com o acúmulo e a horrorosa quantidade de coisas e também com a indubitável inutilidade de tudo aquilo. "A única utilidade e propósito dessas coisas", pensou Nekhliúdov, "consiste em dar ocasião para que Agrafiena Petrovna, Korniei, o zelador, seu ajudante e a cozinheira façam exercícios."

"Não vale a pena modificar a forma de vida agora, quando o caso de Máslova não está resolvido", pensou Nekhliúdov. "Além do mais, isso é muito difícil. De qualquer modo, tudo se modificará por si só, quando a libertarem ou quando a deportarem e eu partir com ela."

No dia marcado pelo advogado Fanárin, Nekhliúdov foi vê-lo. Ao entrar nos aposentos suntuosos de um prédio próprio, com plantas imensas e assombrosas cortinas nas janelas, e no geral com aquele mobiliário caro que denuncia um dinheiro de tolos, ou seja, ganho sem trabalho, que só se encontra na casa de pessoas que enriqueceram de forma inesperada, Nekhliúdov deparou, na sala de espera, com uma fila de clientes, como se vê num consultório médico, desalentadamente sentados em redor de mesas com revistas ilustradas que deviam consolá-los. O assistente do advogado, sentado também ali, atrás de uma escrivaninha alta, reconheceu Nekhliúdov, aproximou-se dele, cumprimentou-o e disse que ia imediatamente avisar ao chefe. Porém, mal teve tempo de se aproximar da porta do escritório quando ela se abriu e ouviram-se as vozes altas, animadas, de um homem já de certa idade, atarracado, de rosto vermelho e bigodes espessos, em trajes novos em folha, e também do próprio Fanárin. No rosto de ambos, havia aquela expressão que se vê no rosto de pessoas que acabaram de fazer algo lucrativo, mas não inteiramente correto.

— O senhor mesmo é o culpado, meu velho — disse Fanárin, sorrindo.

— Gostaria de ir para o Céu, mas os pecados não *deixa*.

— Ora, ora, nós sabemos.

E os dois riram de um modo forçado.

— Ah, príncipe, por favor — disse Fanárin, ao ver Nekhliúdov e, após acenar com a cabeça mais uma vez para o comerciante que se retirava, introduziu Nekhliúdov em seu escritório de estilo austero e funcional. — Por favor, o senhor fuma? — disse o advogado, sentando-se em frente a Nekhliúdov e contendo um sorriso provocado pelo sucesso do caso precedente.

— Muito obrigado, vim tratar do caso de Máslova.

— Claro, claro, num instante. Puxa, que espertalhões são esses ricaços! — exclamou. O senhor viu aquele rapagão? Possui um capital de uns doze milhões. E fala assim: *os pecados não deixa*. Pois apesar disso, se ele tiver uma chance de tirar do senhor uma nota de vinte e cinco rublos, ele vai arrancar ela com os dentes.

"Ele fala *os pecados não deixa* e você fala *arrancar ela*", pensava Nekhliúdov, enquanto isso, sentindo uma incontrolável repugnância por aquele homem desembaraçado, que pelo tom de voz queria mostrar que ele e Nekhliúdov eram iguais, ao passo que os clientes que o procuravam e todos os restantes pertenciam a um outro campo, estranho a ambos.

— Mas ele me deixou esgotado... que tremendo patife. É que me veio uma vontade de desabafar — disse o advogado, como que para justificar-se por não estar falando do caso. — Pois bem, a respeito do caso do senhor... Li com atenção o processo e "não aprovei o seu conteúdo", como se diz numa página de Turguêniev, quero dizer, era um advogadozinho ruim e deixou escapar todos os pretextos para pedir uma impugnação.

— Portanto o senhor já se decidiu?

— Só um minuto. Diga a ele — dirigiu-se ao assistente, que entrara — que será como eu já disse; se ele puder, tudo bem, se não puder, não precisa.

— Mas ele não está de acordo.

— Pois bem, então não precisa — respondeu o advogado, e seu rosto alegre e simpático tornou-se de repente sombrio e maldoso. — E ainda dizem que os advogados ganham dinheiro à toa — comentou, enquanto devolvia ao rosto a amabilidade anterior. — Livrei um endividado insolvente de uma acusação totalmente injusta e agora todos eles vêm aqui me importunar. Acontece que cada processo desses custa um trabalho imenso. Afinal, como disse um escritor, nós também deixamos um pedacinho de carne no tinteiro. Pois bem, quanto ao caso do senhor, ou o caso que interessa ao senhor — prosseguiu —, conduzido de um modo deplorável, não existem bons motivos para pedir a anulação da sentença, no entanto é possível tentar anular e eu até redigi o seguinte.

Pegou uma folha de papel rabiscada e, comendo várias palavras protocolares e sem interesse e pronunciando outras de um modo especialmente compenetrado, começou a ler:

> À seção criminal de cassação etc. etc., requerimento de tal e tal etc. etc. A decisão que consta etc. etc., o veredicto etc. etc., certa Máslova foi considerada culpada de tirar a vida, por meio de envenenamento, do comerciante Smelkov e, com base no artigo 1454 do Código, foi sentenciada etc., aos trabalhos forçados etc.

Deteve-se um instante; apesar de estar muito habituado àquilo, era evidente que ele ouvia com prazer a sua obra.

> Tal sentença é o resultado de tantos erros e infrações processuais importantes — prosseguiu em tom solene — que está sujeita à revogação. Em primeiro lugar, a leitura da ata do auto de investigação da análise das vísceras de Smelkov foi interrompida logo em seu início pelo presidente.

— Primeiro ponto.

— Mas foi o acusador que exigiu a leitura — disse Nekhliúdov, com surpresa.

— Tanto faz, a defesa podia ter motivos para exigir o mesmo.

— Mas era uma coisa completamente desnecessária.

— Mesmo assim, é um motivo. E também: "Em segundo lugar, o advogado de defesa de Máslova" — prosseguiu a leitura — "foi interrompido pelo presidente durante sua fala, quando, desejando caracterizar a personalidade de Máslova, se referia às razões íntimas da sua degradação, sob o argumento de que as palavras do advogado de defesa supostamente não diziam respeito diretamente ao processo, enquanto que, nos processos criminais, como já foi repetidamente assinalado pelo Senado, a elucidação do caráter e da personalidade moral geral do acusado tem a mais alta relevância, ainda que seja apenas para a justa decisão da questão da culpabilidade". Segundo ponto — disse, após voltar os olhos para Nekhliúdov.

— Mas ele falou muito mal, não se podia compreender nada — respondeu Nekhliúdov, mais espantado ainda.

— É um perfeito palerma e, é claro, não conseguiu dizer nada de útil — respondeu Fanárin, rindo. — Mesmo assim, é um motivo. Muito bem, e depois:

Em terceiro lugar, em suas palavras de conclusão, o presidente, em contradição com a categórica exigência do parágrafo 1º do artigo 801 do Código do Processo Penal, não esclareceu os membros do júri quanto aos elementos jurídicos que constituem a noção de culpabilidade e não lhes disse que, mesmo após reconhecer que estava comprovado o fato de Máslova ter dado veneno para Smelkov, eles tinham o direito de não imputar à acusada a culpa desse ato, por conta da ausência da intenção de homicídio, da parte dela, e dessa forma considerá-la culpada não de um delito criminal, mas apenas de uma falta, um descuido, em consequência do qual, de modo inesperado para Máslova, adveio a morte do comerciante.

— Esse é o ponto principal.

— Mas nós mesmos poderíamos ter compreendido isso. Foi um erro nosso.

— "E por fim, em quarto lugar" — prosseguiu o advogado:

A resposta dos jurados à pergunta do tribunal sobre a culpabilidade de Máslova foi dada de tal forma que continha, em si mesma, uma clara contradição. Máslova foi acusada do envenenamento intencional de Smelkov com a exclusiva finalidade de se apossar de bens alheios, o que constituía o único motivo do homicídio, mas os jurados, em sua resposta, rejeitaram o propósito de usurpação, bem como a participação de Máslova no roubo dos objetos de valor, do que fica evidente que eles tinham em mira rejeitar também a intenção da acusada de cometer o homicídio e apenas por um mal-entendido, causado pela deficiência das palavras de conclusão do presidente, não expressaram isso da forma devida em sua resposta, e portanto tal resposta dos jurados, incontestavelmente, exigia a aplicação dos artigos 816 e 808 do Código do Processo Penal, ou seja, o esclarecimento dos jurados, da parte do presidente, quanto ao erro por eles cometido e o retorno para uma nova deliberação e uma nova resposta à pergunta sobre a culpabilidade da acusada — terminou de ler Fanárin.

— Então por que o presidente não fez isso?

— Eu também gostaria de saber por quê — respondeu Fanárin, rindo.

— Portanto o Senado vai corrigir o erro?

— Isso depende de quem forem, no momento determinado, os caducos que estiverem reunidos.

— Como assim os caducos?

— Os caducos daquele asilo de velhos. Bem, então é isso. Também escrevemos:

> Tal veredicto não deu ao tribunal o direito — prosseguiu depressa — de condenar Máslova a uma pena criminal e a aplicação a ela do parágrafo 3º do artigo 771 do Código de Processo Penal constitui uma grave e brutal violação dos postulados fundamentais do nosso processo penal. Pelas razões aqui apresentadas, tenho a honra de requerer etc. etc. a revogação de acordo com os artigos 909, 910, 912, em seu segundo parágrafo, e 928 do Código de Processo Penal etc. etc. e a remessa do processo em questão para uma outra seção do mesmo tribunal, para um novo exame.

"Aqui está, tudo o que se pode fazer está feito. Mas, vou ser sincero, a probabilidade de sucesso é pequena. De resto, tudo depende da composição da comissão do Senado. Se o senhor tem algum conhecimento por lá, use-o."

— Conheço alguém.

— Mas seja rápido, senão todos viajam para tratar das suas hemorroidas e vai ser preciso esperar três meses... Bem, e no caso de insucesso, resta fazer um apelo a sua alteza imperial. Isso também depende de um trabalho nos bastidores. Nesse caso, estou pronto a prestar meus serviços ao senhor, não nos bastidores, mas na formulação do apelo.

— Agradeço ao senhor, os honorários, eu creio...

— O meu assistente entregará ao senhor a petição passada a limpo e lhe dirá.

— Eu ainda gostaria de perguntar ao senhor uma coisa: o promotor me deu permissão de entrar na prisão para visitar essa pessoa, mas na prisão me disseram que ainda era preciso uma autorização do governador para visitas fora dos dias estabelecidos. Isso é necessário?

— Sim, creio que sim. Mas agora o governador não está aqui, o vice ocupa o cargo. Mas trata-se de um imbecil tão obtuso que duvido que o senhor consiga qualquer coisa com ele.

— É o Máslennikov?

— Sim.

— Eu o conheço — disse Nekhliúdov e levantou-se para se retirar.

Nesse momento, irrompeu no escritório, a passos rápidos, uma mulher pequena, terrivelmente feia, de nariz arrebitado, descarnada, amarela — a esposa do advogado, que não se mostrava nem um pouco desanimada pela sua feiura. Ela não só se vestia de forma original e incomum — alguma coisa de veludo e de seda, amarelo-clara e verde, estava enrolada nela —, como também seus cabelos ralos eram ondulados, e irrompeu de modo triunfal na sala de espera, acompanhada por um homem comprido, sorridente, com um rosto cor de terra, de sobrecasaca com lapelas de seda e gravata branca. Era um escritor, Nekhliúdov conhecia-o de vista.

— Anatóli — exclamou a esposa, enquanto abria a porta —, venha para casa comigo. Aqui está o Semion Ivánovitch, que prometeu recitar seus poemas, e você precisa a todo custo ler sobre Gárchin.[38]

Nekhliúdov fez menção de sair, mas a esposa do advogado cochichou algo ao marido e logo se dirigiu a ele:

— Por favor, príncipe. Conheço o senhor e considero desnecessárias as apresentações. Venha tomar parte da nossa manhã literária. Vai ser muito interessante. Anatóli recita de modo fantástico.

— O senhor está vendo como são variados os meus afazeres — disse Anatóli, abriu os braços, sorriu e apontou para a esposa, mostrando com isso a impossibilidade de se opor a uma pessoa tão fascinante.

Com o rosto triste e severo, e com a máxima civilidade, Nekhliúdov agradeceu à esposa do advogado a honra do convite, recusou-o porque não era possível e saiu para a sala de espera.

— Que afetado! — disse a esposa do advogado, depois que ele saiu.

Na sala de espera, o assistente entregou a Nekhliúdov a petição pronta e, à pergunta sobre os honorários, respondeu que Anatóli Petróvitch havia estipulado o preço de mil rublos e, além disso, explicou que Anatóli Petróvitch não se incumbia pessoalmente de casos daquele tipo, mas fazia isso pelo príncipe.

— Como se faz para assinar a petição, quem deve assinar? — perguntou Nekhliúdov.

— A própria acusada pode assinar, mas se houver alguma dificuldade Anatóli Petróvitch assinará, depois de receber dela uma procuração.

— Não, vou levar e pedirei a ela que assine — disse Nekhliúdov, alegrando-se com a oportunidade de vê-la antes do dia marcado para as visitas.

XLVI

Na prisão, no horário de costume, sibilaram pelos corredores os apitos dos carcereiros; com um estrondo de ferros, abriram-se as portas dos corredores e das celas,

---

38 Vsévolod Gárchin (1855-88), escritor russo.

começaram a arrastar-se os pés descalços e os saltos das botinas, passaram pelos corredores os presos incumbidos de retirar os baldes com as fezes, enchendo o ar de um fedor repugnante; os prisioneiros e as prisioneiras lavaram-se, vestiram-se e saíram pelos corredores para a chamada, depois foram pegar água fervente para o chá.

Durante o chá, nesse dia, em todas as celas da prisão, houve conversas animadas sobre o fato de que, nesse dia, dois prisioneiros deviam ser castigados com chicotadas. Um deles era um jovem de certa instrução, o balconista Vassíliev, que matara a amante num acesso de ciúmes. Seus camaradas de cela estimavam-no por sua alegria, generosidade e firmeza em relação às autoridades. Conhecia as leis e exigia o seu cumprimento. Por isso as autoridades não gostavam dele. Três semanas antes, um carcereiro batera num faxineiro porque este manchara seu uniforme novo de sopa. Vassíliev intercedeu em defesa do faxineiro, dizendo que não havia lei que dissesse para bater num prisioneiro. "Eu vou lhe mostrar qual é a lei", retrucou o carcereiro e xingou Vassíliev. Este respondeu na mesma moeda. O carcereiro quis agredi-lo, mas Vassíliev agarrou seus braços, manteve-o seguro durante uns três minutos, virou-se e empurrou-o para fora, através da porta. O carcereiro deu queixa e o diretor mandou prender Vassíliev na solitária.

As solitárias eram uma fileira de cubículos escuros, trancados por fechaduras pelo lado de fora. Na solitária escura e fria, não havia cama, nem mesa, nem cadeira, e assim o detento sentava ou deitava no chão imundo, onde, a seu lado e por cima do seu corpo, corriam ratazanas, que eram muito numerosas nas solitárias, e tão atrevidas que, no escuro, era impossível guardar consigo sequer um pedaço de pão. Elas devoravam o pão na mão dos presos e até atacavam os presos, se eles parassem de se mexer. Vassíliev disse que não iria para a solitária porque não era culpado. Levaram-no à força. Ele começou a debater-se e dois prisioneiros o ajudaram a se livrar dos carcereiros. Acudiram outros carcereiros, entre eles Petrov, famoso por sua força. Esmagaram os prisioneiros e os empurraram para dentro das solitárias. O governador foi prontamente informado de que ocorrera algo semelhante a um motim. Recebeu-se um papel em que se determinava aplicar aos dois principais culpados — Vassíliev e um vagabundo chamado Desentendido — trinta chibatadas.

O castigo devia ocorrer na sala de visitas da ala feminina.

Desde o anoitecer, tudo isso veio ao conhecimento de todos os habitantes da prisão e conversas animadas sobre o castigo iminente percorriam as celas.

Korabliova, Bonitona, Fedóssia e Máslova estavam sentadas em seu canto e, muito vermelhas e animadas, já depois de beber vodca, que agora Máslova sempre tinha à mão e oferecia generosamente às companheiras, tomavam o chá e conversavam sobre o mesmo assunto.

— Por acaso ele provocou uma rebelião ou o quê? — disse Korabliova acerca de Vassíliev, mordendo um minúsculo pedacinho de açúcar, com todos os seus dentes fortes. — Tudo o que fez foi defender um camarada. Porque hoje em dia não deixam mais bater.

— Dizem que é um bom rapaz — acrescentou Fedóssia, de cabeça descoberta, com suas tranças compridas, sentada sobre uma acha de lenha, de frente para a cama de tábuas, onde estava a chaleira.

— Seria bom contar para ele, Mikháilovna — disse para Máslova a vigia da estrada de ferro, dando a entender que "ele" era Nekhliúdov.

— Vou contar. Ele fará qualquer coisa por mim — respondeu Máslova, sorrindo e sacudindo a cabeça.

— Mas quando é que ele vai vir? Dizem que já foram buscá-los — disse Fedóssia. — Isso é um horror — acrescentou, suspirando.

— Eu vi uma vez como bateram num mujique de uma aldeia. O meu velho sogro me mandou ir à casa do chefe da aldeia, cheguei lá e ele, quando vi... — a vigia da estrada de ferro começou uma história comprida.

O relato da vigia foi interrompido pelo som de vozes e passos no corredor superior.

As mulheres fizeram silêncio, puseram-se a escutar.

— Arrastaram, os demônios — disse Bonitona. — Vão açoitar até matar. Os carcereiros têm raiva demais dele porque não abaixa a cabeça.

Em cima, tudo ficou em silêncio e a vigia da estrada de ferro contou até o fim a sua história, contou como ela ficou assustada na aldeia quando açoitaram o mujique dentro de um barracão, como suas entranhas viraram pelo avesso. Bonitona contou então como surraram Cheglov com um açoite e ele não soltou nenhum pio. Depois Fedóssia retirou o chá e Korabliova e a vigia da estrada de ferro pegaram suas costuras, enquanto Máslova ficou sentada, abraçada aos joelhos, sobre o beliche de tábuas, na melancolia do tédio. Preparava-se para se deitar e dormir, quando a carcereira gritou para ela, chamando-a ao escritório para receber uma visita.

— Não deixe de falar de nós — disse-lhe a velha Menchova, na hora em que Máslova arrumava o lenço de cabeça diante do espelho, que tinha metade do mercúrio do fundo já descascada. — Não fomos nós que tacamos fogo, foi ele mesmo, o miserável, e o empregado viu, ele não mata ninguém. Conte para ele, para que mande chamar o Mítri. O Mítri vai explicar tudo direitinho, feito a palma da mão. Se não, como é que pode? Trancaram a gente a cadeado, a gente não sabe de nada, enquanto ele, o miserável, se regala com a mulher do outro, fica lá na taberna.

— Isso não é lei! — confirmou Korabliova.

— Vou contar, sem falta, vou contar — respondeu Máslova. — É melhor eu tomar mais um gole para ganhar coragem — acrescentou, piscando o olho.

Korabliova encheu meia xícara para ela. Máslova bebeu de uma vez só, enxugou a boca e, num estado de ânimo muito alegre, repetindo as palavras ditas por ela, "para ganhar coragem", balançando a cabeça e sorrindo, seguiu a carcereira pelo corredor.

XLVII

Nekhliúdov já esperava no saguão havia muito tempo. Ao chegar à prisão, tocou a campainha da porta de entrada e mostrou ao carcereiro de serviço a autorização do promotor.

— Quem o senhor vai ver?

— A prisioneira Máslova.

— Agora não pode: o diretor está ocupado.

— No escritório? — perguntou Nekhliúdov.

— Não, aqui, na sala de visitas — respondeu o carcereiro encabulado, ou assim pareceu a Nekhliúdov.

— Por acaso hoje estão recebendo visitas?

— Não, é um caso especial — respondeu.

— Como posso falar com ele?

— Já vão sair, e aí o senhor fala. Espere um pouco.

Nisso, de uma porta lateral, saiu um suboficial de galões cintilantes, com o rosto reluzente e lustroso, os bigodes impregnados de tabaco, e dirigiu-se ao carcereiro em tom severo:

— Por que deixou entrar?... Para o escritório...

— Disseram-me que o diretor está aqui — respondeu Nekhliúdov, admirado com a agitação visível no suboficial.

Nesse momento, a porta interna se abriu e por ela saiu Petrov, coberto de suor, afogueado.

— Vai lembrar — exclamou, dirigindo-se ao suboficial.

O suboficial apontou com os olhos para Nekhliúdov e Petrov calou-se, franziu as sobrancelhas e entrou pela porta de fundos.

"Quem vai lembrar? Por que estão todos tão encabulados? Por que o suboficial lhe fez um sinal?", pensou Nekhliúdov.

— Não pode ficar esperando aqui, por favor, vá para o escritório — dirigiu-se o suboficial a Nekhliúdov outra vez, e Nekhliúdov já fazia menção de sair quando, pela porta dos fundos, saiu o diretor, ainda mais encabulado que seus subalternos. Não parava de suspirar. Ao ver Nekhliúdov, voltou-se para o carcereiro.

— Fedótov, traga para o escritório a Máslova, da cela 5 da ala feminina — disse. — Por favor — dirigiu-se a Nekhliúdov. Seguiram por uma escada íngreme rumo a uma sala pequena, com uma janela, uma escrivaninha e algumas cadeiras. O diretor sentou-se.

— São árduas, são árduas as obrigações — disse, voltando-se para Nekhliúdov e pegando um cigarro grosso.

— O senhor parece cansado — disse Nekhliúdov.

— Estou cansado de todo o serviço, as obrigações são muito difíceis. Queremos tornar o destino mais leve, mas ele se torna ainda pior; só penso num modo de ir embora daqui; são árduas, são árduas as obrigações.

Nekhliúdov não sabia em que, especificamente, consistia a dificuldade para o diretor, mas nesse dia viu nele um estado de espírito diferente, desolado e digno de pena.

— Sim, imagino que seja muito árduo — disse. — Por que o senhor cumpre essas obrigações?

— Não tenho recursos, tenho uma família.

— Mas se é árduo para o senhor...

— Bem, apesar de tudo, digo ao senhor que, na medida do possível, prestamos um serviço útil, apesar de tudo, torno mais brando o que posso. Qualquer outro em meu lugar agiria de forma completamente diversa. De resto, é fácil falar: mais de duas mil pessoas, e que pessoas. É preciso saber como lidar. Também são gente, eles dão pena. Mas também não se pode relaxar.

O diretor passou a relatar um caso recente de briga entre os prisioneiros, que terminou em assassinato.

Seu relato foi interrompido pela entrada de Máslova, trazida por um carcereiro.

Nekhliúdov avistou-a na porta, quando ela ainda não tinha visto o diretor. Seu rosto estava vermelho. Caminhava com desembaraço, atrás do carcereiro, e não parava de sorrir, balançando a cabeça. Ao ver o diretor, fitou-o com o rosto assustado, mas logo se recuperou e voltou-se para Nekhliúdov, desembaraçada e alegre.

— Bom dia — disse ela, com voz cantada, e, sorrindo, apertou sua mão com força, não como da vez anterior.

— Trouxe aqui uma petição para a senhora assinar — disse Nekhliúdov, bastante surpreso com o jeito desembaraçado com que ela veio ao seu encontro. — O advogado preparou uma petição e é preciso assinar para enviarmos a Petersburgo.

— Claro, posso assinar. Posso fazer tudo — respondeu, sorrindo e entrecerrando um olho.

Nekhliúdov tirou do bolso uma folha dobrada e foi até a mesa.

— Pode assinar aqui? — perguntou Nekhliúdov ao diretor.

— Venha cá, sente-se — disse o diretor. — Pegue a caneta. Sabe escrever?

— Antigamente, sabia — disse Máslova e, sorrindo, depois de ajeitar a saia e as mangas da blusa, sentou-se à mesa, pegou a caneta desajeitadamente com a mão pequena e vigorosa e, após soltar uma risada, virou os olhos para Nekhliúdov.

Ele lhe indicou o que e onde assinar.

Molhando e sacudindo cuidadosamente a caneta, ela assinou seu nome.

— Não é preciso mais nada? — perguntou, olhando ora para Nekhliúdov, ora para o diretor, e colocando a caneta ora no tinteiro, ora sobre uns papéis.

— Preciso falar uma coisa para a senhora — disse Nekhliúdov, tomando a caneta da sua mão.

— Pois bem, fale — disse ela e de repente ficou séria, como se tivesse lembrado alguma coisa ou sentisse vontade de dormir.

O diretor levantou-se e saiu.

XLVIII

O carcereiro que trouxe Máslova foi sentar-se no parapeito da janela, a certa distância da mesa. Para Nekhliúdov, havia chegado o instante decisivo. Não parava de repreender a si mesmo por não ter, no primeiro encontro, dito a Máslova o mais importante — que tinha intenção de casar com ela, e agora estava firmemente resolvido a contar-lhe isso. Máslova sentou-se de um lado da mesa, Nekhliúdov sentou-se do outro, de frente para ela. Na sala estava claro e Nekhliúdov, pela primeira vez, viu seu rosto de perto e com clareza — as ruguinhas em volta dos olhos e dos lábios e o inchaço embaixo dos olhos. E, ainda mais que antes, sentiu pena dela.

Curvado para a frente, apoiando-se com o cotovelo sobre a mesa, de modo a não ser ouvido pelo carcereiro, homem com tipo de judeu, suíças grisalhas, que estava sentado junto à janela, mas apenas por Máslova, Nekhliúdov disse:

— Se essa petição não der certo, vamos fazer um apelo a sua majestade. Faremos tudo o que for possível.

— Se antes eu tivesse um advogado bom... — cortou Máslova. — Mas aquele meu defensor era um perfeito palerma. Ficou o tempo todo me fazendo galanteios — disse, e deu uma risada. — Se naquele dia soubessem que eu conhecia o senhor, teria sido diferente. Mas sem isso, o que aconteceu? Todos pensam que sou ladra.

"Como está estranha hoje", pensou Nekhliúdov e, quando ia lhe falar, ela recomeçou:

— E agora tenho uma outra coisa. Na nossa cela tem uma velhinha, sabe, todo mundo até se admira. Uma velhinha maravilhosa, e está presa aqui sem motivo nenhum, ela e o filho; todo mundo sabe que não são culpados, mas levaram a culpa de um incêndio, e estão presos. Sabe, ela ouviu dizer que sou conhecida do senhor — disse Máslova, girando a cabeça e olhando para ele — e me disse: "Conte para ele, diga que mandem chamar o meu filho, ele vai lhe contar tudo". O sobrenome deles é Menchov. E então, o senhor vai cuidar disso? Sabe, é uma velhinha; tão maravilhosa; a gente vê logo que foi presa sem motivo. O senhor, meu querido, tem de interceder em favor dela — disse Máslova, enquanto lançava um olhar para ele, baixava os olhos e sorria.

— Está bem, vou tomar providências, vou tomar informações — respondeu Nekhliúdov, cada vez mais admirado com a sem-cerimônia de Máslova. — Mas eu queria falar de um outro assunto com a senhora. Lembra o que lhe disse da outra vez? — perguntou.

— O senhor disse muita coisa. O que falou da outra vez? — perguntou Máslova, sem parar de sorrir, e balançando a cabeça, ora para um lado, ora para o outro.

— Falei que vim pedir à senhora que me perdoasse — respondeu.

— Ora essa, sempre perdoar, perdoar, isso não leva a nada... era melhor que o senhor...

— Eu quero expiar minha culpa — continuou Nekhliúdov — e expiar não por meio de palavras, mas sim por meio de atos. Resolvi me casar com a senhora.

O rosto de Máslova, de repente, expressou pavor. Os olhos vesgos ficaram parados, olhavam e não olhavam para ele.

— Mas para que ainda é necessário uma coisa dessa? — exclamou ela, franzindo o rosto com raiva.

— Sinto que, diante de Deus, tenho de agir assim.

— E ainda vem falar em Deus? O senhor só diz coisas sem sentido. Deus? Que Deus? Devia ter se lembrado de Deus naquele tempo — disse Máslova e deteve-se, com a boca aberta.

Nekhliúdov só então sentiu o forte cheiro de vodca que vinha da boca de Máslova e entendeu a causa da sua agitação.

— Acalme-se — disse ele.

— Não vou me acalmar nada. Pensa que estou bêbada? Estou bêbada, mas sei o que estou dizendo — desatou a falar rápido, de repente, e ruborizou-se muito. — Sou uma condenada aos trabalhos forçados, uma p..., o senhor é um fidalgo, um príncipe, não tem por que se sujar comigo. Vá embora para as suas princesas, meu preço é uma vermelhinha.

— Por mais cruéis que sejam as suas palavras, não conseguirá dizer o que sinto — respondeu Nekhliúdov em voz baixa, todo trêmulo. — Não pode imaginar a que ponto eu me sinto culpado perante você!...

— Eu me sinto culpado — arremedou ela, com maldade. — Naquele tempo, não sentia, e ainda me enfiou cem rublos. Tome, este é o seu preço...

— Eu sei, eu sei, mas o que fazer agora? — disse Nekhliúdov. — Agora resolvi que não vou mais deixar você — repetiu —, e o que eu disse, vou fazer.

— Pois eu digo que não vai! — exclamou Máslova e deu uma risada bem alta.

— Katiucha! — começou, tocando a mão dela.

— Afaste-se de mim. Sou uma condenada aos trabalhos forçados e você é um príncipe, não tem nada que fazer aqui — gritou, completamente transfigurada pela ira, desvencilhando-se da mão dele. — Você quer me usar para se salvar — prosseguiu, afobada para exprimir tudo o que se erguera na sua alma. — Você me usou para se regalar à vontade neste mundo, agora quer me usar para se salvar no outro mundo! Você me dá nojo, os seus óculos, toda essa sua cara gordurenta, asquerosa. Vá embora, vá embora! — começou a gritar, erguendo-se de um pulo, com um movimento enérgico.

O carcereiro aproximou-se.

— Não faça escândalo! Acha que pode...

— Deixe-a, por favor — disse Nekhliúdov.

— É para ela não esquecer — respondeu o carcereiro.

— Não, por favor, espere — disse-lhe Nekhliúdov. O carcereiro afastou-se de novo para a janela.

Máslova sentou-se de novo, baixou os olhos e apertou com força as mãos pequenas, com os dedos entrecruzados.

Nekhliúdov estava de pé diante dela, sem saber o que fazer.

— Você não acredita em mim — disse.

— O senhor casar comigo, isso não vai acontecer nunca. Prefiro me enforcar! Era só o que faltava.

— Mesmo assim, vou ajudar você.

— Bom, isso é problema seu. Só que não preciso de nada de você. Estou falando a verdade — disse Máslova. — Por que não morri de uma vez naquela época? — acrescentou e, dolorosamente, começou a chorar.

Nekhliúdov não conseguia falar: as lágrimas dela o contagiaram.

Máslova ergueu os olhos, fitou-o como que admirada e começou a enxugar, com o lenço, as lágrimas que lhe escorriam pelas faces.

O carcereiro, então, aproximou-se outra vez e lembrou que o tempo havia terminado. Máslova levantou-se.

— A senhora agora está transtornada. Se for possível virei amanhã. Reflita — disse Nekhliúdov.

Ela nada respondeu e, sem olhar para ele, saiu atrás do carcereiro.

— Pois é, menina, anime-se agora — disse Korabliova para Máslova, quando voltou à cela. — Pelo visto, ele está doidinho por você; tem de aproveitar enquanto está vindo aqui. Ele vai ajudar. Para os ricos, tudo é possível.

— É isso mesmo — disse a vigia da estrada de ferro, em voz cantada. — Quando o pobre se casa, até a noite é curta, mas para o rico é só pensar, imaginar, e tudo vai acontecer do jeito que ele quer, vai ser assim. Eu soube de um, meu bem, que fez o seguinte...

— E então, falou do nosso caso? — perguntou a velha.

Máslova, no entanto, não respondeu à sua companheira, deitou-se no beliche de tábuas e, com os olhos vesgos cravados num canto, ficou ali deitada até de noite. Dentro dela, havia um trabalho torturante. O que Nekhliúdov lhe disse chamou-a de volta para aquele mundo em que sofria e de onde havia fugido, sem compreendê-lo e cheia de ódio. Agora ela havia perdido o esquecimento em que vivia, mas viver com a clara lembrança do que tinha acontecido era aflitivo demais. À noite, comprou mais vodca e bebeu bastante, com suas companheiras.

XLIX

"Sim, aí está, é isso. É isso mesmo", pensava Nekhliúdov, enquanto saía da prisão e só compreendia plenamente toda a sua culpa. Se não tivesse tentado expiar, redimir sua falta, jamais sentiria toda a sua criminalidade; além disso, ela também não sentiria todo o mal praticado contra ela. Só agora tudo isso viera à tona com todo o seu horror. Só agora ele via o que tinha feito com a alma daquela mulher, e ela via e compreendia o que haviam feito com ela. Antes, Nekhliúdov brincava com seus sentimentos, deliciando-se consigo mesmo, com o seu arrependimento; agora, sentia apenas horror. Abandoná-la agora — ele sentia isso —, não podia, no entanto, não conseguia imaginar o que resultaria do seu relacionamento com Máslova.

Bem na saída, aproximou-se de Nekhliúdov um carcereiro com medalhas e cruzes, de rosto desagradável, insinuante e, com um ar de mistério, entregou-lhe um bilhete.

— Aqui está o bilhete de uma certa pessoa para vossa excelência... — disse, ao entregar um envelope para Nekhliúdov.

— Que pessoa?

— Leia, veja. Uma presa, política. Dou serviço no setor delas. Por isso ela me pediu. E, embora não seja permitido, por uma questão de humanidade... — disse o carcereiro, num tom artificial.

Nekhliúdov ficou surpreso com a maneira como um carcereiro encarregado da ala dos presos políticos veio lhe entregar um bilhete, e ali mesmo dentro da prisão, quase à vista de todos; Nekhliúdov ainda não sabia, então, que se tratava de um carcereiro espião, mas pegou o bilhete e, ao sair da prisão, leu. Escrito a lápis, em letras fluentes, na ortografia nova, o bilhete dizia o seguinte:

> Ao saber que o senhor visita a prisão, interessando-se por uma detenta, senti vontade de me encontrar com o senhor. Peça uma visita a mim. Ao senhor, darão a autorização e eu lhe fornecerei muito material importante, para a sua *protégée*[39] e também para o nosso grupo.
> Muito obrigada,
> Vera Bogodukhóvskaia

Vera Bogodukhóvskaia era professora numa longínqua província de Nóvgorod, aonde Nekhliúdov ia com amigos para caçar ursos. Essa professora se dirigira a Nekhliúdov com um pedido de dinheiro a fim de fazer um curso. Nekhliúdov lhe deu o dinheiro e esqueceu-se dela. Agora se revelava que essa senhora era uma criminosa política e estava na prisão, onde, provavelmente, veio a saber da história de Nekhliúdov e lhe ofereceu os seus serviços. Como tudo antes era fácil e simples. E como agora tudo era difícil e complicado. Nekhliúdov, de modo vivaz e alegre, lembrou-se daquele tempo e de quando conhecera Bogodukhóvskaia. Foi antes da Quaresma, num fim de mundo, a umas sessenta verstas da estrada de ferro. A caçada tinha sido boa, mataram dois ursos e já haviam almoçado, estavam se preparando para partir quando a dona da isbá onde eles haviam se alojado veio dizer que a filha do diácono tinha vindo e queria falar com o príncipe Nekhliúdov.

— É bonita? — perguntou alguém.

— Ora, deixe disso! — respondeu Nekhliúdov, fez uma cara séria, levantou-se da mesa e, enxugando a boca e surpreso, sem conseguir imaginar o que a filha do diácono poderia querer dele, seguiu para a casinha de fundos da dona da isbá.

Ali dentro, estava uma jovem de chapéu de feltro e manto, descarnada, de rosto magro e feio, em que só os olhos eram bonitos, com as sobrancelhas erguidas acima deles.

---

39 Francês: "Protegida".

— Pronto, Vera Efriémovna, pode falar com ele — disse a velha proprietária. — Este é o príncipe em pessoa. Eu vou sair.

— Em que posso ajudá-la? — perguntou Nekhliúdov.

— Eu... eu... Veja bem, o senhor é rico, o senhor joga dinheiro fora com bobagens, em caçadas, eu sei — começou a jovem, intensamente embaraçada. — E eu só quero uma coisa: quero ser útil para as pessoas e não posso fazer nada porque não sei nada.

Os olhos eram sinceros, bondosos, e toda a fisionomia, de firmeza e também de timidez, era tão comovente que Nekhliúdov, como muitas vezes acontecia com ele, de repente se colocou no lugar dela, compreendeu-a e teve pena.

— O que posso fazer?

— Sou professora, mas queria fazer um curso e não me deixam entrar. Não é que não me deixam entrar, eles deixam, mas é preciso ter recursos. Dê-me os recursos e, quando eu terminar de fazer o curso, pagarei ao senhor. Fico pensando, os ricos matam os ursos, embriagam os mujiques... tudo isso é errado. Por que não fazem coisas boas? Eu só preciso de oitenta rublos. Se o senhor não quiser, tanto faz — disse ela, zangada.

— Ao contrário, sou muito grato à senhora por me dar essa oportunidade... Vou trazer, num instante — respondeu Nekhliúdov.

Saiu para a entrada e ali mesmo esbarrou em um companheiro que, escondido, ouvia a conversa dos dois. Sem responder aos gracejos dos companheiros, tirou o dinheiro da bolsa e levou para ela.

— Por favor, por favor, não agradeça. Eu é que devo agradecer à senhora.

Era agradável, agora, para Nekhliúdov, recordar tudo aquilo; era agradável recordar que quase brigou com um oficial que quis fazer uma brincadeira de mau gosto com aquela história, e como um outro companheiro o apoiou e, por causa disso, tornou-se mais próximo dele, e como toda a caçada foi bem-sucedida e alegre e como ele se sentia bem quando voltaram à noite para a estação da estrada de ferro. Uma fila de trenós puxados por dois cavalos avançava a trote curto, sem fazer ruído, por uma estrada estreita na mata, às vezes alta, às vezes baixa, com pinheiros inteiramente sufocados por perfeitas panquecas de neve. No escuro, rebrilhando com uma chama vermelha, alguém começava a fumar gostosamente um cigarro aromático. Óssip, o batedor da caçada, passou correndo de um trenó para outro, com a neve pelos joelhos, e, depois de se acomodar, falou sobre os alces que naquela hora andavam na neve funda e roíam a casca dos álamos, sobre os ursos que naquela hora estavam deitados em suas tocas cerradas, resfolegando com um sopro quente através de um respiradouro.

Nekhliúdov lembrou-se de tudo isso e, mais que tudo, lembrou-se do sentimento feliz que vinha da consciência da sua saúde, da sua força e da sua despreocupação. Os pulmões respiravam fundo o ar gelado, esticando a peliça curta, a neve espirrava em seu rosto, quando esbarrava nos ramos arqueados, um calor no corpo, um frescor no rosto, e nenhuma preocupação na alma, nenhuma recriminação, nenhum pavor, nenhum desejo. Como era bom! Mas, e agora? Meu Deus, como tudo aquilo era aflitivo e penoso!...

Pelo visto, Vera Efriémovna era uma revolucionária e agora, por causa de atividades revolucionárias, estava na prisão. Era preciso vê-la, sobretudo porque prometia dar sugestões para melhorar a situação de Máslova.

L

Ao acordar na manhã seguinte, Nekhliúdov lembrou tudo o que se passara na véspera e sentiu medo.

Porém, apesar do medo, ele, mais do que em qualquer ocasião anterior, decidiu que ia levar adiante o que havia começado.

Com o sentimento da consciência do seu dever, Nekhliúdov saiu de casa e seguiu para a residência de Máslennikov a fim de pedir a autorização para a visita à prisão, não só para ver Máslova, mas também a tal velhinha Menchova e seu filho, para quem Máslova pedira a sua ajuda. Além disso, queria pedir um encontro com Bogodukhóvskaia, que podia ser útil para Máslova.

Nekhliúdov conhecera Máslennikov muito tempo antes, ainda no Exército. Na época, Máslennikov era o tesoureiro do regimento. Era um oficial muito simpático e consciencioso ao extremo, que nada sabia deste mundo, nem queria saber, exceto os assuntos do regimento e o sobrenome do tsar. Agora, Nekhliúdov encontrou-o na condição de administrador, tendo substituído o regimento por uma província e pelo governo da província. Estava casado com uma mulher rica e ativa, que obrigou o marido a transferir-se do serviço militar para o civil.

Ela ria do marido e o mimava como a um animal doméstico. No inverno anterior, Nekhliúdov esteve uma vez na casa deles, mas o casal lhe pareceu tão desinteressante que depois não voltou mais.

Máslennikov ficou radiante ao ver Nekhliúdov. Era o mesmo rosto gordo e vermelho, a mesma corpulência e, como no tempo do serviço militar, o mesmo esmero nas roupas. Naquele tempo, era um uniforme ou um casaco sempre limpo, no rigor da moda, bem justo nos ombros e no peito; agora, era um traje civil no rigor da moda, também justo no corpo farto e no peito largo que se projetava. Estava num uniforme de vice. Apesar da diferença de idade (Máslennikov já estava à beira dos quarenta), tratavam-se por "você".

— Ora vejam só, obrigado por ter vindo. Vamos ver minha esposa. Tenho exatamente dez minutos livres antes de uma reunião. Pois o titular viajou. Estou governando a província — disse com um prazer que não pôde ocultar.

— Vim vê-lo a negócios.

— O que é? — exclamou Máslennikov, de repente, como que de sobreaviso, num tom assustado e um pouco ríspido.

— Está na prisão uma pessoa por quem tenho um grande interesse — à palavra "prisão", o rosto de Máslennikov tornou-se ainda mais severo — e eu gostaria de encontrá-la, mas não na sala comum e sim no escritório, e não só nos dias determinados, mas sim com mais frequência. Disseram-me que isso depende de você.

— Claro, *mon cher*,[40] estou pronto a fazer tudo por você — respondeu Máslennikov, tocando de leve com as duas mãos os joelhos de Nekhliúdov, como se quisesse amansar sua excelência —, é possível, mas, veja bem, sou califa só por uma hora.

— Então você pode me dar um documento para que eu possa me encontrar com ela?

— É uma mulher?

— Sim.

— E por que está presa?

— Por envenenamento. Mas foi condenada injustamente.

— Sim, eis no que dá o julgamento com júri, *ils n'en font point d'autres*[41] — disse ele em francês, por algum motivo. — Eu sei, você não concorda comigo, mas, o que fazer, *c'est mon opinion bien arrêtée*[42] — acrescentou, exprimindo o ponto de vista que, de várias formas, no decorrer do ano, defendera num jornal retrógrado e conservador. — Eu sei, você é um liberal.

— Não sei se sou liberal ou alguma outra coisa — respondeu Nekhliúdov sorrindo, sempre admirado ao ver como todos o associavam a algum partido e chamavam-no de liberal só porque dizia que, ao julgar uma pessoa, era preciso antes ouvi-la, e que perante a justiça todos eram iguais, que não era preciso torturar nem espancar as pessoas em geral, sobretudo as que não tinham sido condenadas. — Não sei se sou liberal ou não, mas sei que os tribunais atuais, por piores que sejam, ainda assim são melhores do que os anteriores.

— E quem você contratou como advogado?

— Procurei Fanárin.

---

40 Francês: "meu caro".

41 Francês: "Não fazem outra coisa".

42 Francês: "É a minha opinião bem firme".

— Ah, Fanárin! — exclamou Máslennikov, com uma careta, recordando como, no ano anterior, aquele Fanárin, num julgamento, o interrogou na condição de testemunha e, com a maior cortesia do mundo, ridicularizou-o durante meia hora. — Eu não recomendaria que você tivesse negócios com ele. Fanárin *est un homme taré.*[43]

— E tenho um outro pedido para lhe fazer — disse Nekhliúdov, sem responder. — Muito tempo atrás, conheci uma jovem, uma professora. Uma criatura que dava muita pena e agora também está na prisão e quer falar comigo. Você poderia me dar também um salvo-conduto para vê-la?

Máslennikov inclinou a cabeça um pouco para o lado e refletiu.

— É uma presa política?

— Sim, foi o que me disseram.

— Veja bem, as visitas aos presos políticos são só para os familiares, mas para você darei um salvo-conduto geral. *Je sais que vous n'abuserez pas...*[44] Como se chama, a sua *protégée*?... Bogodukhóvskaia? *Elle est jolie?*[45]

— *Hideuse.*[46]

Máslennikov balançou a cabeça, com ar desaprovador, foi até a mesa e, num papel timbrado, escreveu com desembaraço.

> Ao portador deste, o príncipe Dmítri Ivánovitch Nekhliúdov, autorizo o encontro no escritório da prisão com a burguesa Máslova que se encontra presa, e o mesmo vale para a enfermeira Bogodukhóvskaia.

Terminou de escrever e fez uma rubrica esparramada.

— Pronto, você vai ver que ordem reina por lá. E, lá, a manutenção da ordem é muito difícil, pois está superlotada, sobretudo por presos em trânsito para a deportação: mesmo assim eu cuido de tudo com rigor e gosto dessa atividade. Você vai ver, lá eles vivem muito bem e estão satisfeitos. Só é preciso saber como tratá-los. Ainda outro dia, houve algo desagradável, uma insubordinação. Qualquer outro trataria o caso como um motim e faria muitos infelizes. Mas conosco tudo correu muito bem. É preciso, de um lado, solicitude e, de outro, autoridade firme — disse ele, cerrando o punho branco e roliço que, com um anel de turquesa, se projetava

---

43 Francês: "É um homem desacreditado".

44 Francês: "Sei que não vai abusar".

45 Francês: "Ela é bonita?".

46 Francês: "Horrorosa".

da manga branca e dura da camisa, enfeitada com uma abotoadura de ouro. — Solicitude e autoridade firme.

— Bem, isso eu não sei — respondeu Nekhliúdov. — Estive lá duas vezes e me senti horrivelmente mal.

— Sabe de uma coisa? Você precisa encontrar-se com a condessa Passek — prosseguiu Máslennikov, empolgado com a conversa. — Ela entregou-se de corpo e alma a esse assunto. *Elle fait beaucoup de bien.*[47] Graças a ela, talvez, e a mim, digo isso sem falsa modéstia, conseguimos modificar tudo, e modificar de tal forma que já não existem aqueles horrores que antes havia, e eles estão de fato muito bem lá. Mas você mesmo vai ver. Quanto ao Fanárin, não o conheço pessoalmente e, devido à minha posição social, nossos caminhos não se cruzam, mas é decididamente uma pessoa ruim, além do mais ele se permite falar num tribunal certas coisas, certas coisas que...

— Está bem, eu lhe agradeço — respondeu Nekhliúdov, após pegar o documento, e, sem lhe dar atenção, despediu-se de seu antigo camarada.

— Mas não vai falar com minha esposa?

— Não, me desculpe, agora não tenho tempo.

— Ora, mas como? Ela não me perdoará — dizia Máslennikov, enquanto conduzia o antigo camarada até o primeiro patamar da escada, como fazia com pessoas que não eram de primeira importância, mas de importância secundária, entre as quais classificava Nekhliúdov. — Não, por favor, vá, ainda que só por um minuto.

No entanto Nekhliúdov fez pé firme e, no momento em que o lacaio e o porteiro vieram correndo na direção de Nekhliúdov, oferecendo-lhe o sobretudo e a bengala, e abriram a porta junto à qual, do lado de fora, estava postado um policial, ele respondeu que naquele momento não poderia, de maneira alguma.

— Bem, então na quarta-feira, por favor. É o dia em que ela recebe. Direi a ela! — gritou-lhe Máslennikov, da escada.

LI

Naquele mesmo dia, ao ir direto da casa de Máslennikov para a prisão, Nekhliúdov dirigiu-se ao já conhecido alojamento do diretor. De novo, como na vez anterior, ouviram-se os sons de um piano ruim, mas agora não se tocava uma rapsódia e sim um estudo de Clementi, também com extraordinária força, precisão e rapidez. A criada com um olho vendado que abriu a porta disse que o capitão estava em casa e

---

47 Francês: "Ela pratica muito a caridade".

conduziu Nekhliúdov para uma pequena sala de visitas, com um sofá e uma mesa com um abajur grande, cuja campânula de papel cor-de-rosa estava queimada de um lado, e que estava sobre um paninho tricotado em lã. O diretor entrou, com o rosto atribulado, triste.

— Ora vejam, em que posso ajudá-lo? — perguntou, enquanto fechava o botão do meio do uniforme.

— Acabei de falar com o vice-governador e aqui está a autorização — disse Nekhliúdov, entregando o papel. — Eu gostaria de ver Máslova.

— Márkova? — indagou o diretor, que não ouviu direito por causa da música.

— Máslova.

— Ah, sim! Ah, sim!

O diretor levantou-se e aproximou-se da porta, de onde se ouviam os trinados de Clementi.

— Marússia, pode parar um instantinho? — pediu ele, com uma voz pela qual se percebia que aquela música era uma cruz na sua vida. — Não dá para ouvir nada.

O piano emudeceu, ouviram-se uns passos descontentes e alguém espiou pela porta.

O diretor, como que sentindo um alívio com a interrupção da música, começou a fumar um cigarro grosso, de fumo fraco, e ofereceu um outro a Nekhliúdov. Ele recusou.

— Então, eu gostaria de ver Máslova.

— Hoje não convém ver Máslova — respondeu o diretor.

— Por quê?

— Muito simples, o senhor mesmo é o culpado — disse o diretor, sorrindo de leve. — Príncipe, não dê dinheiro diretamente a ela. Se quiser, dê a mim. Tudo pertencerá a ela. Pois ontem o senhor, seguramente, lhe deu dinheiro, ela arranjou bebida, não há meio de erradicar esse mal, e hoje estava completamente embriagada, a ponto de tornar-se violenta.

— Será possível?

— Como não? Foi necessário tomar até medidas severas, eu a transferi para outra cela. No geral, é uma mulher tranquila, mas, por favor, o senhor não lhe dê mais dinheiro. É uma gente que...

Nekhliúdov lembrou-se da véspera com nitidez e sentiu medo outra vez.

— E Bogodukhóvskaia, uma presa política, posso ver? — perguntou Nekhliúdov, após um momento de silêncio.

— Pois não, isso é possível — respondeu o diretor. — Ora, e você, o que foi? — voltou-se para uma menina de cinco ou seis anos que entrara na sala e, com a cabeça virada de modo a não perder Nekhliúdov de vista, caminhava na direção do pai. — Olhe que assim vai cair — disse o diretor sorrindo porque a menina, como não olhava para a frente, tropeçou num tapetinho e correu ao encontro do pai.

— Então, se for possível, eu queria ir.

— Pois não, é possível, sim — respondeu o diretor, abraçou a menina, que não parava de observar Nekhliúdov, levantou-se e, depois de afastar a menina com carinho, saiu para a antessala.

O diretor mal tivera tempo de vestir o sobretudo, que lhe foi dado pela criada de olho vendado, e sair pela porta quando, de novo, começaram a murmurar os trinados de Clementi.

— Ela estudou no conservatório, mas lá não há ordem. Tem um grande talento — disse o diretor, enquanto descia a escada. — Quer dar concertos.

O diretor e Nekhliúdov chegaram à prisão. A cancela abriu-se prontamente ante a aproximação do diretor. Os carcereiros, batendo continência, seguiam-no com os olhos. Quatro homens com metade da cabeça raspada, levando tinas cheias, encontraram-se com ele na antessala e todos se encolheram ao ver o diretor. Um se agachou de modo especial, franziu o rosto com ar sombrio e os olhos negros brilharam.

— Claro, é preciso aprimorar o talento, não se pode desperdiçá-lo, mas num alojamento pequeno, o senhor entende, é difícil — o diretor continuava a conversa, sem dar a mínima atenção àqueles prisioneiros e, arrastando os pés com passos cansados, entrou na sala de reunião acompanhado por Nekhliúdov.

— A quem o senhor deseja ver?

— Bogodukhóvskaia.

— Essa é da torre. O senhor vai ter de esperar um pouco — voltou-se para Nekhliúdov.

— E seria impossível, nesse meio-tempo, avistar-me com os prisioneiros Menchov, a mãe e o filho, acusados por incêndio premeditado?

— Ele é da cela 21. Pois não, posso mandar chamar.

— Mas seria impossível visitar Menchov na sua cela?

— Mas o senhor ficará mais à vontade na sala de visitas.

— Não, acho que seria interessante.

— O que pode haver de interessante?

Nesse momento, por uma porta lateral, entrou um oficial elegante, o assistente do diretor.

— Veja bem, conduza o príncipe à cela de Menchov. É a cela 21 — disse o diretor ao assistente —, e depois leve-o ao escritório. Eu vou chamá-la. Qual é o nome dela?

— Vera Bogodukhóvskaia — disse Nekhliúdov.

O assistente do diretor era um jovem oficial louro, de bigodes tingidos, que propagava à sua volta um aroma floral de água-de-colônia.

— Por favor — voltou-se para Nekhliúdov com um sorriso agradável. — O senhor está interessado em nosso estabelecimento?

— Sim, e me interesso por esse homem que, segundo me disseram, veio parar aqui mesmo sendo totalmente inocente.

O assistente encolheu os ombros.

— Sim, isso acontece — disse em tom tranquilo, deixando o visitante passar à sua frente, com cortesia, ao entrar num largo corredor fedorento. — Acontece também de eles mentirem. Por favor.

As portas das celas estavam destrancadas e alguns prisioneiros se achavam no corredor. Acenando de modo quase imperceptível para os carcereiros e olhando de esguelha para os prisioneiros, que ou iam para dentro de suas celas, comprimindo-se às paredes, ou permaneciam junto às portas em posição de sentido, como soldados, enquanto acompanhavam a autoridade com os olhos, o assistente do diretor conduziu Nekhliúdov ao longo de um corredor, rumo a um outro corredor, à esquerda, cuja porta de ferro estava trancada.

Esse corredor era mais escuro e ainda mais fedorento do que o primeiro. Em ambos os lados do corredor, havia portas com fechaduras trancadas. Nas portas, havia uns buraquinhos, as chamadas vigias, com um diâmetro de meio *verchok*.[48] Não havia ninguém no corredor, exceto um carcereiro velhinho, com um rosto tristonho e enrugado.

— Qual a cela de Menchov? — perguntou o assistente ao carcereiro.

— A oitava da esquerda.

LII

— Posso dar uma olhada? — perguntou Nekhliúdov.

— Tenha a bondade — respondeu o assistente do diretor com um sorriso agradável e começou a conversar com o carcereiro. Nekhliúdov espiou através de um orifício: lá, um jovem alto, em roupas de baixo, com uma pequena barbicha preta, andava ligeiro para um lado e para o outro; ao ouvir um rumor na porta, olhou por um momento, franziu o rosto e continuou a andar.

Nekhliúdov espiou através de um outro orifício: seu olho topou com um outro olho, grande e assustado, que observava pelo buraquinho; afastou-se depressa. Ao espiar pelo terceiro orifício, viu sobre a cama um homem de estatura muito baixa,

---

48 Meio *verchok* equivale a 2,2 centímetros.

que dormia encolhido, com a cabeça encoberta pelo roupão. Na quarta cela, um homem pálido, de cara larga, estava sentado de cabeça baixa e com os cotovelos apoiados nos joelhos. Ao ouvir passos, ergueu a cabeça e olhou por um momento. No rosto inteiro, em especial nos olhos grandes, havia uma expressão de melancolia desesperada. Não tinha, era evidente, nenhum interesse em saber quem veio espiá-lo em sua cela. Não importava quem viesse olhar, ele não esperava, era evidente, nada de bom de pessoa alguma. Nekhliúdov teve medo; parou de espiar e seguiu para a cela 21, de Menchov. O carcereiro destrancou a fechadura e abriu a porta. Um jovem musculoso, de pescoço comprido, olhos bondosos e redondos e barbicha pequena, estava de pé ao lado de um catre e, com o rosto assustado, vestindo o roupão às pressas, olhou para as pessoas que entravam. Impressionaram em especial a Nekhliúdov os olhos redondos e bondosos, que passavam rápidos dele para o carcereiro, para o assistente do diretor e depois voltavam.

— Este cavalheiro quer fazer umas indagações sobre o seu caso.

— Agradecemos humildemente.

— Sim, contaram-me sobre o seu caso — disse Nekhliúdov, entrando até o fundo da cela e detendo-se junto à janela suja e gradeada — e eu gostaria de ouvir do senhor mesmo.

Menchov também se aproximou da janela e imediatamente começou a contar, de início olhando temeroso para o assistente do diretor e, depois, cada vez com mais coragem; quando o assistente do diretor saiu da cela para o corredor a fim de dar alguma ordem, ele perdeu todo o medo. Pela linguagem e pelos gestos, era a história do mais simples e bondoso rapaz do campo e Nekhliúdov achou especialmente estranho ouvir essa história da boca de um prisioneiro, numa roupa vergonhosa e numa prisão. Nekhliúdov escutava e, ao mesmo tempo, voltava-se para olhar o catre baixo com o colchão de palha, a janela com grades de ferro, as paredes imundas, úmidas e ensebadas, o rosto deplorável e a fisionomia infeliz do mujique desfigurado, de botinas e roupão, e sentia-se cada vez mais triste; não queria acreditar que era verdade o que aquele homem bondoso lhe contava, era horrível demais pensar que, sem motivo nenhum, só porque ele sim tinha sofrido uma ofensa, as pessoas podiam prender um homem, vesti-lo em trajes de presidiário e trancá-lo naquele lugar horroroso. No entanto seria mais horroroso ainda pensar que aquele relato sincero, com aquele rosto bondoso, fosse um embuste e uma invenção. O relato consistia em que o taberneiro, logo depois do casamento do jovem, havia tomado a sua esposa. Ele procurou a lei em toda parte. Em toda parte o taberneiro comprava as autoridades e lhe davam a razão. Certa vez, o jovem pegou a mulher de volta à força, mas ela fugiu no dia seguinte. Então ele foi exigir a esposa de volta. O taberneiro disse que a esposa dele não estava em sua casa (mas o rapaz a vira entrar) e mandou-o ir embora. Ele não foi. O taberneiro e um empregado lhe deram uma surra até sangrar e no dia seguinte houve um incêndio no quintal do taberneiro. Puseram a culpa no jovem e na mãe, mas ele não ateou o fogo, estava na casa do seu compadre.

— E você de fato não provocou o incêndio?

— Nem em sonho, patrão, de jeito nenhum. Ele sim, o malvado, deve ter posto fogo. Disseram que tinha acabado de fazer um seguro. E disseram que eu e a minha mãe o ameaçamos. Está certo, daquela vez eu falei uns nomes feios para ele, não segurei meu coração. Mas tacar fogo, não taquei não. E nem estava lá quando o incêndio começou. Ele escolheu de propósito esse dia em que eu estava com a minha mãe. Ele mesmo tacou fogo para pegar o seguro e pôs a culpa em nós.

— Será possível?

— É verdade, declaro diante de Deus, patrão. Seja nosso pai! — Quis curvar-se até o chão e Nekhliúdov o conteve a muito custo. — Liberte-me, senhor, estou preso sem razão — continuou.

E de repente suas faces começaram a se contrair, ele desatou a chorar e, arregaçando a manga do roupão, pôs-se a enxugar os olhos com a manga da camisa imunda.

— Terminaram? — perguntou o assistente do diretor.

— Sim. Não desanime; faremos o que for possível — disse Nekhliúdov e saiu. Menchov ficou parado junto à porta e assim o carcereiro o empurrou para dentro com a porta quando a fechou. Enquanto o carcereiro trancava a fechadura da porta, Menchov espiava pelo buraquinho da porta.

LIII

Ao voltar pelo corredor largo (era hora do almoço e as celas estavam abertas), entre pessoas vestidas em roupões amarelo-claros, calças curtas e largas e botinas, que o observavam com sofreguidão, Nekhliúdov experimentou sentimentos estranhos — compaixão pelas pessoas presas, horror e perplexidade com aqueles que as prenderam e as mantinham ali, e também, por alguma razão, vergonha de si mesmo por contemplar tudo aquilo com tranquilidade.

Num corredor, alguém passou correndo pela porta de uma cela, batendo as botinas, e de lá saíram pessoas que se puseram no caminho de Nekhliúdov e curvaram-se em cumprimento.

— Ordene, excelência, não sei o nome, ordene que resolvam o nosso caso.

— Não sou uma autoridade, não sei de nada.

— Tanto faz, fale com alguém, com uma autoridade, quem sabe — falou uma voz indignada. — Não somos culpados de nada, sofremos aqui há dois meses.

— Como? Por quê? — perguntou Nekhliúdov.

— Pois é, nos trancaram na prisão. Estamos presos faz dois meses e nem sabemos por quê.

— É verdade, foi um acidente — disse o assistente do diretor. — Por estarem sem documentos, prenderam essas pessoas, era preciso reenviá-los para a sua província, mas a prisão de lá pegou fogo e o governo provincial pediu que não transferíssemos os presos. Então já despachamos todos os que eram das outras províncias, mas ficamos com esses.

— Mas como, só por isso? — perguntou Nekhliúdov, parando na porta.

A multidão, uns quarenta homens, todos de roupão de presidiário, rodeou Nekhliúdov e o assistente do diretor. Várias vozes falaram ao mesmo tempo. O assistente do diretor interveio:

— Fale um só.

Do meio de todos, destacou-se um camponês alto, de aspecto respeitável, de uns cinquenta anos. Explicou a Nekhliúdov que todos foram mandados para a prisão e trancafiados por estarem sem passaporte. Acontece que tinham passaporte, só que estavam atrasados umas duas semanas. Todos os anos, os passaportes ficavam com esse atraso e ninguém exigia nada, mas daquela vez já os mantinham presos ali fazia dois meses, como criminosos.

— Nós somos todos pedreiros, todos da mesma corporação. Dizem que a prisão na província pegou fogo. Mas nós não temos culpa disso. O senhor faça essa caridade em nome de Deus.

Nekhliúdov escutou e quase não compreendeu o que dizia o velho de aspecto respeitável, porque toda a sua atenção foi absorvida por um grande piolho cinza-escuro de muitas pernas que rastejava entre os pelos da bochecha do pedreiro de aspecto respeitável.

— Mas como? Será possível, só por isso? — disse Nekhliúdov, voltando-se para o assistente do diretor.

— Sim, as autoridades cometeram uma falha, deviam mandá-los e instalá-los na localidade onde residem — disse o assistente do diretor.

Assim que o assistente terminou de falar, saiu da multidão um homem pequeno, também de roupão de presidiário, e com uma boca estranhamente torta começou a falar que eles ali eram torturados por qualquer coisa.

— Pior que cachorros... — começou.

— Está bem, está bem, não fale mais nada, fique calado, senão já sabe...

— Sei o quê? — começou a falar o homem pequeno em tom desesperado. — Por acaso somos culpados de alguma coisa?

— Cale a boca! — gritou o chefe e o homem pequeno calou-se.

"Mas o que é isso?", pensou Nekhliúdov, enquanto deixava para trás as celas como que acossado ao longo da fila de cem olhos que espiavam pelas portas, e também dos prisioneiros que encontrava em seu caminho.

— Será possível que de fato mantêm presas pessoas tão claramente inocentes? — exclamou Nekhliúdov, quando saíram do corredor.

— O que o senhor quer que se faça? Mas também muitos deles mentem. Se for ouvi-los, são todos inocentes — disse o assistente do diretor.

— Sim, mas esses aí não são culpados de nada.

— Esses, sim, vamos admitir. Mas é uma gente muito mimada. Sem severidade, é impossível. Há uns tipos tão ferozes que não se pode bobear com eles. Ontem mesmo dois deles tiveram de ser castigados.

— Castigados como? — perguntou Nekhliúdov.

— Castigados com a chibata, conforme o regulamento...

— Mas os castigos corporais foram abolidos.

— Não para as pessoas privadas de seus direitos. Essas estão sujeitas.

Nekhliúdov lembrou-se de tudo o que tinha visto no dia anterior, enquanto aguardava na entrada, e entendeu que o castigo ocorrera no momento em que ele esperava e lhe veio, com uma força especial, aquela sensação que era um misto de curiosidade, tristeza, perplexidade e de uma náusea moral, que se tornava quase uma náusea física, e que já o envolvera antes, mas jamais com tanta força.

Sem dar ouvidos ao assistente do diretor e sem olhar a seu redor, Nekhliúdov saiu às pressas dos corredores e encaminhou-se para o escritório. O diretor estava no corredor e, ocupado com outro assunto, esqueceu-se de mandar chamar Bogodukhóvskaia. Só quando Nekhliúdov entrou no escritório, lembrou que tinha prometido chamá-la.

— Vou mandar chamá-la agora mesmo, e o senhor queira sentar-se — disse.

LIV

O escritório era formado por duas salas. Na primeira sala, com uma estufa grande, saliente e de tinta descascada, e com duas janelas imundas, havia num canto uma vara preta usada para medir a altura dos prisioneiros e no outro canto, dependurada — peça constante em todos os locais de martírio, como que num escárnio de sua doutrina —, uma grande imagem de Cristo. Nessa primeira sala, estavam alguns carcereiros. Na outra sala, sentadas junto às paredes, em grupos ou em pares separados, havia umas vinte pessoas, homens e mulheres, e conversavam em voz baixa. Junto à janela, havia uma escrivaninha.

O diretor sentou-se à escrivaninha e ofereceu a Nekhliúdov uma cadeira que estava ali mesmo. Nekhliúdov sentou-se e pôs-se a observar as pessoas que estavam na sala.

Antes de todos os demais, chamou sua atenção um jovem de jaqueta curta, rosto agradável, que, de pé diante de uma mulher já madura, de sobrancelhas pretas, dizia algo para ela, com ardor e gestos das mãos. Ao lado, estava sentado um velho de óculos azuis, que escutava imóvel, segurando a mão de uma jovem com roupa de prisioneira que lhe contava alguma coisa. Um menino, aluno da escola técnica, com uma fixa expressão de susto no rosto, fitava o velho sem desviar os olhos. Não longe deles, num canto, estava sentado um casal de enamorados; ela, de cabelos curtos e rosto enérgico, uma graciosa moça loura, muito jovem, num vestido da moda; ele, com rosto de contornos finos e cabelos ondulados, um belo jovem de japona de guta-percha. Estavam sentados num canto e sussurravam, obviamente entorpecidos de amor. Mais perto da mesa que todos os outros, estava sentada uma mulher grisalha, de vestido preto, obviamente uma mãe. Fitava com olhos enormes um jovem de aspecto tuberculoso, numa japona do mesmo tipo, e queria falar algo, mas não conseguia pronunciar, por causa das lágrimas: começava e parava. O jovem segurava um papel nas mãos e, obviamente sem saber o que fazer com ele, o dobrava e amassava, com o rosto zangado. Ao lado deles, estava sentada uma jovem roliça, corada, bonita, de olhos muito proeminentes, de vestido cinzento de pelerine. Estava sentada ao lado da mãe chorosa e afagava com carinho o seu ombro. Tudo era bonito nessa moça: as grandes mãos brancas, os cabelos ondulados e aparados, o nariz e os lábios fortes; mas o encanto principal do seu rosto eram os olhos castanhos de carneiro, bondosos, sinceros. Seus olhos bonitos desprenderam-se do rosto da mãe no instante em que Nekhliúdov entrou e foram ao encontro do olhar dele. Mas logo se virou e passou a falar algo com a mãe. Próximo do casal enamorado, estava sentado um homem moreno e despenteado, de rosto sombrio, e com ar zangado dizia algo a um visitante sem barba, que parecia um escopita.[49] Nekhliúdov sentou-se ao lado do diretor e, com curiosidade tensa, olhava à sua volta. Distraiu-o um menino pequeno que dele se aproximou, de cabelo liso e cortado rente, e lhe dirigiu uma pergunta com voz fina:

— E o senhor, a quem está esperando?

---

49 Ver nota 10, na página 38.

Nekhliúdov surpreendeu-se com a pergunta, mas, após lançar um olhar para o menino e perceber o rosto sério, ponderado, e os olhos atentos e vivos, respondeu em tom sério que aguardava uma conhecida.

— É a irmã do senhor, não é? — perguntou o menino.

— Não, não é minha irmã — respondeu Nekhliúdov, com surpresa. — E você está aqui com quem? — perguntou ao menino.

— Com a mamãe. Ela é presa política — disse o menino, com orgulho.

— Mária Pávlovna, chame o Kólia — disse o diretor, que na certa achava ilegal a conversa entre Nekhliúdov e o menino.

Mária Pávlovna, a mesma bela moça de olhos de carneiro que chamara a atenção de Nekhliúdov, ergueu-se com toda a sua estatura elevada e, forte, larga, com um jeito de andar quase masculino, aproximou-se de Nekhliúdov e do garoto.

— O que ele perguntou ao senhor, quem o senhor é? — perguntou a Nekhliúdov, sorrindo de leve e fitando-o nos olhos com ar confiante e de maneira tão simples que parecia não poder existir a menor dúvida de que ela havia tido, tinha e devia ter com todo mundo relações simples, afetuosas e fraternais. — Ele tem de saber de tudo — disse ela, e sorriu por inteiro diante do rosto do menino, um sorriso tão bondoso e meigo que o menino e também Nekhliúdov — ambos sem querer, sorriram para o seu sorriso.

— Sim, me perguntou quem eu vim visitar.

— Mária Pávlovna, não é permitido conversar com estranhos. A senhora sabe disso — falou o diretor.

— Está bem, está bem — respondeu ela e, após pegar com a sua grande mão branca a mão de Kólia, que não tirava os olhos dela, voltou para junto da mãe do tuberculoso.

— Mas de quem é esse menino? — perguntou Nekhliúdov, já para o diretor.

— Filho de uma presa política, nasceu na prisão — respondeu o diretor, com certa satisfação, como se mostrasse a raridade do seu estabelecimento.

— Será possível?

— Sim, e agora, aí está, vai com a mãe para a Sibéria.

— E aquela moça?

— Não posso responder ao senhor — disse o diretor, encolhendo os ombros. — Mas aí está Bogodukhóvskaia.

LV

Pela porta dos fundos, em passos oscilantes, veio a pequena, magra e amarela Vera Efriémovna, de cabelos muito curtos, com seus enormes olhos bondosos.

— Puxa, obrigada por ter vindo — disse, ao apertar a mão de Nekhliúdov. — O senhor se lembrou de mim? Vamos sentar.

— Não pensei que fosse encontrar a senhora assim.

— Ah, estou ótima! Tão bem, tão bem que nem desejo coisa melhor — disse Vera Efriémovna, como sempre olhando assustada para Nekhliúdov com seus olhos enormes, bondosos e redondos e virando o pescoço muito fino, fibroso, que ressaltava da gola deplorável, amarrotada e imunda de uma blusinha.

Nekhliúdov pôs-se a perguntar como ela fora parar naquela situação. Em resposta, a mulher passou a explicar a sua causa com grande animação. Sua fala era coalhada de palavras estrangeiras sobre propaganda, sobre agitação, sobre grupos, e seções, e subseções, as quais ela, pelo visto, estava totalmente segura de que todos conheciam, mas das quais Nekhliúdov jamais tinha ouvido falar.

Ela lhe contava, pelo visto, totalmente segura de que ele tinha muito interesse e satisfação em saber de todos os segredos do Naródnaia Vólia.[50] Nekhliúdov, por sua vez, observava o seu pescoço lamentável, os ralos cabelos emaranhados, e admirava-se sem entender por que ela fazia tudo aquilo e lhe contava. Ela lhe dava pena, mas não era de maneira alguma a mesma pena que sentira do mujique Menchov, mantido numa prisão fedorenta sem ter culpa nenhuma. Ela dava pena, acima de tudo, por aquela evidente confusão que tinha na cabeça. Pelo visto, se considerava uma heroína, pronta a sacrificar a vida pelo êxito da sua causa, e ao mesmo tempo mal conseguia explicar em que consistia essa causa e o seu êxito.

O caso de que Vera Efriémovna queria falar com Nekhliúdov consistia em que uma camarada sua, uma certa Chústova, que nem sequer pertencia ao subgrupo deles, como ela se expressava, fora capturada junto com ela cinco meses antes e metida na fortaleza Petropavlóvski[51] só porque, com ela, encontraram livros e papéis que lhe foram dados para que os guardasse. Vera Efriémovna considerava-se em parte culpada da prisão de Chústova e suplicou a Nekhliúdov, por ter conhecimentos, que fizesse o possível para libertá-la. O outro caso para o qual Bogodukhóvskaia queria pedir a ajuda de Nekhliúdov consistia em conseguir uma autorização para que os pais de Gurkiévitch, um homem que estava preso na fortaleza Petropavlóvski, o visitassem e também para que ele pudesse receber livros científicos, necessários para as suas pesquisas.

---

50 Em russo, "Vontade do Povo", ou "Liberdade do Povo". Nome de uma organização clandestina revolucionária, centro do movimento populista, de grande influência na Rússia nas duas últimas décadas do século XIX.

51 Fortaleza de Pedro e Paulo, situada numa ilha em São Petersburgo e marco da fundação da cidade. Ali ficaram presas importantes figuras do movimento revolucionário russo do século XIX.

Nekhliúdov prometeu que ia tentar fazer todo o possível, quando fosse a Petersburgo.

Quanto à sua própria história, Vera Efriémovna contou que, ao terminar o curso de parteira, ingressou no partido Naródnaia Vólia e trabalhou com eles. De início, tudo correu bem, escreviam proclamações, faziam propaganda nas fábricas, mas depois prenderam uma personalidade importante, apreenderam documentos e começaram a pegar todo mundo.

— Prenderam-me também e agora vão me deportar... — concluiu sua história. — Mas não faz mal. Sinto-me ótima, num estado de espírito olímpico — disse e sorriu com um sorriso que dava pena.

Nekhliúdov perguntou a respeito da moça com olhos de carneiro. Vera Efriémovna contou que era a filha de um general, que havia muito pertencia ao partido revolucionário, e estava presa porque assumira a culpa de um tiro disparado contra um guarda. Morava numa habitação clandestina onde havia uma tipografia. Quando, à noite, vieram dar uma batida, os residentes do local resolveram defender-se, apagaram os lampiões e começaram a destruir as provas. Os policiais invadiram a casa e então um dos conspiradores atirou e feriu mortalmente um guarda. Quando começaram a indagar quem havia atirado, ela respondeu que tinha dado o tiro, apesar de nunca ter posto a mão num revólver e de não matar nem uma aranha. E as coisas ficaram nesse pé. Agora, ela ia para os trabalhos forçados.

— Uma personalidade altruísta, boa... — disse Vera Efriémovna, em tom de aprovação.

O terceiro caso a respeito de que Vera Efriémovna queria falar referia-se a Máslova. Ela conhecia, como conheciam todos na prisão, a história de Máslova e as relações entre Nekhliúdov e ela, e recomendava solicitar sua transferência para a ala das presas políticas, ou pelo menos para a equipe de assistentes de enfermagem no hospital, onde naquele momento em especial havia muitos doentes e precisava-se de funcionárias. Nekhliúdov agradeceu-lhe o conselho e disse que se esforçaria para ajudá-las.

LVI

A conversa dos dois foi interrompida pelo diretor, que se levantou e anunciou que o tempo da visita havia terminado e era preciso separar-se. Nekhliúdov se levantou, despediu-se de Vera Efriémovna e seguiu na direção da porta, onde parou, observando o que se passava na sua frente.

— Senhores, está na hora, está na hora — dizia o diretor, que ora se levantava, ora se sentava.

A exigência do diretor provocou apenas uma animação especial nos que estavam na sala, presos e também nos visitantes, mas ninguém nem pensou em separar-se. Alguns se levantaram e falavam de pé. Outros continuaram sentados e conversavam. Outros começaram a despedir-se e a chorar. Especialmente tocante era a mãe com seu filho tuberculoso. O jovem continuava a embolar a folha de papel na mão e seu rosto ficava cada vez mais raivoso — tão grande era o esforço que fazia para não se contagiar com o sentimento da mãe. Por sua vez, a mãe, ao ouvir que era preciso separar-se, recostou-se no ombro do filho e soluçava, fungando o nariz. A moça com olhos de carneiro — Nekhliúdov não conseguia deixar de segui-la com os olhos — estava de pé diante da mãe soluçante e lhe dizia algo de modo tranquilizador. O velho de óculos azuis, de pé, segurava a filha pela mão e inclinava a cabeça para ouvir o que ela dizia. Os jovens enamorados levantaram-se e ficaram de mãos dadas, fitando-se nos olhos em silêncio.

— Só aqueles ali estão alegres — disse, apontando para o casal enamorado, um jovem de jaqueta curta, de pé, ao lado de Nekhliúdov, e que, como ele também, olhava para as pessoas que se despediam.

Sentindo em si os olhares de Nekhliúdov e do jovem, os enamorados — o jovem com japona de guta-percha e a moça loura e graciosa — esticaram para a frente os braços de mãos dadas, inclinaram-se para trás e, rindo, começaram a rodar.

— Hoje à noite vão se casar aqui mesmo, na prisão, e ela vai com ele para a Sibéria — disse o jovem.

— O que houve com ele?

— Foi condenado aos trabalhos forçados. Se eles se alegram, já aquilo dói escutar — acrescentou o jovem de jaqueta, ouvindo os soluços da mãe do tuberculoso.

— Senhores! Por favor, por favor! Não me obriguem a tomar medidas severas — dizia o diretor, repetindo várias vezes a mesma coisa. — Por favor, vamos, por favor! — dizia em tom débil e irresoluto. — O que é isso? Já está na hora. Vamos, assim não é possível. É a última vez que aviso — repetia desalentado, enquanto ora começava a fumar, ora apagava seu cigarro de Maryland.

Era óbvio que, por mais habilidosos, por mais antigos e costumeiros que fossem os argumentos que autorizavam as pessoas a fazer mal a outras sem se sentirem responsáveis, o diretor não conseguia deixar de ter consciência de que era um dos culpados da desgraça que se passava naquele local; e, era óbvio, afligia-se horrivelmente com isso.

Por fim, detentos e visitantes começaram a separar-se: uns para a porta interna, outros para a externa. Passaram os homens — o de japona de guta-percha, o tuberculoso e o moreno despenteado; saiu também Mária Pávlovna, com o menino que nascera na prisão.

Também os visitantes começaram a sair. A passos pesados, foi-se o velho de óculos azuis, logo atrás dele saiu Nekhliúdov.

— Sim, senhor, uma ordem admirável — disse o jovem tagarela, como se continuasse uma conversa interrompida, enquanto descia a escada com Nekhliúdov. — Graças ao capitão, um bom homem, não se prende aos regulamentos. Todos falam, desabafam à vontade.

— Será que em outras prisões não há visitas assim?

— Ah! Não há nada parecido. Só um de cada vez, e olhe lá, e mesmo assim fala através das grades.

Quando Nekhliúdov, conversando com Medíntsev — assim se apresentou o jovem tagarela —, desceu até a entrada, o diretor aproximou-se deles, com uma fisionomia cansada.

— Pois então, se o senhor quiser ver Máslova, venha por favor amanhã — disse o diretor, querendo visivelmente ser gentil com Nekhliúdov.

— Está ótimo — respondeu Nekhliúdov e apressou-se em sair.

Eram obviamente horríveis os sofrimentos do inocente Menchov — e não tanto os seus sofrimentos físicos quanto a perplexidade, a descrença no bem e em Deus, que ele havia de experimentar, ao ver a crueldade das pessoas que o torturavam sem motivo; eram horríveis a humilhação e o tormento impostos àquelas centenas de pessoas que não tinham culpa de nada, só porque num papel não havia uma coisa escrita; eram horríveis aqueles carcereiros entontecidos, ocupados em atormentar seus irmãos, e convictos de que cumpriam uma tarefa boa e importante. Porém o que lhe pareceu mais horrível foi aquele diretor bondoso, já envelhecido, de saúde fraca, que tinha de separar a mãe do filho, o pai da filha — gente exatamente igual a ele e seus filhos.

"Para que isso?", perguntava Nekhliúdov, que agora experimentava, num grau mais elevado, aquele sentimento moral, que se tornava físico, de náusea, que ele sempre experimentava na prisão, e não encontrava resposta.

LVII

No dia seguinte, Nekhliúdov foi ter com o advogado e contou o caso dos Menchov, pedindo que assumisse a sua defesa. O advogado escutou-o e respondeu que ia examinar o processo e, se tudo fosse como Nekhliúdov dizia, o que era extremamente provável, assumiria a defesa sem pedir nenhuma recompensa. Nekhliúdov contou-lhe também a respeito dos cento e trinta homens presos por causa de um mal-entendido e perguntou de quem dependia a solução do caso, quem era o culpado. O advogado ficou em silêncio, obviamente no intuito de dar uma resposta precisa.

— Quem é o culpado? Ninguém — respondeu em tom resoluto. — Fale com o promotor, ele vai dizer que o culpado é o governador; fale com o governador, ele vai dizer que o culpado é o promotor. Ninguém é culpado.

— Vou agora mesmo procurar Máslennikov e contarei a ele.

— Ora, meu senhor, será inútil — retrucou o advogado, sorrindo. — Ele é... não é um parente nem amigo do senhor?... Ele é uma tremenda besta, cabeça-dura, e ao mesmo tempo astuto.

Nekhliúdov, ao lembrar o que Máslennikov dissera a respeito do advogado, nada respondeu e, após despedir-se, foi encontrar-se com Máslennikov.

Nekhliúdov tinha duas coisas a pedir a Máslennikov: a transferência de Máslova para o hospital e o caso dos cento e trinta homens inocentes, detidos na prisão por falta de documentos. Por mais que lhe fosse penoso pedir ajuda a um homem que ele não respeitava, era o único meio de alcançar o seu objetivo e era preciso passar por isso.

Ao aproximar-se da casa de Máslennikov, Nekhliúdov avistou em frente à entrada várias carruagens: caleches, coches e seges, e lembrou que era justamente o dia em que a esposa de Máslennikov promovia uma recepção em sua casa, e que ela o havia convidado. No momento em que Nekhliúdov chegou à casa, uma carruagem estava junto à entrada e um lacaio, de chapéu com penacho e de pelerine, ajudava uma senhora a subir da soleira do alpendre para a carruagem, enquanto ela segurava a cauda do seu vestido e descobria os tornozelos pretos, finos e calçados. Entre as carruagens já estacionadas, ele reconheceu o landau fechado dos Kortcháguin. O cocheiro corado e grisalho tirou o chapéu de modo respeitoso e amigável, como a um fidalgo já bem conhecido. Nekhliúdov mal teve tempo de perguntar ao porteiro onde estava Mikhail Ivánovitch (Máslennikov), quando o próprio Máslennikov surgiu na escada atapetada, acompanhando uma visita muito importante, tanto assim que a acompanhou não só ao patamar, mas até embaixo. Essa visita muito importante era um militar que, ao sair, falava em francês sobre uma rifa para ajudar os asilos que estavam sendo construídos na cidade e expressava o ponto de vista de que essa era uma boa ocupação para as senhoras: "Elas se divertem e, além disso, o dinheiro é angariado".

— *Qu'elles s'amusent et que le bon Dieu les bénisse...*[52] Ah, Nekhliúdov, bom dia! Há quanto tempo não vejo o senhor — cumprimentou-o o militar. — *Allez présenter*

52 Francês: "Que elas se divirtam e que o bom Deus as abençoe...".

vos devoirs à madame.[53] E os Kortcháguin estão aqui. *Et Nadine Bukshedven. Toutes les jolies femmes de la ville*[54] — disse, baixando e levantando um pouco seus ombros militares sob o dólmã que lhe foi oferecido por um lacaio pomposo, com galões dourados. — *Au revoir, mon cher!*[55] — E ainda apertou a mão de Máslennikov.

— Muito bem, vamos subir, como estou contente! — disse Máslennikov animado, segurando Nekhliúdov pelo braço, e, apesar de sua corpulência, levou-o depressa para cima.

Máslennikov estava numa agitação especialmente alegre, cuja causa era a atenção que lhe mostrara uma pessoa importante. Era de supor que, servindo na Guarda, próximo ao regimento da família do tsar, Máslennikov a essa altura já devia estar habituado às relações com a família do tsar, mas, pelo visto, a infâmia apenas se reforça com a repetição e qualquer atenção daquele tipo conduzia Máslennikov ao mesmo enlevo que sente um cachorrinho afetuoso depois que seu dono o afaga, mima e coça entre as orelhas. O cachorro abana o rabo, se encolhe, se retorce, contrai as orelhas e corre loucamente em círculos. Máslennikov estava pronto a fazer o mesmo. Não notou a expressão séria no rosto de Nekhliúdov, não o escutava, e arrastou-o de modo irresistível rumo à sala de visitas, de um modo que era impossível se opor, e Nekhliúdov o acompanhou.

— Negócios, mais tarde; farei tudo o que você ordenar — disse Máslennikov, enquanto atravessava a sala com Nekhliúdov. — Anuncie à generala que o príncipe Nekhliúdov está aqui — disse de passagem a um lacaio. A passo esquipado, o lacaio foi adiante e deixou-os para trás. — *Vous n'avez qu'a ordonner.*[56] Mas tem de falar com a minha esposa sem falta. Passei por sérios apuros por não ter trazido o senhor da outra vez.

O lacaio já tivera tempo de anunciar, quando eles dois entraram, e Anna Ignátievna, a vice-governadora, a generala, como ela mesma se denominava, já com um sorriso radiante, curvou-se para Nekhliúdov por trás dos chapeuzinhos e das cabeças que a rodeavam junto a um sofá. Na outra extremidade da sala, junto à mesa de chá, havia senhoras sentadas e homens de pé — militares e civis, e ouvia-se o crepitar incessante das vozes de homens e mulheres.

— *Enfin!*[57] Pois então o senhor não quer mais saber de nós? Em que o ofendemos?

—

53 Francês: "Vá apresentar seus cumprimentos à senhora".

54 Francês: "E Nadine Bukshedven. Todas as moças bonitas da cidade".

55 Francês: "Até a vista, meu caro".

56 Francês: "Seu pedido é uma ordem".

57 Francês: "Finalmente!".

Com tais palavras, que sugeriam haver entre ela e Nekhliúdov uma intimidade, que jamais existira, Anna Ignátievna recebeu o recém-chegado.

— O senhor já conhece? Conhece? Mme. Beliávskaia, Mikhail Ivánovitch Tchernov. Sente-se mais perto.

— Míssi, *venez donc à notre table. Ou vous apportera votre thé...*[58] E o senhor... — voltou-se ela para um oficial que conversava com Míssi, pelo visto esquecera o seu nome — Por favor, venha para cá. Quer chá, príncipe?

— De modo algum, não concordarei de modo algum: ela simplesmente não amava — disse uma voz de mulher.

— Mas os *piróјki*[59] ela amava.

— Sempre brincadeiras tolas — interveio, com uma risada, uma outra senhora, de chapéu alto, toda reluzente em seda, ouro e pedras preciosas.

— *C'est excellent...*[60] estes biscoitos, e tão leves. Traga mais aqui.

— Mas então, vai viajar em breve?

— Sim, hoje é o último dia. Por isso viemos.

— A primavera é tão encantadora, agora está muito bonito no campo!

Míssi, de chapéu e num vestido escuro e listrado, que cingia o seu talhe fino sem formar uma preguinha, como se ela tivesse nascido naquele vestido, estava muito bonita. Ruborizou-se ao avistar Nekhliúdov.

— Ah, pensei que o senhor tivesse viajado — disse-lhe ela.

— Quase viajei — respondeu Nekhliúdov. — Negócios me detiveram. Vim aqui também tratar de negócios.

— Vá ver mamãe. Ela quer muito ver o senhor — disse Míssi e, sentindo que mentia e que ele entendia isso, ruborizou-se ainda mais.

— Acho que não terei tempo — respondeu Nekhliúdov em tom soturno, tentando dar a impressão de que não notava como ela se ruborizara.

Míssi franziu as sobrancelhas, zangada, encolheu os ombros e voltou-se para o oficial elegante que tomou da sua mão a taça vazia e, com o sabre agarrando-se às poltronas, transferiu-a com ar másculo para uma outra mesa.

— O senhor também deve fazer uma doação para o asilo.

— Sim, não estou recusando, mas quero reservar toda a minha generosidade para a rifa. Lá, me mostrarei em plena força.

— Puxa, veja lá o que vai fazer, hem! — ouviu-se uma voz que nitidamente fingia rir.

---

58 Francês: "Venha para a nossa mesa. Levarão o seu chá para lá...".

59 Pasteizinhos russos, de carne ou peixe.

60 Francês: "Está excelente".

A recepção era esplêndida e Anna Ignátievna estava maravilhada.

— Mika me contou que o senhor anda interessado pelas prisões. Entendo isso muito bem — disse ela para Nekhliúdov. — Mika (esse era o seu marido gordo, Máslennikov)[61] pode ter outros defeitos, mas o senhor sabe como ele é bondoso. Todos aqueles presos infelizes são seus filhos. Ele só os vê dessa forma. *Il est d'une bonté...*[62]

Ela parou, sem achar as palavras que pudessem expressar a *bonté* daquele seu marido, por ordem de quem chicoteavam pessoas, e logo depois, sorrindo, voltou-se para uma velha enrugada, com fitas lilases, que acabara de entrar.

Após conversar o quanto era necessário, e de maneira tão vazia também quanto era necessário para não infringir as boas maneiras, Nekhliúdov se levantou e aproximou-se de Máslennikov.

— Então, por favor, poderia me dar atenção um instante?

— Ah, sim! Ora, como não? Vamos até ali.

Entraram numa pequena saleta japonesa e sentaram-se junto à janela.

LVIII

— Muito bem, senhor, *je suis à vous.*[63] Quer fumar? Espere só um pouco, não podemos fazer estragos aqui — disse ele e pegou um cinzeiro. — E então?

— Tenho dois assuntos a tratar com você.

— Muito bem.

O rosto de Máslennikov se fez sombrio e desalentado. Todos os traços daquele enlevo de um cachorrinho que o dono coçou entre as orelhas desapareceram completamente. Da sala, vozes chegaram até eles. Uma voz feminina disse: "*Jamais, jamais je ne croirais*",[64] e uma outra, masculina, da outra extremidade, contava algo e não parava de repetir: "*La comtesse Voronzoff et Victor Apraksine*".[65] De um terceiro lado, ouvia-se apenas um rumor de vozes e risos. Máslennikov, enquanto ouvia com atenção o que se passava na sala de visitas, escutava também Nekhliúdov.

— Venho de novo falar da mesma mulher — disse Nekhliúdov.

— Sim, a condenada sem culpa. Sei, sei.

---

61 Em russo, *másleni* significa gorduroso, oleoso, amanteigado. Mika é diminutivo de Mikhail.

62 Francês: "Ele é de uma bondade...".

63 Francês: "Estou às suas ordens".

64 Francês: "Nunca, nunca irei acreditar".

65 Francês: "A condessa Vorontsova e Víktor Apráksin".

— Vim pedir que a transfira para trabalhar no hospital. Disseram-me que é possível fazer isso.

Máslennikov comprimiu os lábios e refletiu.

— Duvido que seja possível — respondeu. — Mesmo assim, vou averiguar e amanhã mandarei um telegrama para você.

— Disseram-me que há no hospital muitos doentes e são necessários ajudantes.

— Ora vejam só. Bem, em todo caso, avisarei a você.

— Por favor — disse Nekhliúdov.

Na sala, desatou-se um riso generalizado e até natural.

— É sempre o Víktor — disse Máslennikov, sorrindo. — É admiravelmente espirituoso, quando está inspirado.

— E mais uma coisa — continuou Nekhliúdov. — Cento e trinta pessoas estão agora detidas na prisão só porque estavam com o passaporte vencido. Estão presas aqui há um mês.

E contou o motivo por que os mantinham presos.

— Como foi que soube disso? — perguntou Máslennikov, e no seu rosto de repente se manifestaram inquietude e descontentamento.

— Fui visitar um acusado e no corredor essas pessoas me cercaram e pediram...

— Que acusado você foi visitar?

— Um camponês inocente que está sendo acusado, para quem contratei um advogado de defesa. Mas o caso não é esse. Será possível que aquela gente, que não tem culpa de nada, seja mantida na prisão só porque seus passaportes estão vencidos e...

— Isso é assunto do promotor — interrompeu Máslennikov com irritação. — Veja, você diz: o julgamento tem de ser rápido e justo. A obrigação do promotor substituto é visitar a prisão e verificar se os detidos estão presos legalmente. Eles não fazem nada: ficam jogando o *vint*.[66]

— Então você não pode fazer nada? — perguntou Nekhliúdov, em tom sombrio, lembrando as palavras do advogado, segundo o qual o governador iria pôr a culpa no promotor.

— Não, vou fazer. Vou tomar informações agora mesmo.

— Para ela, é pior ainda. *C'est un souffre-douleur*[67] — ouviu-se na sala uma voz de mulher, obviamente de todo indiferente ao que dizia.

---

66 Jogo de cartas popular na Rússia, calcado no *whist* e no *préférence*, originalmente chamado *whistit* siberiano.

67 Francês: "É uma sofredora".

— Tanto melhor, tomarei essa também — ouviu-se do outro lado uma voz jocosa de homem e o riso jocoso de uma mulher, que não queria entregar-lhe alguma coisa.

— Não, não, de maneira nenhuma — falou uma voz de mulher.

— Então está resolvido, cuidarei de tudo — repetiu Máslennikov, apagando o cigarro com a mão branca, com um anel de turquesa. — E agora vamos ao encontro das damas.

— Sim, e ainda uma outra coisa — disse Nekhliúdov, sem entrar na sala de visitas, parando na porta. — Disseram-me que ontem, na prisão, aplicaram um castigo corporal a algumas pessoas. É mesmo verdade?

Máslennikov ruborizou-se.

— Ah, está falando daquilo? Não, *mon cher*, decididamente, não se deve deixar você entrar, se mete em todos os assuntos. Vamos, vamos, Annette está nos chamando — disse, segurando-o pelo braço e demonstrando de novo o mesmo entusiasmo que mostrara após receber as atenções da pessoa importante, só que agora não estava alegre, mas sim apreensivo.

Nekhliúdov soltou seu braço e, sem cumprimentar ninguém e sem dizer nada, com o rosto sombrio, cruzou a sala de visitas, o salão, passou direto pelos lacaios que saltaram ao seu encontro, rumo ao vestíbulo e à rua.

— O que deu nele? O que você lhe fez? — perguntou Annette ao marido.

— Isto é uma *à la française*[68] — disse alguém.

— Que *à la française* que nada, isso é uma *à la zoulou*.[69]

— Ora, ele sempre foi assim.

Alguém se levantou, alguém chegou, e os gorjeios seguiram seu curso: a sociedade aproveitou o episódio de Nekhliúdov como um oportuno tema de conversação para a atual temporada.

No dia seguinte à visita a Máslennikov, Nekhliúdov recebeu dele, num papel grosso, lustroso, com um brasão e carimbos, uma carta em letra firme e suntuosa, dizendo que havia escrito para o médico a respeito da transferência de Máslova para o hospital e que, com toda a probabilidade, o seu pedido seria atendido. Vinha assinada: "Um velho camarada que o estima", e sob a assinatura "Máslennikov", de um modo admiravelmente artístico, fora feita uma rubrica grande e enérgica.

— Imbecil! — Nekhliúdov não pôde conter a exclamação, sobretudo porque na palavra "camarada" ele sentiu que Máslennikov o tratava com condescendência, ou seja, apesar de ocupar um cargo moralmente sórdido e vergonhoso ao

---

68 Francês: "Saída à francesa".

69 Francês: "Saída à zulu".

extremo, considerava-se uma pessoa de grande importância e pretendia, se não lisonjear Nekhliúdov, pelo menos mostrar que não se orgulhava em demasia da própria grandeza, chamando a si mesmo de seu camarada.

LIX

Uma das superstições mais costumeiras e difundidas é a de que cada pessoa tem determinadas qualidades só suas, que existe a pessoa boa, a má, a inteligente, a tola, a enérgica, a apática etc. As pessoas não são assim. Podemos dizer sobre uma pessoa que ela é boa com mais frequência do que má, inteligente com mais frequência do que tola, enérgica com mais frequência do que apática, e o contrário; mas seria falso dizer, sobre uma pessoa, que ela é boa ou inteligente, e sobre outra que é má e tola. Mas sempre dividimos as pessoas dessa maneira. E isso é errado. As pessoas são como rios: a água é a mesma para todos e é igual em toda parte, mas cada rio é ora estreito, ora rápido, ora largo, ora calmo, ora limpo, ora frio, ora turvo, ora morno. Assim também são as pessoas. Cada um traz em si o germe de todas as qualidades das pessoas e às vezes se manifesta uma, às vezes outra, e não raro acontece de a pessoa ficar de todo diferente de si mesma, enquanto continua a ser exatamente a mesma. Em certas pessoas, essas transformações ocorrem de maneira especialmente abrupta. E Nekhliúdov era uma delas. Tais transformações ocorriam nele por motivos físicos e também espirituais. E nele agora ocorria uma transformação desse tipo.

O sentimento de triunfo e de alegria de uma renovação, que ele experimentou após o julgamento e após a primeira visita a Katiucha, passara completamente e, após a última visita, se transformou em medo, e até em repugnância por ela. Nekhliúdov decidiu que não a abandonaria, não mudaria sua decisão de casar, se Katiucha assim desejasse; mas, para ele, isso era penoso e aflitivo.

No dia seguinte à sua visita a Máslennikov, ele foi de novo à prisão para visitá-la.

O diretor autorizou a visita, mas não no escritório, nem na sala dos advogados, e sim no salão de visitas da ala feminina. Apesar da sua benevolência, o diretor mostrou-se mais reservado que antes com Nekhliúdov; pelo visto, as conversas com Máslennikov tiveram como consequência a prescrição de maior rigor com aquele visitante.

— Pode vê-la — disse o diretor —, mas, por favor, com relação a dinheiro, conforme eu pedi ao senhor... E com relação à transferência para o hospital, como me recomendou sua excelência, isso é possível e o médico está de acordo. Só que ela mesma não quer, e disse: "Imagine se vou ficar esvaziando penicos para aqueles nojentos...". Aí está como é essa gente, príncipe — acrescentou.

Nekhliúdov nada respondeu e pediu que o deixasse fazer a visita. O diretor chamou um carcereiro e Nekhliúdov entrou atrás dele na sala de visitas vazia da ala feminina.

Máslova já estava lá e saiu de trás das grades, calma e tímida. Veio para perto de Nekhliúdov e, desviando dele os olhos, disse em voz baixa:

— Desculpe, Dmítri Ivánovitch, não falei direito anteontem.

— Não sou eu que devo perdoar a senhora... — começou Nekhliúdov.

— Mas, seja como for, o senhor agora me deixe — acrescentou e, nos olhos terrivelmente vesgos com que ela o fitava, Nekhliúdov distinguiu de novo uma expressão tensa e raivosa.

— Por que tenho de deixar a senhora?

— Porque sim.

— Mas por que sim?

Ela o fitou de novo com o mesmo olhar que a Nekhliúdov parecia raivoso.

— Pois é, é assim mesmo — disse ela. — O senhor me deixe, digo isso para o senhor com toda a sinceridade. Eu não posso. Deixe isso tudo — falou com os lábios trêmulos e calou-se um pouco. — É o certo. O melhor mesmo era eu me enforcar.

Nekhliúdov sentiu que nessa rejeição havia um ódio por ele, uma ofensa não perdoada, mas havia também outra coisa — boa e importante. Essa confirmação da recusa anterior num estado de completa calma destruiu imediatamente na alma de Nekhliúdov todas as suas dúvidas e o fez voltar para o seu estado sério, triunfante e comovido.

— Katiucha, como eu disse antes, digo agora — falou num tom especialmente sério. — Peço que se case comigo. Se você não quiser, e enquanto não quiser, eu, da mesma forma, estarei onde você estiver, irei para onde a levarem.

— Isso é da sua conta, não vou falar mais nada — respondeu ela, e de novo seus lábios tremeram.

Ele também ficou em silêncio, sentindo-se sem forças para falar.

— Viajarei agora para o campo e depois seguirei para Petersburgo — disse Nekhliúdov, recuperando-se, afinal. — Vou cuidar do seu caso, do nosso caso, e, se Deus permitir, a sentença será revogada.

— E se não revogarem, tanto faz. Se não for por isso, então por alguma outra coisa, eu mereço... — disse, e Nekhliúdov percebeu que grande esforço ela fazia para conter as lágrimas. — Mas e então, falou com Menchov? — perguntou de repente, a fim de esconder sua comoção. — Não é verdade que são inocentes?

— Sim, é o que penso.

— Que velhinha maravilhosa — disse ela.

Nekhliúdov contou-lhe tudo o que tinha ouvido de Menchov e perguntou se Katiucha precisava de alguma coisa; ela respondeu que não precisava de nada.

Ficaram calados outra vez.

— Pois é, e a respeito do hospital — disse ela, de repente, e voltou para ele o seu olhar vesgo —, se o senhor quiser, irei para lá, e também não vou beber mais vodca...

Nekhliúdov fitou-a nos olhos, em silêncio. Os olhos dela sorriam.

— Isso é muito bom — foi só o que ele conseguiu dizer, e despediu-se.

"Sim, sim, ela é uma pessoa completamente diferente", pensou Nekhliúdov, experimentando, depois das dúvidas anteriores, um sentimento novo, que jamais experimentara, de confiança na invencibilidade do amor.

Ao voltar desse encontro para a sua cela fedorenta, Máslova tirou o roupão e sentou-se no seu lugar sobre o beliche de tábuas, com as mãos abaixadas sobre os joelhos. Dentro da cela, estavam apenas: a tuberculosa da cidade de Vladímir, com uma criança de peito, a velhinha Menchova e a vigia da estrada de ferro, com os dois filhos. A filha do sacristão tinha sido classificada como doente mental no dia anterior e levaram-na para o hospital. Todas as outras mulheres tinham ido lavar roupas. A velhinha estava deitada no beliche de tábuas e dormia; as crianças se achavam no corredor, para onde a porta estava aberta. A mulher de Vladímir, com a criança nos braços, e a vigia da estrada de ferro, com uma meia que ela não parava de tricotar com seus dedos velozes, aproximaram-se de Máslova.

— E então, e aí, encontraram-se? — perguntaram.

Máslova, sem responder, ficou sentada no alto beliche de tábuas, balançando os pés, que não alcançavam o chão.

— Por que está triste? — disse a vigia da estrada de ferro. — O mais importante é não desanimar. Ei, Katiucha! Vamos! — disse ela, enquanto movia os dedos rapidamente.

Máslova não respondeu.

— As outras foram lavar roupa. Disseram que a esmola hoje é grande. Trouxeram muita, é o que dizem — falou a mulher de Vladímir.

— Finachka! — gritou a vigia da estrada de ferro, na porta. — Para onde você correu, seu danadinho?

Soltou uma agulha de tricotar e, depois de enfiá-la na meia e no novelo, saiu para o corredor.

Nesse momento, ouviu-se o rumor de passos e vozes de mulheres no corredor e as residentes da cela, calçadas com botinas nos pés sem meias, entraram, cada uma trazendo um pão, e algumas, dois pães. Fedóssia logo se aproximou de Máslova.

— O que foi, alguma coisa errada? — perguntou Fedóssia, fitando Máslova afetuosamente, com seus claros olhos azuis. — Olhe só o que eu trouxe para o nosso chá — e colocou os pães na estantezinha.

— E aí, como foi, ou será que ele desistiu de casar? — perguntou Korabliova.

— Não, ele não desistiu, eu é que não quero — respondeu Máslova. — E foi isso o que eu falei.

— Mas que burra! — disse Korabliova, com sua voz de baixo.

— Ora, se não pode viver junto, de que adianta casar? — disse Fedóssia.

— É, mas o seu marido vai junto com você — retrucou a vigia da estrada de ferro.

— Ora, somos casados por lei — respondeu Fedóssia. — Mas para que casar com ele na lei, se não vai viver junto?

— Sua burra! Não sabe para quê? Ele se casa e na mesma hora cobre toda ela de ouro.

— Falou assim: "Para onde a levarem, eu irei com você" — disse Máslova. — Pode ir, pode não ir, eu é que não vou pedir nada. Agora vai partir para Petersburgo, para interceder no meu julgamento. Todos os ministros lá são parentes dele — prosseguiu. — Só que, apesar de tudo isso, eu não preciso dele.

— É claro que não! — concordou de repente Korabliova, remexendo na sua trouxa e, pelo visto, pensando em outra coisa. — E então, vamos tomar vodca?

— Eu não vou — respondeu Máslova. — Bebam vocês.

PARTE DOIS

I

Dali a duas semanas, o processo poderia ser julgado no Senado e Nekhliúdov tinha a intenção de chegar a Petersburgo antes disso, e no caso de insucesso no Senado ia encaminhar um apelo a sua alteza imperial, conforme recomendara o advogado que redigira a petição. No caso de o apelo não produzir efeito, circunstância para a qual, na opinião do advogado, era preciso estar preparado, pois eram fracos os motivos para a impugnação, a partida dos condenados aos trabalhos forçados, entre os quais estava Máslova, podia ocorrer nos primeiros dias de junho e, a fim de preparar-se para embarcar no trem rumo a Sibéria acompanhando Máslova, o que Nekhliúdov estava firmemente resolvido a fazer, era agora necessário ir ao campo para pôr em ordem os seus negócios por lá.

Antes de tudo, Nekhliúdov dirigiu-se a Kuzmínskoie, sua propriedade mais próxima, grande e de terras negras, da qual recebia a parte principal da sua renda. Tinha morado nessa propriedade na infância e na adolescência, mais tarde, já adulto, esteve lá por duas vezes, e uma vez, a pedido da mãe, levou até lá um administrador alemão e, com ele, fez um levantamento da situação da propriedade. Desse modo Nekhliúdov conhecia desde muito as condições da propriedade, bem como as relações dos camponeses com o escritório, ou seja, com o proprietário. As relações dos camponeses com o proprietário eram tais que eles, para falar educadamente, se achavam numa completa dependência, ou, para dizer de modo simples, numa escravidão com relação ao escritório. Não se tratava de uma escravidão viva, como a que foi abolida em 1861, uma escravidão de determinadas pessoas a um proprietário, mas sim uma escravidão geral, de todos os camponeses sem terra, ou com pouca terra, aos grandes senhores de terra em geral, e principalmente, às vezes exclusivamente, àqueles junto aos quais os camponeses viviam. Nekhliúdov sabia disso, não podia ignorá-lo, pois a propriedade se baseava nessa escravidão e ele mesmo colaborava para esse estado de coisas na propriedade. Contudo, além de saber disso, Nekhliúdov sabia também que era algo injusto e cruel, e sabia disso desde o tempo de estudante universitário, quando professava e preconizava a doutrina de Henry George e com base nessa doutrina cedera aos camponeses as terras herdadas do pai, considerando a posse de terra em nosso tempo um pecado equivalente à posse de servos cinquenta anos antes. É verdade que, depois de prestar o serviço militar, ocasião em que se habituou a viver com cerca de vinte mil rublos por ano, todos esses conhecimentos deixaram de ser imprescindíveis para a sua vida, foram esquecidos, e ele não só nunca deu uma resposta para si a respeito da sua relação com a propriedade e a respeito da origem do dinheiro que a mãe lhe dava, como também tentava não pensar no assunto. Mas a morte da mãe, a herança e a necessidade de dispor de seus bens, ou seja, da terra, levantaram de novo para ele a questão da sua relação com a propriedade da terra. Um mês antes, Nekhliúdov diria a si mesmo que não tinha forças para alterar a ordem vigente, que não era ele que administrava a propriedade — e ficaria mais ou menos calmo, pois vivia distante da propriedade, enquanto recebia dela o dinheiro. Mas agora resolveu que, apesar da prevista viagem de trem rumo à Sibéria e da sua relação complicada e difícil com o mundo das prisões, na qual o dinheiro era necessário, não podia deixar as coisas no mesmo estado de antes e devia, em prejuízo próprio, modificá-las. Para tanto, decidiu não cultivar a terra por conta própria, mas sim cedê-la aos camponeses por um preço barato, dar a eles a possibilidade de serem independentes dos senhores de terra em geral. Várias vezes, comparando a situação do senhor de terras com a do senhor de servos, Nekhliúdov equiparava a devolução da terra aos camponeses, em lugar do seu cultivo por trabalhadores assalariados, ao que faziam os senhores de escravos quando transferiam os camponeses do regime da corveia para o do tributo pago ao proprietário. Isso não era uma solução para o problema, mas era um passo rumo a sua solução: era o caminho de uma forma de violência mais brutal para outra menos brutal. E assim ele também tinha intenção de agir.

Nekhliúdov chegou a Kuzmínskoie por volta do meio-dia. Simplificando sua vida em todos os aspectos, ele não telegrafou, tomou na estação uma charrete de dois cavalos. O cocheiro era um jovem simpático que vestia um casaco de nanquim, cingido por pregas na cintura baixa, sentava-se como os cocheiros de posta, na beiradinha da boleia, e conversou com tamanho gosto com o patrão que, enquanto conversavam, o cavalo guia, manco, alquebrado e branco, e o segundo cavalo, magro e ofegante, puderam andar a passo lento, o que sempre preferiam.

O cocheiro falou sobre o administrador de Kuzmínskoie, sem saber que transportava o seu proprietário. Nekhliúdov, de propósito, não disse quem era.

— O alemão é chique — disse o cocheiro, que tinha morado na cidade e lia romances. Sentou-se meio virado para o passageiro, segurando o cabo do chicote ora embaixo, ora em cima, e gabava-se visivelmente do seu nível de instrução. — Comprou uma troica de cavalos baios, sai passeando com a sua senhora, uma beleza, só vendo! — prosseguiu. — No inverno, no Natal, havia um pinheiro na casa senhorial, eu também transportei os convidados; tinha faíscas elétricas. Nunca se viu coisa igual na província! Meteu a mão no dinheiro, um horror! Para ele, é fácil: tem todo o poder na mão. Dizem que comprou uma boa propriedade.

Nekhliúdov achava que era de todo indiferente à maneira como o alemão administrava a sua propriedade e como disso tirava proveito. Mas o relato do cocheiro de cintura baixa lhe causou um desgosto. Maravilhava-se com o dia lindo, com as nuvens densas e escuras, que às vezes encobriam o sol, e com os campos da primavera, onde em toda parte andavam mujiques com seus arados, cultivando a aveia, e com as folhagens densamente verdejantes, sobre as quais as cotovias erguiam voo, e com as florestas, já cobertas pela folhagem tenra, exceto o carvalho tardio, e com os prados onde pastavam o gado e os cavalos, e com os campos, em que se avistavam os lavradores — e a todo instante ele se lembrava de que havia algo desagradável e, quando se perguntava o que era, recordava o relato do cocheiro sobre o modo como o alemão administrava sua propriedade em Kuzmínskoie.

Depois que chegou a Kuzmínskoie e ocupou-se de seus negócios, Nekhliúdov esqueceu aquela sensação.

O exame dos livros de contabilidade e a conversa com o administrador, que expôs com ingenuidade as vantagens de os camponeses de pouca terra ficarem cercados pelas terras do senhor, consolidou ainda mais em Nekhliúdov a intenção de desfazer-se da sua propriedade e ceder toda a terra para os camponeses. Dos livros de contabilidade e das conversas com o administrador, ele soube que, como antes, dois terços das terras melhores para a lavoura eram cultivados por trabalhadores assalariados, com equipamentos mais aprimorados, e o terço de terra restante era cultivado por camponeses que recebiam cinco rublos por dessiatina, ou seja, por cinco rublos, um camponês era obrigado a lavrar três vezes, arar e semear três vezes cada dessiatina de terra, e depois ceifar, amarrar ou comprimir os feixes e levá-los para a eira coberta, ou seja, executar até o fim um trabalho pelo qual um trabalhador livre que cobrasse barato receberia no mínimo dez rublos por dessiatina. Por sua vez, os camponeses pagavam com o seu trabalho tudo de que precisavam e recebiam do escritório, a preços caríssimos. Trabalhavam pelo uso do prado, da floresta, pelas ramas de batata, e quase todos tinham dívidas com o escritório. Assim, pelas terras arrendadas aos camponeses, tomava-se quatro vezes mais por dessiatina do que a receita que elas poderiam gerar a uma renda de cinco por cento.

Tudo isso Nekhliúdov já sabia desde antes, mas agora se deu conta disso como algo novo e se admirava muito de como ele e todos os que se achavam na sua situação podiam deixar de ver toda a anormalidade daquelas relações. Os argumentos do administrador, de que, ao transferir as terras para os camponeses, todos os implementos agrícolas se perderiam a troco de nada, pois não seria possível vendê-los nem por um quarto do que custavam, e que os camponeses iam estragar a terra, em suma, que Nekhliúdov ia perder muito com tal transferência, apenas confirmavam a convicção de Nekhliúdov de que cumpria uma ação boa, cedendo aos camponeses a terra e privando-se de grande parte da renda. Resolveu encerrar esse assunto de imediato, naquela mesma estadia. Colher e vender os cereais semeados, vender os implementos agrícolas e os prédios desnecessários — tudo isso devia ser feito pelo administrador, logo após a sua partida. Agora, Nekhliúdov pediu ao administrador que convocasse para o dia seguinte uma assembleia de camponeses das três aldeias que rodeavam as terras de Kuzmínskoie, a fim de comunicar-lhes a sua intenção e combinar o preço da terra a ser cedida.

Com a agradável consciência da sua firmeza contra os argumentos do administrador e da sua disposição de sacrifício em favor dos camponeses, Nekhliúdov saiu do escritório e, enquanto refletia sobre a tarefa que tinha pela frente, deu uma volta em redor da casa, passou pelos canteiros de flores, malcuidados naquele ano (tinham sido plantados canteiros em frente à casa do administrador), passou pela quadra de tênis coberta de chicórias e por uma alameda de lilases, onde ele costumava ir fumar seu charuto e onde, três anos antes, flertara com uma hóspede bonitinha de sua mãe, chamada Kirímova. Após imaginar um breve discurso para proferir aos mujiques no dia seguinte, Nekhliúdov foi à casa do administrador, debateu mais uma vez com ele, durante o chá, a questão de como liquidar toda a propriedade e, perfeitamente serenado com isso, entrou no quarto sempre reservado para receber hóspedes na casa senhorial, agora especialmente preparado para ele.

Naquele quarto pequeno e limpo, com quadros de paisagens de Veneza e um espelho entre duas janelas, havia uma cama de molas bem-arrumada e uma mesinha com garrafa de água, fósforos e um abafador. Sobre a mesa grande junto ao espelho, estava a sua mala aberta, na qual se viam seu estojo de toalete e livros, que trouxera consigo: um russo — um ensaio de pesquisa sobre as leis criminais — e, sobre o mesmo assunto, um livro alemão e um livro inglês. Queria lê-los nos minutos livres de sua viagem pelas aldeias, mas naquele dia já não havia tempo e ele aprontou-se para deitar e dormir, a fim de, no dia seguinte, bem cedo, preparar-se para a reunião com os camponeses.

Num canto do quarto, havia uma velha poltrona de mogno, com incrustações, e a visão daquela poltrona, de que se recordava no quarto da mãe, despertou de repente na alma de Nekhliúdov um sentimento de todo inesperado. De repente, teve pena da casa, que ia ficar em ruínas, e do jardim, que ficaria abandonado, e das florestas, que seriam derrubadas, e de todos aqueles currais, estrebarias, galpões para ferramentas, máquinas, cavalos, vacas, que — Nekhliúdov sabia — tinham sido adquiridos e conservados com tamanho esforço, embora não dele. Antes, parecia-lhe fácil desfazer-se de tudo aquilo, mas agora se lamentava não apenas por aquelas coisas, mas também pela terra e pela metade da renda, que justamente agora poderia ser tão necessária. E prontamente, em seu socorro, acudiu o raciocínio segundo o qual seria uma imprudência e um contrassenso ceder a terra aos camponeses e liquidar sua propriedade.

"Não devo ter a posse da terra. Sem possuir a terra, não posso conservar toda esta propriedade. Além do mais, logo vou partir para a Sibéria e portanto não vou precisar nem da casa nem da propriedade", falou-lhe uma voz. "Tudo isso está certo", disse outra voz, "mas, em primeiro lugar, você não vai passar o resto da vida na Sibéria. Se você casar, talvez tenha filhos. E, assim como recebeu a propriedade em ordem, você deve legá-la aos filhos da mesma forma. Há um dever em relação à terra. Abandonar, liquidar tudo é muito fácil, construir tudo é muito difícil. O principal é que você deve refletir a respeito da sua vida e resolver o que fará de si mesmo e, de acordo com isso, dispor dos seus bens. E será mesmo firme essa decisão sua? De resto, será que está sendo sincero perante a sua consciência ao agir da forma como está agindo, ou faz isso para as pessoas, para gabar-se diante delas?", perguntou-se Nekhliúdov, e não pôde deixar de reconhecer que aquilo que as pessoas iriam falar sobre ele influenciava sua decisão. E quanto mais pensava, mais perguntas se levantavam, e mais insolúveis elas se tornavam. A fim de livrar--se de tais pensamentos, deitou-se na cama arrumada e quis adormecer logo para, na manhã seguinte, de cabeça fresca, resolver as questões em que agora se emaranhava. Mas demorou muito a dormir; pelas janelas abertas, junto com o ar fresco e a claridade da lua, derramava-se o coaxar das rãs, entrecortado por pios e gorjeios de rouxinóis distantes, no parque, e de um rouxinol próximo — sob a janela, num arbusto de lilás em flor. Ouvindo os rouxinóis e as rãs, Nekhliúdov lembrou-se da música da filha do diretor da prisão; ao lembrar-se do diretor, lembrou-se de Máslova, de como os seus lábios tremiam, assim como o coaxar das rãs, quando falou "Deixe isso tudo". Depois, o administrador alemão começou a descer na direção das rãs. Era preciso detê-lo, mas ele não só desceu, como se transformou em Máslova e pôs-se a acusá-lo: "Sou uma condenada aos trabalhos forçados, enquanto o senhor é um príncipe". "Não, não vou ceder", pensou Nekhliúdov, e despertou, e se perguntou: "Então, será que estou agindo bem ou mal? Não sei, mas para mim tanto faz. Tanto faz. Só preciso dormir". E ele mesmo começou a descer para onde haviam se metido o administrador e Máslova, e lá tudo terminou.

II

No dia seguinte, Nekhliúdov acordou às nove horas da manhã. Um jovem empregado do escritório, encarregado de servir o patrão, após ouvi-lo se mexer, trouxe-lhe as botas tão lustrosas como nunca tinham estado, e água fria e limpíssima da fonte, e comunicou que os camponeses estavam se reunindo. Nekhliúdov levantou-se de um salto da cama, voltando a si. Dos sentimentos da véspera, da pena que sentira de ceder as terras e liquidar a propriedade, não havia nenhum vestígio. E deles se recordava agora com surpresa. Agora, alegrava-se com a tarefa que tinha pela frente e, sem querer, orgulhava-se dela. Através da janela do seu quarto, via-se, coberta pela chicória, a quadra de tênis onde, por ordem do administrador, os camponeses estavam se reunindo. Não era à toa que as rãs coaxavam na véspera. O tempo estava nublado. Desde o amanhecer, caía uma chuvinha morna, silenciosa, sem vento, que pendia em gotinhas nas folhas, nos ramos, no capim. Além do cheiro da folhagem, havia também na janela um cheiro de terra que pedia chuva. Nekhliúdov, enquanto se vestia, espiou diversas vezes pela janela e viu que os camponeses estavam se reunindo na quadra. Uns atrás dos outros, aproximavam-se, tiravam uns para os outros os chapéus e os quepes, dispunham-se num círculo, apoiando-se em bastões. O administrador, um jovem gorducho, musculoso, forte, que trajava um paletó curto, de golas verdes e verticais, e com botões enormes, veio dizer a Nekhliúdov que todos estavam reunidos, mas iam esperar — antes, Nekhliúdov podia tomar café ou chá, um e outro já estavam prontos.

— Não, é melhor que eu vá logo falar com eles — respondeu Nekhliúdov, experimentando um sentimento, totalmente inesperado, de timidez e de vergonha ante a ideia da conversa que teria com os camponeses dali a pouco.

Ia satisfazer um desejo dos camponeses, os quais não se atreviam sequer a pensar na satisfação de tal desejo — ceder-lhes a terra por um preço barato, ou seja, Nekhliúdov ia fazer-lhes um benefício, mas envergonhava-se de alguma coisa. Quando se aproximou dos camponeses reunidos e eles descobriram as cabeças crespas, castanho-claras, carecas, grisalhas, Nekhliúdov perturbou-se de tal modo que não conseguiu falar nada. Uma chuvinha de gotas miúdas não parava de cair e grudava nos cabelos, nas barbas e nos cafetãs de pelo dos camponeses. Olhavam para o patrão e esperavam que lhes falasse, mas ele ficara tão perturbado que não conseguia dizer nada. O silêncio perturbador foi quebrado pelo sereno e confiante administrador alemão, que se considerava um conhecedor do mujique russo e falava a língua russa de maneira excelente e correta. Esse homem forte, bem nutrido, assim como Nekhliúdov, apresentava um contraste assombroso com os rostos magros, enrugados, e com as escápulas magras que ressaltavam por baixo dos cafetãs.

— O príncipe aqui está e quer lhes fazer um bem: ceder a terra, só que vocês não merecem — disse o administrador.

— Como não merecemos, Vassíli Karlitch, por acaso não trabalhamos para você? Estávamos muito satisfeitos com a falecida patroa, que Deus a tenha, e o jovem príncipe, muito obrigado, não nos abandona — começou um mujique ruivo e bem-falante.

— Mandei chamar vocês porque desejo, se vocês assim o quiserem, ceder-lhes toda a terra — declarou Nekhliúdov.

Os mujiques ficaram calados, como se não entendessem ou não acreditassem.

— Como assim, ceder a terra em que sentido? — perguntou um mujique de meia-idade, vestido num casaco pregueado na cintura.

— Ceder a terra em arrendamento, para que tirem proveito dela por um preço baixo.

— Um negócio muito bom — disse um velhinho.

— Contanto que a gente possa pagar o preço — disse um outro.

— Por que não pegar a terra?

— Estamos habituados, nos alimentamos da terra!

— Para o senhor, fica mais cômodo, é só receber o seu dinheirinho, e enquanto isso que trabalheira! — ouviram-se vozes.

— Trabalheira são vocês que dão — retrucou o alemão. — Se trabalhassem e mantivessem as coisas em ordem...

— É impossível para o nosso irmão, Vassíli Karlitch — respondeu um velhinho magro, de nariz pontudo. — Você diz: por que o cavalo está solto no meio do trigo, e quem foi que deixou o cavalo solto lá? Eu trabalho o dia inteirinho, e o dia parece um ano, só ceifando com a gadanha, e aí durmo de noite, e se o cavalo vai para a sua plantação de aveia, você quer logo arrancar o meu couro.

— Vocês deviam manter as coisas em ordem.

— Para você é fácil falar... em ordem, nossa força não dá — retrucou um mujique alto, de cabelo preto, todo coberto de pelos, ainda jovem.

— Pois eu não falei para vocês fazerem uma cerca?

— Então arranje a madeira — interferiu um mujiquezinho feioso, que veio de trás. — Eu queria fazer uma cerca no verão, e aí você me deixou na prisão por três meses para virar comida de piolho. Como é que eu ia fazer a cerca?

— Do que ele está falando? — perguntou Nekhliúdov para o administrador.

— *Der erste Dieb im Dorf*[1] — respondeu o administrador em alemão. — Todo

---

1 Alemão: "É o maior ladrão da aldeia".

ano, era apanhado na floresta. É bom, para você aprender a respeitar a propriedade alheia — disse o administrador.

— E por acaso não respeitamos você? — disse o velhinho. — É impossível não respeitar você, porque estamos nas suas mãos; você faz da gente o que bem entende.

— Vamos lá, irmão, ninguém está ofendendo vocês; também não devem nos ofender.

— Como não está ofendendo? Quebrou minha cara no verão e ficou por isso mesmo. Para os ricos, não tem processo no tribunal, a gente sabe.

— Você tem de obedecer à lei.

Era evidente, travava-se um torneio verbal em que os participantes não compreendiam direito o que diziam nem para quê. Só se percebia, de um lado, uma exasperação contida pelo medo e, de outro lado, a consciência da própria supremacia e do próprio poder. Para Nekhliúdov, era penoso ouvir aquilo e esforçava-se para voltar ao assunto principal: estabelecer o preço e o prazo dos pagamentos.

— E então, a respeito da terra? Vocês querem? E que preço estabelecem, se eu ceder toda a terra?

— A mercadoria é do senhor, o senhor é que dá o preço.

Nekhliúdov deu um preço. Como sempre, apesar de o preço estabelecido por ele ser muito inferior ao que se pagava nas redondezas, os mujiques começaram a regatear e acharam o preço alto. Nekhliúdov esperava que sua proposta fosse motivo de agrado e alegria, mas não havia nem sinal de manifestação de contentamento. Nekhliúdov só pôde concluir que a sua proposta lhes era vantajosa porque, quando começaram a falar sobre quem ficaria com a terra — a comunidade inteira ou uma associação —, teve início uma discussão acirrada entre os camponeses que queriam excluir os fracos e os maus pagadores, e esses a quem eles queriam excluir. Por fim, graças ao administrador, fixaram um preço e um prazo para os pagamentos e os camponeses, conversando ruidosamente, seguiram morro abaixo, rumo à aldeia, enquanto Nekhliúdov foi para o escritório a fim de redigir, com o administrador, um projeto de contrato.

Tudo se arranjou conforme Nekhliúdov queria e esperava: os camponeses receberam a terra por uns trinta por cento a menos do que se pagava pela terra nas redondezas; o rendimento de Nekhliúdov com a terra ficava reduzido quase à metade, mas era mais do que suficiente para ele, sobretudo com o acréscimo da soma que ele recebeu pela venda de uma floresta e da soma que devia ser apurada com a venda dos implementos agrícolas. Tudo estava ótimo, ao que parecia, mas Nekhliúdov, o tempo todo, sentia vergonha de alguma coisa. Via que os camponeses, apesar de alguns deles lhe dizerem palavras de gratidão, estavam insatisfeitos e esperavam algo mais. No final, ele se privara de muita coisa, mas não fez pelos camponeses o que eles esperavam.

No dia seguinte, o contrato doméstico foi assinado e, acompanhado por uma delegação de velhos, Nekhliúdov, com a sensação desagradável de deixar algo inacabado, sentou-se na carruagem do administrador, muito chique, como dissera o cocheiro que o trouxera da estação, puxada por uma troica, e partiu rumo à estação, após despedir-se dos mujiques, que balançavam as cabeças, perplexos e insatisfeitos. Nekhliúdov estava descontente consigo. Por que estava descontente, não sabia, mas o tempo todo algo lhe dava tristeza e vergonha.

III

De Kuzmínskoie, Nekhliúdov foi para a propriedade que ganhara de herança das tias — a mesma em que conheceu Katiucha. Quis, também nessa propriedade, fechar um acordo sobre a terra igual ao que fechara em Kuzmínskoie; além disso, queria tomar todas as informações possíveis sobre Katiucha e também sobre o seu bebê: se era verdade que tinha morrido e como havia morrido. Nekhliúdov chegou a Panovo de manhã cedo e, antes de tudo, o que o impressionou quando adentrou o pátio foi o aspecto de abandono e decadência em que se achavam todas as construções, principalmente a casa. O telhado de ferro, antes verde, que havia muito não pintavam, ficara vermelho de ferrugem e várias telhas estavam viradas de costas, na certa por causa de uma tempestade; as tábuas que revestiam a casa foram arrancadas pelas pessoas, que as soltaram nos pontos onde era fácil desprender, puxando os pregos enferrujados. As varandas — as duas, a da frente e a de trás, da qual ele se recordava em especial — haviam apodrecido e desabado, só restavam as vigas; algumas janelas, em lugar de vidros, estavam cobertas com tábuas, e a casa dos fundos, onde morava o administrador, a estrebaria e a cozinha — tudo estava em ruínas e cinzento. Apenas o jardim não só não ficara em ruínas, como medrara, se tornara viçoso, e agora estava todo em flor; por trás da cerca, viam-se, como nuvens brancas, pés de cereja, de maçã e de ameixa, todos em flor. Os arbustos de lilás floriam tal como naquele ano, catorze anos antes, quando, atrás desse mesmo pé de lilás, enquanto brincava de pega-pega com Katiucha, que tinha dezoito anos de idade, Nekhliúdov levou um tombo e se machucou nas urtigas.[2] O lariço plantado por Sófia Ivánovna perto da casa, na época uma simples estaca, era agora uma árvore grande, própria para fornecer madeira, toda vestida por uma folhagem ver-

---

2 O autor confundiu a idade de Katiucha com a de Nekhliúdov. Ele é que tinha dezoito anos, como fica claro dois parágrafos abaixo. Katiucha teria catorze anos na ocasião.

de e amarela, felpuda e macia. O rio estava contido em suas margens e rumorejava no moinho, na queda-d'água. No prado além do rio, pastava o rebanho de raças misturadas que pertencia aos camponeses. O administrador, que não concluíra o curso de seminarista, veio sorrindo ao encontro de Nekhliúdov no pátio, sem parar de sorrir convidou-o para ir ao escritório e, ainda sorrindo, como se aquele sorriso prometesse algo especial, saiu para trás do tabique. Atrás do tabique, sussurraram e depois ficaram em silêncio. O cocheiro, após receber a gorjeta, partiu do pátio fazendo ressoar os guizos, e então fez-se um silêncio completo. Em seguida, junto à janela, passou correndo uma menina descalça, de blusa bordada, com pompons de pelos pendurados por cima das orelhas, e atrás dela corria um mujique, batendo no chão os pregos das botas grossas, pela vereda de terra socada.

Nekhliúdov sentou-se ao lado da janela, olhando para o jardim e escutando. Pela pequena janela de dois batentes, mexendo de leve nos cabelos na sua testa suada e nos papéis de anotações que estavam sobre o peitoril riscado à faca, batia um ar fresco de primavera e um cheiro de terra revirada. No rio, com sons "tra-pa-tap, tra-pa-tap", que se entrecruzavam, as pás de bater roupa das lavadeiras espadanavam na água, e aqueles sons se dispersavam na superfície do rio represado, que brilhava sob o sol, e ouvia-se também o cair ritmado da água no moinho e, perto do ouvido, o zumbido assustado e ruidoso do voo de uma mosca.

E, de repente, Nekhliúdov lembrou-se de que, muito tempo antes, ele ficava exatamente assim, quando, ainda jovem e inocente, ouvia ali no rio aqueles sons das pás que batiam nas roupas brancas molhadas, por trás do barulho ritmado do moinho, e exatamente assim o vento da primavera remexia seus cabelos na testa molhada e as folhas de papel sobre o peitoril riscado à faca, e também exatamente assim uma mosca revoava assustada perto da sua orelha e ele não só se lembrava de si na figura de um menino de dezoito anos, como era na época, como também se sentia daquele modo, com o mesmo frescor, a mesma pureza, e repleto das mesmas grandes perspectivas de futuro, e ao mesmo tempo, tal como ocorre num sonho, ele sabia que aquilo já não existia e lhe veio uma tristeza horrível.

— Quando o senhor quer comer? — perguntou o administrador, sorrindo.

— Quando o senhor quiser, não estou com fome. Vou dar uma volta pela aldeia.

— Talvez prefira entrar na casa, mantenho tudo em ordem lá dentro. Tenha a bondade de examinar, se a parte de fora...

— Não, depois, mas agora, por favor, diga-me se vive aqui uma mulher chamada Matriona Khárina.

Era a tia da Katiucha.

— Como não, mora na aldeia, não consigo de jeito nenhum fazer que me obedeça. Tem uma taberna. Eu sei, digo que vou denunciar, brigo com ela, mas dá pena de registrar queixa: é velha, tem netos — disse o administrador, sempre com o mesmo sorriso que exprimia o desejo de ser agradável ao patrão e a convicção de que Nekhliúdov encarava todos os assuntos exatamente como ele.

— Onde ela mora? Eu gostaria de ir à sua casa.

— No fim da vila, na terceira isbá, a contar da outra ponta. No lado esquerdo, tem uma isbá de tijolos e ali, atrás da isbá de tijolos, fica o seu casebre. É melhor que eu acompanhe o senhor — disse o administrador, sorrindo alegremente.

— Não, agradeço ao senhor, irei sozinho, e o senhor, por favor, mande avisar aos mujiques que devem reunir-se: tenho de lhes falar sobre a terra — disse Nekhliúdov, que queria encerrar a questão com os mujiques ali da mesma forma que fizera em Kuzmínskoie e, se possível, nesse mesmo dia, ao entardecer.

IV

Quando saiu pela porteira, Nekhliúdov encontrou, na vereda de terra muito batida que passava pelo pasto coberto pela tanchagem e pelo mastruço, uma mocinha camponesa que movia ligeiro as pernas grossas e os pés descalços, vestida num avental de muitas cores e com pompons de pelos pendurados por cima das orelhas. Já voltando, ela balançava o braço esquerdo na diagonal em relação aos seus passos, enquanto com o direito apertava um galo vermelho com firmeza contra a barriga. O galo, com sua crista vermelha, que balançava, estava totalmente tranquilo, apenas arregalava os olhos, e ora esticava, ora levantava uma perna preta, agarrando-se com as unhas à bata da mocinha. Quando ela começou a se aproximar do patrão, de início moderou as passadas, transformou a corrida em passos normais e, ao alcançá-lo, parou e, após inclinar a cabeça para trás, cumprimentou-o com uma reverência, mas só depois que ele havia passado, a mocinha seguiu seu caminho com o galo. Descendo a trilha rumo ao poço, Nekhliúdov encontrou ainda uma velha, com uma blusa imunda de pano cru, que carregava baldes cheios e pesados sobre as costas curvadas. A velha baixou os baldes cuidadosamente no chão e também, da mesma forma, tomando um impulso para trás, cumprimentou-o com uma reverência.

Depois do poço, começava a aldeia. Era um dia quente e claro e às dez horas já estava abafado, as nuvens de vez em quando se juntavam e encobriam o sol. Por toda a rua, havia um cortante, corrosivo, mas não desagradável cheiro de esterco, que vinha das carroças que se arrastavam pela estrada lustrosa e lisa no morro e principalmente do estrume cavucado nos pátios, junto a cujos portões abertos

Nekhliúdov passava. Os mujiques que seguiam as carroças pelo morro, descalços, com as camisas e as calças lambuzadas de estrume líquido, viravam-se para ver o patrão gordo e alto que, de chapéu cinzento, brilhando no sol com sua fita de seda, caminhava rua acima e a cada dois passos tocava o chão com a bengala dobrável e reluzente, de castão brilhante. Os mujiques que voltavam do campo, sacudindo-se nas boleias das telegas vazias que vinham a trote, tiravam o chapéu, observavam com surpresa aquele homem incomum que andava pela rua deles; mulheres saíam até os portões e os alpendres e apontavam Nekhliúdov umas para as outras, enquanto o seguiam com os olhos.

No quarto portão pelo qual passou, Nekhliúdov foi barrado por uma telega que saía com um guincho pelo portão, carregada de estrume até o alto, com uma esteira colocada por cima, para assentar a carga. Um menino de seis anos, agitado pela expectativa de dar uma volta de carroça, caminhava atrás dela. Um jovem mujique, com alpercatas de palha, a passos largos, tangia o cavalo para fora do portão. Um potro azulado, de pernas compridas, saiu de um salto através do portão, mas, assustado com Nekhliúdov, colou-se à telega e, resvalando as pernas na roda, esgueirou-se à frente da pesada carroça que uma égua inquieta e que relinchava de leve ia arrastando através do portão. O cavalo que vinha atrás era trazido por um velhinho magro e animado, também descalço, de calças listradas e camisa comprida e suja, com as vértebras magras salientes nas costas.

Quando os cavalos, com muito esforço, foram levados para a estrada de terra batida, coalhada de restos cinzentos do que parecia estrume queimado, o velho voltou na direção do portão e curvou-se numa reverência para Nekhliúdov.

— Não é o sobrinho das nossas patroas?

— Sim, sou o sobrinho delas.

— Bem-vindo. Puxa, veio fazer uma visita à gente? — disse o velho, com loquacidade.

— Sim, sim. E então, como vocês têm vivido? — perguntou Nekhliúdov, sem saber o que dizer.

— Que vida a nossa! Nossa vida é a pior que existe — o velho loquaz arrastou a voz, como que com prazer, em tom cantado.

— Por que é ruim? — perguntou Nekhliúdov, entrando pelo portão.

— E isso lá é vida? A pior vida que existe — disse o velho, conduzindo Nekhliúdov até uma parte do terreiro, limpa e coberta.

Nekhliúdov entrou atrás dele.

— Tenho lá em casa doze almas — continuou o velho, apontando para duas mulheres que, com xales abaixados, suadas, de saias arregaçadas, com as panturrilhas nuas até a metade, manchadas de estrume líquido, estavam paradas, com forcados nas mãos, num terraço cujo estrume ainda não fora limpo. — O mês ainda nem chegou a terminar e eu já tenho de comprar seis *puds* de trigo, mas onde é que vou arranjar?

— O seu não dá?

— O meu?! — exclamou o velho com um sorriso de desprezo. — Tenho terra para três almas e desta vez a gente colheu ao todo oito medas... não dá nem até o Natal.

— Então como é que vocês fazem?

— A gente faz o que pode; um, eu pus para trabalhar com os assalariados, e peguei dinheiro emprestado com vossa excelência. Tomaram tudo ainda antes da Quaresma, e os tributos não estão pagos.

— Quanto é o tributo?

— Pela minha casa, vão dezessete rublos a cada quatro meses. Ah, Deus me livre, a gente nem sabe como é que vive, como é que se arranja!

— Será que eu posso entrar na isbá de vocês? — perguntou Nekhliúdov e adiantou-se pelo patiozinho, deixando a área limpa e avançando sobre camadas de estrume de cheiro forte, amarelo-açafrão, que ainda não tinham sido tocadas e remexidas pelos forcados.

— Por que não? Vamos entrar — respondeu o velho e, a passos rápidos dos pés descalços, que escavavam com os dedos o estrume líquido, passou à frente de Nekhliúdov e abriu para ele a porta da isbá.

As mulheres arrumaram os xales na cabeça, baixaram a barra das saias grosseiras e observaram com um pavor curioso o fidalgo limpo, com abotoaduras de ouro nos punhos, que ia entrar em sua casa.

De dentro da isbá, saltaram duas garotinhas de camisa. Após agachar-se e tirar o chapéu, Nekhliúdov passou pela porta e entrou na isbá suja, apertada, com cheiro de comida azeda, ocupada por duas máquinas de tear. Na isbá, de pé junto à estufa, estava uma velha de mangas arregaçadas nos braços magros, fibrosos, queimados de sol.

— Olhem aqui, o nosso patrão veio visitar a casa da gente — disse o velho.

— Seja bem-vindo — disse a velha com carinho, desenrolando as mangas arregaçadas.

— Queria ver como vocês vivem — disse Nekhliúdov.

— Vivem assim, deste jeito, como vê. A isbá quer desabar, olha que ainda mata alguém. E o velho ainda diz que ela é boa. É assim que a gente vive... feito um rei... — disse a velha animada, contraindo nervosamente a cabeça. — Olhe, daqui a pouco vou pôr o jantar. Vou dar de comer à gente que trabalha.

— E o que vão jantar?

— O que vamos jantar? Nossa comidinha é boa. Começa com pão e *kvás*,[3] depois vem *kvás* com pão — respondeu a velha, arreganhando os dentes carcomidos até a metade.

— Não, sem brincadeira, mostre-me o que vão comer hoje.

— Comer? — disse o velho, rindo. — Nossa comida não é complicada. Mostre para ele, velha.

A velha balançou a cabeça.

— Quer olhar a nossa comida de mujique? É um patrão interessado, esse aí, e eu vou mostrar tudo o que precisa saber. Tem pão com *kvás*, já falei, e tem também uma sopa, as mulheres trouxeram ontem umas ervinhas; e pronto, aí está feita a sopa, e depois umas batatinhas.

— E mais nada?

— Mais o quê? Branqueamos com leite — disse a velha, rindo e olhando para a porta.

A porta estava aberta e a entrada estava cheia de gente; crianças, mocinhas, mulheres com crianças de peito olhavam para o patrão esquisito que vinha examinar a comida dos mujiques. A velha, obviamente, orgulhava-se de saber como tratar um patrão.

— Pois é, ruim, ruim mesmo, patrão, esta nossa vida, o que dá para dizer? — falou o velho. — O que estão fuçando aí? — berrou para os que estavam na porta.

— Está bem, até logo — disse Nekhliúdov, sentindo uma vergonha e um constrangimento cuja causa ele não sabia apontar.

— Somos muito agradecidos por ter visitado a gente — disse o velho.

Na entrada, as pessoas apertadas umas contra as outras abriram passagem para ele e Nekhliúdov saiu para a rua e subiu por ela.

Atrás dele, saíram dois meninos descalços: um, mais velho, de camisa suja, que já tinha sido branca, o outro, magrinho, de camisa rosa desbotada. Nekhliúdov virou-se e olhou para eles.

— E agora, aonde vai? — perguntou o menino de camisa branca.

— Para a casa de Matriona Khárina — respondeu. — Conhecem?

O menino menor, de camisa rosa, começou a rir, por algum motivo, e o mais velho falou em tom sério:

— Que Matriona? Ela é velha?

— É sim, velha.

---

3 Refresco fermentado feito de pão de centeio.

— A-ah — arrastou a voz. — É a Semiónikha, fica no fim da aldeia. A gente vai acompanhar você. Vem, Fiodka, a gente vai acompanhar o moço.

— E os cavalos?

— Não faz mal!

Fiodka concordou e os três seguiram rua acima.

V

Era mais fácil para Nekhliúdov estar com os meninos do que com os adultos, e conversou com eles pelo caminho. O menor, de camisa rosa, parou de rir e passou a falar de modo tão inteligente e preciso quanto o mais velho.

— E então, quem é o mais pobre por aqui? — perguntou Nekhliúdov.

— Quem é pobre? Mikhail é pobre, Semion Makárov, e também Marfa é pobre à beça.

— E a Aníssia então, essa é ainda mais pobre. Na casa de Aníssia não tem nem uma vaca... estão pedindo esmola — disse o pequeno Fiodka.

— Na casa dela não tem vaca, mas são três pessoas, já na casa de Marfa são cinco — retrucou o menino mais velho.

— Apesar disso, a outra é viúva — o menino de rosa defendeu Aníssia.

— Você diz que Aníssia é viúva, mas Marfa é como se fosse viúva também — continuou o menino mais velho. — É a mesma coisa, não tem marido.

— Onde está o marido? — perguntou Nekhliúdov.

— Na prisão, servindo de comida de piolho — respondeu o menino mais velho, empregando a expressão de costume.

— No verão, cortou duas bétulas na floresta do senhor, e aí prenderam — apressou-se em responder o menino menor, de rosa. — Agora faz seis meses que está preso, enquanto a mulher vive de pedir esmola, tem três crianças e uma velha aleijada — disse ele, com exatidão.

— Onde ela mora? — perguntou Nekhliúdov.

— Naquele terreno, bem ali — respondeu o menino, apontando para uma casa em frente à qual uma criança loura e miudinha, que a custo se mantinha de pé nas pernas tortas, arqueadas para fora na altura dos joelhos, estava parada, balançando-se, na mesma trilha por onde vinha Nekhliúdov.

— Vaska, seu levadinho, para onde você fugiu? — começou a gritar uma mulher, que saiu correndo da isbá, num camisão sujo, cinzento, que parecia coberto de cinzas, e com o rosto assustado atirou-se na frente de Nekhliúdov, agarrou a criança e carregou-a para dentro da isbá, dando a impressão de que temia que Nekhliúdov fizesse algo com o seu filho.

Era a tal mulher cujo marido estava na prisão por causa das bétulas da floresta de Nekhliúdov.

— Mas e a Matriona, ela é pobre? — perguntou Nekhliúdov, quando já estavam chegando à isbazinha de Matriona.

— Que pobre nada: vende vodca — respondeu em tom resoluto o menino magrinho de camisa rosa.

Ao chegar à isbazinha de Matriona, Nekhliúdov dispensou os meninos, foi até a porta e depois entrou na isbá. O casebre da velha Matriona tinha seis *archin* e assim, na cama, que ficava atrás da estufa, uma pessoa grande não podia se esticar. "Nessa mesma cama", pensou ele, "Katiucha deu à luz e depois adoeceu." O casebre estava quase todo ocupado por uma máquina de tear e, na hora em que Nekhliúdov entrou, batendo com a cabeça na porta baixa, a velha começava a preparar o tear com a ajuda da sua neta mais velha. Dois outros netos vieram atrás do patrão, entraram apressados na isbá e ficaram parados atrás dele, junto à porta, agarrados à ombreira pelas mãos.

— Com quem quer falar? — perguntou zangada a velha, que se achava num estado de espírito ruim por causa da máquina de tear, que não estava funcionando direito. Além disso, como vendia vodca em segredo, ela temia qualquer desconhecido.

— Sou o proprietário. Eu gostaria de falar com a senhora.

A velha ficou calada, olhando fixamente, depois, de repente, se transformou por inteiro.

— Ah, é você, querido, e eu, esta burra, não reconheci: pensei que era só alguém de passagem — disse, com voz fingidamente afetuosa. — Ah, é você, meu falcão brilhante...

— Seria possível conversarmos um pouco sozinhos? — perguntou Nekhliúdov, olhando para a porta aberta, onde estavam as crianças e atrás delas uma mulher magra com um bebê muito franzino, mas que não parava de sorrir, com uma palidez de doente e um gorrinho feito de retalhos.

— O que estão olhando, vou mostrar para vocês, venha cá, me dê a minha muleta! — gritou a velha para as pessoas que estavam na porta. — Feche logo, vamos!

As crianças se afastaram, a mulher com o bebê fechou a porta.

— Fiquei aqui pensando: quem é que chegou? E é o patrão em pessoa, você, o meu dourado, o bonitinho querido! — disse a velha. — Vai a toda parte, não tem nojo. Ah, você é uma joia! Sente-se aqui, excelência, aqui no banquinho — disse, esfregando o banquinho com a cortina. — E eu pensei, quem diabo será esse que vem aí, e então é a vossa excelência em pessoa, o patrão bom, o benfeitor, que nos dá de comer. Desculpe-me, sou uma velha burra, fiquei cega.

Nekhliúdov sentou-se, a velha ficou de pé na sua frente, escorou a bochecha na mão direita, agarrou com a mão esquerda o cotovelo pontudo do braço direito e pôs-se a falar com voz cantada:

— E você envelheceu, excelência; naquele tempo, era bonito que nem um nabo, e agora, olhe só! Também está preocupado, parece.

— Vim perguntar o seguinte: por acaso se lembra de Katiucha Máslova?

— A Katierina? Como não vou lembrar? É minha sobrinha... Como não vou lembrar; derramei muita lágrima por ela. Afinal, eu sei de tudo. Quem, paizinho, não é pecador perante Deus, quem não é culpado perante o tsar? Coisa de jovens, tomaram chá e café juntos, pois é, foram artes do tinhoso, pois ele também tem força. O que fazer? Se você a tivesse largado, mas não, você a recompensou: soltou cem rublos. E ela, o que foi que fez? Não conseguiu manter o juízo. Se ela tivesse me escutado, podia viver. Apesar de ser minha sobrinha, digo com franqueza: a menina é uma desmiolada. Pois eu, depois de tudo, arranjei para ela um lugar bom: não quis obedecer, xingou o patrão. Por acaso a gente pode xingar um senhor? Pois é, foi despedida. E depois, de novo, podia viver na casa do guarda-florestal, mas não quis.

— Eu gostaria de saber do bebê. Ela deu à luz na casa da senhora? Onde está a criança?

— O bebezinho, meu paizinho, na época eu pensei bastante. Ela estava muito mal, eu não tinha esperança de que fosse levantar. Batizei o menino, como se deve fazer, e deixei no asilo. Pois é, para que fazer sofrer a almazinha do anjo, quando a mãe está morrendo? Outros fazem assim, largam o pequenino, não dão comida, e ele definha até morrer; mas eu pensei: ora, é melhor eu ter esse trabalho, vou mandar para o asilo. Havia dinheiro e então levei a criança.

— E havia um número?

— Tinha um número, mas ele morreu logo. Ela falou assim: mal chegou, ele acabou.

— Ela quem?

— A própria, a tal mulher, a que morava em Skoródnoie. Ela cuidava disso. Chamavam de Malánia, agora já está morta. Era uma mulher inteligente, puxa, como ela fazia as coisas! Acontecia de lavarem para ela um bebê, ela pegava e mantinha a criança na sua casa, alimentava. E alimentava, meu paizinho, até ficar pronto para a entrega. E quando juntava três ou quatro, levava todos de uma vez só. Olhe como ela usava a cabeça: tinha um berço bem grande, do tamanho de uma cama de casal, dava para colocar os bebês de um lado e do outro. Tinha até uma alça. Ela pega e coloca quatro ali, uma cabeça para lá, outra para cá, para não bater uma na outra, os pezinhos juntos, e assim carrega os quatro de uma vez só. Mete uma chupeta na boquinha deles, ficam quietinhos, sérios.

— Sei, mas e então?

— Bom, assim ela levou o bebê de Katierina. Não ficou com ele em casa nem duas semanas. O bebê começou a adoecer ainda lá.

— E era um bebê bonito? — perguntou Nekhliúdov.

— Mas que bebezinho, não podia haver outro mais bonito em lugar nenhum. Como se fosse você — acrescentou a velha, piscando o olho velho.

— E por que ficou doente? Será que foi mal alimentado?

— Que mal alimentado nada! Acontece assim. É coisa sabida, é filhinho dos outros. Contanto que chegue com o bebê vivo, está bom. Ela contou que foi só chegar a Moscou e o bebê deu o último suspiro. Ela trouxe até um atestado, tudo direitinho. Era uma mulher inteligente.

Foi tudo o que Nekhliúdov conseguiu saber do seu filho.

VI

Depois de bater outra vez com a cabeça no portal da isbá e do vestíbulo, Nekhliúdov saiu para a rua. Os meninos, o de branco enfumaçado e o de rosa, estavam à sua espera. E mais alguns vieram juntar-se a eles. Esperavam-no também algumas mulheres com crianças de peito e entre elas estava aquela magra que, sem esforço, segurava no braço a criancinha anêmica com o gorrinho feito de retalhos. Aquela criança não parava de sorrir estranhamente com todo o seu rostinho de velho e também não parava de mexer os polegares torcidos em contrações. Nekhliúdov sabia que era um sorriso de sofrimento. Perguntou quem era aquela mulher.

— É a tal Aníssia de que falei com você — respondeu o menino mais velho.

Nekhliúdov voltou-se para Aníssia.

— Como você vive? — perguntou. — O que come?

— Como vivo? Peço esmola — respondeu Aníssia, e começou a chorar.

O bebê envelhecido desmanchou-se todo em sorrisos, retorcendo as perninhas finas como minhoquinhas.

Nekhliúdov pegou a carteira e deu dez rublos para a mulher. Mal teve tempo de dar dois passos e outra mulher o alcançou, com uma criança, e depois uma velha, e ainda outra mulher. Todas falavam de sua miséria e pediam ajuda a ele. Nekhliúdov distribuiu os sessenta rublos em notas miúdas que trazia na carteira e, com um desgosto terrível no coração, voltou para casa, ou seja, para a casinha de fundos do administrador. Sorrindo, o administrador recebeu Nekhliúdov com a notícia de que os mujiques iam reunir-se ao entardecer. Nekhliúdov agradeceu e, sem entrar nos aposentos da casa, foi andar pelo jardim, pelas trilhas cobertas pelo capim e coalhadas de pétalas brancas das flores de macieira, e refletir sobre tudo o que estava vendo.

De início, havia um silêncio em volta da casinha de fundos, mas depois Nekhliúdov ouviu, na casa do administrador, duas vozes exasperadas de mulher que se interrompiam uma à outra, e só de quando em quando se ouvia por trás delas a voz calma do administrador sorridente. Nekhliúdov prestou atenção:

— Não tenho mais forças para aguentar, você quer tirar a cruz do meu pescoço? — disse uma das vozes exasperadas de mulher.

— Mas ela escapou só um instante — disse a outra voz. — Devolva, por favor. De que adianta atormentar o animal e deixar as crianças sem leite?

— Então pague, ou trabalhe para ela — respondeu a voz calma do administrador.

Nekhliúdov saiu do jardim e aproximou-se da varanda, junto à qual estavam as duas camponesas despenteadas, uma das quais, pelo visto, na última fase da gravidez. Na escadinha da varanda, estava o administrador, com as mãos metidas no bolso do casaco de brim. Ao ver o patrão, as mulheres calaram-se e puseram-se a arrumar os xales que haviam escorregado da cabeça, enquanto o administrador tirou as mãos dos bolsos e pôs-se a sorrir.

A questão era que os mujiques, de propósito, pelo que dizia o administrador, deixavam seus bezerros, e até suas vacas, soltos no prado do patrão. E então duas vacas da propriedade daquelas mulheres foram apanhadas no prado e recolhidas. O administrador exigia das mulheres trinta copeques pelas vacas ou dois dias de trabalho. As mulheres, por sua vez, garantiram primeiro que suas vacas tinham apenas fugido por um instante, depois que elas não tinham dinheiro, e por último, embora com a promessa de trabalharem, exigiam a devolução rápida das vacas, que estavam desde a manhã cozinhando debaixo do sol, sem comida, e mugiam de dar pena.

— Quantas vezes avisei com toda a franqueza — disse o administrador sorridente, olhando de lado para Nekhliúdov, como se pedisse o seu testemunho —, quando trouxerem o gado na hora do almoço, tomem cuidado com seus animais.

— Dei só uma corridinha para ver o menino e aí elas fugiram.

— Então não se afaste, se tem de tomar conta.

— E o menino, quem vai dar de comer? Você não vai dar as tetas para ele mamar.

— Se andasse tanto assim no prado, ela não teria dor de barriga, ela saiu só um instantinho — disse a outra.

— Estragaram o prado inteiro — o administrador dirigiu-se a Nekhliúdov. — Se não punir, não vai ter feno nenhum.

— Ah, não cometa esse pecado — começou a gritar a grávida. — As minhas nunca entraram lá.

— Pois agora entraram, pague ou então trabalhe.

— Está bem, vou trabalhar, mas solte a vaca, senão vai matar de fome! — berrou ela, com raiva. — É assim, nem de dia nem de noite a gente tem descanso. A sogra está doente. O marido está acabado. Corro sozinha para lá e para cá e já estou sem forças. Tomara que você fique engasgado com o meu trabalho.

Nekhliúdov pediu ao administrador que soltasse as vacas e saiu de novo rumo ao jardim, para terminar suas reflexões, mas agora já não havia em que pensar. Tudo aquilo, para ele, estava agora tão claro que ele não conseguia parar de se admirar de como as pessoas não enxergavam, e de como ele mesmo ficara tanto tempo sem enxergar algo tão claro e evidente.

"O povo morre, está acostumado à própria mortandade, em seu meio se criaram maneiras de viver propícias à mortandade — a morte de crianças, o trabalho das mulheres acima de suas forças, o alimento insuficiente para todos, sobretudo para os velhos. E o povo entrou nessa situação de modo tão gradual que ele mesmo não enxerga todo o seu horror e não se queixa disso. Portanto nós também achamos que tal situação é natural e assim deve ser." Agora, para ele, estava claro como o dia que a causa principal das carências do povo, reconhecida e sempre declarada pelo próprio povo, era que os senhores de terra tomavam do povo aquela terra que era a sua única fonte de sustento. Ao mesmo tempo, estava perfeitamente claro que as crianças e os velhos perecem porque não têm leite, e não têm leite porque não têm terra para o gado pastar e para cultivar cereais e feno. Estava perfeitamente claro que toda a pobreza do povo, ou pelo menos que a causa principal e mais próxima da pobreza do povo consistia em que a terra que o alimenta não está em suas mãos, mas nas mãos de pessoas que, tirando proveito desse direito sobre a terra, vivem às custas do trabalho do povo. Assim, a terra, tão necessária ao povo, cuja falta leva as pessoas à morte, é cultivada por pessoas reduzidas à pobreza extrema, para que o trigo que vem dela seja vendido no exterior, para que os senhores de terra possam comprar para si chapéus, bengalas, carruagens, objetos de bronze etc. Isso estava tão claro agora para ele como era claro que cavalos presos num curral, depois de comer todo o capim que havia sob os seus pés, vão emagrecer e morrer de fome, a menos que lhes deem a possibilidade de usar outra terra, onde possam encontrar alimento... E tal horror não podia e não devia existir, de maneira alguma. Era preciso encontrar meios para que aquilo não existisse, ou pelo menos para que ele não tomasse parte daquilo. "E vou encontrá-los, custe o que custar", pensou Nekhliúdov, enquanto andava para um lado e para o outro na alameda de bétulas mais próxima. "Nas sociedades científicas, nas instituições governamentais e na imprensa, debatemos sobre as causas da pobreza do povo e sobre os meios de elevar seu nível de vida, só não falamos do único meio indubitável, capaz de elevar seguramente o nível de vida do povo, que consiste em parar de tomar do povo a terra de que ele necessita." E Nekhliúdov lembrou-se nitidamente das posições fundamentais de Henry George e do seu entusiasmo por elas, e admirou-se de ter sido capaz de esquecer tudo aquilo. "A terra não pode ser objeto de propriedade, não pode ser objeto de compra e venda, como a água, como o ar, como os raios do sol. Todos têm direito igual à terra e a todos os benefícios que ela oferece às pessoas." E agora ele entendia por que sentia vergonha de lembrar o seu acordo em Kuzmínskoie. Estava enganando a si mesmo. Mesmo sabendo que o homem não pode ter direito à terra, atribuiu esse direito a si mesmo e presenteou os camponeses com uma parte daquilo que, no fundo da alma, ele sabia não ter o direito de possuir. Agora não faria o mesmo e em seguida iria modificar o acordo que tinha feito em Kusmínskoie. E traçou na mente o seu projeto, que consistia em ceder a terra aos camponeses em troca de uma renda, mas reconhecer que essa renda era propriedade dos camponeses, para que com esse dinheiro pagassem os impostos e as obrigações comuns. Não se tratava da *single tax*,[4] porém era a maneira mais viável de se aproximar dessa ideia, nas circunstâncias vigentes. O principal era que ele se negava a exercer o direito da propriedade da terra.

Quando chegou à casa, o administrador, sorrindo de modo especialmente alegre, sugeriu que fossem almoçar, expressando receio de as iguarias, preparadas por sua esposa com a ajuda da mocinha com pompons de pelos, terem ficado cozidas demais e fritas demais.

A mesa estava coberta por uma toalha de pano cru, um paninho bordado fazia as vezes de guardanapo e sobre a mesa, numa sopeira de *vieux-saxe*[5] com a alça quebrada, havia uma sopa de batata com o mesmo galo que antes ora esticava uma perna preta, ora a outra, e que agora estava cortado, feito em pedaços, cobertos de pelos em muitos pontos. Após a sopa, veio o mesmo galo com os pelos tostadinhos e bolinhos de requeijão com grande quantidade de manteiga e açúcar. Por mais que tudo isso tivesse pouco sabor, Nekhliúdov comeu sem perceber o que comia: estava tão ocupado com os próprios pensamentos que a tristeza com que chegara da aldeia imediatamente havia se dissipado.

A esposa do administrador espiava por trás da porta, ao mesmo tempo que a

---

4 Inglês: "Imposto único".

5 Francês: "Antiga louça da Saxônia".

assustada mocinha com pompons de pelos servia a travessa, enquanto o próprio administrador, com orgulho da maestria culinária da esposa, sorria com satisfação cada vez maior.

Depois do almoço, Nekhliúdov, a muito custo, fez sentar o administrador à sua frente e, a fim de pôr-se à prova e ao mesmo tempo expor a alguém aquilo que o preocupava, comunicou-lhe o seu projeto de devolver a terra aos camponeses e perguntou-lhe qual a sua opinião. O administrador sorriu, deu a entender que ele mesmo já havia pensado naquilo havia muito tempo e estava muito contente de ouvi-lo, mas no fundo não compreendia nada, obviamente não por Nekhliúdov ter se expressado de forma obscura, mas sim porque aquele projeto significava que Nekhliúdov renunciava a seus lucros em favor do lucro de outros, ao passo que a certeza de que todo homem se preocupa apenas com os próprios lucros, em detrimento do lucro dos outros, estava tão enraizada na consciência do administrador que ele supunha não ter compreendido alguma coisa quando Nekhliúdov disse que toda a receita proveniente da terra deveria formar um capital comum dos camponeses.

— Entendi. Quer dizer, o senhor vai receber uma porcentagem desse capital, não é? — disse o administrador, todo radiante.

— Nada disso. O senhor entende que a terra não pode ser objeto de propriedade de certas pessoas.

— Isso é verdade!

— E portanto tudo o que a terra dá pertence a todos.

— Então o senhor não terá mais lucro? — perguntou o administrador, parando de sorrir.

— Sim, eu renuncio.

O administrador soltou um suspiro profundo e depois voltou a sorrir. Agora ele estava entendendo. Entendia que Nekhliúdov não era um homem plenamente são e, sem demora, passou a procurar no projeto de Nekhliúdov, no qual ele renunciava à terra, a possibilidade de uma vantagem pessoal, e quis a todo custo entender o projeto de um modo que ele pudesse tirar proveito da terra cedida.

Quando afinal compreendeu que isso não seria possível, ficou desgostoso, parou de interessar-se pelo projeto, e continuou a sorrir só para agradar ao patrão. Vendo que o administrador não o entendia, Nekhliúdov dispensou-o e ficou sentado à mesa riscada, coberta de manchas de tinta, e ocupou-se em explanar seu projeto numa folha de papel.

O sol já baixara por trás das tílias que tinham acabado de florir e os mosquitos, em enxames, entraram no cômodo e picaram Nekhliúdov. Quando terminou as suas anotações e ao mesmo tempo ouviu os balidos de um rebanho na aldeia, o rangido da porteira e a conversa dos mujiques que se reuniam em assembleia, Nekhliúdov disse ao administrador que não era preciso chamar os mujiques ao escritório, ele mesmo iria à aldeia, àquele pátio onde eles estavam se reunindo. Após beber às pressas um copo de chá servido pelo administrador, Nekhliúdov seguiu para a aldeia.

VII

Em volta da multidão reunida no pátio da casa do estaroste, havia um rumor de vozes, mas, assim que Nekhliúdov chegou, as vozes emudeceram e os camponeses, tal como ocorrera em Kuzmínskoie, tiraram o chapéu, um após o outro. Os camponeses dali eram infinitamente mais rudes que os de Kuzmínskoie; assim como as mocinhas e as mulheres usavam pompons de pelos pendurados por cima das orelhas, também os mujiques estavam quase todos de alpercatas de palha e com camisas e cafetãs feitos em casa. Alguns estavam descalços, só de camisa, tal como tinham vindo do trabalho.

Nekhliúdov fez um esforço contra si mesmo e começou o seu discurso, comunicou aos mujiques sua intenção de entregar-lhes toda a terra. Os mujiques ficaram calados, e na expressão de seus rostos não ocorreu nenhuma alteração.

— Porque eu acho — disse Nekhliúdov, ruborizando-se — que a terra não deve pertencer a quem nela não trabalha e acho que todos têm o direito de fazer uso da terra.

— É claro. Está certo, é assim mesmo — ouviram-se as vozes dos mujiques.

Nekhliúdov continuou a explicar como o lucro proveniente da terra devia ser distribuído entre todos e por isso propunha que eles ficassem com a terra e pagassem por ela o preço que eles mesmos determinassem, e o pagariam para um fundo comum, do qual eles mesmos fariam uso. Continuaram a soar palavras de aprovação e de concordância, mas os rostos sérios dos camponeses ficavam cada vez mais sérios e os olhos, que antes fitavam o patrão, abaixaram-se, como se os camponeses não quisessem envergonhá-lo ao perceber que a sua esperteza era entendida por todos e que ele não ia enganar ninguém.

Nekhliúdov falou de modo muito claro e os mujiques eram pessoas sagazes; mas não o compreenderam e não conseguiam compreender pela mesma razão que o administrador demorou muito a compreender. Estavam, sem dúvida, convencidos de que é próprio a todo homem defender o seu lucro. Quanto aos proprietários de terra, havia muito tempo que eles, pela experiência de várias gerações, sabiam que um proprietário sempre defende o seu lucro em prejuízo dos camponeses. Por isso, se o proprietário os convoca e propõe algo novo, é obviamente com o propósito de enganá-los de um modo ainda mais astuto.

— E então, vamos lá, que preço vocês acham correto pagar pela terra? — perguntou Nekhliúdov.

— Como é que vamos determinar um preço? A gente não pode fazer isso. A terra é do senhor e a autoridade é do senhor — responderam, da multidão.

— Não, não, vocês mesmos vão fazer uso desse dinheiro para as necessidades comuns.

— A gente não pode fazer isso. A comunidade é uma coisa e isso é uma outra coisa.

— Vocês entendam o seguinte — disse o administrador, sorrindo, atrás de Nekhliúdov, no intuito de esclarecer a questão. — O príncipe está cedendo a vocês a terra em troca de dinheiro, mas esse mesmo dinheiro voltará para o capital de vocês, devolvido para a comunidade.

— A gente está entendendo muito bem — respondeu com irritação um velhinho desdentado, sem levantar os olhos. — É que nem no banco, só que a gente tem de pagar no prazo. A gente não quer isso, já é tão difícil do jeito que está, desse jeito novo ia ser a ruína de todo mundo.

— Não serve para nada. A gente está melhor assim — começaram a soar vozes insatisfeitas e até rudes.

Passaram a repudiar de modo especialmente enfático quando Nekhliúdov mencionou que ele redigiria um contrato e os camponeses teriam de assinar.

— Assinar para quê? A gente trabalha desse jeito e vai continuar assim. Para que isso agora? Somos gente sem instrução.

— A gente não concorda porque é um negócio fora do costume. Melhor que continue a ser do jeito que era. Mas o negócio das sementes, isso podia ser abolido — ouviram-se vozes.

O negócio das sementes consistia em que, nas condições em vigor, as sementes para a semeadura eram todas dos camponeses e eles pediam que as sementes fossem do proprietário.

— Quer dizer que vocês rejeitam, não querem ficar com a terra? — perguntou Nekhliúdov, dirigindo-se a um camponês ainda jovem, descalço, de rosto radiante, num cafetã esfarrapado, e que, em postura muito ereta, segurava no braço esquerdo dobrado o seu gorro rasgado, como os soldados seguram seus gorros quando obedecem a uma ordem de tirar o chapéu.

— É isso mesmo — exclamou o camponês, que obviamente ainda não se libertara do hipnotismo do seu tempo de soldado.

— Quer dizer que vocês têm terra bastante? — perguntou Nekhliúdov.

— De jeito nenhum, não senhor — respondeu o ex-soldado, com um ar artificialmente alegre, segurando com cuidado à sua frente o gorro rasgado, como se o oferecesse a quem quisesse usá-lo.

— Está bem, mesmo assim, reflitam no que eu lhes disse — pediu o surpreso Nekhliúdov e repetiu a sua proposta.

— Não vamos pensar nada: vai ser como a gente falou — exclamou com irritação o velho carrancudo e desdentado.

— Amanhã vou estar aqui durante o dia... se mudarem de ideia, venham me avisar.

Os mujiques nada responderam.

Assim, Nekhliúdov nada conseguiu e voltou para o escritório.

— Vou explicar ao senhor, príncipe — disse o administrador, quando voltaram para casa. — Não vai chegar a nenhum acordo com eles; o povo é teimoso. E mais ainda numa assembleia, eles fincam pé e não há nada que tire essa gente do lugar. Porque têm medo de tudo. De resto, esses mesmos mujiques, mesmo aquele grisalho ou o de cabelo preto, que não concordaram, são mujiques inteligentes. Quando um deles vem ao escritório, peço para sentar e tomar chá — disse sorrindo o administrador —, então esse mujique começa a conversar e é um poço de sabedoria, um ministro, discute todos os assuntos da maneira correta. Mas numa assembleia é um outro homem, fica sempre repetindo a mesma coisa...

— Então quem sabe seria possível chamar aqui alguns desses camponeses tão sagazes — disse Nekhliúdov. — Eu lhes explicaria em detalhes.

— É possível — respondeu o administrador sorridente.

— Nesse caso, por favor, chame amanhã.

— É perfeitamente possível, vou chamá-los para vir amanhã — disse o administrador e sorriu ainda mais alegre.

— Está vendo como é sabido? — exclamou, montado numa égua bem nutrida, um mujique moreno, com uma barba desgrenhada, que nunca tinha visto um pente, para um outro mujique, velho, magro, de cafetã rasgado, que cavalgava ao seu lado e fazia tilintar as peias de ferro.

Os mujiques iam dar de comer aos cavalos em segredo, de noite, no bosque do patrão.

— Vou dar a terra de graça, vocês têm só de assinar. Será que ainda é pouco o que eles enganaram o nosso irmão? Não, irmão, espere aí, hoje em dia a gente também começou a entender as coisas — acrescentou, e passou a chamar um potro novo que se desgarrara. — Cavalinho, cavalinho! — gritou, após deter o cavalo e olhando para trás, mas o potro não estava atrás, e sim ao lado: tinha ido para o prado.

— Olhe só, o filho de uma cadela pegou a mania de ir para o prado do patrão — disse o mujique moreno, de barba desgrenhada, ao ouvir o estalido da azedinha sobre a qual o potro desgarrado galopava, com relinchos, no aroma gostoso de pântano que vinha dos prados orvalhados.

— Escute só, os prados estão ficando cheios de mato, vai ser preciso mandar as mulheres capinarem tudo no feriado — disse o mujique magro, de cafetã rasgado. — Senão as gadanhas vão estragar.

— É só assinar, diz ele — prosseguiu o mujique desgrenhado as suas reflexões sobre a proposta do patrão. — Pois assine só, que ele engole você vivo.

— É isso mesmo — respondeu o velho.

E nada mais disseram. Só se ouvia a batida das patas dos cavalos na estrada dura.

VIII

Ao voltar para casa, Nekhliúdov encontrou no escritório uma cama alta preparada para o seu pernoite, com colchão de penas, dois travesseiros e um cobertor de casal vermelho-vivo, de seda, acolchoado, com retalhos e bordados, e sem dobras — na certa, parte do dote da esposa do administrador. O administrador ofereceu a Nekhliúdov as sobras do jantar, mas, após receber uma negativa e pedir desculpas pela comida ruim e pelas acomodações, retirou-se, deixando Nekhliúdov sozinho.

A recusa dos camponeses não perturbou Nekhliúdov em nada. Ao contrário, apesar de em Kuzmínskoie terem aceitado sua proposta e agradecerem o tempo todo, enquanto ali demonstraram desconfiança e até hostilidade, ele sentia-se calmo e alegre. O escritório era abafado e sujo. Nekhliúdov saiu para o pátio e quis ir ao jardim, mas lembrou-se daquela noite, da janela do quarto das criadas, da varanda dos fundos — e achou desagradável caminhar por lugares profanados por lembranças criminosas. Sentou-se de novo na varandinha e, inspirando o ar morno, impregnado pelo cheiro forte das folhas jovens de bétula, demorou-se a olhar para o jardim escurecido e ouviu o moinho, os rouxinóis e mais algum passarinho que piava monótono num arbusto bem perto da varanda. Na janela do administrador, apagaram a luz, no leste, por trás do telheiro, acendeu-se o clarão da lua que se erguia, lampejos cada vez mais claros começaram a iluminar o jardim florido e cheio de mato e a casa em ruínas, ouviu-se uma trovoada distante e um terço do céu foi encoberto por uma nuvem negra. Os rouxinóis e os passarinhos emudeceram. Por trás do barulho da água no moinho, ouviu-se o grasnido de gansos e depois, na aldeia e no pátio do administrador, os galos da madrugada começaram a chamar uns aos outros, como é costume dos galos cantarem mais cedo nas noites quentes de trovoada. Há um provérbio que diz que os galos cantam para anunciar noites alegres. Para Nekhliúdov, aquela noite era mais do que alegre. Era, para ele, uma noite feliz, venturosa. A imaginação recompunha à sua frente as impressões daquele verão feliz que passara ali, em sua mocidade inocente, e ele sentia-se agora tal como era, não só naquela época, mas em todos os melhores momentos da sua vida. Não só lembrou como também sentiu-se tal como era quando, aos catorze anos de idade, rezava para Deus, pedia que Deus lhe revelasse a verdade, e quando chorava como um bebê nos joelhos da mãe ao despedir-se dela e prometia ser sempre um bom menino e nunca magoá-la — sentiu-se tal como era quando ele e Nikólenka Irtiéniev decidiram que sempre ajudariam um ao outro a viver para o bem e iriam esforçar-se para fazer todos felizes.

Lembrou então como, em Kuzmínskoie, o assaltara a tentação e ele sentira pena da casa, da floresta, da propriedade, da terra, e agora perguntou a si mesmo: sentiu pena de verdade? Chegou a achar estranho que pudesse ter sentido pena. Lembrou-se de tudo o que tinha visto nesse dia: a mulher com filhos e sem o marido, levado para a prisão por cortar árvores da sua floresta, a floresta dos Nekhliúdov, e a horrível Matriona, que achava, ou pelo menos dizia que as mulheres da condição delas deviam entregar-se aos senhores como amantes; lembrou-se da atitude de Matriona com os bebês, a maneira como os levava para o asilo, e lembrou-se daquela criança infeliz, envelhecida, sorridente, que estava morrendo por falta de comida, com um gorrinho na cabeça; lembrou-se da mulher grávida, fraca, que ia ser obrigada a trabalhar para ele porque, esgotada pelo trabalho, não tomara conta da sua vaca faminta. E então lembrou-se da prisão, das cabeças raspadas, das celas, do cheiro repugnante, das correntes e, a par disso, do luxo desvairado da sua vida e da vida de todos os senhores, da cidade, da capital. Tudo estava perfeitamente claro e fora de dúvida.

A lua brilhante, quase cheia, ergueu-se por trás do telheiro, sombras negras estenderam-se ao longo do pátio e o ferro do telhado da casa em ruínas começou a reluzir.

E, como se não quisessem perder essa luz, os rouxinóis, que haviam emudecido, puseram-se a piar e gorjear no jardim.

Nekhliúdov lembrou como, em Kuzmínskoie, ele começara a refletir sobre a sua vida para decidir o que ia fazer, e de que modo, e lembrou como se emaranhara com aquelas questões e não conseguira resolvê-las: eram muito numerosas as ponderações sobre cada uma das questões. Agora ele se apresentava as mesmas questões e se admirava de como tudo era simples. Era simples porque agora não pensava no que aconteceria com ele, e nem se interessava por isso, pensava apenas no que devia fazer. E, coisa surpreendente, o que era necessário para ele mesmo, Nekhliúdov não conseguia decidir de forma alguma, ao passo que o que era preciso fazer para os outros, ele sabia de modo indubitável. Sabia agora de modo indubitável que era preciso ceder a terra aos camponeses, porque reter a terra era errado. Sabia de modo indubitável que era preciso não abandonar Katiucha, ajudá-la, estar pronto para tudo, a fim de redimir sua culpa em relação a ela. Sabia de modo indubitável que era preciso estudar, analisar, esclarecer-se, entender todos aqueles processos dos tribunais e das condenações, em que sentia ver algo que os outros não enxergavam. No que daria tudo isso — Nekhliúdov não sabia, mas sabia de modo indubitável que precisava a todo custo fazer uma coisa, e outra, e outra ainda. Essa convicção firme era para ele uma alegria.

A nuvem negra desceu de todo, não se viam mais lampejos, e sim raios que iluminavam o pátio inteiro e a casa em ruínas, com varandas desmoronadas, e ouviu-se uma trovoada bem em cima da cabeça. Os passarinhos ficaram quietos, em compensação as folhas começaram a farfalhar e o vento correu ao encontro da varanda onde Nekhliúdov estava sentado e sacudiu seus cabelos. Uma gota voou até ele, depois uma outra, a chuva começou a tamborilar nas bardanas, no telhado de ferro, e o ar inteiro inflamou-se num clarão; tudo ficou em silêncio e Nekhliúdov não teve tempo de contar até três, quando algo rachou de um modo tenebroso bem em cima da sua cabeça e retumbou pelo céu.

Nekhliúdov entrou na casa.

"Sim, sim", pensou. "As coisas que acontecem na nossa vida, todas as coisas, todo o sentido dessas coisas não é compreensível, e não pode ser compreensível para mim: para que existiram as tias? Para que Nikólenka Irtiéniev morreu, enquanto eu estou vivo? Para que existiu Katiucha? E a minha loucura? Para que houve aquela guerra? E toda a minha vida desregrada que veio depois? Entender tudo isso, entender toda a obra do Senhor não está em meu poder. Mas cumprir a sua vontade, inscrita na minha consciência, isso está em meu poder e isso eu sei de modo indubitável. E quando ajo, me acalmo de modo indubitável."

A chuva caía agora num aguaceiro e, murmurejante, escorria dos telhados para dentro de um barril; os relâmpagos iluminavam o pátio e a casa mais espaçadamente. Nekhliúdov voltou para o seu aposento, despiu-se e deitou-se na cama, não sem receio dos percevejos, de cuja presença o papel de parede sujo e rasgado obrigava Nekhliúdov a suspeitar.

"Sim, sentir-se não um senhor, mas um servidor", pensou, e alegrou-se com tal pensamento.

Seus receios se confirmaram. Assim que apagou a vela, insetos começaram a picá-lo, grudando-se a ele.

"Ceder a terra, partir para a Sibéria... pulgas, percevejos, sujeira... Bem, afinal, se é preciso suportar isso, vou suportar." Porém, apesar de todo o seu desejo, não conseguiu suportar aquilo, sentou-se diante da janela aberta, admirando a nuvem que ia embora e a lua, que aparecia de novo.

IX

Nekhliúdov só adormeceu de manhã e por isso, no dia seguinte, acordou tarde.

Ao meio-dia, sete mujiques escolhidos, convidados pelo administrador, vieram ao pomar de macieiras, debaixo de uma macieira, onde o administrador havia armado, sobre colunazinhas cravadas na terra, uma mesinha e uns banquinhos. Levaram muito tempo para convencer os mujiques a pôr o chapéu e sentar-se nos bancos. O ex-soldado, agora calçado em alpercatas de palha e perneiras limpas de pano, segurava seu gorro rasgado à sua frente, de modo especialmente obstinado, como se faz "num enterro", segundo o regulamento militar. Mas quando um deles, um ancião de ombros largos e aspecto respeitável, de barba semigrisalha e anelada, como o Moisés de Michelangelo, e de cabelos espessos e grisalhos que se enroscavam em volta da testa castanha, queimada de sol e desnuda, pôs sobre a cabeça o seu gorro grande e, fechando o cafetã novo e feito em casa, subiu num banco e se sentou, os restantes seguiram seu exemplo.

Quando todos se acomodaram, Nekhliúdov sentou-se à frente deles e, com os cotovelos apoiados na mesa, sobre um papel em que havia redigido um resumo do projeto, começou a explicá-lo.

Ou porque os mujiques estavam em número menor, ou porque Nekhliúdov não estava preocupado consigo, mas sim com o negócio, dessa vez ele não sentiu nenhum embaraço. Sem querer, dirigiu-se de preferência ao velho de ombros largos, de barba branca e anelada, esperando dele concordância ou objeções. Mas a ideia que Nekhliúdov formara do velho era equivocada. O velho de aspecto respeitável, embora balançasse a bela cabeça patriarcal em sinal de aprovação ou a sacudisse, de cara feia, quando os outros faziam objeções, tinha obviamente grande dificuldade para entender o que Nekhliúdov dizia e só o entendia quando os outros camponeses o explicavam no seu linguajar. As palavras de Nekhliúdov eram muito mais bem compreendidas por um velhinho miúdo, quase sem barba, caolho, vestido num casaco de nanquim pregueado na cintura e calçado com botas velhas e gastas do lado — um estufeiro, como soube Nekhliúdov, mais tarde. Esse homem movia com rapidez as sobrancelhas, num esforço de atenção, e prontamente relatava ao seu modo o que Nekhliúdov estava dizendo. Também o compreendia bem depressa um velho baixo, atarracado, de barba branca e olhos inteligentes e brilhantes, que aproveitava toda e qualquer oportunidade para introduzir comentários jocosos e irônicos às palavras de Nekhliúdov e visivelmente se gabava disso. O ex-soldado também, ao que parecia, poderia entender o negócio, se não estivesse entorpecido pela vida de soldado e não se enredasse no linguajar absurdo habitual entre os soldados. O mais sério de todos em relação ao negócio era um homem alto, de barba pequena, que falava com uma encorpada voz de baixo, vestido em roupas limpas, feitas em casa, e de alpercatas de palha novas. Esse homem compreendia tudo e só falava quando necessário. Os dois velhos restantes, um deles o mesmo desdentado que no dia anterior, na assembleia, gritara um repúdio resoluto a toda a proposta de Nekhliúdov, e o outro, um velho alto, branco, manco, de rosto simpático, de botas de cano alto com perneiras de pano firmemente amarradas em volta das pernas magras, ficavam ambos calados quase o tempo todo, embora escutassem com atenção.

Nekhliúdov, antes de tudo, explicou seu ponto de vista a respeito da propriedade da terra.

— A terra, a meu ver — disse —, não pode ser vendida, nem comprada, porque, se fosse possível vendê-la, quem tivesse dinheiro açambarcaria toda a terra e então tomaria tudo o que desejasse daqueles que não tivessem terra, em troca do direito de fazer uso dela. Tomaria dinheiro, para que os outros pudessem ficar sobre a terra — acrescentou, lançando mão de um argumento de Spencer.

— O único jeito era amarrar umas asas e voar — disse o velho de olhos risonhos e barba branca.

— É mesmo — disse o alto, com a encorpada voz de baixo.

— É sim — disse o ex-soldado.

— Uma mulher ia arrancar um punhado de capim para a vaca e acabava na prisão — disse o velho simpático e manco.

— As terras da gente ficam a cinco verstas, não tenho como alugar, e levantaram tanto o preço que não dá para acertar as contas — acrescentou o velho zangado e sem dentes. — Fazem da gente gato e sapato, é pior do que a corveia no tempo da servidão.

— Penso da mesma forma que vocês — disse Nekhliúdov — e acho um pecado ter a posse da terra. Por isso quero dar a terra.

— Muito bem, é uma boa ação — disse o velho que tinha cachos de Moisés, pelo visto supondo que Nekhliúdov queria arrendar a terra.

— Por isso vim aqui: não quero mais ter a posse da terra; mas é preciso encontrar um meio de me livrar dela.

— Dê para os mujiques, e pronto — respondeu o velho zangado e sem dentes.

Nekhliúdov confundiu-se num primeiro momento, sentindo naquelas palavras uma dúvida quanto à sinceridade da sua intenção. Mas logo se refez e aproveitou o comentário para mostrar o que ele queria dizer.

— Bem que eu gostaria de dar — disse ele. — Mas para quem e como? Para quais mujiques? Por que para a comunidade de vocês, e não para a de Diómino? — (Era uma aldeia vizinha, com lotes de terra ínfimos.)

Todos ficaram em silêncio. Só o ex-soldado falou:

— É mesmo.

— Pois bem — disse Nekhliúdov —, digam-me uma coisa: se o tsar dissesse para tomar a terra dos proprietários e distribuir entre os camponeses...

— Por acaso corre esse boato? — perguntou também o velho.

— Não, o tsar não disse nada. Estou só falando com vocês: se o tsar dissesse para tomar a terra dos proprietários e dar para os mujiques, como vocês fariam isso?

— Como a gente faria? A gente dividiria tudo por igual, por pessoa, fosse mujique, fosse fidalgo — respondeu o estufeiro, erguendo e baixando depressa as sobrancelhas.

— De que outro jeito podia ser? Dividir por pessoa — confirmou o velho simpático e caolho, de perneiras brancas.

Todos concordaram com essa decisão, considerando-a satisfatória.

— Por pessoa, como? — perguntou Nekhliúdov. — Os criados da casa também receberiam uma parte?

— De jeito nenhum — respondeu o ex-soldado, esforçando-se para refletir no rosto um ânimo alegre.

Mas o ponderado mujique alto não concordava com ele.

— Dividir entre todos por igual — respondeu ele com sua encorpada voz de baixo, após refletir.

— Impossível — disse Nekhliúdov, já com a objeção pronta. — Se dividir entre todos por igual, todos aqueles que não trabalham, não lavram, os senhores, os lacaios, os cozinheiros, os funcionários, os escrivães, todas as pessoas da cidade, vão pegar a sua parte e vender para os ricos. Aí a terra vai ficar de novo com os ricos. E aqueles que trabalham na sua própria terra vão de novo gerar mais gente, e a terra já estará repartida. Os ricos terão de novo em suas mãos aqueles que precisam da terra.

— É mesmo — confirmou o soldado, sem demora.

— Vamos proibir que vendam a terra, e ela só deve ser de quem lavra — disse o estufeiro com irritação, interrompendo o soldado.

A isso, Nekhliúdov objetou que seria impossível controlar se a pessoa lavrava a terra para si ou para outra pessoa.

Então o mujique alto e ponderado sugeriu um arranjo em que a comunidade inteira lavrasse a terra.

— Quem lavrar terá uma parte. Quem não lavrar não terá nada — exclamou com sua resoluta voz de baixo.

Contra esse projeto comunista, Nekhliúdov também tinha argumentos prontos e objetou que para isso seria preciso que todos tivessem arados, e que os cavalos fossem iguais, que uns não andassem mais ligeiro do que outros, ou que tudo, cavalos, arados, debulhadoras, enfim, que toda a propriedade fosse comum, e para organizar isso seria preciso que todo mundo estivesse de acordo.

— Ninguém no mundo vai conseguir fazer nossa gente concordar — disse o velho zangado.

— Vai sair a maior briga — disse o velho de barba branca e olhos risonhos. — A mulherada vai querer arrancar os olhos umas das outras.

— E depois, como dividir a terra pela sua qualidade? — indagou Nekhliúdov. — Enquanto um recebe a terra preta, o outro fica com o solo de argila ou de areia?

— É só separar em lotes para que todos tenham por igual — disse o estufeiro.

A isso Nekhliúdov objetou que não se tratava da partilha da terra em uma comunidade, mas da partilha da terra em geral, nas diversas províncias. Se ia dar a terra de graça aos camponeses, por que alguns teriam a posse da terra boa, enquanto outros ficariam com a terra ruim? Todos iriam querer a terra boa.

— Isso mesmo — disse o soldado.

Os demais ficaram calados.

— Portanto, não é tão simples como parece — disse Nekhliúdov. — E sobre isso não somos só nós que pensamos, muita gente pensa no assunto. Há um americano, George, que pensou o seguinte. E eu concordo com ele.

— Mas você é o dono, é você que dá a terra. O que é que impede? A autoridade é sua — disse o velho zangado.

Essa interrupção perturbou Nekhliúdov; mas, para sua satisfação, notou que não foi só ele que ficou descontente com a interrupção.

— Espere, tio Semion, deixe que ele explique — disse o mujique ponderado, com sua imponente voz de baixo.

Isso encorajou Nekhliúdov e ele passou a explicar-lhes o projeto do tributo único de Henry George.

— A terra não é de ninguém, é de Deus — começou.

— É isso. É assim mesmo — responderam algumas vozes.

— Toda a terra é comum. Todos têm um direito igual sobre ela. Mas há terra melhor e terra pior. E todos querem pegar a terra boa. Como fazer para igualar? Vai ser assim: quem ficar com a terra boa vai pagar para quem ficar sem terra aquilo que a terra vale — respondeu o próprio Nekhliúdov. — Como vai ser difícil determinar quem deverá pagar a quem, e como vai ser preciso reunir dinheiro para as necessidades comuns, o jeito seria fazer a pessoa que ficou com a terra pagar para a comunidade aquilo que a sua terra vale, a fim de atender as necessidades comuns. Desse jeito vai ficar igual para todos. Se alguém quiser ficar com a terra, então que pague pela terra boa mais do que pela terra ruim. Se a pessoa não quer ter a terra, não paga nada, e aquele que tiver a terra vai pagar em seu lugar, a fim de atender as necessidades comuns.

— Isso é justo — disse o estufeiro, mexendo as sobrancelhas. — Quem tiver a terra melhor vai pagar mais.

— Que cabeça tinha esse tal de George — disse o velho de boa aparência e barba anelada.

— Só que tem de ser um preço que dê para pagar — disse o mujique alto, com sua voz de baixo, pelo visto já prevendo no que ia dar aquele negócio.

— O pagamento tem de ser de um jeito que não fique nem caro nem barato... Se for caro, não vão pagar, e vai haver prejuízo, e se for barato, todo mundo vai começar a comprar uns dos outros, vão começar a negociar com a terra. Pois bem, aí está o que eu queria fazer com vocês.

— Isso é justo, é certo. Puxa, não é nada mau — disseram os mujiques.

— Mas que cabeça tem o tal de George! — repetia o velho alto de barba anelada. — Pensou bem.

— Pois é, muito bem, mas e se eu quiser ficar com alguma terra? — perguntou, sorrindo, o administrador.

— Se houver um lote vago, o senhor pegue e trabalhe — respondeu Nekhliúdov.

— Para que você quer terra? Já está de barriga cheia — disse o velho de olhos risonhos.

Com isso, terminou a reunião.

Nekhliúdov repetiu de novo sua proposta, mas não exigiu uma resposta imediata, recomendou que debatessem com a comunidade e depois viessem lhe dar a resposta.

Os mujiques disseram que iam debater com a comunidade e dariam uma resposta e, após se despedirem, foram embora num estado de agitação. Pela estrada, ouviu-se demoradamente o seu vozerio, enquanto se afastavam. E, até o fim da tarde, suas vozes esbravejavam na aldeia e chegavam ao rio.

No dia seguinte, os mujiques não trabalharam, mas debateram a proposta do patrão. A comunidade dividiu-se em dois partidos: um considerava a proposta do patrão vantajosa e sem riscos, o outro via naquilo um ardil cuja essência eles não conseguiam entender e por isso o temiam mais ainda. No outro dia, porém, todos concordaram em acatar as condições propostas e vieram falar com Nekhliúdov para comunicar a decisão de toda a comunidade. Para tal consenso, pesou muito a manifestação de uma velhinha, de quem os velhos gostavam, e que aniquilou todos os receios de engodo, ao explicar que o comportamento do patrão significava que ele havia começado a pensar na sua alma e agia daquele modo a fim de salvá-la. Essa explicação era confirmada pelas grandes esmolas em dinheiro que Nekhliúdov tinha dado em sua visita a Pánovo. As esmolas em dinheiro que Nekhliúdov tinha dado ali foram motivadas pelo fato de ter visto pela primeira vez o grau de pobreza e de severidade da vida a que os camponeses tinham chegado e, abalado por aquela pobreza, embora soubesse que isso era insensato, não pôde deixar de dar o dinheiro que trazia consigo, em quantidade especialmente grande, porque o havia recebido pela venda, no ano anterior, de uma floresta em Kuzmínskoie, sem falar do sinal recebido pela venda dos implementos agrícolas.

Assim que souberam que o patrão dava dinheiro a quem pedisse, uma multidão de gente, sobretudo mulheres, passou a procurá-lo, vindo de todos os distritos, para pedir ajuda. Ele não sabia absolutamente como devia agir com elas, como se orientar na solução do problema de quanto dar e para quem. Sentia que era impossível não dar dinheiro, que possuía em tão grande quantidade, às pessoas que pediam e que eram obviamente pobres. Também não tinha sentido dar ao acaso a quem pedisse. O único meio de sair daquela situação era ir embora. E apressou-se em fazer isso.

No último dia da sua estada em Pánovo, Nekhliúdov foi à casa e ocupou-se em examinar objetos ali abandonados. Enquanto os examinava, na gaveta mais baixa de um velho camiseiro das tias, feito de mogno, abaulado, com puxadores de bronze com cabeças de leão, encontrou muitas cartas e entre elas uma fotografia que retratava um grupo: Sófia Ivánovna, Mária Ivánovna, ele mesmo quando estudante e Katiucha — pura, fresca, bela e jovial. De todas as coisas que estavam na casa, Nekhliúdov só levou as cartas e aquele retrato. Todo o restante, ele deixou para o moleiro, que, por insistência do administrador sorridente, comprou a casa e todos os móveis de Pánovo pela décima parte do seu valor.

Ao recordar, então, o seu sentimento de pesar com a perda da propriedade, que havia experimentado em Kuzmínskoie, Nekhliúdov admirou-se de como pôde experimentar tal sentimento; agora experimentava uma incessante alegria de libertação e um sentimento de novidade, semelhante ao que deve experimentar um viajante ao descobrir novas terras.

X

A cidade, dessa vez, em sua chegada, impressionou Nekhliúdov de um modo especialmente estranho e novo. Ao anoitecer, entre os lampiões acesos, ele foi da estação até sua casa. Em todos os cômodos, ainda havia um cheiro de naftalina e, quanto a Agrafiena Petróvna e Korniei — ambos se sentiam esgotados e insatisfeitos, e até tiveram uma discussão por causa da arrumação de coisas cuja utilidade, pelo visto, consistia apenas em ser penduradas para secar e depois guardadas. O quarto de Nekhliúdov estava desocupado, mas não tinha sido arrumado, estava até atravancado por baús levados para lá, e a vinda de Nekhliúdov obviamente perturbava as atividades que, por força de uma inércia estranha, se cumpriam naquela casa. Após as impressões causadas pelas carências dos camponeses, tudo aquilo lhe pareceu tão desagradável, com sua evidente loucura, da qual no passado ele tomara parte, que Nekhliúdov resolveu mudar-se no dia seguinte para um hotel, deixando que Agrafiena Petróvna arrumasse as coisas do modo que julgasse necessário, até a chegada da irmã, que daria uma solução definitiva a tudo o que havia na casa.

Nekhliúdov deixou a casa pela manhã, instalou-se em dois quartos mobiliados, muito modestos e meio sujos, num hotel perto da prisão e, após ordenar que levassem para lá os objetos que ele selecionara na casa, foi ao encontro do advogado.

Na rua, estava frio. Depois da tempestade e da chuva, caiu a friagem que costuma vir na primavera. Estava tão frio e batia um vento tão penetrante que Nekhliúdov gelava, num sobretudo leve, e acelerava os passos cada vez mais, tentando aquecer-se.

Em suas recordações, estavam as pessoas da aldeia: as mulheres, as crianças, os velhos, a pobreza e o esgotamento que ele então pareceu ver pela primeira vez, em especial no bebê envelhecido e sorridente, que sacudia as perninhas descarnadas — e, sem querer, Nekhliúdov comparou a eles aquilo que havia na cidade. Ao passar pelos açougues, pelas peixarias e lojas de roupas, ficou impressionado — como se pela primeira vez visse aquelas coisas — com a fartura e com a quantidade imensa de comerciantes tão limpos e tão gordos como ninguém que ele tivesse visto na aldeia. Essas pessoas estavam, sem dúvida, firmemente convencidas de que seus esforços para enganar os outros, que ignoravam a qualidade das suas mercadorias, constituíam uma ocupação muito útil e indispensável. Igualmente gordos eram os cocheiros de praça, com traseiros imensos e botões nas costas, e também os porteiros, de bonés com galões bordados, e também as criadas de quarto, de avental e cabelos cacheados, e sobretudo os cocheiros de carruagem de luxo, com as nucas raspadas, sentados muito à vontade em suas caleches, observando os passantes com desdém e com um ar libertino. Em todas essas pessoas, Nekhliúdov agora não conseguia deixar de ver as mesmas pessoas do campo, que não tinham terra e por isso eram forçadas a ir para a cidade. Algumas dessas pessoas souberam tirar proveito das condições da cidade, ficaram iguais aos senhores e alegravam-se com a sua situação, já outras ficaram na cidade em condições ainda piores do que no campo e davam mais pena ainda. Igualmente lamentáveis pareceram a Nekhliúdov os sapateiros que viu trabalhando, através da janela de um porão; e também as lavadeiras magras, pálidas, desgrenhadas, que com os braços magros e desnudos passavam roupa diante de janelas abertas, das quais se derramava um vapor de sabão. E também dois tintureiros de avental e sapato roto nos pés sem meia, manchados de tinta da cabeça ao calcanhar, que passaram por Nekhliúdov. Com os braços fracos e fibrosos, queimados de sol, a manga arregaçada até acima do cotovelo, carregavam um balde de tinta e não paravam de praguejar. Tinham rostos fatigados e irritados. Também assim eram os rostos empoeirados, negros, dos carroceiros que sacolejavam em suas carroças. Também assim eram os esfarrapados e inchados homens e mulheres que ficavam com crianças nas esquinas e pediam esmola. Também assim eram os rostos que se viam através das janelas abertas de uma taberna, pela qual Nekhliúdov calhou de passar. Em volta das mesinhas sujas, cheias de garrafas e de louça de chá, entre as quais, bamboleando, se moviam ligeiro os garçons de branco, estavam sentadas, gritando e cantando aos berros, pessoas suadas, ruborizadas, de rostos entontecidos. Um desses homens estava sentado junto à janela, com as sobrancelhas levantadas e os lábios contraídos em bico, e olhava para a frente como se fizesse força para lembrar alguma coisa.

"E para que todos eles se amontoaram aqui?", pensou Nekhliúdov, enquanto respirava, sem querer, junto com a poeira que o vento frio soprava sobre ele, um cheiro de manteiga rançosa e de tinta fresca, espalhado por toda parte.

Numa das ruas, um comboio de carroças carregadas de coisas de ferro emparelhou com ele, e as carroças retumbavam de modo tão terrível no calçamento desigual, com seus ferros, que a cabeça e os ouvidos de Nekhliúdov chegaram a doer. Acelerou o passo a fim de afastar-se do comboio, quando, de repente, por trás do estrépito dos ferros, ouviu o seu nome. Parou e avistou um pouco à frente um militar de bigode pontiagudo e engomado, de rosto radiante e lustroso, que, sentado numa caleche, acenava com a mão para ele em cumprimento, pondo à mostra, com o sorriso, os dentes extraordinariamente brancos.

— Nekhliúdov! É você mesmo?

O primeiro sentimento de Nekhliúdov foi de prazer.

— Ah! Chenbok! — exclamou, contente, mas logo entendeu que não havia nenhum motivo para se alegrar.

Era o mesmo Chenbok que, em outros tempos, fora até a propriedade das tias. Nekhliúdov havia muito que o tinha perdido de vista, mas tivera notícias dele, soube que, apesar de suas dívidas, saíra do regimento, mas continuara na cavalaria e, não se sabia por que meios, mantinha-se no mundo da gente rica. A aparência satisfeita, alegre, confirmava isso.

— Mas que bom que encontrei você! Não há ninguém nesta cidade. Puxa, irmão, como envelheceu — disse ele, descendo da caleche e endireitando os ombros. — Reconheci você só pelo jeito de andar. E então, vamos almoçar juntos? Onde é que se come direito na cidade de vocês?

— Não sei se terei tempo — respondeu Nekhliúdov, pensando apenas em como se livraria do seu camarada sem ofendê-lo. — O que veio fazer aqui? — perguntou.

— Negócios, irmão. Negócios de tutela. Pois sou tutor. Cuido dos negócios de Samánov. Você sabe, o ricaço. Tem o miolo mole. Mas possui cinquenta e quatro mil dessiatinas de terra — disse com um orgulho especial, como se ele mesmo tivesse criado todas aquelas dessiatinas de terra. — Os negócios andavam numa desordem horrível. A terra toda estava por conta dos camponeses. Não pagavam nada, os atrasados chegavam a mais de oitenta mil rublos. Em um ano, transformei tudo e aumentei a renda em setenta por cento. Que tal? — perguntou com orgulho.

Nekhliúdov lembrou ter ouvido falar que aquele mesmo Chenbok, justamente por ter perdido toda a sua fortuna e feito dívidas impossíveis de pagar, foi nomeado, graças a algum apadrinhamento especial, tutor da fortuna de um velho ricaço, que andava esbanjando a fortuna, e agora, era evidente, Chenbok vivia à custa dessa tutela.

"Como livrar-me dele sem ofender?", pensava Nekhliúdov, enquanto olhava o seu rosto lustroso, roliço, com bigodes besuntados de cosmético, e escutava sua simpática e fraternal tagarelice sobre onde se podia comer bem e sua jactância a respeito da maneira como pusera em ordem os negócios da tutela.

— Então, onde vamos almoçar?

— Não tenho tempo — respondeu Nekhliúdov, olhando para o relógio.

— Está certo. Mas hoje à noite há corridas. Você vai lá?

— Não, não vou.

— Vá. Não tenho mais cavalos. Mas aposto nos cavalos de Gricha. Lembra? Ele tinha uma bela cavalariça. Pois então, vá até lá e depois jantaremos.

— Também não vou poder jantar — respondeu Nekhliúdov sorrindo.

— Mas o que há? Para onde vai agora? Se quiser, eu o levo até lá.

— Vou ver um advogado. Fica logo ali na esquina — disse Nekhliúdov.

— Ah, sim, anda fazendo alguma coisa na prisão, não é? Virou um benfeitor dos presos? Os Kortcháguin me contaram — disse Chenbok, rindo. — Eles já partiram. O que há? Conte!

— Sim, sim, é tudo verdade — respondeu Nekhliúdov. — Mas não se pode falar disso na rua!

— Sei, sei, você foi sempre meio excêntrico. E então, vai às corridas?

— Não, não posso e nem quero ir. Por favor, não fique zangado.

— Que zangado o quê! Onde está hospedado? — perguntou e de repente seu rosto se fez sério, os olhos detiveram-se, as sobrancelhas levantaram-se. Pelo visto, queria lembrar algo e Nekhliúdov enxergou ali exatamente a mesma expressão embotada que vira no homem de sobrancelhas levantadas e lábios projetados para a frente que o impressionara na janela de uma taberna. — Que friozinho anda fazendo, não é?

— Sim, sim.

— Está com os embrulhos? — voltou-se para o cocheiro. — Bem, então adeus; estou muito, muito contente de ter encontrado você — disse Chenbok e, após apertar com força a mão de Nekhliúdov, saltou para a caleche, abanando à frente do rosto lustroso a mão larga, numa luva nova e branca, de camurça, e sorrindo como de hábito com seus dentes extraordinariamente brancos.

"Será possível que eu era assim?", pensou Nekhliúdov, enquanto prosseguia seu caminho rumo ao escritório do advogado. "Se não era exatamente assim, queria ser assim e pensava que desse modo eu levaria a minha vida."

XI

O advogado recebeu Nekhliúdov sem deixá-lo esperando na fila e logo passou a falar sobre o processo dos Menchov, que ele havia lido de ponta a ponta e ficara indignado com a sentença infundada.

— Esse processo é revoltante — disse. — Muito provavelmente, o incêndio foi provocado pelo próprio dono a fim de receber o prêmio do seguro, mas a questão é que a culpabilidade dos Menchov não ficou demonstrada de maneira nenhuma. Não existe nenhuma prova. É o zelo especial do juiz de instrução e a negligência do promotor adjunto. Se o processo não for julgado na província, mas sim aqui, garanto a vitória, e não vou cobrar nenhum honorário. Pois bem, quanto ao outro caso, a petição de Fedóssia Biriukova para sua alteza imperial, eu a redigi; se o senhor for a Petersburgo, leve consigo, entregue-a pessoalmente e faça o pedido. Do contrário, vão encaminhar um inquérito no Ministério da Justiça, lá responderão de modo a livrar-se o mais depressa possível do assunto, ou seja, vão negar, e o caso vai ficar por isso mesmo. O senhor deve esforçar-se para chegar aos mais altos funcionários.

— Até o imperador? — perguntou Nekhliúdov.

O advogado soltou uma risada.

— Essa é a instância máxima, suprema. Eu me refiro ao secretário da Comissão de Apelação ou o seu diretor. Muito bem, isso é tudo, não é?

— Não, também me escreveram uns sectários — disse Nekhliúdov, e tirou do bolso a carta dos sectários. — É um caso surpreendente, se for correto o que escrevem. Hoje mesmo vou tentar vê-los e me informar do que se trata.

— O senhor, pelo que vejo, tornou-se o funil, o gargalo, por onde se derramam todas as queixas da prisão — disse o advogado, sorrindo. — É demais, o senhor não vai dar conta.

— Não, mas este é um caso impressionante — disse Nekhliúdov, e contou em resumo a essência do caso: pessoas de uma aldeia se reuniram para ler o Evangelho, vieram as autoridades e os dispersaram. No domingo seguinte, reuniram-se de novo, então mandaram um policial, deram parte à justiça e abriu-se um processo contra eles. O juiz de instrução fez o inquérito, o promotor adjunto preparou o auto de acusação, a câmara de instrução aprovou a acusação e eles foram levados a julgamento. O promotor adjunto apresentou a acusação, sobre a mesa estavam as provas materiais, os Evangelhos, e eles foram condenados à deportação. Isso é horroroso — disse Nekhliúdov. — Será possível que seja verdade?

— Mas do que o senhor se admira?

— Ora, de tudo; bem, eu entendo o policial, que cumpria ordens, mas o promotor adjunto, que preparou o auto de acusação, ele é um homem instruído.

— O engano reside justamente em estarmos acostumados a pensar que os promotores, os funcionários da magistratura em geral, são pessoas jovens e liberais. Foram assim, algum dia, mas agora o caso é muito diferente. Trata-se de funcionários, preocupados apenas com o dia do pagamento. Ganham ordenados, precisam ganhar mais e a isso se limitam todos os seus princípios. Vão acusar, julgar e sentenciar quem o senhor quiser.

— Mas será possível que existam leis pelas quais se possa deportar uma pessoa porque está lendo o Evangelho junto com outras?

— Não só deportar para lugares não muito distantes, como também mandar para os trabalhos forçados, se ficar provado que ao ler os Evangelhos eles se permitiram interpretá-lo de maneira diferente daquela prescrita, e que portanto repudiaram a interpretação da Igreja. Blasfêmia contra a fé ortodoxa, em público, é proibida pelo artigo 196: trabalhos forçados e deportação.

— Mas não é possível.

— Estou dizendo ao senhor. Sempre digo aos senhores funcionários da magistratura — prosseguiu o advogado — que não consigo vê-los sem me sentir grato, porque se eu não estou na prisão, e o senhor também, e todos nós, é apenas graças à bondade deles. Levar cada um de nós à privação dos direitos particulares e a lugares não tão distantes é a coisa mais fácil do mundo.

— Mas se tudo depende do arbítrio do promotor e das pessoas que têm o poder de aplicar ou não aplicar a lei, para que existe o tribunal?

O advogado soltou uma divertida gargalhada.

— Mas que perguntas o senhor me faz! Ora, meu amigo, isto é filosofia. Mas, tudo bem, podemos conversar sobre isso. Escute, venha me visitar no sábado. Em minha casa, encontrará sábios, literatos, pintores. Então conversaremos sobre questões gerais — disse o advogado, que pronunciou as palavras "questões gerais" com uma ênfase irônica. — Conhece a minha esposa? Venha.

— Sim, vou me esforçar para ir — respondeu Nekhliúdov, sentindo que não estava dizendo a verdade e que, se ia esforçar-se para alguma coisa, seria para não estar à noite na casa do advogado, no meio dos sábios, literatos e pintores que lá se reuniam.

O riso com que o advogado respondeu ao comentário de Nekhliúdov de que o tribunal não tinha sentido, se os funcionários da magistratura podiam, ao seu arbítrio, aplicar ou não a lei, e a entonação com que pronunciou as palavras "filosofia" e "questões gerais" mostraram a Nekhliúdov como ele e o advogado, e provavelmente os amigos do advogado, encaravam as coisas de formas diferentes e que, por maior que fosse o seu atual afastamento em relação a seus amigos antigos, como Chenbok, Nekhliúdov sentia-se ainda muito mais distante do advogado e das pessoas do seu círculo.

XII

A prisão ficava longe e já era tarde, por isso Nekhliúdov tomou um coche de praça e foi à prisão. Numa das ruas, o cocheiro, homem de meia-idade, rosto inteligente e simpático, voltou-se para Nekhliúdov e apontou para uma casa enorme, em construção.

— Que casarão levantaram aí — disse, como se ele se sentisse em parte responsável por aquela construção e se orgulhasse disso.

De fato, haviam construído uma casa enorme, e num estilo bastante complicado e incomum. Andaimes sólidos, feitos de grandes troncos de pinheiro, presos com grampos de ferro, rodeavam a construção alta e a separavam da rua, como uma cerca de tábuas. Pelos andaimes de madeira, os operários respingados de cal iam e vinham como formigas: uns colocavam tijolos, outros desbastavam pedras, outros ainda içavam e baixavam baldes e tabuleiros, pesados para cima e vazios para baixo.

Um cavalheiro gordo e vestido com elegância, na certa o arquiteto, estava de pé junto ao madeirame, apontava algo lá no alto e falava com o mestre de obras, nascido em Vladímir, que o escutava com respeito. Pelo portão, carroças saíam vazias e entravam carregadas, passando pelo arquiteto e pelo mestre de obras.

"E como todos eles, tanto os que trabalham como os que os obrigam a trabalhar, estão convencidos de que as coisas são assim e devem continuar assim, que ao mesmo tempo que em suas casas as mulheres grávidas trabalham acima de suas forças e seus filhos, de touquinha na cabeça, retorcem as pernas e sorriem com ar de velho, à beira da morte por inanição, que virá em breve, eles têm de construir esse palácio imbecil e inútil, para algum homem imbecil e inútil, um daqueles mesmos que os arruínam e os roubam", pensou Nekhliúdov, enquanto olhava para a casa.

— É sim, é uma tolice, essa casa — disse em voz alta seus pensamentos.

— Tolice, como? — retrucou o cocheiro ofendido. — É bom, dá trabalho para o povo, não tem nada de tolice.

— Mas é um trabalho inútil.

— Deve ser útil, se estão construindo — retrucou o cocheiro. — Dá de comer ao povo.

Nekhliúdov calou-se, ainda mais porque era difícil falar, com o estrépito das rodas. Próximo à prisão, o cocheiro saiu do calçamento de pedras e tomou uma rua asfaltada, assim ficou fácil conversar, e voltou-se de novo para Nekhliúdov.

— Como hoje em dia vem gente para a cidade... é terrível — disse, virando-se na boleia e indicando a Nekhliúdov um grupo de trabalhadores do campo, com serras, machados, sacos e peliças sobre os ombros, que caminhavam na direção deles.

— Mais do que nos anos anteriores? — perguntou Nekhliúdov.

— Nossa! Hoje está tudo entupido de gente, uma desgraça. Os proprietários põem o povo para fora, como se fossem cachorros. Está cheio deles, em toda parte.

— E por que é assim?

— Procriaram demais. Não têm mais lugar.

— Mas o que importa se procriaram demais? Por que não ficam no campo?

— Não têm o que fazer no campo. Não têm terra.

Nekhliúdov experimentou aquilo que acontece com um lugar machucado no corpo. Como se fosse de propósito, parece que sempre esbarramos justamente no ponto dolorido, mas parece que é assim porque só se percebem as batidas num ponto dolorido.

"Será possível que em toda parte é a mesma coisa?", pensou, e passou a perguntar ao cocheiro quanta terra havia na aldeia dele, quanta terra tinha o próprio cocheiro e por que morava na cidade.

— Nossa terra, patrão, é uma dessiatina por cabeça. Nós somos três — respondeu o cocheiro, com simpatia. — Em minha casa, tenho o pai e um irmão, o outro foi para o Exército. Eles plantam. Mas não têm nada para plantar. O outro irmão quis ir para Moscou.

— E não se pode alugar a terra?

— Alugar onde, hoje em dia? Os senhorezinhos que sobraram desfizeram-se do que era seu. Os comerciantes tomaram conta de tudo. Com eles não dá para fazer negócio por um preço razoável, eles mesmos trabalham. Na nossa aldeia, o dono é um francês, comprou do antigo patrão. Não cede a terra, e ponto-final.

— Que francês?

— Dufar, o francês, o senhor já deve ter ouvido falar. Faz as perucas para os atores do grande teatro. O negócio é bom, ele até ficou rico. Comprou todas as propriedades da nossa patroa. Agora ele é dono da gente. Faz com a gente o que bem entende. Ainda bem que é um homem bom. Só que a mulher dele é uma russa, uma verdadeira cachorra, Deus me livre. Rouba o povo. Uma desgraça. Bem, aí está a prisão. Para onde quer ir, para a entrada? Não vão deixar passar, eu aposto.

XIII

Com o coração apertado e com horror ante o pensamento da situação em que se achava Máslova nesse dia, e do mistério que, para ele, havia nela e nas pessoas amontoadas dentro da prisão, Nekhliúdov fez soar a campainha na entrada principal e indagou a respeito de Máslova ao carcereiro que veio atendê-lo. O carcereiro tomou informações e disse que ela estava no hospital. Nekhliúdov foi ao hospital. Um velhinho simpático, vigia do hospital, o deixou entrar imediatamente e, após saber quem ele precisava encontrar, conduziu-o à ala infantil.

Um médico jovem, impregnado pelo cheiro de ácido fênico, saiu para o corredor, ao encontro de Nekhliúdov e, em tom severo, perguntou-lhe o que desejava. O médico era muito indulgente com os prisioneiros e por isso tinha desavenças constantes e desagradáveis com as autoridades da prisão e até com o médico-chefe. Receoso de que Nekhliúdov fosse exigir dele algo irregular e, além disso, no intuito de mostrar que não fazia exceções para ninguém, fingiu estar zangado.

— Aqui não estão mulheres, é a ala infantil — disse.

— Eu sei, mas há aqui uma auxiliar de enfermagem que foi transferida da prisão.

— Sim, há duas. Qual delas o senhor quer?

— Sou bem conhecido de uma delas, Máslova — respondeu Nekhliúdov —, e gostaria de vê-la: vou partir para Petersburgo a fim de dar entrada num requerimento de impugnação do seu julgamento. E queria entregar isto a ela. É só uma fotografia — disse Nekhliúdov, tirando um envelope do bolso.

— Ora, isso é possível — disse o médico num tom mais brando e, voltando-se para uma velhinha de avental branco, disse para chamar a auxiliar de enfermagem Máslova. — O senhor não gostaria de sentar, ou prefere ir para a recepção?

— Sou muito grato ao senhor — respondeu Nekhliúdov e, aproveitando a mudança do médico a seu favor, perguntou-lhe se estavam satisfeitos com Máslova no hospital.

— Sim, não trabalha mal, levando em consideração as condições em que estava antes — respondeu o médico. — Aliás, aí está ela.

De uma das portas, saiu a auxiliar de enfermagem velhinha e, atrás dela, Máslova. Estava de avental branco e vestido listrado; na cabeça, um lenço cobria o cabelo. Ao avistar Nekhliúdov, ruborizou-se, parou, como que numa indecisão, e depois ficou carrancuda e, de olhos baixos, a passos rápidos, avançou na direção dele pelo tapete listrado do corredor. Quando chegou perto de Nekhliúdov, não quis lhe dar a mão, depois deu e ficou mais ruborizada ainda. Nekhliúdov não a tinha visto depois da conversa em que ela pediu desculpas por sua impetuosidade e agora esperava encontrá-la como daquela vez. Mas nesse dia Máslova estava totalmente mudada, na expressão do rosto havia algo novo: reserva, timidez e, assim pareceu a Nekhliúdov, uma hostilidade em relação a ele. Repetiu o que já dissera ao médico — que ia partir para Petersburgo e lhe deu o envelope com a fotografia que havia trazido de Pánovo.

— Achei isto em Pánovo, uma fotografia dos velhos tempos, talvez você goste. Tome.

Com as sobrancelhas pretas levantadas, Máslova olhou-o de relance, com ar de surpresa, com seus olhos vesgos, como se perguntasse para que servia aquilo e, em silêncio, pegou o envelope e guardou-o dentro do avental.

— Estive lá com a sua tia — disse Nekhliúdov.

— Esteve? — disse ela, indiferente.

— A senhora está bem aqui? — perguntou Nekhliúdov.

— Sim, é bom — respondeu.

— Não é difícil demais?

— Não, tudo bem. Ainda não estou habituada.

— Fico muito feliz pela senhora. De todo modo, é melhor do que lá.

— Do que lá, onde? — perguntou Máslova, e seu rosto ficou vermelho.

— Lá, na prisão — apressou-se em dizer Nekhliúdov.

— Melhor como? — perguntou ela.

— Creio que as pessoas aqui são melhores. Não são como lá.

— Há muitas pessoas boas lá — disse ela.

— Sobre os Menchov, já tomei providências e espero que sejam libertados — disse Nekhliúdov.

— Deus queira, é uma velhinha maravilhosa — disse ela, repetindo o mesmo adjetivo para a velhinha, e sorriu de leve.

— Parto hoje para Petersburgo. O seu caso será julgado em breve e espero que a decisão seja revogada.

— Revoguem ou não, agora tanto faz — disse ela.

— Por quê, agora?

— Porque sim — respondeu, depois de lançar um olhar de passagem no rosto dele.

Nekhliúdov entendeu essa palavra e esse olhar como se ela quisesse saber se ele mantinha sua decisão anterior ou havia aceitado a recusa dela e mudado de ideia.

— Não sei por que tanto faz para a senhora — disse ele. — Pois para mim, de fato, tanto faz: absolvam a senhora ou não. Num caso ou no outro, estou pronto a fazer o que disse — falou, resoluto.

Ela ergueu a cabeça e os olhos negros e vesgos detiveram-se no rosto de Nekhliúdov, e para além dele, e o rosto de Máslova ficou radiante de alegria. Mas o que ela falou era muito diferente do que seus olhos diziam.

— Não adianta nada o senhor dizer isso — respondeu ela.

— Digo para que a senhora saiba.

— Sobre esse assunto, tudo já foi dito e não há mais nada a falar — disse Máslova, contendo um sorriso com dificuldade.

Na enfermaria, fizeram barulho. Ouviu-se um choro de criança.

— Estão me chamando, parece — disse ela, olhando para trás, preocupada.

— Bem, então adeus — disse Nekhliúdov.

Ela fingiu não notar a mão estendida e, sem apertá-la, deu as costas e, esforçando-se para esconder seu triunfo, saiu a passos rápidos pelo tapete listrado do corredor.

"O que se passa com ela? O que está pensando? O que está sentindo? Será que quer me pôr à prova ou de fato não pode perdoar? Não consegue dizer tudo o que pensa e sente, ou não quer? Ficou mais afável ou exasperou-se?", perguntava-se Nekhliúdov e não conseguia responder. Só sabia uma coisa: ela havia mudado, ocorria em seu interior uma transformação importante para a alma de Máslova, e essa transformação unia Nekhliúdov não só a ela como também àquele em nome de quem se cumpria essa transformação. E essa união o deixava num estado de alegria, agitação e enternecimento.

Ao voltar para a enfermaria, onde havia oito caminhas de criança, Máslova, por ordem da irmã, começou a fazer as camas de novo e, ao se esticar demais para pegar um lençol, escorregou e quase caiu. Um menino convalescente, de pescoço enfaixado, que olhava para ela, soltou uma risada e Máslova já não conseguiu conter-se, sentou-se na beira da cama e soltou uma gargalhada alta e tão contagiante que várias crianças também desataram a rir, mas a irmã gritou zangada para ela:

— Do que está rindo tanto? Acha que ainda está lá no lugar de onde veio? Vá pegar as refeições.

Máslova calou-se e, após recolher os pratos, foi para onde mandaram, mas, depois de virar-se e olhar para o menino enfaixado a quem era proibido rir, de novo bufou. Várias vezes ao longo do dia, assim que ficava sozinha, Máslova tirava um pouco a fotografia do envelope e a olhava com prazer; mas só à noite, depois do plantão, sozinha no quarto onde dormia com uma auxiliar de enfermagem, Máslova retirou a fotografia do envelope e, demoradamente, imóvel, acariciando com os olhos todos os detalhes, os rostos, as roupas, a escadinha da varanda, os arbustos que serviam de fundo para destacar os rostos ali retratados, o dele, o dela e o das tias, observou a fotografia desbotada e amarelecida e não se cansou de admirar sobretudo a si mesma, sua juventude, seu rosto bonito, com os cabelos cacheados em volta da testa. Olhou tão concentrada que não notou que sua companheira, a auxiliar de enfermagem, entrou no quarto.

— O que é isso aí? Ele deu para você? — perguntou a auxiliar gorda e simpática, debruçando-se sobre a fotografia. — Não vá dizer que esta é você!

— E quem mais havia de ser? — disse Máslova, sorrindo, olhando para o rosto da companheira de quarto.

— E este, quem é? É ele mesmo? E esta aqui é a mãe dele?

— A tia. Então não dá para reconhecer? — perguntou Máslova.

— Reconhecer como? Eu nunca ia reconhecer. O rosto está muito diferente. Afinal, já passaram uns dez anos, eu aposto!

— Não foram só os anos, mas a vida — disse Máslova, e de repente toda a sua animação desapareceu. O rosto ficou tristonho e cavou-se uma ruga entre as sobrancelhas.

— Ora, a vida naquele lugar para onde você foi depois devia ser fácil.

— Pois sim, fácil — repetiu Máslova, de olhos fechados e balançando a cabeça. — Pior do que nos trabalhos forçados.

— Mas como é que pode?

— Era sim. Das oito da noite às quatro da manhã. E todos os dias.

— Então por que elas não vão embora?

— Bem que gostariam, mas não podem. Mas para que falar disso? — exclamou Máslova, ergueu-se de um salto, jogou a fotografia dentro da gaveta da mesinha e, contendo à força lágrimas de raiva, saiu depressa para o corredor, batendo a porta. Enquanto olhava para a fotografia, sentiu-se tal como era na época do retrato e, num devaneio, lembrou como era feliz naquele tempo e como poderia estar vivendo feliz com ele agora. As palavras da companheira de quarto fizeram-na lembrar o que ela era agora e o que tinha sido, naquele lugar, fizeram-na lembrar todo o horror daquela vida, que na época ela sentia de forma confusa, mas não se permitia compreender. Só então Máslova lembrou nitidamente todas as noites horríveis e, em particular, certa noite de Máslenitsa[6] em que esperava um estudante que prometera vir comprar sua liberdade. Lembrou como, num vestido decotado, de seda, com manchas de vinho tinto, com uma fita vermelha nos cabelos emaranhados, extenuada, enfraquecida, embriagada, após despedir-se dos clientes lá pelas duas horas da madrugada, sentou-se num intervalo das danças junto à pianista magra, ossuda, cheia de espinhas, que acompanhava o violinista, e começou a lamentar-se de sua vida difícil, e lembrou como aquela acompanhante também falou que sua situação era incômoda e queria mudar de vida, e como delas se aproximou Klara e como as três juntas resolveram largar aquela vida. Acharam que a noite já estava terminada e quiseram se retirar, quando, de súbito, se ouviu o barulho de clientes embriagados no vestíbulo. O violinista tocou um *ritornello*, a pianista começou a batucar, num acompanhamento embriagado, a primeira figura de uma quadrilha de uma divertida canção russa; na mesma hora, um homem pequeno, suado, com fedor de bebida e soluçante, de gravata branca e fraque, o qual ele despiu na segunda figura da quadrilha, agarrou-a, enquanto um outro, gordão e barbado, também de fraque (vinham de algum baile), agarrou Klara e todos giraram por longo tempo, bailaram, gritaram, beberam... E assim se passou um ano, e dois, e três. Como poderia ela não ter ficado diferente? E a causa de tudo isso era ele. E, de repente, dentro de Máslova, levantou-se de novo a mesma raiva contra ele, teve vontade de xingar, de acusar Nekhliúdov. Lamentava ter perdido, pouco antes, a chance de lhe dizer mais uma vez que ela o conhecia muito bem e que não cederia à sua vontade, não ia deixar que ele se aproveitasse dela espiritualmente, como já se aproveitara fisicamente, não ia deixar que fizesse dela um objeto da sua

---

6 Festa popular na sétima semana antes da Páscoa. Corresponde, aproximadamente, ao Carnaval. As pessoas se fantasiam e o prato tradicional são os *blíni*, ou panquecas russas.

generosidade. E para sufocar de algum modo esse torturante sentimento de pena de si mesma e de inútil recriminação contra ele, Máslova teve vontade de beber. Teria quebrado sua promessa e tomado vodca, se estivesse na prisão. Mas ali era impossível arranjar bebida, a não ser com o enfermeiro, e ela temia o enfermeiro porque sempre a importunava. As relações com os homens lhe davam nojo. Depois de ficar um tempo sentada num banco no corredor, voltou para o cubículo e, sem responder à companheira, chorou longamente por sua vida arruinada.

XIV

Em Petersburgo, Nekhliúdov ia tratar de três assuntos: a revogação da sentença de Máslova, no Senado, o caso de Fedóssia Biriukova na Comissão de Apelação e, a mando de Vera Bogodukhóvskaia, ia pedir a libertação de Chústova no Comando da Guarda ou na Terceira Seção,[7] e também pedir autorização para um encontro entre uma mãe e o filho, que estava detido na fortaleza, conforme o bilhete que Vera Bogodukhóvskaia lhe mandara. Esses dois assuntos, ele classificava como um terceiro assunto. Mas ainda havia um quarto assunto, o dos sectários que seriam deportados para o Cáucaso, longe de suas famílias, por terem lido e interpretado os Evangelhos. Nekhliúdov prometera, não tanto a eles quanto a si mesmo, fazer todo o possível para a elucidação do caso.

Desde sua última entrevista com Máslennikov, e sobretudo após sua viagem pelo campo, Nekhliúdov, sem ter decidido que seria assim, passou a sentir com todo o seu ser uma aversão por aquele meio onde vivera até então, o meio onde ocultavam zelosamente os sofrimentos causados a milhões de pessoas a fim de assegurar os confortos e os prazeres de uma minoria, para que as pessoas daquele meio não vissem, não pudessem ver tais sofrimentos e, portanto, a crueldade e o crime de suas vidas. Nekhliúdov agora já não conseguia, sem constrangimento e sem recriminar a si mesmo, manter relações com as pessoas daquele meio. Porém o atraíam para esse meio os hábitos da sua vida anterior, atraíam-no as relações de família e de amizade e sobretudo o que era preciso fazer para conseguir o que agora era a sua única preocupação: para ajudar Máslova e todos aqueles que sofriam e que ele queria ajudar, tinha de pedir ajuda e favores às pessoas daquele meio, as quais não só não respeitava como muitas vezes despertavam nele indignação e desprezo.

---

7 Polícia Secreta.

Após chegar a Petersburgo e hospedar-se na casa de uma tia materna, a condessa Tchárskaia, esposa de um ex-ministro, Nekhliúdov se viu de repente no coração da sociedade aristocrática, que se tornara tão alheia a ele. Era-lhe desagradável, mas não podia agir de outro modo. Hospedar-se num hotel e não na casa da tia significaria ofendê-la e, além do mais, a tia mantinha vastas relações sociais e poderia ser extremamente útil em todos os assuntos que ele pretendia resolver.

— E então, e essas notícias que tenho ouvido sobre você? Que maravilhas são essas? — disse-lhe a condessa Katierina Ivánovna, ao servir-lhe café, logo depois da sua chegada. — *Vous posez pour un Howard!*[8] Ajuda os criminosos. Visita as prisões. Reabilita.

— Mas não, nem penso nisso.

— O que tem? É bom. Só que há aqui alguma história romântica. Vamos lá, conte.

Nekhliúdov contou suas relações com Máslova — tudo, como havia acontecido.

— Eu lembro, eu lembro, a pobre Hélène me disse algo na época, quando você morava com as suas tias: parece que queriam casá-lo com a pupila delas — a condessa Katierina Ivánovna sempre vira com desprezo as tias paternas de Nekhliúdov — ... Então é ela? *Elle est encore jolie?*[9]

A tia Katierina Ivánovna era uma mulher de sessenta anos, saudável, alegre, vigorosa, falante. De alta estatura e muito corpulenta, sobre o lábio se viam uns bigodes pretos. Nekhliúdov gostava dela e desde a infância se habituara a contagiar-se com o seu vigor e a sua alegria.

— Não, *ma tante*,[10] está tudo encerrado. Só quero ajudá-la porque, em primeiro lugar, foi condenada sem ter culpa, e também porque sou culpado por isso, sou o culpado de todo o destino dela. Sinto-me obrigado a fazer para ela tudo o que puder.

— Mas como então me disseram que quer se casar com ela?

— Sim, quero, mas ela não quer.

Katierina Ivánovna, após deixar a testa mais saliente e dilatar as pupilas, fitou o sobrinho calada, com ar de surpresa. De repente seu rosto mudou e nele exprimiu-se um prazer.

— Bem, ela é mais inteligente do que você. Ah, como você é tolo! E casaria mesmo com ela?

---

8 Francês: "O senhor se faz passar por Howard!" (John Howard, reformador das prisões na Inglaterra, no século XVIII).

9 Francês: "Ela ainda é bonita?".

10 Francês: "Minha tia".

— Sem dúvida.

— Depois do que ela foi?

— Com mais razão ainda. Pois sou eu o culpado de tudo.

— Não, você não passa de um paspalhão — disse a tia, contendo um sorriso. — Um tremendo paspalhão, mas eu gosto de você justamente por isso, porque é um tremendo paspalhão — repetiu, visivelmente com um gosto especial por essa palavra, que na certa, aos seus olhos, transmitia o estado mental e moral de seu sobrinho. — Por falar nisso — prosseguiu —, você sabia que a Aline tem um asilo magnífico para Madalenas? Fui lá, uma vez. São medonhas. Depois, me lavei toda. Mas Aline ocupa-se disso *corps et âme*.[11] Vamos mandá-la, a sua Madalena, para o asilo dela. Se há alguém capaz de reabilitar é a Aline.

— Acontece que foi sentenciada aos trabalhos forçados. Por isso vim aqui, para cuidar da revogação dessa sentença. É o primeiro assunto que tenho a tratar com a senhora.

— Puxa! Onde está o processo dela?

— No Senado.

— No Senado? Ora, o meu querido *cousin*[12] Liévuchka está no Senado. Aliás, está no departamento dos tolos, dos mensageiros. Bem, dos senadores de verdade, não conheço nenhum. Sei lá quem é essa gente, ou são alemães: Guê, Fê, Dê... *tout l'alphabet*,[13] ou então são todos os tipos de Ivánov, Semiónov, Nikítin, ou uns Ivánienko, Semiónienko, Nikítienko, *pour varier. Des gents de l'autre monde*.[14] Bem, mesmo assim vou falar com o meu marido. Ele os conhece. Conhece todo mundo. Vou falar com ele. E você lhe explique, pois ele nunca me compreende. A tudo o que eu digo, ele responde que não entende nada. *C'est un parti pris*.[15] Todos entendem, só ele não entende.

Nesse momento, um criado de meias compridas trouxe uma carta numa bandeja de prata.

— É exatamente de Aline. Pronto, você vai ouvir Kiesewetter.

— Quem é esse Kiesewetter?

— Kiesewetter? Venha hoje. Você vai saber quem é ele. Fala de tal modo que os criminosos mais encarniçados caem de joelhos, choram e arrependem-se.

---

11 Francês: "De corpo e alma".

12 Francês: "Primo".

13 Francês: "O alfabeto inteiro".

14 Francês: "Para variar. Uma gente do outro mundo".

15 Francês: "É uma ideia preconcebida".

A condessa Katierina Ivánovna, por mais estranho que isso fosse e por menos que isso combinasse com a sua personalidade, era uma fervorosa adepta da doutrina segundo a qual a essência do cristianismo reside na crença na redenção. Ela frequentava reuniões em que se propagava essa antiga doutrina, então em voga, e reunia em sua casa os crentes. Apesar de, segundo essa doutrina, se rejeitarem não só todos os ritos e os ícones, mas também os mistérios, na casa da condessa Katierina Ivánovna havia ícones em todos os cômodos e até acima da sua cama, e ela cumpria todas as exigências da Igreja, sem ver nisso nenhuma contradição.

— Seria bom se a sua Madalena o ouvisse; ela se converteria — disse a condessa. — Pois então, você esteja sem falta em casa amanhã à noite. Vai ouvi-lo. É um homem admirável.

— Não me interesso por isso, *ma tante*.

— Mas estou lhe dizendo que é interessante. Trate de vir, sem falta. Bem, diga lá, o que mais precisa de mim? *Videz votre sac.*[16]

— Há também um caso na fortaleza.

— Na fortaleza? Bem, para lá, posso lhe dar um bilhete dirigido ao barão Kriegsmuth. *C'est un brave homme.*[17] Mas você mesmo o conhece. Era um camarada de seu pai. *Il donne dans le spiritisme.*[18] Bem, isso não é nada. Ele é bondoso. O que você precisa de lá?

— Preciso pedir que autorizem uma entrevista entre uma mãe e o filho, que está preso lá. Mas disseram-me que isso não depende de Kriegsmuth, e sim de Tcherviánski.

— Do Tcherviánski eu não gosto, mas acontece que é marido de Mariette. É possível pedir a ela. Fará isso por mim. *Elle est très gentille.*[19]

— Também preciso pedir ajuda para uma outra mulher. Está presa há meses e ninguém sabe por quê.

— Ora, essa não, ela mesma deve saber por quê. Elas sabem muito bem. Para elas, essas mulheres de cabelo curto, é bem merecido.

— Nós não sabemos se é merecido ou não. E elas estão sofrendo. A senhora é cristã e acredita no Evangelho, mesmo assim é tão impiedosa...

— Isso não me incomoda nem um pouco. O Evangelho é o Evangelho e o que é repugnante é repugnante. Pior seria se eu fingisse gostar dos niilistas e, principalmente, das niilistas de cabelo curto, quando eu não consigo suportá-las.

---

16 Francês: "Esvazie o seu saco".

17 Francês: "É um homem de valor".

18 Francês: "Ele é dado ao espiritismo".

19 Francês: "Ela é muito gentil".

— Por que a senhora não consegue suportá-las?

— Depois do 1º de março, você ainda não sabe por quê?[20]

— Mas nem todas participaram do 1º de março.

— Não importa, para que se metem no que não é da conta delas? Não é assunto para mulheres.

— Bem, mas veja o caso da Mariette, a senhora acha que ela pode tratar de negócios — disse Nekhliúdov.

— A Mariette? Mas a Mariette é a Mariette. Já essa daí ninguém sabe quem é, essa tal de Khaltiúpkina que quer dar lições a todo mundo.

— Não quer dar lições, só quer ajudar o povo.

— Sem elas, a gente sabe a quem é preciso e não é preciso ajudar.

— Mas o povo está na miséria. Veja, acabei de chegar do campo. Será que é preciso que os mujiques trabalhem até o fim de suas forças e não comam até matar a fome, para nós vivermos num luxo terrível? — disse Nekhliúdov, involuntariamente induzido, pela bondade da tia, a exprimir tudo o que pensava.

— E o que você queria, que eu trabalhasse e não comesse nada?

— Não, eu não quero que a senhora não se alimente — respondeu Nekhliúdov, sem conseguir conter um sorriso —, quero apenas que todos nós trabalhemos e todos nós comamos.

A tia, depois de abaixar de novo a testa e as pupilas, fitou-o com curiosidade.

— *Mon cher, vous finirez mal*[21] — disse ela.

— Mas por quê?

Nesse momento, entrou na sala um general alto, de ombros largos. Era o marido da condessa Tchárskaia, o ministro aposentado.

— Ah, Dmítri, bom dia — disse ele, oferecendo-lhe a bochecha recém-barbeada. — Quando chegou?

Beijou em silêncio a testa da esposa.

— *Non, il est impayable*[22] — disse a condessa Katierina Ivánovna, dirigindo-se ao marido. — Ele está me mandando lavar roupa-branca no rio e comer só uma batata. É um tremendo tolo, mesmo assim você vai fazer o que ele está pedindo. Um tremendo paspalhão — corrigiu-se. — E você já soube? Dizem que Kamiénskaia está em tal desespero que temem pela vida dela — disse, dirigindo-se ao marido. — Você deveria ir visitá-la.

---

20 Refere-se ao assassinato do tsar Alexandre II, no dia 13 de março de 1881 (1º de março no calendário antigo), por militantes revolucionários que atacaram sua carruagem com bombas.

21 Francês: "Meu querido, você vai acabar mal".

22 Francês: "Não, ele é impagável".

— Sim, é horrível — respondeu o marido.

— Bem, vão os dois conversar agora, eu preciso escrever uma carta.

Mal Nekhliúdov saiu para o quarto ao lado da sala de visitas, ela gritou-lhe, de dentro:

— Então, devo escrever para Mariette?

— Por favor, *ma tante*.

— Então vou deixar *en blanc*[23] o que você precisa para a tal mulher de cabelo curto, e Mariette depois dará as ordens ao marido. Ele fará o que ela mandar. Não fique pensando que sou má. São todas repugnantes, as suas *protégées*, mas *je ne leur veux pas de mal*.[24] Que Deus as proteja! Bem, vá. E de noite esteja em casa sem falta. Vai ouvir Kiesewetter. E vamos rezar. E se você não opuser resistência, *ça vous fera beaucoup de bien*.[25] Afinal, eu sei, Hélène e vocês todos estão muito atrasados nesse assunto. Então, até logo.

XV

O conde Ivan Mikháilovitch era um ministro aposentado e um homem de convicções muito firmes.

As convicções do conde Ivan Mikháilovitch, desde a mocidade, consistiam em que, assim como é próprio de um passarinho alimentar-se de minhocas, ser revestido de penas e penugem e voar, era próprio dele alimentar-se com pratos caros, preparados por cozinheiros caros, vestir-se com as roupas mais caras e confortáveis, andar nos cavalos mais rápidos e confortáveis, e portanto todas essas coisas deviam estar prontas e à sua disposição. Além do mais, o conde Ivan Mikháilovitch achava que quanto maiores fossem as suas receitas de todo tipo de dinheiro proveniente do tesouro do Estado, e quanto mais condecorações ganhasse, até insígnias de diamante disto ou daquilo, e quanto mais vezes ele se encontrasse e falasse com figurões coroados de ambos os sexos, tanto melhor. Todo o resto, em comparação com esses dogmas fundamentais, o conde Ivan Mikháilovitch considerava insignificante e sem interesse. Todo o resto poderia ser de um jeito ou exatamente o contrário. O conde Ivan Mikháilovitch viveu e agiu em Petersburgo de acordo com essa crença durante quarenta anos e, ao término de quarenta anos, alcançou o posto de ministro.

---

23 Francês: "Em branco".

24 Francês: "Eu não lhes quero mal".

25 Francês: "Isso lhe fará muito bem".

As principais qualidades do conde Ivan Mikháilovitch, graças às quais alcançou aquele posto, consistiam em que ele, em primeiro lugar, era capaz de entender o sentido de papéis escritos e de leis e, embora de modo desajeitado, era também capaz de redigir documentos facilmente compreensíveis e de escrevê-los sem erros ortográficos; em segundo lugar, era imponente ao extremo e, onde fosse necessário, podia transmitir uma impressão não só de orgulho, como também de inacessibilidade e de grandeza, mas onde fosse necessário podia ser também servil até a paixão e a infâmia; em terceiro lugar, ele não tinha quaisquer princípios gerais ou regras, de moralidade pessoal ou pública, e por isso podia concordar com todos, quando necessário, e, quando necessário, podia de todos discordar. Agindo assim, empenhava-se apenas em manter um tom comedido e não cair em flagrante contradição consigo mesmo, e afora isso, fossem morais ou imorais suas ações em si mesmas, e quer dessem origem a um bem supremo ou a um dano supremo para o Império Russo ou para o mundo todo, ele sentia-se perfeitamente satisfeito.

Quando foi nomeado ministro, não só todos os que dele dependiam, e muita gente dependia dele, como também as pessoas próximas e também todas as pessoas distantes, e até ele mesmo, ficaram convencidos de que o conde era um homem de Estado muito inteligente. Porém, quando passou um determinado tempo, e ele nada realizou, nada mostrou, e quando, conforme a lei da luta pela existência, outros funcionários exatamente iguais a ele, imponentes e sem princípios, que sabiam escrever e entendiam os documentos, o suplantaram e ele teve de retirar-se para a aposentadoria, ficou claro para todos que o conde não só não era um homem especialmente inteligente nem tinha uma compreensão profunda das coisas, como também era muito limitado e pouco instruído, e que, embora fosse um homem muito seguro de si, mal conseguia erguer suas opiniões ao nível dos editoriais dos jornais conservadores mais vulgares. Revelou-se que não havia nele nada que o destacasse dos outros funcionários pouco instruídos e seguros de si, que o afastaram do cargo, e ele mesmo o compreendia, mas isso não abalava nem um pouco sua convicção de que ele devia, todo ano, receber uma grande quantidade de dinheiro do tesouro do Estado e novos enfeites para o seu traje de gala. Essa convicção era tão forte que ninguém se atrevia a negar-lhe isso e todo ano o conde recebia, em parte na forma de pensão, em parte na forma de gratificação por exercício de função no alto escalão do governo, e também por ter presidido diversas comissões e comitês, várias dezenas de milhares de rublos, e além disso todo ano ganhava direitos renovados, de alto valor para ele, de acrescentar novos galões à divisa em seu peito e novas fitinhas e estrelinhas esmaltadas às calças ou às vestes que usava por baixo do fraque. Por causa disso, o conde Ivan Mikháilovitch tinha relações importantes na sociedade.

O conde Ivan Mikháilovitch ouviu com atenção Nekhliúdov, assim como em outros tempos ouvia os relatórios dos diretores de departamento e, depois de escutar até o fim, disse que lhe daria dois bilhetes — um para o senador Wolf, do departamento de impugnação de sentenças.

— Falam muitas coisas sobre ele, mas *dans tous les cas c'est un homme très comme il faut*[26] — disse. — Além do mais, é grato a mim e fará o que puder.

O outro bilhete, o conde Ivan Mikháilovitch dirigiu a uma pessoa influente na comissão de petições. O caso de Fedóssia Biriukova, tal como Nekhliúdov lhe contou, interessou-lhe bastante. Quando Nekhliúdov disse que gostaria muito de escrever uma carta para a imperatriz, o conde respondeu que de fato era um caso muito comovente e seria possível contá-lo na Corte, se houvesse oportunidade. Mas prometer, ele não podia. Era melhor que a petição seguisse os trâmites normais. E caso surgisse uma oportunidade, pensava o conde, caso o convidassem para um *petit comité*[27] na quinta-feira, talvez ele falasse.

Após receber do conde os dois bilhetes e receber da tia o bilhete para Mariette, Nekhliúdov dirigiu-se sem demora a todos aqueles lugares.

Antes de tudo, foi à casa de Mariette. Ele a conhecera quando era menina, adolescente, em uma família aristocrática pobre, sabia que havia casado com um homem que fizera carreira, sobre o qual Nekhliúdov ouvira falar coisas ruins, principalmente ouvira falar da sua crueldade com centenas e milhares de presos políticos, cuja tortura constituía sua obrigação particular, e Nekhliúdov, como sempre, afligia-se penosamente com o fato de que, a fim de pedir ajuda para os oprimidos, ele tinha de se colocar do lado dos opressores, como se reconhecesse que a atividade deles era legítima, pois se dirigia a eles com pedidos de que, pelo menos um pouco, e com relação apenas a determinadas pessoas, se abstivessem de suas habituais crueldades, das quais na certa nem se davam conta. Nesses casos, Nekhliúdov sempre sentia um conflito interior, uma insatisfação consigo mesmo e uma indecisão: pedir ou não pedir — mas sempre resolvia que era preciso pedir. A questão, enfim, era que, se ele ia sentir-se embaraçado, envergonhado, incomodado na casa daquela Mariette e do seu marido, em compensação talvez uma mulher infeliz, que padecia trancafiada numa solitária, fosse libertada e parasse de sofrer, ela e seus familiares. Além de sentir-se falso naquela situação de pedir favores a

---

26 Francês: "Em todo caso, é um homem muito distinto".

27 Francês: "Reunião reservada".

pessoas que já não considerava como seus pares, Nekhliúdov sentia que, naquele ambiente, ele acabava por recair no mesmo trilho costumeiro de antes e, sem querer, cedia ao tom leviano e amoral que imperava naquele círculo. Já experimentara isso na casa da tia Katierina Ivánovna. Ainda naquela manhã, ao conversar com a tia a respeito dos assuntos mais sérios, ele caíra num tom jocoso.

De modo geral, Petersburgo, aonde fazia muito que não ia, produziu sobre ele o seu habitual efeito de estímulo físico e embotamento moral: tudo era tão limpo, confortável, urbanizado, e, acima de tudo, as pessoas eram tão pouco exigentes quanto à moral, que a vida parecia especialmente fácil.

Um cocheiro de praça bonito, limpo, educado transportou-o em meio a policiais bonitos, educados, limpos, por uma rua calçada, bonita, lavada e limpa, ao longo de casas bonitas, limpas, rumo a uma casa junto a um canal, onde morava Mariette.

Na entrada, havia um par de cavalos ingleses com antolhos e um cocheiro que parecia inglês, com suíças até a metade da bochecha, de libré e com um chicote, estava sentado na boleia, com ar de orgulho.

O porteiro, num uniforme extraordinariamente limpo, abriu a porta para o vestíbulo, onde estava um lacaio, numa libré de passeio ainda mais limpa, com galões e de suíças magnificamente penteadas, e também um soldado ordenança em serviço, com a baioneta calada e num uniforme novo e limpo.

— O senhor general não está recebendo. A senhora generala também. Eles têm intenção de sair daqui a pouco.

Nekhliúdov entregou a carta da condessa Katierina Ivánovna e, após pegar um cartão, aproximou-se da mesinha onde estava o livro em que os visitantes deixavam seus recados e começou a escrever que lamentava muito não os ter encontrado em casa, quando o lacaio avançou rumo à escada, o porteiro saiu para a entrada e gritou para fora: "Vamos lá!", e o ordenança ficou em posição de sentido, imóvel, localizando e seguindo com os olhos a fidalga baixa, franzina, que descia pela escada a passos ligeiros, não condizentes com a sua importância.

Mariette usava um chapéu grande, com uma pluma, um vestido preto, capa preta e luvas novas e pretas; seu rosto estava coberto por um véu.

Ao avistar Nekhliúdov, Mariette levantou o véu, revelou um rosto muito gracioso, de olhos cintilantes, e lançou-lhe um olhar interrogativo.

— Ah, príncipe Dmítri Ivánovitch! — exclamou, com voz alegre, agradável. — Eu devia ter reconhecido...

— Ora, a senhora ainda lembra o meu nome?

— Como não, eu e a minha irmã estivemos até apaixonadas pelo senhor — pôs-se a falar em francês. — Mas como o senhor está mudado. Ah, que pena que estou de saída. Ou melhor, vamos voltar — disse e deteve-se numa indecisão.

Lançou um olhar para o relógio de parede.

— Não, não é possível. Estou indo a uma missa de réquiem na casa de Kamiénskaia. Ela sofreu um golpe terrível.

— O que houve com essa Kamiénskaia?

— Mas o senhor não soube? O filho dela foi morto num duelo. Bateu-se contra Pozen. Filho único. Horrível. A mãe está arrasada.

— Sim, ouvi dizer.

— Não, é melhor eu ir, mas o senhor venha amanhã, ou hoje ao anoitecer — disse Mariette e, a passos rápidos e ágeis, seguiu para a porta de saída.

— Hoje à noite, não posso — respondeu Nekhliúdov, enquanto saía junto com ela para a varanda. — E tenho um assunto a tratar com a senhora — disse, olhando a parelha de cavalos alazões que se aproximava da varanda.

— O que é?

— Aqui está um bilhete da minha tia sobre isso — respondeu Nekhliúdov, entregando-lhe um envelope estreito com um grande monograma. — Nele, saberá de tudo.

— Já entendi: a condessa Katierina Ivánovna acha que tenho influência sobre o meu marido para esses assuntos. Ela se engana. Não posso fazer nada e não quero envolver-me. Mas, é claro, para a condessa e para o senhor, estou pronta a ir contra os meus princípios. Do que se trata? — perguntou, enquanto a mão pequena, numa luva preta, procurava o bolso em vão.

— Há uma jovem presa na fortaleza, está doente e não está envolvida.

— Qual é seu sobrenome?

— Chústova. Lídia Chústova. Está no bilhete.

— Certo, está bem, vou tentar — disse ela e entrou agilmente na caleche de estofados macios, que reluzia ao sol, com o laqueado de seus para-lamas, e abriu a sombrinha. O lacaio sentou-se na boleia e fez sinal para o cocheiro dar a partida. A caleche moveu-se, mas nesse instante Mariette tocou nas costas do cocheiro com a sombrinha e as beldades de pele fina, as éguas inglesas, contraindo as belas cabeças repuxadas pelos freios, detiveram-se, enquanto as pernas finas se remexiam.

— E o senhor faça-me uma visita, mas desinteressada, por favor — disse ela, sorriu com um sorriso cuja força ela conhecia muito bem e, como se tivesse terminado uma representação, fechou a cortina: baixou o véu. — Muito bem, vamos lá — de novo tocou no cocheiro com a sombrinha.

Nekhliúdov tirou o chapéu. E as éguas alazãs puros-sangues, resfolegantes, saíram a bater os cascos no calçamento e a carruagem rolou ligeira, apenas aqui e ali saltitando suavemente, com seus novos pneumáticos, nas irregularidades da pista.

XVI

Ao recordar o sorriso que trocou com Mariette, Nekhliúdov balançou a cabeça.

“Antes que eu perceba, serei puxado de novo para dentro dessa vida”, pensou, experimentando o conflito e as dúvidas despertados nele pela necessidade de lisonjear pessoas a quem não respeitava. Após ponderar sobre o lugar a que devia ir antes e a que devia ir depois, a fim de não dar voltas à toa, Nekhliúdov dirigiu-se primeiro ao Senado. Conduziram-no até a Chancelaria, onde viu, num recinto magnífico, uma enorme quantidade de funcionários extraordinariamente corteses e limpos.

A petição de Máslova, disseram os funcionários para Nekhliúdov, foi recebida e encaminhada, para exame e apuração, ao mesmo senador Wolf para o qual ele trazia uma carta do tio.

— A sessão do Senado será nesta semana e o caso de Máslova tem pouca chance de ser incluído nessa sessão. Mas, se o senhor pedir, é possível ter esperança de que entre em pauta nesta semana, na quarta-feira — disse um deles.

Na Chancelaria do Senado, enquanto Nekhliúdov aguardava informações sobre o caso, ouviu de novo uma conversa a respeito do duelo e um relato minucioso de como tinha sido morto o jovem Kaminski. Ali, pela primeira vez, soube dos detalhes da história que tomara conta de toda Petersburgo. Aconteceu que uns oficiais comiam ostras numa taberna e, como sempre, bebiam muito. Um deles disse algo desabonador sobre o regimento em que Kaminski servia; Kaminski chamou-o de mentiroso. O outro agrediu Kaminski. No dia seguinte, bateram-se em duelo, Kaminski levou uma bala na barriga e morreu duas horas depois. O assassino e os padrinhos foram presos, mas, segundo diziam, embora estivessem trancados num calabouço, seriam soltos em duas semanas.

Da Chancelaria do Senado, Nekhliúdov seguiu para a comissão de petições, em busca do barão Vorobiov, um funcionário que tinha grande influência na comissão e ocupava um apartamento magnífico, num prédio para funcionários do Estado. O porteiro e um lacaio avisaram Nekhliúdov severamente que era impossível falar com o barão, exceto nos dias de consulta, e hoje ele estava com sua majestade o imperador, e no dia seguinte, teria de novo de apresentar um relatório. Nekhliúdov entregou a carta e foi falar com o senador Wolf.

Wolf tinha acabado de comer o desjejum e, segundo seu costume, estimulava a digestão fumando um charuto e caminhando pela sala, quando recebeu Nekhliúdov. Vladímir Vassílievitch Wolf era de fato *un homme très comme il faut*, e colocava essa qualidade acima de tudo, olhava do alto dessa qualidade para todas as outras pessoas e não podia deixar de ter muito apreço por ela, porque apenas graças a essa qualidade o barão fez uma carreira brilhante, a mesma que desejava, ou seja, por meio do casamento, entrou na posse de uma fortuna que lhe dava dezoito mil rublos de renda e, por meio de seus próprios esforços, alcançou o cargo de senador. Considerava-se não só *un homme très comme il faut*, mas também um homem de honradez cavalheiresca. Por honradez, ele compreendia o fato de não aceitar, às escondidas, suborno de particulares. Mas solicitar para si toda sorte de verbas, abonos, gratificações do tesouro do Estado, enquanto executava servilmente tudo o que dele exigissem, o conde não considerava desonroso. Arruinar, devastar, ser a causa da deportação e do enclausuramento de centenas de pessoas inocentes por causa de seu apego ao seu povo e à religião dos pais, como fez no tempo em que foi governador numa das províncias do reino da Polônia, ele não só não considerava desonroso, como o considerava uma proeza de dignidade, de coragem, de patriotismo; também não considerava desonroso o fato de tomar para si todo o dinheiro da esposa amorosa e da cunhada. Ao contrário, considerava isso a organização racional da sua vida familiar.

A vida familiar de Vladímir Vassílievitch consistia na esposa sem personalidade, na cunhada, de cuja fortuna também se apoderou, vendendo a propriedade dela e pondo o dinheiro no seu próprio nome, e numa filha dócil, assustada, feia, que levava uma vida solitária e penosa, para a qual nos últimos tempos ela encontrava uma distração no evangelismo — nas reuniões em casa de Aline e da condessa Katierina Ivánovna.

Já o filho de Vladímir Vassílievitch — bonachão, coberto por uma barba desde os quinze anos de idade e que, desde então, começara a beber e entregar-se à libertinagem, o que continuava a fazer até os vinte anos — foi expulso de casa porque jamais terminava seus cursos e, andando em más companhias e fazendo dívidas, comprometia o pai. Certa vez, o pai pagou uma dívida do filho de duzentos e trinta rublos, de outra vez pagou seiscentos rublos, mas avisou ao filho que era a última vez, que se ele não se emendasse, o expulsaria de casa e cortaria relações com ele. O filho não só não se emendou, como fez ainda uma dívida de mil rublos e atreveu-se a falar com o pai que morar naquela casa era para ele uma tortura. E então Vladímir Vassílievitch comunicou ao filho que poderia partir para onde quisesse, que não era mais seu filho. Desde então, Vladímir Vassílievitch fez de conta que não tinha filho, seus familiares não ousavam falar-lhe a respeito do filho e Vladímir Vassílievitch vivia plenamente convencido de que havia organizado sua vida familiar da melhor forma possível.

Com um sorriso afetuoso e um pouco zombeteiro — era esta a sua maneira: uma expressão involuntária da consciência da sua superioridade *commeilfautista* em relação à maioria das pessoas —, Wolf interrompeu seu trajeto pelo cômodo, saudou Nekhliúdov e leu o bilhete.

— Tenha a bondade, sente-se, e me desculpe. Vou andar, se o senhor não se importa — disse, meteu as mãos nos bolsos e começou a percorrer a passos ligeiros e suaves, na diagonal, o grande escritório de estilo austero. — Fico muito contente em conhecê-lo e, naturalmente, de fazer algo útil para o conde Ivan Mikháilovitch — disse, soltando uma fumaça azulada e aromática e retirando cuidadosamente um charuto da boca, para não deixar cair nenhuma cinza.

— Eu apenas pediria que o processo fosse julgado mais depressa, porque, se a ré for mandada para a Sibéria, é melhor que viaje o quanto antes — disse Nekhliúdov.

— Sim, sim, nos primeiros navios que partem de Níjni, eu sei — disse Wolf, com o seu sorriso condescendente, sempre sabendo de tudo antes mesmo que começassem a lhe explicar. — Qual o sobrenome de família da ré?

— Máslova...

Wolf aproximou-se da mesa e lançou um olhar para uma folha de papel que estava sobre uma pasta com processos.

— Sei, sei, Máslova. Está bem, vou pedir aos colegas. Vamos julgar o caso na quarta-feira.

— Posso telegrafar ao meu advogado e dizer isso?

— Ah, o senhor tem advogado? Para quê? Mas se quer assim, muito bem.

— Os motivos para uma impugnação podem ser insuficientes — disse Nekhliúdov —, mas pelo processo eu creio que fica evidente que a condenação ocorreu por um mal-entendido.

— Sim, sim, pode ser, mas o Senado não pode julgar o mérito de um processo — respondeu Vladímir Vassílievitch em tom severo, olhando para as cinzas. — O Senado controla apenas a justeza da aplicação da lei e da sua interpretação.

— Esse, quer me parecer, é um caso excepcional.

— Sei, sei. Todos os casos são excepcionais. Fazemos o que é devido. Isso é tudo. — A cinza ainda se mantinha segura, mas já apresentava uma rachadura e corria perigo. — Mas o senhor vem raramente a Petersburgo? — perguntou Wolf, segurando o charuto de modo que a cinza não caísse. A cinza, mesmo assim, começou a oscilar e Wolf levou-a cuidadosamente até o cinzeiro, onde por fim ela desmoronou. — Mas que horror o acontecido com Kamiénski! — disse. — Um jovem excelente. Filho único. E, sobretudo, a situação da mãe — disse, repetindo quase palavra por palavra aquilo que todos em Petersburgo falavam sobre Kamiénski, na ocasião.

Após falar ainda sobre a condessa Katierina Ivánovna e sobre o seu entusiasmo pela nova tendência religiosa que Vladímir Vassílievitch nem condenava nem aprovava, mas que, segundo o seu *commeilfautismo*, era para ele obviamente uma futilidade, fez soar uma campainha.

Nekhliúdov curvou-se numa reverência.

— Se for do agrado do senhor, venha almoçar — disse Wolf, estendendo a mão. — Digamos, na quarta-feira. Darei ao senhor uma resposta positiva.

Já era tarde e Nekhliúdov foi para casa, ou seja, para a casa da tia.

XVII

Na casa da condessa Katierina Ivánovna, jantavam às sete e meia e o jantar era servido à maneira nova, que Nekhliúdov ainda não conhecia. Colocavam a comida sobre a mesa e os criados saíam logo depois, de modo que os próprios convivas faziam os pratos. Os homens não permitiam que as damas se dessem o incômodo de movimentos excessivos e, na condição de sexo forte, suportavam virilmente todo o peso de fazer os pratos para as damas e para si mesmos e de servir as bebidas. Assim que terminavam de comer um prato, a condessa apertava o botão de uma campainha elétrica na mesa e os criados entravam em silêncio, tiravam os pratos depressa, trocavam a louça e os talheres e traziam o prato seguinte. O jantar era refinado, assim como as bebidas. Na ampla cozinha iluminada, trabalhava um chef francês, com dois auxiliares de branco. Eram seis pessoas à mesa: o conde e a condessa, o seu filho — um oficial da guarda carrancudo que apoiava os cotovelos sobre a mesa —, Nekhliúdov, uma professora particular francesa e o administrador-geral das propriedades do conde, que chegara do campo.

Também ali a conversa tratava do duelo. Discutia-se o comportamento do soberano em relação ao caso. Sabia-se que o soberano estava muito amargurado com a situação da mãe, e todos estavam amargurados com a situação da mãe. No entanto, sabia-se também que o soberano, embora compadecido, não queria mostrar-se severo com o assassino, que defendera a honra da farda, e assim todos também se mostravam indulgentes em relação ao assassino, que defendera a honra da farda. Só a condessa Katierina Ivánovna, com sua liberdade e leviandade de pensamento, manifestava uma opinião desfavorável ao assassino.

— Vão embriagar-se e matar outros jovens corretos... eu não perdoaria de maneira alguma — disse ela.

— Aí está uma coisa que não entendo — respondeu o conde.

— Sei que você nunca entende o que digo — falou a condessa, e voltou-se para Nekhliúdov. — Todos entendem, menos meu marido. Estou dizendo que tenho pena da mãe e não quero que, depois de matar uma pessoa, ele ainda fique feliz da vida.

Então o filho, calado até então, manifestou-se em favor do assassino e atacou a mãe de modo bastante bruto, mostrando-lhe que o oficial não poderia agir de outro modo, do contrário seria expulso do regimento pelo tribunal dos oficiais. Nekhliúdov escutava, sem interferir na discussão, e como ex-oficial compreendia, embora não aceitasse, os argumentos do jovem Tchárski, mas ao mesmo tempo, sem querer, comparava com esse oficial que assassinara um outro oficial aquele prisioneiro, o jovem bonito que tinha visto na prisão e que fora condenado aos trabalhos forçados por causa de um assassinato cometido numa briga. Ambos se tornaram assassinos por causa de uma bebedeira. Este, o mujique, matou num momento de irritação, e por isso foi separado da esposa, da família, dos parentes, foi preso a grilhões e, de cabeça raspada, ia para os trabalhos forçados, enquanto o outro ficava num quarto lindo, num calabouço, comia boas refeições, bebia bons vinhos, lia livros e, mais dia menos dia, acabaria solto e continuaria a viver como antes, apenas passaria a ser uma pessoa especialmente interessante.

Nekhliúdov disse o que pensava. De início, a condessa Katierina Ivánovna concordou com o sobrinho, mas depois calou-se. Assim como todos, Nekhliúdov sentiu que, ao mencionar aquela história, cometera alguma espécie de inconveniência.

À noite, pouco depois do jantar, no salão, onde haviam colocado fileiras de cadeiras de espaldar alto, como que para uma conferência, uma poltrona diante da mesa e uma mesinha com uma jarra de água para o pregador servir-se, começaram a reunir-se para a sessão em que devia pregar Kiesewetter, recém-chegado do exterior.

Diante da casa, estavam paradas carruagens caras. No salão, com enfeites caros, estavam sentadas senhoras, em sedas, veludos, rendas, de cabelos postiços e cingidas por cinturas postiças. Entre as damas, estavam sentados os homens — militares e civis, e umas cinco pessoas humildes: dois porteiros, um merceeiro, um criado e um cocheiro.

Kiesewetter, homem robusto que começava a ficar grisalho, falava em inglês e uma jovem magra de pincenê traduzia de forma rápida e precisa.

Ele falou que nossos pecados eram tão grandes, e o castigo era tão imenso e inevitável, que era impossível viver na expectativa de tamanho castigo.

— Basta pensar, queridas irmãs e irmãos, em nós mesmos, em nossa vida, naquilo que fazemos, como vivemos, como causamos a ira de Deus, repleto de amor, como obrigamos Cristo a sofrer, e entenderemos que não há perdão para nós, não há escapatória, não há salvação, que todos nós estamos condenados à perdição. A horrível perdição e a tortura eterna esperam por nós — disse, com voz trêmula, chorosa. — Como salvar-se? Irmãos, como salvar-se desse incêndio terrível? Ele já tomou a casa e não há saída.

Calou-se e lágrimas de verdade rolaram nas suas faces. Já fazia oito anos que toda vez, sem falta, assim que chegava a esse ponto de seu discurso, que ele apreciava muito, Kiesewetter sentia um espasmo na garganta, um formigamento no nariz, e as lágrimas rolavam dos olhos. E as lágrimas o comoviam mais ainda. Na sala, ouviam-se soluços. A condessa Katierina Ivánovna estava sentada junto a uma mesinha de mosaico, apoiada nos cotovelos, com a cabeça nas mãos, e os ombros gordos estremeciam. O cocheiro olhava para o alemão com espanto e medo, como se avançasse na direção dele com uma carruagem e o alemão não se desviasse. A maioria estava em poses semelhantes à da condessa Katierina Ivánovna. A filha de Wolf aproximou-se de Kiesewetter, num vestido no rigor da moda, pôs-se de joelhos e cobriu o rosto com as mãos.

O orador de repente descobriu o rosto e fez surgir um sorriso muito parecido com um sorriso de verdade, o sorriso com o qual os atores exprimem alegria, e com voz doce, terna, começou a falar:

— Mas existe salvação. Aqui está ela, fácil, alegre. A salvação é o sangue por nós derramado pelo único filho de Deus, que por nós se entregou ao suplício. Seu suplício, seu sangue nos salvará. Irmãos e irmãs — falou de novo com lágrimas na voz —, vamos dar graças a Deus, que abriu mão do seu único filho para a expiação da espécie humana. O seu sangue sagrado...

Nekhliúdov sentiu-se tão agoniadamente enojado que se levantou sem fazer barulho e, franzindo o rosto e reprimindo um gemido de vergonha, saiu na ponta dos pés e foi para o seu quarto.

XVIII

No dia seguinte, assim que Nekhliúdov terminou de se vestir e se preparava para descer, um criado trouxe-lhe o cartão do advogado moscovita. O advogado viajara a fim de tratar de seus próprios processos e também para comparecer à audiência judicial do caso de Máslova, no Senado, se fosse julgado logo. O telegrama postado por Nekhliúdov só chegou quando ele já estava a caminho. Quando Nekhliúdov lhe disse quando seria julgado o caso de Máslova e quais os senadores, ele sorriu.

— São exatamente os três tipos de senador — disse ele. — Wolf, o funcionário de Petersburgo, Skovoródnikov, o jurista erudito, e Beh, o jurista prático, e por isso o mais vivo de todos — disse o advogado. — Nele estão as maiores esperanças. Mas e quanto à comissão de petições?

— Irei hoje mesmo falar com o barão Vorobiov, ontem não consegui uma audiência.

— O senhor sabe por que ele é o barão Vorobiov? — indagou o advogado, em resposta a uma certa entonação cômica presente na maneira como Nekhliúdov pronunciou aquele título estrangeiro em combinação com um sobrenome russo. — Foi Pável[28] que, por algum motivo, premiou com esse título o avô dele, um lacaio da Corte, parece. Fez algo que lhe agradou muito. Vou nomeá-lo barão, e nada vai me impedir. E assim foi: barão Vorobiov. Ele se orgulha muito disso. Um espertalhão.

— Pois é ao encontro dele que estou indo — disse Nekhliúdov.

— Ora, que ótimo, vamos juntos. Levarei o senhor.

No momento em que saíam, já na porta, um criado veio ao encontro de Nekhliúdov e entregou um bilhete de Mariette:

> *Pour vous faire plaisir, j'ai agit tout à fait contre mes principes, et j'ai intercédé auprès de mon mari pour votre protégée. Il se trouve que cette personne peut être relachée immédiatement. Mon mari a écrit au commandant. Venez donc* desinteressadamente. *Je vous attends.*[29]
>
> M.

— Como é possível? — perguntou Nekhliúdov ao advogado. — Ora, isso é um horror! Uma mulher é mantida presa e incomunicável durante seis meses e então se verifica que não tem culpa de nada e, para soltá-la, é preciso apenas dizer uma palavra.

— É sempre assim. Bem, pelo menos o senhor conseguiu o que desejava.

— Sim, mas esse sucesso me causa amargura. Quem sabe o que está acontecendo lá? Por que então a mantiveram presa?

— Bem, é melhor não se aprofundar nessa questão. É o que aconselho ao senhor — disse o advogado, quando saíam para a varanda, e uma excelente carruagem de praça, alugada pelo advogado, aproximou-se da varanda. — Pois então, o senhor vai mesmo visitar o barão Vorobiov?

O advogado disse ao cocheiro aonde ir e os bons cavalos prontamente conduziram Nekhliúdov à casa ocupada pelo barão. O barão estava em casa. No primeiro cômodo, estava um jovem funcionário uniformizado, de pescoço muito comprido,

---

28 Tsar Paulo I, reinou entre 1796 e 1801.

29 Francês: "Para agradar ao senhor, agi de modo totalmente contrário aos meus princípios e intercedi junto ao meu marido em favor da sua protegida. Verificou-se que essa pessoa pode ser solta imediatamente. Meu marido escreveu para o comandante. Portanto, venha desinteressadamente. Aguardo o senhor".

pomo de adão saltado e um jeito de andar extraordinariamente leve, além de duas senhoras.

— Qual o sobrenome de família do senhor? — perguntou o jovem funcionário do pomo de adão, do passo extraordinariamente leve e gracioso, enquanto se afastava das senhoras e vinha na direção de Nekhliúdov.

Nekhliúdov deu o nome.

— O barão falou a respeito do senhor. Só um momento!

O jovem funcionário atravessou uma porta fechada e trouxe de lá uma senhora chorosa e de luto. A senhora baixou o véu com dedos ossudos para esconder as lágrimas.

— Por favor — disse o jovem funcionário para Nekhliúdov, aproximou-se a passos ligeiros da porta do escritório, abriu-a e ficou parado junto a ela.

Ao entrar no escritório, Nekhliúdov viu-se diante de um homem de estatura mediana, atarracado, de cabelo bem curto, de sobrecasaca, sentado numa poltrona diante de uma grande escrivaninha, e que olhava para a frente com ar alegre. Especialmente notável pela tez muito corada entre a barba e o bigode brancos, seu rosto simpático abriu-se num sorriso afetuoso ao ver Nekhliúdov.

— Estou muito contente em ver o senhor, eu e a mãe do senhor éramos velhos conhecidos e amigos. Conheci o senhor ainda menino e depois como oficial. Pois bem, sente-se, diga em que posso ajudá-lo. Sei, sei — dizia ele, balançando a cabeça grisalha e de cabelo muito curto, enquanto Nekhliúdov contava a história de Fedóssia. — Ora, ora, já entendi tudo; sim, sim, é de fato comovente. E então, o senhor entrou com uma petição?

— Eu preparei uma petição — respondeu Nekhliúdov, retirando-a do bolso. — Mas queria pedir ao senhor, eu tinha esperança de que esse caso recebesse uma atenção especial.

— E fez muito bem. Cuidarei disso sem falta — disse o barão, exprimindo algo muito pouco parecido com sofrimento em seu rosto alegre. — Muito comovente. É óbvio, a mulher tinha um filho, o marido tratou-a com brutalidade, isso lhe causou repulsa, e depois o tempo passou e eles se apaixonaram... Sim, tomarei providências.

— O conde Ivan Mikháilovitch disse que talvez faça um pedido à imperatriz.

Nekhliúdov mal teve tempo de dizer essas palavras e a expressão do rosto do barão se transformou.

— Pensando melhor, o senhor apresente a petição à Chancelaria e eu farei o que puder — disse para Nekhliúdov.

Nesse momento, entrou no escritório o jovem funcionário, que obviamente se vangloriava do seu jeito de andar.

— Aquela senhora pede para lhe falar mais duas palavras.

— Muito bem, chame-a. Ah, *mon cher*, quantas lágrimas vemos por aqui, quem dera fosse possível enxugá-las todas! Fazemos o que é possível.

A senhora entrou.

— Esqueci de pedir para não deixar que ele abandone a filha, ele é capaz de tudo...

— Mas já disse que farei isso.

— Barão, graças a Deus, o senhor está salvando uma mãe.

Ela agarrou sua mão e começou a beijá-la.

— Tudo será feito.

Quando a senhora saiu, Nekhliúdov também começou a despedir-se.

— Faremos o que for possível. Vamos entrar em contato com o Ministério da Justiça. Eles vão nos responder e depois faremos o que for possível.

Nekhliúdov retirou-se e seguiu rumo à Chancelaria. De novo, como no Senado, encontrou no recinto suntuoso funcionários suntuosos, limpos, atenciosos, corretos no vestir e no falar, distintos e austeros.

"Como são numerosos, como são horrivelmente numerosos, e como estão saciados, como são limpas as suas camisas, as suas mãos, como todos têm os sapatos lustrosos, e quem é que faz isso tudo? E como todos estão bem, em comparação não só com os presidiários, mas também com os camponeses", Nekhliúdov não pôde deixar de pensar mais uma vez.

XIX

O homem, em Petersburgo, de quem dependia o abrandamento do destino dos presos era cheio de condecorações, que não usava, a não ser a Ordem da Cruz Branca na lapela, um velho general dos barões alemães, ilustre, mas já gagá, como diziam ao falar sobre ele. Servira no Cáucaso, onde ganhara aquela Cruz, particularmente lisonjeira para ele, porque, naquela época, sob o seu comando, mujiques russos de cabelo raspado, vestidos em fardas e armados com fuzis e baionetas, haviam matado mais de mil pessoas que defendiam sua liberdade, sua casa e sua família. Depois serviu na Polônia, onde também obrigou camponeses russos a cometer os mais diversos crimes, pelo que também ganhou uma medalha e novos enfeites na farda; depois esteve ainda em outros lugares e agora, já velho e enfraquecido, ganhara o posto em que se achava naquele momento, o qual lhe proporcionava uma boa residência, salário e consideração. Ele cumpria rigorosamente as ordens superiores e dava um valor especial ao seu cumprimento. Atribuía às ordens superiores uma importância especial e considerava que tudo no mundo podia mudar, menos aquelas ordens superiores. Sua obrigação consistia em manter criminosas e criminosos políticos em calabouços, em prisões incomunicáveis, e tratá-los de tal maneira que, no decorrer de dez anos, metade deles sucumbia, uma parte enlouquecia, outra parte morria de tuberculose e outra parte se suicidava: alguns de fome, outros cortavam as veias com um caco de vidro, outros se enforcavam, outros ateavam fogo ao corpo.

O velho general sabia de tudo isso, tudo isso acontecia diante dos seus olhos, mas todos esses casos não tocavam sua consciência, assim como não tocavam sua consciência os infortúnios causados por uma tempestade, uma inundação etc. Aqueles casos ocorriam em consequência do cumprimento das ordens superiores, em nome do soberano imperador. Essas disposições tinham de ser inevitavelmente cumpridas e portanto era de todo inútil pensar nas consequências dessas disposições. O velho general também não se dava ao luxo de pensar em tais assuntos, julgando que seu dever patriótico, militar, era não pensar, para não relaxar no cumprimento de suas obrigações, na sua opinião, tão importantes.

Uma vez por semana, o velho general, por dever de ofício, fazia a ronda em todos os calabouços e perguntava aos presos se tinham algum pedido. Os presos lhe apresentavam diversos pedidos. Ele ouvia com calma, num silêncio impenetrável, e nunca fazia nada, porque todos os pedidos estavam em desacordo com as disposições legais.

No momento em que Nekhliúdov se aproximava da residência do austero general, os relógios do carrilhão na torre tocaram, com sininhos agudos, "Glória a Deus" e depois bateram as duas horas. Ao ouvir os carrilhões, Nekhliúdov não pôde deixar de se lembrar do que tinha lido nas memórias dos decatristas,[30] sobre como aquela melodia repetida de hora em hora tinha um sabor doce na alma dos condenados à prisão perpétua. O velho general, no momento em que Nekhliúdov se aproximou da entrada de sua moradia, estava sentado na escura sala de visitas, atrás de uma mesinha enfeitada com incrustações e, ao lado de um jovem pintor, irmão de um de seus subordinados, revirava um pires sobre uma folha de papel. Os dedos finos, úmidos, fracos, do pintor estavam enfiados nos dedos ásperos, enrugados, endurecidos nas articulações, do austero general, e aquelas mãos unidas seguravam juntas o pires de chá virado sobre a folha de papel, onde estavam representadas todas as letras do alfabeto. O pires respondia a uma pergunta feita pelo general sobre como os espíritos vão se reconhecer uns aos outros, após a morte.

---

30 Oficiais e nobres que se organizaram para derrubar o tsar Nicolau I, em dezembro de 1825.

No momento em que um dos ordenanças, que cumpria as funções de criado de quarto, entrou com o cartão de Nekhliúdov, por intermédio do pires falava o espírito de Joana d'Arc. O espírito de Joana d'Arc já dissera, com as letras, as palavras: "Vão reconhecer-se uns aos outros", e isso estava escrito. No momento em que o ordenança entrou, o pires havia parado uma vez no "D", outra vez no "E", e depois chegando até o "P", parou nessa letra e começou a sacudir-se para lá e para cá. Sacudia-se porque a letra seguinte, na opinião do general, devia ser o "O", ou seja, Joana d'Arc, na sua opinião, devia dizer que os espíritos vão reconhecer-se uns aos outros só depois da sua purificação de tudo o que era terreno, ou coisa parecida, e por isso a letra seguinte devia ser o "O", ao passo que o pintor acreditava que a letra seguinte seria um "E" e que o espírito ia dizer que os espíritos iam se reconhecer uns aos outros dependendo da luz que se projetará do corpo etéreo da alma. O general, com as espessas sobrancelhas grisalhas franzidas numa expressão sombria, olhava fixo para as mãos e, imaginando que o pires se mexia sozinho, empurrava-o para a letra "O". Já o jovem pintor anêmico, com os cabelos ralos puxados para trás das orelhas, olhava para um canto escuro da sala com os olhos azuis e sem vida e, mexendo os lábios nervosamente, empurrava para o "E". O general franziu o rosto com a interrupção daquela sua atividade e após alguns momentos de silêncio pegou o cartão, pôs o pincenê e, com um grito de dor na larga região lombar, levantou-se com toda a sua estatura elevada, esfregando os dedos endurecidos.

— Chame-o para o escritório.

— Com sua permissão, excelência, terminarei sozinho — disse o pintor, levantando-se. — Estou sentindo uma presença.

— Está bem, termine — respondeu o general em tom resoluto e severo e dirigiu-se ao escritório, com grandes passadas das pernas retas, a passos resolutos e medidos. — Muito prazer em vê-lo — disse o general para Nekhliúdov, com voz bruta, essas palavras afetuosas, e apontou-lhe uma poltrona junto à escrivaninha. — Chegou a Petersburgo há muito tempo?

Nekhliúdov respondeu ter chegado havia pouco.

— A princesa, mãe do senhor, está bem de saúde?

— Mamãe faleceu.

— Perdoe, lamento muito. Meu filho me disse ter encontrado o senhor.

O filho do general estava seguindo a mesma carreira que o pai e, depois de terminar a Academia Militar, servia num departamento de investigações e orgulhava-se muito da função de que estava ali incumbido. Sua função era supervisionar os espiões.

— Quem diria, servi com o pai do senhor. Fomos amigos, camaradas. E então, está no serviço público?

— Não, não estou.

O general inclinou a cabeça com ar desaprovador.

— Tenho um pedido a fazer ao senhor, general — disse Nekhliúdov.

— Terei to-o-o-do o prazer. Em que posso servi-lo?

— Se o meu pedido for impertinente, por favor, me perdoe. Mas preciso apresentá-lo.

— Do que se trata?

— O senhor tem um preso chamado Gurkiévitch. A mãe pede para vê-lo ou pelo menos para que possa mandar-lhe uns livros.

O general não exprimiu nada, nem satisfação nem insatisfação, ante o pedido de Nekhliúdov, mas, após inclinar a cabeça para o lado, semicerrou os olhos como que refletindo. Não estava propriamente refletindo sobre nada, e nem se interessava pela questão de Nekhliúdov, sabendo muito bem que lhe responderia conforme a lei. Simplesmente fazia um descanso mental, sem pensar em nada.

— Veja bem, isso não depende de mim — respondeu, após descansar um pouco. — Sobre as entrevistas, existe um regulamento imperial estabelecido e o que ali está determinado é cumprido. No tocante aos livros, temos uma biblioteca e dão a ele os livros permitidos.

— Sim, mas ele precisa de livros científicos: quer estudar.

— Não creia nisso. — O general ficou em silêncio por um momento. — Não é para estudo. É só uma inquietação.

— Mas afinal é preciso ocupar o tempo, na situação penosa em que eles se encontram — disse Nekhliúdov.

— Eles estão sempre reclamando — disse o general. — Mas nós os conhecemos. — Falava deles no geral, como se fossem uma espécie de gente diferente e ruim. — Aqui, lhes proporcionamos um conforto que raramente se pode encontrar em locais de confinamento — prosseguiu o general.

E, como que se justificando, passou a descrever em minúcias todos os confortos oferecidos aos presos, como se a finalidade principal daquela instituição fosse proporcionar uma estada agradável para as pessoas presas.

— Antigamente, é verdade, havia muita severidade, mas hoje ficar preso aqui é ótimo para eles. Comem três tipos de alimento por refeição e sempre têm carne: costeleta ou bife. Aos domingos, ganham ainda um quarto prato: um doce. Quem dera que todo russo pudesse comer assim.

O general, obviamente, como todos os velhos, uma vez que enveredava por um assunto que já sabia de cor, passava a repetir aquilo que dissera muitas e muitas vezes, a fim de demonstrar as exigências descabidas e a ingratidão dos presos.

— São dados a eles livros de conteúdo espiritual, e revistas antigas. Nossa biblioteca tem os livros adequados. Só raramente eles leem. De início, parecem interessar-se, mas depois deixam os livros novos de lado, com a metade das folhas ainda por cortar, e os velhos com as páginas nunca viradas. Fizemos até uma experiência — disse o general, com algo remotamente semelhante a um sorriso —, marcamos uma página com um papelzinho. E ele fica ali intacto. Também não lhes é proibido escrever — prosseguiu o general. — Oferecemos um quadro de ardósia, e damos lápis de ardósia para que possam escrever, como forma de distração. Podem apagar e escrever de novo. Mas também não escrevem. Não, em pouco tempo eles ficam totalmente calmos. Só no início fazem exigências, mas depois até engordam e ficam bem sossegados — disse o general, sem desconfiar do significado horroroso que tinham suas palavras.

Nekhliúdov ouvia a sua voz rouca de velho, olhava para aqueles membros ossudos, os olhos apagados sob as sobrancelhas grisalhas, os zigomas velhos, flácidos e raspados, escorados no colarinho militar, olhava para a cruz branca de que aquele homem se orgulhava, sobretudo porque a recebera pela execução de um morticínio cruel e em massa, e entendia que replicar, explicar-lhe o sentido de suas palavras, seria inútil. Mesmo assim, fazendo um esforço, perguntou ainda a respeito de um outro caso, o da prisioneira Chústova, sobre a qual recebera naquele dia a informação de que ela teria ordem de soltura.

— Chústova? Chústova... Não me recordo de todos pelo nome. Afinal, são tantos — disse o general, obviamente os culpando por aquela superlotação. Tocou a sineta e mandou chamar o secretário.

Enquanto foram buscar o secretário, ele exortou Nekhliúdov a trabalhar no serviço público, dizendo que pessoas honradas e nobres, dando a entender que ele mesmo estava entre tais pessoas, eram especialmente necessárias para o tsar... e "para a pátria", acrescentou, pelo visto apenas para embelezar o estilo.

— Veja, sou velho, mesmo assim estou no serviço público, enquanto as forças me permitirem.

O secretário, homem seco, magro, de olhos inteligentes e inquietos, trouxe a informação de que Chústova estava presa em algum local estranho da fortificação e que não haviam recebido nenhum documento a respeito dela.

— Quando recebermos, cumpriremos no mesmo dia. Não os detemos aqui, não temos apreço especial pela presença deles — disse o general, de novo com uma tentativa de sorriso jocoso, que apenas retorcia a sua cara velha.

Nekhliúdov levantou-se, tentando conter-se para não exprimir o sentimento misto de repugnância e pena que experimentava em relação àquele velho. O velho, por sua vez, achava que também não devia ser demasiado severo com o leviano e obviamente iludido filho de um antigo camarada e que não devia deixá-lo sair sem um sermão.

— Adeus, meu caro, não me leve a mal, é porque gosto do senhor que digo isto. Não mantenha relações com as pessoas que estão presas conosco. Não há inocentes. E toda essa gente é a mais imoral que existe. Nós aqui os conhecemos bem — disse, num tom que não deixava nenhuma possibilidade de dúvidas. E ele, realmente, não tinha dúvidas sobre isso, não porque as coisas fossem de fato assim, mas porque, se não fossem assim, ele teria de admitir que não era um herói respeitável que, merecidamente, levava uma vida boa, mas sim um miserável que vendera sua consciência e que, na velhice, continuava a vendê-la. — E acima de tudo, ocupe um cargo no serviço público — prosseguiu. — O tsar precisa de pessoas honradas... e a pátria também — acrescentou. — Veja bem: e se eu e todos, a exemplo do senhor, não trabalhássemos no serviço público? Quem restaria? Nós sempre condenamos os regulamentos, mas nós mesmos não queremos ajudar o governo.

Nekhliúdov suspirou com amargura, curvou-se numa reverência, apertou a mão grande e ossuda que o general lhe ofereceu com condescendência e saiu da sala.

O general balançou a cabeça com desaprovação e, esfregando a região lombar, voltou para a sala de visitas, onde o aguardava o pintor, que já havia anotado a resposta recebida do espírito de Joana d'Arc. O general pôs o pincenê e leu: "Vão reconhecer-se uns aos outros, dependendo da luz emitida pelos corpos etéreos".

— Ah — disse o general, em tom aprovador, e fechou os olhos. — Mas como se sabe se a luz deles é igual? — perguntou, e sentou-se junto à mesinha, de novo entrecruzando seus dedos aos do pintor.

O coche de praça de Nekhliúdov saiu pelo portão.

— Como é triste aqui, patrão — disse o cocheiro, voltando-se para Nekhliúdov. — Tive vontade de ir embora, sem nem esperar o senhor.

— Sim, é triste — concordou Nekhliúdov, suspirou com todo o peito e deteve os olhos com calma nas nuvens cor de fumaça que flutuavam no céu e nas ondulações brilhantes do rio Nievá, causadas pelos botes e navios a vapor que nele se deslocavam.

XX

O processo de Máslova devia ser julgado no dia seguinte e Nekhliúdov foi ao Senado. O advogado encontrou-se com ele à entrada majestosa do prédio do Senado, onde já estavam diversas carruagens. Ao subir a escada suntuosa, imponente, até o segundo andar, o advogado, que conhecia todos os caminhos, dirigiu-se para a esquerda, rumo a uma porta onde estavam gravados os números do ano da introdução do Código Penal. Após pendurar o sobretudo na primeira sala comprida e saber, por intermédio do porteiro, que todos os senadores já estavam reunidos e que o último deles acabara de chegar, o advogado Fanárin, de fraque e gravata branca sobre o peito branco, entrou com alegre segurança na sala seguinte. Nessa sala, à direita, havia um armário grande, depois uma mesa, à esquerda havia uma escada em espiral por onde descia, naquele momento, um elegante funcionário de uniforme, com uma pasta debaixo do braço. Na sala, chamava a atenção um velhinho de ar patriarcal, de cabelos longos e brancos, de paletó e calças cinzentas, junto a quem, com uma deferência especial, estavam postados dois auxiliares.

O velhinho de cabelos brancos foi até o armário e lá sumiu de vista. Nesse momento, Fanárin reconheceu um amigo, também advogado, como ele, de gravata branca e fraque, e imediatamente os dois entabularam uma conversa animada; Nekhliúdov, por sua vez, examinava os presentes na sala. Havia umas quinze pessoas, entre as quais duas senhoras, uma jovem de pincenê e a outra grisalha. O caso em julgamento naquele dia era de calúnia na imprensa e por isso se reunira um público maior do que o habitual — sobretudo pessoas do mundo jornalístico.

O oficial de justiça, homem corado, bonito, de uniforme suntuoso, com um papelzinho na mão, aproximou-se de Fanárin para perguntar qual era o seu processo e, ao saber que era o de Máslova, anotou algo e afastou-se. Nesse momento, a porta do armário abriu-se e de lá saiu o velhinho de ar patriarcal, porém não mais de paletó, e sim num traje ornado com galões e com umas chapinhas reluzentes no peito, que lhe dava o aspecto de um pássaro.

Essa indumentária ridícula, pelo visto, encabulava até o próprio velhinho e, às pressas, ainda mais rápido do que costumava andar, seguiu para uma porta oposta à entrada.

— Esse é Beh, um homem respeitabilíssimo — disse Fanárin para Nekhliúdov e, depois de apresentá-lo ao seu colega advogado, falou do caso que se devia julgar a seguir, muito interessante, na sua opinião.

A sessão logo teve início e Nekhliúdov, junto com o público, entrou à esquerda, na sala de audiências. Todos, e também Fanárin, passaram para trás do gradil, local reservado para o público. Só o advogado de Petersburgo saiu para uma escrivaninha que ficava na frente do gradil.

A sala de audiências do Senado era menor do que a sala do tribunal de circunscrição, mobiliada com mais simplicidade, e se distinguia apenas pela circunstância de a mesa onde sentavam os senadores estar coberta, não por um feltro verde, e sim por um veludo cor de framboesa, ornado por galões dourados, afora isso havia os atributos constantes dos locais onde se exerce a justiça: o espelho da justiça,[31] um ícone, um retrato do soberano. O oficial de justiça anunciou com a mesma solenidade: "A Corte". Da mesma forma todos se levantaram, da mesma forma entraram os senadores em seus uniformes, da mesma forma sentaram-se em poltronas de espaldar alto, da mesma forma apoiaram-se com os cotovelos na mesa, tentando manter um ar natural.

Os senadores eram quatro. Quem presidia era Nikítin, homem de barba totalmente raspada, de rosto estreito e olhos cor de aço; Wolf, de lábios muito comprimidos e mãozinhas brancas, com as quais revirava as páginas do processo; depois, Skovoródnikov, gordo, pesado, bexiguento, jurista erudito, e o quarto era Beh, aquele velhinho patriarcal que chegara por último. Com os senadores, entrou o secretário-geral e assistente do procurador-geral, um jovem de média estatura, seco, de barba raspada, rosto de cor muito escura e olhos negros e tristes. Apesar do uniforme esquisito e apesar de não o ver havia seis anos, Nekhliúdov imediatamente reconheceu nele um dos seus melhores amigos dos tempos de estudante.

— O assistente do procurador-geral é o Seliénin? — perguntou para o advogado.

— Sim, por quê?

— Eu o conheço bem, é um homem excelente...

— E um bom assistente do procurador-geral, muito capaz. Aí está, deveria ter pedido a ele — disse Fanárin.

— Em todo caso, ele vai agir segundo a sua consciência — respondeu Nekhliúdov, lembrando suas estreitas relações e sua amizade com Seliénin e suas virtudes estimáveis, a pureza, a honestidade, a correção, no melhor sentido da palavra.

— Agora é tarde — sussurrou Fanárin, prestando atenção ao relato do caso, que havia começado.

O caso teve início com um apelo contra a sentença da Câmara de Justiça, que manteve sem alteração a decisão do tribunal de circunscrição.

Nekhliúdov começou a escutar e tentou entender o significado do que se passava na sua frente, mas, tal como no tribunal de circunscrição, a principal dificuldade para a compreensão consistia em que os discursos não tratavam daquilo que naturalmente parecia o principal, mas de algo completamente secundário. O caso se referia a um artigo de jornal em que se desmascarava uma falcatrua do presidente de uma empresa de sociedade anônima. Tinha-se a impressão de que a única coisa importante seria determinar se era verdade que o presidente da sociedade anônima roubava os seus constituintes, e como fazer para que ele parasse de

---

31 Em russo, *zertsálo*: prisma triangular usado nos tribunais, que trazia inscritas as leis promulgadas pelo tsar Pedro, o Grande.

roubá-los. Mas sobre isso ninguém falava. Só se discutia se o editor tinha ou não tinha, pela lei, direito de publicar o artigo do cronista e que crime ele havia cometido, ao publicá-lo — difamação ou calúnia —, e se a difamação abrange a calúnia ou a calúnia abrange a difamação, e ainda coisas pouco compreensíveis para pessoas comuns, sobre diversos artigos de lei e resoluções de um certo departamento geral.

Uma coisa que Nekhliúdov entendeu foi que, apesar de Wolf, que era o relator do processo, ter no dia anterior incutido nele, com rigor, a ideia de que o Senado não podia julgar o mérito de um processo, naquele caso relatava, obviamente com parcialidade, em favor da impugnação da sentença da Câmara de Justiça, e que Seliénin, inteiramente em desacordo com o seu comedimento característico, exprimia com fervor inesperado a sua opinião contrária. O fervor que surpreendeu Nekhliúdov no sempre comedido Seliénin tinha origem no fato de ele saber que o presidente da empresa de sociedade anônima era um homem enlameado em negócios financeiros escusos, além de ter sabido por acaso que, quase na véspera do julgamento do seu processo, Wolf havia participado de um jantar luxuriante na casa daquele mesmo homem de negócios. Então, agora, quando Wolf, ainda que com muito cuidado, porém de modo claramente unilateral, relatava o processo, Seliénin exaltou-se e exprimiu sua opinião num tom excessivamente nervoso para um caso comum. Suas palavras, pelo visto, ofenderam Wolf: ele ruborizou-se, contraiu-se, fez gestos mudos de surpresa e, com uma expressão muito digna e ofendida, retirou-se com os demais senadores para a sala de deliberação.

— Qual é mesmo o processo do senhor? — perguntou de novo o oficial de justiça para Fanárin, assim que os senadores se retiraram.

— Já disse ao senhor, o processo de Máslova — respondeu Fanárin.

— Isso mesmo. O processo será julgado hoje. Mas...

— O que há?...

— O senhor entenda, por favor, esse caso ia ser julgado sem a presença das partes, de modo que os senhores senadores muito provavelmente não vão sair após a comunicação da sentença. Mas eu vou informar...

— Como assim?

— Eu vou informar, vou informar. — E o oficial de justiça anotou algo na sua folha de papel.

Os senadores de fato pretendiam, após comunicar a sentença do processo de calúnia, encerrar os processos restantes, entre os quais estava o de Máslova, depois do chá e dos cigarros, sem sair da sala de deliberações.

XXI

Assim que os senadores se sentaram à mesa na sala de deliberações, Wolf passou a expor, muito animadamente, os motivos pelos quais o processo devia resultar na impugnação.

O presidente, homem sempre malévolo, naquele dia estava especialmente mal-humorado. Ao acompanhar a exposição do caso na sessão de julgamento, ele formara sua opinião e agora se mantinha parado, sem dar atenção a Wolf, imerso nos próprios pensamentos. Seus pensamentos consistiam na lembrança de que no dia anterior havia escrito em suas memórias algo a respeito da nomeação de Viliánov, e não dele, para um cargo importante que, havia muito, o próprio Nikítin almejava. O presidente Nikítin estava convencido, de modo absolutamente sincero, de que suas opiniões sobre diversos funcionários das duas primeiras classes com quem tinha contato durante o desempenho de suas funções constituíam um material histórico muito importante. Tendo escrito, no dia anterior, um capítulo em que falava muito mal de certos funcionários das duas primeiras classes porque o impediam, assim ele o formulava, de salvar a Rússia da ruína rumo à qual os atuais governantes a arrastavam — na realidade, só porque o impediam de receber vencimentos maiores do que já ganhava —, pensava agora que, para a posteridade, toda aquela conjuntura receberia uma interpretação completamente nova.

— Sim, é claro — disse ele, sem escutar nenhuma das palavras que Wolf lhe dirigia.

Beh, por sua vez, escutava Wolf com o rosto tristonho, enquanto desenhava guirlandas num papel à sua frente. Beh era um liberal da mais pura têmpera. Seguia religiosamente as tradições dos anos 60 e, se abria mão da sua rigorosa imparcialidade, era apenas para favorecer o liberalismo. Assim no caso em questão, além de o diretor da sociedade anônima que se queixava de calúnia ser um homem sórdido, Beh era favorável a negar razão à queixa também porque tal acusação de calúnia a um jornalista representava um constrangimento da liberdade de imprensa. Quando Wolf terminou sua defesa, Beh, interrompendo o desenho de uma guirlanda, com tristeza — estava triste por se ver obrigado a demonstrar tamanho truísmo —, com voz suave e agradável, de modo breve, simples e convincente, demonstrou a falta de fundamento da queixa e, abaixando a cabeça de cabelos brancos, continuou a desenhar a guirlanda.

Skovoródnikov, sentado de frente para Wolf e repuxando o tempo todo, com os dedos gordos, a barba e o bigode e enfiando os pelos na boca, parou de mascar a barba assim que Beh parou de falar e, com voz alta e rangente, falou que, apesar de o diretor da empresa de sociedade anônima ser um grande canalha, ele seria favorável à impugnação da sentença, se houvesse bases legais, mas, como tais bases não existiam, ele aderia à opinião de Ivan Semiónovitch (Beh), disse ele, alegrando-se com aquela farpa que assim espetava em Wolf. O presidente aderiu à opinião de Skovoródnikov e o processo teve uma sentença negativa.

Wolf ficou insatisfeito, sobretudo porque parecia ter sido apanhado numa parcialidade desonesta, e, fingindo indiferença, abriu a pasta do caso seguinte, o processo de Máslova, e mergulhou nele. Os senadores, enquanto isso, tocaram a sineta, pediram chá e passaram a conversar sobre o assunto que naquele momento, juntamente com o caso do duelo de Kamiénski, prendia as atenções de toda a Petersburgo.

Era o caso de um diretor de departamento de Estado preso em flagrante pelo crime previsto no artigo 995.

— Que canalha — disse Beh, com repugnância.

— Mas que mal tem isso? Posso mostrar aos senhores, em nossa literatura, o projeto de um escritor alemão que propõe abertamente que isso não seja considerado crime e que seja possível o casamento entre homens — disse Skovoródnikov, enquanto tragava com avidez, e com soluços, um cigarro amassado que segurava entre as raízes dos dedos, perto da palma da mão, e soltou uma gargalhada.

— Ora, não é possível — disse Beh.

— Vou mostrar aos senhores — respondeu Skovoródnikov, e citou o título completo da obra e até o ano e o local de publicação.

— Dizem que foi nomeado governador numa cidade da Sibéria — comentou Nikítin.

— Que ótimo. O bispo irá ao seu encontro com a cruz nas mãos. Seria bom que fosse um bispo do mesmo tipo. Eu poderia recomendar um a eles — disse Skovoródnikov e, depois de jogar a ponta do cigarro num pires, puxou o que pôde da barba e do bigode para dentro da boca e começou a mascar.

Nesse momento, o oficial de justiça entrou e comunicou o desejo do advogado e de Nekhliúdov de presenciar o exame do caso de Máslova.

— Vejam só que caso, esse — disse Wolf. — Uma história completamente romântica. — E relatou o que sabia a respeito das relações entre Nekhliúdov e Máslova.

Depois de conversarem um pouco sobre o assunto, fumarem cigarros e beberem chá, os senadores saíram para a sala de audiências, comunicaram a decisão sobre o caso precedente e deram início ao processo de Máslova.

Wolf, de maneira muito minuciosa, com sua voz fina, apresentou o requerimento de impugnação da sentença de Máslova e mais uma vez de forma não de todo imparcial, com o desejo óbvio de impugnar a sentença do tribunal.

— O senhor tem algo a acrescentar? — o presidente voltou-se para Fanárin.

Fanárin levantou-se e, inflando o peito largo e branco, ponto por ponto, com persuasão e precisão admiráveis, demonstrou como o tribunal se desviou em seis pontos do sentido exato da lei e, além disso, Fanárin tomou a liberdade de, embora resumidamente, tratar do mérito do processo e da clamorosa injustiça da sentença. O tom sucinto, mas vigoroso, do discurso de Fanárin dava a impressão de que ele pedia desculpas por insistir em algo que os senhores senadores, com sua perspicácia e sabedoria jurídica, viam e entendiam melhor do que ele, e que só agia assim porque a obrigação que havia assumido o exigia. Após o discurso de Fanárin, parecia impossível haver a menor dúvida de que o Senado devia revogar a sentença do tribunal. Terminado o discurso, Fanárin sorriu triunfante. Olhando para o seu advogado e compreendendo aquele sorriso, Nekhliúdov se convenceu de que o processo estava ganho. Mas, ao olhar para os senadores, se deu conta de que Fanárin sorria e cantava vitória sozinho. Os senadores e o assistente do procurador-geral não sorriam e não tinham ar de vitória, tinham sim o aspecto de pessoas aborrecidas, como se dissessem: "Já ouvimos muita coisa assim da sua laia, e tudo isso não adianta nada". Todos, pelo visto, ficaram satisfeitos só quando o advogado terminou e parou de retê-los ali inutilmente. Tão logo o discurso do advogado chegou ao fim, o presidente voltou-se para o assistente do procurador-geral. Seliénin, de modo sucinto, mas claro e preciso, manifestou-se pela manutenção da sentença sem alteração, pois todos os motivos para a impugnação careciam de fundamento. Depois disso, os senadores levantaram-se e foram deliberar. Na sala de deliberações, os votos se dividiram: Wolf era a favor da impugnação; Beh, tendo abraçado aquela causa, também defendeu com muito ardor a impugnação, apresentou aos colegas um quadro bem nítido do tribunal e do equívoco dos jurados, como ele o entendia, de modo absolutamente fiel; Nikítin, como sempre, partidário do rigor em geral e da rigorosa formalidade, foi contra. Todo o processo dependia do voto de Skovoródnikov. E esse voto foi contrário à opinião predominante, porque a decisão de Nekhliúdov de se casar com aquela jovem em nome de uma exigência moral lhe era repugnante ao extremo.

Skovoródnikov era materialista, darwinista, e achava que qualquer manifestação de moral abstrata ou, pior ainda, de religiosidade era não só uma loucura desprezível como também uma ofensa pessoal contra ele. Todo aquele rebuliço com a tal prostituta e a presença ali, no Senado, de um famoso advogado para defendê-la e do próprio Nekhliúdov eram, para ele, repugnantes ao extremo. E, enfiando na boca a barba e fazendo caretas, fingiu, de modo muito natural, nada saber a respeito do processo, apenas que os motivos para a impugnação eram insuficientes e por isso concordou com o presidente que a queixa não tivesse prosseguimento.

A queixa foi recusada.

XXII

— É horrível! — disse Nekhliúdov, ao sair para a recepção com o advogado, que arrumava a sua pasta. — Num caso óbvio como esse, eles se prendem à forma e rejeitam. É um horror!

— O caso desandou já no tribunal — disse o advogado.

— Seliénin também foi a favor da rejeição. Que horror! Que horror! — continuou a repetir Nekhliúdov. — O que fazer, agora?

— Vamos apresentar um apelo a sua alteza imperial. Entregue o senhor mesmo, enquanto está aqui. Vou redigir para o senhor.

Nesse momento, o pequeno Wolf, com suas medalhas e de uniforme, saiu para a recepção e aproximou-se de Nekhliúdov.

— O que fazer, caro príncipe. Não havia motivos suficientes — disse, encolhendo os ombros estreitos e fechando os olhos, e seguiu em frente, para onde precisavam de seus serviços.

Após Wolf, veio Seliénin, que soubera pelos senadores que Nekhliúdov, seu velho amigo, estava ali.

— Puxa, não esperava encontrá-lo aqui — disse, aproximando-se de Nekhliúdov, sorrindo com os lábios, enquanto os olhos permaneciam tristonhos. — Não sabia que você estava em Petersburgo.

— E eu não sabia que você era procurador-geral...

— Suplente — emendou Seliénin. — Como veio parar no Senado? — perguntou, olhando com ar triste e desanimado para o amigo. — Eu só soube ontem que estava em Petersburgo. Mas o que o trouxe aqui?

— Vim aqui porque tinha esperança de encontrar justiça e salvar uma mulher condenada sem nenhum motivo.

— Que mulher?

— O processo que acabaram de dar por encerrado.

— Ah, o processo de Máslova — disse Seliénin, após lembrar. — Uma queixa totalmente infundada.

— A questão não é a queixa, mas a mulher, que não é culpada e está recebendo castigo.

Seliénin deu um suspiro.

— É bem possível, mas...

— Não é possível, é seguro...

— Mas por que você sabe?

— Porque eu era um dos jurados. Sei qual foi o erro que cometemos.

Seliénin refletiu.

— Era preciso comunicar o fato na ocasião — disse ele.

— Eu comuniquei.

— Era preciso registrar em ata. Se isso fosse incluído no pedido de impugnação...

Seliénin, sempre ocupado e pouco assíduo na sociedade, obviamente nada ouvira sobre o romance de Nekhliúdov; por sua vez, ao se dar conta disso, Nekhliúdov resolveu que não precisava falar de suas relações com Máslova.

— Sim, mas afinal agora ficou evidente que a decisão do tribunal foi absurda — disse.

— O Senado não tem o direito de dizer isso. Se o Senado tomasse a liberdade de impugnar a sentença dos tribunais com base na sua opinião a respeito da justiça das sentenças, além de perder completamente o seu ponto de apoio e arriscar-se a infringir a justiça, em vez de restabelecê-la — disse Seliénin, recordando-se do processo anterior —, além de tudo isso, as decisões dos jurados perderiam todo o seu sentido.

— Só sei uma coisa, que essa mulher é totalmente inocente e a sua última esperança de salvar-se de um castigo imerecido se perdeu. A instância superior ratificou uma total arbitrariedade.

— Não ratificou, porque não entrou nem poderia entrar no exame do mérito do processo — respondeu Seliénin, estreitando os olhos. — Você, sem dúvida, está hospedado na casa da sua tia — acrescentou, no intuito evidente de mudar de assunto. — Ontem eu soube, por intermédio dela, que você estava aqui. A condessa me convidou para assistir com você a uma reunião com um pregador que veio do exterior — disse, sorrindo com os lábios.

— Sim, estive lá, mas saí com nojo — disse Nekhliúdov em tom zangado, aborrecido por Seliénin ter desviado a conversa para outro assunto.

— Ora, por que com nojo? Apesar de tudo, é uma manifestação de sentimento religioso, embora unilateral, sectário — disse Seliénin.

— É uma loucura desenfreada — respondeu Nekhliúdov.

— Ora, não. Só é estranho aqui o fato de conhecermos tão pouco a doutrina da nossa Igreja que recebemos como uma revelação nova os nossos próprios dogmas fundamentais — disse Seliénin, como se tivesse pressa de exprimir para o antigo companheiro seus novos pontos de vista.

Nekhliúdov observou Seliénin com atenção e surpresa. Seliénin não abaixou os olhos, nos quais se exprimia não só tristeza, mas também malevolência.

— Quer dizer então que você acredita nos dogmas da Igreja? — perguntou Nekhliúdov.

— Claro que acredito — respondeu Seliénin, olhando direto nos olhos de Nekhliúdov, com ar de morto.

Nekhliúdov soltou um suspiro.

— É espantoso — disse.

— Aliás, conversaremos mais tarde — disse Seliénin. — Já vou — disse a um oficial de justiça que se aproximou dele respeitosamente. — Temos de nos ver, sem falta — acrescentou, com um suspiro. — Mas quando você está em casa? Estou em casa sempre às sete horas, para o jantar. Rua Nadiéjdinskaia — e deu o número. — Muitas águas rolaram desde então — acrescentou ao sair, de novo sorrindo só com os lábios.

— Irei, se tiver tempo — respondeu Nekhliúdov, sentindo que Seliénin, no passado uma pessoa tão querida e próxima a ele, de repente, por causa daquela breve conversa, se tornara uma pessoa estranha, distante e incompreensível, se não hostil.

XXIII

Quando Nekhliúdov o conheceu, ainda estudante, Seliénin era um filho excelente, um companheiro fiel e, para a sua idade, um homem mundano bem instruído, com grande tato, sempre elegante e bonito e, ao mesmo tempo, extraordinariamente sincero e honesto. Aprendia de modo formidável, sem nenhum esforço especial e sem o menor pedantismo, ganhava medalhas de ouro por seus trabalhos.

Não só em palavras, mas de fato, ele assumiu como propósito da sua vida jovem servir às pessoas. Tal serviço, ele não o representava senão na forma do funcionalismo do Estado e portanto, assim que terminou seus estudos, examinou sistematicamente todas as atividades a que ele podia consagrar suas forças e resolveu que seria mais útil na Segunda Seção da própria Chancelaria, que administrava a elaboração das leis, e lá ingressou. Porém, apesar do cumprimento mais exato e mais consciencioso possível de tudo aquilo que dele exigiam, Seliénin não encontrou em tal serviço a satisfação do seu desejo de ser útil e não conseguiu alcançar a consciência de que fazia o que devia fazer. Essa insatisfação, em consequência do conflito com o seu chefe mais próximo, muito mesquinho e vaidoso, aumentou de tal modo que ele abandonou a Segunda Seção e transferiu-se para o Senado. No Senado, ficou melhor, mas também a consciência da insatisfação o perseguia.

Sentia, o tempo todo, que não era de modo algum aquilo que esperava e que devia ser. Ali, enquanto trabalhava no Senado, seus parentes conseguiram para ele uma indicação para o cargo de camareiro da Corte, e então teve de andar de uniforme bordado, de avental branco de linho, numa carruagem, e ir agradecer a várias pessoas por ter sido promovido ao posto de um lacaio. Por mais que se esforçasse, não conseguia encontrar uma explicação racional para aquela função. E, ainda mais do que no serviço público, sentia que "não era isso", e contudo, de um lado, não podia rejeitar aquela indicação para não causar desgosto a pessoas convictas de terem dado a ele uma grande satisfação e, de outro lado, aquela indicação lisonjeava as qualidades inferiores da sua natureza e lhe dava prazer ver-se no espelho num uniforme bordado a ouro e desfrutar o respeito que certas pessoas atribuíam a esse posto.

O mesmo se passou com ele em relação ao casamento. Arranjaram-lhe, do ponto de vista da sociedade, um casamento muito distinto. E casou-se também sobretudo porque, se recusasse, ofenderia e causaria dor à noiva, que desejava o casamento, e àqueles que arranjaram o casamento, e porque um casamento com uma jovem atraente e nobre lisonjeava o seu amor-próprio e lhe dava prazer. Mas o casamento bem depressa revelou que "não era isso", ainda mais do que o trabalho no serviço público e as funções na Corte. Depois do primeiro filho, a esposa não quis mais ter filhos e passou a levar uma vida mundana luxuriante, da qual ele, quisesse ou não, tinha de participar. Ela não era especialmente bonita, era fiel ao marido e, ao que tudo indicava, apesar de assim envenenar a vida do marido e a sua própria, nada ganhava em troca de tal vida, exceto esforços terríveis e cansaço — e mesmo assim continuava a levar aquela vida com afinco. Todas as tentativas de Seliénin para mudar aquela vida se faziam em pedaços, como se fossem de encontro a um muro de pedras, ao esbarrar na convicção da esposa, apoiada por todos os parentes e conhecidos, de que aquilo era necessário.

A filha, uma menina de cachos dourados e compridos e pernas nuas, era uma criatura totalmente estranha ao pai, em especial porque era criada de um modo completamente distinto do que ele desejava. Entre o casal, estabeleceu-se a incompreensão habitual, e até a falta de vontade de compreender um ao outro, e uma luta silenciosa, sem palavras, às escondidas de pessoas estranhas e contida pelo decoro, tornou a vida em casa muito penosa para Seliénin. Assim, a vida em família revelou que "não era isso", com mais força ainda do que o serviço público e as funções na Corte.

Mais do que tudo, a sua relação com a religião "não era isso". Como todos no seu tempo e no seu círculo social, Seliénin, com seu desenvolvimento mental, rompeu sem o menor esforço os laços das superstições religiosas em que fora criado e ele mesmo não sabia exatamente quando se libertara. Como homem sério e honesto, ele não fazia segredo da sua liberdade em relação às superstições da religião oficial, na época de sua primeira juventude, nos tempos de estudante e da sua amizade com Nekhliúdov. Porém, com os anos e com a sua ascensão no serviço público e, principalmente, com a reação conservadora que ocorreu nessa ocasião na sociedade, aquela liberdade espiritual passou a incomodá-lo. Além das relações domésticas, em especial por ocasião da morte do pai, nas missas pela sua alma, e além de sua mãe fazer questão de que ele confessasse e comungasse, o que de resto era exigido pela opinião pública — também no serviço público, Seliénin era continuamente obrigado a assistir a missas de Ação de Graças, consagrações, bênçãos e a toda sorte de cerimônias religiosas: era raro passar um dia em que não houvesse algum contato com formas exteriores da religião, das quais era impossível fugir. Ao assistir a tais serviços religiosos, era preciso das duas uma: ou fingir (o que ele, com o seu caráter íntegro, não podia jamais) que acreditava no que não acreditava, ou, reconhecendo que todas aquelas formas exteriores eram mentiras, organizar a sua vida de modo que não fosse necessário participar de algo que considerava mentira. No entanto, para fazer isso, o que podia parecer uma coisa sem nenhuma importância, era preciso muito mais: além de manter-se em conflito constante com todas as pessoas próximas, era preciso também modificar a sua situação por completo, abandonar o serviço público e sacrificar o benefício que ele pensava prestar às pessoas, já então, no desempenho daquelas funções, e que esperava vir a prestar ainda mais no futuro. Para fazer isso, era preciso estar firmemente convicto de sua razão. Ele estava firmemente convicto de sua razão, como não podem deixar de estar convictas da razão do bom senso todas as pessoas instruídas de nossa época que conhecem um pouco de história, conhecem a origem da religião em geral e a origem e a desagregação da religião cristã eclesiástica. Ele não podia deixar de saber que tinha razão ao não reconhecer a veracidade da doutrina da Igreja.

Mas, sob a pressão das condições da vida, ele, um homem íntegro, permitiu-se a pequena mentira, que consistia em dizer a si mesmo que, para afirmar que algo absurdo é absurdo, era preciso antes estudar a fundo esse absurdo. Era uma pequena mentira, mas levou-o à grande mentira em que agora estava atolado.

Ao se perguntar se era justa a religião ortodoxa, na qual ele fora criado e educado, que dele exigiam todas as pessoas à sua volta e sem o reconhecimento da qual ele não podia prosseguir a sua atividade útil para as pessoas — Seliénin já havia, de antemão, dado a resposta. E para o esclarecimento dessa questão, não recorreu a Voltaire, a Schopenhauer, a Spencer, a Comte, mas aos livros filosóficos de Hegel e às obras religiosas de Vinet, de Khomiakov, e naturalmente encontrou nelas exatamente aquilo de que precisava, um simulacro de serenidade e de absolvição daquela doutrina religiosa em que ele fora criado e cuja razão ele, havia muito, não admitia, mas sem a qual a vida toda ficava sobrecarregada de coisas desagradáveis, ao passo que bastaria aceitá-la para que todas aquelas coisas desagradáveis desaparecessem imediatamente. E Seliénin adotou todos os sofismas costumeiros segundo os quais a inteligência individual não consegue abarcar a verdade, a verdade só se revela para as pessoas em seu conjunto, o único meio de conhecê-la é a revelação, a revelação está sob a guarda da Igreja etc.; e a partir de então ele pôde tranquilamente, sem a consciência da mentira que praticava, assistir às missas de Ação de Graças, às missas de Réquiem, às missas comuns, pôde confessar, comungar e fazer o sinal da cruz diante das imagens e pôde prosseguir sua atividade no serviço público, que lhe dava a consciência de prestar um benefício e também lhe dava um consolo para a vida familiar sem alegrias. Seliénin pensava que acreditava, mas ao mesmo tempo sabia, com todo o seu ser, que aquela crença, mais do que qualquer outra coisa, também "não era isso".

E por isso tinha os olhos sempre tristonhos. E por isso, ao ver Nekhliúdov, a quem conhecera na época em que todas aquelas mentiras ainda não haviam se estabelecido dentro dele, Seliénin lembrou-se de si tal como era na época; e em especial depois de ter se apressado em aludir à sua opinião religiosa atual, sentiu, mais do que nunca, que tudo aquilo "não era isso" e lhe veio uma tristeza torturante. O mesmo — após a impressão inicial de alegria ao ver o velho companheiro — sentia Nekhliúdov.

E por isso, depois de prometerem se ver, os dois não procuraram encontrar-se e não se viram mais durante aquela estada de Nekhliúdov em Petersburgo.

XXIV

Ao sair do Senado, Nekhliúdov caminhou pela calçada com o advogado. O advogado mandou sua carruagem vir atrás e passou a contar a Nekhliúdov a história daquele diretor de departamento sobre o qual falaram os senadores, como ele foi desmascarado e como, em vez dos trabalhos forçados, que a lei previa para o seu caso, foi nomeado governador de uma província na Sibéria. Após relatar toda a história e toda a vergonha que nela havia e ainda, com um prazer especial, a história de como diversas pessoas de alta posição na sociedade roubaram o dinheiro angariado para a construção de um monumento, que continuava longe de ser concluído e pelo qual os dois haviam passado naquela manhã, e ainda como a amante de alguém ganhara milhões na bolsa de valores, e a história de um homem que vendeu a mulher e de um outro que comprou, o advogado começou ainda uma nova narrativa sobre falcatruas e toda sorte de crimes cometidos por altos funcionários do Estado, que não estavam na prisão, mas sim em poltronas de presidente de diversas instituições. Tais relatos, cujo estoque, pelo visto, era inesgotável, proporcionavam ao advogado um grande prazer, demonstrando com total evidência que os meios empregados por ele, advogado, para obter dinheiro eram inteiramente corretos e inocentes, em comparação com os meios empregados para os mesmos fins pelos mais altos funcionários de Petersburgo. E por isso o advogado ficou muito surpreso quando Nekhliúdov, sem ouvir até o fim a sua última história sobre os crimes dos mais altos funcionários, despediu-se dele e, tomando um coche de praça, seguiu para casa, à beira-rio.

Nekhliúdov sentiu-se muito triste. Ficou triste sobretudo porque a rejeição do Senado confirmava o martírio absurdo da inocente Máslova e porque aquela rejeição tornava ainda mais difícil a sua decisão inexorável de unir o seu destino ao dela. A tristeza ficou ainda mais forte por causa das histórias horríveis sobre o mal reinante, que o advogado contara com tanta alegria, e além disso Nekhliúdov se lembrava o tempo todo daquele olhar frio, maldoso, repulsivo, do outrora gentil, franco, nobre Seliénin.

Quando Nekhliúdov voltou para casa, o porteiro, com certo desprezo, entregou-lhe um bilhete redigido ali na portaria por uma mulher qualquer, como se expressou o porteiro. Era um bilhete da mãe de Chústova. Escreveu que vinha agradecer ao benfeitor, ao salvador da filha, e além disso pedir, implorar que viesse visitá-los na ilha Vassílievski, na quinta rua, apartamento número tal. Isso era extremamente necessário para Vera Efriémovna, escreveu ela. Nekhliúdov não precisava ter receio de que fossem sobrecarregá-lo com palavras de gratidão: não iam falar de gratidão, mas simplesmente ficariam felizes em vê-lo. Se possível, poderia ir no dia seguinte pela manhã.

Um outro bilhete era de um antigo camarada de Nekhliúdov, o ajudante de campo Bogatíriev, a quem Nekhliúdov pedira que entregasse pessoalmente ao soberano o apelo preparado por ele em favor dos sectários. Com suas letras graúdas, decididas, Bogatíriev escrevia que, conforme o prometido, entregaria o apelo em mãos ao soberano, mas que lhe veio esta ideia: não seria melhor se Nekhliúdov procurasse antes a pessoa de quem dependia esse caso e pedisse a ela?

Nekhliúdov, depois das impressões dos últimos dias de sua estada em Petersburgo, achava-se num estado de total desesperança de conseguir o que quer que fosse. Seus planos, traçados em Moscou, pareciam-lhe algo semelhante aos sonhos juvenis, dos quais as pessoas inevitavelmente se desiludem quando passam a encarar a vida. No entanto, agora, em Petersburgo, ele achava que era seu dever cumprir tudo o que planejava fazer e decidiu que, no dia seguinte, após visitar Bogatíriev, seguiria o seu conselho e procuraria a pessoa de quem dependia a solução do caso dos sectários.

Agora, após tirar da pasta a petição dos sectários, ele a estava relendo quando o lacaio da condessa Katierina Ivánovna bateu à porta e entrou, com o convite para ele subir e tomar chá.

Nekhliúdov respondeu que iria num instante e, após guardar o papel dentro da pasta, foi ao encontro da tia. A caminho do andar de cima, lançou um olhar para a rua, através da janela, e avistou a parelha de cavalos alazões de Mariette e de repente lhe veio uma alegria inesperada e teve vontade de sorrir.

Mariette, de chapéu, mas já não de vestido preto, e sim claro, de cores variadas, estava sentada com uma xícara na mão, ao lado da poltrona da condessa, e gorjeava algo, radiante com seus olhos bonitos e risonhos. No momento em que Nekhliúdov entrou, Mariette acabara de soltar alguma coisa tão divertida, e tão divertidamente indecorosa — Nekhliúdov notou isso pelo tipo de risada —, que a bondosa condessa bigoduda Katierina Ivánovna, tremendo com todo o seu corpo gordo, torcia-se de rir, enquanto Mariette, com uma expressão particularmente *mischievous*,[32] a boca risonha um pouquinho torta e o rosto enérgico e alegre inclinado para o lado, mirava em silêncio a sua interlocutora.

Nekhliúdov entendeu, por algumas palavras, que elas conversavam sobre a segunda novidade de Petersburgo naquela ocasião, o episódio do novo governador siberiano, e que Mariette dissera justamente a respeito desse assunto algo tão engraçado que a condessa demorou muito tempo para conseguir se controlar.

— Você me mata — disse a condessa, começando a tossir.

Nekhliúdov cumprimentou-as e veio sentar-se perto delas. Na hora em que pretendia censurar Mariette por sua leviandade, ela, ao notar a fisionomia séria e um pouquinho descontente no rosto dele, no mesmo instante, para lhe ser agradável — e tal era a sua intenção desde o momento em que o vira —, modificou não só a expressão do rosto, como toda a sua disposição de ânimo. De repente, ficou séria, insatisfeita com a sua vida e à procura de não sabia o quê, com umas aspirações vagas, e nisso tudo não estava fingindo, de fato assimilara com exatidão a mesma disposição de ânimo — embora não pudesse de forma alguma exprimir por palavras como era isso — em que Nekhliúdov se achava naquele momento.

Mariette lhe perguntou como terminara o seu assunto. Ele contou o insucesso no Senado e o encontro com Seliénin.

— Ah! Que alma pura! Um verdadeiro *chevalier sans peur et sans reproche*.[33] Uma alma pura. — As duas damas empregaram o mesmo epíteto constante, pelo qual Seliénin era conhecido na sociedade.

— Como é a esposa dele? — perguntou Nekhliúdov.

— Ela? Bem, não vou censurá-la. Porém ela não o compreende. Mas será mes-

---

32 Inglês: "Maliciosa".

33 Francês: "Cavalheiro sem medo e sem mácula".

mo possível que ele também tenha sido a favor da rejeição? — perguntou, com sincera compaixão. — Isso é horrível, que pena sinto dela! — acrescentou, suspirando.

Nekhliúdov franziu o rosto e, no intuito de mudar o assunto da conversa, passou a falar de Chústova, que estava presa na fortaleza e fora solta graças à intercessão de Mariette. Agradeceu-lhe por interceder junto ao marido e quis dizer como era terrível pensar que aquela mulher e toda a sua família sofriam só porque ninguém se lembrava deles, mas Mariette não lhe deu a chance de falar até o fim e ela mesma exprimiu a sua indignação.

— Nem me fale — disse Mariette. — Assim que meu marido me contou que era possível libertá-la, foi exatamente essa ideia que me impressionou. Por que a mantinham presa, se não era culpada? — Expressou aquilo que Nekhliúdov queria dizer. — Isso é revoltante, revoltante!

A condessa Katierina Ivánovna viu que Mariette se fazia de coquete com o seu sobrinho e isso a divertiu.

— Sabe de uma coisa? — disse, quando os dois se calaram. — Vá amanhã à casa de Aline, Kiesewetter vai estar lá. E você também — disse para Mariette. — *Il vous a remarqué*[34] — disse para o sobrinho. — Ele me contou que tudo o que você dizia, e eu contei a ele, tudo isso é bom sinal, e que você há de marchar, sem falta, ao encontro de Cristo. Não deixe de ir lá. Diga a ele, Mariette, diga para ir lá. E vá você também.

— Eu, condessa, em primeiro lugar, não tenho nenhum direito de dar conselhos ao príncipe — respondeu Mariette, olhando para Nekhliúdov e estabelecendo, por meio desse olhar, um completo acordo entre ambos em relação às palavras da condessa e ao evangelismo em geral —, e, em segundo lugar, não gosto muito, a senhora sabe...

— Sei, você sempre faz tudo diferente e ao seu jeito.

— Como ao meu jeito? Eu acredito, como a mais simples das mulheres — respondeu, sorrindo. — E, em terceiro lugar — prosseguiu —, amanhã irei ao teatro francês...

— Ah! Mas já viu aquela... puxa, como se chama ela? — perguntou a condessa Katierina Ivánovna.

Mariette sugeriu o nome de uma famosa atriz francesa.

— Vá, não deixe de ir, é admirável.

— A quem devo ver antes, *ma tante*, a atriz ou o pregador? — perguntou Nekhliúdov, sorrindo.

— Por favor, não tente me pegar pela palavra.

---

34 Francês: "Ele reparou em você".

— Acho que primeiro vem o pregador e depois a atriz francesa, para que não se perca totalmente o gosto de ouvir o pregador — disse Nekhliúdov.

— Não, é melhor começar pelo teatro francês, e depois se penitenciar — respondeu Mariette.

— Ora, não se atrevam a caçoar de mim. O pregador é um pregador e o teatro é um teatro. Para salvar-se, não é necessário absolutamente fazer caras e bocas e chorar. É preciso crer, e assim ficará alegre.

— A senhora, *ma tante*, prega melhor do que qualquer pregador.

— Sabe de uma coisa? — disse Mariette, após refletir um pouco. — Venha amanhã ao meu camarote.

— Receio que eu não vá poder...

O lacaio interrompeu a conversa com o anúncio de uma visita. Era o secretário de uma sociedade beneficente, cuja presidenta era a condessa.

— Ora, é aquele senhor enjoado. É melhor que eu o receba lá mesmo. Depois voltarei para junto de vocês. Sirva chá para ele, Mariette — disse a condessa, ao sair para a sala com seus passos rápidos e inquietos.

Mariette tirou a luva e desnudou a mão enérgica e bastante fina, com o anelar coberto de anéis.

— Quer? — perguntou Mariette, e pegou a chaleira de prata, aquecida num fogareiro a álcool, esticando o dedo mindinho de um modo esquisito.

Seu rosto ficou sério e tristonho.

— Sempre me dói horrivelmente pensar que as pessoas cujas opiniões eu prezo me confundem com a posição em que me encontro.

Parecia prestes a chorar ao dizer as últimas palavras. E embora essas palavras, quando analisadas, não tivessem nenhum sentido, ou tivessem apenas um sentido muito vago, pareceram a Nekhliúdov de extraordinária profundidade, sinceridade e bondade: a tal ponto o atraía a expressão daqueles olhos brilhantes que acompanhava as palavras da mulher jovem, bonita e bem-vestida.

Nekhliúdov olhava-a em silêncio e não conseguia desviar os olhos do seu rosto.

— O senhor pensa que não o compreendo, bem como tudo o que se passa dentro do senhor. Pois bem, o que o senhor fez é sabido de todos. *C'est le secret de polichinelle.*[35] E eu admiro muito isso e aprovo o senhor.

— Na verdade, não há nada que admirar, fiz tão pouco, ainda.

— Não importa. Entendo o sentimento do senhor e entendo a ela... mas, está

---

35 Francês: "É o segredo de polichinelo".

bem, está bem, não vou falar sobre isso — acrescentou para si, após notar um descontentamento no rosto de Nekhliúdov. — Mas eu entendo também que, depois de ter visto todo o sofrimento, todo o horror que se passa nas prisões — disse Mariette, querendo apenas uma coisa: atraí-lo para si, adivinhando, com seu faro feminino, tudo o que era importante e precioso para ele —, o senhor deseja ajudar os que sofrem, e sofrem de maneira tão horrível, tão horrível, por causa das pessoas, da indiferença, da crueldade... Eu entendo, trata-se de devotar a vida a isso o mais possível, e eu mesma devotaria a minha vida. Mas cada um tem o seu destino.

— Será que a senhora não está satisfeita com o seu destino?

— Eu? — perguntou Mariette, como se ficasse surpresa de que alguém pudesse fazer tal pergunta. — Eu devia estar satisfeita, e estou satisfeita. Mas há um verme que acorda...

— E é preciso impedir que ele volte a dormir, é preciso acreditar nessa voz — disse Nekhliúdov, que se rendera totalmente ao embuste de Mariette.

Depois, muitas vezes, Nekhliúdov recordou com vergonha toda essa conversa; lembrava-se das palavras dela, que eram menos mentirosas do que falsificadas à imagem das suas próprias palavras, e lembrava-se do rosto, que aparentava uma atenção comovida, com que Mariette o escutava enquanto ele lhe contava os horrores da prisão e as suas impressões no campo.

Quando a condessa voltou, os dois conversavam como se fossem não só velhos amigos, mas amigos excepcionais, que se compreendiam mutuamente no meio de uma multidão, que não os compreendia.

Conversaram sobre a injustiça do poder, sobre os sofrimentos dos infelizes, sobre a pobreza do povo, mas, no fundo, os olhos deles, que se olhavam mutuamente sob o rumor da conversa, não paravam de perguntar: "Você pode me amar?" — e respondiam: "Posso" — e o sentimento sexual, tomando as formas mais inesperadas e radiosas, os atraía um para o outro.

Ao sair, Mariette lhe disse que estava sempre pronta para servi-lo, no que pudesse, e pediu-lhe que fosse vê-la sem falta no dia seguinte ao anoitecer, ainda que só por um minuto, no teatro, pois ainda precisava lhe falar sobre uma coisa importante.

— Mas quando voltarei a ver o senhor? — acrescentou Mariette, com um suspiro, e pôs-se a vestir a luva cuidadosamente na mão coberta de anéis. — Diga que virá.

Nekhliúdov prometeu.

Naquela noite, quando Nekhliúdov, sozinho em seu quarto, se deitou na cama e apagou a vela, ficou muito tempo sem conseguir dormir. Lembrando-se de Máslova, da decisão do Senado e de como, mesmo assim, resolveu acompanhá-

-la, e da sua renúncia ao direito sobre a terra, de repente, como uma resposta para aquelas perguntas, surgiu diante dele o rosto de Mariette, seu suspiro e seu olhar, no momento em que falou: "Quando voltarei a ver o senhor?", e também o seu sorriso — com tamanha nitidez que Nekhliúdov pareceu vê-la, e sorriu sozinho. "Será que faço bem em ir à Sibéria? E será que faço bem ao privar-me da riqueza?" — perguntou-se.

As respostas a tais perguntas, na clara noite de Petersburgo que se avistava através das cortinas que pendiam mal fechadas, eram vagas. Tudo se confundiu em sua cabeça. Evocou o estado de ânimo anterior e recordou o rumo dos pensamentos de antes — mas aqueles pensamentos já não tinham o mesmo poder de persuasão.

"Quem sabe inventei tudo aquilo e não vou ter forças de viver assim: vou me arrepender de ter feito o bem?", disse consigo e, sem forças para responder a essas perguntas, experimentou um sentimento de tristeza e desespero como havia muito não experimentava. Sem forças para decifrar tais questões, adormeceu com o mesmo sono pesado que o acometia depois de perder muito dinheiro num jogo de cartas.

XXV

O primeiro sentimento de Nekhliúdov, quando acordou na manhã seguinte, foi o de que na véspera fizera uma canalhice.

Começou a lembrar: não houve canalhice, não houve uma ação má, mas houve pensamentos, maus pensamentos sobre todas as suas intenções atuais — o casamento com Katiucha e a renúncia da terra em favor dos camponeses —, a ideia de que tudo aquilo eram sonhos irrealizáveis, que ele não ia suportar tudo aquilo, que tudo aquilo era artificial, afetado, e que era preciso viver como vivia antes.

Não houve uma má ação, porém houve algo muito pior do que uma má ação: houve aqueles pensamentos dos quais nascem todas as más ações. Uma má ação pode não ser repetida e é possível arrepender-se dela, já os maus pensamentos geram sempre más ações.

Uma má ação apenas aplana o caminho para as más ações; já os maus pensamentos atraem irresistivelmente para esse caminho.

Após repetir na imaginação, pela manhã, os pensamentos do dia anterior, Nekhliúdov admirou-se de ter sido capaz de acreditar neles, mesmo que só por um minuto. Por mais novo e difícil que fosse aquilo que pretendia fazer, sabia que era a única vida possível para ele agora e, por mais fácil e habitual que fosse voltar à vida anterior, sabia que isso era a morte. A tentação da véspera parecia-lhe agora o mesmo que ocorre com um homem quando ele já dormiu demais, deseja parar de dormir, mas continua deitado, se espreguiçando na cama, apesar de saber que está na hora de se levantar, pois o aguarda um assunto importante e agradável.

Nesse dia, o último da sua estada em Petersburgo, logo de manhã, ele foi à ilha Vassílievski, ao encontro de Chústova.

O apartamento de Chústova ficava no segundo andar. Nekhliúdov, segundo a indicação do zelador, foi pela entrada de serviço, tomou uma escada reta e íngreme e entrou direto numa cozinha quente que tinha um cheiro denso de comida. Uma mulher de certa idade, de mangas arregaçadas, avental e óculos, estava parada junto ao fogão e misturava alguma coisa dentro de uma caçarola fumacenta.

— Com quem o senhor quer falar? — perguntou em tom severo, enquanto olhava por cima dos óculos para o recém-chegado.

Nekhliúdov mal teve tempo de dizer seu nome e o rosto da mulher tomou uma expressão assustada e alegre.

— Ah, o príncipe! — exclamou a mulher, esfregando as mãos no avental. — Mas por que o senhor veio pela escada dos fundos? O senhor é o nosso benfeitor! Sou a mãe dela. Por pouco não destruíram a menina. O senhor é o nosso salvador — disse, segurando a mão de Nekhliúdov e tentando beijá-la. — Estive ontem na casa do senhor. Minha irmã pediu muito. Ela está aqui. Venha cá, venha cá, por favor, venha atrás de mim — disse a mãe de Chústova, enquanto conduzia Nekhliúdov através de uma porta estreita e de um corredorzinho escuro e, no caminho, ajeitava ora o vestido arregaçado, ora os cabelos. — Minha irmã é a Kornílova, na certa o senhor já ouviu falar — acrescentou, num sussurro, após deter-se diante da porta. — Andou metida em assuntos políticos. Uma mulher inteligentíssima.

Após abrir a porta do corredor, a mãe de Chústova levou Nekhliúdov para um cômodo pequeno, onde, diante de uma mesa, num sofazinho, estava sentada uma jovem gorda, baixa, de blusinha listrada, de chita, e de cabelos louros, crespos, que orlavam seu rosto redondo muito pálido, parecido com o da mãe. À sua frente, dobrado ao meio numa poltrona, estava sentado um jovem de bigodinho e barbicha preta, de camisa russa com gola bordada. Os dois, pelo visto, estavam tão empolgados numa conversa que só olharam para o lado quando Nekhliúdov já havia cruzado a porta.

— Lídia, o príncipe Nekhliúdov, em pessoa...

A jovem pálida levantou-se nervosa, de um salto, ajeitou uma mecha de cabelo que se soltara de trás da orelha e, assustada, cravou os olhos grandes e cinzentos no visitante.

— Então a senhora é a mulher perigosíssima para quem Vera Efriémovna pediu ajuda? — disse Nekhliúdov, sorrindo e estendendo a mão.

— Sim, sou eu mesma — respondeu Lídia e, na boca inteira, revelando uma fileira de dentes lindos, deu um sorriso bondoso de criança. — A titia queria muito ver o senhor. Tia! — voltou-se para a porta, com voz agradável e carinhosa.

— Vera Efriémovna ficou muito amargurada com a prisão da senhora — disse Nekhliúdov.

— Aqui não, é melhor o senhor sentar-se aqui — disse Lídia, apontando para uma poltrona macia e quebrada, da qual o jovem acabara de se levantar. — Meu primo, Zakhárov — disse ela, ao notar o olhar atento que Nekhliúdov dirigia ao jovem.

O jovem, também sorrindo com simpatia, a exemplo da própria Lídia, cumprimentou o visitante e, quando Nekhliúdov sentou-se em seu lugar, pegou uma cadeira que estava na janela e sentou-se ao seu lado. Pela outra porta, entrou também um aluno do liceu de cabelos louros, de uns dezesseis anos, e sentou-se calado no peitoril.

— Vera Efriémovna é uma grande amiga da titia, mas eu quase não a conheço — disse Lídia.

Nesse instante, do cômodo vizinho, veio uma mulher de rosto muito inteligente e agradável, de blusinha branca, cingida por um cinto de couro.

— Bom dia, muito obrigada por ter vindo — começou ela, assim que se sentou no sofá, ao lado de Lídia. — Bem, e como está a Vérotchka? O senhor a viu? Como ela está suportando a sua situação?

— Não se queixa — respondeu Nekhliúdov. — Diz sentir-se num estado de ânimo olímpico.

— Ah, Vérotchka, eu a conheço — disse a tia, sorrindo e balançando a cabeça. — É preciso conhecê-la. Uma personalidade magnífica. Tudo para os outros, nada para si.

— Sim, ela não queria nada para si, só estava preocupada com a sobrinha da senhora. Afligia-a, sobretudo, porque, conforme disse, tinha sido presa por nada.

— É isso mesmo — disse a tia. — É um caso horroroso! Ela sofreu, no fundo, por minha causa.

— Mas não, de jeito nenhum, tia! — disse Lídia. — Mesmo sem a senhora, eu teria pegado os papéis.

— Ora, permita que eu saiba melhor do que você — prosseguiu a tia. — O senhor veja só — prosseguiu, voltando-se para Nekhliúdov. — Tudo aconteceu porque uma pessoa me pediu que guardasse seus papéis durante um tempo e eu, como não tinha um local de residência, os trouxe para ela. E naquela mesma noite deram uma busca na casa e levaram os papéis e também a ela, e a mantiveram presa desde então, exigiam que ela contasse de quem os havia recebido.

— Eu não contei — exclamou Lídia depressa, revirando nervosamente uma mecha de cabelo, que na verdade não estava na frente do seu rosto.

— Sim, e não estou dizendo que você contou — retrucou a tia.

— Se prenderam Mítin, não foi por minha causa de maneira nenhuma — disse Lídia, ruborizando-se e olhando inquieta à sua volta.

— Está bem, mas não fale mais sobre isso, Lídotchka — disse a mãe.

— Mas por quê? Eu quero contar — disse Lídia, já sem sorrir, mas ruborizando-se, e já sem ajeitar o cabelo, mas torcendo no dedo a mecha de cabelo enquanto olhava para os lados o tempo todo.

— Você bem lembra o que houve ontem, quando começou a falar sobre isso.

— Não foi nada... Deixe, mamãe. Eu não contei, só fiquei calada. Quando ele me interrogou duas vezes sobre a titia e sobre Mítin, não contei nada e declarei que não ia responder nada. Então aquele... Petrov...

— Petrov é um espião da polícia, um guarda e um grande patife — interrompeu a tia, explicando para Nekhliúdov as palavras da sobrinha.

— Aí ele — prosseguiu Lídia, agitada e afoita — começou a tentar me convencer. "Veja, tudo o que a senhora me disser não pode prejudicar ninguém, ao contrário... Se a senhora me contar, vai libertar inocentes que nós talvez estejamos torturando sem nenhum motivo." Pois bem, mesmo assim eu disse que não ia falar. Então ele disse: "Muito bem, não fale nada, apenas não negue o que vou dizer". Começou a dizer uns nomes e disse o nome de Mítin.

— Não fale sobre isso — pediu a tia.

— Ah, tia, não atrapalhe... — E ela, sem parar de puxar a mecha de cabelo, olhava sempre para os lados. — De repente, imagine só, no dia seguinte, eu recebo a notícia, me comunicaram por meio de um código de batidas na parede, que Mítin havia sido preso. Puxa, pensei, eu o denunciei. E isso me deixou tão aflita, começou a me afligir tanto que quase fiquei louca.

— E comprovou-se que ele não foi preso por sua causa de maneira alguma — disse a tia.

— Mas eu não sabia disso. Pensei: eu o denunciei. Fiquei andando sem parar, andando de uma parede até a outra, não conseguia parar de pensar. Pensava: denunciei. Deito, me cubro e escuto: alguém sussurra no meu ouvido: denunciou, denunciou Mítin, denunciou Mítin. Sei que é uma alucinação, mas não consigo deixar de ouvir. Quero dormir, não consigo, quero não pensar, também não consigo. Olhe como foi horrível! — disse Lídia, agitando-se cada vez mais, enrolando no dedo a mecha de cabelo, e de novo desenrolando, enquanto olhava para os lados sem parar.

— Lídotchka, acalme-se — repetiu a mãe, e tocou no seu ombro.

Mas Lídotchka já não conseguia parar.

— É mais horrível ainda porque... — começou mais alguma coisa, porém soltou um soluço, sem conseguir terminar a frase, levantou-se do sofá e, esbarrando numa cadeira, saiu do quarto correndo. A mãe foi atrás dela.

— Tem de enforcar esses canalhas — exclamou o estudante do liceu, sentado na janela.

— O que você disse? — perguntou a mãe.

— Eu, nada... Falei por falar — respondeu o estudante do liceu, pegou um cigarro que estava sobre a mesa e pôs-se a fumar.

XXVI

— Sim, para os jovens, esse regime de prisão incomunicável é horrível — disse a tia, balançando a cabeça e também fumando um cigarro.

— Para todos, eu creio — disse Nekhliúdov.

— Não, nem para todos — respondeu a tia. — Para os verdadeiros revolucionários, me contaram, é um repouso, um sossego. Os clandestinos vivem eternamente em sobressalto, em privações materiais, com medo, por si e pelos outros, e pela causa, e no fim são presos e tudo se acaba, toda a responsabilidade é abolida: fique preso e descanse. Contaram-me francamente que sentem alegria quando são presos. Mas para os jovens, inocentes, e primeiro prendem sempre os inocentes, como Lídotchka, para esses, o primeiro choque é horrível. Não por causa da privação da liberdade, do tratamento brutal, da alimentação ruim, do cheiro ruim, de todas as privações de maneira geral: tudo isso não é nada. Mesmo que as privações fossem três vezes maiores, tudo isso seria fácil de suportar, se não fosse o choque moral que a pessoa recebe quando é presa pela primeira vez.

— A senhora o experimentou?

— Eu? Fui presa duas vezes — respondeu a tia, com um sorriso tristonho e afável. — Quando me prenderam pela primeira vez, e prenderam sem nenhum motivo — prosseguiu —, eu tinha vinte e dois anos, tinha uma filha pequena e estava grávida. Por mais que fosse penosa para mim a privação da liberdade, naquela ocasião, e ficar separada da criança, do marido, tudo isso era nada em comparação com o que senti quando compreendi que havia deixado de ser uma pessoa e me tornara uma coisa. Quero me despedir da filha, dizem-me para eu andar em frente e sentar no coche. Pergunto para onde me levam, respondem que eu vou saber quando chegar. Pergunto do que me acusam, não respondem. Quando, depois do interrogatório, me despiram e me vestiram numa roupa de presidiária com um número, levaram-me por debaixo de uma arcada, destrancaram uma porta, me empurraram para lá, trancaram com cadeado, foram embora e deixaram só um guarda com um fuzil, que caminhava calado e de vez em quando espiava pela janelinha da minha porta, foi terrivelmente doloroso para mim. Lembro que o que mais me transtornou foi que o oficial da guarda, quando me interrogou, me ofereceu um cigarro para fumar. Então ele sabia que as pessoas gostam de fumar, sabia que as pessoas amam a liberdade, a luz, sabia então que as mães amam os filhos e os filhos amam as mães. Pois então como é que me separaram impiedosamente de tudo o que me era caro e me trancaram como uma fera? É impossível suportar isso impunemente. Se alguém acreditasse em Deus e nas pessoas, acreditasse que as pessoas amam umas às outras, depois disso deixaria de acreditar. Desde então, parei de acreditar nas pessoas e fiquei mais áspera — concluiu ela e sorriu.

Da porta por onde Lídia saíra, veio a sua mãe e comunicou que Lídotchka estava transtornada e não viria.

— Para que arruinaram uma vida jovem? — exclamou a tia. — Para mim é especialmente doloroso, porque fui eu a causa involuntária.

— Se Deus quiser, ela vai melhorar com o ar do campo — disse a mãe —, vamos mandá-la para ficar com o pai.

— Sim, se não fosse o senhor, teria sido completamente destruída — disse a tia. — Obrigada. Eu também queria ver o senhor para pedir que levasse uma carta para Vera Efriémovna — disse ela, enquanto tirava uma carta do bolso. — Não está lacrada, pode ler tudo e rasgar ou entregar, o que achar mais condizente com as suas convicções — disse ela. — Na carta, não há nada de comprometedor.

Nekhliúdov pegou a carta e, após prometer entregá-la, levantou-se, despediu-se e saiu para a rua.

Sem ler a carta, lacrou-a e decidiu entregá-la conforme lhe foi pedido.

XXVII

O último assunto que retinha Nekhliúdov em Petersburgo era o caso dos sectários, cujo apelo dirigido ao tsar ele pretendia entregar por intermédio de um antigo camarada de regimento, o ajudante de campo Bogatíriev. De manhã, foi ter com Bogatíriev e encontrou-o ainda em casa, embora estivesse de partida, após o desjejum. Bogatíriev era um homem baixo, atarracado, dotado de uma rara força física — conseguia vergar ferraduras —, bondoso, honesto, franco e até liberal. Apesar de tais qualidades, era um homem íntimo da Corte, amava o tsar e sua família e, graças a um método surpreendente, conseguia, vivendo naquele meio elevadíssimo, enxergar ali só o que havia de bom, sem tomar parte no que fosse ruim e desonesto. Jamais condenava nem as pessoas, nem as medidas tomadas, e ou se calava, ou falava com voz atrevida, alta, como se gritasse, aquilo que precisava falar, e ao fazê-lo não raro ria com uma gargalhada igualmente alta. E o fazia não por diplomacia, mas porque era aquele o seu caráter.

— Puxa, que formidável você ter vindo. Não quer tomar o desjejum? Mas então sente-se. O bife está formidável. Eu sempre começo e acabo pelo que é substancial. Ha, ha, ha! Puxa, beba um vinho — gritou, e apontou para uma garrafa de vinho tinto. — Pois eu estava mesmo pensando em você. Vou entregar o apelo. Vou entregar em mãos, com certeza; só que me passou pela cabeça que talvez fosse melhor você procurar primeiro Toporóv.

Nekhliúdov franziu o rosto à menção de Toporóv.[36]

— Tudo depende dele. De um jeito ou de outro, vão perguntar a ele. Quem sabe ele mesmo não atende você?

— Se você recomenda, irei.

— Excelente. Bem, e que efeito Píter[37] produz em você? — gritou Bogatíriev. — Conte lá, hein?

— Sinto que fui hipnotizado — respondeu Nekhliúdov.

— Hipnotizado? — repetiu Bogatíriev, e gargalhou alto. — Não quer? Bem, como preferir. — Enxugou o bigode com o guardanapo. — Então, vai mesmo? Hein? Se ele não resolver, traga para mim, que amanhã mesmo entregarei — gritou e, após levantar-se da mesa, benzeu-se com um largo sinal da cruz, pelo visto num gesto tão automático quanto o de limpar a boca, e começou a abotoar a alça do sabre. — E agora, adeus, preciso ir.

— Vamos sair juntos — disse Nekhliúdov, e apertou com prazer a mão forte e larga de Bogatíriev, como sempre acontece sob o efeito agradável de algo saudável, inconsciente, fresco, e separou-se dele na varanda.

Embora não esperasse nada de bom da sua visita, Nekhliúdov mesmo assim, por recomendação de Bogatíriev, foi ver Toporóv, a pessoa de quem dependia o caso dos sectários.

O cargo que Toporóv ocupava, por sua própria finalidade, constituía uma contradição intrínseca, que só uma pessoa obtusa e privada de sentimento moral

---

36 *Topór*, em russo, significa "machado". Esse personagem é inspirado num político muito influente, em especial nas duas últimas décadas do século XIX, Konstantin Pobedonóstsev, que ocupava o cargo de procurador-geral do Santo Sínodo.

37 A cidade de São Petersburgo.

podia deixar de ver. Toporóv possuía essas duas qualidades negativas. A contradição inerente ao cargo que ele ocupava residia no fato de a finalidade do cargo ser o apoio e a defesa, por meios exteriores, que não excluíam a força bruta, daquela Igreja que, por sua própria definição, fora fundada por Deus e não podia ser abalada nem pelos portões do inferno nem por quaisquer esforços humanos. Essa instituição divina, que nada podia abalar, criada por Deus, tinha de ser apoiada e defendida pela instituição humana encabeçada por Toporóv, com seus funcionários. Toporóv não enxergava essa contradição, ou não queria enxergar, e por isso ficava seriamente temeroso de que algum padre católico, pastor ou sectário destruísse aquela Igreja que nem os portões do inferno eram capazes de vencer. Toporóv, como todas as pessoas carentes do sentimento religioso fundamental, da consciência da igualdade e da fraternidade entre as pessoas, estava plenamente convencido de que o povo era formado por criaturas em tudo diferentes dele e que, para o povo, era necessário, a qualquer preço, aquilo sem o que ele mesmo podia passar perfeitamente. No fundo da alma, não acreditava em nada e achava aquela situação muito cômoda e agradável, mas temia que o povo chegasse à mesma situação e, conforme dizia, considerava seu dever sagrado salvar o povo disso.

Assim como num certo livro de culinária se diz que as lagostas gostam de ser cozidas vivas, ele estava plenamente convencido, e não no sentido figurado, da maneira como essa expressão é empregada no livro de culinária, mas no sentido próprio — ele pensava e dizia que o povo gostava de ser supersticioso.

Tratava a religião que ele apoiava da mesma forma que um criador de galinhas trata a carniça com que alimenta suas galinhas: a carniça é muito desagradável, mas as galinhas gostam e comem, e por isso é preciso alimentá-las com carniça.

Claro, toda aquela gente de Iviron,[38] de Kazan, de Smoliensk, são todos idólatras muito grosseiros, mas o povo gosta disso e acredita nisso, e portanto é preciso apoiar essas superstições. Assim pensava Toporóv, sem se dar conta de que, se lhe parecia que o povo gostava de superstições, era só porque sempre existiram e ainda existiam pessoas cruéis, entre as quais estava ele, Toporóv, que, sendo ilustradas, utilizavam suas luzes não para aquilo que deveriam usá-las — ajudar o povo a salvar-se das trevas da ignorância —, mas apenas para nelas aprisioná-lo.

Na hora em que Nekhliúdov chegou à sua sala de espera, Toporóv, dentro do seu gabinete, conversava com a madre superiora de um convento, uma aristocrata

---

38 Iviron é um dos vinte monastérios do Monte Athos, na Grécia, principal centro monástico dos cristãos ortodoxos.

animosa que difundia e sustentava a crença ortodoxa no extremo oeste, entre os uniatas,[39] convertidos à força à religião ortodoxa.

Um funcionário especialmente designado para trabalhar na sala de espera indagou a Nekhliúdov qual o seu assunto e, ao saber que Nekhliúdov vinha trazer um apelo dos sectários dirigido ao soberano, perguntou-lhe se não poderia deixar que ele examinasse o apelo. Nekhliúdov entregou o apelo e o funcionário dirigiu-se para dentro do gabinete. A monja, de capuz, com um véu que esvoaçava e com uma cauda preta que arrastava atrás dela, com as mãos brancas cruzadas, de unhas muito limpas, nas quais segurava um rosário de topázios, saiu do gabinete e seguiu rumo à saída. Demoraram a convidar Nekhliúdov a entrar. Toporóv lia o apelo e balançava a cabeça. Ficou desagradavelmente surpreso ao ler o apelo redigido de modo claro e enérgico.

"Se isto vier a cair nas mãos do soberano, pode suscitar perguntas incômodas e mal-entendidos", pensou, ao ler o apelo. E após deixá-lo sobre a mesa, fez soar a sineta e deu ordem para chamar Nekhliúdov.

Toporóv lembrava-se do caso daqueles sectários, já recebera um apelo da parte deles. O caso era que exortaram os cristãos que haviam se desligado da fé ortodoxa, depois os levaram a julgamento, mas o tribunal os absolveu. Então o bispo e o governador resolveram, com base na ilegalidade do casamento feito entre eles, enviar maridos, esposas e filhos para lugares de exílio diversos. Eram aqueles pais e esposas que pediam para não serem separados. Toporóv lembrava-se daquela questão, quando se apresentou a ele pela primeira vez. E naquela ocasião ele hesitou, pensou se não devia suspender a sentença. Mas não podia haver mal nenhum em ratificar a ordem de enviar para locais diversos os membros daquelas famílias de camponeses; a sua permanência em seus locais poderia trazer consequências ruins para o restante da população, no sentido de desligá-la da fé ortodoxa, e de mais a mais aquilo demonstrava a força do bispo, e portanto Toporóv deu seguimento ao processo, tal como já estava encaminhado.

Mas agora, com um defensor como Nekhliúdov, que tinha conhecimentos em Petersburgo, o caso poderia ser apresentado ao soberano como algo cruel, ou cair nas mãos de jornais estrangeiros, portanto rapidamente tomou uma decisão inesperada.

— Bom dia — disse, com o ar de um homem muito ocupado, recebendo Nekhliúdov de pé e entrando logo no assunto.

— Conheço esse caso. Assim que bati com os olhos nos nomes, lembrei-me

---

39 Cristãos ortodoxos que se uniram à Igreja católica romana.

desse caso triste — falou, com o apelo nas mãos e mostrando-o para Nekhliúdov. — E sou muito grato ao senhor por me lembrar o assunto. As autoridades provinciais se excederam... — Nekhliúdov manteve-se calado, com um sentimento hostil, olhando a máscara imóvel do rosto pálido. — Tomarei providências para que essa medida seja modificada e essas pessoas sejam instaladas no seu local de moradia.

— Então posso não dar seguimento a essa apelação? — perguntou Nekhliúdov.

— Seguramente. Eu lhe prometo isso — respondeu, com uma ênfase especial na palavra "eu", pelo visto inteiramente convencido de que a sua honestidade, a sua palavra eram as melhores garantias. — Melhor ainda, vou redigir a ordem agora mesmo. Tenha a bondade de sentar-se.

Aproximou-se da mesa e pôs-se a escrever. Nekhliúdov, sem sentar, observava de cima o crânio estreito e calvo, a mão de veias grossas e azuis, que manejava a pena com rapidez, e admirou-se com o fato de um homem obviamente indiferente a todos agir assim e mostrar-se tão preocupado. Por quê?...

— Pronto, aqui está — disse Toporóv, selando o envelope. — Avise aos clientes do senhor — acrescentou, comprimindo os lábios numa aparência de sorriso.

— Por que essas pessoas sofreram? — perguntou Nekhliúdov, tomando o envelope.

Toporóv levantou a cabeça e sorriu, como se a pergunta de Nekhliúdov lhe desse prazer.

— Isso eu não posso responder. Só posso dizer que os interesses do povo, sob a nossa guarda, são tão importantes que um zelo excessivo em questões de fé não é tão terrível e nocivo quanto a indiferença excessiva a tais questões, hoje tão difundida.

— Mas como é possível que, em nome da religião, se transgridam as exigências mais elementares do bem, famílias sejam separadas...

Toporóv continuava a sorrir com condescendência, pelo visto achando gentil o que Nekhliúdov dizia. Qualquer coisa que Nekhliúdov dissesse, Toporóv acharia sempre gentil e unilateral, quando visto das alturas da, assim ele pensava, larga perspectiva da posição política que ele ocupava.

— Do ponto de vista de uma pessoa isolada, isso pode se apresentar dessa forma — explicou. — Mas, do ponto de vista do Estado, apresenta-se de modo um tanto distinto. Enfim, meus respeitos — disse Toporóv, inclinou a cabeça e estendeu-lhe a mão.

Nekhliúdov apertou a mão e saiu rápido e em silêncio, lamentando ter apertado aquela mão.

"Os interesses do povo", repetiu as palavras de Toporóv. "Os seus próprios interesses, só seus", pensou Nekhliúdov, ao sair do gabinete de Toporóv.

E, após percorrer em pensamento todas as pessoas sobre as quais se exercia a ação das instituições incumbidas de restabelecer a justiça, de respaldar a fé e educar o povo — desde a mulher castigada por vender bebida sem licença, o jovem castigado por roubo, o vagabundo por vadiagem, o incendiário por incêndio, o banqueiro por desfalque, e aquela infeliz Lídia, só para conseguir informações, e os sectários por infringir a religião ortodoxa, e Gurkiévitch por desejar uma Constituição — e veio a Nekhliúdov, com uma clareza incomum, o pensamento de que todas essas pessoas foram presas, trancafiadas, exiladas não porque violaram a justiça, de maneira nenhuma, nem porque agiram contra as leis, mas só porque atrapalhavam os funcionários e os ricos em seu domínio da riqueza, acumulada à custa do povo.

Atrapalhava-os a mulher que vendia bebida sem licença, o ladrão que vagava pela cidade, Lídia com os panfletos, os sectários que destruíam as superstições, Gurkiévitch com a Constituição. Por isso também parecia perfeitamente claro a Nekhliúdov que a todos aqueles funcionários, a começar pelo marido de sua tia, os senadores e Toporóv, até os pequenos, limpos e corretos senhores que se sentavam às mesas dos ministérios — a todos eles não atrapalhava nem um pouco o fato de inocentes sofrerem, só estavam preocupados em como eliminar todos os que parecessem perigosos.

Desse modo, não observavam a regra de perdoar dez culpados para não culpar um inocente, ao contrário, pois para extirpar a planta podre terminavam por cortar a viçosa — por meio do castigo, eliminavam-se dez pessoas inofensivas, a fim de eliminar uma verdadeiramente perigosa.

Tal explicação de tudo o que acontecia pareceu a Nekhliúdov muito simples e clara, mas justamente essa clareza e simplicidade forçavam Nekhliúdov a hesitar em aceitá-la. Não era possível que um fenômeno tão complexo tivesse uma explicação tão simples e terrível, não era possível que todas aquelas palavras sobre a justiça, o bem, a lei, a fé, Deus etc. fossem apenas palavras e encobrissem a crueldade e o egoísmo mais grosseiro.

XXVIII

Nekhliúdov ia partir naquela mesma noite, mas prometeu a Mariette ir vê-la no teatro e, embora soubesse que não era necessário fazer isso, mesmo assim, faltando à própria consciência, foi, julgando-se obrigado pela palavra empenhada.

"Será que posso resistir a essas seduções?", pensou, de modo não totalmente sincero. "Vou tentar, pela última vez."

Vestido num fraque, ele chegou a tempo do segundo ato da eterna *Damme aux camélias*, na qual uma atriz vinda do exterior mostrava, de mais um modo novo, como as mulheres tuberculosas morrem.

O teatro estava lotado e o camarote de Mariette foi logo indicado a Nekhliúdov, com o respeito devido a quem quer que indagasse sobre aquele lugar.

No corredor, estava postado um lacaio de libré e, como a um conhecido, cumprimentou-o com uma reverência e abriu a porta para ele.

Todas as fileiras de camarotes no lado oposto, com os vultos sentados e os de pé atrás deles, as costas próximas, e as cabeças grisalhas, semigrisalhas, carecas, semicalvas e empomadadas das pessoas sentadas na plateia — todos os espectadores estavam concentrados na contemplação da atriz elegante, magra, ossuda, vestida de seda e rendas, que dizia um monólogo com voz instável e artificial. Alguém fez *psiu* quando a porta se abriu e duas correntes de ar, frio e quente, bateram no rosto de Nekhliúdov.

No camarote estavam Mariette, uma senhora desconhecida de capa vermelha, penteado grande, pesado, e dois homens: um general, marido de Mariette, bonito, alto e austero, de rosto impenetrável, nariz aquilino, peito militar postiço, alto, estofado de algodão e tingido, e um homem louro, um pouco calvo, de queixo barbeado e com uma covinha entre duas imponentes suíças. Mariette, graciosa, esguia, elegante, decotada, com seus ombros firmes e musculosos, que desciam numa linha inclinada a partir do pescoço, em cuja base negrejava um sinalzinho, voltou os olhos imediatamente para trás e com o leque apontou para Nekhliúdov a cadeira a seu lado, com um ar de saudação e gratidão, e também, assim lhe pareceu, sorrindo-lhe de modo significativo. O marido, com calma, como fazia tudo, lançou um olhar para Nekhliúdov e cumprimentou-o com uma inclinação da cabeça. Nele, logo se mostrava evidente — em sua postura, no olhar que trocou com a esposa — o senhor, o proprietário de uma mulher bonita.

Quando o monólogo terminou, o teatro crepitou de aplausos. Mariette levantou-se e, segurando a farfalhante saia de seda, saiu para a parte de trás do camarote e apresentou Nekhliúdov ao marido. O general, sorrindo com os olhos o tempo todo, disse que estava muito contente e calou-se, tranquilo e impenetrável.

— Eu precisava partir hoje, mas prometi à senhora — disse Nekhliúdov, dirigindo-se a Mariette.

— Se o senhor não faz questão de me ver, verá uma atriz admirável — disse Mariette, respondendo ao sentido das palavras de Nekhliúdov. — Não é verdade que estava ótima na última cena? — voltou-se para o marido.

O marido fez que sim com a cabeça.

— Isso não me comove — disse Nekhliúdov. — Hoje eu vi tantos infortúnios reais que...

— Então sente-se, conte.

O marido pôs-se a escutar e o tempo todo sorria com os olhos, de modo cada vez mais irônico.

— Estive na casa daquela mulher que soltaram da prisão e que mantiveram presa por tanto tempo; uma criatura completamente destroçada.

— É a mulher de quem lhe falei — disse Mariette ao marido.

— Sim, fiquei muito contente de ter sido possível libertá-la — respondeu o marido em tom calmo, fazendo que sim com a cabeça e sorrindo por baixo do bigode, agora de maneira, assim pareceu a Nekhliúdov, francamente irônica. — Vou fumar um pouco.

Nekhliúdov sentou-se, esperando que Mariette dissesse aquilo que tinha para lhe dizer, mas ela nada disse e nem tentou dizer, fez um gracejo e falou sobre a peça que, pensava ela, havia de comover Nekhliúdov de modo especial.

Nekhliúdov percebeu que Mariette não precisava lhe dizer coisa alguma, precisava apenas mostrar-se diante dele em todo o encanto de sua toalete de noite, com os ombros e o sinalzinho, e ele teve uma sensação ao mesmo tempo agradável e nojenta.

A cobertura de encanto que antes havia sobre tudo aquilo não foi então removida para Nekhliúdov, aconteceu que ele via o que estava por baixo dessa cobertura. Fitando Mariette, apaixonava-se por ela, mas sabia que era mentirosa, que vivia com um marido que fazia carreira à custa das lágrimas e das vidas de centenas e centenas de pessoas e para ela isso era de todo indiferente, e que tudo o que Mariette dissera no dia anterior era mentira, que ela queria — Nekhliúdov não sabia para quê, porém ela mesma também não sabia — obrigá-lo a apaixonar-se por ela. E Nekhliúdov sentia-se atraído e enojado. Por várias vezes, fez menção de ir embora, pegou o chapéu e de novo permaneceu. No entanto, por fim, quando o marido, com cheiro de tabaco nos bigodes densos, retornou para o camarote e voltou os olhos para Nekhliúdov com ar protetor e desdenhoso, como se não o reconhecesse, Nekhliúdov, sem dar tempo para que a porta se fechasse, foi para o corredor e, pegando o casaco, saiu do teatro.

Quando voltava para casa pela avenida Niévski, não pôde deixar de notar, na sua frente, uma mulher de corpo muito bonito e vestida com elegância, de modo provocante, que caminhava tranquilamente pelo asfalto do largo passeio, e no seu rosto e em toda a sua figura percebia-se a consciência do seu poder sórdido. Todos os que vinham em sua direção e os que a ultrapassavam viravam-se para vê-la. Nekhliúdov andava mais depressa do que ela e também não pôde deixar de olhar para o seu rosto. Provavelmente pintado, o rosto era bonito e a mulher sorriu para Nekhliúdov e faiscou com os olhos para ele. Coisa estranha, Nekhliúdov no mesmo instante lembrou-se de Mariette, pois experimentava o mesmo sentimento de atração e de aversão que havia experimentado no teatro. Após ultrapassá-la depressa, Nekhliúdov, irritado consigo mesmo, dobrou na rua Mórskaia e, chegando à beira-rio, pôs-se a caminhar para um lado e para o outro, o que causou admiração a um guarda.

"Assim também sorriu para mim a outra, no teatro, quando cheguei", pensou, "e o sentido era o mesmo, naquele e nesse sorriso. A diferença é apenas que uma diz de modo simples e direto: 'Se precisa de mim, pegue. Se não precisa, vá embora'. Já a outra simula não pensar nisso, mas sim viver com sabe-se lá que sentimentos elevados, refinados, porém no fundo é igual. Essa pelo menos é franca, ao passo que a outra mente. Além do mais, chegou à sua situação levada pelas necessidades, ao passo que a outra brinca, se distrai com essa paixão linda, repulsiva e terrível. Essa é uma mulher da rua — água fedorenta, suja, que se oferece a quem tem a sede mais forte do que a repugnância; a outra, mulher do teatro — veneno que de forma imperceptível intoxica tudo o que lhe cai nas mãos." Nekhliúdov lembrou-se de sua ligação com a esposa de um decano da nobreza e sobre ele afluíram lembranças vergonhosas. "A animalidade de uma fera no homem é abominável", pensou, "mas quando se mostra em seu aspecto genuíno, você, das alturas da sua vida espiritual, a vê e a despreza e, quer sucumba, quer resista, permanece tal como era; porém, quando o animalesco se oculta sob um invólucro ilusoriamente estético, poético, e exige adoração, nesse caso, ao endeusar o animalesco, você passa por inteiro para dentro dele e já não distingue mais o bom do ruim. Isso então é horrível."

Nekhliúdov via isso agora tão claramente como via os palácios, os sentinelas, a fortaleza, o rio, os barcos, a bolsa de valores.

E assim como, naquela noite, não havia na terra uma escuridão tranquilizadora e repousante, e havia sim uma luz artificial, sem alegria e sem fonte própria, também na alma de Nekhliúdov não existia mais a repousante escuridão da inconsciência. Tudo estava claro. Estava claro que tudo o que era considerado bom e importante, tudo isso era insignificante ou sórdido, e todo aquele brilho, todo aquele luxo encobriam crimes antigos, a que todos haviam se habituado, que não só não eram punidos como eram celebrados e enfeitados com todo o encanto que só as pessoas são capazes de inventar.

Nekhliúdov queria esquecer aquilo, não ver, mas já não podia deixar de ver. Embora não visse a fonte da luz sob a qual tudo aquilo se revelava para ele, assim como não via a fonte da luz que incidia sobre Petersburgo, e embora essa luz lhe parecesse obscura, sem alegria e artificial, ele não podia deixar de ver o que se revelava para ele por meio dessa luz, e ficou ao mesmo tempo alegre e alarmado.

XXIX

Ao chegar a Moscou, antes de tudo, Nekhliúdov foi ao hospital da prisão dar a Máslova a triste notícia de que o Senado havia confirmado a decisão do tribunal e que era preciso preparar-se para a partida rumo à Sibéria.

No apelo a sua alteza imperial, que o advogado redigira para ele e que agora levava para a prisão a fim de receber a assinatura de Máslova, Nekhliúdov tinha pouca esperança. É estranho dizer isso, mas ele agora nem mesmo tinha vontade de obter sucesso. Adaptara-se à ideia da viagem rumo à Sibéria, da vida em meio aos condenados à deportação e aos trabalhos forçados, e seria difícil imaginar como organizaria a sua vida e a de Máslova caso ela fosse absolvida. Lembrava-se das palavras do escritor americano Thoreau, que, na época em que na América havia escravidão, disse que o único lugar apropriado para um cidadão honesto num Estado que legitima e patrocina a escravidão era a prisão. Nekhliúdov pensava da mesma forma, sobretudo depois da viagem a Petersburgo e de tudo o que lá descobrira.

"Sim, o único lugar apropriado para um homem honesto na Rússia, nos tempos atuais, é a prisão!", pensou. E até experimentou isso de maneira direta, ao aproximar-se da prisão e ao entrar em seus muros.

O porteiro do hospital, ao reconhecer Nekhliúdov, comunicou-lhe de imediato que Máslova já não estava ali.

— Onde está?

— De novo na carceragem.

— Por que a transferiram? — perguntou Nekhliúdov.

— Essa gente é assim mesmo, excelência — respondeu o porteiro, sorrindo com desprezo. — Ela ficou de namoricos com um enfermeiro e o médico-chefe mandou a mulher embora.

Nekhliúdov jamais pensara que Máslova e sua condição espiritual fossem tão próximas a ele. Aquela notícia o deixou aturdido. Provou um sentimento semelhante ao que experimentam as pessoas que recebem a notícia de uma grande desgraça inesperada. Foi muito doloroso para ele. O primeiro sentimento que experimentou com aquela notícia foi de vergonha. Antes de tudo, ele pareceu ridículo aos seus próprios olhos, na sua alegre crença de que a condição espiritual de Máslova estava passando por uma transformação. Todas as palavras dela sobre não querer aceitar o sacrifício de Nekhliúdov, e as recriminações, as lágrimas — tudo isso, pensou ele, era só astúcia de mulher pervertida, interessada em aproveitar-se dele da melhor forma possível. Pareceu-lhe agora que, na última visita, percebera nela sinais da contumácia que agora se fazia evidente. Tudo isso cruzou seu pensamento na hora em que, num gesto mecânico, punha o chapéu e saía do hospital.

"Mas o que fazer, agora?", perguntou-se. "Será que estou mesmo ligado a ela? Não fui agora liberado exatamente por essa conduta da parte dela?", perguntou-se.

Mas, assim que se fez tal pergunta, entendeu prontamente que, considerando-se liberado e abandonando Máslova, castigaria não a ela, como desejava, mas sim a si mesmo, e ficou apavorado.

"Não! O que aconteceu não pode mudar, pode apenas confirmar a minha decisão. Não importa que ela faça o que decorre da sua condição espiritual; se fica de namoricos com um enfermeiro, que fique de namoricos, é o seu trabalho... O meu é fazer aquilo que a minha consciência exige de mim", disse consigo. "Minha consciência exige o sacrifício da minha liberdade para a redenção do meu pecado, e a minha decisão de casar com ela, mesmo que seja um casamento fictício, e de acompanhá-la para onde quer que a mandem, permanece inabalável", disse para si, com uma obstinação raivosa, e, saindo do hospital a passos resolutos, dirigiu-se para os grandes portões da prisão.

Ao aproximar-se dos portões, pediu ao guarda de plantão que avisasse ao diretor que ele queria falar com Máslova. O guarda conhecia Nekhliúdov e, como a um velho conhecido, comunicou a importante novidade que havia na prisão: o capitão se demitira e em seu lugar havia um chefe novo, severo.

— Agora está tudo muito rígido, uma desgraça — disse o carcereiro. — Ele está ali, agora, vou avisá-lo.

De fato, o diretor estava na prisão e logo veio ao encontro de Nekhliúdov. O novo diretor era um homem alto, ossudo, de zigomas salientes acima das bochechas, muito vagaroso nos movimentos e de aspecto sombrio.

— As visitas se realizam em dias determinados e na galeria de visitas — falou, sem olhar para Nekhliúdov.

— Mas preciso da assinatura dela num apelo dirigido a sua alteza imperial.

— Pode entregar para mim.

— Preciso ver pessoalmente a prisioneira. Antes sempre me permitiam.

— Isso foi antes — respondeu o diretor, após lançar um olhar furtivo para Nekhliúdov.

— Tenho uma autorização do governador — insistiu Nekhliúdov, e pegou a carteira.

— Com licença — disse o diretor, sempre sem fitar Nekhliúdov nos olhos, e, após pegar, com os dedos longos, brancos e secos, entre os quais, no indicador, havia um anel de ouro, o documento entregue por Nekhliúdov, leu-o devagar e até o fim. — Por favor, vamos ao escritório — disse.

No escritório dessa vez não havia ninguém. O diretor sentou-se à mesa, remexeu uns papéis que estavam sobre ela e, obviamente, tinha a intenção de presenciar a entrevista. Quando Nekhliúdov lhe perguntou se não poderia ver a presa política Bogodukhóvskaia, o diretor respondeu em tom lacônico que era impossível.

— Visitas a presos políticos são inconvenientes — disse, e de novo mergulhou na leitura dos papéis.

Com a carta para Bogodukhóvskaia no bolso, Nekhliúdov sentia-se na posição de uma pessoa culpada, cujos planos foram revelados e destruídos.

Quando Máslova entrou no escritório, o diretor levantou a cabeça e, sem olhar nem para Máslova, nem para Nekhliúdov, disse:

— Podem falar! — e continuou atarefado com seus papéis.

Máslova estava de novo vestida de branco, de blusa, saia e lenço na cabeça. Ao aproximar-se de Nekhliúdov e perceber o seu rosto frio, raivoso, ela ruborizou-se muito e, remexendo com a mão a bainha da blusa, baixou os olhos. Seu constrangimento foi, para Nekhliúdov, uma confirmação das palavras do porteiro do hospital.

Nekhliúdov queria tratá-la como da vez anterior, mas não conseguiu, como desejava, lhe dar a mão; tamanha era agora a repulsa que tinha por ela.

— Trouxe para a senhora uma notícia ruim — disse com voz indiferente, sem fitá-la e sem lhe dar a mão. — No Senado, rejeitaram.

— Eu já sabia — respondeu Máslova com voz estranha, como que sufocada.

Antes, Nekhliúdov teria perguntado por que ela dizia que já sabia; agora limitou-se a olhá-la de relance. Os olhos dela estavam cheios de lágrimas.

Mas isso não só não o abrandou como, ao contrário, irritou-o mais ainda.

O diretor levantou-se e começou a andar para um lado e para o outro, no gabinete.

Apesar de toda a aversão que agora experimentava por Máslova, Nekhliúdov mesmo assim julgou necessário exprimir seu pesar, por causa da recusa do Senado.

— A senhora não se desespere — disse ele. — O apelo para sua alteza imperial pode dar certo e eu espero que...

— Mas eu não ligo para isso... — disse Máslova, fitando-o tristemente, com os olhos molhados e vesgos.

— Como assim?

— O senhor esteve no hospital e na certa falaram a meu respeito...

— Sim, mas isso é da sua conta — respondeu Nekhliúdov em tom frio, de rosto franzido.

O cruel sentimento de orgulho ferido, que havia amainado, ergueu-se com força renovada dentro dele, assim que Máslova mencionou o hospital. "Ele, um homem do mundo, com quem qualquer jovem da mais alta sociedade ficaria feliz de se casar, se ofereceu para ser marido dessa mulher e ela mal pôde esperar para ficar de namoricos com um enfermeiro", pensou Nekhliúdov, fitando-a com ódio.

— A senhora assine esta petição — disse, após tirar do bolso um envelope grande, e colocou-o sobre a mesa.

Máslova enxugou as lágrimas com a ponta do lenço de cabeça e sentou-se à mesa, perguntando onde e o que escrever.

Ele mostrou onde e o que escrever e ela sentou-se à mesa, ajeitando o punho da manga direita com a mão esquerda; Nekhliúdov estava debruçado por cima de Máslova e, em silêncio, olhava para as suas costas inclinadas na direção da mesa, às vezes as costas estremeciam com um soluço contido e na sua alma lutavam dois sentimentos: um mau e um bom, o orgulho ferido e a pena dela, que sofria, e este último sentimento venceu.

O que veio antes — se primeiro teve pena dela em seu coração ou primeiro lembrou-se dos próprios pecados, da própria torpeza, justamente aquilo de que a acusava —, isso ele não lembrava. Mas de repente, a um só tempo, sentiu-se culpado e teve pena dela.

Após assinar a petição e esfregar na saia o dedo manchado de tinta, Máslova levantou-se e olhou para ele.

— Aconteça o que acontecer, nada vai alterar a minha decisão — disse Nekhliúdov.

A ideia de que a perdoava reforçava dentro dele o sentimento de pena e de ternura em relação a ela, e Nekhliúdov sentiu vontade de consolá-la.

— O que eu disse, farei. Para onde quer que mandem a senhora, irei junto.

— Não há motivo — cortou Máslova, depressa, mas ficou radiante.

— Lembre-se das coisas necessárias para a viagem.

— Acho que não preciso de nada, especialmente. Muito obrigada.

O diretor aproximou-se e Nekhliúdov, sem esperar as palavras do diretor, despediu-se de Máslova e saiu, experimentando um sentimento, até então nunca experimentado, de mansa alegria, serenidade e amor por todas as pessoas. Alegrava e elevava Nekhliúdov a consciência, num grau que nunca experimentara, de que nenhuma ação de Máslova poderia alterar o seu amor por ela. Que tivesse namoros com o enfermeiro, isso era da conta dela: ele a amava não para si mesmo, mas sim para ela e para Deus.

No entanto o namoro com o enfermeiro, causa da expulsão de Máslova do hospital e em cuja existência Nekhliúdov acreditava, resumia-se apenas a que, ao ir buscar, por ordem da enfermeira, uma erva para um chá peitoral na farmácia situada no fim do corredor, ela foi surpreendida pelo enfermeiro Ustínov, alto, de rosto espinhento, que havia muito a importunava com seus assédios. Máslova, ao desvencilhar-se dele, empurrou-o com tanta força que o enfermeiro deu de cara numa estante, de onde dois frascos caíram e quebraram.

O médico-chefe, que passava pelo corredor naquele momento, ouviu o barulho de vidro quebrado, viu Máslova passar correndo e ruborizada e gritou para ela, com irritação:

— Escute, mãezinha, se você está aqui para ficar de namoricos, vou mandá-la embora. O que está havendo? — perguntou para o enfermeiro, fitando-o severo por cima dos óculos.

O enfermeiro, sorrindo, começou a se justificar. O médico, sem ouvi-lo até o fim, levantou a cabeça a fim de olhar através das lentes dos óculos e seguiu para a enfermaria, e naquele mesmo dia pediu ao diretor que mandassem outra ajudante para substituir Máslova, alguém mais sério. O namoro de Máslova com o enfermeiro resumia-se a isso. A expulsão do hospital sob o pretexto de arranjar namoros com homens foi, para Máslova, especialmente penosa porque, após o seu encontro com Nekhliúdov, as relações com os homens, que havia muito lhe davam nojo, se tornaram especialmente detestáveis. O fato de todos, entre eles o enfermeiro, levando em conta a sua situação passada e presente, se considerarem no direito de ofendê-la, e ainda ficarem espantados com a sua oposição, era horrivelmente ofensivo para Máslova, fazia que tivesse pena de si mesma e provocava lágrimas. Quando saiu ao encontro de Nekhliúdov, ela queria justificar-se daquela acusação injusta, da qual seguramente ele tinha ouvido falar. Porém, ao começar a justificar-se, sentiu que ele não ia acreditar, que sua justificativa só serviria para confirmar sua suspeita, lágrimas tomaram sua garganta e Máslova manteve-se calada.

Todavia Máslova ainda pensava e continuava a persuadir-se de que, conforme dissera a ele no segundo encontro, não o perdoava e o odiava, mas já fazia tempo que o amava de novo, e o amava tanto que, sem querer, fazia tudo o que Nekhliúdov queria dela: parou de beber, de fumar, de seduzir, e foi trabalhar como assistente no hospital. Fez tudo isso porque sabia que Nekhliúdov o desejava. Se ela, de forma tão resoluta, não admitia aceitar que Nekhliúdov fizesse o sacrifício de casar-se com ela, toda vez que ele o mencionava, isso acontecia porque sentia vontade de repetir as palavras orgulhosas que certa vez dissera para ele e, sobretudo, porque sabia que o casamento o faria infeliz. Máslova decidira, de forma resoluta, que não ia aceitar o sacrifício de Nekhliúdov, entretanto a afligia pensar que ele a desprezava, pensava que ela continuava a ser como antes e não percebia a transformação pela qual estava passando. O fato de Nekhliúdov poder agora pensar que ela havia feito algo de ruim no hospital a afligia ainda mais do que a notícia de que estava definitivamente condenada aos trabalhos forçados.

XXX

Podiam mandar Máslova na primeira leva de deportados, por isso Nekhliúdov preparou-se para a partida. Todavia tinha tantos assuntos a resolver que sentia que, por mais que tivesse tempo livre, nunca terminaria. Era exatamente o inverso do que acontecia antes. Antes, era preciso inventar coisas para fazer, e o interesse de suas ocupações era sempre o mesmo — Dmítri Ivánovitch Nekhliúdov; e no entanto, embora todo o interesse da vida se concentrasse então nele, todas aquelas ocupações eram enfadonhas. Agora, todas as suas ocupações diziam respeito aos outros, não a Dmítri Ivánovitch, e todas eram interessantes e atraentes, e existiam em profusão.

Além do mais, antes, as ocupações com os assuntos de Dmítri Ivánovitch sempre lhe causavam aborrecimento, irritação, ao passo que os assuntos alheios, em sua maior parte, despertavam nele uma disposição alegre.

Os assuntos com que Nekhliúdov se ocupava nesse momento dividiam-se em três ramos; com seu pedantismo habitual, ele mesmo os dividiu assim e, em conformidade com isso, distribuiu-os em três pastas.

O primeiro dizia respeito a Máslova e à sua ajuda. Essa questão, agora, consistia em tomar providências para conseguir apoio ao apelo dirigido a sua alteza imperial e também nos preparativos para a viagem à Sibéria.

O segundo assunto era a organização das propriedades. Em Pánovo, a terra foi entregue aos camponeses, sob a condição de que o pagamento da renda feito por eles servisse para atender as necessidades comuns ou dos camponeses. Mas para validar esse acordo era preciso redigir e assinar um contrato e um testamento. Em Kuzmínskoie, no entanto, a questão permanecia da maneira como Nekhliúdov havia definido, ou seja, ele devia receber o dinheiro pela terra, mas era preciso estabelecer os prazos e determinar quanto daquele dinheiro ele ia tomar para viver e quanto ia deixar para os camponeses. Sem saber que despesas ia ter com a viagem à Sibéria, Nekhliúdov ainda não se decidira a abrir mão daquela renda, embora a tivesse diminuído à metade.

O terceiro era ajudar os prisioneiros que, cada vez mais, o procuravam.

De início, ao entrar em contato com os prisioneiros que o procuravam para pedir ajuda, ele tratava imediatamente de intervir em seu favor, esforçando-se para aliviar a sua sorte; mas depois apareceram tantas solicitações que Nekhliúdov percebeu a impossibilidade de ajudar todos eles e, sem querer, foi levado a um quarto assunto, que ultimamente o ocupava mais do que todos os outros.

O quarto assunto consistia na solução da questão sobre o que era, para que existia e de onde havia surgido a espantosa instituição denominada justiça criminal, cujo resultado era aquela prisão, com cujos habitantes ele, em parte, travara conhecimento, e todos os locais de confinamento, desde a fortaleza de Petersburgo até a ilha de Sacalina, onde penavam centenas, milhares de vítimas daquela, para ele, espantosa legislação criminal.

Com base nas suas relações pessoais com os prisioneiros, nas conversas com o advogado, com o padre da prisão, com o diretor, e também na listagem dos presos, Nekhliúdov chegou à conclusão de que a composição dos prisioneiros, como eram denominados os criminosos, se dividia em cinco categorias de pessoas.

A primeira categoria era formada por pessoas absolutamente inocentes, vítimas de erros judiciais, como o incendiário fictício Menchov, Máslova e outros. Não era uma categoria muito numerosa, pelas observações do padre da prisão — cerca de sete por cento, mas a situação dessa gente despertava um interesse especial.

Outra categoria era formada por pessoas julgadas por crimes cometidos em circunstâncias excepcionais, como fúria, ciúme, embriaguez etc., atos que, nas mesmas circunstâncias, quase seguramente, teriam sido praticados por todos aqueles que as julgaram e condenaram. Essa categoria, pela observação de Nekhliúdov, representava pouco mais de metade de todos os criminosos.

A terceira categoria era formada por pessoas condenadas por ações que, no entender delas, eram as mais costumeiras e boas, porém no entendimento de pessoas a elas estranhas, e que redigiam as leis, eram crimes. A tal categoria, pertenciam pessoas que venderam bebida clandestinamente, transportaram contrabando, cortaram capim e pegaram lenha em terras de grandes proprietários e em florestas do Estado. A tais pessoas, pertenciam os montanheses que faziam saques nas estradas[40] e ainda os incrédulos que roubavam as igrejas.

A quarta categoria era formada por pessoas classificadas como criminosas só porque estavam moralmente acima do nível médio da sociedade. Entre elas estavam os sectários, os poloneses, os circassianos,[41] os que se rebelaram em favor da sua independência, os criminosos políticos — socialistas e grevistas, condenados por se oporem às autoridades. O percentual de tais pessoas, as melhores da sociedade, era muito alto, pelas observações de Nekhliúdov.

Por fim, a quinta categoria era formada por pessoas em relação às quais a sociedade tinha uma culpa maior do que elas, em relação à sociedade. Eram pessoas

---

40 Refere-se a grandes bandos de ladrões que agiam no Cáucaso, região que a Rússia havia subjugado em 1864.

41 A Polônia e a Circássia (região do Cáucaso) eram nações que o Império Russo, na época, tentava subjugar, militar e politicamente.

abandonadas, atordoadas pela opressão constante e pelas constantes tentações, como o menino que roubou as passadeiras e como centenas de outras pessoas que Nekhliúdov via dentro e fora da prisão, cujas condições de vida pareciam encaminhar, de forma sistemática, para a necessidade de um ato que era chamado de crime. A tais pessoas pertenciam, pela observação de Nekhliúdov, muitos ladrões e assassinos, com alguns dos quais, naquela ocasião, ele havia entrado em contato. Entre essas pessoas, ele também incluiu, após conhecê-los mais de perto, os depravados, os degenerados, que uma nova escola denominava tipos criminosos e cuja existência na sociedade é considerada como a principal prova da necessidade da legislação criminal e da punição. Aqueles, assim chamados, tipos degenerados, criminosos, anormais, em nada diferiam, na opinião de Nekhliúdov, das pessoas em relação às quais a sociedade era mais culpada do que elas, em relação à sociedade, porém no caso deles a sociedade era culpada não de forma imediata, em relação às pessoas mesmas, no presente, mas era culpada, sim, num tempo anterior, em relação aos seus pais e antepassados.

Entre as pessoas nessa situação, impressionou Nekhliúdov em especial um ladrão reincidente, Okhótin, filho ilegítimo de uma prostituta, educado num albergue noturno, que obviamente até os trinta anos de idade jamais encontrara pessoas com um nível moral mais alto do que tinham os guardas, desde a adolescência só andava junto a um bando de ladrões e tinha um talento cômico extraordinário, com o qual encantava as pessoas. Pediu ajuda a Nekhliúdov, ao mesmo tempo que ridicularizava a si mesmo, aos juízes, à prisão e a todas as leis, não só as criminais como também as divinas. Um outro era o belo Fiódorov, que com um bando, do qual era o líder, assassinou e saqueou um funcionário velho. Fiódorov era um camponês cujo pai foi privado da casa de maneira completamente ilegal, depois Fiódorov foi incorporado ao Exército e lá foi castigado porque se apaixonou pela amante de um oficial. Era uma personalidade fascinante, ardente, que desejava por todos os meios gozar a vida, jamais encontrara pessoas que se abstivessem de seus prazeres e jamais ouvira qualquer palavra sobre algum outro propósito na vida que não o prazer. Estava claro para Nekhliúdov que ambos eram personalidades ricas e foram apenas malcuidados e deformados, como ficam deformadas as plantas abandonadas. Viu também um vagabundo e uma mulher que causavam repulsa por seu embotamento e por uma espécie de crueldade, mas Nekhliúdov não conseguia de forma alguma ver neles aquele tipo criminoso de que falava a escola italiana, via apenas pessoas que lhe eram pessoalmente antipáticas, como outras que via em liberdade, de fraque, dragonas e rendas.

Assim, a pesquisa sobre o motivo por que todas aquelas pessoas tão variadas eram mantidas na prisão, enquanto outras pessoas iguais a elas andavam soltas e até as julgavam, fazia parte do quarto assunto que, naquela ocasião, ocupava Nekhliúdov.

De início, Nekhliúdov esperava encontrar nos livros a resposta para essa pergunta e comprou tudo o que tratava do assunto. Comprou livros de Lombroso, Garofalo, Ferri, Maudsley, Tarde, e leu atentamente. Porém, à medida que os lia, decepcionava-se cada vez mais. Aconteceu com ele o que sempre acontece com pessoas que se voltam para a ciência não para representar um papel na ciência: escrever, debater, ensinar, mas se voltam para a ciência com perguntas diretas, simples, vividas; a ciência lhe dava resposta para milhares de perguntas diferentes, sutis, eruditas, ligadas à legislação criminal, só não respondia a pergunta para a qual ele buscava resposta. Nekhliúdov perguntava uma coisa muito simples; perguntava: para que e com que direito algumas pessoas trancafiam, torturam, deportam, chicoteiam e matam outras pessoas, quando elas mesmas são iguais às pessoas a quem elas torturam, chicoteiam e matam? Respondiam-lhe com discussões para saber se existe ou não, no homem, o livre-arbítrio. Era ou não possível saber se um homem era criminoso pelas dimensões do crânio etc.? Que papel tem a hereditariedade no crime? Existe uma imoralidade congênita? O que é a moral? O que é a loucura? O que é a degenerescência? O que é o temperamento? Que influência exercem no crime o clima, a alimentação, a ignorância, a imitação, o hipnotismo, as paixões? O que é a sociedade? Quais as suas obrigações? Etc. etc.

Tais discussões traziam à memória de Nekhliúdov a resposta que recebera de um garotinho que voltava da escola. Nekhliúdov perguntou ao menino se havia aprendido a soletrar. "Aprendi", respondeu o menino. "Então soletre: pata." "Que pata? De cachorro?", respondeu o menino, com cara de esperto. Assim também eram as respostas em forma de pergunta que Nekhliúdov encontrou nos livros científicos para a sua pergunta única e elementar.

Havia ali muita coisa inteligente, erudita, interessante, mas não a resposta para o principal: com que direito alguns castigam os outros? Não só não havia essa resposta, como todos os raciocínios se destinavam a esclarecer e justificar o castigo, cuja necessidade era reconhecida como um axioma. Nekhliúdov lia muito, mas sem regularidade, e atribuiu a ausência da resposta a esse estudo superficial, esperando achar a resposta posteriormente, e por isso não se permitia acreditar no acerto da resposta que, nos últimos tempos, lhe ocorria de modo cada vez mais frequente.

XXXI

A partida do grupo em que Máslova viajaria foi marcada para o dia 5 de julho. Nekhliúdov preparou-se para acompanhá-la nesse mesmo dia. Na véspera da viagem, sua irmã e o marido chegaram à cidade para visitar Nekhliúdov.

A irmã de Nekhliúdov, Natália Ivánovna Ragójinskaia, era dez anos mais velha do que ele. Nekhliúdov foi criado, em parte, sob a sua influência. Ela amava muito o menino. Mais tarde, antes do casamento, os dois ficaram unidos como se tivessem a mesma idade: ela, uma jovem de vinte e cinco anos, ele, um menino de quinze. Na época, Natália estava apaixonada por um amigo de Nekhliúdov, já falecido, Nikólenka Irtiéniev. Os dois amavam Nekhliúdov e amavam nele e em si mesmos o que havia de bom e o que unia todas as pessoas.

Desde então, os dois irmãos haviam se corrompido: ele, com o serviço militar, a vida ruim; ela, com o casamento com um homem a quem amara sensualmente, mas o qual não só não amava tudo aquilo que antes era o mais caro e sagrado para ela e para o seu irmão Dmítri, como nem mesmo entendia do que se tratava, e atribuía todas aquelas aspirações de aprimoramento moral e de ajuda ao próximo, com que ela vivia então, à vaidade, ao desejo de se destacar entre as pessoas, as únicas coisas que ele era capaz de entender.

Ragójinski era um homem sem nome e sem fortuna, mas era um empregado zeloso e muito hábil, que, movimentando-se com perícia entre o liberalismo e o conservadorismo, tirando proveito de uma ou de outra tendência, conforme o momento e conforme o caso, a fim de alcançar os melhores resultados para a sua vida, e acima de tudo utilizando uma certa qualidade especial com que agradava às mulheres, fez uma carreira relativamente brilhante na justiça. Já maduro, conhecera Nekhliúdov no exterior, fez Natacha, que também já não era tão jovem, apaixonar-se por ele e casou-se quase contra a vontade da mãe, que encarava esse casamento como uma *mésalliance*.[42] Nekhliúdov, embora escondesse isso de si mesmo, embora lutasse contra esse sentimento, detestava o cunhado. Era-lhe antipático por sua vulgaridade de sentimentos, por sua mediocridade arrogante e, acima de tudo, era-lhe antipático por causa da irmã, que era capaz de amar de modo tão apaixonado, egoísta, sensual, aquela personalidade pobre e que, para agradar a tal homem, foi capaz de sufocar tudo o que ela mesma tinha de bom. Era sempre um tormento para Nekhliúdov pensar que Natacha era esposa daquele homem presunçoso, peludo, com uma calva reluzente. Não conseguia sequer conter a repulsa que sentia dos filhos dele. E toda vez que soube que a irmã

---

42 Francês: "Casamento desvantajoso".

ia ser mãe, experimentou um sentimento semelhante ao de pesar por ela ter sido mais uma vez contaminada com algo ruim por aquele homem, estranho para todos eles.

Os Ragójinski foram sós, sem os filhos — tinham dois filhos: um menino e uma menina — e hospedaram-se no melhor quarto do melhor hotel. Natália Ivánovna foi imediatamente ao velho apartamento da mãe, mas, como não encontrou ali o irmão e soube, por Agrafiena Petróvna, que ele havia mudado para um quarto mobiliado, dirigiu-se até lá. Um criado sujo, ao deparar com ela no corredor, que tinha um cheiro pesado, iluminado por um lampião mesmo durante o dia, comunicou-lhe que o príncipe não estava em casa.

Natália Ivánovna queria entrar no quarto do irmão para deixar-lhe um bilhete. O empregado acompanhou-a.

Ao entrar nos dois quartinhos pequenos, Natália Ivánovna observou-os atentamente. Em tudo reconheceu a limpeza e o apuro que já conhecia, mas impressionou-se com a simplicidade das instalações, totalmente nova para ela. Sobre a escrivaninha, avistou o conhecido mata-borrão com um cachorrinho de bronze; também reconheceu o apuro na arrumação das pastas e dos papéis, e também dos apetrechos de escritório, e viu tomos a respeito do Código Penal, um livro inglês de Henry George e um francês, de Tarde, com uma página marcada por uma espátula que ela conhecia, grande e torta, com cabo de marfim.

Após sentar-se à mesa, escreveu-lhe um bilhete em que pedia que fosse à sua casa sem falta naquele mesmo dia e, balançando a cabeça com admiração diante do que via, voltou para o seu quarto de hotel.

Em relação ao irmão, duas questões interessavam Natália Ivánovna agora: seu casamento com Katiucha, de que ela ouvira falar em sua cidade, pois todos falavam do assunto, e a renúncia das terras em favor dos camponeses, o que também era sabido de todos e a muitos parecia um gesto político e perigoso. O casamento com Katiucha, por um lado, agradava a Natália Ivánovna. Ela admirava aquela firmeza, reconhecia ali o seu irmão e a si mesma, como tinham sido na época bonita, anterior ao seu casamento, porém, ao mesmo tempo, sentia pavor ao pensar que seu irmão ia casar com uma mulher tão horrível. Este último sentimento era mais forte e Natacha resolveu exercer ao máximo sua influência sobre Nekhliúdov e contê-lo, embora soubesse como seria difícil.

O outro assunto, a renúncia das terras em favor dos camponeses, não era tão próximo do seu coração; mas o marido revoltava-se muito com isso e exigia que a esposa pressionasse o irmão. Ignáti Nikíforovitch dizia que tal gesto era o cume da leviandade, do despropósito e do orgulho, e que explicar esse gesto, se havia alguma possibilidade de explicá-lo, só seria possível por meio do desejo de destacar-se, gabar-se e despertar comentários sobre a sua pessoa.

— Qual o sentido de ceder a terra para os camponeses em troca de um pagamento que eles fazem a si mesmos? — perguntava. — Se queria fazer isso, poderia vender para eles por intermédio do Banco dos Camponeses. Aí sim faria sentido. Em suma, o gesto dele beira a insanidade — dizia Ignáti Nikíforovitch, já pensando numa tutela, e exigia que a esposa conversasse seriamente com o irmão a respeito daquele seu projeto estranho.

XXXII

Ao voltar para casa e encontrar sobre a mesa o bilhete da irmã, Nekhliúdov foi vê-la sem demora. Entardecia. Ignáti Nikíforovitch descansava no quarto contíguo e Natália Ivánovna recebeu o irmão sozinha. Estava de vestido preto de seda, cintado, com um laço de fita vermelho no peito, e seus cabelos pretos estavam armados e penteados no rigor da moda. Pelo visto, empenhava-se em parecer mais jovem para o marido, que tinha a sua idade. Ao ver o irmão, ergueu-se de um salto do divã e, a passos rápidos, enquanto a saia de seda sibilava, caminhou ao seu encontro. Beijaram-se e, sorrindo, olharam um para o outro. Houve uma misteriosa troca de olhares significativos, intraduzíveis em palavras, em que tudo era verdade, e teve início uma troca de palavras, em que já não havia tal verdade. Os dois não se viam desde a morte da mãe.

— Você engordou um pouco e remoçou — disse ele.

Os lábios da irmã franziram-se de satisfação.

— E você está mais magro.

— Pois é, e onde está Ignáti Nikíforovitch? — perguntou Nekhliúdov.

— Está descansando. Não dormiu à noite.

Havia muito a dizer, mas as palavras não diziam nada, só os olhares diziam que aquilo que era preciso dizer não era dito.

— Estive onde você está morando.

— Sim, eu sei. Saí de casa. Para mim é muito grande, me dá solidão e tédio. E não preciso de nada daquilo, portanto pegue tudo para você, ou seja, os móveis, todos os objetos.

— Sim, Agrafiena Petróvna me contou. Estive lá. Sou muito agradecida a você. Mas...

Nesse momento, o criado do hotel trouxe um serviço de chá de prata.

Os dois ficaram calados enquanto o criado arrumava o serviço de chá. Natália Ivánovna passou para a poltrona que ficava diante da mesinha e, em silêncio, começou a servir o chá. Nekhliúdov mantinha-se calado.

— Bem, Dmítri, veja, eu estou a par de tudo — disse Natacha em tom decidido, após lançar um olhar para o irmão.

— Pois fico muito contente de que você já saiba.

— Será que você pode ter esperança de corrigi-la, depois de uma vida como essa? — disse Natália Ivánovna.

Ele estava sentado reto, sem apoiar-se no cotovelo, numa cadeira pequena, e ouvia a irmã com atenção, esforçando-se para entender e dar boas respostas. A disposição de ânimo nascida do último encontro com Máslova ainda continuava a encher sua alma de uma alegria serena e de uma benevolência em relação a todos.

— Não pretendo corrigi-la, quero sim corrigir a mim mesmo — respondeu.

Natália Ivánovna soltou um suspiro.

— Há outros meios, além do casamento.

— Mas acho que assim é melhor; além do mais, isso vai me levar para um mundo em que posso ser útil.

— Não acho — disse Natália Ivánovna — que você possa ser feliz.

— A questão não é a minha felicidade.

— Claro, mas ela, se tem coração, não pode ficar feliz com isso, não pode sequer desejar tal coisa.

— Ela não deseja mesmo.

— Compreendo, mas a vida...

— O que tem a vida?

— Exige algo diferente.

— Não exige nada, senão que façamos o que deve ser feito — disse Nekhliúdov, fitando seu rosto ainda bonito, embora coberto por ruguinhas finas perto dos olhos e da boca.

— Não entendo — disse ela, depois de um suspiro.

"Pobre querida! Como pôde mudar tanto?", pensou Nekhliúdov, recordando-se da antiga Natacha, antes de casar, e experimentando por ela um sentimento terno, tecido por inúmeras lembranças infantis.

Nesse momento, entrou no quarto Ignáti Nikíforovitch, como sempre de cabeça erguida e com o peito largo estufado, pisando de modo suave e ágil, e sorrindo, reluzente em seus óculos, sua calva e sua barba preta.

— Boa tarde, o senhor vai bem? — exclamou, e usou uma acentuação conscientemente afetada.

(Apesar de os dois, logo após o casamento, terem tentado tratar-se por "você", continuaram a usar "o senhor".)

Apertaram-se as mãos e Ignáti Nikíforovitch sentou-se agilmente numa poltrona.

— Não estou atrapalhando a conversa?

— Não, não escondo de ninguém o que falo e o que faço.

Assim que Nekhliúdov viu aquele rosto, viu aquelas mãos peludas, ouviu aquele tom protetor, confiante, sua disposição de ânimo dócil desapareceu.

— Sim, falávamos a respeito dos planos dele — disse Natália Ivánovna. — Quer chá? — acrescentou, e pegou o bule.

— Sim, por favor, mas que planos, exatamente?

— Partir para a Sibéria com o grupo de prisioneiros em que se encontra a mulher em relação à qual me considero culpado — respondeu Nekhliúdov.

— Ouvi dizer que não pretende apenas segui-la, mas fazer algo mais.

— Sim, vou também me casar, se ela quiser.

— Ora, veja só! Mas, se não for incômodo para o senhor, explique-me os seus motivos. Não os compreendo.

— Os motivos são que essa mulher... que o primeiro passo dela no caminho da depravação... — Nekhliúdov irritou-se consigo mesmo por não encontrar as expressões. — Os motivos são que o culpado sou eu e ela é que foi castigada.

— Se foi castigada, na certa ela também não é inocente.

— É absolutamente inocente.

E Nekhliúdov relatou o caso todo com uma veemência desnecessária.

— Sim, houve uma falha do presidente e daí veio o contrassenso da resposta dos jurados. Mas para esse caso existe o Senado.

— O Senado rejeitou.

— Se rejeitou, significa que não havia motivos fundamentados para a impugnação — respondeu Ignáti Nikíforovitch, que obviamente compartilhava da conhecida opinião de que a verdade é o resultado dos debates no tribunal. — O Senado não pode entrar no exame do mérito de um processo. Se de fato existe um erro do tribunal, é preciso fazer um apelo a sua alteza imperial.

— Foi feito, mas não existe nenhuma probabilidade de êxito. Vão pedir informações ao ministério, o ministério vai indagar ao Senado, o Senado vai repetir sua decisão e, como de costume, um inocente será castigado.

— Em primeiro lugar, o ministério não vai indagar ao Senado — disse Ignáti Nikíforovitch, com um sorriso de condescendência. — Vai, sim, exigir do tribunal os originais do processo e, se encontrar erro, dará uma conclusão nesse sentido, e em segundo lugar os inocentes jamais são castigados, ou pelo menos são raríssimas as exceções. Castigam os culpados — disse Ignáti Nikíforovitch, sem pressa, com um sorriso cheio de si.

— Pois estou convencido do contrário — retrucou Nekhliúdov, com um sentimento hostil em relação ao cunhado. — Estou convencido de que mais da metade das pessoas condenadas pelos tribunais são inocentes.

— Como assim?

— Apenas inocentes, no sentido direto da palavra, como é inocente a mulher no caso de envenenamento, como é inocente o camponês que conheci há pouco, no caso de um assassinato que ele não cometeu; como são inocentes o filho e a mãe no caso de um incêndio, provocado pelo próprio dono, e mesmo assim foram todos sentenciados.

— Sim, é claro, sempre houve e haverá erros judiciais. Uma instituição humana não pode ser perfeita.

— E uma parte enorme deles são inocentes porque, criados em determinadas circunstâncias, não consideram crimes as ações que praticam.

— O senhor me perdoe, isso é injusto; qualquer ladrão sabe que o roubo é ruim e que não é necessário roubar, que o roubo é imoral — falou Ignáti Nikíforovitch, sempre com o mesmo sorriso sereno, confiante e um pouco desdenhoso, que irritava em especial Nekhliúdov.

— Não, não sabe; dizem para ele: não roube, mas ele vê e sabe que os donos de fábricas roubam o seu trabalho, retendo o seu salário, que o governo, com todos os seus funcionários, sob a forma de tributos, o rouba sem parar.

— Isso já é anarquismo — definiu Ignáti Nikíforovitch, com voz calma, o significado das palavras do seu cunhado.

— Não sei o que é, estou dizendo o que existe — prosseguiu Nekhliúdov. — Ele sabe que o governo o rouba, sabe que nós, os senhores de terra, o roubamos desde muito tempo, tomamos a terra dele, a terra que devia ser patrimônio comum, e depois, quando ele apanha lenha dessa terra roubada para aquecer a sua estufa, nós o metemos na prisão e queremos convencê-lo de que ele é um ladrão. Afinal ele sabe que o ladrão não é ele, mas quem roubou a sua terra, e que toda *restitution*[43] do que lhe foi roubado é uma obrigação dele perante a sua família.

— Não entendo, e se entendo, não concordo. A terra não pode deixar de ser propriedade de alguém. Se o senhor a repartir — começou Ignáti Nikíforovitch, com plena e tranquila certeza de que Nekhliúdov era um socialista, de que os princípios da teoria socialista consistiam em repartir toda a terra em partes iguais, de que tal partilha era muito estúpida e de que ele podia facilmente refutá-lo —, se o senhor hoje a dividir em partes iguais, amanhã mesmo a terra estará de novo nas mãos dos mais laboriosos e dos mais capazes.

— Ninguém está pensando em dividir a terra em partes iguais, a terra não

---

43 Francês: "Restituição".

deve ser propriedade de ninguém, não deve ser objeto de compra e venda, nem de arrendamento.

— O direito à propriedade é congênito ao homem. Sem o direito à propriedade, não existirá nenhum interesse em cultivar a terra. Suprima o direito à propriedade e voltaremos ao estado selvagem — proferiu com autoridade Ignáti Nikíforovitch, repetindo o argumento habitual em favor do direito à propriedade da terra, que é tido como incontestável e que consiste em que a cobiça pela propriedade da terra é um sinal da sua necessidade.

— Ao contrário, só então a terra não será deixada improdutiva, como acontece agora, quando os senhores de terra, como cachorros sobre o feno, não deixam ter acesso à terra aqueles que podem cultivá-la, enquanto eles mesmos não sabem como torná-la produtiva.

— Escute, Dmítri Ivánovitch, isso é uma completa loucura! Será possível em nosso tempo a supressão da propriedade da terra? Sei que isso é o seu velho *dada*.[44] Mas permita que eu lhe fale com franqueza... — E Ignáti Nikíforovitch ficou pálido, sua voz estremeceu: obviamente, aquela questão o tocava de perto. — Eu aconselharia o senhor a refletir melhor sobre o assunto, antes de começar a pôr em prática essa resolução.

— O senhor está se referindo aos meus assuntos pessoais?

— Sim. Suponho que todos nós, que ocupamos determinada posição, temos de cumprir as obrigações decorrentes de tal posição, temos de sustentar as condições de vida em que nascemos, que herdamos de nossos antepassados e que temos de transmitir aos nossos descendentes.

— Considero minha obrigação...

— Por favor — prosseguiu Ignáti Nikíforovitch, sem deixar que o interrompessem. — Não falo de mim e de meus filhos. A fortuna de meus filhos está assegurada e eu ganho o bastante para vivermos e acredito que meus filhos vão viver com fartura, por isso o meu protesto contra as ações do senhor, que, permita-me dizer, não são de todo sensatas, não decorre de interesses pessoais, mas sim de eu não poder concordar com o senhor por princípio. E recomendo ao senhor refletir mais, ler...

— Bem, permita que eu mesmo resolva os meus assuntos e que eu saiba o que tenho de ler e o que não tenho — respondeu Nekhliúdov, empalideceu e, sentindo que suas mãos haviam esfriado e que não tinha o domínio de si, calou-se e pôs-se a beber chá.

---

44 Francês: "Ideia fixa".

XXXIII

— Bem, e como estão as crianças? — perguntou Nekhliúdov à irmã, após acalmar-se um pouco.

A irmã falou sobre os filhos, que ficaram com a avó, a mãe dele, e, muito contente por ter chegado ao fim a discussão com o marido, passou a contar como seus filhos brincavam de viagem, da mesma forma como ele, quando criança, brincava com seus dois bonecos — um negro árabe e uma boneca chamada francesinha.

— Você ainda lembra? — exclamou Nekhliúdov, sorrindo.

— Imagine, eles brincam igualzinho.

A conversa desagradável havia terminado. Natacha acalmou-se, mas, diante do marido, não queria falar daquilo que só o irmão entenderia e, a fim de começar uma conversa geral, passou a falar da novidade de Petersburgo que havia chegado até ali — o desgosto da mãe de Kamiénski por perder o filho único, morto num duelo.

Ignáti Nikíforovitch expressou sua desaprovação da praxe de excluir o assassinato cometido num duelo da categoria geral dos delitos penais.

O seu comentário suscitou uma objeção de Nekhliúdov e reacendeu a discussão sobre o mesmo tema de antes, sobre o qual nem tudo fora debatido, os dois interlocutores não tinham dito tudo o que pensavam, mantinham-se firmes em suas convicções e se acusavam mutuamente.

Ignáti Nikíforovitch sentia que Nekhliúdov o censurava, desprezava toda a sua atividade, e assim queria demonstrar-lhe toda a injustiça do seu julgamento. Nekhliúdov, por seu lado, sem falar da irritação que sentia com a intromissão do cunhado nos seus projetos relativos à terra (no fundo da alma, sentia que o cunhado, a irmã e seus filhos, como seus herdeiros, tinham direito a isso), indignava-se no íntimo porque aquele homem medíocre, com plena convicção e tranquilidade, continuava a considerar justo e legítimo aquilo que agora, para Nekhliúdov, se apresentava, sem sombra de dúvida, como um crime e uma loucura. Essa autoconfiança irritava Nekhliúdov.

— O que faria o tribunal? — perguntou Nekhliúdov.

— Condenaria um dos dois duelistas aos trabalhos forçados, como um assassino comum.

As mãos de Nekhliúdov esfriaram de novo, ele pôs-se a falar com veemência.

— E o que seria isso?

— Seria a justiça.

— Como se a justiça fosse o objetivo da atividade do tribunal — disse Nekhliúdov.

— E qual seria o objetivo?

— A manutenção dos interesses de uma classe. O tribunal, a meu ver, é apenas um instrumento administrativo para a manutenção do estado de coisas vigente, vantajoso para a nossa classe.

— Essa é uma visão absolutamente nova — disse Ignáti Nikíforovitch, com um sorriso tranquilo. — Em geral, se atribui ao tribunal um propósito um tanto diferente.

— Teoricamente, mas não na prática, como eu percebi. O tribunal tem o único propósito de conservar a sociedade na situação atual e para isso persegue e executa tanto aqueles que se encontram acima do nível comum e querem elevá-lo, os chamados criminosos políticos, como também aqueles que se encontram abaixo, os chamados tipos criminosos.

— Não posso concordar, em primeiro lugar, com a ideia de que os criminosos chamados políticos são executados porque se encontram acima do nível médio. Na maior parte, são refugos da sociedade, tão pervertidos, embora de outra forma, quanto os tipos criminosos que o senhor considera abaixo do nível médio.

— Pois eu conheço gente incomparavelmente superior aos seus juízes; todos os sectários são pessoas virtuosas, firmes...

Mas Ignáti Nikíforovitch, homem habituado a não ser interrompido quando falava, não deu ouvidos a Nekhliúdov e, com isso irritando-o em especial, continuou a falar ao mesmo tempo que ele.

— Não posso concordar também com a ideia de que o tribunal tem a finalidade de manter o estado de coisas vigente. O tribunal persegue o seu objetivo: ou a reabilitação...

— Bela reabilitação, a das prisões — cortou Nekhliúdov.

— ... ou a eliminação — prosseguiu Ignáti Nikíforovitch obstinadamente — dos depravados e das pessoas animalescas que ameaçam a existência da sociedade.

— Aí é que está o problema, pois não faz nem uma coisa nem outra. A sociedade não tem meios de fazer isso.

— Como assim? Não entendo — exclamou Ignáti Nikíforovitch, sorrindo forçado.

— Quero dizer que punições propriamente sensatas só existem duas, as que se empregavam na antiguidade: o castigo corporal e a pena de morte, mas que, em consequência do abrandamento dos costumes, estão ambas cada vez mais caindo em desuso — disse Nekhliúdov.

— Ouvir isso do senhor é uma novidade e uma surpresa.

— Sim, é razoável causar dor a uma pessoa para que, mais adiante, ela não faça aquilo por que lhe causaram dor, e é plenamente razoável cortar a cabeça de um membro nocivo e perigoso para a sociedade. Ambos os castigos têm um sentido razoável. Mas que sentido faz deixar uma pessoa, já pervertida pela ociosidade e por maus exemplos, trancafiada numa prisão, em condições de ociosidade compulsória e garantida, em companhia das pessoas ainda mais degeneradas? Ou transportá-la para longe, não se sabe por que motivo, às custas do Estado, e cada uma dessas pessoas custa mais de quinhentos rublos, desde a província de Tula até a de Irkutsk, ou de Kursk até...

— Mas, mesmo assim, as pessoas temem essas viagens às custas do Estado, e se não houvesse essas viagens e as prisões não estaríamos aqui sentados, eu e o senhor, como estamos agora.

— As prisões não podem nos fornecer segurança porque essas pessoas não ficam lá eternamente e são soltas. Ao contrário, nessas instituições conduzem tais pessoas ao grau mais alto do vício e da depravação, ou seja, aumentam o perigo.

— O senhor quer dizer que o sistema penitenciário deve ser aperfeiçoado.

— É impossível aperfeiçoá-lo. Prisões aperfeiçoadas custariam mais caro do que aquilo que se despende com a educação do povo e representaria mais um fardo para esse mesmo povo.

— Mas os defeitos do sistema penitenciário não invalidam em nada a própria justiça — prosseguiu sua fala Ignáti Nikíforovitch, de novo sem dar ouvidos ao cunhado.

— É impossível corrigir esses defeitos — disse Nekhliúdov, elevando a voz.

— Mas e então? É preciso matar? Ou, como sugeriu certo homem de Estado, furar os olhos? — retrucou Ignáti Nikíforovitch, sorrindo com ar vitorioso.

— Sim, seria cruel, mas coerente. O que se faz agora também é cruel e não só é incoerente, como também é estúpido a tal ponto que é impossível entender como pessoas mentalmente sadias podem tomar parte de um processo tão absurdo e cruel como é a justiça criminal.

— Pois eu tomo parte disso — falou Ignáti Nikíforovitch, empalidecendo.

— Isso é da conta do senhor. Mas eu não entendo.

— Acho que o senhor não entende muita coisa — disse Ignáti Nikíforovitch com voz trêmula.

— Vi no tribunal como o promotor adjunto empenhou-se com todas as suas forças para incriminar um pobre rapaz que em qualquer pessoa não degenerada só podia despertar compaixão; sei como um outro promotor interrogou um sectário e transformou a leitura do Evangelho num ato sujeito à legislação criminal; e toda a atividade dos tribunais consiste apenas em tais ações absurdas e cruéis.

— Eu não seria um funcionário se pensasse assim — disse Ignáti Nikíforovitch e levantou-se.

Nekhliúdov percebeu um brilho diferente sob os óculos do cunhado. "Será que são lágrimas?", pensou Nekhliúdov. E de fato eram lágrimas de ofensa. Ignáti Nikíforovitch, aproximando-se da janela, pegou um lenço, pigarreou, começou a esfregar os óculos e, após retirá-los, esfregou também os olhos. De volta para o sofá, Ignáti Nikíforovitch pôs-se a fumar um charuto e não falou mais nada. Nekhliúdov sentiu-se triste e envergonhado por ter magoado a tal ponto o cunhado, ainda mais porque ia partir no dia seguinte e não o veria de novo. Num estado de confusão, ele se despediu e foi para casa.

"É muito possível que seja verdade o que eu disse, pelo menos ele nada me refutou. Mas não era preciso falar assim. Mudei bem pouco, se posso ser impelido desse modo por um sentimento ruim a ofender meu cunhado e magoar a pobre Natacha", pensou.

XXXIV

O grupo com que Máslova ia viajar devia partir da estação às três horas e portanto, a fim de ver a saída do grupo da prisão e seguir com ela até a estação da estrada de ferro, Nekhliúdov pretendia chegar à prisão antes do meio-dia.

Enquanto arrumava as coisas e os papéis, Nekhliúdov deteve-se diante do seu diário, leu alguns trechos e o que nele fora escrito por último. Antes da sua viagem para Petersburgo, por último, havia escrito: "Katiucha não quer o meu sacrifício, mas quer o dela mesma. Ela venceu, e eu também venci. Ela me alegra com a transformação interior que, me parece — temo acreditar —, está ocorrendo nela. Temo acreditar, mas me parece que ela está revivendo". Aqui, em seguida, vinha escrito: "Passei por coisas muito penosas e muito alegres. Soube que ela não se comportou bem no hospital. E de repente veio uma dor horrível. Não esperava que fosse sofrer tanto. Com repulsa e com ódio, conversei com ela e depois, de repente, me lembrei de mim, de como eu, muitas vezes e naquela mesma hora, ainda que só em pensamentos, fui culpado exatamente daquilo por que eu tinha ódio dela, e de repente passei a sentir ao mesmo tempo asco de mim, enquanto ela me deu pena, e comecei a me sentir muito bem. Quem dera conseguíssemos sempre ver o tronco que está em nosso próprio olho, como seríamos melhores". Naquela data, ele escreveu: "Estive com Natacha e, por estar contente comigo mesmo, portei-me mal, com raiva, e ficou um sentimento pesado. Mas, o que fazer? A partir de amanhã, começa uma vida nova. Adeus, vida antiga, e para sempre. Muitas impressões acumularam-se, mas ainda não consigo uni-las".

Ao acordar na manhã seguinte, o primeiro sentimento de Nekhliúdov foi de arrependimento com o que acontecera entre ele e o cunhado.

"Assim não posso partir", pensou. "É preciso ir vê-lo e reparar a falta."

Porém, após olhar para o relógio, viu que já não havia tempo e que era preciso apressar-se para não chegar atrasado à saída do grupo de prisioneiros. Após aprontar-se às pressas e mandar o porteiro e Tarás, marido de Fedóssia, que ia partir com ele, levarem suas coisas direto para a estação, Nekhliúdov tomou o primeiro coche de praça que passou e seguiu para a prisão. O trem dos prisioneiros ia partir duas horas antes do trem postal, no qual viajaria Nekhliúdov, e por isso ele acertou as contas do seu quarto, já que não pretendia voltar.

Fazia o calor pesado do mês de julho. As pedras da rua, das casas e o ferro dos telhados, que não haviam esfriado depois da noite abafada, devolviam seu calor para o ar quente e imóvel. Não havia vento e, se ele se levantava, o ar quente e malcheiroso vinha saturado de poeira e de um fedor de tinta oleosa. Havia pouca gente nas ruas e quem ali andava se esforçava para caminhar sob a sombra das casas. Só os camponeses que trabalhavam no calçamento, pretos de tanto sol, calçados com sandálias de palha, estavam sentados no meio das ruas e estalavam os martelos contra as pedras do calçamento, fixadas na areia quente, e policiais de ar sombrio, em túnicas de pano cru, com revólveres em cordões laranja, mudavam o pé de apoio, em desalento, parados de pé no meio das ruas, e bondes, fechados de um dos lados por causa do sol, puxados por cavalos de capuzes brancos, com orelhas que sobressaíam através dos furos, passeavam para cima e para baixo pelas ruas, ressoando a sineta.

Quando Nekhliúdov chegou à prisão, o grupo de prisioneiros ainda não saíra e, lá dentro, ainda se procedia à cansativa tarefa, iniciada às quatro horas da madrugada, da entrega e do recebimento dos presos que iam partir. No grupo que ia partir, havia seiscentos e vinte e três homens e sessenta e quatro mulheres: todos tinham de ser conferidos numa listagem oficial e era preciso separar os doentes e os fracos e entregá-los para os soldados da escolta. O novo diretor, seus dois auxiliares, o médico, o enfermeiro, o oficial da escolta e o escrivão estavam sentados a uma mesa colocada no pátio, à sombra do muro, com papéis e apetrechos de escritório e, um a um, chamavam, examinavam, interrogavam e registravam os prisioneiros que, um após o outro, se apresentavam diante deles.

A mesa agora já estava tomada até a metade pelos raios do sol. O calor aumentava e ficava especialmente abafado com a falta de vento e com a respiração da multidão de prisioneiros que se achavam ali.

— Puxa vida, isso não tem mais fim! — exclamou, enquanto tragava um cigarro, o chefe da escolta, homem gordo, vermelho, de ombros levantados e mãos miúdas, sem parar de fumar através dos bigodes que recobriam sua boca. — Estou completamente esgotado. Onde foram apanhar tantos? Ainda há muitos?

O escrivão verificou.

— Ainda faltam vinte e quatro homens e também as mulheres.

— Ora, o que estão aí esperando, vamos lá!... — gritou um soldado da escolta para os prisioneiros, que se espremiam uns atrás dos outros e ainda não tinham sido conferidos.

Os prisioneiros já estavam nas filas havia mais de três horas, e não na sombra, mas no sol, à espera da sua vez.

Esse trabalho se passava dentro da prisão, enquanto do lado de fora, junto aos portões, como de costume, estavam um sentinela de fuzil, duas dezenas de carroças para a bagagem dos prisioneiros e para os debilitados, e num canto uma aglomeração de parentes e amigos à espera da saída dos prisioneiros, para vê-los e, se possível, falar-lhes e entregar-lhes algo para a viagem. A essa aglomeração, juntou-se Nekhliúdov.

Ficou ali por cerca de uma hora. Ao fim de uma hora, atrás dos portões, ouviu-se o tilintar de correntes, o som de passos, vozes autoritárias, tosses e o falatório baixo da vasta multidão. Assim se passaram cinco minutos, intervalo em que os carcereiros entravam e saíam pela cancela. Por fim, ouviu-se uma voz de comando.

Os portões abriram-se com estrondo, o tilintar das correntes ficou mais audível e saíram para a rua os soldados da escolta, em túnicas brancas, com fuzis, e — obviamente, conforme uma manobra conhecida e rotineira — distribuíram-se num círculo amplo e regular, diante dos portões. Quando os soldados estavam em posição, ouviu-se uma outra voz de comando e os prisioneiros começaram a sair em pares, com os chapéus em forma de panqueca sobre as cabeças raspadas, com sacos pendurados nos ombros, arrastando os pés acorrentados e sacudindo a única mão livre, enquanto a outra segurava o saco nas costas. Primeiro, vieram os homens condenados aos trabalhos forçados, todos com idênticas calças cinzentas e roupões com a figura de um ás nas costas. Todos — jovens, velhos, magros, gordos, pálidos, vermelhos, morenos, bigodudos, barbados, sem barba, russos, tártaros, judeus — saíam tilintando as correntes e balançando a mão com desenvoltura, como que se preparando para ir a algum lugar distante, porém, após percorrer uns dez passos, detiveram-se e, submissos, distribuíram-se em fileiras de quatro, um atrás do outro. Depois deles, sem interrupção, fluíram pelos portões outras pessoas vestidas da mesma forma, também de cabeças raspadas, sem correntes nos pés, mas as mãos tolhidas, uma na outra, por algemas. Eram os deportados... Também saíram com desenvoltura, pararam e distribuíram-se também em fileiras de quatro. Depois vieram os camponeses banidos de suas comunidades rurais, depois as mulheres, também em ordem, primeiro as condenadas aos trabalhos forçados, em cafetãs cinzentos de presídio e lenços de cabeça, em seguida as mulheres deportadas e depois as que acompanhavam os presos voluntariamente, em roupas urbanas ou rurais. Algumas prisioneiras carregavam crianças de colo nas abas de seus cafetãs cinzentos.

Com as mulheres, vinham crianças que já andavam, meninos e meninas. Essas crianças, como potros numa manada, comprimiam-se entre as prisioneiras. Os homens ficavam calados, só de quando em quando tossiam ou faziam comentários passageiros. Entre as mulheres, porém, ouvia-se um falatório incessante. Pareceu a Nekhliúdov ter identificado Máslova, quando ela saiu; mas depois ela se perdeu na grande quantidade de mulheres e ele só via uma multidão de seres cinzentos, como que privados do que era humano, em especial da feição feminina, que carregavam crianças e sacos e se colocavam atrás dos homens.

Apesar de todos os prisioneiros terem sido contados dentro dos muros da prisão, os soldados da escolta começaram a contar de novo, conferindo com a contagem anterior. Tal recontagem se prolongou por muito tempo, sobretudo porque alguns prisioneiros se deslocavam, trocavam de lugar, e assim embrulhavam as contas dos soldados da escolta. Os soldados xingavam e empurravam os prisioneiros, que obedeciam submissos, mas com raiva, e era feita a recontagem mais uma vez. Quando todos foram de novo recontados, o oficial da escolta ordenou algo e houve um tumulto na multidão. Os homens debilitados, as mulheres e as crianças, que passavam à frente umas das outras, dirigiram-se para as carroças e começaram a colocar nelas os seus sacos e depois eles mesmos subiram. Também as mulheres subiram e se sentaram, com as crianças de peito aos gritos, assim como as crianças alegres, que discutiam por causa do lugar, e os prisioneiros de ar sombrio.

Alguns prisioneiros, após tirar o chapéu, aproximavam-se do oficial da escolta para pedir alguma coisa. Como Nekhliúdov soube mais tarde, pediam um lugar nas carroças. Nekhliúdov viu como o oficial da escolta ficava em silêncio, sem olhar para a pessoa que lhe falava, enquanto tragava o cigarro, e depois, de repente, sacudia a mão miúda para o prisioneiro e este, com a cabeça raspada encolhida dentro dos ombros, à espera de um murro, afastava-se de um salto.

— Eu vou é lhe dar um título de nobreza que você nunca mais vai esquecer! Vai a pé! — gritava o oficial.

Só um velho alto que cambaleava nas correntes presas aos pés obteve do oficial a permissão para ir numa carroça, e Nekhliúdov viu como o velho, após tirar o seu chapéu em forma de panqueca, fez o sinal da cruz, encaminhou-se para as carroças, e como depois, por longo tempo, não conseguiu subir por causa das correntes, que o impediam de levantar a perna velha e fraca, presa aos grilhões, e como uma mulher já sentada na carroça ajudou-o, puxando-o pela mão.

Quando todas as carroças ficaram cheias de sacos e sobre eles sentaram-se os que receberam autorização, o oficial da escolta tirou o boné, esfregou com um lenço a testa, a careca e o pescoço vermelho e grosso e fez o sinal da cruz.

— Pelotão, marche! — ordenou.

Os soldados fizeram retinir os fuzis, os prisioneiros, após tirar o chapéu, começaram a benzer-se, alguns com a mão esquerda, os acompanhantes gritaram algo, os prisioneiros gritaram algo em resposta, entre as mulheres ergueu-se um bramido e o grupo, cercado pelos soldados em túnicas brancas, pôs-se em movimento, levantando poeira com os pés presos em grilhões. Os soldados caminhavam na frente, atrás deles, retinindo os grilhões, os acorrentados, em fileiras de quatro, atrás deles os deportados, depois os banidos de suas comunidades rurais, acorrentados pelas mãos com algemas, depois as mulheres. Depois vinham as carroças, carregadas de sacos e de prisioneiros debilitados, numa delas vinha sentada bem no alto uma mulher agasalhada que não parava de guinchar e soluçar.

XXXV

O cortejo era tão comprido que, quando os da frente já sumiam de vista, as carroças com os sacos e com os mais debilitados mal tinham começado a se mover. Quando as carroças se moveram, Nekhliúdov sentou-se no coche de praça que o esperava e mandou o cocheiro ultrapassar o cortejo, a fim de observar se não havia, entre os homens, prisioneiros conhecidos e depois, entre as mulheres, achar Máslova, perguntar-lhe se tinha recebido as coisas que lhe mandara. Fazia muito calor. Não ventava e a poeira levantada por milhares de pés pairava o tempo todo entre os prisioneiros, que se deslocavam pelo meio da rua. Os prisioneiros andavam a passo rápido, enquanto o cavalo do coche de praça onde ia Nekhliúdov não era um trotador e só os ultrapassava lentamente. Fileira após fileira, caminhavam criaturas desconhecidas, de aspecto estranho e terrível, moviam-se milhares de pés e pernas, calçados e vestidos de forma idêntica, e sacudiam os braços livres no ritmo dos passos, como que para ganhar ânimo. Eram tão numerosos, eram tão uniformes e se achavam em condições tão estranhas e diferentes que pareceu a Nekhliúdov que não eram gente, mas criaturas diferentes, terríveis. Essa impressão só se desfez quando reconheceu na multidão de condenados aos trabalhos forçados um detento, o assassino Fiódorov, e em meio aos deportados o comediante Okhótin, e também um vagabundo que havia pedido sua ajuda. Quase todos os prisioneiros se viravam para espiar com o canto dos olhos a caleche que os ultrapassava e observar o senhor que ali estava sentado. Fiódorov balançou a cabeça para cima em sinal de que havia reconhecido Nekhliúdov; Okhótin piscou o olho. Mas nem um nem outro se inclinou, por acharem que era inconveniente. Ao alcançar as mulheres, Nekhliúdov logo reconheceu Máslova. Caminhava na segunda fileira das mulheres. Numa ponta, caminhava uma mulher ruborizada, de pernas curtas, olhos pretos e feia, com o roupão enfiado no cinto — era Bonitona. Em seguida, caminhava uma mulher grávida, que a muito custo arrastava os pés, e a terceira era Máslova. Carregava um saco sobre o ombro e olhava reto para a frente. Seu rosto estava calmo e decidido. A quarta daquela fila era uma jovem bonita, que caminhava com animação, num roupão curto e com um lenço preso na cabeça à maneira das mulheres do campo — era Fedóssia. Nekhliúdov desceu da caleche e aproximou-se das mulheres que andavam, no intuito de perguntar para Máslova sobre os objetos e saber como ela se sentia, mas o suboficial da escolta, que caminhava daquele lado do grupo, prontamente percebeu o homem que se aproximava e correu até ele.

— Não pode, senhor, não pode se aproximar do grupo, não é permitido — gritou, enquanto chegava perto.

Ao aproximar-se e reconhecer o rosto de Nekhliúdov (na prisão, todos já conheciam Nekhliúdov), o suboficial encostou os dedos no quepe e, parado ao lado de Nekhliúdov, disse:

— Agora não pode. Na estação o senhor vai poder, mas aqui não é permitido. Não parem, marchem! — gritou para os prisioneiros e, recobrando o ânimo apesar do calor, correu a trote para o seu posto, em suas botas novas e elegantes.

Nekhliúdov voltou para a calçada e, após ordenar que o coche de praça viesse atrás dele, caminhou à vista do grupo. Por onde o cortejo de prisioneiros passava, chamava para si uma atenção misturada com horror e compaixão. Os que passavam de carruagem punham a cabeça para fora e, enquanto conseguiam ver, acompanhavam os prisioneiros com os olhos. Os pedestres paravam e observavam surpresos e assustados o espetáculo terrível. Alguns se aproximavam e davam esmola. Os soldados da escolta recebiam a esmola. Alguns, como que hipnotizados, caminhavam atrás do cortejo, mas depois paravam e, balançando a cabeça, seguiam o cortejo só com os olhos. Das entradas e dos portões, chamando umas às outras, pessoas saíam correndo, ou penduravam-se nas janelas e, em silêncio e imóveis, olhavam o cortejo terrível. Num dos cruzamentos, o grupo de prisioneiros barrou o caminho de uma carruagem de luxo. Na boleia, estava sentado um cocheiro de rosto lustroso e traseiro gordo, com fileiras de botões nas costas, dentro da carruagem, no banco de trás, estavam o marido e a esposa: a esposa era magra e pálida, com um chapéu claro e uma sombrinha brilhante, e o marido estava de cartola, num paletó elegante e claro. De frente para eles, estavam sentados os filhos: uma menina muito bem-arrumada e fresquinha como uma flor, de cabelos louros e soltos, também com uma sombrinha brilhante, e um menino de oito anos, de pescoço comprido, magro, de clavículas salientes, com um chapéu de marinheiro enfeitado com fitas compridas. O pai reclamava irritado com o cocheiro por não ter contornado a tempo o cortejo que os atrasava, enquanto a mãe, com nojo, estreitava os olhos e fazia caretas, protegendo-se do sol e da poeira com a sombrinha de seda, que ela mantinha bem junto ao rosto. Irritado, o cocheiro de traseiro gordo fazia cara feia, enquanto ouvia as injustas recriminações do patrão, que mandara, ele mesmo, seguir por aquela rua, e com dificuldade continha os garanhões murzelos que reluziam, cobertos de espuma, sob os arreios e o cabresto, e queriam avançar.

O guarda de rua desejava, com toda a alma, ser prestativo para o proprietário da carruagem de luxo, barrar o caminho dos prisioneiros e deixá-lo passar, mas sentia que naquele cortejo havia uma solenidade lúgubre que não podia ser perturbada, nem mesmo em favor de um senhor tão rico. Limitou-se a tocar a mão na pala do quepe num sinal do seu respeito diante da riqueza e observou os prisioneiros com ar severo, como se prometesse, a todo custo, proteger os passageiros da carruagem contra eles. Portanto, a carruagem tinha de esperar até o fim a passagem de todo o cortejo e só se pôs em movimento quando retumbou a última carroça com os sacos e com os prisioneiros sentados sobre eles, entre os quais a mulher histérica que parecia ter se acalmado, mas ao ver a carruagem de luxo começou de novo a soluçar e guinchar. Só então o cocheiro sacudiu de leve as rédeas e os murzelos trotadores, ressoando as ferraduras contra as pedras do calçamento, puxaram a carruagem, que estremecia suavemente sobre os pneumáticos de borracha, rumo à datcha onde iam divertir-se o marido, a esposa, a menina e o menino de pescoço fino e clavículas salientes.

Nem o pai nem a mãe deram ao menino nem à menina uma explicação do que tinham visto. Assim as crianças tiveram de resolver sozinhas a questão do significado de tal espetáculo.

A menina, após avaliar a expressão do pai e da mãe, resolveu a questão concluindo que se tratava de uma gente em tudo diferente dos seus pais e dos seus conhecidos, que era uma gente ruim e que portanto era preciso agir com eles exatamente da forma como estavam fazendo. Por isso a menina sentiu apenas medo e ficou feliz quando aquela gente sumiu de vista.

Mas o menino de pescoço magro e comprido, que observou o cortejo de prisioneiros sem piscar e sem baixar os olhos, resolveu a questão de outro jeito. Sabia ainda com firmeza e sem dúvidas, tendo aprendido isso de Deus, que aquelas pessoas eram exatamente iguais a ele mesmo, assim como era toda a gente, e que portanto contra aquelas pessoas alguém fizera algo ruim — algo que não se devia fazer; e teve pena delas, e sentiu um horror, diante das pessoas que estavam presas a correntes e de cabeça raspada, e também diante daquelas que as acorrentaram e rasparam suas cabeças. E por isso os lábios do menino inchavam cada vez mais e ele fazia um grande esforço para não começar a chorar, supondo que chorar em tais casos era vergonhoso.

XXXVI

Nekhliúdov caminhava no mesmo passo rápido que os prisioneiros, mas mesmo vestido em roupas leves, num casaco leve, sentia um calor horrível, e o abafamento vinha sobretudo da poeira e do ar imóvel e quente que pairava nas ruas. Após percorrer um quarto de versta,[45] sentou-se no coche de praça e foi em frente, mas, no meio da rua, dentro da caleche, o calor pareceu-lhe ainda maior. Experimentou evocar pensamentos sobre a conversa com o cunhado, no dia anterior, mas agora tais pensamentos já não o inquietavam como de manhã. Ficaram encobertos pelas impressões da saída da prisão e do cortejo de prisioneiros. E mais forte que tudo era o calor extenuante. Junto a uma cerca, à sombra das árvores, de chapéu na mão, estavam parados dois garotos, alunos da escola técnica, diante de um vendedor de sorvetes, de joelhos, à sua frente. Um dos garotos já se deliciava, chupando uma colherzinha em forma de chifre, e o outro aguardava que o seu copinho fosse coberto até em cima com algo amarelo.

— Onde se pode beber alguma coisa? — perguntou Nekhliúdov ao seu cocheiro, sentindo um desejo insuportável de refrescar-se.

— Logo ali tem uma boa taberna — respondeu o cocheiro e, após dobrar a esquina, levou Nekhliúdov a uma entrada com uma tabuleta grande.

O caixeiro gorducho, de camisa, atrás do balcão, e os garçons com roupas que um dia foram brancas, sentados às mesas por falta de fregueses, olharam com curiosidade para o cliente incomum e ofereceram seus serviços. Nekhliúdov pediu água mineral gasosa e sentou-se próximo da janela, a uma mesinha pequena com uma toalha imunda.

Dois homens estavam sentados a uma mesa com um serviço de chá e uma garrafa de vidro branco, enxugavam a transpiração da testa e calculavam algo pacificamente. Um deles era escuro e calvo, com uma orla de cabelos pretos na nuca igual à de Ignáti Nikíforovitch. Essa impressão trouxe de novo à memória de Nekhliúdov a conversa com o cunhado e seu desejo de encontrar-se com ele e com a irmã antes da sua partida. "Não devo ter tempo, antes da partida", pensou.

---

45 Equivalente a 266 metros (a versta tem 1,067 quilômetro).

"É melhor escrever uma carta." E após pedir um papel, um envelope e um selo, enquanto sorvia aos poucos a água fresca e espumante, pôs-se a refletir no que havia de escrever. Mas as ideias dispersavam-se e ele não conseguia de jeito nenhum redigir a carta.

"Querida Natacha, não posso partir com a impressão penosa que ficou da conversa de ontem com Ignáti Nikíforovitch...", começou. "O que mais? Pedir desculpas pelo que eu disse ontem? Mas falei o que eu penso. E ele vai achar que voltei atrás. Além disso, há a intromissão dele em meus assuntos... Não, não posso", e ao sentir erguer-se de novo dentro dele o ódio por aquele homem arrogante, estranho a ele e que não o compreendia, Nekhliúdov guardou no bolso a carta inacabada e, após pagar a conta, saiu para a rua e embarcou no coche de praça para alcançar o cortejo.

O calor ficou ainda mais forte. Era como se as paredes e as pedras bafejassem ar quente. Os pés, assim parecia, chamuscavam no calçamento ardente, e Nekhliúdov sentia algo semelhante a uma queimadura, quando tocava com a mão nua o para-lama laqueado da caleche.

O cavalo, num trote mole, batendo as ferraduras ritmadamente no calçamento empoeirado e irregular, arrastava-se pelas ruas; o cocheiro cochilava a todo instante; o próprio Nekhliúdov estava sentado sem pensar em nada, olhava com indiferença para a frente. No declive lateral da rua, em frente ao portão de uma casa grande, havia uma aglomeração de pessoas e um soldado da escolta com um fuzil. Nekhliúdov fez o cocheiro parar.

— O que é? — perguntou ao porteiro.

— Alguma coisa com um prisioneiro.

Nekhliúdov desceu da caleche e se aproximou da aglomeração de pessoas. Sobre as pedras irregulares do calçamento no declive junto à calçada, jazia estirado, com a cabeça mais baixo do que os pés, um prisioneiro de certa idade, largo, de barba ruiva, cara vermelha, nariz achatado, num roupão cinzento, assim como as calças. Jazia de costas, as mãos abertas cobertas de sardas, com a palma virada para baixo, e a grandes intervalos, contraindo em ritmo regular o peito alto e robusto, soluçava olhando para o céu com os olhos parados e injetados de sangue. Junto a ele, estavam um guarda carrancudo, um entregador, um carteiro, um caixeiro, uma velha com uma sombrinha e um menino de cabelo cortado rente, com um cesto vazio.

— Ficam fracos, parados dentro de uma cela, ficam sem forças, e ainda querem levá-los no meio deste calor escaldante — reclamou o caixeiro, dirigindo-se a Nekhliúdov, que se aproximou.

— Vai morrer, na certa — disse a mulher de sombrinha, com voz chorosa.

— É preciso soltar a camisa — disse o carteiro.

O guarda, com os dedos grossos e trêmulos, pôs-se a desatar de mau jeito o cadarço no pescoço vermelho e fibroso. Estava visivelmente emocionado e confuso, mesmo assim julgou necessário falar à multidão.

— Por que estão amontoados aqui? Aumenta o calor. Ficam na frente do vento.

— Um médico tem de conferir. Separar os que estão fracos. Trouxeram este daí mais morto que vivo — disse o caixeiro, pelo visto exibindo seus conhecimentos legais.

O guarda, após desatar o cadarço da camisa, aprumou-se e olhou em volta.

— Dispersem, já disse. Não é da conta de vocês, por que ficam aí olhando? — falou, e voltou-se para Nekhliúdov em busca de apoio, mas, ao não encontrar apoio em seu rosto, lançou um olhar para o soldado da escolta.

Porém o soldado da escolta mantinha-se à parte e, examinando o salto da bota meio gasto, mostrava-se de todo indiferente aos apuros do guarda.

— Quem tem a responsabilidade não se preocupa. Será que é direito fazer uma pessoa morrer?

— Preso é preso, mas mesmo assim é gente — falaram na multidão.

— Levantem a cabeça dele e deem água — disse Nekhliúdov.

— Foram buscar água — respondeu o guarda e, após segurar o prisioneiro pelas axilas, arrastou com dificuldade o tronco mais para cima.

— Que ajuntamento é esse? — ouviu-se de repente uma voz decidida, autoritária, e da aglomeração de pessoas em torno do prisioneiro aproximou-se a passos rápidos o chefe de polícia, numa túnica extraordinariamente limpa e reluzente e botas altas mais reluzentes ainda. — Dispersem! Não têm nada que ficar aqui parados! — gritou para a multidão, ainda sem ver por que a multidão se formara.

Ao aproximar-se mais e perceber o prisioneiro moribundo, fez um sinal afirmativo com a cabeça, como se já esperasse aquilo mesmo, e disse para o guarda:

— Como foi?

O guarda explicou que o cortejo estava passando, o prisioneiro caiu e o soldado da escolta mandou deixar.

— Pois então? Tem de levar para a delegacia. Um coche de praça.

— O porteiro foi buscar — respondeu o guarda, encostando a mão na pala do quepe.

O caixeiro começou a falar algo sobre o calor.

— Isto é da sua conta? Hein? Siga o seu caminho — exclamou o chefe de polícia e lançou-lhe um olhar tão severo que o caixeiro se calou.

— É preciso dar água para ele — disse Nekhliúdov.

O chefe de polícia lançou um olhar severo também para Nekhliúdov, mas não disse nada. Quando o porteiro trouxe água numa caneca, ele mandou que o guarda oferecesse ao prisioneiro. O guarda levantou a cabeça desabada e tentou derramar água dentro da boca, mas o prisioneiro não aceitava; a água escorria pela barba, molhando a japona sobre o peito e a camisa de cânhamo poeirenta.

— Entorne em cima da cabeça! — ordenou o chefe de polícia e o guarda, após tirar o chapéu em forma de panqueca, entornou a água também sobre os cabelos crespos e ruivos e sobre o crânio nu.

Os olhos do prisioneiro, como que de susto, abriram-se mais, porém sua posição não mudou. Pelo rosto, corriam torrentes sujas de poeira, mas a boca soluçava ritmadamente e o corpo todo tremia.

— E aquele ali? Pegue aquele mesmo — disse o chefe de polícia para o guarda, apontando para o coche de praça de Nekhliúdov. — Vamos! Ei, você!

— Está ocupado — exclamou o cocheiro com ar sombrio, sem erguer os olhos.

— É o meu coche — disse Nekhliúdov —, mas pode usá-lo. Eu pago — acrescentou, voltando-se para o cocheiro.

— E então, por que estão aí parados? — berrou o chefe de polícia. — Carreguem!

O guarda, o porteiro e o soldado da escolta levantaram o moribundo, levaram-no até a caleche e o puseram no assento. Mas ele não conseguia segurar-se sozinho: a cabeça desabava para trás e todo o seu corpo escorregava para fora do assento.

— Ponham deitado! — ordenou o chefe de polícia.

— Não faz mal, excelência, eu o levarei assim mesmo — respondeu o guarda, sentando-se com firmeza ao lado do moribundo, abraçando-o com força, sob a axila, com o braço direito.

O soldado da escolta levantou os pés calçados em botinas, sem meias, ajeitou-os e empurrou-os para debaixo da boleia.

O chefe de polícia olhou em volta e, ao ver sobre as pedras do calçamento o chapéu em forma de panqueca do prisioneiro, levantou-o do chão e o pôs sobre a cabeça molhada e tombada para trás.

— Marche! — ordenou.

O cocheiro virou-se irritado, balançou a cabeça e, acompanhado pelo soldado da escolta, pôs o coche em movimento, para trás, devagar, rumo à delegacia. Sentado com o prisioneiro, o guarda amparava o tempo todo o corpo que escorregava, enquanto a cabeça balançava em todas as direções. O soldado da escolta, que caminhava ao lado, ajeitava os pés. Nekhliúdov veio atrás deles.

XXXVII

Após chegar ao portão da delegacia e passar pela sentinela dos bombeiros, a caleche com o prisioneiro entrou no pátio da delegacia de polícia e parou junto a uma das entradas.

Bombeiros, no pátio, de mangas arregaçadas, conversavam em voz alta e riam, enquanto lavavam uma carroça.

Assim que a caleche parou, alguns guardas a cercaram e agarraram pelas pernas e pelas axilas o corpo sem vida do prisioneiro e o retiraram da caleche, que chiava debaixo deles.

O guarda que viera com o prisioneiro, ao descer da caleche, sacudiu o braço endurecido, tirou o quepe e fez o sinal da cruz. Carregaram o defunto através da porta e para cima, pela escada. Nekhliúdov foi atrás deles. No cômodo pequeno e sujo para onde levaram o defunto, havia quatro macas. Em duas, estavam sentados dois doentes em roupões, um de boca torta e pescoço enfaixado, o outro tuberculoso. Duas macas estavam livres. Numa delas, puseram o prisioneiro. Um homem miúdo, de olhos brilhantes e sobrancelhas que se moviam sem parar, só de roupa de baixo e meias, a passos ligeiros e suaves, aproximou-se do prisioneiro recém-trazido, olhou para ele, em seguida olhou para Nekhliúdov e soltou uma gargalhada. Era um louco manso que deixavam ficar na enfermaria.

— Querem me assustar — exclamou. — Só que não vão conseguir, não.

Junto com os guardas que carregaram o defunto, entraram o chefe de polícia e o enfermeiro.

O enfermeiro, aproximando-se do defunto, tocou na mão do prisioneiro, amarelada, coberta de sardas, ainda mole, mas já com uma lividez de cadáver, segurou-a e depois largou. Ela caiu sem vida sobre a barriga do defunto.

— Acabou-se — disse o enfermeiro após sacudir a cabeça, mas obviamente para cumprir a praxe abriu a camisa molhada do defunto, feita de pano cru, e após afastar da orelha seus cabelos crespos, encostou a cabeça ao peito amarelado, alto e imóvel do prisioneiro. Todos ficaram em silêncio. O enfermeiro ergueu-se, balançou de novo a cabeça e, com um dedo, baixou primeiro uma pálpebra e depois a outra sobre os olhos abertos, azuis e parados.

— Não me assustam, não me assustam — disse o louco, o tempo todo cuspindo na direção do enfermeiro.

— E então? — perguntou o chefe de polícia.

— E então? — repetiu o enfermeiro. — Tem de recolher para o necrotério.

— Olhe bem, tem certeza? — perguntou o chefe de polícia.

— Já é tempo de eu saber essas coisas — respondeu o enfermeiro, que por algum motivo cobriu de novo o peito do cadáver. — Mas vou mandar buscar o Matviei Ivánitch para dar uma olhada. Petrov, vá logo — disse o enfermeiro e afastou-se do cadáver.

— Levem para o necrotério — ordenou o chefe de polícia. — E você venha ao escritório para assinar — acrescentou para o soldado da escolta que, o tempo todo, não se afastava do prisioneiro.

— Sim, senhor — respondeu.

Os guardas levantaram o cadáver e o levaram de novo para baixo, pela escada. Nekhliúdov quis ir com eles, mas o louco o segurou.

— O senhor, afinal, não está na conspiração, então me dê um cigarrinho — disse o louco.

Nekhliúdov pegou a cigarreira e lhe deu. O louco, movendo as sobrancelhas, começou a contar, falando muito rápido, como o atormentavam com repreensões.

— Veja, todos eles estão contra mim e, por meio dos seus médiuns, me atormentam, me torturam...

— Desculpe — disse Nekhliúdov e, sem ouvi-lo até o fim, desceu para o pátio a fim de saber para onde iam levar o defunto.

Os guardas, com o seu fardo, já haviam atravessado o pátio inteiro e entravam num porão. Nekhliúdov quis ir na direção deles, mas o chefe de polícia o deteve.

— O que o senhor quer?

— Nada — respondeu Nekhliúdov.

— Nada, então vá embora daqui.

Nekhliúdov obedeceu e seguiu para o seu coche de praça. O cocheiro cochilava. Nekhliúdov acordou-o e tomou de novo o rumo da estação de trem.

Não havia percorrido cem passos quando deparou com uma carroça, acompanhada de novo por um soldado da escolta, com um fuzil, e sobre ela jazia um outro prisioneiro, obviamente já morto. O prisioneiro estava estirado de costas sobre a carroça, sua cabeça raspada, de barbicha preta, estava coberta por um chapéu em forma de panqueca tombado por cima do rosto até o nariz e tremia e agitava-se a cada solavanco da carroça. O cocheiro de botas grossas conduzia o cavalo, caminhando a seu lado. Atrás, vinha um guarda. Nekhliúdov tocou no ombro do seu cocheiro.

— Fazem cada coisa! — disse o cocheiro e deteve o cavalo.

Nekhliúdov desceu da caleche e, seguindo a carroça, passou de novo pelo sentinela dos bombeiros, entrou no pátio da delegacia. No pátio, agora, os bombeiros já haviam terminado de lavar a carroça e, no lugar dela, estava o chefe do corpo de bombeiros, alto e de ossos salientes, com uma fita azul no quepe, e de mãos nos bolsos observava com ar severo um garanhão baio, de pescoço farto, que um bombeiro fazia andar na sua frente. O garanhão mancava numa das patas dianteiras e o chefe dos bombeiros, irritado, disse algo para o veterinário que estava ali.

O chefe de polícia também estava ali. Ao ver o outro cadáver, aproximou-se da carroça.

— Onde pegaram? — perguntou, após balançar a cabeça com ar desaprovador.

— Na rua Velha Gorbátovskaia — respondeu o guarda.

— Prisioneiro?

— Isso mesmo.

— É o segundo, hoje — disse o chefe de polícia.

— Ora, está na média! Também, com este calor — disse o chefe dos bombeiros e, voltando-se para o bombeiro que conduzia o baio manco, esbravejou: — Leve para a cocheira do canto! Seu filho de uma cadela, vou lhe ensinar como estropiar um cavalo que vale mais do que você, seu desgraçado.

Os guardas, como haviam feito com o outro, levantaram o cadáver da carroça e levaram para a enfermaria. Nekhliúdov, como que hipnotizado, foi atrás deles.

— O que o senhor quer? — perguntou-lhe um guarda.

Ele, sem responder, foi para onde levavam o cadáver.

O louco, sentado na maca, fumava sofregamente o cigarro que Nekhliúdov lhe dera.

— Ah, voltaram! — disse ele e deu uma gargalhada. Ao ver o cadáver, fez uma careta. — Outra vez — falou. — Já estou farto, afinal não sou criança, não é verdade? — voltou-se para Nekhliúdov, sorrindo com ar interrogativo.

Nekhliúdov, enquanto isso, olhava para o cadáver que agora ninguém mais encobria e cujo rosto, antes oculto pelo chapéu, estava todo à mostra. Enquanto o outro prisioneiro era feio, esse era extraordinariamente bonito, o rosto e o corpo inteiro. Era um homem no auge do seu vigor. Apesar de metade da cabeça estar desfigurada pelo cabelo raspado, a testa baixa e proeminente, com elevações acima dos olhos pretos, agora sem vida, era muito bonita, assim como o nariz pequeno e ligeiramente aquilino, acima do bigode preto e fino. Os lábios agora azulados estavam fixos num sorriso; uma barbicha pequena apenas margeava a parte inferior do rosto e, no lado raspado do crânio, via-se uma orelha pequena, sólida e bonita. A expressão do rosto era serena, severa, bondosa. Sem falar que, no rosto, se via quantas potencialidades de vida espiritual tinham sido aniquiladas naquele homem — pelos ossos finos das mãos e pelos pés presos em correntes, pelos músculos fortes de todos os membros bem-proporcionados, via-se como era um animal humano lindo, forte, ágil, como um animal, na sua espécie, muito mais perfeito do que o cavalo baio, cuja lesão na pata provocara tamanha irritação no chefe dos bombeiros. Todavia o mataram de exaustão, e não só ninguém tinha pena dele como um homem — ninguém tinha pena dele nem como um animal de carga, massacrado inutilmente. O único sentimento que sua morte despertou em todos foi o aborrecimento com as preocupações causadas pela necessidade de remover aquele corpo ameaçado pela decomposição.

Na enfermaria, entraram o médico, o enfermeiro e um comissário de polícia. O médico era um homem robusto, atarracado, num paletó feito de tussor, assim como a calça estreita, que vestia de modo muito justo as suas coxas musculosas. O comissário era um gordalhão pequeno, de rosto vermelho e esférico, que ficava ainda mais redondo por causa do seu hábito de inflar as bochechas com ar e depois soltá-lo lentamente. O médico veio sentar-se na maca junto ao cadáver, assim como o enfermeiro, apalpou as mãos, escutou o coração e levantou-se, ajeitando as calças.

— Mais morto que isso não existe — falou.

O comissário encheu a boca toda de ar e soltou-o lentamente.

— De que cadeia? — voltou-se para o soldado da escolta.

O soldado respondeu e lembrou-se das correntes, que estavam no morto.

— Vou mandar tirar. Graças a Deus, temos ferreiros — disse o comissário e, após encher de novo as bochechas, foi para fora, enquanto soltava o ar lentamente.

— Por que é assim? — perguntou Nekhliúdov para o médico.

O médico o fitou através dos óculos.

— Por que é assim o quê? Por que morrem de insolação? Pois ficam sem movimentar-se, sem luz o inverno inteiro, e de repente saem para o sol, e num dia desse, como está hoje, e ainda caminham em multidão, sem circulação de ar. Pronto, é insolação.

— Então por que os mandam para a rua?

— Isso o senhor tem de perguntar a eles. Mas e o senhor, a propósito, quem é?

— Estava de passagem.

— Ah!... Meus respeitos, não tenho tempo — disse o médico e, com enfado, após esticar bem as calças para baixo, dirigiu-se para as macas dos doentes. Muito bem, e o senhor, como está? — voltou-se para um homem pálido, de boca torta e pescoço enfaixado.

O louco, enquanto isso, continuava sentado em sua maca e, após parar de fumar, cuspia na direção do médico.

Nekhliúdov desceu para o pátio, passou pelos cavalos dos bombeiros, pelas galinhas, pelo sentinela de capacete de cobre que estava no portão, sentou-se em seu coche de praça, onde o cocheiro de novo dormia, e seguiu para a estação de trem.

XXXVIII

Quando Nekhliúdov chegou à estação, os prisioneiros já estavam sentados dentro dos vagões, por trás das janelas gradeadas. Na plataforma, estavam algumas pessoas que os haviam acompanhado: não tiveram permissão de entrar nos vagões. Os soldados da escolta estavam agora especialmente preocupados. No caminho da prisão para a estação de trem, haviam passado mal e morrido de insolação, além dos dois homens que Nekhliúdov encontrou, outros três: um deles, a exemplo dos dois primeiros, foi levado para a delegacia próxima, e os dois últimos passaram mal já ali, na estação.* Os soldados da escolta estavam preocupados não por terem morrido, sob a sua escolta, cinco pessoas que poderiam estar vivas. Isso não lhes interessava, só lhes interessava executar tudo aquilo que, pela lei, se exigia naqueles casos: remover os mortos para o lugar devido, assim como os seus documentos e os seus pertences, subtraí-los da contagem dos que era preciso levar para Níjni, e isso era muito trabalhoso, sobretudo naquele calor.

Os soldados da escolta estavam atarefados com tudo isso e portanto, até que tudo fosse resolvido, não deixaram aproximar-se dos vagões nem Nekhliúdov, nem os outros que pediam. No entanto, deixaram Nekhliúdov passar porque deu dinheiro a um sargento da escolta. O sargento abriu passagem para Nekhliúdov e só lhe pediu que conversasse rapidamente e fosse embora, para que o chefe não visse. Ao todo, eram dezoito vagões e, exceto o vagão das autoridades, estavam todos abarrotados de prisioneiros. Enquanto passava junto às janelas dos vagões, Nekhliúdov escutava com atenção o que acontecia lá dentro. Em todos os vagões, ouvia-se o barulho de correntes, rebuliço, falatório, entremeado por palavrões desvairados, mas em parte alguma falavam, como esperava Nekhliúdov, sobre os companheiros que haviam morrido no caminho. As palavras se referiam sobretudo aos sacos, à água para beber e à escolha dos lugares. Após espiar através da janela de um dos vagões, Nekhliúdov avistou no meio, no corredor, uns soldados da escolta que retiravam as algemas dos prisioneiros. Os prisioneiros estendiam os braços e um soldado da escolta, com uma chave, abria o cadeado nas algemas e as retirava. Um outro recolhia as algemas. Nekhliúdov passou por todos os vagões dos homens e chegou aos das mulheres. No segundo vagão, ouviu um monocórdio gemido feminino, com as palavras: "A-a-ah! Paizinho! a-a-ah! Paizinho!".

Foi em frente e, segundo a indicação de um soldado da escolta, dirigiu-se

---

* No início da década de 1880, cinco prisioneiros morreram de insolação num dia, enquanto eram levados da prisão de Butírski para a estação de trem de Níjni-Nóvgorod. [Nota de Tolstói]

para uma janela do terceiro vagão. Assim que Nekhliúdov aproximou a cabeça, um calor exalou pela janela, impregnado por um denso cheiro de emanações humanas, e ouviram-se nitidamente vozes femininas esganiçadas. Em todos os bancos, estavam sentadas mulheres vermelhas, suadas, de roupão e blusa, e conversavam ruidosamente. O rosto de Nekhliúdov junto à grade chamou a atenção delas. As mais próximas calaram-se e chegaram mais perto dele. Máslova, de blusa e sem lenço na cabeça, estava sentada na janela do lado oposto. Perto dali, estava sentada a branca e sorridente Fedóssia. Ao reconhecer Nekhliúdov, ela empurrou Máslova e, com a mão, mostrou-lhe a janela. Máslova levantou-se depressa, cobriu os cabelos pretos com um lenço e, com o rosto que se reanimara, vermelho, suado e sorridente, aproximou-se da janela e agarrou-se às grades.

— Que calor — disse, sorrindo com alegria.

— A senhora recebeu as coisas?

— Recebi, obrigada.

— Precisa de mais alguma coisa? — perguntou Nekhliúdov, sentindo o calor igual ao de uma sauna que saía do vagão em brasa.

— Não preciso de nada, obrigada.

— Era bom matar a sede — disse Fedóssia.

— Sim, era bom matar a sede — repetiu Máslova.

— Será possível que vocês não têm água?

— Deram, mas beberam tudo.

— Num instante — disse Nekhliúdov. — Vou pedir ao soldado da escolta. De agora até Níjni, não nos veremos.

— Então o senhor vai mesmo? — perguntou Máslova, como se já não soubesse, e lançou um olhar alegre para Nekhliúdov.

— Vou partir no trem seguinte.

Máslova nada disse e só após alguns segundos soltou um suspiro profundo.

— Mas, patrão, é mesmo verdade que fizeram doze prisioneiros morrer de cansaço? — perguntou uma prisioneira velha e bruta, com a voz rude de um mujique.

Era Korabliova.

— Não ouvi falar em doze. Vi dois — respondeu Nekhliúdov.

— Estão falando em doze. Será que não vai acontecer nada com eles por causa disso? Que demônios!

— E entre as mulheres, ninguém passou mal? — perguntou Nekhliúdov.

— As mulheres são mais fortes — disse rindo uma outra prisioneira baixinha. — Só uma que inventou de parir. Ouve só como berra — disse, apontando para o vagão vizinho, de onde se ouviam todos aqueles gemidos.

— O senhor pergunta se preciso de alguma coisa — disse Máslova, tentando reprimir um sorriso de alegria. — Será que não podiam deixar aquela mulher ficar, isso é uma tortura. Quem sabe se o senhor falasse com o comandante.

— Sim, vou falar.

— E será que ela não podia ver Tarás, o marido? — acrescentou, apontando com os olhos para a sorridente Fedóssia. — Afinal, ele vai com o senhor.

— Cavalheiro, é proibido conversar — ouviu-se a voz de um sargento da escolta. Não era o que havia deixado Nekhliúdov passar.

Nekhliúdov afastou-se e foi procurar o comandante para lhe falar sobre a parturiente e sobre Tarás, mas passou muito tempo e não conseguia encontrá-lo e também não conseguiu obter uma solução dos soldados da escolta. Estavam em grande rebuliço: alguns levavam um prisioneiro para algum lugar, outros corriam para comprar provisões para si e arrumavam suas bagagens nos vagões, outros ainda atendiam a uma senhora que ia viajar com um oficial da escolta e respondiam a contragosto as perguntas de Nekhliúdov.

Nekhliúdov avistou o oficial da escolta já depois do segundo toque da campainha. O oficial, enquanto enxugava com o braço curto os bigodes que escondiam a boca e, de ombros levantados, repreendia um suboficial por alguma coisa.

— E o senhor, o que é que deseja mesmo? — perguntou para Nekhliúdov.

— Uma mulher está dando à luz num dos seus vagões, por isso achei que seria necessário...

— Ora, deixe que dê à luz. Depois veremos — disse um soldado da escolta que entrava em seu vagão sacudindo animadamente os braços curtos.

Nesse momento, passou o condutor com um apito na mão; ouviu-se a terceira campainha, um apito, e no meio dos acompanhantes que estavam na plataforma e num vagão de mulheres ouviu-se um choro e lamentos. Nekhliúdov estava ao lado de Tarás, na plataforma, e observava, um após o outro, arrastarem-se diante dele os vagões de janelas gradeadas, por onde se viam as cabeças raspadas dos homens. Depois passou por ele o primeiro vagão das mulheres, nas janelas se viam mulheres de cabeças descobertas ou com lenços; depois o segundo vagão, no qual se ouvia o tempo todo aquele mesmo gemido da mulher, depois o vagão em que vinha Máslova. Junto com outras, ela estava na janela, olhava para Nekhliúdov e sorria triste para ele.

XXXIX

Até a partida do trem de passageiros, no qual viajaria Nekhliúdov, faltavam duas horas. De início, pensou em aproveitar o intervalo e ir ainda visitar a irmã, mas agora, depois das impressões daquela manhã, sentia-se a tal ponto emocionado e abalado que, ao sentar-se num sofazinho da primeira classe, de forma totalmente inesperada, sentiu tal sonolência que se virou de lado, colocou a palma da mão sob a bochecha e na mesma hora adormeceu.

Despertou-o um lacaio de fraque, com um distintivo e um guardanapo.

— Senhor, senhor, por acaso o senhor não é o príncipe Nekhliúdov? Uma senhora o procura.

Nekhliúdov levantou-se de um salto, esfregando os olhos, e lembrou onde estava e tudo o que acontecera naquela manhã.

Em suas recordações estavam: o cortejo dos prisioneiros, os cadáveres, os vagões com grades e, trancadas dentro deles, as mulheres, uma das quais sofria em trabalho de parto sem receber ajuda, enquanto uma outra sorria triste para ele, por trás de grades de ferro. Na realidade, diante dele, tudo era bem diferente: uma mesa cheia de garrafas, jarras, candelabros e porcelanas, lacaios ágeis e atarefados em volta da mesa. No fundo da sala, em frente a um armário, por trás de garrafas e de vasos com frutas, um copeiro e as costas dos passageiros que foram até o balcão.

Na hora em que Nekhliúdov passou da posição reclinada para a sentada e aos poucos recobrava o domínio de si, notou que todos os que estavam na sala observavam com curiosidade algo que se passava na porta. Ele mesmo olhou para lá e avistou um cortejo de pessoas que carregavam uma senhora numa cadeira suspensa, com um véu vaporoso que envolvia sua cabeça. O carregador da frente era um lacaio e pareceu conhecido a Nekhliúdov. O de trás era também um porteiro conhecido, com galões no quepe. Atrás da cadeira, vinha uma criada de quarto elegante, de avental e cachos no cabelo, e levava uma trouxa, um objeto redondo num estojo de couro e uma sombrinha. E atrás ainda, com seus lábios de cachorro, seu pescoço apoplético e o peito proeminente, vinha o príncipe Kortcháguin, com um quepe de viagem, e atrás dele ainda vinham Míssi, Micha, seu primo, e o diplomata Ostien, conhecido de Nekhliúdov, com seu pescoço comprido, o pomo de adão saliente, sempre de aspecto alegre e bem-disposto. Ele caminhava enquanto, com ar sério mas obviamente de brincadeira, terminava de contar algo para Míssi, que sorria. Atrás vinha o médico, que irritado fumava um cigarro.

Os Kortcháguin se mudavam de sua propriedade, perto da cidade, para a propriedade da irmã da princesa, na estrada para Níjni-Nóvgorod.

O cortejo dos carregadores, da criada e do médico seguiu para a sala das mulheres, despertando curiosidade e respeito de todos os presentes. O velho príncipe, ao chegar à mesa, logo chamou um lacaio e começou a fazer um pedido. Míssi e Ostien também pararam na cantina e, no instante em que faziam menção de sentar-se, avistaram na porta uma conhecida e foram ao seu encontro. A conhecida era

Natália Ivánovna. Acompanhada por Agrafiena Petrovna, Natália Ivánovna entrou na cantina, olhando para os lados. Quase ao mesmo tempo, avistou Míssi e o seu irmão. Aproximou-se primeiro de Míssi, depois de apenas cumprimentar Nekhliúdov com a cabeça; porém, após trocar um beijo com Míssi, voltou-se logo para ele.

— Afinal, encontrei você — disse.

Nekhliúdov levantou-se, cumprimentou Míssi, Micha e Ostien e ficou ali conversando. Míssi lhe contou do incêndio na casa deles, no campo, que os obrigou a mudar-se para a propriedade da tia. Ostien aproveitou a oportunidade para contar uma anedota divertida sobre um incêndio.

Nekhliúdov, sem dar atenção a Ostien, voltou-se para a irmã.

— Como estou contente por você ter vindo — disse ele.

— Já cheguei faz muito tempo — respondeu ela. — Eu e Agrafiena Petrovna. — Apontou para Agrafiena Petrovna, que, de chapéu e capa impermeável, de longe, com dignidade afetuosa, fez uma reverência acanhada para Nekhliúdov, sem querer incomodá-lo. — Procuramos você por toda parte.

— Pois peguei no sono aqui mesmo. Como estou contente por você ter vindo — repetiu. — Comecei a escrever uma carta para você — explicou.

— É mesmo? — exclamou, assustada. — Sobre o quê?

Míssi, com seus cavalheiros, ao notar que entre o irmão e a irmã se iniciava uma conversa íntima, afastou-se para um lado. Nekhliúdov e a irmã, por sua vez, sentaram-se junto à janela, num sofazinho de veludo, perto das bagagens de alguém, mantas e caixas de papelão.

— Ontem, quando saí da sua casa, quis voltar e desculpar-me, mas não sabia como ele ia reagir — disse Nekhliúdov. — Falei o que não devia com o seu marido e isso também me aborreceu.

— Eu sabia, eu estava convencida — disse a irmã — de que você não tinha intenção. Afinal, você sabe...

E lágrimas surgiram em seus olhos e ela tocou nas mãos dele. Aquela frase era obscura, mas Nekhliúdov entendeu-a completamente e comoveu-se com o que significava. Suas palavras significavam que, além do amor que dominava Natália por inteiro — o amor pelo marido —, era também importante para ela o amor por ele, o irmão, e qualquer desavença com ele representava para ela um duro sofrimento.

— Obrigado, obrigado a você... Ah, que coisas vi hoje — disse, ao lembrar de súbito o segundo prisioneiro que morrera. — Dois prisioneiros assassinados.

— Assassinados, como?

— Isso mesmo, assassinados. Foram levados debaixo deste calor. E dois morreram de insolação.

— Não pode ser! Como? Hoje? Agora?

— Sim, agora. Eu vi seus cadáveres.

— Mas por que assassinaram? Quem assassinou? — perguntou Natália Ivánovna.

— Quem assassinou foram aqueles que os levavam — respondeu Nekhliúdov, exasperado, sentindo que ela encarava também aquele assunto com os olhos do marido.

— Ah, meu Deus! — disse Agrafiena Petrovna, que se aproximara deles.

— Sim, nós não temos a menor ideia do que fazem com esses infelizes, e é preciso saber disso — acrescentou Nekhliúdov, olhando para o velho príncipe, que, após prender um guardanapo com um nó, se sentou à mesa diante de uma salada de frutas e, naquele exato momento, virou os olhos na direção de Nekhliúdov.

— Nekhliúdov! — gritou. — O senhor não quer refrescar-se? É excelente para a viagem!

Nekhliúdov recusou e virou-se.

— Mas e você, o que está fazendo? — perguntou Natália Ivánovna.

— Faço o que posso. Não sei, mas sinto que tenho de fazer alguma coisa. E o que posso, eu faço.

— Sim, sim, isso eu entendo. Mas, e com aqueles ali — disse ela, sorrindo e apontando com os olhos para Kortcháguina —, está tudo acabado mesmo?

— Totalmente, e acho que sem tristeza, de ambas as partes.

— É pena. Lamento. Eu gosto dela. Bem, vamos admitir que seja assim. Mas para que você quer se comprometer? — acrescentou com timidez. — Para que vai partir?

— Vou partir porque devo — respondeu Nekhliúdov em tom sério e seco, como se quisesse pôr fim àquela conversa.

Mas logo sentiu vergonha da sua frieza com a irmã. “Por que não dizer a ela tudo o que penso?”, refletiu. “E que Agrafiena Petrovna também ouça”, disse para si, levantando o olhar para a velha criada. A presença de Agrafiena Petrovna o estimulou ainda mais a repetir para a irmã sua decisão.

— Você se refere à minha intenção de casar com Katiucha? Pois é, veja bem, eu decidi fazer isso, mas ela me recusou com determinação e firmeza — e sua voz tremeu, como sempre tremia quando falava sobre o assunto. — Ela não quer o meu sacrifício e sacrifica a si mesma, e para ela, na sua situação, isso é demais, eu não posso aceitar esse sacrifício, nem que seja momentâneo. Por isso vou partir com ela e ficarei lá onde ela estiver e vou ajudar o máximo que puder e vou tornar mais leve o seu destino.

Natália Ivánovna não disse nada. Agrafiena Petrovna fitou Natália Ivánovna com ar interrogativo e balançou a cabeça. Nesse momento, o cortejo saiu de novo da sala das mulheres. O mesmo belo lacaio Philipp e o porteiro carregavam a princesa. Ela deteve os carregadores, chamou Nekhliúdov com um aceno e penosamente, mal se aguentando, lhe ofereceu a mão branca cheia de anéis, esperando com horror um aperto forte.

— *Epouvantable!*[46] — disse ela, referindo-se ao calor. — Não estou aguentando. *Ce climat me tue.*[47] — E, após falar dos horrores do clima russo e convidar Nekhliúdov para vir à sua casa, fez um sinal para os carregadores. — Então venha me visitar, sem falta — acrescentou, já a caminho, virando o rosto comprido para ele.

Nekhliúdov saiu para a plataforma. O cortejo da princesa seguiu para a direita, rumo à primeira classe. Já Nekhliúdov, os carregadores que levavam as bagagens e Tarás com o seu saco foram para a esquerda.

— Aqui está o meu camarada — disse Nekhliúdov para a irmã, apontando para Tarás, cuja história já lhe contara antes.

— Mas será possível que vão viajar na terceira classe? — perguntou Natália Ivánovna, quando Nekhliúdov parou em frente ao vagão da terceira classe e o carregador com a bagagem e Tarás entraram nele.

— Sim, fica mais cômodo para mim, vou com Tarás — respondeu. — E há mais uma coisa — acrescentou. — Por enquanto não entreguei aos camponeses a terra em Kuzmínskoie e assim, no caso de eu morrer, os seus filhos são os herdeiros.

— Dmítri, pare com isso — falou Natália Ivánovna.

— Mas, se eu abrir mão da terra, a única coisa que posso dizer é que todo o restante será deles, pois não é provável que eu case, e, se eu casar, não haverá filhos... e assim...

— Dmítri, por favor, não diga isso — falou Natália Ivánovna, mas Nekhliúdov via, nesse meio-tempo, que ela estava contente de ouvir o que ele dizia.

Lá adiante, na primeira classe, só havia uma pequena multidão de pessoas, todas ainda olhavam para o vagão para o qual haviam carregado a princesa Kortcháguina. As demais pessoas já estavam todas em seus lugares. Os passageiros atrasados, apressando-se, esbarravam nos bancos da plataforma, os condutores fechavam com estrondo as portinholas e convidavam os passageiros para se sentar e os acompanhantes para sair.

Nekhliúdov entrou no vagão fedorento que o sol quente deixava em brasa, mas logo saiu para a plataforma traseira onde ficava o freio.

Natália Ivánovna estava parada diante do vagão, com o seu chapéu da moda

---

46 Francês: "Espantoso!".

47 Francês: "Este clima me mata".

e a sua capa, ao lado de Agrafiena Petrovna e, era evidente, procurava um tema para conversar e não encontrava. Era impossível até dizer "*écrivez*",[48] porque já fazia muito que os dois riam dessa expressão rotineira das pessoas que partem numa viagem. Aquela breve conversa sobre questões de dinheiro e de herança destruiu de vez a relação terna e fraternal que se estabelecera entre os dois; sentiam-se agora isolados um do outro. Tanto assim que Natália Ivánovna ficou alegre quando o trem se pôs em movimento e, acenando com a cabeça, com o rosto triste e meigo, tudo o que pôde dizer foi: "Bem, adeus, adeus, Dmítri!". Porém, assim que o vagão se afastou, ela pensou em como transmitir ao marido sua conversa com o irmão e seu rosto ficou sério e preocupado.

E Nekhliúdov, apesar de não nutrir pela irmã nada senão os melhores sentimentos e nada ocultar dela, agora se sentia desanimado e sem jeito em sua presença e tinha vontade de livrar-se da irmã o mais depressa possível. Sentia não haver mais aquela Natacha que no passado era tão próxima a ele, existia apenas uma escrava do marido, antipático, moreno, peludo, que era um estranho para Nekhliúdov. Via isso com clareza, porque o rosto da irmã só se iluminou com um ânimo especial quando ele passou a falar do que preocupava o marido — a cessão das terras para os camponeses, a herança. E isso o deixou triste.

XL

O calor no grande vagão de terceira classe, cheio de gente e abrasado pelo sol ao longo de todo o dia, era tão asfixiante que Nekhliúdov não ficou dentro do vagão e sim na pequena plataforma traseira. Mas ali também não havia como respirar e Nekhliúdov só respirou a plenos pulmões quando os vagões deixaram as casas para trás e um vento contínuo começou a correr. "Sim, assassinaram", repetiu consigo as palavras ditas para a irmã. E na sua imaginação, por trás de todas as impressões daquele dia, surgiu com uma vivacidade fora do comum o belo rosto do segundo prisioneiro morto, com a expressão sorridente dos lábios, a expressão severa da testa e a orelha pequena e sólida ao pé do crânio raspado e azulado. "E o mais terrível de tudo é que assassinaram e ninguém sabe quem assassinou. Mas assassinaram. Levaram o homem, como todos os prisioneiros, por ordem de Máslennikov. Máslennikov, é provável, cumpriu suas funções habituais, assinou um papel timbrado com sua rubrica idiota e, é claro, já não se considera culpado. O médico

48 Francês: "Escreva".

da prisão que examinava os prisioneiros pode considerar-se ainda menos culpado. Ele cumpriu com rigor a sua obrigação, separou os debilitados e ninguém poderia prever nem aquele calor terrível nem que os prisioneiros seriam levados à rua já tão tarde e tão aglomerados. O diretor?... Mas o diretor apenas cumpriu a determinação de, em tal dia, encaminhar tantos condenados aos trabalhos forçados, tantos deportados, homens e mulheres. Também não pode ser culpada a escolta, cuja obrigação consistia em receber, segundo uma contagem, tantos prisioneiros em tal lugar e entregar o mesmo número em outro lugar. A escolta conduziu o cortejo como fazia de costume e não podia supor, e muito menos podia prever, que pessoas tão fortes como aqueles dois não iam suportar e morreriam. Ninguém é culpado, mas pessoas foram assassinadas, e assassinadas, apesar de tudo, por aquelas mesmas pessoas que não são culpadas de tais mortes."

"Tudo isso aconteceu", pensou Nekhliúdov, "porque todas aquelas pessoas, governadores, diretores, chefes de polícia, guardas, julgam que existem no mundo circunstâncias em que a atitude humana com seres humanos não é uma obrigação. Pois todas aquelas pessoas — Máslennikov, o diretor, a escolta —, todas elas, se não fossem governadores, diretores, oficiais, pensariam vinte vezes se podiam ou não levar pessoas sob tamanho calor e em tamanha aglomeração, parariam vinte vezes no caminho e, ao ver que uma pessoa estava debilitada, sufocada, a retirariam da multidão, levariam para uma sombra, dariam água, deixariam descansar e, quando ocorresse uma desgraça, expressariam compaixão. Eles não faziam isso, até impediam que outros o fizessem, só porque viam à sua frente não pessoas e suas obrigações perante elas, mas sim um cargo oficial e suas exigências, que eles situavam acima das exigências das relações humanas. E isso é tudo", pensou Nekhliúdov. "Se for possível reconhecer que alguma coisa, seja o que for, é mais importante do que o sentimento de amor ao ser humano, ainda que seja por uma hora, ainda que seja só num caso excepcional, então não haverá crime que não possa ser cometido contra as pessoas, e ninguém vai se considerar culpado."

Nekhliúdov estava tão concentrado que não notou como o tempo havia mudado: o sol foi encoberto por uma nuvem rasgada, baixa, à frente das outras, e no horizonte ocidental descia uma densa nuvem cinzenta e clara, que se derramava lá longe, em algum lugar, sobre campos e florestas, numa chuva oblíqua e proveitosa. Da nuvem, corria um ar úmido de chuva. De quando em quando, rompiam raios e, de modo cada vez mais frequente, o estrondo da trovoada misturava-se com o estrondo dos vagões. A nuvem ficava cada vez mais próxima, as gotas oblíquas da chuva, acossadas pelo vento, começaram a deixar manchas no chão da pequena plataforma e no casaco de Nekhliúdov. Ele passou para o lado oposto e, respirando o frescor úmido e o cheiro de cereais que vinha da terra, desde muito à espera daquela chuva, olhava para os pomares, os bosques, os campos amarelados de centeio, as faixas ainda verdes de aveia e os sulcos pretos de batatas verde-escuras, em flor. Tudo parecia coberto por um verniz: o verde ficava mais verde, o amarelo mais amarelo, o preto mais preto.

— Mais, mais! — disse Nekhliúdov, alegrando-se com o renascer dos campos, dos pomares, das hortas, sob a chuva benfazeja.

A chuva forte não durou muito. A nuvem em parte se esgotou, em parte afastou-se ligeira e, sobre a terra molhada, caíam já retas, constantes, miúdas, as últimas gotas. O sol apareceu outra vez, tudo começou a brilhar e no leste, acima do horizonte, curvou-se um arco-íris baixo, mas claro, com uma cor violeta saliente, e interrompido só numa das pontas.

"Sim, sobre o que eu estava pensando?", perguntou-se Nekhliúdov, quando todas essas mudanças na natureza se concluíram e o trem enveredou por um barranco de paredes altas. "Sim, pensava em como todas aquelas pessoas, o diretor, os soldados da escolta, todos aqueles funcionários, na maior parte pessoas boas, dóceis, fazem crueldades só porque têm cargos oficiais."

Lembrou-se da indiferença de Máslennikov, quando lhe contou o que acontecia na prisão, lembrou-se da severidade do diretor, da crueldade do oficial da escolta, quando não deixou que subissem nas carroças e não prestou atenção ao fato de uma mulher estar no trem sofrendo em trabalho de parto. "Todas essas pessoas, obviamente, eram invulneráveis, impermeáveis ao mais simples sentimento de compaixão só porque tinham um cargo oficial. Como funcionários, eram inacessíveis ao sentimento de amor ao ser humano, assim como esse revestimento é para a chuva", pensou Nekhliúdov, olhando para o declive do barranco revestido com pedras de várias cores, onde a água da chuva, em vez de ser absorvida na terra, escoava em filetes. "Talvez seja necessário revestir de pedras os barrancos, mas dá tristeza olhar para essa terra despojada de vegetação, onde poderiam crescer o cereal, o capim, os arbustos, as árvores, como as que se veem por cima do barranco. Assim também acontece com as pessoas", pensou Nekhliúdov, "e talvez sejam necessários esses governadores, diretores, guardas, mas é terrível ver pessoas privadas da principal qualidade humana: o amor e a piedade mútuos."

"A questão toda", pensou Nekhliúdov, "é que essas pessoas reconhecem como lei aquilo que não é lei e não reconhecem como lei aquilo que é a lei eterna, invariável, inadiável, escrita por Deus no coração das pessoas. Por isso acontece eu me sentir tão mal com essas pessoas. Eu simplesmente tenho medo delas. E de fato essa gente é terrível. Mais terrível do que os bandidos. Um bandido, apesar de tudo, pode sentir pena, já eles não podem ter pena: estão protegidos contra o sentimento de pena, assim como essas pedras em relação à vegetação. Aí está por que são terríveis. Dizem que os Pugatchov e os Rázin são terríveis.[49] Mas esses são mil vezes mais terríveis", continuou a pensar. "Se fosse formulado o problema psicológico: como fazer para que pessoas da nossa época, pessoas cristãs, humanas, simples e boas, pratiquem as maldades mais terríveis sem se sentir culpadas, só haveria uma solução possível — seria preciso que se fizesse exatamente como se faz agora, seria preciso que tais pessoas fossem governadores, diretores, oficiais, policiais, ou seja, que em primeiro lugar estivessem convencidas de que existe um trabalho chamado serviço do Estado, no qual é possível tratar as pessoas como se fossem coisas, sem relações fraternas e humanas com elas, e em segundo lugar que essas mesmas pessoas do serviço do Estado estivessem unidas de tal forma que a responsabilidade pelo resultado de suas ações para as outras pessoas não recaísse em ninguém isoladamente. Fora de tais condições, não existe possibilidade em nossa época de cumprir tarefas tão horríveis como as que vi hoje. A questão toda reside no fato de as pessoas pensarem que existem situações em que se pode tratar um ser humano sem amor, mas tais situações não existem. Pode-se tratar as coisas sem amor: pode-se cortar uma árvore, fazer tijolos, forjar o ferro sem amor; mas é impossível tratar as pessoas sem amor, assim como é impossível lidar com as abelhas sem cuidado. Tal é a peculiaridade das abelhas. Se começarmos a tratá-las sem cuidado, causaremos dano a elas e a nós mesmos. O mesmo se passa com as pessoas. E não pode ser diferente, porque o amor recíproco entre as pessoas é a lei básica da vida humana. É verdade que uma pessoa não pode obrigar-se a amar da mesma forma como pode obrigar-se a trabalhar, mas isso não quer dizer que se pode tratar as pessoas sem amor, ainda mais quando se exige algo delas. Se você não sente amor pelas pessoas, fique quieto", pensou Nekhliúdov, dirigindo-se a si mesmo, "cuide de si, das coisas, do que quiser, mas não das pessoas. Da mesma forma como só se pode comer sem causar dano e de modo proveitoso quando se tem vontade de comer, assim também só se pode tratar com as pessoas de modo proveitoso e sem causar dano quando se ama. Tome a liberdade de tratar as pessoas sem amor, como você fez ontem com o seu cunhado, e não haverá mais limites de crueldade e de ferocidade na relação com outras pessoas, como vi hoje, e não haverá limites de sofrimentos para você, como comprovei em toda a minha vida. Sim, sim, é assim", pensou Nekhliúdov. "Isso está bem, está bem!", repetiu consigo mesmo, experimentando um prazer duplo — o frescor depois do calor torturante e a consciência de ter alcançado um alto grau de clareza numa questão que já o preocupava desde muito tempo.

---

49 Stienka Rázin e Pugatchov foram líderes de grandes revoltas camponesas na Rússia. O primeiro no século XVII e o segundo no século XVIII.

XLI

O vagão em que ficava o assento de Nekhliúdov estava cheio de gente até a metade. Havia criados, artesãos, operários de fábrica, açougueiros, judeus, balconistas, mulheres, esposas de trabalhadores, havia um soldado, havia duas senhoras da sociedade: uma jovem, a outra de certa idade, com braceletes no braço desnudo, e um senhor de ar severo com uma insígnia de fitas no quepe preto. Todas essas pessoas, já mais tranquilas depois de se acomodarem, estavam sentadas sossegadamente, uma descascava sementes, outra fumava cigarros, outra conversava animada com seus vizinhos.

Tarás, com ar feliz, estava sentado à direita do corredor, guardava o lugar de Nekhliúdov e conversava animadamente com um homem musculoso, sentado de frente para ele, com um casacão de feltro desabotoado, como depois soube Nekhliúdov, um jardineiro que viajava para o seu novo emprego. Antes de chegar aonde estava Tarás, Nekhliúdov parou no corredor ao lado de um velho de aspecto respeitável, de barba branca, num casacão feito de nanquim, que conversava com uma jovem em roupas do campo. Junto à mulher, vinha sentada uma garotinha de sete anos, com os pés longe de alcançar o chão, num vestidinho novo, com uma trancinha nos cabelos quase brancos, e descascava sementes sem parar. Virando-se para Nekhliúdov, o velho puxou a aba do seu casacão de cima do banco lustroso, onde estava sentado sozinho, e disse em tom afetuoso:

— Sente-se, por favor.

Nekhliúdov agradeceu e sentou-se no lugar indicado. Assim que se sentou, a mulher prosseguiu a conversa interrompida. Estava contando como o marido a recebera na cidade, de onde ela agora voltava.

— Estive com ele na Máslenitsa, veja só, e Deus deixou que eu o visse de novo — disse. — Agora, se Deus quiser, virei no Natal.

— É bom — disse o velho, olhando de relance para Nekhliúdov. — Tem de visitar, senão um homem jovem acaba se estragando, quando mora na cidade.

— Não, vovô, o meu homem não é assim. Não é de fazer essas bobagens, é como uma garotinha corada. Todo o dinheirinho, cada copeque, ele manda para casa. E ficou tão contente de ver a menina, tão contente que não posso nem dizer — falou a mulher sorrindo.

Cuspindo as sementes enquanto escutava a mãe, a menina, como que confirmando as palavras dela, fitava com os olhos calmos, inteligentes, o rosto do velho e de Nekhliúdov.

— E se é inteligente, tanto melhor — respondeu o velho. — Mas e aquilo ali, não acontece? — acrescentou, apontando com os olhos para um parzinho, o marido e a esposa, pelo visto operários de fábrica, sentados no outro lado do corredor.

O marido, com uma garrafa de vodca colada na boca, a cabeça inclinada para trás, sorvia pelo gargalo, enquanto a esposa, carregando no braço um saco, de onde foi retirada a garrafa, olhava para o marido fixamente.

— Não, o meu não bebe e não fuma — disse a mulher que era a interlocutora do velho, aproveitando a ocasião para mais uma vez elogiar o marido. — Pessoas assim, vovozinho, a terra produz poucas. Ele é assim — disse, dirigindo-se também para Nekhliúdov.

— Tanto melhor — repetiu o velho, depois de olhar para o operário de fábrica beberrão.

O operário, após beber um bocado da garrafa, entregou-a para a esposa. Ela pegou a garrafa e, rindo e balançando a cabeça, levou-a também à boca. Ao notar o olhar do velho e de Nekhliúdov voltado para ele, o operário lhe disse:

— O que é, patrão? É que a gente está bebendo? Quando a gente trabalha, ninguém olha, mas quando a gente bebe, todo mundo fica vendo. Trabalhei, ganhei meu dinheiro e agora estou bebendo e dando para a minha mulher. E pronto, acabou-se.

— Sim, sim — disse Nekhliúdov, sem saber o que responder.

— Sabe, patrão? Minha mulher é forte! Estou satisfeito com a minha mulher porque ela consegue ter pena de mim. Não é como estou dizendo, Marva?

— Pronto, vai, pega. Não quero mais — disse a esposa, entregando-lhe a garrafa. — Por que fica tagarelando à toa? — acrescentou.

— Olhe só como é — prosseguiu o operário de fábrica. — Ora fica boazinha, boazinha, ora começa a guinchar feito uma carroça sem graxa na roda. Marva, não é como estou dizendo?

Marva riu, sacudiu a mão com um gesto de bêbado.

— Ah, já começou...

— Olhe só como é, fica boazinha, boazinha, durante um tempo, mas deixe só a rédea cair embaixo do rabo que ela faz coisas que nem dá para imaginar... Estou falando sério. Patrão, o senhor me perdoe. Bebi demais, o que posso fazer... — disse o operário de fábrica, e começou a se acomodar para dormir, apoiou a cabeça sobre os joelhos da esposa, que sorria.

Nekhliúdov ficou sentado algum tempo ao lado do velho, que lhe falou sobre si, contou que era construtor de estufas, trabalhava havia cinquenta e três anos e tinha construído tantas estufas durante a vida que já perdera a conta e agora queria descansar, só que nunca tinha tempo. Estava partindo da cidade, onde arrumara trabalho para os filhos, e agora viajava para visitar os parentes. Após ouvir a história do velho, Nekhliúdov levantou-se e foi para o seu lugar, que Tarás guardara para ele.

— Puxa, patrão, sente aqui. A gente tira o saco — disse, em tom afetuoso e olhando para cima, para o rosto de Nekhliúdov, o jardineiro sentado de frente para Tarás.

— Está apertado, mas a gente se ajeita — disse Tarás com voz cantada e sorridente e, como se fosse uma peninha, levantou com os braços fortes o seu saco de dois *puds* e transferiu-o para junto da janela. — Tem bastante lugar, e se não tiver dá para ficar em pé, ou até debaixo do banco. Está tranquilo. Para que discutir? — disse, radiante de boa vontade e afeição.

Tarás falava sobre si, dizia que quando não bebia um bocado ficava sem palavras, mas com vodca achava palavras bonitas e podia falar tudo. E de fato, sóbrio, Tarás ficava calado a maior parte do tempo; quando tomava um trago, o que raramente acontecia com ele e só em casos especiais, tornava-se um conversador particularmente agradável. Então falava bem e muito, com grande simplicidade, autenticidade e acima de tudo com afeição, que também reluzia de seus olhos bons e azuis e do sorriso afável que não deixava os lábios.

Ele hoje se achava nesse estado. A aproximação de Nekhliúdov deteve por um instante a sua fala. Mas, após arrumar o saco, acomodou-se como antes e, com as mãos fortes de trabalhador sobre os joelhos, olhando direto para os olhos do jardineiro, continuou o seu relato. Contava ao novo conhecido, em todos os pormenores, a história da esposa, por que a deportaram e por que ele agora partia atrás dela, rumo à Sibéria.

Nekhliúdov jamais ouvira os pormenores daquela história e por isso escutava com interesse. Interrompeu o relato no ponto em que o envenenamento já fora praticado e a família soubera que Fedóssia tinha feito aquilo.

— Estou contando a minha desgraça — disse Tarás, dirigindo-se a Nekhliúdov em tom amistoso e cordial. — Fui logo sentar perto de um homem tão simpático... começamos a conversar e estou contando a ele.

— Sei, sei — disse Nekhliúdov.

— Bom, aí está de que maneira, meu irmão, ficamos sabendo do assunto. A mãezinha pegou a panqueca, aquela mesma. "Vou lá e vou falar para o sargento da polícia." Meu paizinho é um velho com juízo. "Espere", disse ele, "velha, mulher agitada... ela é só uma criança, não sabia o que estava fazendo, a gente tem de ter piedade. Vai ver ela volta ao seu juízo normal." Que nada, ela não quis nem ouvir. "Se a gente ficar com ela", falou, "vai dar cabo de nós feito baratas." E foi-se embora, meu irmão, falar com o sargento. Na mesma hora ele apareceu lá em casa... Na mesma hora juntou as testemunhas.

— Bem, e você, o que aconteceu? — perguntou o jardineiro.

— E eu, meu irmão, estava caído no chão e chegava a berrar de dor de barriga. As entranhas todas se torciam, eu não conseguia falar nada. Num instante, o paizinho atrelou uma telega, pôs Fedóssia em cima dela, foram para a polícia e de lá para o juiz de instrução. E ela, meu irmão, como fazia desde o início, confessava tudo e assim contou tudinho, do jeito que aconteceu, para o juiz de instrução. Onde ela pegou o arsênico, como enrolou a panqueca. "Por que você fez isso?", perguntaram. "Porque tenho raiva dele", respondeu. "É melhor ir para a Sibéria do que viver com ele", quer dizer, comigo — disse Tarás sorrindo. — Quer dizer, ela confessou tudo. Claro que ficou na cadeia. O pai voltou sozinho. Lá em casa, era época de muito trabalho, de mulher só tinha a mamãe e ela já andava mal. A gente pensou no que fazer, se não havia um jeito de tirar Fedóssia sob fiança. O paizinho foi falar com um juiz de instrução, não deu certo, foi a um outro. Esses juízes, ele falou com uns cinco. A gente já tinha largado de pedir, quando apareceu um sujeitinho, um dos funcionários. Um espertalhão como é difícil ver por aí. "Podem deixar", falou, "cinco rublos e eu solto." Fecharam o acordo por três rublos. Puxa, meu irmão, penhorei os panos de linho dela mesma, entreguei o dinheiro. Assim que ele escreveu aquele papel — Tarás arrastou a voz, como se falasse de um tiro —, logo tudo ficou arranjado. Eu mesmo nessa altura já tinha ficado bom, fui lá na cidade buscar Fedóssia. Cheguei à cidade, meu irmão. Logo que prendi a égua no pátio, peguei o papel, fui para a cadeia. "O que você quer?" Isso e isso, falei, minha patroa está presa aqui com vocês. "E o papel, você tem?" Na mesma hora, dei o papel. Ele deu uma olhada. "Espere aí", falou. Fiquei ali sentado num banquinho. O sol já tinha passado do meio-dia. Veio um juiz de instrução: "Você é o Varguchov?", perguntou. "Sou eu mesmo." "Muito bem, pode levar", disse. Logo o portão foi aberto. Trouxeram Fedóssia nas roupas dela mesma, direitinha. "Pronto, vamos embora." "Mas você veio a pé?" "Não, a cavalo." Fui para o pátio, paguei pela cocheira, atrelei a égua, forrei com palha, o que tinha sobrado, por baixo do xairel. Ela sentou, enrolou-se no xale. Partimos. Ela calada e eu calado. Só quando a gente chegou perto de casa, ela disse: "E a mãezinha, está viva?". Falei: "Está viva". "E o paizinho está vivo?" "Está vivo." "Desculpe, Tarás, a minha bobagem", falou. "Eu mesma não sabia o que estava fazendo." E respondi: "Nem fale nisso, já desculpei faz muito tempo". Não falamos de novo. Chegamos em casa, logo ela se jogou aos pés da mãezinha. A mãezinha falou: "Deus há de perdoar". E o paizinho cumprimentou e disse: "Não se deve pensar em coisas velhas. Trate de viver melhor. Agora o tempo é curto, é preciso ceifar o campo. Vamos para Skoródnoie", disse, "na terra adubada, o centeio-mãezinha graças a Deus cresceu de tal jeito que nem de gancho se arranca, encheu tudo e cobre a terra feito um lençol. Tem de ceifar. Então você e Tarás amanhã vão colher". E ela, meu irmão, desde então começou a trabalhar. E trabalhava de um jeito que causava espanto. A gente tinha então três dessiatinas de terra alugadas e graças a Deus o centeio e a aveia deram como poucas vezes acontece. Eu ceifava, ela amarrava os feixes, ou então a gente ceifava junto. Eu no trabalho sou ágil, não faço por menos, e ela é mais ágil ainda, faz de tudo. Mulher de garra, e jovem, no auge das forças. E de trabalho, meu irmão, ela ficou tão sedenta que eu tinha até de moderar seu esforço. Íamos para casa, os dedos inchados, as mãos doídas, a gente tinha de descansar, mas ela, sem nem jantar, corria para o galpão, preparava tudo para de manhã. Que transformação!

— Mas e então, ela ficou carinhosa com você? — perguntou o jardineiro.

— Nem me fale, ficou tão agarrada a mim que a gente é que nem uma alma só. Qualquer coisa que eu invento, ela entende logo. Até a mãezinha, que é bem zangada, dizia: "A nossa Fedóssia mudou tanto que parece uma outra mulher". Uma vez fomos nós dois pegar os feixes, sentei junto dela, só nós dois. E falei: "Mas, Fedóssia, como foi que inventou de fazer aquilo?". "Inventei de repente", respondeu, "eu não queria viver com você. Achei melhor morrer do que ficar." "E agora?" "Ah, agora", disse, "tenho você no coração." — Tarás parou e, sorrindo com alegria, balançou a cabeça com espanto. — Assim que fomos embora do campo, levei o cânhamo para macerar, cheguei em casa — calou-se, esperou um pouco —, e olhe só, uma intimação... para julgar. E a gente até tinha esquecido por que iam julgar.

— Só pode ter sido coisa do capeta — disse o jardineiro. — Pois quem é que vai querer perder a alma? Uma vez, lá em casa, teve um homem... — E o jardineiro ia dar início a uma história, mas o trem começou a parar.

— Puxa vida, uma estação — disse ele. — Vou beber um pouco.

A conversa interrompeu-se e Nekhliúdov, seguindo o jardineiro, saiu do vagão para as tábuas molhadas da plataforma.

XLII

Nekhliúdov, ainda antes de sair do vagão, notou no pátio da estação algumas carruagens de luxo, atreladas a quatro ou a três cavalos bem nutridos, adornados com guizos; ao sair para a plataforma molhada e escurecida pela chuva, avistou diante da primeira classe uma aglomeração de pessoas, entre as quais se viam uma dama alta, gorda, de chapéu, com plumas caras, de capa impermeável, e um jovem alto de pernas finas, em roupas de ciclista, com um cachorro enorme, bem alimentado e de coleira de luxo. Atrás deles, postavam-se os lacaios, com capas de gabardine e guarda-chuvas, e o cocheiro que veio recebê-los. Em todo esse grupo, desde a gorda fidalga até o cocheiro, que segurava na mão a aba do seu cafetã comprido, estampava-se o selo da autoconfiança tranquila e da fartura. Em torno desse grupo, formou-se de imediato um círculo de pessoas curiosas e servis em face da riqueza: o chefe da estação de quepe vermelho, o guarda, uma garota magricela em trajes russos e de colar de contas, que no verão sempre estava presente à chegada dos trens, o telegrafista e uns passageiros: homens e mulheres.

No jovem com o cachorro, Nekhliúdov reconheceu um aluno do liceu, o jovem Kortcháguin. Já a senhora gorda era a irmã da princesa, para cuja propriedade os Kortcháguin estavam de mudança. O condutor-chefe, com galões e botas reluzentes, abriu a porta do vagão e, em sinal de respeito, segurou-a na hora em que Philipp e o carregador de avental branco suspenderam e levaram cuidadosamente a princesa de cara comprida em sua cadeira dobrável; as irmãs trocaram cumprimentos, ouviram-se frases em francês sobre o transporte da princesa, se era melhor ir na carruagem ou na caleche, e o cortejo, fechado pela criada de quarto, de cabelo cacheado, com uma sombrinha e um estojo de viagem, pôs-se em movimento rumo à porta da estação.

Nekhliúdov, sem querer encontrar-se com eles para não ter de despedir-se outra vez, ficou parado, sem se aproximar da porta da estação, esperando a passagem de todo o cortejo. A princesa com o filho, Míssi, o médico e a criada de quarto seguiram adiante, já o velho príncipe ficou para trás com a cunhada, e Nekhliúdov, sem chegar perto, ouvia da conversa deles apenas fragmentos de frases em francês. Uma dessas frases, pronunciada pelo príncipe, ficou gravada na memória de Nekhliúdov por qualquer motivo, como ocorre muitas vezes, com todas as entonações e as sonoridades da voz.

— *Oh! Il est du vrai grand monde, du vrai grand monde*[50] — disse o príncipe sobre alguém com sua voz alta e confiante e, junto com a cunhada, acompanhados pelos respeitosos condutores e carregadores, atravessou a porta da estação.

Nesse exato momento, de trás de um canto da estação, vindo não se sabia de onde, surgiu na plataforma uma turba de trabalhadores de alpercatas de palha, de peliças curtas e com sacos nas costas. A passos resolutos e suaves, os trabalhadores chegaram ao primeiro vagão e quiseram entrar, mas logo foram repelidos pelo condutor. Sem se deterem, os trabalhadores foram adiante, apressando-se e esbarrando nos calcanhares uns dos outros, rumo ao vagão seguinte e, com os sacos se agarrando na quina e na porta do vagão, já começavam a entrar quando um outro condutor, da porta da estação, viu a intenção deles e começou a gritar-lhes com severidade. Os trabalhadores que haviam entrado saíram de imediato, às pressas, e de novo com aqueles passos suaves e resolutos foram adiante, rumo

---

50 Francês: "Ele é da verdadeira alta sociedade, da verdadeira alta sociedade".

ao próximo vagão, o mesmo em que estava Nekhliúdov. De novo, um condutor os deteve. Eles fizeram menção de parar, já com o intuito de ir em frente, mas Nekhliúdov lhes disse que no vagão havia lugar e disse que entrassem. Obedeceram e Nekhliúdov entrou depois deles. Os trabalhadores queriam já se acomodar, mas o cavalheiro com uma insígnia de fitas e as duas damas, tendo recebido a tentativa deles de se instalarem no vagão como uma ofensa pessoal, opuseram-se decididamente e começaram a enxotá-los. Os trabalhadores — cerca de vinte pessoas —, tanto velhos como novos demais, todos de rostos extenuados, queimados, secos, na mesma hora, com os sacos agarrando nos bancos, nas paredes, na porta, obviamente se sentindo de todo culpados, recuaram pelo vagão, obviamente dispostos a ir até o fim do mundo e sentar-se onde quer que mandassem, ainda que fosse em cima de pregos.

— Para onde estão indo, diabos? Fiquem aqui mesmo — berrou um outro condutor, que veio ao encontro deles.

— *Voilà encore des nouvelles!*[51] — exclamou a mais jovem das duas damas, plenamente convencida de que, com o seu belo francês, chamava para si a atenção de Nekhliúdov. Já a dama com braceletes apenas farejava o tempo todo, fazia caretas e dizia algo sobre o prazer de estar ao lado de mujiques fedorentos.

Os trabalhadores por seu lado, experimentando a alegria e a tranquilidade de pessoas que escaparam de um perigo, pararam e começaram a se acomodar, baixando os sacos pesados das costas com movimentos dos ombros e enfiando-os debaixo dos bancos.

O jardineiro conversara com Tarás sentado num lugar que não era o seu, e então recuou para o seu lugar, pois havia três assentos vagos ao lado e diante de Tarás. Três trabalhadores sentaram-se nesses lugares, mas, quando Nekhliúdov se aproximou, o aspecto senhorial de suas roupas os perturbou de tal modo que se levantaram para ir embora, porém Nekhliúdov pediu que ficassem, enquanto ele mesmo sentou-se no braço da cadeira junto ao corredor.

Um dos trabalhadores, homem de uns cinquenta anos, com perplexidade e até com medo, trocou uns olhares com os jovens. O fato de Nekhliúdov, em vez de xingá-los e expulsá-los, como era próprio de um senhor, ter cedido o seu lugar, muito os admirava e desconcertava. Tinham até medo de que algo de ruim fosse lhes acontecer por causa disso. Ao perceber, porém, que ali não havia nenhuma cilada e que Nekhliúdov conversava de maneira simples com Tarás, eles se acalmaram, mandaram um rapazinho sentar-se em cima de um saco e fizeram questão de

---

51 Francês: "Olhe só, mais uma novidade!".

que Nekhliúdov se sentasse no lugar dele. De início, o trabalhador já de certa idade, sentado de frente para Nekhliúdov, encolheu-se todo, puxando para trás com cuidado os pés calçados em alpercatas de palha a fim de não esbarrar no fidalgo, mas depois entabulou uma conversa tão amistosa com Nekhliúdov e Tarás que até batia no joelho de Nekhliúdov, com a palma da mão voltada para cima, nos momentos do seu relato para os quais desejava chamar uma atenção especial. Falava a respeito das condições em que vivia e do seu trabalho nos pântanos de turfas, de onde eles agora voltavam para casa, após terem trabalhado lá durante dois meses e meio, levando para casa os rublos recebidos pelo trabalho, dez rublos para cada irmão, pois uma parte dos salários foi paga adiantado, na hora da contratação. O trabalho deles, segundo contava, era executado com a água nos joelhos e se prolongava de sol a sol, com duas horas de descanso no almoço.

— Para quem não está habituado, claro, é difícil — disse. — Mas, quando a gente se habitua, é bobagem. Só que a boia tem de ser boa. No início, a boia era ruim. Depois o pessoal tomou vergonha e a boia ficou melhor e aí trabalhar ficou fácil.

Em seguida contou como, ao longo de vinte e oito anos, partia para o trabalho e mandava para casa todo o seu salário, no começo para o pai, depois para o irmão mais velho, agora para o sobrinho, que cuidava da propriedade, enquanto ele mesmo, dos cinquenta, sessenta rublos que ganhava por ano no trabalho, só gastava dois ou três rublos com um luxo: tabaco e fósforos.

— Sou pecador e lá de vez em quando, por cansaço, tomo uma vodcazinha — acrescentou, sorrindo culpado.

Contou também como as mulheres cuidavam da casa no lugar deles e como o empreiteiro ofereceu para eles, naquele dia, na hora da partida, meio balde de vodca, contou que um deles tinha morrido e que levavam um outro doente. O doente de quem ele falava estava sentado num canto do mesmo vagão. Era um garoto novinho, pálido e cinzento, de lábios azuis. Pelo visto, a febre o havia consumido e continuava a consumir. Nekhliúdov aproximou-se dele, mas o garoto lançou-lhe um olhar tão severo, sofrido, que Nekhliúdov não o incomodou com perguntas, mas recomendou ao velho comprar quinino e escreveu num pedaço de papel o nome do remédio. Quis dar dinheiro, mas o velho trabalhador falou que não era preciso: ia pagar com o seu.

— Puxa, faz muito tempo que viajo, mas um senhor assim nunca vi. Não só não mete pancada como ainda dá o lugar para a gente sentar. Isso quer dizer que tem senhores de todo tipo — concluiu, dirigindo-se para Tarás.

"Sim, é um mundo completamente novo, diferente e novo", pensou Nekhliúdov, enquanto olhava para aqueles braços e pernas magros, musculosos, para as roupas brutas feitas em casa e para os rostos queimados, afetuosos, extenuados, e sentia-se cercado de todos os lados por pessoas totalmente novas, com os seus sérios interesses, as alegrias e os sofrimentos do trabalho autêntico e da vida humana.

"Aqui está *le vrai grand monde*", pensou Nekhliúdov, lembrando-se da expressão dita pela princesa Kortcháguina e de todo aquele mundo ocioso, luxuoso dos Kortcháguin, com seus interesses insignificantes e lamentáveis.

E experimentou o sentimento de alegria de um viajante que descobre um mundo novo, belo e desconhecido.

PARTE TRÊS

I

A leva de presos em que ia Máslova percorreu cerca de cinco mil verstas. Até Perm, Máslova foi pela estrada de ferro e de navio com os criminosos comuns e só naquela cidade Nekhliúdov conseguiu que fosse transferida para os presos políticos, como lhe havia aconselhado Bogodukhóvskaia, que viajava na mesma leva.

A viagem até Perm foi muito árdua para Máslova, física e moralmente. Fisicamente, por causa do aperto, da sujeira, dos insetos repugnantes que não davam sossego; e moralmente, por causa dos homens igualmente repugnantes que, assim como os insetos, embora mudassem a cada parada, em toda parte eram da mesma forma importunos, pegajosos e não davam sossego. Entre as prisioneiras, os prisioneiros, os carcereiros e os soldados da escolta, se havia a tal ponto estabelecido o hábito do deboche cínico que qualquer mulher, sobretudo se fosse jovem, se não quisesse tirar proveito de sua condição de mulher, tinha de ficar constantemente alerta. Esse permanente estado de pavor e de luta era muito penoso. E Máslova em especial estava sujeita a tais investidas, por sua aparência atraente e também por seu passado ser conhecido de todos. A resistência tenaz que agora ela oferecia aos homens que a importunavam lhes parecia uma ofensa e despertava neles ainda mais raiva contra Máslova. Quanto a isso, sua situação era aliviada pela proximidade com Fedóssia e Tarás, que, ao saber das investidas a que sua esposa estava sujeita, quis ser preso para protegê-la e, desde Níjni, viajava como prisioneiro, junto com os detentos.

A transferência para o setor dos políticos melhorou a situação de Máslova em todos os aspectos. Sem falar que os políticos estavam mais bem instalados, sujeitos a menos grosserias e comiam melhor, a transferência de Máslova para o setor dos políticos melhorou sua situação também porque cessaram os assédios dos homens e ela podia viver sem que, a cada minuto, viessem lembrar-lhe o seu passado, que agora tanto queria esquecer. Mas a principal vantagem daquela transferência foi que Máslova conheceu diversas pessoas que tiveram sobre ela uma influência decisiva e extremamente benéfica.

Nas paradas, Máslova tinha autorização para ficar com os políticos, porém para caminhar, na condição de mulher saudável, tinha de seguir com os criminosos comuns. Assim, foi a pé o tempo todo, desde Tomsk. Junto com ela, foram também a pé dois presos políticos: Mária Pávlovna Chetínina, aquela mesma garota bonita de olhos de carneiro que impressionara Nekhliúdov em seu encontro com Bogodukhóvskaia, e um certo Símonson, deportado para a província de Iakutsk, aquele mesmo homem escuro, cabeludo, com olhos que fugiam para o fundo, por baixo da testa, a quem Nekhliúdov também notara no mesmo encontro. Mária Pávlovna ia a pé porque havia cedido o seu lugar na carroça a uma criminosa comum grávida; por sua vez, Símonson ia a pé porque achava injusto tirar proveito de um privilégio de classe. Os três, à parte dos demais políticos, que iam partir mais tarde nas carroças, partiram de manhã cedo com os criminosos. Assim chegaram à última parada diante de uma cidade grande, onde o cortejo de presos foi transferido para um novo oficial de escolta.

Era uma manhã sombria de setembro. Ora nevava, ora chovia com rajadas de vento frio. Todos os prisioneiros do cortejo, uns quatrocentos homens e cerca de cinquenta mulheres, já estavam no pátio da parada e em parte se aglomeraram em torno do chefe da escolta que distribuía para os representantes dos presos o dinheiro para a alimentação de quarenta e oito horas, em parte começavam a comprar alimentos nas vendedoras autorizadas a entrar no pátio da parada. Ouvia-se o rumor das vozes dos prisioneiros que contavam o dinheiro, compravam provisões, e o clamor esganiçado das vendedoras.

Katiucha e Mária Pávlovna, ambas de botas e peliças curtas, envoltas em xales, saíram do alojamento da parada rumo ao pátio e seguiram na direção das vendedoras, que, sentadas ao abrigo do vento, junto a um muro de estacas voltado para o norte, ofereciam suas mercadorias, uma na frente da outra: pão de farinha fina, pastéis, peixe, talharim, mingau, fígado, carne de vaca, ovos, leite; uma delas tinha até um leitão assado.

Símonson, numa japona de guta-percha e em galochas de borracha, atadas com cordões por cima das meias de lã (ele era vegetariano e não fazia uso de pele de animais abatidos), também estava no pátio, à espera da partida dos presos. Estava de pé junto ao alpendre e escrevia num caderninho de notas um pensamento que lhe ocorrera. O pensamento encerrava-se assim:

"Se uma bactéria", escreveu ele, "observasse e examinasse a unha de um ser humano, concluiria que é matéria inorgânica. Da mesma forma, nós, observando sua crosta, concluímos que o globo da Terra é matéria inorgânica. Isso é incorreto."

Após negociar o preço dos ovos, de um pacote de roscas, do peixe e do pão branco fresco, Máslova guardou tudo isso dentro de um saco, enquanto Mária Pávlovna acertava as contas com as vendedoras, quando houve uma agitação no meio dos prisioneiros. Todos se calaram e as pessoas começaram a formar fileiras. Veio um oficial e deu as últimas ordens antes da partida.

Tudo corria como de hábito: fizeram a contagem, examinaram a integridade das correntes e formavam os pares que iam andar algemados. Mas de repente se ouviu um grito furioso e autoritário do oficial, pancadas num corpo e um choro de criança. Tudo ficou em silêncio por um momento e depois, por toda a multidão, correu um rumor surdo. Máslova e Mária Pávlovna moveram-se na direção do barulho.

II

Ao aproximar-se do local do barulho, Mária Pávlovna e Katiucha viram o seguinte: um oficial, homem corpulento, de grandes bigodes louros, franzia o rosto, esfregava com a mão esquerda a palma da mão direita, que havia ferido contra o rosto de um prisioneiro, e não parava de pronunciar xingamentos indecentes, grosseiros. Diante dele, esfregando com uma das mãos o rosto espancado e em sangue, enquanto com a outra segurava uma garotinha que gania de modo estridente, enrolada num xale, estava parado um prisioneiro magro, de roupão curto e calças mais curtas ainda, com metade da cabeça raspada.

— Eu (xingamento indecente) vou ensinar a você (xingamento indecente) a responder (outro xingamento); entreguem para as mulheres — gritou o oficial. — Algemem.

O oficial exigia que se pusessem algemas no militante que ia para a deportação e que, durante todo o trajeto, levara nos braços a menina que lhe deixara a esposa, morta de tifo em Tomsk. A justificação do prisioneiro, de que não poderia levar a criança se estivesse algemado, irritara o oficial, que já estava de mau humor, e ele espancou o prisioneiro que não lhe obedeceu de imediato.*

Na frente do espancado, estavam um soldado da escolta e um prisioneiro de barba preta, com uma algema presa numa das mãos, que olhava com ar sombrio, de lado, ora para o oficial, ora para o prisioneiro espancado, com a menina. O oficial repetiu para o soldado a ordem de tomar a criança. No meio dos prisioneiros, um falatório ficava cada vez mais audível.

— Vieram desde Tomsk sem algemas.

— Não é um cachorro, é uma criança.

---

* Fato relatado no livro *Numa parada do transporte de prisioneiros*, de D. A. Líniev. [Nota de Tolstói]

— É contra a lei — disse alguém, ainda.

— Quem foi? — berrou o oficial, como se tivesse sido picado, lançando-se contra a multidão. — Vou mostrar para vocês o que é a lei. Quem falou? Você? Você?

— Todo mundo está falando! Porque... — disse um prisioneiro baixote, de rosto largo.

Mas não conseguiu falar até o fim. O oficial, com as duas mãos, começou a bater na sua cara.

— Estão de rebeldia! Vou mostrar a vocês como fazer rebeldia. Vou fuzilar como um cachorro. As autoridades vão até me agradecer. Tragam a menina!

A multidão ficou em silêncio. Um soldado da escolta puxou a menina, que berrava em desespero, um outro começou a colocar as algemas no prisioneiro, que submisso lhe oferecia o braço.

— Leve para as mulheres — gritou o oficial da escolta, enquanto ajeitava o cinturão do sabre.

A garotinha, esforçando-se para liberar a mãozinha de trás do xale, soltava gritos esganiçados sem parar, com o rosto ruborizado de sangue. Da multidão, adiantou-se Mária Pávlovna e aproximou-se do oficial da escolta.

— Senhor oficial, deixe que eu leve a menina.

O soldado da escolta que estava com a menina parou.

— Quem é você? — perguntou o oficial.

— Sou uma política.

Obviamente, o rosto bonito de Mária Pávlovna, com seus lindos olhos proeminentes (ele já a vira na contagem), produziu efeito sobre o oficial. Olhou para ela em silêncio, como que ponderando algo.

— Para mim tanto faz, leve, se quiser. A senhora pode ter pena deles, mas se ele fugir, quem será o responsável?

— Como vai fugir com a menina? — perguntou Mária Pávlovna.

— Não tenho tempo para conversar com a senhora. Pegue, se quiser.

— O senhor dá ordem de entregar? — perguntou o soldado da escolta.

— Entregue.

— Venha para mim — disse Mária Pávlovna, tentando seduzir a garotinha.

Porém, puxando o soldado da escolta pela mão na direção do pai, a garotinha continuava a dar gritos esganiçados e não queria ir para perto de Mária Pávlovna.

— Espere, Mária Pávlovna, para mim ela vai vir — disse Máslova, e tirou uma rosquinha do saco.

A garotinha conhecia Máslova e, ao ver seu rosto e a rosquinha, foi para junto dela.

Tudo ficou em silêncio. Os portões se abriram, o cortejo avançou para fora, pôs-se em formação: os soldados da escolta fizeram a contagem outra vez; amarraram os sacos, puseram sobre as carroças, os presos fracos sentaram em cima. Máslova, com a garotinha nos braços, se pôs entre as mulheres, junto a Fedóssia. Símonson, que observava o tempo todo o que se passava, aproximou-se a passos resolutos do oficial, que havia terminado de dar todas as ordens e já ia sentar-se em sua charrete.

— O senhor agiu mal, senhor oficial — disse Símonson.

— Fique no seu lugar, não é da sua conta.

— O senhor diz que não é da minha conta e eu digo que o senhor agiu mal — disse Símonson, olhando fixamente para o rosto do oficial, por baixo das sobrancelhas espessas.

— Tudo pronto? Avante, marche! — gritou o oficial sem dar atenção a Símonson e, segurando o ombro do soldado cocheiro, subiu na charrete.

O cortejo pôs-se em movimento e, estendendo-se, saiu para uma estrada suja, cheia de sulcos, barrada por um fosso de cada lado, que seguia no meio de uma densa floresta.

III

Depois da vida depravada, luxuosa e mimada dos últimos seis anos na cidade, a vida nos dois meses que passara na prisão com os criminosos comuns e agora com os políticos, apesar de toda a precariedade das condições em que se achavam, pareceu a Katiucha muito boa. As caminhadas de vinte ou trinta verstas, com comida boa e um dia de repouso a cada dois dias de marcha, revigoraram-na fisicamente; a convivência com os novos camaradas revelou para ela novos interesses na vida, dos quais não tinha a menor ideia. Pessoas tão maravilhosas, como dizia Katiucha, quanto aquelas com quem caminhava agora, ela não só jamais conhecera como não podia sequer imaginar que existissem.

— E olhe que chorei quando me condenaram — disse ela. — Em vez disso eu devia agradecer a Deus. Aprendi coisas que ficaria a vida inteira sem aprender.

Com muita facilidade e sem esforço, entendeu os motivos que orientavam aquelas pessoas e, por ser alguém do povo, solidarizou-se plenamente com elas. Entendeu que aquelas pessoas estavam do lado do povo e contra os senhores; e o fato de aquelas mesmas pessoas serem senhores e sacrificarem seus privilégios, sua liberdade e sua vida pelo povo obrigava Katiucha a dar um valor especial a tais pessoas e admirar-se com elas.

Katiucha admirava-se com todos os seus novos companheiros; no entanto, mais que todos admirava-se com Mária Pávlovna, e não apenas se admirava com ela como passou a adorá-la com um amor especial, respeitoso e entusiasmado. Impressionava-a que aquela moça bonita, da família rica de um general, que falava três idiomas, portava-se como a mais simples trabalhadora, cedia para os outros tudo o que o seu irmão rico lhe enviava e vestia-se e calçava-se não só com simplicidade, mas pobremente, sem prestar a menor atenção para a sua aparência. Esse exemplo — totalmente destituído de afetação — surpreendia Máslova em especial e por isso a fascinava. Máslova via que Mária Pávlovna sabia, e até gostava de saber, que era bonita, mas ela não só não se alegrava com a impressão que sua aparência produzia nos homens, como a temia e experimentava uma franca repulsa e um temor do enamoramento. Os seus camaradas homens, cientes disso, caso sentissem atração por ela, não se permitiam demonstrá-lo e tratavam-na como um homem. Porém os desconhecidos muitas vezes vinham importuná-la e, como ela dizia, era salva deles por sua grande força física, da qual se orgulhava de modo especial. "Uma vez", como ela contava, rindo, "na rua, um senhor veio me importunar e não queria de jeito nenhum desgrudar de mim, então eu o sacudi de tal modo que ele se assustou e fugiu de mim."

Tornou-se revolucionária, como ela contava, porque desde a infância sentia repulsa pela vida senhorial, mas amava a vida das pessoas simples e era sempre repreendida por ficar todo o tempo no quarto da criadagem, na cozinha, na estrebaria, e não na sala de visitas.

— Acontece que era alegre estar com as cozinheiras e os cocheiros, e era maçante ficar com os nossos senhores e as nossas damas — disse ela. — Mais tarde, quando passei a entender, vi que nossa vida era totalmente ruim. Mãe, eu não tinha, do pai, eu não gostava, e aos dezenove anos fugi de casa com um companheiro e me tornei operária numa fábrica.

Depois da fábrica, morou no campo, depois veio para a cidade, morar num apartamento onde havia uma tipografia secreta, foi presa e condenada aos trabalhos forçados. Mária Pávlovna jamais contava isso, mas Katiucha soube por outros que sua condenação aos trabalhos forçados se devia ao fato de ela ter assumido a culpa de um tiro disparado no escuro, por um dos revolucionários, na hora da invasão da polícia.

Desde que Katiucha a conheceu, percebeu que, onde quer que ela estivesse, quaisquer que fossem as condições, Mária Pávlovna jamais pensava em si, mas sempre estava preocupada em como servir, como ajudar alguém, tanto em coisas grandes como pequenas. Um de seus atuais camaradas, Novodvórov, dizia brincando, a respeito dela, que se dedicava ao esporte da filantropia. E era verdade. Todo o interesse de sua vida, assim como o interesse do caçador é encontrar caça, consistia em como encontrar ocasiões para servir aos outros. E esse esporte tornou-se um hábito, tornou-se a missão da sua vida. E o fazia de modo tão natural que todos que a conheciam já não se admiravam com isso, mas sim o exigiam.

Quando Máslova aproximou-se deles, Mária Pávlovna sentiu por ela repulsa, nojo. Katiucha notou, mas em seguida notou também que Mária Pávlovna, depois de fazer um esforço contra si mesma, se mostrou especialmente afetuosa e boa com ela. E a afeição e a bondade de uma criatura tão extraordinária comoveram Máslova a tal ponto que, com toda a sua alma, se rendeu a ela, assimilava de forma inconsciente os seus pontos de vista e, sem querer, imitava-a em tudo. Esse amor devotado de Katiucha comoveu Mária Pávlovna e ela também passou a amar Katiucha.

Também aproximava ainda mais essas mulheres a repulsa que sentiam pelo amor sexual. Uma detestava esse amor porque conhecera todo o seu horror; a outra, porque, sem o ter experimentado, o encarava como algo incompreensível e ao mesmo tempo repulsivo e ofensivo à dignidade humana.

IV

A influência de Mária Pávlovna era uma influência a que Máslova se submetia. Atuava sobre ela porque Máslova amava Mária Pávlovna. Uma outra influência era a influência de Símonson. E essa influência atuava sobre ela porque Símonson amava Máslova.

Todos vivem e agem, em parte, segundo os próprios pensamentos e, em parte, segundo os pensamentos dos outros. A proporção em que as pessoas vivem segundo os próprios pensamentos e segundo os pensamentos dos outros constitui uma das principais diferenças entre as pessoas. Certas pessoas, na maioria dos casos, recorrem aos próprios pensamentos como um jogo mental, tratam sua própria razão como o volante de um maquinismo do qual foi retirada a correia de transmissão, e subordinam suas ações aos pensamentos dos outros — por meio do hábito, da tradição, da lei; outros, julgando que seus pensamentos são máquinas importantes para toda a sua atividade, quase sempre dão ouvidos às exigências da própria razão e subordinam-se a ela; só de quando em quando, e mesmo assim após uma avaliação crítica, seguem aquilo que outros resolveram. Símonson era um homem desse tipo. Avaliava tudo, decidia conforme a razão, e o que decidia, assim fazia.

Após concluir, ainda quando aluno do liceu, que a renda do seu pai, um militar da intendência, não era ganha honestamente, comunicou ao pai que era preciso devolver aquela fortuna para o povo. Quando o pai não só não lhe deu ouvidos como o repreendeu duramente, ele saiu de casa e parou de usar os recursos do pai. Tendo concluído que todo o mal que acontecia provinha da falta de instrução do povo, ele, ao sair da universidade, uniu-se aos *naródniki*,[1] foi ser professor numa aldeia e corajosamente pregava aos alunos e também aos camponeses tudo o que considerava justo e repudiava o que julgava falso.

Foi preso e julgado.

Durante o julgamento, concluiu que os juízes não tinham o direito de julgá-lo e declarou isso. Quando os juízes discordaram dele e continuaram a julgá-lo, Símonson resolveu que não ia responder e calou-se diante de todas as suas perguntas. Foi deportado para a província de Arkhánguelsk. Lá, elaborou para si uma doutrina religiosa que orientava toda a sua atividade. A doutrina religiosa consistia em que tudo no mundo era vivo, não existiam coisas mortas, todos os objetos que consideramos mortos, inorgânicos, são apenas partes de um vasto corpo orgânico que não podemos abarcar e por isso a missão do ser humano, como uma partícula de um grande organismo, consiste em conservar a vida desse organismo e de todas as suas partes vivas. Por isso ele considerava um crime aniquilar um ser vivo: era contra a guerra, a pena de morte e qualquer assassinato, não só de gente como também de bichos. Em relação ao casamento, ele tinha também sua teoria, que consistia em que a multiplicação das pessoas era apenas uma função inferior do ser humano, a função superior era servir aos que já estavam vivos. Ele encontrava uma confirmação dessa ideia na presença de fagócitos no sangue. Pessoas solteiras, na sua opinião, eram o mesmo que os fagócitos, cuja finalidade era ajudar as partes fracas e doentes do organismo. Desde então, passou a viver tal como havia decidido, embora antes, na mocidade, tenha se entregado à depravação. Agora considerava a si mesmo bem como a Mária Pávlovna fagócitos do mundo.

Seu amor por Katiucha não perturbava essa teoria, pois ele amava platonicamente, supondo que tal amor não só não atrapalhava a atividade dos fagócitos de servir os fracos, como lhe dava ainda mais ânimo.

Contudo, além de resolver as questões morais por conta própria, Símonson resolvia também por conta própria a maior parte das questões práticas. Para todos os assuntos práticos, ele tinha suas teorias: havia regras sobre quantas horas era preciso trabalhar, quantas horas descansar, como comer, como vestir-se, como acender a estufa, como iluminar a casa.

---

1 Palavra russa em geral traduzida por "populistas". Trata-se de um movimento revolucionário das décadas de 1860 e 1870, de larga envergadura, protagonizado sobretudo por jovens e estudantes. Seu lema geral era "*khojdiénie v narod*", ou seja, "ir para o povo".

Ao mesmo tempo, Símonson era extremamente tímido com as pessoas e modesto. Mas, quando decidia algo, nada conseguia detê-lo.

Pois foi então essa pessoa que exerceu uma influência decisiva sobre Máslova, ao se apaixonar por ela. O faro feminino de Máslova adivinhou logo e a consciência de que podia despertar o amor num homem tão fora do comum elevou-a em sua própria opinião. Nekhliúdov propunha casar-se com ela por generosidade e pelo que existira antes; mas Símonson a amava tal como ela era agora e amava simplesmente porque amava. Além disso, Katiucha sentia que Símonson a considerava uma mulher fora do comum, diferente de todas as mulheres e dotada de qualidades morais especialmente elevadas. Katiucha não sabia direito que qualidades ele lhe atribuía, mas em todo caso, a fim de não enganá-lo, empenhava-se com todas as forças para despertar em si as melhores qualidades que ela conseguia imaginar. E isso a obrigava a fazer força para viver do melhor modo que era capaz.

Começou ainda na prisão, quando, durante um horário de visita geral dos políticos, ela percebeu sobre si o olhar especialmente tenaz, por baixo da testa e das sobrancelhas, dos olhos de Símonson, inocentes, bondosos e azul-escuros. Já então Katiucha havia notado que aquele homem era diferente e olhava para ela de um jeito diferente e, involuntariamente surpresa, notava a união, em um só rosto, de severidade, transmitida pelos cabelos espetados e pelas sobrancelhas franzidas, bondade infantil e olhar inocente. Depois, em Tomsk, quando a transferiram para os políticos, ela o viu de novo. E, apesar de não terem dito nenhuma palavra um para o outro, no olhar que trocaram havia o reconhecimento de que lembravam e de que eram importantes um para o outro. Conversas importantes entre os dois, não houve, nem mais tarde, porém Máslova sentia que, quando Símonson falava diante dela, suas palavras eram dirigidas a ela, ele falava para ela e esforçava-se para se expressar do modo mais compreensível. Uma proximidade especial entre os dois surgiu a partir daquela ocasião em que ele viajou a pé junto com os criminosos.

V

De Níjni a Perm, Nekhliúdov só conseguiu ver Katiucha duas vezes: uma em Níjni, na hora do embarque dos prisioneiros no barco, separada por uma tela de arame, e outra vez em Perm, no escritório da prisão. Nos dois encontros, achou-a dissimulada e rancorosa. A suas perguntas, se ela estava bem e se precisava de alguma coisa, respondeu de forma evasiva, confusa e, assim pareceu a Nekhliúdov, com um sentimento hostil de recriminação, que antes também se manifestava. Aquele ânimo sombrio, que só era criado pelos assédios masculinos a que estava sujeita na ocasião, atormentava Nekhliúdov. Ele temia que, sob a influência das condições penosas e degradantes em que se achava durante a viagem, Katiucha fosse recair no anterior estado de conflito consigo mesma e de desespero com a vida, no qual ela se exasperava contra ele, fumava redobradamente e bebia vodca para esquecer. Contudo Nekhliúdov não pôde ajudá-la em nada, porque, durante toda aquela primeira fase da viagem, não teve possibilidade de encontrar-se com ela. Só depois de sua transferência para os políticos ele não só se convenceu da falta de fundamento de seus receios, como, ao contrário, a cada encontro com Katiucha, passou a notar, cada vez mais bem definida, aquela mudança interior que com tanta força desejava ver nela. Já no primeiro encontro em Tomsk, ela estava de novo como antes da partida. Não ficou carrancuda nem embaraçada quando o viu, ao contrário, recebeu-o com alegria e simplicidade, agradeceu o que fazia por ela, em especial por ter permitido que conhecesse as pessoas com quem estava agora.

Após dois meses de marcha com os presos, a transformação ocorrida em Katiucha refletia-se também em sua aparência. Emagreceu, ficou queimada de sol, parecia mais velha; nas têmporas e em volta da boca, desenhavam-se ruguinhas, os cabelos, ela não os soltava mais sobre a testa, cobria a cabeça com um lenço, e nem nas roupas, nem no penteado, nem na atitude, havia mais os sinais do antigo jeito coquete. E essa transformação que ocorrera e que continuava a ocorrer nela não parava de despertar em Nekhliúdov um sentimento especialmente alegre.

Experimentava por ela agora um sentimento que nunca havia experimentado. Tal sentimento nada tinha em comum com o primeiro entusiasmo romântico, menos ainda com a paixão sensual que experimentou depois, nem mesmo com o sentimento da consciência do dever cumprido, ligado ao narcisismo, com que, após o julgamento, decidiu casar-se com Katiucha. Aquele sentimento era o mesmo sentimento simples de pena e de ternura que Nekhliúdov experimentara na primeira vez em que a viu na prisão e, mais tarde, com uma força nova, depois do hospital, quando ele, após vencer a sua repulsa, perdoou Katiucha pela história imaginária com o enfermeiro (cuja falsidade depois ficou esclarecida); era o mesmo sentimento, apenas com esta diferença: antes tinha sido passageiro e agora se tornou constante. O que quer que Nekhliúdov pensasse agora, o que quer que fizesse, seu estado geral de ânimo era um sentimento de pena e de ternura, não só por ela, mas por todos.

Aquele sentimento parecia ter aberto na alma de Nekhliúdov uma torrente de amor, que antes não encontrava uma vazão e agora era dirigido para todas as pessoas com quem ele se encontrava.

Nekhliúdov, durante todo o tempo da viagem, sentia-se naquele estado de excitação em que, involuntariamente, se tornava compassivo e atencioso com todos com quem tinha assuntos a tratar, desde um cocheiro e um soldado da escolta até o diretor da prisão e o governador.

Nessa ocasião, por causa da transferência de Máslova para os políticos, Nekhliúdov viu-se obrigado a travar conhecimento com diversos políticos, de início em Ekatierinburg, onde todos eles eram mantidos juntos livremente numa cela grande, e depois na estrada com aqueles cinco homens e quatro mulheres, aos quais juntaram Máslova. Essa proximidade de Nekhliúdov com os políticos deportados mudou completamente a visão que tinha deles.

Desde o início do movimento revolucionário na Rússia, e em especial depois do 1º de março,[2] Nekhliúdov nutria pelos revolucionários um sentimento de má vontade e de desprezo. Antes de tudo, o que o repelia nos revolucionários eram a crueldade e os procedimentos secretos empregados na luta contra o governo, sobretudo os assassinatos cruéis por eles cometidos, e além disso lhe causava repulsa o traço de grande presunção comum a todos eles. Porém, ao conhecê-los de perto e ver tudo aquilo que sofriam por causa do governo, muitas vezes sem ter culpa nenhuma, Nekhliúdov se deu conta de que eles não podiam ser senão como eram.

Por mais horrivelmente absurdas que fossem as torturas infligidas aos chamados criminosos, apesar de tudo, antes e depois do julgamento, cumpria-se com eles algo semelhante à legalidade; nos processos dos políticos, porém, nem sequer existia tal semelhança, como viu Nekhliúdov no caso de Chústova e depois em muitos e muitos de seus novos conhecidos. Com essas pessoas, agiam como numa pescaria de rede: puxavam para a margem tudo o que caía na rede, depois selecionavam os peixes grandes de que precisavam, sem se preocupar com os miúdos, que pereciam, secando na margem. Assim, após capturar centenas de pessoas que obviamente não só não tinham culpa nenhuma, como não podiam ser perigosas para o governo, deixavam-nas às vezes durante anos nas prisões, onde contraíam tuberculose, enlouqueciam ou se matavam; e só as mantinham presas porque não havia um motivo para soltá-las e, ao mesmo tempo, ficando disponíveis na prisão, elas podiam ser úteis para o esclarecimento de algum ponto do inquérito. O julgamento de todas essas pessoas, que muitas vezes até do ponto de vista do governo eram inocentes, dependia do arbítrio, do ócio, do estado de ânimo de um membro da guarda, de um oficial da polícia, de um espião, de um promotor, de um juiz de instrução, de um governador, de um ministro. Determinado funcionário se aborre-

---

2 Ver nota 20 da página 254.

ceu ou quer ser promovido — faz algumas prisões e, conforme o seu estado de ânimo ou o do chefe, mantém as pessoas na prisão ou solta. E um superior, também conforme sua necessidade de conseguir uma promoção ou conforme o estado de suas relações com um ministro — ou deporta para o fim do mundo, ou trancafia na solitária, ou condena ao exílio, aos trabalhos forçados, à morte, ou solta, quando alguma dama assim lhe pede.

Agem com essas pessoas como numa guerra e elas, naturalmente, empregam os mesmos meios usados contra elas. E da mesma forma que os militares vivem sempre na atmosfera da opinião pública, a qual não só esconde dos seus olhos o crime das ações por eles praticadas, como ainda apresentam tais ações como proezas, assim também para os políticos existia a atmosfera de opinião pública do seu círculo, que sempre os acompanhava, segundo a qual as ações cruéis praticadas por eles, sob o risco da perda da liberdade, da vida e de tudo o que há de caro para um ser humano, também se apresentavam a eles não só como boas, mas também como gloriosas. Isso explicava para Nekhliúdov o fenômeno espantoso de que pessoas de caráter extremamente dócil, incapazes não só de causar como até de ver o sofrimento de seres vivos, se preparavam tranquilamente para os assassinatos de pessoas, e quase todas consideravam o assassinato, em certos casos, um meio legítimo e justo de autodefesa e de conquista do objetivo supremo do bem comum. A opinião elevada que eles tinham da sua própria atividade, e portanto de si mesmos, decorria naturalmente do significado que o governo atribuía a eles e também da crueldade dos castigos a que eram submetidos. Precisavam ter de si uma opinião elevada, a fim de ter forças para suportar o que suportavam.

Ao conhecê-los de perto, Nekhliúdov convenceu-se de que não eram rematados canalhas, como alguns os representavam, e também não eram rematados heróis, como outros os julgavam, eram sim pessoas comuns, entre as quais havia, como em toda parte, pessoas boas, más e medianas. Havia entre elas pessoas que se tornaram revolucionários porque se consideravam sinceramente obrigadas a lutar contra o mal existente; mas havia algumas que escolheram aquela atividade por motivos egoístas, vaidosos; a maioria foi atraída para a revolução por um desejo de risco, de perigo, que Nekhliúdov conhecera nos tempos de Exército, o prazer de jogar com a própria vida — sentimentos inerentes à juventude vigorosa e comum. A diferença, em favor dos revolucionários, entre eles e as pessoas comuns, era que a exigência de moralidade entre os revolucionários era mais alta do que as adotadas na esfera das pessoas comuns. Entre os revolucionários, consideravam-se obrigatórios não só a abstinência, a austeridade, a veracidade, o desinteresse, mas também a disposição de sacrificar tudo, até a própria vida, para a causa comum. E portanto, entre eles, os que se situavam acima do nível mediano ficavam imensamente acima dele, representavam um raro modelo de elevação moral; os que se achavam abaixo do nível mediano ficavam imensamente abaixo dele, sendo muitas vezes pessoas falsas, fingidas e ao mesmo tempo convencidas e orgulhosas. Assim, a alguns de seus novos conhecidos, Nekhliúdov não só respeitava, como passou a amar com toda a alma, porém com outros se mantinha mais do que indiferente.

VI

Nekhliúdov passou a gostar em especial de um condenado aos trabalhos forçados que viajava no grupo a que Máslova se juntara, um jovem tuberculoso chamado Kriltsov. Nekhliúdov o conheceu ainda em Ekatierinburg e depois, durante a marcha, avistou-se e conversou com ele várias vezes. Certa feita, no verão, em uma parada de um dia, Nekhliúdov passou quase o dia inteiro com ele, e Kriltsov, muito falante, contou sua história e como se tornara revolucionário. Sua história antes da prisão era muito curta. Seu pai, rico senhor de terras nas províncias do Sul, morreu quando ele ainda era bebê. Era filho único e a mãe o criou. Aprendia com facilidade, no liceu e também na universidade, e terminou o curso da faculdade de matemática em primeiro lugar. Propuseram-lhe ficar na universidade e também ir para o exterior. Mas ele hesitava. Havia uma jovem que ele amava, e Kriltsov pensava no casamento e nas atividades na assembleia rural. Tinha vontade de fazer tudo, mas não se decidia por nada. Nessa época, alguns colegas na universidade lhe pediram dinheiro para a causa comum. Ele sabia que aquela causa comum era a causa revolucionária, pela qual não tinha o menor interesse na ocasião, mas por sentimento de companheirismo e por amor-próprio, para que não pensassem que tinha medo, deu o dinheiro. Os que receberam o dinheiro foram presos; encontrou-se um bilhete pelo qual se soube que o dinheiro fora dado por Kriltsov; prenderam-no, deixaram-no primeiro numa delegacia e depois numa prisão.

— Na prisão onde me puseram — contou Kriltsov para Nekhliúdov (estava sentado no beliche de tábuas de cima, com o peito encovado, os cotovelos apoiados nos joelhos, e só de vez em quando relanceava para Nekhliúdov com seus olhos brilhantes, febris, bonitos, inteligentes e bondosos) —, naquela prisão não havia uma severidade especial: nós não só nos comunicávamos por batidas nas paredes, como saíamos para o corredor, conversávamos, partilhávamos as provisões, o tabaco, e à noite até cantávamos em coro. Tenho uma voz boa. Pois é. Se não fosse por minha mãe, ela sofria demais, eu estaria bem na prisão, era muito interessante e até agradável. Ali travei contato, por exemplo, com o famoso Petrov (mais tarde, se matou cortando-se com um caco de vidro, na fortaleza) e com vários outros. Mas eu não era um revolucionário. Fiquei amigo também de dois vizinhos de cela. Foram presos sob a mesma acusação, estavam com proclamações polonesas, e foram julgados pela tentativa de libertar-se da escolta quando eram transportados num trem. Um era polaco, Lozínski, o outro era judeu, de sobrenome Rózovski. Pois é. Esse Rózovski não passava de um menino. Dizia ter dezessete anos, mas pelo aspecto devia ter uns quinze. Magrinho, miúdo, de olhos pretos e brilhantes, vivaz e, como todos os judeus, muito musical. Sua voz ainda estava mudando, mas cantava muito bem. Pois é. Vi levarem os dois para serem julgados. Levaram de manhã. De noite voltaram e contaram que tinham sido condenados à pena de morte. Ninguém esperava isso. O caso deles era sem nenhuma importância, apenas tentaram escapar da escolta e nem chegaram a ferir ninguém. E além do mais era uma aberração que se pudesse executar uma criança como Rózovski. E todos nós na prisão concluímos que aquilo era só para assustar e que a sentença não seria confirmada. Ficamos preocupados no início, mas depois nos acalmamos e a vida seguiu como antes. Pois é. Uma noite, então, um guarda veio à minha porta e informou em segredo que tinham chegado uns carpinteiros, estavam construindo uma forca. No início, não entendi: Como assim? Que forca? Mas o velho guarda estava tão abalado que, só de olhar para ele, entendi que era para os nossos dois. Eu quis me comunicar com os camaradas por meio de batidas na parede, mas tive medo de que ouvissem. Os camaradas também ficaram quietos. Pelo visto, todos já sabiam. No corredor e nas celas, a noite inteira foi um silêncio de morte. Não nos comunicamos com batidas na parede e não cantamos. Por volta das dez horas, o guarda voltou a me procurar e informou que haviam trazido um carrasco de Moscou. Disse e afastou-se. Pus-me a chamá-lo, para que voltasse. De repente ouvi, Rózovski gritou pra mim, da sua cela, através do corredor: "O que deu em você? Por que o está chamando tanto?". Respondi qualquer coisa, que era para me trazer tabaco, mas ele como que adivinhava e passou a me perguntar por que não cantávamos, por que não nos comunicávamos com batidas na parede. Não lembro o que respondi e me afastei logo, para não falar com ele. Pois é. A noite foi horrível. A noite inteira, fiquei atento a todos os ruídos. De repente, pela manhã, eu ouço: abrem as portas do corredor e caminham para algum lugar, muitos. Fiquei de pé junto à janelinha da porta da cela. No corredor, ardia um lampião. Primeiro passou o diretor. Era um homem gordo, mostrava-se seguro de si, decidido. Parecia outra pessoa: pálido, abatido, como que assustado. Atrás dele, o assistente, mal-humorado, de aspecto decidido; depois, um guarda. Passaram na frente da minha porta e pararam diante da cela ao lado. E ouço: o assistente, com uma voz estranha, grita: "Lozínski, levante, vista as roupas brancas". Pois é. Depois ouço, a porta rangeu, foram na direção dele, depois ouço os passos de Lozínski: ele seguiu para o outro lado do corredor. Eu só via o diretor. Está pálido, desabotoa e abotoa um botão de novo, encolhe os ombros. Pois é. De repente, parece que se assusta com alguma coisa, abre caminho. O tal Lozínski passou por ele e se aproximou da minha porta. Era um jovem bonito, sabe, daquele belo tipo polonês: testa larga, reta, com um gorro de cabelos louros e crespos, olhos azuis lindos. Era um jovem tão viçoso, tenro, saudável. Parou diante da janelinha da minha porta, de modo que pude ver todo o seu rosto. Um rosto terrível, emagrecido, cinzento. "Kriltsov, tem uns cigarros?" Quis lhe dar, mas o assistente, como que temendo atrasar-se, pegou a sua cigarreira e lhe deu. Ele pegou um cigarro, o assistente acendeu um fósforo. Ele começou a fumar e deu a impressão de refletir um pouco. Em seguida, pareceu lembrar-se de algo e começou a falar: "É cruel e injusto. Não cometi crime nenhum. Eu...". Em seu pescoço branco e jovem, do qual eu não conseguia desviar os olhos, algo estremeceu e ele parou. Pois é. Nesse momento, eu ouço, Rózovski grita algo do corredor com a sua fina voz de judeu. Lozínski jogou no chão a ponta do cigarro e afastou-se da porta. E na janelinha surgiu Rózovski. O rosto infantil com olhos pretos úmidos estava vermelho e suado. Também estava de roupas brancas e limpas, as calças eram largas demais e o tempo todo ele as segurava com as duas mãos e tremia inteiro. Aproximou da janelinha o seu rosto que dava pena: "Anatóli Petróvitch, não é verdade que o médico me receitou chá para o peito? Não estou bem, vou beber mais chá para o peito". Ninguém respondeu e ele, com ar interrogativo, olhava ora para mim, ora para o diretor. O que ele queria dizer com aquilo, não entendi. Pois é. De súbito o assistente fez uma cara severa e de novo, com voz esganiçada, gritou: "Que brincadeira é essa? Vamos indo". Rózovski, pelo visto, não tinha forças para entender o que o aguardava e, como que se apressando, andou, quase correu, à frente de todos pelo corredor. Mas depois tropeçou, ouvi sua voz e seu choro estridente. Começou um rebuliço, um bater de pés. Estridente, ele começou a ganir e chorar. Depois, mais longe, mais longe, a porta do corredor rangeu e tudo ficou em silêncio... Pois é. E aí enforcaram. Com cordas, estrangularam os dois. Um guarda, um outro, viu e me contou que Lozínski não opôs resistência, mas Rózovski bateu-se demoradamente, de tal modo que o arrastaram para o cadafalso e enfiaram sua cabeça à força no laço. Pois é. Esse guarda era um rapaz meio idiota. "Tinham me dito, patrão, que era terrível. Mas não tem nada de terrível. Enforcaram os dois, só duas vezes os ombros sacudiram", e ele mostrou como os ombros levantaram e baixaram convulsivamente, "depois o carrasco deu um puxão para, sabe, o laço ficar mais apertado, e pronto: não tremeram mais." "Não tem nada de terrível" — Kriltsov repetiu as palavras do guarda e quis sorrir, mas em vez de um sorriso desatou a chorar.

Depois disso, ficou longo tempo em silêncio, com a respiração pesada, engolindo os soluços que subiam na garganta.

— Desde então, tornei-me revolucionário. Pois é — disse, já mais calmo, e contou em resumo a sua história.

Pertencia ao partido Naródnaia Vólia[3] e foi até o líder de um grupo desorganizador, que tinha o objetivo de aterrorizar o governo para que ele mesmo renunciasse ao poder e convocasse o povo. Com tal objetivo, Kriltsov viajava a Petersburgo, ao exterior, a Kíev, a Odessa, e em toda parte tinha sucesso. Um homem em quem confiava integralmente o entregou. Prenderam-no, julgaram-no, mantiveram-no dois anos na prisão, condenaram-no à pena de morte, comutaram para uma pena perpétua de trabalhos forçados.

Na prisão, pegou tuberculose e agora, nas condições em que estava, restavam-lhe obviamente uns poucos meses de vida, e ele sabia disso e não se arrependia do que tinha feito e dizia que, se lhe fosse dada uma outra vida, a usaria para o mesmo fim — para a destruição da ordem de coisas em que era possível aquilo que ele via.

A história desse homem e a proximidade com ele explicaram a Nekhliúdov muito daquilo que ele antes não entendia.

VII

No dia em que ocorreu o conflito entre o oficial da escolta e os prisioneiros por causa da criança, na saída da parada de descanso, Nekhliúdov, que pernoitara numa estalagem, acordou tarde e demorou-se com as cartas que preparava para mandar à capital da província, de modo que deixou a estalagem mais tarde do que o habitual e não ultrapassou o cortejo de prisioneiros na estrada, como acontecia antes, mas chegou já no crepúsculo à aldeia perto da qual ficava a parada intermediária. Depois de secar-se na estalagem de uma mulher gorda, já de certa idade, viúva, com um pescoço branco de espessura incomum, Nekhliúdov, num cômodo limpo, ornamentado com uma enorme quantidade de ícones e quadros, tomou o chá e apressou-se rumo ao pátio da parada dos presos, a fim de pedir ao oficial autorização para um encontro.

Nas seis paradas precedentes, todos os oficiais da escolta, apesar de terem mudado, todos eles, da mesma forma, não permitiram que Nekhliúdov entrasse

---

3 Ver nota 50, na página 189.

nos alojamentos da parada e portanto fazia uma semana que ele não via Katiucha. Tal severidade se devia ao fato de aguardarem a chegada de uma importante autoridade penitenciária. Agora que essa autoridade já havia passado sem sequer pôr os olhos nas paradas, Nekhliúdov esperava que o oficial da escolta que chegara naquela manhã fosse autorizá-lo a encontrar-se com os prisioneiros, como faziam os oficiais anteriores.

A dona da estalagem ofereceu a Nekhliúdov uma charrete para ir até a parada, que ficava no fim da aldeia, mas Nekhliúdov preferiu ir a pé. Um jovem rapagão, de ombros de gigante, um trabalhador de botas imensas, aromáticas, recém-besuntadas com breu, encarregou-se de acompanhá-lo. Do céu, descia uma névoa e estava tão escuro que, assim que o rapaz se afastava uns três passos dos locais onde batia uma luz das janelas, Nekhliúdov já não o via mais, apenas ouvia o estalo de suas botas na lama funda e pegajosa.

Passando pela praça com uma igreja e por uma rua comprida com janelas bem iluminadas, Nekhliúdov, atrás do seu guia, foi sair na extremidade da aldeia, sob uma escuridão completa. Mas logo, na escuridão, se avistaram os raios dos lampiões que se dissipavam no escuro e ardiam em volta da parada de descanso dos presos. As manchas avermelhadas de fogo ficavam cada vez mais brilhantes; tornaram-se visíveis as estacas da cerca, o vulto negro do sentinela em movimento, um poste listrado e uma guarita. O sentinela deu o grito de costume para quem se aproximasse: "Quem vem lá?", e ao perceber que não era um conhecido, mostrou-se tão severo que não queria permitir que eles esperassem ao lado da cerca. Mas o acompanhante de Nekhliúdov não se perturbou com a severidade do sentinela.

— Puxa, rapaz, como está zangado! — disse ele. — Vá chamar o seu chefe que a gente espera.

O sentinela, sem responder, berrou algo na direção da cancela e ficou observando fixamente como o rapaz de ombros largos, sob a luz do lampião, limpava com um pedaço de pau a lama que grudara nas botas de Nekhliúdov. Por trás das estacas da cerca, ouviu-se um rumor de vozes, de homens e de mulheres. Depois de uns três minutos, ressoou um ferro, a cancela abriu e, da escuridão para a luz do lampião, saiu o chefe da guarda com o capote jogado sobre os ombros e perguntou o que eles queriam. Nekhliúdov entregou o cartão que havia preparado, com um bilhete, no qual pedia que fosse recebido para tratar de um assunto pessoal, e pediu que o entregasse ao oficial. O chefe da guarda foi menos severo do que o sentinela, mas em compensação era bastante curioso. Quis a todo custo saber por que Nekhliúdov precisava ver o oficial e quem era ele, obviamente havia farejado ali uma propina e não queria deixar a chance escapar. Nekhliúdov disse que era um assunto particular e que agradecia, e pediu que entregasse o bilhete. O chefe da guarda pegou o bilhete e, com um aceno de cabeça, foi embora. Algum tempo após sua saída, de novo a cancela fez barulho e por ela começaram a sair mulheres com cestinhos, bolsas de palha, vasos e sacos. Tagarelando ruidosamente no seu dialeto siberiano, passaram andando pela soleira da cancela. Estavam todas vestidas não em roupas rurais, mas urbanas, com mantos e peliças; as saias estavam arregaçadas bem alto e as cabeças envoltas em xales. Com curiosidade, espiavam Nekhliúdov e seu acompanhante sob a luz do lampião. Uma delas, obviamente alegre por encontrar o rapaz de ombros largos, na mesma hora o xingou em tom carinhoso com um insulto siberiano.

— É você, diabo, sua peste, o que veio fazer aqui? — perguntou.

— Olhe, eu vim só acompanhar — respondeu o rapaz. — E você, o que trouxe?

— Coisas de leite, e mandaram trazer mais de manhã.

— E não deixaram você pernoitar? — perguntou o rapaz.

— Vá para o diabo, seu cachorrão! — gritou ela, rindo. — Ei, vamos lá na aldeia juntos, vem comigo.

O acompanhante ainda lhe disse algo que fez rir não só as mulheres como também o sentinela, e voltou-se para Nekhliúdov:

— O que acha, o senhor vai achar o caminho sozinho? Não vai se perder?

— Eu acho, eu acho.

— Depois que o senhor passar pela igreja, é a segunda casa à direita, depois de uma casa de dois andares. Olhe, tome essa bengalinha aqui para o senhor — disse e entregou a Nekhliúdov o bastão comprido, alto, com que ele andava e, arrastando suas botas enormes, desapareceu no escuro junto com as mulheres.

Sua voz, entrecortada pela voz das mulheres, ainda se ouvia lá da escuridão, quando de novo a cancela fez barulho e saiu o chefe da guarda, chamando Nekhliúdov para ir falar com o oficial.

VIII

A parada intermediária estava organizada como todas as paradas principais e intermediárias distribuídas pela estrada siberiana: no pátio, rodeado por uma cerca de troncos pontiagudos, havia três moradias de um só andar. Numa delas, a maior de todas, com janelas gradeadas, alojavam os prisioneiros, na outra, os soldados da escolta, e na terceira, os oficiais e o escritório. Nas três casas, agora, ardiam lampiões, que como sempre, e ali sobretudo, prometiam de forma enganosa algo bom, confortável, no interior das paredes iluminadas. Entre os alpendres das casas, ardiam lampiões e mais uns cinco lampiões ardiam perto das paredes, iluminando o pátio. O sargento, por um caminho de tábuas, levou Nekhliúdov até o alpendre da casa menor. Após subir os três degraus, deixou que ele passasse na sua frente para a antessala, iluminada por uma lamparina e impregnada por um cheiro de carvão queimado. Inclinado junto à estufa, um soldado de camisa ordinária, gravata, calça preta, calçado só com um pé da bota de cano amarelo, avivava as brasas do samovar abanando com o cano da outra bota. Ao ver Nekhliúdov, o soldado afastou-se do samovar, segurou o casaco de couro de Nekhliúdov e passou para uma sala interna.

— Chegou, excelência.

— Ora, mande entrar — ouviu-se uma voz zangada.

— Venha pela porta — disse o soldado e logo depois voltou a cuidar do samovar.

No segundo cômodo, iluminado por um lampião suspenso, diante da mesa coberta por restos de uma refeição e com duas garrafas, estava sentado um oficial, com uma japona austríaca, bem justa no peito e nos ombros largos, grandes bigodes louros e cara muito vermelha. No cômodo quente, além do cheiro de tabaco, sentia-se também com força o aroma de perfumes de má qualidade. Ao ver Nekhliúdov, o oficial levantou-se e, com um ar de zombaria e desconfiança, cravou os olhos no visitante.

— O que deseja? — perguntou e, sem esperar a resposta, berrou para a porta:

— Biernov! E o samovar, não vem nunca?

— Já vai.

— Vou aí mostrar o que é que já vai e você nunca mais vai esquecer! — berrou o oficial, com os olhos brilhantes.

— Já estou levando! — gritou o soldado e entrou com o samovar.

Nekhliúdov esperou que o soldado instalasse o samovar (o oficial o seguia com os olhos pequenos e raivosos, como se fizesse pontaria à procura de um lugar para bater). Quando o samovar foi montado, o oficial fez o chá. Depois pegou na adega uma jarrinha de conhaque e biscoitos Albert. Arrumou tudo isso sobre uma toalha e voltou-se de novo para Nekhliúdov.

— Em que posso servi-lo?

— Eu gostaria de pedir autorização para um encontro com uma prisioneira — disse Nekhliúdov, sem sentar-se.

— Política? É proibido por lei — respondeu o oficial.

— Essa mulher não é uma presa política — disse Nekhliúdov.

— Tenha a bondade de sentar-se — disse o oficial.

Nekhliúdov sentou-se.

— Não é uma presa política — repetiu ele —, mas, por um pedido meu, ela obteve permissão de uma autoridade superior para viajar em companhia dos políticos.

— Ah, sei — interrompeu o oficial. — Uma miudinha, moreninha? Ora, pode sim. O senhor quer fumar?

Aproximou de Nekhliúdov uma caixinha com cigarros e, após servir com cuidado duas xícaras de chá, ofereceu uma delas para Nekhliúdov.

— Por favor — pediu.

— Agradeço ao senhor, mas eu gostaria de encontrar-me...

— A noite é grande. O senhor terá tempo de sobra. Vou mandar chamá-la para o senhor.

— Será que é impossível, em vez de chamá-la, deixar que eu entre no alojamento? — perguntou Nekhliúdov.

— Dos políticos? A lei não deixa.

— Já me deixaram várias vezes. Se receia que eu leve algo para eles, eu também poderia mandar por meio dela.

— Bem, não é assim, vão revistá-la — disse o oficial, e deu uma risada desagradável.

— Então revistem a mim.

— Bem, podemos dispensar isso — disse o oficial, aproximando do copo de Nekhliúdov o jarrinho desarrolhado. — Permite? Bem, como preferir. Quando a gente vive nesta Sibéria, fica muito contente de encontrar um homem tão educado. Pois é, o nosso trabalho, o senhor mesmo sabe, é triste demais. E quando um homem está habituado a outras coisas, é duro. Pois é, entre os nossos, existe a opinião de que um oficial de escolta tem de ser um homem grosseiro, sem instrução, e nem pensam que esse homem pode ter nascido para coisa bem diferente.

A cara vermelha do oficial, o seu perfume, o anel e sobretudo a risada desagradável eram repugnantes para Nekhliúdov, mas ele nesse dia, e durante todo o tempo da sua viagem, se achava naquele estado de ânimo sério, compenetrado, em que não se permitia tratar quem quer que fosse com leviandade e desprezo e considerava imprescindível conversar "até o fim" com todos, como ele mesmo definia essa atitude. Após ouvir o oficial e entender o seu estado de espírito no sentido de que era um peso para ele participar da tortura de pessoas deixadas sob a sua responsabilidade, Nekhliúdov falou em tom sério:

— Acho que, mesmo nas funções do senhor, é possível encontrar consolo aliviando o sofrimento das pessoas — disse.

— Que sofrimentos? Essa gente aí, nem queira saber.

— O que há de diferente neles? — disse Nekhliúdov. — São como todos. E há inocentes.

— Claro, tem de tudo. Claro, dá pena. Outros não deixam fazer nada, mas eu, onde posso, tento aliviar. É melhor que eu sofra, e não eles. Outros por qualquer coisa aplicam a lei e logo fuzilam, mas eu tenho pena. O senhor não quer? Coma um pouco — disse, servindo mais chá. — Quem é ela, especificamente, a mulher que o senhor quer ver? — perguntou.

— É uma mulher infeliz que foi parar numa casa de tolerância e lá foi injustamente acusada de envenenamento, e é uma mulher muito boa — disse Nekhliúdov.

O oficial balançou a cabeça.

— Pois é, acontece. Em Kazan, vou contar ao senhor, tinha uma, chamavam de Emma. Era húngara e tinha os olhos de uma verdadeira persa — prosseguiu, incapaz de conter o sorriso, ao lembrar-se. — Era tão chique como uma condessa...

Nekhliúdov interrompeu o oficial e voltou à conversa anterior.

— Acho que o senhor pode aliviar a situação dessa gente enquanto eles estão sob o seu poder. E, ao fazer isso, estou convencido de que o senhor encontrará uma grande alegria — disse Nekhliúdov, tentando pronunciar da maneira mais clara, como se falasse com um estrangeiro ou com uma criança.

O oficial fitou Nekhliúdov com os olhos brilhantes e, obviamente, esperava com impaciência que terminasse para continuar o relato sobre a húngara de olhos persas, que, era evidente, se apresentava de modo bem vivo em sua imaginação e tomava toda a sua atenção.

— Sim, é isso mesmo, estamos de acordo, sem dúvida — disse o oficial. — Também tenho pena deles. Eu só queria contar ao senhor sobre a tal Emma. Olhe só o que ela fez...

— Não estou interessado nisso — disse Nekhliúdov —, e digo ao senhor com franqueza que, embora antes eu fosse diferente, agora detesto esse tipo de atitude com as mulheres.

O oficial olhou assustado para Nekhliúdov.

— Não quer mais um pouco de chá? — perguntou.

— Não, obrigado.

— Biernov! — gritou o oficial. — Leve-o até o Vakúlov, diga a ele para deixar que este senhor entre na cela isolada onde estão os políticos; pode ficar lá até a hora da chamada.

IX

Acompanhado pelo ordenança, Nekhliúdov saiu de novo para o pátio escuro, iluminado de forma turva por lampiões que ardiam vermelhos.

— Para onde? — perguntou um soldado da escolta para o ordenança que acompanhava Nekhliúdov.

— Para o setor especial, número 5.

— Aqui não tem passagem, está trancado, tem de ir pelo alpendre.

— E por que está trancado?

— O chefe da guarda trancou e foi embora para a aldeia.

— Bem, então vamos por lá.

O soldado levou Nekhliúdov para outro alpendre e andou sobre a trilha de tábuas rumo a outra entrada. Já do pátio se ouviam o zunido das vozes e um movimento no interior, como numa colmeia em preparativos para a saída do enxame, mas quando Nekhliúdov se aproximou mais e a porta se abriu, o zumbido aumentou e transformou-se no som de vozes que berravam, praguejavam, riam. Ouvia-se o ruído reverberante das correntes e sentia-se um cheiro conhecido, pesado, de excremento e de alcatrão.

As duas impressões — o zumbido de vozes com o som de correntes e o cheiro horrível — sempre se fundiam para Nekhliúdov em um sentimento torturante de enjoo moral, que se transformava em enjoo físico. E as duas impressões misturavam-se e reforçavam-se mutuamente.

Quando entrou no vestíbulo da parada intermediária, onde estava uma enorme tina fedorenta, chamada "retreta", a primeira coisa que Nekhliúdov viu foi uma mulher sentada na beira da tina. Em frente a ela, um homem com um gorro em forma de panqueca meio de lado sobre a cabeça raspada. Os dois conversavam sobre alguma coisa. O prisioneiro, ao ver Nekhliúdov, piscou o olho e exclamou:

— Nem o tsar pode segurar as águas.

A mulher, porém, abaixou as abas do roupão e baixou os olhos.

Do vestíbulo, saía um corredor de onde se abriam as portas para as celas. A primeira era a cela dos que tinham família, depois a cela grande dos solteiros e no fim do corredor duas celas pequenas, reservadas para os políticos. Os alojamentos da parada de presos, destinados a cento e cinquenta pessoas, mas que abrigavam quatrocentas e cinquenta, eram tão apertados que os prisioneiros, sem lugar dentro das celas, lotavam o corredor. Alguns estavam sentados ou deitados no chão, outros andavam para um lado e para o outro com chaleiras vazias e cheias de água fervente. Entre eles, estava Tarás. Alcançou Nekhliúdov e saudou-o afetuosamente. O rosto bondoso de Tarás estava desfigurado por manchas cinza-arroxeadas no nariz e embaixo dos olhos.

— O que houve com você? — perguntou Nekhliúdov.

— Uma coisa boba — respondeu Tarás, sorrindo.

— Pois é, vivem brigando — disse o soldado da escolta, com desprezo.

— Por causa de mulher — acrescentou um prisioneiro que passou por trás deles. — Atracou-se com o cego Fiodka.

— E Fedóssia? — perguntou Nekhliúdov.

— Ela está bem. Estou levando água quente para ela fazer um pouco de chá — respondeu Tarás, e entrou na cela das famílias.

Nekhliúdov espiou pela porta. A cela inteira estava cheia de mulheres e homens, em cima e embaixo dos beliches de tábuas. Na cela, havia um vapor que emanava das roupas molhadas que secavam e ouvia-se um alarido incessante de vozes femininas. A porta seguinte era da cela dos solteiros. Estava ainda mais cheia e, transbordando para o corredor, havia uma ruidosa multidão de prisioneiros em roupas molhadas que dividiam ou resolviam alguma coisa. O soldado da escolta explicou para Nekhliúdov que o representante dos presos estava entregando a um banqueiro de jogo vigarista o dinheiro destinado à compra de comida, em paga pelo que os presos haviam tomado emprestado ou tinham perdido antecipadamente no jogo, usando vales feitos de cartas de baralho. Ao ver o sargento e um fidalgo, os que estavam mais próximos se calaram, olhando para os visitantes de modo hostil. Entre os participantes da partilha, Nekhliúdov reconheceu Fiódorov, seu conhecido, condenado aos trabalhos forçados, que sempre tinha a seu lado um rapaz lamentável, de sobrancelhas erguidas, branco, que parecia inchado, e também um andarilho, famoso por ter matado um homem e se alimentado da sua carne durante uma fuga pela taiga. O andarilho estava parado no corredor, o roupão molhado vestido em um só ombro, e olhava para Nekhliúdov com zombaria e insolência, sem lhe abrir caminho. Nekhliúdov o contornou.

Por mais que Nekhliúdov conhecesse aquele espetáculo, por mais vezes que já tivesse visto, no decorrer daqueles três meses, todos os quatrocentos criminosos comuns nas condições mais diversas — no calor, dentro da nuvem de poeira que eles levantavam com os pés que arrastavam as correntes, nas pousadas da estrada, no pátio das paradas de descanso quando o tempo estava quente, onde se passavam cenas horríveis de franca depravação, ele, mesmo assim, toda vez que entrava no ambiente daquelas pessoas e sentia, como agora, que a atenção dos prisioneiros se voltava para ele, experimentava um torturante sentimento de vergonha e de consciência da sua culpa perante os prisioneiros. E o mais penoso para Nekhliúdov era que tal sentimento de vergonha e de culpa se misturava ainda por cima com um invencível sentimento de repulsa e de horror. Sabia que, na situação em que foram colocados, era impossível não viverem daquele modo, e no entanto não conseguia reprimir a repulsa que sentia por eles.

— Para eles, tudo vai muito bem, esses parasitas — ouviu Nekhliúdov, quando já se aproximava da porta dos políticos. — Com esses diabos, não acontece nada;

a barriga deles não dói, é claro — falou uma voz rouca, depois acrescentou um palavrão.

Ouviu-se uma gargalhada hostil, zombeteira.

X

Após passar pela cela dos solteiros, o sargento que acompanhava Nekhliúdov disse-lhe que viria buscá-lo antes da chamada e voltou. Assim que o sargento se afastou, um prisioneiro veio na direção de Nekhliúdov, a passos rápidos e com pés descalços, segurando os grilhões na mão, chegou bem pertinho, cobriu-o com um cheiro pesado e azedo de suor e sussurrou num tom de segredo:

— Faça alguma coisa, patrão. Enrolaram totalmente o garoto. Embebedaram. Hoje mesmo, na chamada, disse que seu nome era Karmánov. Faça alguma coisa, para a gente é impossível, eles matam — disse um prisioneiro, olhando em volta, inquieto, e logo depois se afastou.

A questão era que um condenado aos trabalhos forçados de nome Karmánov convenceu um rapaz de rosto parecido com o seu, mas sentenciado à deportação, a trocar de lugar com ele, de modo que o condenado aos trabalhos forçados fosse para a deportação e o outro fosse para os trabalhos forçados no seu lugar.

Nekhliúdov já sabia daquele caso porque aquele mesmo prisioneiro, uma semana antes, lhe informara a respeito da troca. Nekhliúdov meneou a cabeça em sinal de que entendia e faria o possível e, sem olhar para trás, seguiu adiante.

Nekhliúdov conhecia aquele prisioneiro desde Ekatierinburg, onde pedira a sua intercessão para que deixassem a esposa dele acompanhá-lo na viagem, e ficou surpreso com o seu procedimento. Era um homem de estatura mediana e de aspecto camponês, o mais comum possível, de uns trinta anos, condenado aos trabalhos forçados por tentativa de roubo e homicídio. Chamavam-no de Makar Diévkin. Seu crime foi muito estranho. Segundo contou para Nekhliúdov, o crime não era coisa dele mesmo, Makar, mas sim *dele*, o capeta. Contou que um viajante foi à casa do seu pai e contratou por dois rublos uma condução para uma aldeia que ficava a quarenta verstas. O pai mandou Makar levar o viajante. Makar atrelou o cavalo, vestiu-se e começou a beber chá com o viajante. Durante o chá, o viajante contou que ia se casar e levava consigo quinhentos rublos que acumulara em Moscou. Ao ouvir isso, Makar saiu para o pátio e guardou no trenó, debaixo da palha, um machado.

— E eu mesmo não sei para que peguei o machado — disse Makar. — "Pegue o machado", ele me disse, e eu peguei. Lá fomos para a aldeia. Viajamos e tudo bem. Até me esqueci do tal machado. A gente já estava perto da aldeia, faltavam umas seis verstas. A estrada vicinal subia um morro para chegar à estrada principal. Desci, vou andando atrás do trenó, e ele cochicha: "O que você está pensando? Sobe o morro para a estrada principal e pronto, lá está a aldeia. Ele está levando o dinheiro; se é para fazer, faz logo de uma vez, não tem mais o que esperar". Me debrucei no trenó, como se fosse ajeitar a palha, e o machadinho pareceu pular para a minha mão. O homem olhou para trás. "O que deu em você?", perguntou. Levantei o machado, quis dar um golpe, mas ele, sujeito ágil, pulou do trenó, segurou o meu braço. "O que está fazendo, seu miserável?...", disse ele. Me derrubou na neve e eu nem comecei a brigar, me rendi logo. Amarrou minhas mãos com um cinto, me jogou dentro do trenó. Me levou direto para a delegacia. Me meteram na cadeia. Julgaram. A comunidade me deu apoio, disseram que eu era um homem bom e nunca tinham visto em mim nada de ruim. Os patrões com quem eu morava também me apoiaram. Mas não tinha dinheiro para o *adevogado* — disse Makar — e por isso me condenaram a quatro anos.

E lá estava aquele homem, querendo salvar um conterrâneo, ciente de que com aquelas palavras arriscava a sua vida, e apesar disso contou a Nekhliúdov o segredo de um prisioneiro, pelo que — se os outros soubessem que tinha feito aquilo — com toda a certeza o estrangulariam.

XI

O alojamento dos políticos consistia em duas celas pequenas, cujas portas davam para uma parte isolada do corredor. Ao entrar na parte isolada do corredor, a primeira pessoa que Nekhliúdov viu foi Símonson, com uma acha de lenha na mão, de japona, sentado de cócoras na frente da tampa de uma estufa acesa, que tremia com a pressão do calor.

Ao ver Nekhliúdov, Símonson, ainda de cócoras, olhou de baixo para cima, por baixo das sobrancelhas pendentes, e lhe ofereceu a mão.

— Estou contente que o senhor tenha vindo, preciso falar com o senhor — disse, num tom importante, enquanto olhava direto nos olhos de Nekhliúdov.

— Do que se trata? — perguntou.

— Depois. Agora estou ocupado.

E Símonson ocupou-se de novo com a estufa, que ele aquecia segundo a sua própria teoria da perda mínima de energia calorífica.

Nekhliúdov já fazia menção de entrar na primeira porta, quando por uma outra porta saiu Máslova, recurvada, uma vassoura na mão, com a qual empurrava um grande monte de lixo e poeira na direção da estufa. Estava de blusa branca, saia arregaçada e meias. Sua cabeça, até as sobrancelhas, estava coberta por um lenço branco, por causa da poeira. Ao ver Nekhliúdov, aprumou o corpo e, toda vermelha e animada, encostou a vassoura e, depois de esfregar a mão na saia, parou bem na frente dele.

— Está arrumando o alojamento? — disse Nekhliúdov, enquanto lhe estendia a mão.

— Sim, a minha antiga ocupação — respondeu ela e sorriu. — E a sujeira é tanta que não dá nem para pensar. Já limpamos e limpamos de novo. E então, a manta está seca? — perguntou para Símonson.

— Quase — respondeu Símonson, olhando para ela com um olhar diferente, que espantou Nekhliúdov.

— Bem, então vou buscá-la e trazer a peliça para secar. Os nossos estão todos aqui — disse ela para Nekhliúdov e apontou para a porta mais próxima, enquanto saía pela mais distante.

Nekhliúdov abriu a porta e entrou numa cela pequena, fracamente iluminada por uma lamparina de metal, instalada embaixo, num beliche de tábuas. Na cela estava frio e havia um cheiro de poeira não assentada, mofo e tabaco. A lamparina de lata iluminava com força o que estava perto, mas os beliches de tábuas se achavam no escuro e sombras oscilantes andavam pelas paredes.

Todos estavam na cela pequena, exceto dois homens, que tomavam conta dos víveres e tinham ido buscar água fervente e comida. Ali estava uma velha conhecida de Nekhliúdov, Vera Efriémovna, ainda mais magra e amarelada, com seus enormes olhos assustados e uma veia inchada na testa, de blusa cinzenta e cabelos curtos. Estava sentada diante de uma folha de jornal sobre a qual havia tabaco espalhado e, com movimentos bruscos, enchia com ele cartuchos de cigarros.

Ali estava também uma das políticas que mais agradavam a Nekhliúdov — Emília Rántseva, que cuidava de manter o bom aspecto do ambiente e, mesmo nas condições mais precárias, conseguia dar a ele um atrativo e um toque doméstico feminino. Estava sentada junto ao lampião e, com as mangas arregaçadas acima dos braços ágeis, bronzeados e bonitos, enxugava e arrumava canecas e xícaras sobre um pano estendido por cima do beliche de tábuas. Rántseva era uma jovem feia, com um rosto de expressão dócil e inteligente, que tinha a característica de, ao sorrir, transfigurar-se e de repente tornar-se alegre, simpática e encantadora. Agora, recebeu Nekhliúdov com um sorriso desse tipo.

— Ah, pensávamos que o senhor já tivesse partido para a Rússia — disse ela.

Num canto afastado, no escuro, ali também estava Mária Pávlovna, que fazia algo com uma meninazinha loura, pequenina, a qual não parava de balbuciar com sua voz meiga e infantil.

— Que bom que o senhor veio. Viu a Kátia? — perguntou ela para Nekhliúdov. — Veja só a hóspede que temos aqui. — E apontou para a menina.

Ali também estava Anatóli Kriltsov. Emagrecido e pálido, com os pés encolhidos debaixo do corpo e calçados em botas de feltro, arqueado e trêmulo, ele estava sentado na outra ponta dos beliches de tábuas e, com as mãos enfiadas por dentro das mangas da peliça curta, fitava Nekhliúdov com olhos febris. Nekhliúdov quis aproximar-se dele, mas à direita da porta, procurando alguma coisa dentro de um saco enquanto conversava com a sorridente e bonita Grabets, estava sentado um homem ruivo e de cabelo crespo, de óculos e japona de guta-percha. Era um revolucionário famoso, Novodvórov, e Nekhliúdov apressou-se em cumprimentá-lo. Teve pressa em fazê-lo porque, entre todos os políticos, aquele homem era a única pessoa que não lhe agradava. Novodvórov faiscou através dos óculos, com seus olhos azuis voltados para Nekhliúdov, e, de cenho franzido, lhe estendeu a mão estreita.

— E então, fez uma viagem agradável? — perguntou, com óbvia ironia.

— Sim, há muita coisa interessante — respondeu Nekhliúdov, fingindo que não notou a ironia e que entendeu a pergunta como uma gentileza, e aproximou-se de Kriltsov.

Exteriormente, Nekhliúdov demonstrava indiferença, mas no íntimo estava longe de sentir-se indiferente com relação a Novodvórov. As palavras de Novodvórov, seu óbvio desejo de falar e fazer algo desagradável, perturbaram o ânimo benevolente em que estava Nekhliúdov. E tornou-se abatido e tristonho.

— Então, como está a saúde? — perguntou, enquanto apertava a mão fria e trêmula de Kriltsov.

— Vai indo, só que não consigo me esquentar, fiquei ensopado — disse Kriltsov, encolhendo ligeiro a mão por dentro da manga da peliça. — E aqui faz um frio do cão. As janelas estão quebradas. — Apontou para os vidros quebrados em dois lugares, por trás das grades de ferro. — Mas e o senhor, o que houve, por que não apareceu?

— Não deixaram, um diretor severo. Só hoje apareceu um oficial afável.

— Puxa, muito afável! — disse Kriltsov. — Pergunte a Macha o que ele fez nesta manhã.

Mária Pávlovna, sem erguer-se do seu lugar, contou o que se passara com a meninazinha de manhã, na hora da partida.

— Na minha opinião, é preciso fazer um protesto coletivo — disse Vera Efriémovna, com voz decidida, ao mesmo tempo que lançava olhares indecisos e assustados, ora para o rosto de um, ora para o rosto de outro. — Vladímir fez um protesto, mas é pouco.

— Que tipo de protesto? — exclamou Kriltsov, com uma careta de enfado. Estava claro que a afetação, o tom artificial e o nervosismo de Vera Efriémovna já o irritavam desde muito. — O senhor está procurando Kátia? — voltou-se para Nekhliúdov. — Está sempre trabalhando, limpando. Limpou a nossa cela, a masculina, e agora foi para a feminina. Só não consegue tirar as pulgas, elas nos comem vivos. Ei, Macha, o que está fazendo aí? — perguntou, apontando com a cabeça para o canto em que estava Mária Pávlovna.

— Está penteando a filha adotiva — disse Rántseva.

— Será que não vai passar uma praga para a gente? — perguntou Kriltsov.

— Não, não, eu estou tomando cuidado. Agora ela está limpinha — disse Mária Pávlovna. — Fique com ela — dirigiu-se para Rántseva —, enquanto vou ajudar Kátia. E também vou pegar uma manta para ele.

Rántseva pegou a meninazinha e, com ternura maternal, apertando contra si os bracinhos nus e rechonchudos da criança, colocou-a sobre os joelhos e lhe deu um torrãozinho de açúcar.

Mária Pávlovna saiu e logo depois entraram na cela dois homens que traziam água fervente e comida.

XII

Um dos que entraram era um jovem baixo, magricelo, de peliça curta e botas altas. Caminhava de modo ágil e rápido, trazia duas chaleiras grandes e fumegantes, com água quente, e segurava embaixo do braço um pão embrulhado num lenço.

— Puxa, até que enfim apareceu o nosso príncipe — disse ele, enquanto largava a chaleira entre as xícaras e dava o pão para Máslova. — Compramos umas coisas formidáveis — exclamou, enquanto tirava a peliça e a jogava por cima da cabeça, na direção da ponta do beliche de tábuas. — Markel comprou leite e ovos; hoje vamos ter um verdadeiro baile. E a Kiríllovna que não para de fazer a sua limpeza estética — disse, sorrindo e olhando para Rántseva. — Bem, agora vamos tratar de fazer o chá — voltou-se para ela.

Do aspecto exterior desse homem, dos seus movimentos, do som da sua voz e do seu olhar, emanavam disposição e alegria. O outro que entrou — também baixo, descarnado, com as maçãs do rosto muito salientes, magras, ossudas, na cara cinzenta, com lindos olhos esverdeados, bem distantes um do outro, e de lábios finos — era, ao contrário, um homem de fisionomia soturna e melancólica. Vestia um casaco velho de algodão e botas com galochas. Trazia dois potes e dois cestos de palha. Depois de baixar sua carga diante de Rántseva, cumprimentou Nekhliúdov com uma inclinação do pescoço, de tal modo que, enquanto se inclinava, não parou de fitá-lo. Em seguida, depois de lhe estender a contragosto a mão suada, passou a arrumar lentamente a comida que tirava das cestas.

Esses dois presos políticos eram gente do povo: o primeiro era o camponês Nabátov, o segundo era o operário de fábrica Markel Kondrátiev. Markel entrara no movimento revolucionário já com certa idade, aos trinta e cinco anos; já Nabátov, aos dezoito anos. Depois de conseguir, graças à sua notável capacidade, passar da escola da aldeia para o liceu, Nabátov, sempre se sustentando por meio de aulas particulares, terminou o curso com uma medalha de ouro, mas não ingressou na universidade porque, ainda na sétima série, resolveu que iria para o povo,[4] de onde havia saído, a fim de instruir os seus irmãos esquecidos. Assim fez: de início, obteve uma vaga de escrivão numa grande aldeia, mas logo foi preso porque lia livros para os camponeses e organizou junto com eles uma cooperativa de produção e de consumo. Na primeira vez, deixaram-no oito meses na prisão e o soltaram, mantendo-o sob vigilância. Uma vez livre, partiu logo para outra província, para outra aldeia, e lá obteve uma vaga de professor e fez a mesma coisa. Prenderam-no de novo e dessa vez o deixaram na prisão durante um ano e dois meses, e na prisão ele fortaleceu ainda mais as suas convicções.

Depois da segunda prisão, deportaram-no para a província de Perm. De lá, ele fugiu. Capturaram-no de novo e, após sete meses preso, deportaram-no para a província de Arkhánguelsk. De lá, por ter se recusado a prestar juramento ao novo tsar, foi condenado à deportação na região de Iakutsk; assim, ele passou metade da sua vida adulta na prisão e no exílio. Todas essas aventuras não o deixaram exasperado de forma alguma, e também não diminuíram sua energia, ao contrário, inflamaram-na. Era um homem dinâmico, com uma digestão excelente, sempre ativo, alegre e bem-disposto. Nunca se arrependia de nada e não fazia planos para um futuro distante, mas com todas as forças da sua razão, da sua habilidade, do seu senso prático, agia no presente. Quando se achava em liberdade, trabalhava para o objetivo que ele mesmo havia definido: a instrução, a união do povo trabalhador, sobretudo dos camponeses; quando estava preso, atuava com a mesma energia e com o mesmo senso prático para manter o contato com o mundo exterior e para alcançar, nas condições de vida presentes, a melhor organização possível, não só para si, mas para o seu círculo. Antes de tudo, era um homem da comunidade. Para si mesmo, ao que parecia, não precisava de nada e podia contentar-se com nada, porém para os camaradas da comunidade ele exigia muita coisa e podia fazer qual-

---

4 Alusão ao lema dos "populistas", "*khojdiénie v narod*", "ir para o povo" (ver nota da p. 367).

quer trabalho — físico e mental —, sem baixar os braços, sem dormir, sem comer. Era trabalhador, como um camponês, sagaz, habilidoso nas tarefas, naturalmente abstêmio e, sem fazer esforço, era cordial, atencioso não só com os sentimentos, mas também com as opiniões dos outros. Sua velha mãe, uma viúva camponesa analfabeta, cheia de superstições, estava viva, e Nabátov ajudava-a e, quando estava em liberdade, ia visitá-la. Durante suas estadas na casa dela, Nabátov embrenhava-se nas minúcias da vida da mãe, ajudava-a no serviço e não interrompia o contato com os antigos camaradas, os rapazes camponeses; fumava com eles um tabaco grosseiro, em cigarros enrolados à mão, a que chamava de "patinha de cachorro", tomava parte das suas brincadeiras de trocar socos e conversava com eles sobre como eram todos enganados e como precisavam desvencilhar-se do engano em que eram mantidos. Quando Nabátov pensava e falava sobre o que a revolução daria para o povo, sempre imaginava aquele mesmo povo, de onde ele viera, quase nas mesmas condições, porém com a terra, sem os senhores e sem os funcionários do Estado. A revolução, na sua concepção, não devia mudar as formas fundamentais de vida do povo — nisso, ele divergia de Novodvórov e de Markel Kondrátiev, adepto de Novodvórov —, a revolução, no seu modo de ver, não devia demolir o edifício inteiro, devia apenas distribuir de outra forma as acomodações interiores desse edifício belo, sólido, enorme, antigo, que ele amava com ardor.

Com respeito à religião, ele também era tipicamente camponês: nunca pensava em questões metafísicas, no começo de todos os começos, na vida além-túmulo. Para ele, assim como para Arago,[5] Deus era uma hipótese para a qual, por enquanto, não via nenhuma necessidade. Ele nada tinha a ver com a maneira como o mundo havia surgido, fosse conforme Moisés ou conforme Darwin, e o darwinismo, que parecia tão importante para os seus companheiros, para ele não passava de um joguete do pensamento, assim como a criação em seis dias.

Não lhe interessava a questão de como surgiu o mundo, exatamente porque sempre tinha à sua frente a questão de como viver melhor no mundo. Sobre a vida no além, também jamais pensava, trazia no fundo da alma a convicção firme e serena, herdada por ele dos antepassados, convicção comum a todos os que trabalham na terra, de que assim como no mundo dos animais e das plantas nada termina, pois tudo se refaz de modo incessante, de uma forma para outra — do estrume para o grão, do grão para a galinha, do girino para a rã, da lagarta para a borboleta, da bolota para o carvalho —, assim também o ser humano não é aniquilado, apenas se modifica. Ele acreditava nisso e portanto sempre fitava os olhos da morte com

---

5 François Jean Dominique Arago (1786-1853), astrônomo, físico e político francês.

ânimo e até com alegria e suportava com firmeza os sofrimentos que levavam a ela, mas não gostava de falar sobre isso, nem sabia como fazê-lo. Gostava de trabalhar e estava sempre ocupado com assuntos práticos, e induzia os camaradas a cuidarem de questões práticas.

O outro preso político que tinha origem no povo, Markel Kondrátiev, era homem de outra conformação. Aos quinze anos, começou a trabalhar e também começou a fumar e beber, para abafar a vaga consciência de uma ofensa. Essa ofensa, ele a sentiu pela primeira vez quando, num Natal, levaram-no, com os outros garotos, para uma festa em torno do pinheiro de Natal, organizada pela esposa do dono da fábrica, onde ele e seus camaradas ganharam uma gaitinha de um copeque, uma maçã, uma noz dourada e um figo seco, enquanto os filhos do industrial ganharam brinquedos que lhe pareceram dádivas de uma fada e custaram, como soube depois, mais de cinquenta rublos. Ele tinha vinte anos quando uma revolucionária famosa ingressou na fábrica para ser operária e, ao perceber a notável capacidade de Kondrátiev, ela começou a lhe dar livros e folhetos e a conversar com ele, explicando a sua situação, as causas daquilo e os meios para melhorá-la. Quando ele se deu conta claramente da possibilidade de libertação, para si e para os outros, da situação opressiva em que se achava, a injustiça de tal situação pareceu-lhe ainda mais cruel e horrorosa do que antes e lhe veio um desejo terrível não só de libertação, mas também de castigo para aqueles que construíram e sustentavam aquela injustiça cruel. Essa possibilidade, conforme lhe explicaram, provinha do conhecimento. Para ele, não estava claro de que forma a realização do ideal socialista se cumpriria por meio do conhecimento, mas Kondrátiev acreditava que, assim como o conhecimento revelara para ele a injustiça da situação em que se achava, assim também o mesmo conhecimento havia de corrigir essa injustiça. Além disso, aos seus olhos, o conhecimento o elevava acima das demais pessoas. Por isso, após parar de beber e fumar, todo o seu tempo livre, que se tornara maior quando o designaram para cuidar do almoxarifado, ele dedicava aos estudos.

A revolucionária o instruiu e admirou-se com a capacidade surpreendente com que ele assimilava todos os conhecimentos de um modo insaciável. Em dois anos, tinha aprendido álgebra, geometria, história, de que gostava especialmente, e tinha lido toda a literatura artística, crítica e, mais importante, socialista.

Prenderam a revolucionária e, com ela, Kondrátiev, por terem encontrado livros proibidos em sua casa, e os deixaram na prisão, mas depois os deportaram para a província de Vólogda. Lá, Kondrátiev conheceu Novodvórov, leu muitos livros revolucionários, gravou tudo na memória e consolidou mais ainda seus pontos de vista socialistas. Depois do exílio, liderou uma grande greve de operários, que terminou com a devastação da fábrica e o assassinato do diretor. Prenderam-no e condenaram-no à perda dos direitos e à deportação.

Quanto à religião, tratava-a da mesma forma negativa com que encarava a ordem econômica vigente. Após entender o absurdo da fé em que fora criado e libertar-se dela com esforço, no início com medo e depois com entusiasmo, Kondrátiev, como que em represália pela ilusão em que o haviam mantido, assim como aos seus antepassados, não se cansava de zombar, de maneira mordaz e exasperada, dos popes e dos dogmas religiosos.

Por seus hábitos, era um asceta, satisfazia-se com o mínimo e, como qualquer pessoa desde a infância habituada ao trabalho, tinha músculos desenvolvidos, podia realizar com facilidade e destreza qualquer tipo e volume de trabalho físico, mas prezava acima de tudo o lazer, a fim de continuar a instruir-se nas prisões e nas paradas da viagem rumo ao local de deportação. Agora estava estudando o primeiro tomo de Marx e guardava esse livro no seu saco de viagem com enorme cuidado, como um objeto muito precioso. Tratava todos os seus camaradas com reserva, indiferença, exceto Novodvórov, a quem era especialmente devotado e cujos juízos sobre todos os assuntos Kondrátiev tomava como verdades irrefutáveis.

Quanto às mulheres, as quais encarava como um estorvo para todas as atividades úteis, Kondrátiev nutria um desprezo insuperável. De Máslova, porém, ele tinha pena e era afetuoso com ela, vendo ali um exemplo da exploração da classe inferior pela classe superior. Pela mesma razão, não gostava de Nekhliúdov, mostrava-se de poucas palavras com ele e não apertava sua mão, apenas deixava a mão estendida para receber o aperto quando Nekhliúdov o cumprimentava.

XIII

A estufa acendeu, esquentou, o chá foi preparado e servido em copos e canecas e branqueado com leite, serviram-se rosquinhas, pão fresco de farinha fina de trigo, ovos cozidos, manteiga, cabeça e patas de vitela. Todos se moveram para o local dos beliches de tábuas que fazia as vezes de mesa e beberam, comeram e conversaram. Rántseva sentou-se num caixote e servia o chá. À sua volta, apinhavam-se todos os outros, exceto Kriltsov, que após tirar a peliça molhada e enrolar-se na manta seca, estava deitado em seu lugar e conversava com Nekhliúdov.

Depois do frio e da umidade da viagem, depois da sujeira e da desordem que encontraram ali, depois dos trabalhos despendidos para pôr tudo em ordem, depois da comida e do chá quente, todos ficaram no estado de ânimo mais agradável e alegre.

O fato de ouvirem os gritos e os palavrões dos criminosos através da parede, como que para lembrar-lhes aquilo que os cercava, reforçava ainda mais o sentimento de conforto. Como sobre uma ilhota no meio do mar, aquelas pessoas sentiam que, no momento, não estavam submersas nas humilhações e nos sofrimentos que as rodeavam e por isso se achavam num estado de animação e de entusiasmo. Conversavam sobre tudo, menos sobre a situação em que estavam e sobre aquilo que as aguardava. Além disso, como sempre acontece entre homens e mulheres jovens, em especial quando estão reunidos à força, como era o caso daquelas pessoas, surgiam entre eles atrações consentidas ou não consentidas, que os entrelaçavam de diversas formas. Quase todos estavam apaixonados. Novodvórov estava apaixonado pela sorridente e graciosa Grabets. Essa Grabets era uma estudante novinha que pensava muito pouco e era de todo indiferente às questões da revolução. Mas rendeu-se à influência da época, comprometeu-se e foi deportada. Como acontecia quando estava em liberdade, o principal interesse de sua vida era o sucesso com os homens, e assim continuou a ser mesmo nos interrogatórios, na prisão e no exílio. Agora, durante a viagem, Grabets consolava-se com o fato de Novodvórov estar atraído por ela, e a própria Grabets apaixonou-se por ele. Vera Efriémovna, que se enamorava muito, mas não despertava amor nos outros, embora sempre esperasse uma reciprocidade, estava apaixonada ora por Nabátov, ora por Novodvórov. Algo semelhante à paixão existia da parte de Kriltsov com relação a Mária Pávlovna. Ele a amava, como os homens amam as mulheres, mas, ciente da atitude de Mária Pávlovna com respeito ao amor, escondia habilmente seu sentimento sob a aparência de amizade e de gratidão por ela cuidar dele com uma ternura especial. Nabátov e Rántseva estavam ligados por relações amorosas muito complicadas. Assim como Mária Pávlovna era virgem e absolutamente casta, Rántseva era uma mulher casada e absolutamente casta.

Aos dezesseis anos, ainda aluna do liceu, ela se apaixonou por Rántsev, um estudante da Universidade de São Petersburgo, e aos dezenove anos casou-se com ele, enquanto Rántsev ainda estava na universidade. Na quarta série da faculdade, seu marido envolveu-se num incidente de universitários, foi banido de Petersburgo e tornou-se um revolucionário. Por sua vez, ela deixou a faculdade de medicina, que então cursava, partiu com ele e também se tornou uma revolucionária. Se o seu marido não fosse o homem que ela considerava o mais bondoso, o mais inteligente do mundo, não se apaixonaria por ele, e se não estivesse apaixonada, não se casaria. Porém, uma vez apaixonada e casada com o homem que, na convicção dela, era o melhor e o mais inteligente do mundo, Rántseva naturalmente entendia a vida e o seu propósito da mesma forma como o fazia seu marido, o melhor e o mais inteligente do mundo. De início, ele achava que a vida era para estudar, e

Rántseva assim também entendia a vida. Ele tornou-se revolucionário, e ela tornou-se revolucionária. Ela era perfeitamente capaz de demonstrar que a ordem vigente era inaceitável e que a obrigação de qualquer pessoa consistia em combater essa ordem e tentar estabelecer um regime político e econômico em que uma pessoa pudesse desenvolver-se livremente etc. E Rántseva tinha a impressão de que de fato pensava e sentia assim, mas na realidade só pensava que tudo aquilo que o marido pensava era a pura verdade e só procurava uma coisa — o pleno acordo, a convergência com o espírito do marido, que lhe dava, só ele, a satisfação moral.

A separação do marido e do filho, que ficara com a mãe dela, era penosa para Rántseva. Mas suportava a separação com firmeza e serenidade, ciente de que sofria aquilo pelo marido e pela causa, sem dúvida verdadeira, porque o marido servia àquela causa. Rántseva estava sempre com o marido, em pensamento, e como antes não amava ninguém, agora também não podia amar ninguém, a não ser o marido. Porém o amor fiel e puro de Nabátov a comovia e abalava. Homem virtuoso e firme, amigo do seu marido, esforçava-se para tratá-la como uma irmã, mas nas suas relações com ela insinuava-se algo maior e esse algo maior assustava ambos e ao mesmo tempo enfeitava agora a sua vida difícil.

Portanto, nesse grupo, só Mária Pávlovna e Kondrátiev estavam totalmente livres de amores.

XIV

Contando falar com Katiucha em particular, como fazia de costume depois do chá e do jantar coletivo, Nekhliúdov sentou-se ao lado de Kriltsov e conversou com ele. Entre outras coisas, contou-lhe sobre o apelo que Makar lhe fizera e a história do seu crime. Kriltsov ouviu atentamente, o olhar cintilante fixo no rosto de Nekhliúdov.

— Sim — disse ele, de repente. — Uma ideia me preocupa muitas vezes, a de que aqui estamos nós, caminhando lado a lado, junto com eles... mas "com eles" quem? Exatamente com aquelas pessoas pelas quais nós estamos aqui caminhando. E no entanto não só não as conhecemos, como também não queremos conhecê-las. E quanto a elas, pior ainda, nos odeiam e nos têm por inimigos. Eis o que é horrível.

— Não há nada de horrível — retrucou Novodvórov, que prestava atenção à conversa. — As massas sempre idolatram apenas o poder — disse, com sua voz estridente. — O governo tem o poder, eles o idolatram e nos odeiam; amanhã, estaremos no poder, e eles vão nos idolatrar...

Nesse momento, por trás da parede, ouviu-se estourar uma briga, um tropel de pancadas na parede, barulho de correntes, ganidos e gritos. Batiam em alguém, alguém gritava: "Socorro!".

— Olhe só, são uns animais! Como pode haver relações entre nós e eles? — disse Novodvórov tranquilamente.

— Você diz animais. Porém agora mesmo Nekhliúdov estava me contando um fato — disse Kriltsov, em tom irritado, e contou como Makar punha em risco a própria vida para salvar um conterrâneo. — Isso nada tem de animalesco, na verdade é uma proeza.

— Sentimentalismo! — respondeu Novodvórov com ironia. — Temos dificuldade para entender as emoções dessa gente e os motivos de suas ações. Você vê nisso uma generosidade, mas pode ser apenas inveja daquele condenado aos trabalhos forçados.

— Por que é que você não quer ver nada de bom nos outros? — disse Mária Pávlovna de repente, exaltada (ela tratava todos por "você").

— É impossível ver o que não existe.

— Como não, quando uma pessoa se arrisca a uma morte horrível?

— Acho — disse Novodvórov — que se quisermos cumprir a nossa missão, a primeira condição — Kondrátiev baixou o livro que estava lendo junto ao lampião e pôs-se a ouvir atentamente o seu mestre — é não fantasiar, mas sim ver as coisas como são. Fazer tudo para as massas populares e delas não esperar nada; as massas constituem o objeto da nossa atividade, mas não podem ser nossos colaboradores enquanto estiverem inertes, como se acham agora — ensinou ele, como se desse uma aula. — Por isso é totalmente ilusório esperar delas alguma ajuda, enquanto não tiver ocorrido um processo de desenvolvimento, o mesmo processo de desenvolvimento para o qual nós estamos preparando as massas.

— Que processo de desenvolvimento? — exclamou Kriltsov, ruborizando-se. — Dizemos que somos contra o arbítrio e o despotismo, mas não será esse o despotismo mais horrível que existe?

— Não há nenhum despotismo — retrucou Novodvórov, tranquilamente. — Só estou dizendo que conheço o caminho por onde o povo deve caminhar e posso apontar esse caminho.

— Mas por que você está convencido de que o caminho que você aponta é o verdadeiro? Não será esse o despotismo de onde nasceram a Inquisição e as execuções da Grande Revolução? Eles também sabiam, pela ciência, qual o único caminho verdadeiro.

— O fato de terem se enganado não prova que eu me enganei. Além disso, há uma grande diferença entre os disparates dos ideólogos e os dados da ciência econômica positiva.

A voz de Novodvórov enchia a cela inteira. Falava sozinho, todos se calavam.

— Estão sempre discutindo — disse Mária Pávlovna, quando ele se calou por um instante.

— E a senhora, o que pensa a respeito disso? — perguntou Nekhliúdov para Mária Pávlovna.

— Penso que Anatóli está certo, que é impossível impingir ao povo os nossos pontos de vista.

— E você, Katiucha? — perguntou Nekhliúdov, sorrindo enquanto esperava sua resposta, com receio de que ela dissesse algo fora de propósito.

— Acho que o povo simples é humilhado — disse ela, toda vermelha. — Já é humilhado demais, o povo simples.

— É isso mesmo, Mikháilovna — gritou Nabátov. — O povo é muito humilhado. É preciso que não o humilhem. Essa é toda a nossa causa.

— Uma concepção estranha dos objetivos da revolução — comentou Novodvórov, e pôs-se a fumar, com ar zangado.

— Não consigo conversar com ele — disse Kriltsov num sussurro, e calou-se.

— E é mesmo muito melhor não conversar — disse Nekhliúdov.

XV

Apesar de Novodvórov ser muito respeitado por todos os revolucionários, apesar de ser muito culto e de ser considerado muito inteligente, Nekhliúdov o incluía entre os revolucionários que, estando abaixo do nível médio no tocante às qualidades morais, se situavam imensamente abaixo desse nível. A capacidade intelectual daquele homem — o seu numerador — era grande; mas a sua opinião a respeito de si mesmo — o seu denominador — era incomensuravelmente grandiosa e já havia ultrapassado, desde muito tempo, a sua capacidade intelectual.

Era um homem cuja inclinação da vida espiritual era exatamente oposta à de Símonson. Símonson era só uma dessas pessoas, predominantemente do sexo masculino, cujas ações decorrem da atividade do pensamento e são por ela determinadas. Novodvórov, por sua vez, pertencia à categoria de pessoas, predominantemente do sexo feminino, nas quais a atividade do pensamento está direcionada, em parte, para a conquista dos objetivos estabelecidos pelo sentimento e, em parte, para a justificativa das ações inspiradas pelo sentimento.

Toda a atividade revolucionária de Novodvórov, apesar de ele ser capaz de explicá-la com eloquência e com argumentos muito convincentes, parecia a Nekhliúdov basear-se apenas na vaidade, no desejo de ter a primazia entre as demais pessoas. No início, graças à sua capacidade de assimilar os pensamentos alheios e transmiti-los com exatidão, Novodvórov, no período dos seus estudos, no ambiente dos que ensinam e aprendem, onde tal capacidade é muito apreciada (liceu, universidade, mestrado), tinha a primazia e estava satisfeito. Mas quando recebeu o diploma, parou de estudar e aquela primazia cessou, ele, de repente, a fim de alcançar a primazia numa esfera nova, como Kriltsov, que não gostava de Novodvórov, contou para Nekhliúdov, transformou completamente os seus pontos de vista e, de um liberal-gradualista, converteu-se num vermelho, adepto do partido Vontade do Povo. Graças à ausência, em seu caráter, das qualidades morais e estéticas que despertam as dúvidas e as hesitações, em pouco tempo ele ocupava, no mundo revolucionário, a posição de líder de partido, o que satisfez seu amor-próprio. Uma vez escolhida uma direção, ele jamais duvidava nem hesitava, e portanto estava convencido de que jamais estava errado. Tudo lhe parecia extraordinariamente simples, claro, indubitável. E na estreiteza e na unilateralidade do seu ponto de vista, tudo era de fato muito simples e claro e só era preciso, como ele dizia, ser lógico. Sua autoconfiança era tão grande que as pessoas, forçosamente, ou se afastavam ou se submetiam. Como sua atividade se passava entre pessoas muito jovens, que tomavam a sua ilimitada autoconfiança por profundidade de pensamento e sabedoria, a maior parte submetia-se a Novodvórov e ele alcançava um grande sucesso nos círculos revolucionários. Sua atividade consistia nos preparativos de uma insurreição, na qual ele devia tomar o poder e convocar uma assembleia. Na assembleia, devia ser apresentado um programa elaborado por ele. E Novodvórov estava plenamente convicto de que aquele programa dava conta de todas as questões e de que era impossível deixar de implementá-lo.

Os camaradas o respeitavam por sua coragem e determinação, mas não gostavam dele. Novodvórov, por sua vez, não gostava de ninguém e tratava todas as pessoas notáveis como rivais e, se pudesse, gostaria de agir com elas como fazem os velhos machos símios com os macacos jovens. Extirparia toda a inteligência, toda a capacidade dos outros, só para que não atrapalhassem a manifestação da sua capacidade. Só se relacionava bem com as pessoas que se punham de joelhos diante dele. Assim se relacionava agora, durante a viagem, com o operário Kondrátiev, conquistado pela propaganda de Novodvórov, com Vera Efriémovna e com a graciosa Grabets, ambas apaixonadas por ele. Embora por princípio fosse partidário da causa feminina, no fundo da alma Novodvórov achava que todas as mulheres eram estúpidas e insignificantes, exceto aquelas por quem muitas vezes ele se enamorava de modo sentimental, como agora estava enamorado de Grabets, e então as considerava mulheres extraordinárias, cujo talento só ele era capaz de perceber.

A questão das relações entre os sexos lhe parecia, como todas as questões, muito simples e clara, e plenamente solucionável mediante a adoção do amor livre.

Tinha uma esposa fictícia e outra real, da qual se separou, convencido de que entre os dois não existia um amor verdadeiro, e agora tencionava dar início a um novo casamento livre com Grabets.

Desprezava Nekhliúdov porque, nas suas palavras, "fazia muita cena" com Máslova e sobretudo porque se permitia pensar sobre os defeitos do regime vigente e sobre os meios de corrigi-los não apenas sem seguir, palavra por palavra, o que Novodvórov pensava, como também se permitia até pensar por conta própria, à maneira de um príncipe, ou seja, à maneira de um tolo. Nekhliúdov sabia dessa atitude de Novodvórov e, para seu desgosto, sentia que, apesar do estado de ânimo benevolente em que se achava durante a viagem, pagava na mesma moeda e não conseguia de forma alguma vencer a sua fortíssima antipatia por aquele homem.

XVI

Na cela vizinha, ouviram-se as vozes das autoridades. Todos se calaram e em seguida entrou o chefe da guarda com dois soldados da escolta. Era a chamada. O chefe da guarda contou todos, apontando para cada um com o dedo. Quando chegou a vez de Nekhliúdov, disse-lhe em tom familiar e simpático:

— Agora, príncipe, depois da chamada, não pode ficar aqui. Tem de sair.

Nekhliúdov, ciente do que isso significava, aproximou-se dele e lhe passou às escondidas três rublos, já preparados.

— Ora, o que vamos fazer com o senhor! Então fique mais um pouco.

O chefe da guarda fez menção de sair, quando entrou um outro sargento e atrás dele um prisioneiro alto, magro, com um olho esmurrado e uma barbicha rala.

— Vim por causa da garotinha — disse o prisioneiro.

— Olha, o papai chegou — ouviu-se de repente o som de uma voz de criança e uma cabecinha de cabelos brancos ergueu-se por trás de Rántseva, que com Mária Pávlovna e Katiucha costurava uma roupa nova para a menina, com uma saia cedida por Rántseva.

— Sou eu, filha, sou eu — disse Buzóvkin, em tom carinhoso.

— Ela está bem aqui — disse Mária Pávlovna, fitando comovida o rosto esmurrado de Buzóvkin. — Deixe-a conosco.

— As patroas estão costurando para mim uma *lopot*[6] nova — disse a garotinha, mostrando para o pai o trabalho de Rántseva. — É bonito, li-i-indo — balbuciou a menina.

---

6 No linguajar siberiano, *lopot* significa "roupa".

— Quer passar a noite conosco? — perguntou Rántseva, enquanto afagava a garotinha.

— Quero. E o papai também.

Rántseva ficou radiante, em seu sorriso.

— O papai não pode — disse ela. — O senhor deixe-a ficar — dirigiu-se ao pai.

— Está bem, pode deixar — disse o chefe da guarda, que ficara na porta, e saiu com o sargento.

Assim que os membros da escolta saíram, Nabátov aproximou-se de Buzóvkin e, tocando-o no ombro, disse:

— E então, irmão, é verdade que, no grupo de vocês, Karmánov quer trocar de lugar com um outro?

O rosto bondoso e afetuoso de Buzóvkin de repente entristeceu e seus olhos pareceram cobertos por uma espécie de película.

— A gente não soube de nada. Não deve ser — respondeu e, sem retirar dos olhos a película, acrescentou: — Que bom, Aksiutka, parece que você está que nem uma rainha, aí com as patroas — e apressou-se em sair.

— Ele está sabendo de tudo e é verdade que trocaram de lugar — disse Nabátov. — O que o senhor vai fazer?

— Vou falar com o comandante na cidade. Conheço o rosto dos dois — respondeu Nekhliúdov.

Todos ficaram em silêncio, pelo visto com receio de reiniciar a discussão.

Símonson, o tempo todo calado, com as mãos enfiadas embaixo da cabeça, deitado num canto dos beliches de tábuas, levantou-se resoluto e, contornando com cuidado os que estavam sentados, aproximou-se de Nekhliúdov.

— O senhor pode me ouvir agora?

— Claro — respondeu Nekhliúdov e levantou-se para acompanhá-lo.

Após lançar um olhar para Nekhliúdov e cruzar os olhos com ele, Katiucha ruborizou-se e, como que perplexa, balançou a cabeça.

— O meu assunto com o senhor é o seguinte — começou Símonson, quando saiu com Nekhliúdov para o corredor. Ali, no corredor, ouvia-se com mais força ainda o zumbido e os estrondos das vozes entre os criminosos. Nekhliúdov franziu o rosto, mas Símonson, pelo visto, não se perturbou com isso. — Conhecendo sua relação com Katierina Mikháilovna — continuou ele, enquanto, com seus olhos bondosos, fitava de frente e com atenção o rosto de Nekhliúdov —, considero-me obrigado — continuou, mas teve de parar, porque logo ali na porta duas vozes gritaram ao mesmo tempo, numa discussão.

— Estou dizendo, seu diabo: não é meu! — gritava uma voz.

— Tomara que fique engasgado, demônio — esbravejava a outra.

Nesse momento, Mária Pávlovna saiu para o corredor:

— Não é possível conversar aqui — disse ela. — Venham para cá, só tem a Viérotchka. — E seguiu na frente para a porta vizinha, que dava para uma cela miúda, aparentemente uma solitária, agora posta à disposição das mulheres políticas. Com a cabeça coberta, Vera Efriémovna estava deitada nos beliches de tábuas.

— Está com enxaqueca, está dormindo, não vai escutar, e eu vou sair! — disse Mária Pávlovna.

— Ao contrário, fique — disse Símonson —, não tenho segredos para ninguém, muito menos para você.

— Pois bem, está certo — respondeu Mária Pávlovna e, movendo-se com o corpo inteiro para um lado e para o outro, como fazem as crianças, e com esse movimento acomodando-se mais para o fundo do beliche de tábuas, preparou-se para escutar, enquanto mirava algum ponto distante com seus belos olhos de carneiro.

— Pois então, o meu assunto — repetiu Símonson — é que, sabendo da relação que o senhor tem com Katierina Mikháilovna, considero ser minha obrigação explicar ao senhor a minha relação com ela.

— Mas o que há? — perguntou Nekhliúdov, que não pôde deixar de encantar-se com a simplicidade e a franqueza com que Símonson lhe falava.

— O que há é que eu quero casar com Katierina Mikháilovna...

— Espantoso! — exclamou Mária Pávlovna, com os olhos fixos em Símonson.

— ... e resolvi pedir a ela que seja a minha esposa — continuou Símonson.

— O que posso dizer? Isso depende dela — disse Nekhliúdov.

— Sim, mas ela não vai resolver essa questão sem o senhor.

— Por quê?

— Porque, enquanto a questão das relações entre o senhor e ela não estiver resolvida em definitivo, ela não pode escolher nada.

— Da minha parte, a questão está resolvida em definitivo. Eu queria fazer o que considero ser o meu dever e, além disso, aliviar a situação dela, mas não desejo, em nenhuma hipótese, constrangê-la.

— Sim, mas ela não quer o sacrifício do senhor.

— Não há nenhum sacrifício.

— E eu sei que essa decisão dela é irrevogável.

— Bem, então para que conversar comigo? — perguntou Nekhliúdov.

— Ela precisa que o senhor também admita isso.

— Mas como posso admitir que não devo fazer o que considero ser o meu dever? Só posso dizer que não estou livre, mas ela está livre.

Símonson ficou um pouco em silêncio, refletindo.

— Pois bem, vou dizer isso a ela. O senhor não pense que estou apaixonado por ela — continuou. — Eu a amo como uma pessoa maravilhosa, rara, que sofreu muito. Não preciso de nada da parte dela, mas desejo ardentemente ajudá-la, aliviar a sua sit...

Nekhliúdov espantou-se, ao ouvir as palavras seguintes de Símonson.

— ... aliviar a sua situação — prosseguiu Símonson. — Se ela não quiser aceitar a ajuda do senhor, que ela então aceite a minha. Se ela estiver de acordo, vou pedir que me deportem para o mesmo local de reclusão que ela. Quatro anos não é uma eternidade. Eu viveria ao lado dela e, quem sabe, aliviaria a sua sorte... — Parou de novo, com emoção.

— O que posso dizer? — falou Nekhliúdov. — Estou feliz por ela ter encontrado um protetor como o senhor...

— O que eu precisava saber é isto — continuou Símonson. — Eu queria saber se, como o senhor a ama e deseja o seu bem, acha que para ela seria bom o casamento comigo.

— Ah, sim — respondeu Nekhliúdov, em tom decidido.

— É tudo só por ela, pois eu só quero que essa alma sofrida descanse — disse Símonson, olhando para Nekhliúdov com uma ternura infantil, totalmente inesperada naquele homem de aspecto sombrio.

Símonson levantou-se e, depois de pegar a mão de Nekhliúdov, estendeu para ele o rosto, sorriu acanhado e beijou-o.

— Vou dizer isso para ela — falou e saiu.

XVII

— Ora, veja só! — disse Mária Pávlovna. — Apaixonado, completamente apaixonado. Ninguém jamais esperaria que Vladímir Símonson se apaixonasse com um amor tão tolo e de menino. É surpreendente e, para falar com franqueza, é uma pena — concluiu, com um suspiro.

— Mas e ela, a Kátia? Como a senhora acha que ela vai encarar isso? — perguntou Nekhliúdov.

— Ela? — Mária Pávlovna parou, pelo visto com a intenção de responder da maneira mais precisa possível. — Ela? Veja, apesar do seu passado, ela é, por natureza, uma das pessoas mais morais... e sente com tanta agudeza... Ela ama o senhor, ama de um modo bom, e fica feliz de poder fazer para o senhor alguma coisa boa, ainda que de modo negativo, evitando envolver o senhor com ela. O casamento com o senhor seria, para ela, uma queda terrível, pior do que tudo o que aconteceu antes, e por isso jamais concordou. Ao mesmo tempo, a presença do senhor a perturba.

— Mas então, é melhor eu desaparecer? — perguntou Nekhliúdov.

Mária Pávlovna sorriu, com o seu sorriso meigo e infantil.

— Sim, em parte.

— Mas como desaparecer em parte?

— Não é bem isso; mas, sobre ela, eu queria dizer ao senhor que provavelmente ela está vendo o absurdo desse amor arrebatado que ele sente (Símonson nada falou com ela), sente-se lisonjeada por esse amor e também o teme. Sabe, não sou competente nesses assuntos, mas parece-me que, da parte de Símonson, existe o sentimento masculino absolutamente habitual, embora mascarado. Símonson diz que esse amor eleva as energias dentro dele e que é um amor platônico. Mas eu bem sei que, mesmo no caso de um amor excepcional, na sua base tem de haver alguma sujeira... Como com Novodvórov e Liúbotchka.

Mária Pávlovna ia desviar-se da questão, após tocar no seu tema predileto.

— Mas o que devo fazer, então? — perguntou Nekhliúdov.

— Acho que o senhor tem de falar com ela. É sempre melhor que fique tudo claro. Fale com ela, eu vou chamá-la. Quer? — disse Mária Pávlovna.

— Por favor — respondeu Nekhliúdov, e Mária Pávlovna saiu.

Um sentimento estranho dominou Nekhliúdov, quando ficou sozinho na cela pequena, ouvindo a respiração baixa de Vera Efriémovna, interrompida de quando em quando por gemidos, e o rumor dos criminosos que não parava de ressoar, duas portas adiante.

O que Símonson lhe disse o libertava da obrigação imposta a si mesmo, a qual em momentos de fraqueza lhe parecera penosa e estranha, mas ao mesmo tempo Nekhliúdov tinha uma sensação não só desagradável, como também dolorosa. Nesse sentimento pesava também o fato de que a proposta de Símonson destruía a exclusividade do seu gesto, diminuía, aos olhos de Nekhliúdov e dos outros, o valor do seu sacrifício: se um homem, e ainda por cima um homem tão bom, sem nenhum vínculo com Katiucha, desejava unir o seu destino a ela, o sacrifício de Nekhliúdov então já não era tão relevante. Havia também, talvez, um simples sentimento de ciúme: estava tão habituado ao amor de Katiucha que não conseguia admitir que ela pudesse amar um outro. Havia também ali a destruição de um plano já traçado — viver com ela, enquanto cumprisse a pena. Caso ela casasse com Símonson, a sua presença se tornaria dispensável e Nekhliúdov teria de traçar um novo plano de vida. Não havia tido tempo de examinar melhor os seus sentimentos, quando pela porta aberta irrompeu um barulho ainda mais forte dos criminosos (agora se passava algo diferente entre eles) e Katiucha entrou na cela.

Aproximou-se dele a passos rápidos.

— Mária Pávlovna me mandou vir — disse, parando bem perto dele.

— Sim, preciso lhe falar. Mas sente-se. Vladímir Ivánovitch falou comigo.

Ela sentou-se, as mãos cruzadas sobre os joelhos, e parecia calma, porém, assim que Nekhliúdov pronunciou o nome de Símonson, ela ruborizou-se com força.

— O que foi que ele disse para o senhor? — perguntou.

— Disse-me que quer se casar com a senhora.

O rosto dela franziu-se de repente, numa expressão de sofrimento. Não disse nada e apenas baixou os olhos.

— Pediu o meu consentimento ou o meu conselho. Eu disse que tudo depende da senhora, que a senhora deve resolver.

— Ah, como assim? Por quê? — exclamou ela e, com aquele estranho olhar vesgo que sempre agia de modo singular em Nekhliúdov, fitou-o nos olhos. Durante alguns segundos, os dois fitaram-se nos olhos, em silêncio. E esse olhar falava muito para ambos.

— A senhora deve resolver — repetiu Nekhliúdov.

— Devo resolver o quê? — disse ela. — Tudo está resolvido há muito tempo.

— Não, a senhora deve resolver se aceita a proposta de Vladímir Ivánovitch — respondeu Nekhliúdov.

— Vou ser esposa como, condenada aos trabalhos forçados? Para que, ainda por cima, vou ser a desgraça de Vladímir Ivánovitch? — perguntou, franzindo o rosto.

— Certo, mas e se receber o indulto? — perguntou Nekhliúdov.

— Ah, deixe-me. Não quero falar mais nada — disse ela e, após levantar-se, saiu da cela.

XVIII

Quando Nekhliúdov voltou para a cela masculina, atrás de Katiucha, todos estavam num rebuliço. Nabátov, que andava por toda parte, fazia contato com todos, observava tudo, trouxe uma notícia que a todos impressionou. Era a notícia de que havia encontrado numa parede um bilhete escrito pelo revolucionário Piétlin, condenado aos trabalhos forçados. Todos supunham que Piétlin já estivesse em Kara havia muito e, de repente, revelava-se que ele, pouco tempo antes, havia passado por aquela mesma estrada com outros presos, criminosos comuns.

"Em 17 de agosto", dizia o bilhete, "fui mandado sozinho junto com os criminosos. Neviérov esteve comigo e enforcou-se em Kazan, num asilo de loucos. Estou bem de saúde e bem-disposto e espero tudo de bom."

Todos comentavam a situação de Piétlin e as causas do suicídio de Neviérov. Kriltsov, com ar concentrado, mantinha-se em silêncio, olhava para a frente, com olhos parados e brilhantes.

— Meu marido me disse que Neviérov via fantasmas já na fortaleza de Pedro e Paulo — disse Rántseva.

— Sim, um poeta, um fantasista, essas pessoas não suportam a solitária — disse Novodvórov. — Pois eu, quando fiquei numa solitária, não permitia que a imaginação trabalhasse, eu repartia o meu tempo da maneira mais sistemática possível. Por isso eu sempre suportei bem.

— E por que não suportar? Eu até ficava contente quando me prendiam — disse Nabátov com voz animada, obviamente no intuito de quebrar o estado de espírito sombrio. — Do lado de fora, a gente tem medo de tudo: de ser preso, de envolver os outros, de prejudicar a causa, mas quando prendem é o fim da responsabilidade, a gente pode descansar. A gente fica sossegado, fumando.

— Você o conhecia de perto? — perguntou Mária Pávlovna, lançando um olhar inquieto para o rosto de Kriltsov, que de repente se alterou, ficou cavado.

— Neviérov, um fantasista? — exclamou Kriltsov de repente, ofegante, como se tivesse gritado ou cantado durante longo tempo. — O Neviérov era um desses homens que, como dizia o nosso porteiro, a terra gera poucos... Sim... era um homem todo de cristal, via-se tudo através dele. Sim... não era desses que mentem, ele não conseguia fingir. Não é que tivesse a pele fina, parecia que tinha sido todo esfolado e todos os nervos estavam à mostra. Sim... uma natureza complexa, rica, ele não era como... Ora, de que adianta falar! — Calou-se por um momento. — Nós discutíamos sobre o que era melhor — disse, franzindo o rosto com raiva. — Primeiro instruir o povo e depois mudar as formas de vida ou antes mudar as formas de vida e depois... como lutar: por meio da propaganda pacífica ou do terror? Discutíamos, sim. Mas eles não discutem, eles sabem qual é a sua missão, para eles não faz a menor diferença morrerem dezenas, centenas de pessoas, e que pessoas! Ao contrário, eles precisam exatamente que os melhores morram. Sim, Herzen[7] dizia que, quando retiraram de circulação os dezembristas, rebaixaram o nível geral. Não é de admirar que tenham rebaixado! Depois retiraram de circulação o próprio Herzen e seus adeptos. Agora, os Neviérov...

— Não vão liquidar todos — disse Nabátov, com sua voz animada. — Alguns vão ficar para semente.

— Não, não vão ficar, se nós tivermos pena deles — disse Kriltsov, levantando a voz e sem deixar que o interrompessem. — Me dê um cigarro.

— Mas não é bom para você, Anatóli — disse Mária Pávlovna. — Por favor, não fume.

---

7 Aleksandr Herzen [Guerzen] (1812-70), escritor, editor, líder intelectual da oposição à autocracia tsarista, tido como fundador das ideias socialistas na Rússia.

— Ah, me deixe — retrucou, zangado, e começou a fumar, mas na mesma hora começou a tossir; contraiu-se como se fosse vomitar. Após dar umas cuspidas, continuou: — Não fizemos o que era certo, não, não era assim. Não é para ficar discutindo, mas nos unirmos todos... e dar cabo deles. Sim.

— Acontece que eles também são gente — disse Nekhliúdov.

— Não, isso não é gente, esses que podem fazer o que estão fazendo... Não, olhe, dizem que inventaram bombas e balões. Sim, subir num balão e despejar bombas em cima deles, como se fossem percevejos, até serem exterminados... Sim. Porque... — fez menção de falar, mas, todo vermelho, pôs-se a tossir mais forte ainda e o sangue jorrou pela boca.

Nabátov correu para fora para trazer neve. Mária Pávlovna pegou umas gotas de valeriana e ofereceu a ele, mas Kriltsov, de olhos fechados, a repelia com a mão branca e emagrecida, e respirava curto e pesado. Quando a neve e a água fria o acalmaram um pouco e o puseram para dormir, Nekhliúdov despediu-se de todos e, com o sargento, que viera buscá-lo e já o esperava desde muito, seguiu para a saída.

Os criminosos agora estavam em silêncio e a maioria dormia. Apesar de as pessoas nas celas se deitarem sobre os beliches de tábuas, embaixo dos beliches de tábuas e no meio da passagem, nem todos conseguiram acomodar-se e uma parte se deitava no chão do corredor, com a cabeça escorada nos sacos, e se cobria com os roupões úmidos.

Pelas portas das celas e no corredor, ouviam-se roncos, gemidos e pessoas que falavam dormindo. Por toda parte, distinguiam-se contínuos montinhos de figuras humanas, cobertas com roupões. Só não dormiam alguns homens na ala dos criminosos solteiros, sentados num canto em volta de um toco de vela, que apagaram ao ver o soldado, e também, no corredor, sob um lampião, um velho; ele estava sentado, nu, e arrancava insetos da camisa. O ar contaminado do alojamento dos políticos parecia limpo em comparação com o abafamento fétido que havia ali. Coberto pela fuligem, o lampião parecia surgir através de uma nuvem, e era difícil respirar. Para passar pelo corredor sem pisar nem tropeçar nas pessoas que dormiam, era preciso procurar à frente um lugar vazio e, depois de colocar ali o pé, descobrir um lugar para o passo seguinte. Três pessoas, que pelo visto não haviam encontrado um lugar nem no corredor, acomodaram-se na entrada, bem aos pés do barril fedorento que servia de privada e que vazava pelas juntas. Um dos três era um velho abobalhado que Nekhliúdov via muitas vezes durante as caminhadas. Um outro era um menino de dez anos; estava deitado entre os dois prisioneiros e, com a mão embaixo da bochecha, dormia em cima da perna de um deles.

Ao sair pelo portão, Nekhliúdov parou e, distendendo o peito a plenos pulmões, respirou com força e demoradamente o ar gelado.

XIX

O céu estava todo estrelado. Após voltar para a sua hospedaria, caminhando na lama congelada, que só aqui e ali ainda afundava, Nekhliúdov bateu na janela escura e um trabalhador de ombros largos e descalço abriu a porta e o deixou entrar no vestíbulo. À direita do vestíbulo, ouvia-se o ronco alto dos cocheiros na isbá dos fundos; por trás da porta, mais adiante, no pátio, ouvia-se a mastigação de aveia de uma grande quantidade de cavalos. À esquerda, uma porta dava para um cômodo limpo. Ali, havia um cheiro de absinto e de suor, ouvia-se por trás de um tabique o ronco regular, e sorvido aos poucos, de uns pulmões vigorosos e uma lamparina ardia dentro de um vidro vermelho diante dos ícones. Nekhliúdov despiu-se, estendeu a manta e seu travesseiro de couro sobre o divã, forrado com uma lona encerada, e deitou-se, repassando em seu pensamento tudo o que vira e ouvira naquele dia. De tudo o que vira, o mais horrível para Nekhliúdov foi o menino que dormia numa poça de excrementos que vazava da latrina, com a cabeça sobre a perna de um prisioneiro.

Apesar da importância e da surpresa da conversa daquela noite com Símonson e Katiucha, ele não se detinha naquele fato: sua atitude em relação àquilo era complicada demais e ao mesmo tempo incerta, portanto Nekhliúdov afastava de si todo pensamento a respeito do assunto. Porém, com uma nitidez tanto maior, lembrava-se do espetáculo daqueles infelizes que sufocavam no ar asfixiante e rolavam na poça que vazava do fétido barril de excrementos, em especial se lembrava do menino de rosto inocente que dormia sobre a perna de um condenado aos trabalhos forçados e que não saía da sua cabeça.

Saber que em algum lugar distante certas pessoas torturam outras, sujeitando-as a toda sorte de degradação, humilhações e sofrimentos desumanos, ou ver ao longo de três meses essa incessante degradação e tortura de umas pessoas por outras — são duas coisas muito diferentes. E Nekhliúdov experimentava isso. Por várias vezes, ao longo daqueles três meses, ele se perguntou: "Será que estou louco e vejo coisas que os outros não veem, ou loucos são aqueles que fazem o que estou vendo?". Mas as pessoas (e como eram numerosas) faziam aquilo, que tanto o espantava e horrorizava, com uma convicção tão tranquila de que era não apenas necessário, mas também muito útil e importante, que era difícil admitir que toda aquela gente estivesse louca; também não podia admitir que ele mesmo estivesse louco, porque tinha consciência da clareza dos seus pensamentos. Por isso se encontrava numa perplexidade constante.

O que Nekhliúdov tinha visto ao longo daqueles três meses apresentava-se da seguinte forma: por meio da justiça e da administração, entre todas as pessoas que viviam em liberdade, separavam-se as mais nervosas, ardentes, excitáveis, bem-dotadas e fortes, porém menos astutas e cuidadosas do que as outras, e essas pessoas, em nada mais culpadas ou mais perigosas para a sociedade do que as que permaneciam em liberdade, eram primeiro trancafiadas em prisões, em celas temporárias a caminho da deportação, nos trabalhos forçados, onde eram mantidas durante meses e anos num ócio completo, materialmente abastecidas, e afastadas da natureza, da família, do trabalho, ou seja, fora de todas as condições naturais e morais da vida humana. Isso, em primeiro lugar. Em segundo lugar, naqueles estabelecimentos as pessoas eram sujeitas a toda sorte de humilhações desnecessárias — correntes, cabeças raspadas, roupa vergonhosa, ou seja, eram privadas do principal motor das pessoas fracas para levar uma vida boa: a preocupação com a opinião das outras pessoas, a vergonha, a consciência da dignidade humana. Em terceiro lugar, sujeitas aos constantes perigos da vida — sem falar dos casos excepcionais de insolação, afogamentos, incêndios —, sujeitas às doenças contagiosas nos locais de confinamento, à exaustão e aos espancamentos, tais pessoas se encontravam o tempo todo numa situação em que, por força de um sentimento de autopreservação, mesmo uma pessoa extremamente boa e virtuosa pratica e perdoa nos outros as ações mais horríveis em sua crueldade. Em quarto lugar, tais pessoas eram reunidas à força com crápulas extraordinariamente degradados pela vida (e por essas mesmas instituições, sobretudo), assassinos e malfeitores, que, assim como o fermento na massa, agiam em todas as pessoas ainda não inteiramente degradadas pelos procedimentos empregados contra elas. E em quinto lugar, por fim, em todas as pessoas sujeitas a tais influências, incutia-se do modo mais convincente, e justamente por meio de toda sorte de ações desumanas praticadas contra elas, por meio do suplício de crianças, de mulheres, de velhos, por meio de pancadas, surras de varas, açoites, por meio da entrega de prêmios para quem apresentasse vivo ou morto um foragido, por meio da separação dos maridos de suas esposas e da reunião para a coabitação de esposas alheias com maridos alheios, por meio de fuzilamentos, enforcamentos — incutia-se do modo mais convincente possível a ideia de que toda sorte de violência, crueldade, bestialidade não só não era proibida, como era permitida pelo governo quando isso era vantajoso para ele e, portanto, era mais permitida ainda para aqueles que se achavam sem liberdade, na penúria e na desgraça.

Todas aquelas instituições pareciam ter sido inventadas de propósito para condensar no mais alto grau tamanha depravação e vício, tarefa que não poderia ser obtida em nenhuma outra circunstância, a fim de mais tarde propagar, nas proporções mais amplas possíveis e no meio do povo inteiro, esses vícios e depravações condensados. "É como se tivessem formulado o problema de como aprimorar, como tornar mais eficaz, um modo de degradar mais pessoas", pensou Nekhliúdov, enquanto refletia a fundo naquilo que se praticava nas prisões e nas paradas da viagem rumo ao local de deportação. Centenas de milhares de pessoas, todos os anos, eram levadas ao mais alto grau de degradação e, quando estavam plenamente degradadas, eram postas em liberdade para espalhar, no meio de todo o povo, a degradação que assimilaram nas prisões.

Nas prisões — de Tiumen, de Ekatierinburg, de Tomsk, e nas paradas da viagem rumo ao local de deportação —, Nekhliúdov via como esse objetivo, que a sociedade parecia ter se proposto, era alcançado com sucesso. Pessoas simples, comuns, com as exigências da moralidade russa, social, camponesa, cristã, abandonavam essas noções e assimilavam noções novas, prisionais, que consistiam sobretudo em que toda profanação, toda violência contra a pessoa humana, toda aniquilação da pessoa humana é permitida, quando for conveniente. Depois de viver numa prisão, as pessoas, com toda a sua alma, se davam conta de que, a julgar pelo que acontecera com elas, todas as leis morais de respeito e de compaixão à pessoa humana, pregadas pelos mestres morais e eclesiásticos, tinham sido abolidas na realidade e que, portanto, elas também não eram obrigadas a segui-las. Nekhliúdov via isso em todos os prisioneiros que conhecera: em Fiódorov, em Makar e até em Tarás, que, após dois meses nas paradas da viagem rumo ao local de deportação, impressionava Nekhliúdov pela amoralidade de suas opiniões. No caminho, Nekhliúdov soube que vagabundos, em fuga pela taiga, instigavam seus camaradas a fugir com eles e depois os matavam e alimentavam-se da sua carne. Esteve em presença de um homem acusado disso e que o confessou. E o mais horrível de tudo era que os casos de antropofagia não eram isolados, mas se repetiam constantemente.

Só por meio do cultivo especial de tais vícios, conforme se praticava naquelas instituições, era possível levar uma pessoa russa ao estado a que ela era levada entre os vagabundos, predecessores da novíssima doutrina de Nietzsche, que julgavam que tudo era possível e nada era proibido e difundiam essa doutrina, de início, entre os prisioneiros e depois entre o povo em geral.

A única explicação para tudo o que se fazia era a repressão, a intimidação, a reabilitação e a represália legítima, conforme estava escrito nos livros. Mas na realidade não existia nada de semelhante nem a uma coisa, nem a outra, nem à terceira, nem à quarta. Em vez de repressão, havia apenas a propagação do crime. Em vez de intimidação, havia o estímulo aos criminosos, muitos dos quais, como os vagabundos, iam voluntariamente para a prisão. Em vez de reabilitação, havia a contaminação sistemática de todos os vícios. Já a sanha de represália, não só não era aplacada pelos castigos do governo, como crescia no meio do povo, lá onde antes nem existia.

"Então, para que fazem isso?", perguntava-se Nekhliúdov, e não encontrava resposta.

E o que admirava Nekhliúdov, mais que tudo, era que tudo isso era feito não por descuido, não por um equívoco, não uma vez só, mas tudo isso era feito constantemente, ao longo de centenas de anos, com a única diferença que, antes, arrancavam os narizes e cortavam as orelhas, depois marcavam o corpo com varas em brasa, e agora algemavam e transportavam em barcos a vapor, e não em carroças.

O argumento de que aquilo que o revoltava, como lhe diziam os funcionários, provinha da imperfeição da organização dos locais de confinamento e de exílio e de que isso pode muito bem ser corrigido mediante uma nova forma de organização da prisão — não satisfazia Nekhliúdov, porque ele sentia que aquilo que o revoltava provinha não de uma organização mais ou menos perfeita dos locais de confinamento. Lia a respeito do aprimoramento das prisões com alarmes elétricos, sobre a pena de morte por eletrocussão, recomendada por Tarde, e as violências aperfeiçoadas revoltavam-no mais ainda.

Revoltava Nekhliúdov, acima de tudo, o fato de, nos tribunais e nos ministérios, os cargos serem ocupados por pessoas que ganhavam um grande salário, tomado do povo, a fim de, mediante a consulta a livros redigidos por funcionários iguais a eles e com as mesmas motivações, enquadrar as ações das pessoas, que violavam as leis escritas por eles em determinado artigo e, conforme esse artigo, mandar tais pessoas para algum lugar, onde quer que fosse, contanto não as vissem mais, onde elas ficavam sob o poder absoluto de cruéis e insensíveis guardas, carcereiros, soldados de escolta e onde pereciam aos milhões, espiritual e fisicamente.

Ao conhecer de perto as prisões e as paradas da viagem rumo ao local de deportação, Nekhliúdov se deu conta de que todos aqueles vícios que se desenvolviam entre os prisioneiros: a bebida, o jogo, a crueldade e todos os crimes terríveis cometidos por detentos, e até a antropofagia — não eram acidentes, nem fenômenos de uma degeneração, de um tipo criminoso, de uma monstruosidade, como interpretavam sábios obtusos para agradar ao governo, mas sim a consequência inevitável do erro incompreensível segundo o qual umas pessoas podem castigar outras. Nekhliúdov via que a antropofagia não havia começado na taiga, mas sim nos ministérios, nas comissões e nos departamentos e apenas se concluía na taiga; que o seu cunhado, por exemplo, bem como todos os juízes e funcionários, desde o oficial de justiça até o ministro, nada tinham a ver com a justiça ou com o bem do povo, de que falavam, mas sim precisavam pura e simplesmente dos rublos que lhes pagavam para fazer tudo aquilo que gerava tal degradação e sofrimento. Isso era completamente óbvio.

"Então, será que se faz tudo isso só por causa de um mal-entendido? Não haveria um meio de garantir a todos esses funcionários o seu salário, e até lhes dar um prêmio, só para não fazer tudo aquilo que fazem?", pensava Nekhliúdov. E com tais pensamentos, já depois do segundo canto dos galos, apesar das pulgas, que a qualquer movimento que ele fazia saltavam à sua volta como um chafariz, Nekhliúdov adormeceu num sono profundo.

XX

Quando Nekhliúdov acordou, já fazia muito que os cocheiros tinham partido, a dona da estalagem tomava chá e, esfregando com um lenço o pescoço grosso e suado, veio dizer que um soldado da escolta havia trazido um bilhete. O bilhete era de Mária Pávlovna. Escrevia que a crise de Kriltsov era mais séria do que eles pensaram. "Queríamos que ele ficasse e que nós ficássemos com ele, mas não permitiram e então vamos levá-lo, mas tememos o pior. Faça um esforço para conseguir que, na cidade, se o deixarem ficar, deixem que um de nós fique também. Se para isso for necessário que eu me case com ele, é claro que estou pronta."

Nekhliúdov mandou o rapaz para a estação a fim de trazer os cavalos e começou a arrumar as bagagens às pressas. Ainda não havia bebido o segundo copo quando uma troica puxada por cavalos de muda, ressoando os guizos e retumbando as rodas sobre a lama congelada, como se fosse um calçamento de pedras, aproximou-se da varanda. Após acertar as contas com a estalajadeira de pescoço gordo, Nekhliúdov saiu às pressas, sentou-se na telega e mandou seguir o mais rápido possível, no intuito de alcançar o cortejo de prisioneiros. Não longe da porteira do pasto, ele de fato alcançou as telegas, carregadas com os sacos e com os enfermos, que faziam estrondo na lama congelada, já começando a ficar nivelada (o oficial não estava ali, tinha ido na frente). Os soldados, obviamente embriagados, caminhavam atrás, pelos dois lados da estrada, tagarelando com alegria. Havia muitas telegas. Nas da frente, apertavam-se em cada uma uns seis criminosos enfraquecidos e, nas da trás, iam três prisioneiros em cada carroça — três políticos. Na última, estavam Novodvórov, Grabets e Kondrátiev, na segunda, Rántseva, Nabátov e aquela mulher fraca e com reumatismo a quem Mária Pávlovna cedera o lugar. Na terceira, sobre o feno e uns travesseiros, ia deitado Kriltsov. Na boleia a seu lado, estava sentada Mária Pávlovna. Nekhliúdov fez o seu cocheiro parar perto de Kriltsov e foi ao encontro dele. Um soldado da escolta embriagado abanou o braço para Nekhliúdov, mas, sem lhe dar atenção, Nekhliúdov aproximou-se da telega e, segurando-se no balaústre, caminhou ao lado. Kriltsov, de sobretudo de peles e gorro de pele de cordeiro, com um lenço amarrado sobre a boca, parecia ainda mais magro e mais pálido. Os olhos lindos pareciam especialmente grandes e brilhantes. Balançando-se debilmente com os solavancos da estrada, ele, sem baixar os olhos, fitava Nekhliúdov e, a uma pergunta sobre a saúde, apenas fechou os olhos e balançou a cabeça, irritado. Toda a sua energia, pelo visto, era consumida para suportar os solavancos da telega. Mária Pávlovna estava sentada no lado oposto da telega. Trocou um olhar significativo com Nekhliúdov, expressando toda a sua preocupação com o estado de Kriltsov, e logo depois começou a falar com voz alegre.

— Parece que o oficial ficou envergonhado — gritou ela, para ser ouvida por Nekhliúdov por cima do estrépito das rodas. — Tiraram as algemas do Buzóvkin. Ele mesmo está levando a menina, e Kátia e Símonson vão junto, e a Viérotchka vai no meu lugar.

Kriltsov disse algo que não deu para ouvir, enquanto apontava para Mária Pávlovna e, com o rosto franzido, obviamente contendo a tosse, pôs-se a balançar a cabeça. Nekhliúdov aproximou a cabeça para escutar. Então Kriltsov retirou o lenço de cima da boca e sussurrou:

— Agora estou imensamente melhor. Só não posso me resfriar.

Nekhliúdov inclinou a cabeça em sinal de aprovação e trocou um olhar com Mária Pávlovna.

— Bem, e como anda o problema dos três corpos? — sussurrou ainda Kriltsov e, com dificuldade, deu um sorriso penoso. — A solução é complicada?

Nekhliúdov não entendeu, mas Mária Pávlovna explicou que se tratava do célebre problema matemático da definição da relação de três corpos: o Sol, a Lua e a Terra, e que Kriltsov, de brincadeira, imaginou aquela comparação com a relação entre Nekhliúdov, Katiucha e Símonson. Kriltsov inclinou a cabeça em sinal de que Mária Pávlovna tinha explicado corretamente a sua brincadeira.

— A solução não depende de mim — disse Nekhliúdov.

— O senhor recebeu o meu bilhete, vai fazer isso? — perguntou Mária Pávlovna.

— Sem dúvida — respondeu Nekhliúdov e, ao notar uma insatisfação no rosto de Kriltsov, afastou-se para o seu veículo, que abaixou com o peso do seu corpo quando ele subiu e, segurando-se na beira da telega, que o sacudia ao passar nos buracos da estrada desnivelada, começou a ultrapassar o cortejo de prisioneiros de roupões cinzentos, de peliças curtas, acorrentados e algemados dois a dois, que se estendia por uma versta. No lado oposto da estrada, Nekhliúdov reconheceu o lenço azul de Katiucha, o casaco preto de Vera Efriémovna, a japona, o gorro de tricô e as meias brancas de lã de Símonson, enroladas por tiras de couro à semelhança de uma sandália. Ele andava ao lado das mulheres e falava algo com ardor.

Ao avistar Nekhliúdov, as mulheres cumprimentaram-no com uma inclinação de cabeça, mas Símonson levantou o gorro com ar solene. Nekhliúdov nada tinha a dizer e, sem deter o cocheiro, ultrapassou-os. Ao voltar para a estrada nivelada, o cocheiro avançou ainda mais ligeiro, porém a toda hora tinha de sair da parte nivelada a fim de contornar comboios de carroças que se arrastavam nos dois lados da estrada.

Toda cavada por sulcos profundos, a estrada seguia por uma escura floresta de coníferas, colorida de ambos os lados pelo amarelo-claro e cor de areia das folhas de bétula e de lariço que ainda não tinham caído dos galhos. Na metade do trajeto, a floresta terminou e, dos lados, revelaram-se os campos, apareceram as cruzes e as cúpulas douradas de um mosteiro. O dia se abriu de todo, as nuvens se dispersaram, o sol ergueu-se acima da floresta e as folhas molhadas, as poças, as cúpulas, as cruzes da igreja rebrilharam com força no sol. À frente, à direita, na distância cinza-azulada, montanhas remotas branquejavam. A troica entrou numa grande aldeia vizinha à cidade. A rua da aldeia estava cheia de gente, russos e outros, com seus estranhos chapéus e túnicas. Mulheres e homens embriagados e sóbrios fervilhavam e faziam alarido em torno das vendas, das tabernas, das cantinas e das carroças. Sentia-se a proximidade de uma cidade.

Depois de dar uma chicotada, puxar o cavalo da direita e mudar de lugar para a beiradinha da boleia, de modo que as rédeas passaram para a direita, o cocheiro, obviamente para se exibir, rolou pela rua grande e, sem conter a marcha, alcançou o rio, cuja travessia era feita numa balsa. A balsa estava no meio do rio ligeiro, voltando do outro lado. No lado de cá, umas duas dezenas de carroças esperavam. Nekhliúdov não teve de esperar muito. Presa contra a corrente, rio acima, a balsa, empurrada pela água veloz, logo chegou às tábuas do cais.

Os barqueiros, altos, de ombros largos, musculosos e calados, de peliça curta e botas com perneiras de couro, laçaram as amarras com agilidade e prática, prenderam-nas nos pilares, abriram os ferrolhos, deixaram sair para a margem as carroças que estavam na balsa, logo passaram a embarcar as outras carroças, enchendo a balsa inteira com carros e cavalos, que davam saltos para o lado, com medo da água. O rio rápido e veloz chicoteava a borda dos botes da balsa, esticando as cordas. Quando a balsa ficou cheia e a telega de Nekhliúdov, com os cavalos desatrelados e espremida por carroças de todos os lados, foi colocada numa das pontas, os barqueiros fecharam os ferrolhos sem dar atenção aos apelos daqueles que não conseguiram lugar, soltaram as amarras e puseram-se a caminho. Na balsa, havia silêncio, só se ouviam o bater dos pés dos barqueiros e, contra as tábuas, o baque dos cascos dos cavalos que mudavam de posição.

XXI

Nekhliúdov ficou na beirada da balsa, olhando para o rio rápido e largo. Na sua imaginação, duas imagens reconstituíam-se em sucessão: a cabeça, em sobressalto com os solavancos, do moribundo e exasperado Kriltsov, e a figura de Katiucha, que andava animada na beira da estrada, com Símonson. Uma impressão — a de Kriltsov, que morria e não estava preparado para a morte — era pesada e triste. A outra impressão, por sua vez — da animada Katiucha, que havia encontrado o amor de um homem como Símonson, e agora estava no caminho firme e seguro do bem —, deveria ser alegre, mas para Nekhliúdov ela também era pesada e ele não conseguia vencer aquele peso.

Da cidade, vinha sobre a água o rumor e a vibração de bronze de um grande sino, chamado sino do caçador. De pé, ao lado de Nekhliúdov, o seu cocheiro e todos os demais, uns atrás dos outros, tiraram os chapéus e fizeram o sinal da cruz. Mas um velhinho baixo e desgrenhado, que estava, mais que todos, perto do parapeito da balsa, e que Nekhliúdov de início não notara, não fez o sinal da cruz; enquanto isso, de cabeça erguida, cravava os olhos em Nekhliúdov. O velho vestia um casacão surrado e remendado, calças de lã e botas de couro, de cano muito alto, remendadas e alargadas. Sobre os ombros, uma bolsa pequena, sobre a cabeça, um gorro alto, de peles, e roto.

— O que há, velho, não reza? — disse o cocheiro de Nekhliúdov, depois de vestir e ajeitar o gorro. — Não é batizado, não?

— Rezar para quem? — retrucou o velho cabeludo, em tom resoluto e agressivo, pronunciando depressa, sílaba por sílaba.

— E para quem pode ser, para Deus — exclamou o cocheiro, com ironia.

— Então você me mostre, onde é que ele está? Cadê esse Deus?

Havia algo tão sério e rigoroso na fisionomia do velho que o cocheiro, ao sentir que lidava com uma pessoa forte, se embaraçou um pouco, mas não demonstrou isso e, tentando não se calar e não se cobrir de vergonha na frente do público que presenciava a cena, respondeu depressa:

— Onde? É claro, no céu.

— Ah, você esteve lá?

— Estive... não estive, mas todo mundo sabe que é preciso rezar para Deus.

— Só que ninguém viu Deus em lugar nenhum. O filho unigênito de Deus, que está no seio do Pai, ele sim apareceu — falou o velho, com o rosto franzido e severo, na mesma dicção acelerada.

— Estou vendo que você não é cristão nada, é um *dírnik*.[8] Reza para um buraco — disse o cocheiro, enfiando o cabo do chicote na cintura e ajeitando a brida do cavalo da ponta da troica.

Alguém soltou uma risada.

— Mas e você, vovô, qual é sua fé? — perguntou um homem já não muito jovem, que estava na beira da balsa, com uma carroça.

— Não tenho fé nenhuma. Por isso não acredito em ninguém, em ninguém a não ser em mim mesmo — respondeu o velho, do mesmo jeito rápido e resoluto.

— Mas como acreditar em si mesmo? — perguntou Nekhliúdov, entrando na conversa. — É possível enganar-se.

— Nunca na vida — respondeu o velho em tom resoluto, depois de sacudir a cabeça.

— Então por que existem várias crenças? — perguntou Nekhliúdov.

— Existem várias crenças porque acreditam nas pessoas, mas não acreditam em si mesmos. Eu também acreditei nas pessoas e vaguei sem rumo, como na taiga; fiquei tão perdido que nem esperava mais achar uma saída. E os velhos crentes, e os novos crentes, e os *subbótniki*, e os flagelantes, os com pope e os sem pope, e os austríacos, e os *molokáni*, e os escopitas.[9] Cada crença louva só a si mesma. E assim todos se espalharam feito *kutiata*[10] cegos. Há muitas crenças, mas o espírito é um só. Em você, em mim e nele também. Quer dizer, se cada um acreditar no seu espírito, pronto, todos vão ficar unidos. Que cada um seja ele mesmo e aí todo mundo vai ser um só.

O velho falava alto e não parava de olhar para os lados, pelo visto no intuito de ser ouvido pelo maior número possível de pessoas.

— Mas então o senhor prega isso há muito tempo? — perguntou Nekhliúdov.

— Quem, eu? Já faz muito tempo. Eles já me perseguem faz vinte e três anos.

---

8 Os *dírniki* eram adeptos de uma seita que rejeitava os ícones e a Igreja. Rezavam sempre voltados para o oriente. Para isso, na parede leste de suas casas, havia um buraco (*dirá*, em russo).

9 Referência a várias seitas russas. A seita dos escopitas foi fundada no século XVIII e seus adeptos se castravam, em geral após terem o primeiro filho. A seita dos *molokáni* nasceu no século XVI e rejeitava o direito de o tsar governar; seus adeptos bebiam leite (*molokó*, em russo) no grande jejum, o que era proibido. Os flagelantes, ou *khlísti*, surgiram no século XVII. O nome da seita é uma corruptela de *khristi*, seguidores de Cristo. Lembra a palavra *khlist* ("flagelo", em russo), noção que se associa aos rituais em que os *khlísti* atingiam o êxtase e que podiam tomar formas violentas ou orgiásticas. Não reconheciam os livros sagrados nem o Estado. Os *subbótniki* surgiram no século XVIII e se distinguiam por observar o repouso aos sábados (*subbóta*, em russo). Os velhos crentes surgiram no século XVII em oposição às reformas do patriarca Níkon.

10 Filhotes de cachorro.

— Perseguem como?

— Do jeito que perseguiram Cristo, assim também me perseguem. Pegam e me arrastam pelos tribunais, pelos popes, pelos escribas, pelos fariseus, e me prendem; chegaram a me meter num asilo de malucos. Só que não podem fazer nada comigo, porque sou livre. "Como se chama?", me perguntam. Pensam que vou aceitar um nome para mim. Só que não aceito nenhum. Reneguei tudo: não tenho nome, nem endereço, nem pátria: não tenho nada. Eu sou eu mesmo. Como é que me chamam? Homem. "E qual é a sua idade?" Digo: Eu não conto, e é até impossível contar, porque eu sempre fui e sempre vou ser. "Quem são o seu pai e a sua mãe?", perguntam. Não, eu respondo, eu não tenho pai nem mãe, a não ser Deus e a terra. Deus é o pai, a terra é a mãe. "E o tsar, você reconhece?", perguntam. Por que não reconhecer?, respondo. Ele é o tsar de si e eu sou o tsar de mim. "É impossível conversar com você", dizem eles. E eu digo: Não pedi para conversar com vocês. É assim que me atormentam.

— E para onde você vai agora? — perguntou Nekhliúdov.

— Para onde Deus levar. Eu trabalho; se não tem trabalho, eu peço esmola — concluiu o velho, ao notar que a balsa se aproximava da outra margem, e olhou com ar de triunfo para todos que o escutavam, em volta.

A balsa atracou na margem. Nekhliúdov pegou o porta-moedas e ofereceu dinheiro ao velho. Ele recusou.

— Isso eu não pego. Pão eu pego — disse ele.

— Bem, desculpe.

— Não tem o que desculpar. Você não me ofendeu. E é impossível me ofender — disse o velho, e pôs sobre o ombro o saco que estava no chão. Enquanto isso, desembarcaram a telega e atrelaram os cavalos.

— Mas que ideia, patrão, ficar assim de conversa — disse o cocheiro para Nekhliúdov quando ele subiu na telega, depois de dar uma gorjeta para os barqueiros vigorosos. — É só um vagabundozinho de miolo mole.

XXII

Depois de subir o morro, o cocheiro virou-se.

— Para que hotel o senhor quer ir?

— Qual é o melhor?

— Não tem melhor do que o Siberiano. O Diuk também é bom.

— Para onde você preferir.

O cocheiro sentou-se na beiradinha outra vez e imprimiu uma velocidade maior. A cidade era como todas as cidades: as mesmas casas com sótãos e telhados verdes, a mesma catedral, as mesmas vendinhas e, na rua principal, as mesmas lojas e até os mesmos guardas. Só que as casas eram quase todas de madeira e as ruas, de terra. Numa das ruas mais movimentadas, o cocheiro deteve a troica na entrada de um hotel. Mas não havia quartos vagos, por isso foi preciso procurar outro hotel. Nesse outro, havia um quarto vago e Nekhliúdov, pela primeira vez em dois meses, achou-se de novo nas condições habituais de limpeza e de conforto. Embora o quarto para onde conduziram Nekhliúdov nada tivesse de luxuoso, ele experimentou um grande alívio depois da carroça, das estalagens e das paradas de repouso dos presos. Acima de tudo, precisava desvencilhar-se dos piolhos, dos quais não conseguia nunca se livrar inteiramente, depois de uma visita às paradas de repouso dos presos. Desfez as malas e logo em seguida se dirigiu ao banho público e de lá, já composto à maneira urbana, vestido com uma camisa engomada, calças pregueadas, sobrecasaca e casaco — foi falar com a autoridade local. O porteiro do hotel providenciou uma caleche de praça tilintante, puxada por um forte e bem nutrido cavalo de raça quirguiz, que levou Nekhliúdov até um prédio grande e bonito, diante do qual havia sentinelas e um guarda. Na frente e atrás da casa havia um jardim, onde, no meio de bétulas e álamos desfolhados, eriçados em galhos nus, abetos, pinheiros e abetos-brancos verdejavam escuros e densos.

O general estava adoentado e não recebia visitas. Nekhliúdov, mesmo assim, pediu ao lacaio que entregasse a ele o seu cartão de visitas e o lacaio voltou com uma resposta favorável:

— Mandaram chamá-lo.

O vestíbulo, o lacaio, o ordenança, a escada, a sala com o assoalho encerado e reluzente — tudo era parecido com Petersburgo, apenas mais sujo e mais imponente. Levaram Nekhliúdov até o gabinete.

O general, inchado, com nariz de batata, calombos protuberantes na testa, crânio desnudo e bolsas debaixo dos olhos, homem sanguíneo, estava sentado, trajando um roupão tártaro de seda e, com um cigarro na mão, bebia chá num copo dentro de um porta-copo de prata.

— Bom dia, meu velho! Perdoe recebê-lo de roupão: ainda é melhor do que não receber — disse ele, pondo-se a agasalhar com o roupão o pescoço gordo e franzido de pregas, na parte de trás. — Não estou nada bem de saúde e não estou saindo de casa. Mas o que trouxe o senhor ao nosso reino perdido?

— Acompanhei o grupo dos prisioneiros, no qual viaja uma pessoa que me é muito cara — disse Nekhliúdov —, e vim aqui fazer um pedido a vossa excelência, em parte por essa pessoa, mas também por uma outra circunstância.

O general soltou uma baforada, tomou um gole do chá, apagou o cigarro no cinzeiro de malaquita e, sem desviar de Nekhliúdov os olhos estreitos, gordurosos, brilhantes, ouviu com atenção. Só o interrompeu para perguntar se não queria fumar.

O general pertencia à categoria dos militares cultos, que acreditavam na possibilidade de conciliar o liberalismo e o humanismo com a sua profissão. Porém, como homem de natureza inteligente e bondosa, logo sentiu a impossibilidade de tal conciliação e, a fim de não ver a contradição íntima em que se achava eternamente, rendeu-se cada vez mais ao hábito de beber muito, bastante difundido entre militares, e tanto se entregou a esse hábito que, após trinta e cinco anos de serviço militar, se tornou o que os médicos chamam de alcoólatra. Vivia encharcado de bebida. Para ele, bastava beber qualquer líquido para sentir uma embriaguez. Mas beber álcool era uma tamanha necessidade para o general que sem isso já não conseguia viver, e todo dia, à noite, estava completamente bêbado, contudo se adaptara de tal modo àquele estado que não cambaleava e não falava nenhuma bobagem especial. Caso falasse algo assim, adotava uma postura tão importante, de tal superioridade que, qualquer que fosse a tolice que tinha dito, era recebida como uma declaração inteligente. Só pela manhã, exatamente naquele horário em que Nekhliúdov o encontrou, o general se assemelhava a um homem racional, conseguia entender o que lhe diziam e, de modo mais ou menos bem-sucedido, podia ilustrar o provérbio que ele adorava repetir: "Ser bêbado e inteligente é matar dois coelhos com uma cajadada só". As autoridades constituídas sabiam que o general era um bêbado, mesmo assim ele era mais instruído do que os outros — embora tenha interrompido sua instrução no ponto em que começou a se embriagar —, era corajoso, hábil, de boa aparência, sabia portar-se com tato, mesmo em estado de embriaguez, e por isso o nomearam e o mantinham no posto eminente e de responsabilidade que ocupava.

Nekhliúdov contou-lhe que a pessoa que lhe interessava era uma mulher, condenada sem ter culpa, e que havia apelado por ela a sua alteza imperial.

— Se-ei. E então, senhor? — disse o general.

— Em Petersburgo, prometeram-me que a notícia sobre o julgamento do caso dessa mulher seria enviada para mim ainda este mês, e para cá...

Sem desviar os olhos de Nekhliúdov, o general estendeu a mão de dedos curtos na direção da mesa, tocou a sineta e continuou a escutar em silêncio, enquanto bufava com o cigarro e pigarreava de modo especialmente alto.

— Assim, eu pediria, se possível, manter essa mulher aqui até eu receber a resposta ao apelo apresentado.

Entrou um lacaio, o ordenança, vestido à maneira militar.

— Pergunte se Anna Vassílievna já acordou — disse o general ao ordenança — e traga mais chá. E o que mais, senhor? — voltou-se o general para Nekhliúdov.

— Meu outro pedido — continuou Nekhliúdov — diz respeito a um prisioneiro político que viaja no mesmo grupo.

— Aí está! — exclamou o general, meneando a cabeça de modo significativo.

— É um homem gravemente enfermo, já moribundo. É provável que o deixem aqui no hospital. Assim, uma das presas políticas gostaria de ficar com ele.

— Não é parente dele?

— Não, mas está pronta a se casar, se só assim tiver a possibilidade de ficar ao seu lado.

O general observava-o fixamente com seus olhos brilhantes e mantinha-se calado, enquanto escutava, no intuito evidente de perturbar o interlocutor com o seu olhar, e fumava sem parar.

Quando Nekhliúdov terminou, o general pegou um livro sobre a mesa e, molhando os dedos com que folheou as páginas, localizou o artigo sobre o casamento e o leu inteiro.

— A que ela foi condenada? — perguntou, depois de erguer os olhos do livro.

— Aos trabalhos forçados.

— Bem, nesse caso a situação do condenado não pode ser melhorada por meio do casamento.

— Mas veja...

— Permita-me. Se ela casasse com um homem livre, da mesma forma teria de cumprir sua pena. Aqui, a pergunta é esta: quem teve a pena mais pesada, ele ou ela?

— Os dois foram condenados aos trabalhos forçados.

— Bem, então estão quites — disse o general, rindo. — O que um tiver, o outro também vai ter. Ele, por motivo de doença, pode ficar aqui — continuou — e, é claro, todo o possível será feito para aliviar a sua sorte; mas ela, mesmo que case com ele, não poderá ficar aqui...

— A generala está tomando café — informou o lacaio.

O general meneou a cabeça e prosseguiu:

— De resto, vou pensar mais um pouco. Qual o sobrenome deles? Escreva aqui, por favor.

Nekhliúdov escreveu.

— Isso eu já não posso — respondeu o general, quando Nekhliúdov lhe pediu para ver o doente. — Naturalmente, não desconfio do senhor — disse —, mas o senhor se interessa por eles e por outros e o senhor tem dinheiro. Aqui, em nossa cidade, tudo se vende. Dizem-me: erradicar a corrupção. Mas erradicar como, quando todos são corruptos? E quanto mais baixo o posto, mais corrupto. Também, de que jeito controlar, a cinco mil verstas de distância? Lá, ele é um rei, como eu sou aqui — e o general riu. — Mas, afinal, o senhor encontrou-se com os políticos, dava dinheiro e o deixavam entrar, não é? — disse, sorrindo. — Não é assim?

— Sim, é verdade.

— Eu entendo que o senhor tenha de agir assim. O senhor quer se encontrar com um político. O senhor tem pena dele. O diretor ou um soldado da escolta permite, porque seu salário são duas moedas de vinte copeques, tem uma família, é impossível não aceitar. No lugar dele ou do senhor, eu agiria da mesma forma que o senhor ou ele. Porém, no meu lugar, não me permito afastar-me da mais rigorosa letra da lei, justamente porque sou um ser humano e posso ser arrastado pela piedade. Meu cargo é executivo, confiaram-me esta função sob determinadas condições e tenho de justificar essa confiança. Pois bem, essa questão está encerrada. Agora, senhor, conte-me o que anda acontecendo lá na metrópole.

E o general passou a perguntar e a contar, obviamente com a intenção de, ao mesmo tempo, saber as novidades e mostrar todo o seu conhecimento e a sua humanidade.

XXIII

— Pois bem, diga-me: onde o senhor está hospedado? No Diuk? Ora, lá é péssimo. Venha jantar comigo — disse o general, enquanto se despedia de Nekhliúdov. — Às cinco horas. O senhor fala inglês?

— Sim, falo.

— Puxa, que ótimo. Veja só, veio para cá um inglês, um viajante. Estuda a deportação e as prisões da Sibéria. Pois ele virá jantar conosco e o senhor também tem de vir. Jantamos às cinco e minha esposa exige pontualidade. Darei então ao senhor uma resposta sobre como agir no caso daquela mulher e também no do doente. Quem sabe será possível deixar alguém ficar ao lado dele?

Nekhliúdov despediu-se do general, e, sentindo-se com um ânimo especialmente agitado e ativo, foi ao correio.

A agência do correio era uma sala estreita e com abóbadas; atrás do guichê, ficavam sentados os funcionários e atendiam uma multidão de gente. Um funcionário, com a cabeça inclinada para o lado, batia um carimbo sem parar em envelopes que puxava com agilidade. Não obrigaram Nekhliúdov a esperar muito tempo e, informados de seu sobrenome, prontamente lhe entregaram uma correspondência bastante volumosa. Havia dinheiro, algumas cartas e livros, e o último exemplar de *Anais da Pátria*. Depois de receber suas cartas, Nekhliúdov afastou-se na direção de um banco de madeira onde estava sentado um soldado com um livreto, à espera de alguma coisa, e sentou-se ao seu lado para examinar as cartas recebidas. Entre elas, havia uma correspondência registrada — um lindo envelope com a marca nítida de um lacre vermelho-claro. Rompeu o lacre, abriu o envelope e, ao reconhecer a carta de Seliénin junto com um papel oficial, sentiu que o sangue subia para o rosto e o coração se apertava. Era a decisão do caso de Katiucha. Qual era a decisão? Seria uma recusa? Nekhliúdov percorreu às pressas o texto escrito em letras miúdas, difíceis de decifrar, duras, angulosas, e suspirou com alegria. A decisão era favorável.

"Caro amigo!", escreveu Seliénin.

> Nossa última conversa me deixou forte impressão. Você tinha razão com respeito a Máslova. Examinei atentamente o caso e constatei que houve uma injustiça total e revoltante em relação a ela. Só era possível repará-la na Comissão de Apelação, para a qual você se dirigiu. Lá, consegui interferir na solução do caso e aqui lhe envio uma cópia do indulto ao endereço que me deu a condessa Ekatierina Ivánovna. O documento original foi encaminhado para o local onde ela estava detida por ocasião do julgamento e, provavelmente, será remetido de imediato à administração central na Sibéria. Apresso-me a lhe comunicar esta notícia agradável.
>
> Aperto sua mão amiga.
>
> Seu, Seliénin.

O conteúdo do documento era o seguinte:

> Chancelaria da Sua Alteza Imperial para Recepção de Apelações Encaminhadas ao Seu Nome Supremo. Processo tal, escrituração. Seção tal, dia tal, ano. Por ordem do diretor-geral da Chancelaria de Sua Alteza Imperial para Recepção de Apelações Encaminhadas ao Seu Nome Supremo, declara-se à pequeno-burguesa Ekatierina Máslova que, em função do informe que foi submetido a Sua Alteza e em aquiescência à petição de Máslova, Sua Alteza dignou-se ordenar que se substituam os seus trabalhos forçados por uma deportação em locais da Sibéria não muito distantes.

A notícia era alegre e importante: aconteceu tudo o que Nekhliúdov podia desejar para Katiucha e para si mesmo. Era verdade que aquela mudança na situação de Katiucha representava novas complicações nas relações com ela. Enquanto ela continuava a ser uma condenada aos trabalhos forçados, o casamento que Nekhliúdov lhe propunha era fictício e só tinha significado porque aliviaria sua situação. Já agora, nada impedia que tivessem uma vida em comum. E para isso Nekhliúdov não havia se preparado. Além do mais, e as relações dela com Símonson? O que significavam as palavras que Katiucha dissera no dia anterior? Caso ela aceitasse unir-se a Símonson, seria bom ou seria ruim? Nekhliúdov não conseguia de maneira alguma pôr em ordem aqueles pensamentos e agora não parava de pensar no assunto. "Tudo ficará claro mais tarde", pensou, "agora é preciso, o mais depressa possível, ir vê-la, comunicar a boa notícia e libertá-la." Achava que a cópia que tinha nas mãos era o bastante para isso. E, ao sair do escritório do correio, mandou que o cocheiro tocasse para a prisão.

Apesar de o general, pela manhã, não ter permitido que ele visitasse a prisão, Nekhliúdov, sabendo por experiência que aquilo que não se pode obter com as autoridades superiores obtém-se muito facilmente com as subalternas, resolveu portanto tentar penetrar na prisão agora, a fim de dar a Katiucha a boa notícia e, talvez, libertá-la, e ao mesmo tempo saber da saúde de Kriltsov e transmitir a ele e a Mária Pávlovna aquilo que o general dissera.

O diretor da prisão era um homem muito alto e gordo, imponente, com bigode e suíças que se arrebitavam na direção dos cantos da boca. Recebeu Nekhliúdov com muita severidade e comunicou sem rodeios que não podia permitir visitas de pessoas estranhas sem autorização do seu superior. À observação de Nekhliúdov de que permitiram suas visitas nas capitais, o diretor respondeu:

— É muito possível, só que eu não vou deixar. — Ao mesmo tempo, o seu tom de voz dizia: "Vocês, senhores da capital, acham que nos assombram e nos deixam perplexos; mas nós, mesmo aqui na Sibéria Oriental, conhecemos muito bem as regras e ainda podemos ensinar para vocês".

A cópia do documento da própria chancelaria de sua alteza também não causou efeito no diretor. Recusou-se decididamente a permitir a entrada de Nekhliúdov nos muros da prisão. À ingênua hipótese de Nekhliúdov de que Máslova poderia ser libertada ante a apresentação daquela cópia, o diretor apenas sorriu com desdém, após declarar que, para a libertação de quem quer que fosse, era indispensável uma ordem do seu superior direto e que não a manteria presa nem mais uma hora, tão logo recebesse uma determinação do seu superior.

Sobre a saúde de Kriltsov, o diretor também se recusou a dar qualquer informação, dizendo que não podia sequer falar se existia um prisioneiro com aquele nome. Assim, sem nada conseguir, Nekhliúdov sentou-se em seu coche de praça e foi para o hotel.

A severidade do diretor devia-se sobretudo ao fato de que a prisão, superlotada com o dobro da sua capacidade normal, estava naquele momento com uma epidemia de tifo. O cocheiro que transportava Nekhliúdov contou-lhe no caminho que, “na prisão, o povo está sumindo demais. Uma espécie de doença pegou lá dentro. Enterram uns vinte por dia”.

XXIV

Apesar do insucesso na prisão, Nekhliúdov, com o mesmo ânimo bem-disposto, ativo e agitado, seguiu para a chancelaria do governador para saber se lá não fora recebido o documento sobre o indulto de Máslova. Não havia nenhum documento e por isso Nekhliúdov, após voltar para o hotel, sem demora, apressou-se em logo escrever sobre isso para Seliénin e para o advogado. Terminada a carta, lançou um olhar para o relógio; já estava na hora de ir ao jantar na casa do general.

No caminho, lhe veio de novo o pensamento de como Katiucha receberia o seu indulto. Para onde a mandariam? Como ele viveria com ela? E Símonson? Qual a relação entre Katiucha e ele? Lembrou-se da mudança que havia ocorrido nela. Lembrou-se então, também, do passado de Katiucha.

“É preciso esquecer, apagar”, pensou, e de novo se apressou em rechaçar os pensamentos sobre ela. “Mais tarde veremos”, disse consigo, e pôs-se a pensar no que tinha de dizer ao general.

O jantar na casa do general, servido com todo o luxo da vida dos ricos e dos funcionários importantes a que Nekhliúdov estava acostumado, foi para ele especialmente agradável, depois da longa privação não só do luxo, como também das comodidades mais elementares.

A anfitriã era uma *grande dame* petersburguesa tradicional, ex-dama de honra da corte do tsar Nicolau, que falava francês com naturalidade e russo sem naturalidade. Mantinha-se extraordinariamente ereta e, ao fazer movimentos com as mãos, não afastava os cotovelos da cintura. Tratava o marido de maneira calma e com um respeito um pouco tristonho, mas era extraordinariamente afetuosa com relação aos seus convidados, embora com matizes diferentes, conforme as pessoas. Recebeu Nekhliúdov como se fosse alguém íntimo, com aquela lisonja sutil, especial, discreta, por meio da qual Nekhliúdov se dava conta novamente de todos os seus méritos e sentiu uma satisfação agradável. Ela o fez sentir que sabia da sua atitude original, mas honrada, motivo da sua vinda à Sibéria, e que o considerava um homem excepcional. Essa lisonja sutil e todo o ambiente luxuoso e elegante da casa do general fizeram Nekhliúdov render-se por inteiro ao prazer do mobiliário bonito, das comidas gostosas e da delicadeza e simpatia das relações com pessoas bem-educadas do seu círculo de costume, como se tudo aquilo em meio a que vivera nos últimos tempos fosse um sonho, do qual ele havia acordado para reencontrar o mundo real.

No jantar, além das pessoas de casa — a filha do general, seu marido e um ajudante de campo —, estavam também um inglês, um negociante de minas de ouro e um governador que viera de uma distante cidade siberiana. Todas essas pessoas eram agradáveis para Nekhliúdov.

O inglês, homem saudável e corado, que falava mal francês, mas muito bem inglês, em tom oratório e persuasivo, tinha visto muitas coisas e despertava o interesse de todos com suas histórias sobre a América, a Índia, o Japão e a Sibéria.

O jovem negociante de minas de ouro, filho de um mujique, com um fraque feito em Londres e um par de abotoaduras com brilhantes, que possuía uma grande biblioteca, havia sacrificado muitos bens em gestos de beneficência e tinha convicções europeias e liberais, pareceu a Nekhliúdov agradável e interessante, pois representava um tipo completamente novo e bom de enxerto educado da cultura europeia na sadia árvore silvestre dos mujiques.

O governador da cidade distante era o mesmo ex-diretor de departamento sobre o qual falavam tanto na época em que Nekhliúdov estava em Petersburgo. Era um homem gorducho com cabelos crespos e ralos, olhos azuis e meigos, muito gordo na parte de baixo do corpo, com mãos brancas bem cuidadas, calçadas em luvas, e com um sorriso agradável. Esse governador era caro ao dono da casa porque, num ambiente de funcionários corruptos, ele era o único que não aceitava suborno. A dona da casa, por sua vez, grande amante da música e ela mesma excelente pianista, tinha apreço por ele porque era um bom músico e tocava com ela a quatro mãos. Tão benevolente era o estado de espírito de Nekhliúdov que mesmo aquele homem, nesse dia, não lhe era desagradável.

Alegre, enérgico, com queixo cor de pombo, o oficial ajudante de campo, que o tempo todo oferecia os seus serviços, era agradável com sua boa vontade.

O mais agradável de tudo, para Nekhliúdov, era o casal jovem e gentil formado pela filha do general e seu marido. A filha, mulher simples e jovem, não era bonita e vivia totalmente absorvida por seus dois primeiros filhos; o marido, com quem casou por amor depois de uma longa briga com os pais, era um liberal formado na Universidade de Moscou, modesto e inteligente, trabalhava no serviço público e se interessava por estatísticas, em especial dos povos não russos, os quais ele pesquisava e amava, e lutava para salvá-los da extinção.

Todos eram não só afetuosos e amáveis com Nekhliúdov, como também estavam obviamente alegres com a sua presença, como a de uma pessoa nova e interessante. O general, que viera para o jantar com a sua túnica militar e a cruz branca no pescoço, cumprimentou Nekhliúdov como a um velho conhecido e, sem demora, convidou as visitas a comer o antepasto e tomar vodca. Em resposta à pergunta do general para Nekhliúdov sobre o que tinha feito depois que os dois conversaram, Nekhliúdov contou que estivera no correio, recebera a notícia do indulto da pessoa sobre quem falara naquela manhã e disse que agora queria pedir, mais uma vez, autorização para visitar a prisão.

Obviamente insatisfeito por se falar de assuntos de trabalho durante o jantar, o general franziu o rosto e nada respondeu.

— O senhor quer vodca? — perguntou em francês para o inglês, que se aproximou. O inglês bebeu a vodca toda e contou que, naquele dia, tinha ido visitar a catedral e uma fábrica, mas gostaria de ver ainda a grande prisão de trânsito.

— Mas que excelente — disse o general, voltando-se para Nekhliúdov. — Os senhores poderão ir juntos. Dê um salvo-conduto para eles — disse para o ajudante de campo.

— Quando o senhor quer ir? — perguntou Nekhliúdov para o inglês.

— Prefiro visitar as prisões ao anoitecer — respondeu o inglês. — Todos estão nos alojamentos, não fazem preparativos, tudo está como é.

— Ah, ele quer ver a prisão em todo o seu esplendor? Pois que veja. Eu já escrevi, não me dão ouvidos. Então que saibam pela imprensa estrangeira — disse o general, e aproximou-se da mesa de refeições, junto à qual a anfitriã indicava aos convidados os seus lugares.

Nekhliúdov sentou-se entre a anfitriã e o inglês. À sua frente, sentou-se a filha do general e o ex-diretor de departamento.

Durante o jantar, a conversa moveu-se aos saltos, ora sobre a Índia, a respeito da qual falou o inglês, ora sobre a expedição a Tonquim,[11] que o general condenava severamente, ora sobre a velhacaria e a corrupção generalizadas na Sibéria. Tais conversas pouco interessavam a Nekhliúdov.

Mas depois do jantar, na sala de visitas onde foram tomar o café, entabulou-se uma conversa muito interessante com o inglês e a dona da casa, a respeito de Gladstone, na qual Nekhliúdov teve a impressão de ter dito muita coisa inteligente, que foi notada por seus interlocutores. E depois do bom jantar e da bebida, durante o café, numa poltrona macia, em meio a pessoas afetuosas e bem-educadas, ele teve uma sensação cada vez mais agradável. Quando a anfitriã, a pedido do inglês, sentou-se diante do piano com o ex-diretor de departamento e os dois começaram a tocar uma bem ensaiada versão da *Quinta sinfonia* de Beethoven, Nekhliúdov experimentou um estado de espírito de plena satisfação consigo mesmo, algo que não sentia desde muito tempo, como se só então descobrisse que homem bom ele era.

---

11 Campanha militar organizada pela França em 1883-6 a fim de estabelecer um protetorado em Tonquim (norte do Vietnã).

O piano de cauda era ótimo e a execução da sinfonia foi boa. Pelo menos, assim parecia a Nekhliúdov, que conhecia e adorava aquela música. Enquanto escutava o lindo *andante*, sentiu uma comichão no nariz, de enternecimento consigo mesmo e com todas as suas virtudes.

Após agradecer à anfitriã pelo prazer que havia muito não experimentava, Nekhliúdov já queria despedir-se e ir embora, quando a filha da dona da casa, com um ar resoluto, aproximou-se e disse, ruborizando-se:

— O senhor perguntou por meus filhos; quer vê-los?

— A ela, parece que todos se interessam em ver seus filhos — comentou a mãe, sorrindo diante da gentil falta de tato da filha. — O príncipe não está nem um pouco interessado.

— Ao contrário, estou muito, muito interessado — disse Nekhliúdov, comovido por aquele amor maternal feliz que transbordava além dos limites. — Por favor, mostre-me.

— Vai levar o príncipe para ver os seus pequeninos — gritou o general, rindo, na mesa de jogar cartas diante da qual estava sentado com o genro, com o negociante de minas de ouro e com o ajudante de campo. — Cumpra, cumpra o seu dever.

A jovem, enquanto isso, obviamente emocionada com o fato de que dali a pouco seus filhos seriam julgados, andava a passos rápidos na frente de Nekhliúdov rumo aos cômodos internos da casa. No terceiro quarto, alto, com papel de parede branco, iluminado por um lampião pequeno com um quebra-luz escuro, estavam duas caminhas lado a lado e, entre elas, numa capa branca, estava sentada a babá, com maçãs do rosto siberianas e fisionomia bondosa. A babá levantou-se e fez uma reverência. A mãe inclinou-se sobre a primeira caminha, onde, com a boquinha aberta, dormia sossegada a menininha de dois anos, de cabelos compridos, crespos, despenteados sobre o travesseiro.

— Veja, esta é Kátia — disse a mãe, ajeitando o cobertor de tricô, de listras azuis, debaixo do qual despontava a planta de um pé branca e pequena. — Não é bonita? E tem só dois anos.

— Linda!

— E este é o Vassiuk, como o avô apelidou. Um tipo completamente diferente. Siberiano. Não é verdade?

— Lindo menino — disse Nekhliúdov, enquanto observava o pançudo, que dormia de barriga para baixo.

— É mesmo? — disse a mãe, sorrindo de maneira muito reveladora.

Nekhliúdov lembrou-se das correntes, das cabeças raspadas, das surras, da depravação, do moribundo Kriltsov, de Katiucha com o seu passado. E sentiu inveja, veio a vontade de ter para si uma felicidade assim tão elegante, limpa, como isso lhe parecia agora.

Depois de elogiar as crianças várias vezes e de assim, mesmo que em parte, contentar a mãe, que absorvia com avidez tais elogios, Nekhliúdov acompanhou-a até a sala de estar, onde o inglês já o aguardava para, como haviam combinado, irem juntos à prisão. Após despedir-se dos anfitriões velhos e jovens, Nekhliúdov saiu com o inglês para o alpendre da casa do general.

O tempo havia mudado. A neve rápida caía em tufos e já atulhava o caminho, o telhado, as árvores do jardim, o portão, a parte de cima da caleche e as costas dos cavalos. O inglês trouxe a sua carruagem e, com o sentimento penoso de cumprir uma obrigação desagradável, Nekhliúdov acomodou-se ao seu lado na caleche macia, que rolava com dificuldade pela neve.

XXV

O prédio sombrio da prisão, com os sentinelas e um lampião junto aos portões, apesar da cortina branca, limpa, que agora cobria tudo — a entrada, o telhado, as paredes —, causou uma impressão ainda mais sombria do que pela manhã, com suas janelas iluminadas ao longo de toda a fachada.

O diretor imponente veio até o portão e, enquanto lia à luz do lampião o salvo-conduto que Nekhliúdov e o inglês lhe deram, se fez perplexo e encolheu os ombros vigorosos, porém, para cumprir a ordem, convidou os visitantes a seguirem-no. De início, levou-os a um pátio, depois a uma porta à direita e dali tomaram uma escada que ia dar no escritório. Convidou-os a sentar-se, perguntou em que poderia ajudá-los e, quando soube do desejo de Nekhliúdov de encontrar-se com Máslova agora, mandou um carcereiro buscá-la e preparou-se para responder as perguntas que o inglês, logo em seguida, passou a fazer-lhe por intermédio de Nekhliúdov.

— Para quantas pessoas foi planejada a detenção? — indagou o inglês. — Quantos são os detentos? Quantos homens, quantas mulheres e crianças? Quantos são os condenados aos trabalhos forçados, e os deportados, e os que os acompanham voluntariamente? Quantos estão doentes?

Nekhliúdov traduzia as palavras do inglês e do diretor, sem se deter no seu sentido, perturbado, de um modo inesperado para ele mesmo, com o encontro que teria dali a pouco. Quando, no meio de uma frase que traduzia para o inglês, ele ouviu passos que se aproximavam, a porta do escritório se abriu e, como já havia acontecido muitas vezes, entrou o carcereiro e, atrás dele, entrou Katiucha envolta num xale e com uma blusa de prisioneira, Nekhliúdov, ao reconhecê-la, experimentou um sentimento penoso.

"Quero viver, quero uma família, filhos, quero uma vida humana", lhe veio à cabeça, na hora em que ela, a passos ligeiros, sem baixar os olhos, entrou no escritório.

Nekhliúdov levantou-se, deu alguns passos ao seu encontro e o rosto dela pareceu-lhe severo e desagradável. Estava de novo como na vez em que ela o censurou. Katiucha ruborizou-se e empalideceu, seus dedos remexiam de modo convulsivo a barra da blusa e ora olhava para ele, ora baixava os olhos.

— A senhora sabe que saiu o indulto? — perguntou Nekhliúdov.

— Sim, o carcereiro me disse.

— Pois é, assim que chegar o documento, a senhora poderá sair e estabelecer-se onde quiser. Vamos resolver...

Ela o interrompeu às pressas:

— O que tenho de resolver? Onde estiver Vladímir Ivánovitch, lá estarei com ele.

Apesar de toda a sua emoção, Katiucha, com os olhos erguidos para Nekhliúdov, pronunciou ligeiro, de forma nítida, como se tivesse preparado de antemão o que ia dizer.

— Como assim? — falou Nekhliúdov.

— O que vou fazer, Dmítri Ivánovitch, se ele quer que eu viva com ele... — Parou assustada e emendou: — ... que eu fique com ele. Para mim, o que pode ser melhor? Tenho de considerar isso uma felicidade. O que mais posso querer?...

"Das duas uma, ou ela se apaixonou por Símonson e não quer de forma alguma o sacrifício que eu inventei de fazer por ela, ou continua a me amar e, para o meu próprio bem, me recusa e fecha para sempre todos os caminhos, unindo o seu destino ao de Símonson", pensou Nekhliúdov, e ficou envergonhado. Sentiu que se ruborizava.

— Se a senhora o ama... — disse.

— O que tem amar ou não amar? Já parei com isso, e afinal Vladímir Ivánovitch é totalmente diferente.

— Sim, entendo — começou Nekhliúdov. — É um homem excelente e acho...

Katiucha o interrompeu de novo, como que com receio de que ele falasse demais ou de que ela não falasse tudo.

— Não, o senhor me desculpe, Dmítri Ivánovitch, se não faço o que o senhor quer — disse, fitando-o nos olhos com o seu olhar vesgo e misterioso. — Mas, veja, tem de ser assim. E o senhor precisa viver.

Katiucha disse o mesmo que pouco antes Nekhliúdov dissera a si mesmo, no entanto ele agora já não pensava assim, pensava e sentia de modo completamente distinto. Não só estava envergonhado, como lamentava tudo o que perdia ao perder Katiucha.

— Eu não esperava isso — disse ele.

— Mas para que o senhor vai viver e se atormentar aqui? O senhor já se atormentou bastante — disse ela, e sorriu de um jeito estranho.

— Eu não me atormentei, eu me senti muito bem, e gostaria de ainda ajudar a senhora, se puder.

— Nós — Katiucha falou "nós" e lançou um olhar para Nekhliúdov — não precisamos de nada. O senhor já fez muita coisa por mim. Se não fosse o senhor... — Quis dizer alguma coisa, mas a voz vacilou.

— A mim, a senhora não tem nada que agradecer — respondeu Nekhliúdov.

— Para que fazer as contas? Nossas contas, é Deus quem vai fazer — disse ela, e seus olhos negros rebrilharam com as lágrimas que neles surgiram.

— Que boa mulher é a senhora! — disse Nekhliúdov.

— Eu, boa? — perguntou, entre lágrimas, e um sorriso de dar pena iluminou seu rosto.

— *Are you ready?*[12] — perguntou o inglês, nesse meio-tempo.

— *Directly*[13] — respondeu Nekhliúdov, e perguntou a Katiucha a respeito de Kriltsov.

Ela recobrou-se da emoção e contou calmamente o que sabia: Kriltsov enfraquecera muito na viagem e acabara de ser levado para o hospital. Mária Pávlovna ficou muito preocupada, pediu para trabalhar de enfermeira no hospital, mas não deixaram.

— Agora devo ir? — perguntou Katiucha, ao perceber que o inglês o esperava.

— Não vou me despedir, ainda verei a senhora — disse Nekhliúdov.

— Desculpe — disse ela com voz quase inaudível. Seus olhos se encontraram e, no estranho olhar vesgo e no sorriso de lamento com que ela disse, não "adeus", mas sim "desculpe", Nekhliúdov entendeu que, entre as duas hipóteses sobre a causa da decisão de Katiucha, a correta era a segunda: ela o amava e achava que, unindo-se a ele, estragaria a vida de Nekhliúdov, ao passo que, partindo com Símonson, libertava Nekhliúdov, e agora se alegrava por fazer o que pretendia, mas ao mesmo tempo sofria por separar-se dele.

Katiucha apertou sua mão, rapidamente deu as costas e foi embora.

Nekhliúdov virou-se para o inglês, pronto para ir com ele, mas o inglês anotava algo em seu caderninho. Nekhliúdov, sem distraí-lo, sentou-se num sofazinho de madeira que ficava junto à parede e, de repente, sentiu um cansaço terrível. Es-

---

12 Inglês: "Está pronto?".

13 Inglês: "Já vou".

tava cansado não da noite sem sono, não da viagem, não da emoção, mas sentia-se, sim, terrivelmente cansado da vida inteira. Recostou-se no espaldar do sofá onde estava sentado, fechou os olhos e instantaneamente pegou num sono pesado, de morte.

— E então, agora gostaria de visitar as celas? — perguntou o diretor.

Nekhliúdov despertou e admirou-se ao ver onde estava. O inglês terminara suas anotações e queria visitar as celas. Nekhliúdov, cansado e indiferente, foi com ele.

XXVI

Depois de passar por uma antessala que dava para um corredor fedorento e nauseante, onde, para sua surpresa, depararam com dois prisioneiros que urinavam no chão, o diretor, o inglês e Nekhliúdov, acompanhados pelos carcereiros, entraram na primeira cela dos condenados aos trabalhos forçados. Na cela, com camas de tábuas colocadas no meio, todos os prisioneiros já estavam deitados. Havia uns setenta. Deitavam-se cabeça com cabeça e lado a lado. Com a entrada do diretor, todos, retumbando as correntes, levantaram-se de um salto, postaram-se junto aos beliches de tábuas e suas cabeças, recém-raspadas pela metade, brilhavam. Dois deles continuaram deitados. Um era um jovem, vermelho, obviamente com febre, o outro era um velho que não parava de gemer.

O inglês perguntou se havia muito tempo que o jovem prisioneiro estava doente. O diretor respondeu que desde a manhã, mas o velho fazia muito que adoecera da barriga, porém não havia para onde transferi-lo, pois o hospital estava superlotado havia muito tempo. O inglês balançou a cabeça com ar de reprovação e disse que desejava dizer algumas palavras para aquela gente. Pediu a Nekhliúdov que traduzisse o que ia dizer. Revelou-se que o inglês, além do propósito da sua viagem — o estudo dos locais de exílio e de confinamento na Sibéria —, tinha um outro objetivo: pregar a salvação pela fé e pela expiação.

— Diga-lhes que Cristo tinha piedade deles e os amava — disse — e que morreu por eles. Se acreditarem nisso, vão se salvar. — Enquanto falava, todos os prisioneiros se mantinham de pé, em silêncio, diante dos beliches de tábuas, em posição de sentido. — Neste livro, diga para eles — concluiu o inglês —, tudo isso está dito. Algum deles sabe ler?

Viu-se que havia mais de vinte alfabetizados. O inglês retirou da bolsa de mão alguns exemplares encadernados do Novo Testamento e mãos musculosas, com unhas pretas e fortes, estenderam-se para ele de dentro de mangas tecidas de cânhamo, empurrando-se umas às outras. Ele distribuiu dois Evangelhos naquela cela e foi para a seguinte.

Na cela seguinte, aconteceu o mesmo. Havia o mesmo fedor e calor sufocante; exatamente como na primeira cela, uma imagem pendia entre as janelas e à esquerda da porta ficava uma pequena privada, e da mesma forma todos estavam deitados muito juntos, lado a lado, e todos também se levantaram e perfilaram-se, e três pessoas não ficaram de pé. Dois se sentaram, mas um continuou deitado e nem sequer olhou para as visitas; eram os doentes. O inglês proferiu exatamente o mesmo discurso e distribuiu também dois Evangelhos.

Na terceira cela ouviram-se gritos e rebuliço. O diretor bateu na porta e gritou:

— Silêncio!

Quando abriram a porta, todos estavam de novo perfilados junto aos beliches de tábuas, exceto alguns doentes e os dois homens que brigavam e, com os rostos desfigurados pelo ódio, agarravam-se, um pelos cabelos e o outro pela barba. Só se soltaram quando o carcereiro correu na sua direção. Um deles sangrava pelo nariz esmurrado, escorriam o muco, a saliva e o sangue, que ele enxugava com a manga do cafetã; o outro catava os fios arrancados da sua barba.

— Chefe da cela! — gritou o diretor, severo.

Adiantou-se um homem bonito e forte.

— Não houve jeito, foi impossível conter, excelência — disse o chefe da cela, sorrindo alegremente com os olhos.

— Pois eu vou conter — retrucou o diretor, de cara fechada.

— *What they did fight for?*[14] — perguntou o inglês.

Nekhliúdov perguntou ao chefe da cela qual o motivo da briga.

— Por causa de um pano de enrolar os pés, um roubou do outro — respondeu o chefe da cela, continuando a sorrir. — Um empurrou, o outro deu o troco.

Nekhliúdov contou ao inglês.

— Eu gostaria de lhes dizer algumas palavras — pediu o inglês, voltando-se para o diretor.

Nekhliúdov traduziu. O diretor disse:

— Pode.

Então o inglês pegou o seu Evangelho encadernado em couro.

— Por favor, traduza isto — disse para Nekhliúdov. — Vocês discutiram e brigaram, mas Cristo, que morreu por nós, nos deu um outro meio de resolver nossas

---

14 Inglês: "Por que eles brigaram?".

disputas. Pergunte-lhes se sabem como, pela lei de Cristo, devemos agir com uma pessoa que nos ofende.

Nekhliúdov traduziu as palavras e a pergunta do inglês.

— Queixar-se às autoridades para que elas resolvam? — disse um deles, em tom interrogativo, olhando de esguelha para o diretor imponente.

— Dar uma surra para ele aprender a não ofender mais — falou um outro.

Ouviram-se algumas risadas de aprovação. Nekhliúdov traduziu as respostas para o inglês.

— Diga-lhes que, pela lei de Cristo, é preciso fazer exatamente o contrário: se baterem em você numa face, deve oferecer a outra — disse o inglês e fez um gesto como que oferecendo a sua face.

Nekhliúdov traduziu.

— Ele mesmo devia experimentar — falou uma voz.

— E se o sujeito der um tabefe na outra face, o que mais vai oferecer? — perguntou um dos doentes que estavam deitados.

— Desse jeito, ele vai acabar fazendo picadinho de você.

— Vai lá, experimenta então — disse alguém mais atrás e soltou uma risada alegre. Uma gargalhada geral e incontrolável dominou a cela inteira; até o homem esmurrado riu, em meio ao sangue e ao muco. Até os doentes riram.

O inglês não se perturbou e pediu que se transmitisse a eles que o que parece impossível se torna possível e fácil para os que creem.

— Pergunte também se eles bebem.

— E não é pouco, não — ouviu-se uma voz e de novo um bufo e uma gargalhada.

Naquela cela, havia quatro doentes. À pergunta do inglês, que quis saber por que não se reuniam os doentes numa cela à parte, o diretor respondeu que eles mesmos não queriam. Além disso, aqueles doentes não tinham nenhuma enfermidade contagiosa e o enfermeiro cuidava deles e tomava as providências.

— Faz duas semanas que não dá as caras por aqui — disse uma voz.

O diretor não respondeu e seguiu para a cela seguinte. De novo abriram a porta e de novo todos se levantaram e ficaram em silêncio, e de novo o inglês distribuiu o Evangelho; o mesmo aconteceu na quinta cela, na sexta, à direita, à esquerda e por toda parte.

Dos condenados aos trabalhos forçados passaram para os deportados, dos deportados passaram para os banidos por suas comunidades e daí para os que voluntariamente acompanhavam os presos. Em toda parte, era a mesma coisa: em toda parte, era a mesma gente trancafiada, com frio, com fome, ociosa, contaminada por doenças, humilhada, exposta como feras selvagens.

O inglês, após distribuir um número determinado de Evangelhos, já não dava mais nenhum livro e nem mesmo fazia o seu discurso. O espetáculo penoso e sobretudo o ar sufocante pelo visto esmagaram suas últimas energias e ele seguia pelas celas falando apenas "*All right*"[15] em resposta às informações do diretor sobre quantos eram os prisioneiros em cada cela. Nekhliúdov caminhava como que num sonho, não tinha forças para recusar-se e fugir, experimentava o tempo todo o mesmo cansaço e desespero.

XXVII

Numa das celas dos deportados, Nekhliúdov, para sua surpresa, avistou o mesmo velho estranho que tinha visto na balsa pela manhã. O velho, desgrenhado e todo cheio de rugas, numa camisa imunda, cor de cinza, esburacada no ombro, com as calças do mesmo jeito, e descalço, estava sentado no chão junto ao beliche de tábuas e olhava com ar severo e interrogativo para os homens que entraram na cela. O seu corpo extenuado, que se via através dos buracos da camisa imunda, era fraco de dar pena, mas seu rosto estava ainda mais concentrado, sério e animado do que na balsa. Todos os prisioneiros, como nas demais celas, se levantaram de um salto e perfilaram-se ante a entrada do diretor: o velho, porém, continuou sentado. Seus olhos brilhavam e as sobrancelhas contraíram-se.

— Levante-se! — gritou-lhe o diretor.

O velho não se mexeu e apenas sorriu com desprezo.

— Diante de você, os seus criados ficam de pé. Mas eu não sou seu criado. Você tem a marca... — falou o velho, apontando para a testa do diretor.

— O quê-ê-ê? — exclamou o diretor, em tom de ameaça, e avançou na direção dele.

— Eu conheço esse homem — apressou-se em dizer Nekhliúdov para o diretor. — Por que o prenderam?

— A polícia o trouxe por não ter documentos. Pedimos que não mandem para cá, mas sempre acabam mandando — disse o diretor, enquanto olhava de esguelha para o velho.

— E você, pelo visto, também é da tropa do anticristo? — voltou-se o velho para Nekhliúdov.

— Não, sou um visitante — respondeu Nekhliúdov.

— Sei, vieram ver como o anticristo tortura as pessoas? Pois aí está, olhe. Pe-

---

15 Inglês: "Tudo bem".

gou as pessoas, trancou na jaula, a tropa inteira. As pessoas têm de ganhar o seu pão com o suor do rosto, mas ele pega e tranca as pessoas; feito porcos, ele alimenta sem trabalho, para que virem bichos.

— O que está falando? — perguntou o inglês.

Nekhliúdov disse que o velho censurava o diretor por manter as pessoas presas.

— Pergunte como então, na opinião dele, se deveria agir com aqueles que não obedecem à lei — disse o inglês.

Nekhliúdov traduziu a pergunta.

O velho começou a rir de modo estranho, arreganhando os dentes perfeitos.

— Lei! — repetiu, em tom de desprezo. — Primeiro ele saqueou todos, a terra inteira, tomou toda a riqueza das pessoas, ficou com tudo para si, matou todo mundo que fosse contra ele e depois escreveu uma lei para não saquear e não matar. Ele devia ter escrito essa lei antes.

Nekhliúdov traduziu. O inglês sorriu.

— Bem, mesmo assim, como agir agora com os ladrões e os assassinos, pergunte-lhe.

Nekhliúdov mais uma vez traduziu a pergunta. O velho franziu a cara, com ar severo.

— Diga para ele arrancar de si essa marca do anticristo e aí então não vai mais ter ladrões nem assassinos. Diga isso para ele.

— *He is crazy*[16] — disse o inglês, quando Nekhliúdov traduziu as palavras do velho, e, após encolher os ombros, saiu para outra cela.

— Cuide da sua vida e deixe os outros em paz. Cada um cuida de si. Deus sabe quem castigar, quem perdoar, mas nós não sabemos — exclamou o velho. — Seja o chefe de si mesmo e aí ninguém precisa mais de chefe. Vai embora, vai!

Quando Nekhliúdov saiu para o corredor, o inglês e o diretor estavam parados juntos à porta aberta de uma cela vazia e o inglês perguntava qual o propósito daquela cela. O diretor explicou que era o necrotério.

— Ah! — disse o inglês, quando Nekhliúdov traduziu a resposta, e disse que queria entrar.

O necrotério era uma cela pequena, comum. Na parede, ardia uma lamparina que iluminava de maneira fraca uns sacos amontoados num canto, lenha e beliches de tábuas à direita — quatro corpos de pessoas mortas. O primeiro cadáver, numa camisa de cânhamo e calça comprida, era um homem de grande estatura, barbicha pequena e pontuda e cabeça raspada pela metade. O corpo já estava ge-

---

16 Inglês: "Ele é louco".

lado; as mãos cinza-azuladas tinham sido cruzadas sobre o peito, ao que parecia, mas separaram-se; as pernas também se separaram e os pés descalços apontavam para direções opostas. Ao seu lado, jazia uma velha de saia branca e blusa, descalça e com a cabeça descoberta, uma trancinha rala e curta, rosto encarquilhado, pequeno, amarelo e um narizinho pontudo. Além da velha, havia ainda o cadáver de um homem com uma roupa lilás. Aquela cor fez Nekhliúdov lembrar-se de algo.

Aproximou-se e pôs-se a olhar para ele.

A barbicha era pequena, pontuda e saltada, o nariz bonito e forte, a testa alta e branca, os cabelos escassos e crespos. Nekhliúdov identificou as feições conhecidas e não acreditou em seus olhos. Um dia antes, vira aquele rosto agitado, irritado, sofrido. Agora estava calmo, imóvel e terrivelmente belo.

Sim, era Kriltsov ou, pelo menos, o vestígio que restava da sua existência material.

"Para que ele sofreu? Para que viveu? Terá ele entendido isso agora?", pensou Nekhliúdov, e lhe pareceu que não existia resposta para isso, que não existia nada a não ser a morte, e sentiu-se mal.

Sem despedir-se do inglês, Nekhliúdov pediu ao carcereiro que o levasse para o pátio e, sentindo a necessidade de ficar só a fim de refletir sobre tudo o que experimentara naquele entardecer, foi embora para o hotel.

XXVIII

Em vez de se deitar para dormir, Nekhliúdov andou para um lado e para o outro dentro do seu quarto de hotel. O caso entre ele e Katiucha estava encerrado. Para Katiucha, ele era desnecessário e isso lhe causava tristeza e vergonha. Porém não era isso o que o atormentava, agora. Havia uma outra questão, que não só não estava encerrada, como o atormentava com mais força do que nunca e cobrava dele uma ação.

Todo aquele mal terrível que Nekhliúdov via e reconhecia ultimamente, e em especial naquele dia, naquela horrenda prisão, todo aquele mal, que havia arruinado o gentil Kriltsov, triunfava, reinava, e não se via nenhuma possibilidade não só de vencê-lo, mas nem sequer de compreender como vencê-lo.

Na sua imaginação, revoltavam-se aquelas pessoas trancafiadas num ar contaminado, centenas e milhares de pessoas aviltadas, trancadas por indiferentes generais, promotores, diretores, e lembrou-se do velho estranho e livre que denunciava as autoridades e era tido como louco, e no meio dos cadáveres o rosto bonito, morto, cor de cera, de Kriltsov, que morreu enfurecido. E a questão que se fizera antes, se ele, Nekhliúdov, era louco ou loucas eram as pessoas que se consideravam racionais e faziam tudo aquilo, ergueu-se diante dele com força renovada e exigia uma resposta.

Cansado de andar e pensar, sentou-se no sofá diante do lampião e, mecanicamente, abriu o Evangelho que o inglês lhe dera de lembrança e que ele, ao tirar as coisas que tinha dentro do bolso, havia jogado sobre a mesa. "Dizem que aqui está a solução para tudo", pensou e, após abrir o Evangelho, começou a ler na página onde o livro abriu. Mateus, capítulo 18. "[1]Nessa ocasião, os discípulos aproximaram-se de Jesus e lhe perguntaram: 'Quem é o maior no Reino dos Céus?'", leu Nekhliúdov.

> [2]Ele chamou perto de si uma criança, colocou-a no meio deles [3]e disse: "Em verdade vos digo que, se não vos converterdes e se não vos tornardes como as crianças, de modo algum entrareis no Reino dos Céus. [4]Aquele, portanto, que se tornar pequenino como esta criança, esse é o maior no Reino dos Céus".

"Sim, sim, é isso", pensou Nekhliúdov, lembrando que só provava a serenidade e a alegria da vida na medida em que se diminuía.

> "[5]E aquele que receber uma criança como esta por causa do meu nome, recebe a mim. [6]Caso alguém escandalize um destes pequeninos que creem em mim, melhor seria que lhe pendurassem ao pescoço uma pesada mó e fosse precipitado nas profundezas do mar."

"Para que isto aqui? Quem é que recebe, e recebe onde? E o que significa: por causa do meu nome?", perguntou-se Nekhliúdov, sentindo que essas palavras nada lhe diziam. "E para que uma mó no pescoço e profundezas do mar? Não, aqui há uma coisa errada: não está preciso, não está claro", pensou ele e lembrou como, várias vezes na vida, pôs-se a ler o Evangelho e sempre a falta de clareza daquelas passagens o repelia. Leu ainda até o fim os versículos 7, 8, 9 e 10, sobre as tentações, sobre o fato de que elas tinham de vir ao mundo, sobre o castigo por meio das chamas da geena, onde as pessoas serão lançadas, e sobre certas crianças anjos que viam o rosto do Pai Celestial. "Que pena que isso esteja tão confuso", pensou. "Mas sente-se que há aqui algo de bom."

"'[11]Porque o Filho do Homem veio salvar o que estava perdido'", continuou a ler.

> "[12]Que vos parece? Se um homem possui cem ovelhas e uma delas se extravia, não deixa ele as noventa e nove nos montes para ir à procura da extravia-

da? [13]Se consegue achá-la, em verdade vos digo, terá maior alegria com ela do que com as noventa e nove que não se extraviaram. [14]Assim também, não é da vontade de vosso Pai, que está nos céus, que um destes pequeninos se perca."

"Sim, não era da vontade do Pai que eles se perdessem, mas veja como eles se perdem às centenas, aos milhares. E não há meio de salvá-los", pensou.

"'[21]Então Pedro, chegando-se a ele, perguntou-lhe'", continuou a ler Nekhliúdov, "'Senhor, quantas vezes devo perdoar ao irmão que pecar contra mim? Até sete vezes?'".

[22]Jesus respondeu-lhe: "Não te digo até sete, mas até setenta e sete vezes. [23]Eis por que o Reino dos Céus é semelhante a um rei que resolveu acertar contas com os seus servos. [24]Ao começar o acerto, trouxeram-lhe um que lhe devia dez mil talentos. [25]Não tendo este com que pagar, o senhor ordenou que o vendessem, juntamente com a mulher e com os filhos e todos os seus bens, para o pagamento da dívida. [26]O servo, porém, caiu aos seus pés e, prostrado, suplicava-lhe: 'Dá-me um prazo e eu te pagarei tudo'.

[27]Diante disso, o senhor, compadecendo-se do servo, soltou-o e perdoou-lhe a dívida. [28]Mas, quando saiu dali, esse servo encontrou um dos seus companheiros de servidão, que lhe devia cem denários, e, agarrando-o pelo pescoço, pôs-se a sufocá-lo e a insistir: 'Paga-me o que me deves'. [29]O companheiro, caindo aos seus pés, rogava-lhe: 'Dá-me um prazo e eu te pagarei'. [30]Mas ele não quis ouvi-lo; antes, retirou-se e mandou lançá-lo na prisão até que pagasse o que devia. [31]Vendo os seus companheiros de servidão o que acontecera, ficaram muito penalizados e, procurando o senhor, contaram-lhe todo o acontecido. [32]Então o senhor mandou chamar aquele servo e lhe disse: 'Servo mau, eu te perdoei toda a tua dívida porque me rogaste. [33]Não devias, também tu, ter compaixão do teu companheiro, como eu tive compaixão de ti?'.

— Será possível que seja só isso? — exclamou de repente Nekhliúdov, em voz alta, ao ler aquelas palavras. E a voz interior de todo o seu ser disse: "Sim, é só isso".

E com Nekhliúdov aconteceu o que muitas vezes acontece com pessoas que vivem uma vida espiritual. Aconteceu que uma ideia que de início se apresentava a ele como uma esquisitice, como um paradoxo, até como uma piada, por encontrar na vida a sua confirmação de maneira cada vez mais frequente, de súbito se apresentou a ele como a verdade mais simples e indubitável. Desse modo clareou-se agora para ele a ideia de que o único e indubitável meio de salvação daquela maldade horrível na qual as pessoas sofriam era as pessoas sempre se reconhecerem culpadas diante de Deus e portanto incapazes de castigar ou de corrigir os outros. Tornou-se claro para ele, agora, que todo aquele mal terrível do qual ele era testemunha nas prisões, nas cadeias, e a segurança serena dos que produziam aquele mal provinham apenas do fato de que as pessoas queriam fazer uma coisa impossível: corrigir o mal, sendo más. Pessoas pervertidas queriam corrigir pessoas pervertidas e achavam que iam chegar a isso por um caminho mecânico. Porém de tudo isso resultava apenas que pessoas carentes e interesseiras, após tomarem para si como profissão aquele castigo ilusório e a correção das pessoas, se degradavam elas mesmas até o último grau e não paravam de degradar também aqueles a quem torturavam. Tornou-se claro, para ele, agora, de onde provinha todo aquele horror que ele via e o que era preciso fazer para aniquilá-lo. A resposta, que ele não conseguia achar, era a mesma que Cristo deu a Pedro: consistia em perdoar sempre, a todos, um número infinito de vezes, porque não existem pessoas que não sejam elas mesmas culpadas e que, portanto, poderiam castigar e corrigir.

"Mas não pode ser tão simples assim", disse Nekhliúdov consigo, ao mesmo tempo que via de forma indubitável que — por mais estranho que no início parecesse a ele, acostumado ao contrário — aquela era a solução indubitável para o problema, não só teórica, mas também prática. A objeção permanente sobre o que fazer com os malfeitores — seria possível deixá-los assim, sem castigo? — já não o perturbava. Tal objeção teria sentido se ficasse comprovado que o castigo reduzia os crimes, corrigia os criminosos; mas, quando se comprova exatamente o contrário e é evidente que não está no poder de algumas pessoas corrigir as outras, então a única coisa razoável que se pode fazer é parar de fazer aquilo que não só é inútil, como também nocivo, e ainda por cima imoral e cruel. "Há vários séculos mortificam as pessoas que são consideradas criminosas. Pois bem, elas desapareceram? Não desapareceram, a sua quantidade apenas aumentou, por conta dos criminosos degradados pelos castigos e também por conta daqueles criminosos que são juízes, promotores, juízes de instrução, carcereiros, que julgam e castigam as pessoas." Nekhliúdov entendia agora que a sociedade e a ordem geral existem não porque existem os criminosos legalizados que julgam e castigam os outros, mas sim porque, apesar de tal degradação, as pessoas mesmo assim sentem pena umas das outras e se amam.

Na esperança de encontrar a confirmação dessa ideia no mesmo Evangelho, Nekhliúdov pôs-se a ler. Ao ler o sermão da montanha, que sempre o comovia, viu naquele sermão pela primeira vez não pensamentos abstratos, bonitos e exigências que na maior parte se mostravam exageradas e inexequíveis, mas sim mandamentos simples, claros, práticos e exequíveis, que caso fossem cumpridos (o que era perfeitamente possível) instaurariam um regime de sociedade humana completamente novo, no qual não só toda a violência que tanto revoltava Nekhliúdov seria eliminada por si só, como ainda se alcançaria o bem mais elevado acessível ao ser humano — o Reino de Deus na terra.

Os mandamentos eram cinco:

O primeiro mandamento (Mateus 5, 21-26) consistia em que uma pessoa não só não deve matar, como também não deve zangar-se com um irmão, não deve considerar ninguém insignificante, "um renegado", e se brigar com alguém deve fazer as pazes antes de fazer uma oferenda a Deus, ou seja, antes de rezar.

O segundo mandamento (Mateus 5, 27-32) consistia em que o homem não só não deve cometer adultério, como deve evitar os prazeres da beleza da mulher e, uma vez unido a uma mulher, nunca deve traí-la.

O terceiro mandamento (Mateus 5, 33-37) consistia em que a pessoa não deve prometer alguma coisa com um juramento.

O quarto mandamento (Mateus 5, 38-42) consistia em que a pessoa não só não deve retribuir olho por olho, como deve oferecer a outra face quando for agredida, deve perdoar as ofensas e suportá-las com resignação e não recusar a ninguém o que a ela for pedido.

O quinto mandamento (Mateus 5, 43-48) consistia em que a pessoa não só não deve odiar os inimigos, não deve lutar contra eles, como deve ainda amá-los, ajudá-los, servi-los.

Nekhliúdov cravou os olhos na luz do lampião aceso e ficou prostrado. Ao lembrar todo o horror da nossa vida, concebeu claramente como poderia ser essa vida, se as pessoas fossem educadas segundo aquelas regras, e um arrebatamento que não experimentava desde muito tempo dominou sua alma. Como se, após longa aflição e sofrimento, ele de súbito tivesse encontrado a calma e a liberdade.

Nekhliúdov ficou acordado a noite inteira e, como acontece com muita e muita gente que lê o Evangelho, ao ler, entendeu pela primeira vez em todo o seu significado palavras lidas muitas vezes, mas não notadas. Como uma esponja absorve a água, ele experimentava em si a necessidade, a importância, a alegria que se revelava para ele naquele livro. E tudo o que lia lhe parecia conhecido, parecia vir confirmar, trazer à sua consciência algo que ele já sabia desde muito tempo, mas de que não tinha consciência plena e em que não acreditava. Agora, no entanto, tinha consciência e acreditava.

Mas não só tinha consciência e acreditava que, ao cumprir tais mandamentos, as pessoas alcançariam o mais elevado dos bens acessíveis a elas, como agora tinha consciência e acreditava que toda pessoa nada mais precisava fazer senão cumprir tais mandamentos, que nisso estava o único sentido razoável da vida humana, que todo desvio de tais mandamentos é um erro que imediatamente atrai sobre si um castigo. Isso decorria de toda a doutrina e, com um brilho e uma força especiais, vinha expresso na parábola dos vinicultores. Os vinicultores imaginaram que o jardim para onde foram enviados a fim de trabalharem para o proprietário era propriedade deles; que tudo o que havia no jardim tinha sido feito para eles e que sua tarefa era apenas gozar a sua vida naquele jardim, esquecidos do proprietário e matando quem os recordasse do proprietário e das suas obrigações com ele.

"Nós fazemos o mesmo", pensou Nekhliúdov, "vivemos na convicção absurda de que nós mesmos somos o proprietário de nossa vida, que ela nos foi dada para o nosso deleite. E afinal isso é obviamente um absurdo. Pois, se fomos enviados para cá, foi pela vontade de alguma coisa, e para alguma coisa. Só que nós decidimos que vivemos unicamente para a nossa alegria e está claro que ficamos mal, assim como ficará mal o trabalhador que não cumprir a vontade do proprietário. A vontade do proprietário está expressa nesses mandamentos. Basta que as pessoas cumpram tais mandamentos e na terra vai se instaurar o Reino de Deus e as pessoas receberão o maior bem acessível a elas.

"*Procurai o Reino de Deus e a sua verdade, que o resto vos será acrescentado.* Mas nós procuramos o resto e, pelo visto, não o encontramos.

"Pois bem, aí está a tarefa da minha vida. Mal termina uma, outra se inicia."

A partir daquela noite, teve início para Nekhliúdov uma vida inteiramente nova, não só porque ingressou em novas condições de vida, mas também porque tudo o que lhe aconteceu dali em diante ganhou para ele um significado inteiramente distinto do anterior. Como terminará essa nova fase de sua vida, o futuro mostrará.

16 de dezembro de 1899

SOBRE O AUTOR

Liev Nikoláievitch Tolstói nasceu no dia 28 de agosto de 1828 (9 de setembro, pelo calendário atual), em Iásnaia Poliana, propriedade rural de sua família, na Rússia. Tinha três irmãos mais velhos e uma irmã mais nova — Nikolai, Serguei, Dmítri e Mária. Embora tivesse boas relações com todos eles, foi Nikolai quem lhe marcou mais profundamente o temperamento. De um lado, era seu modelo de homem, belo, elegante, forte e corajoso. De outro, estimulava sua imaginação, afirmando possuir um segredo capaz de instaurar no mundo uma nova Idade de Ouro, sem doenças, miséria e ódio, e na qual toda a humanidade seria feliz. Nikolai alegava ter gravado esse segredo num graveto verde, o qual enterrara numa ravina da floresta de Zakaz.

Nascido num meio aristocrático, a infância de Tolstói, entretanto, foi bastante sofrida. Antes de completar dois anos, perdeu a mãe. Sete anos depois, sua família mudou-se para Moscou, onde Tolstói encontrou uma nova realidade. Então, durante uma viagem de trabalho para Tula, em 1837, seu pai morreu. Além de órfãos, Liev e seus irmãos encontraram-se em situação financeira precária. Logo em seguida, morreu sua avó, e Tolstói viu-se abrigado na casa de uma tia, na região de Kazan.

Ingressando na universidade, em 1844, para estudar línguas e leis, Tolstói de início entusiasmou-se com a vida de estudos. Porém, decepcionou-se com os métodos tradicionais de ensino e, por fim, abandonou a escola.

Herdando sua parte da herança familiar, retornou a Moscou e iniciou um período de vida boêmia e dívidas de jogo, que o obrigaram a vender algumas de suas propriedades. Ingressou no Exército em 1852, fascinado com as experiências militares de um irmão. Como soldado, foi logo transferido para o Cáucaso, e data dessa época a composição do livro *Infância*, que marca sua estreia na literatura.

Em 1856, já fora do Exército, Tolstói libertou seus servos e doou-lhes as terras onde trabalhavam. Estes, porém, desconfiados, devolveram-lhe as propriedades. No ano seguinte, viajou para a Alemanha, a Suíça e a França. Ao voltar, fundou uma escola para crianças e adultos, empregando novos métodos pedagógicos, nos quais eram abolidos os testes, as notas e os castigos físicos.

Em 1862, casou-se com Sônia Andréievna Behrs, então com dezessete anos, e fundou uma revista pedagógica. No ano seguinte, teve início a redação do romance *Guerra e paz*, cujo pano de fundo é a invasão napoleônica da Rússia, ocorrida no princípio do século XIX. Concluído em 1869, o livro trouxe para Tolstói a consagração como escritor.

Entre o ano de seu casamento e 1888, Tolstói teria doze filhos. Entre 1873 e 1877, escreveu *Anna Kariênina*. Sua recorrente inclinação a desfazer-se de seus bens materiais produziu, a partir de 1883, uma disputa ferrenha entre sua esposa e Tchértkov, militar que se tornou um abnegado paladino das ideias de Tolstói e em quem o escritor tinha grande confiança. A partir dessa época o distanciamento entre marido e mulher só fez crescer.

Sua desconfiança em relação à justiça, ao governo, à propriedade, ao dinheiro e à própria cultura ocidental gerou o que passou a ser chamado de "tolstoísmo", de todo hostil à Igreja ortodoxa russa.

Finalmente, devido ao apoio dado pelo escritor a um grupo religioso de camponeses que se recusara a servir o Exército em nome de uma vida comunitária de base cristã, Tolstói viu-se excomungado pelo sínodo de 1901 da Igreja ortodoxa.

Escreveu ele, a respeito da decisão:

> Dizer que eu reneguei a Igreja que se chama ortodoxa, isso é inteiramente justo. Porém eu a reneguei não porque tenha me insurgido contra o Senhor, mas, ao contrário, apenas porque queria servi-lo com todas as forças de minha alma. Antes de renegar a Igreja e a unidade com o povo, que me era inexprimivelmente cara, e diante de certos sinais tendo duvidado da correção da Igreja, dediquei alguns anos a pesquisar a teoria e a prática de seu ensinamento: na parte teórica, li tudo o que pude sobre o ensinamento da Igreja, estudei e analisei criticamente a teologia dogmática; na prática, obedeci com rigor, no decorrer de mais de um ano, a todas as ordens da Igreja, observando todos os jejuns e frequentando todas as cerimônias religiosas. E então me convenci de que o ensinamento da Igreja é, em sua teoria, uma mentira pérfida e maléfica e, em sua prática, a reunião das

> superstições mais grosseiras e de sortilégios que ocultam completamente todo o sentido do ensinamento cristão.*

Finalmente, em 1910, aos 82 anos, Tolstói fugiu de casa. No entanto, durante a viagem, sua saúde debilitada obrigou-o a saltar do trem na aldeia de Astápovo, onde viria a morrer no dia 7 de novembro de 1910.

Dois anos antes de sua morte, Tolstói ditara as seguintes palavras, que remetem ao segredo que seu irmão Nikolai teria enterrado na floresta de Zakaz:

> Embora seja um assunto desimportante, quero dizer algo que eu gostaria que fosse observado após a minha morte. Mesmo sendo a desimportância da desimportância: que nenhuma cerimônia seja realizada na hora em que meu corpo for enterrado. Um caixão de madeira, e quem quiser que o carregue, ou o remova, a Zakaz, em frente a uma ravina, no lugar do "graveto verde". Ao menos, há uma razão para escolher aquele e não qualquer outro lugar.

---

* Liev Tolstói, "Resposta à determinação do Sínodo de excomunhão, de 20-22 de fevereiro, e às cartas recebidas por mim a esse respeito". In: Id. *Os últimos dias*. Coord. ed. de Elena Vássina. Sel. e intr. de Jay Parini. Trad. do trecho de Denise Regina de Sales. São Paulo: Companhia das Letras, 2011.

SUGESTÕES DE LEITURA

TEXTOS DE ESCRITORES SOBRE TOLSTÓI

COETZEE, J. M. "Confession and Double Thoughts: Tolstoy, Rousseau, Dostoevsky" [1985]. *Doubling the Point: Essays and Interviews*, org. David Atwell. Harvard: Harvard University Press, 1992.

GINZBURG, Natalia. "Prefazione" a Lev Tolstoj. *Resurrezione*, trad. Clara Coisson. Turim: Einaudi, 1982. / *Serrote*, n. 5, trad. Maurício Santana Dias, jul. 2010.

GÓRKI, Máximo. *Leão Tolstói*, trad. Rubens Pereira dos Santos. São Paulo: Perspectiva, 1983.

MANN, Thomas. "Goethe e Tolstói: Fragmentos sobre o Problema da Humanidade" [1922]. *Ensaios*, sel. Anatol Rosenfeld, trad. Natan Robert Zins. São Paulo: Perspectiva, 1998, pp. 59-135.

NABOKOV, Vladimir. "Anna Kariênina" e "A morte de Ivan Ilitch". *Lições de literatura russa*, org. e intr. Fredson Bowers, trad. Jorio Dauster. São Paulo: Três Estrelas, 2014.

PIGLIA, Ricardo. "O lampião de Anna Kariênina". *O último leitor*, trad. Heloisa Jahn. São Paulo: Companhia das Letras, 2006, pp. 132-56.

ESTUDOS SOBRE TOLSTÓI

BARTLETT, Rosamund. *Tolstói: A biografia*. São Paulo: Globo, 2009.

BASSÍNSKI, Pável. *Tolstói: A fuga do paraíso*, trad. Klara Guriánova. São Paulo: LeYa, 2013.

BERLIN, Isaiah. "O porco-espinho e a raposa" e "Tolstói e o Iluminismo". *Pensadores russos*, org. Henry Hardy e Aileen Kelly, trad. Carlos Eugênio Marcondes de Moura. São Paulo: Companhia das Letras, 1988.

CHKLÓVSKI, Victor. "A arte como procedimento", in TOLEDO, D. (org.). *Teoria da literatura: Formalistas russos*. Porto Alegre: Globo, 1972.

____. "Os paralelos em Tolstói", in *O diabo e outras histórias*, trad. André Pinto Pacheco. São Paulo: Cosac Naify, Col. Prosa do Mundo, 2000; 2. ed., 2010.

EIKHENBAUM, Boris. *The Young Tolstoy*. Michigan: Ardis, 1972.

____. *Tolstoy in the Sixties*. Michigan: Ardis, 1982.

____. *Tolstoy in the Seventies*. Michigan: Ardis, 1982a.

GINZBURG, Carlo. "Estranhamento: Pré-história de um procedimento literário" [1998]. *Olhos de madeira: Nove reflexões sobre a distância*, trad. Eduardo Brandão. São Paulo: Companhia das Letras, 2001, pp. 15-42.

GOURFINKEL, Nina. *Tolstoï sans tolstoïsme*. Paris: Seuil, 1946.

HAMBURGER, Käte. *Tolstoi, Gestalt und Problem*. Göttingen: Vandenhoeck & Ruprecht, 1963.

LUKÁCS, Georg. "Narrar ou descrever?". *Ensaios sobre literatura*, org. Leandro Konder, trad. Giseh Vianna Konder. Rio de Janeiro: Civilização Brasileira, 1968, pp. 47-99.

____. "Tolstói e extrapolação das formas sociais de vida". *A teoria do romance* [1914-5], trad. José Marcos Mariani de Macedo. São Paulo: Editora 34 / Duas Cidades, 2000, pp. 150-62.

____. "Tolstoy and the Development of Realism" e "Leo Tolstoy and Western European Literature". *Studies in European Realism*, intr. Alfred Kazin, trad. Edith Bone. Nova York: Grosset and Dunlap, 1964, pp. 126-205 e 242-64.

ORWIN, Donna T. *Tolstoy's Art and Thought, 1847-1880*. Princeton: Princeton University Press, 1993.

SCHNAIDERMAN, Boris. *Leão Tolstói: Antiarte e rebeldia*. São Paulo: Brasiliense, 1983.

STEINER, George. *Tolstói ou Dostoiévski: Um ensaio sobre o velho criticismo*, trad. Isa Kopelman. São Paulo: Perspectiva, 2006.

VERÍSSIMO, José. "Tolstói". *Homens e coisas estrangeiras: 1899-1908*, pref. João Alexandre Barbosa. Rio de Janeiro: ABL / Topbooks, 2003. Texto sobre tradução francesa de *Ressurreição*.

MATERIAIS BIOGRÁFICOS

CITATI, Pietro. *Tolstoj* [1983]. Milão: Adelphi, 1996.

PARINI, Jay. *A última estação*. Rio de Janeiro: Editorial Presença, 2007.

QUINTERO ERASSO, Natalia Cristina. *Os diários de juventude de Liev Tolstói: Tradução e questões sobre o gênero de diário*. Dissertação de mestrado. São Paulo: Departamento de Letras Orientais; Faculdade de Filosofia, Letras e Ciências Humanas da Universidade de São Paulo, 2011.

TOLSTOY, Sofia. *The Diaries of Sofia Tolstoy*, intr. Doris Lessing, trad. Cathy Porter. Nova York: Harper Collins, 2010.

TOLSTÓI, Liev. *Diarios (1847-1894)*, sel., ed. e trad. Selma Ancira. Barcelona: Acantilado, 2003.

____. *Diarios (1895-1910)*, sel., ed. e trad. Selma Ancira. Barcelona: Acantilado, 2004.

____. *Correspondencia*, sel., ed. e trad. Selma Ancira. Barcelona: Acantilado, 2008.

1ª EDIÇÃO [2020] 4 reimpressões

ESTA OBRA FOI COMPOSTA PELA MÁQUINA ESTÚDIO E PELA SPRESS
EM LYON E IMPRESSA EM OFSETE PELA GEOGRÁFICA SOBRE PAPEL PÓLEN
DA SUZANO S.A. PARA A EDITORA SCHWARCZ EM AGOSTO DE 2025

A marca FSC® é a garantia de que a madeira utilizada na fabricação do papel deste livro provém de florestas que foram gerenciadas de maneira ambientalmente correta, socialmente justa e economicamente viável, além de outras fontes de origem controlada.

концѣ наръ и, обѣими руками рассчесывая себѣ
ала страшныя, изысканныя ругательства.
ась Маслова домой въ свою камеру только къ
вечера, усталая и больная ногами послѣ прой-
безъ привычки десяти верстъ по камню, и въ
битая неожиданно строгимъ приговоромъ. Кромѣ

еще во время одного перерыва сторожа закусы-
тѣ нея хлѣбомъ и крутыми яйцами, у нея ротъ
ся слюной, и она почувствовала, что голодна,
сить у нихъ она считала для себя унизитель-
гда же послѣ этого прошло еще три часа, ей
стало хотѣться ѣсть, и она чувствовала только
Въ такомъ состоянiи она услыхала неожидан-
риговоръ. Въ первую минуту она подумала, что
сь, она не могла соединить себя съ понятiемъ
ки, не могла сразу повѣрить тому, что слышала.
тывала чувство, подобное тому, какое испыты-
ди при извѣстiи о неожиданной смерти чело-
вѣка, полнаго силъ жизни. Въ такомъ
засталъ ее Бочкова и Картинкинъ, которыхъ
говора ввели въ ту же комнату. Бочкова тот-
ла бранить Маслову и называть каторжной.
жила? Оправилась? Небось, не отвертѣлась,
дая. Чего заслужила, того и досп... На ка-
франтовство оставишь.
сидѣла, засунувъ руки въ рукава халата и
ко голову, неподвижно смотрѣла на два
собой, на затоптанный полъ, и только го-

рогаю я васъ, вы оставьте меня. Вѣдь я
повторила она нѣсколько разъ, потомъ со-
... Оживилась она немного только тогда,
... принесъ ей три рубля денегъ.
тогъ, тебѣ барыня прислала, — сказалъ онъ,
деньги.
й барыня?
знай, разговаривать еще съ-вами.
ти прислала Китаева. Уходя изъ суда, она
къ судебному приставу съ вопросомъ, мо-
а передать нѣсколько денегъ Масловой. Су-
ставъ сказалъ, что можно. Тогда, получивъ
, она сняла замшевую перчатку съ тремя пу-
ъ пухлой бѣлой руки, достала изъ заднихъ
елковой юбки модный бумажникъ и, выбравъ
ю большого количества купоновъ, только что
съ билетовъ, заработанныхъ ею въ своемъ
ъ — въ 2 рубля 50 коп. и, присоединивъ къ
двугривенныхъ и еще гривенникъ, передала
ву. Приставъ позвалъ сторожа и при жертво-
ередалъ эти деньги сторожу.
луйста, вѣрно отдавайте, — сказала Каролина
сторожу.
обидѣлся за это недовѣрiе и потому такъ
шелся съ Масловой.
обрадовалась деньгамъ, потому что онѣ давали
... то, что могло освободить ее отъ того
о состоянiя, въ которомъ она находилась.
о состояло въ томъ, чтобы купить папиросъ
и выпить вина.
ы добраться до папиросъ и до вина, гово-
бѣ, и всѣ мысли ея сосредоточились на, ...
ить и выпить. Ей такъ хотѣлось вина, ...
воображенiи чувствовала вкусъ вина и крѣ-
й пришлось еще долго ждать, потому что
оторому надо было отпустить ее, забывъ про
, занялся разговоромъ и даже споромъ о